中国专业作家小说典藏文库

中国专业作家小说典藏文库

杨英国卷

外科主任

杨英国 ◎ 著

中国文史出版社

1

随着白天的延长和夜间的缩短，除了四季常青的松柏继续着盎然生机外，去冬枯萎凋谢的梧桐也渐渐冒出了新芽。尽管是"不知细叶谁裁出，二月春风似剪刀"的早春时节，但菊城的街上已是车流如织，行人不断。喇叭声声中，红绿灯交互闪烁。繁忙中呈现着盛世太平，欢乐中蕴含着难以言明的紧张，没有人能说得清这种气氛到底是深邃抑或浅陋，是陈旧还是时尚。

就在这种让人难以诠释的气氛中，随着警笛呜呜儿响起，一辆120急救车从正东开来。救人如救火，立时间，行人止步，车辆避让，这个白色的精灵如同水中轻舟坦然疾驶，眨眼间到达中心大街拐向北去。在120急救车的后边，一个额头流血的青年人驾着摩托车紧紧相随。摩托车上的青年人头盔斜挂，裤子搓破，脸上的血痂成缕成片，痛苦表情中更多的是恐惧和焦灼。距他身后十米之遥，一辆交警车如影随形，像护送，更像监押。

这世间很多人都很平凡，但平凡的人中同样有人幸福，有人倒霉。幸福的人生命中满是玫瑰花朵，而倒霉的人生命对于他们来说就是一场苦难。此刻，急救车、摩托车和紧随后边的交警车里的乘坐者，命运肯定是不同的。

救护车向北又向东，驶上菊城的主干街道。主干街道的旁边有一泓湖水，清澈的湖水微风掠面，涟漪细小绵软，如同展开一幅阔大的画卷。画卷中游客泛舟，星芒点点，砖石砌铺的湖边路上人影幢幢，湖面、游人与街道接续相连，形成多处相对独立并且各具特色的小城景点。顺街东行，与湖毗连的大街对面矗立着一幢大楼，楼顶上，"菊城市立医院"几个大字荧光闪闪。

120急救车顺着湖边大街开过来，车速很快，司机灵巧地操作着方向盘，绕过前边的大小车辆径直开到门诊大楼前戛然停下。急救车后门打开，两个穿白色隔离衣的人跳下车来，伸手接住从车内推出的担架。

事情已经很明显，有人受了伤，伤得不轻，或许伤者早已灵魂出窍，正在天堂或者地狱门口流连辗转。这就是命，倒霉的命，生命之于这个人来说，就是我们早已界定过的一场苦难。

周围的人形色各异，有的好奇心大，挤向前来探头探脑要看个究竟；有的感觉事不关己，便迅速闪躲到一边。

医护人员从车上抬下的这位受伤者戴着氧气面罩，双目紧闭，手脚软塌，仰躺在担架上一动不动。看到这情景的人纷纷叹道：完了，这个人完了！

骑摩托车的青年人从存车处一瘸一拐地跑过来，边跑边嘶声喊着说：医生啊医生，救救他，快救救他，只要死不了，让我赔多少钱都行。妈哟，我这是作的什么孽！瘸腿青年在上台阶时打个趔趄差点跌倒，腿脚几番平衡好不容易站稳了。他的喊叫声似乎唤醒了一个中年女人凝滞了的神经，从担架那边立即跌着跟头跑到台阶下，一把揪住瘸腿青年嚷道：肇事者，这是肇事者，他撞了我弟弟，不要让他趁乱跑了。

台阶上跑下两个显然是伤者亲属的男人，把瘸腿青年强行架上台阶。

这一架，倒帮了瘸腿青年的忙，因为他也伤了，伤得也不轻，若非这二人拽着架着，上这几级台阶还真困难。

瘸腿青年说：你们急什么，我也跑不了啊。中年女人嚷着说：不要信他的话，这年头，什么人都有，把不准瞅个空子就溜了。瘸腿青年一边挣扎一边争辩，说：我想溜早溜了，干吗一直忍着腿疼跟在救护车后呢？我说大姐，在你的眼里，这世上难道就没个好人了？中年女人的理由很充分也很实际：那是有交警跟住你，你想跑跑得了吗？

瘸腿青年说自己要想跑的话，早一个人空骑着摩托撒了丫子了。女人咬着牙指指存车处，说：我记住了你的摩托车牌号，真跑了的话找交警抓你，到时加倍处罚。瘸腿者看来是个乐观性格，遇到如此险情还没忘了开玩笑：我这是假车牌，花二百五刚买的。

中年女人说：别听他蒙人，这年头还是多加小心的好，否则……话未说完，那边医生招呼伤者家属赶紧过来帮忙，中年女人犹豫了一阵儿终于松开瘸腿青年，同时告诫两个男人：你们看紧他，我到担架前照料一下。

瘸腿青年仰天长叹：唉！倒了八辈子血霉了，碰上这么个不解事的！

中年女人跑向担架车前，担架车被医护人员推进门诊楼。

紧随担架车，瘸腿青年也被两个男人架进门诊楼。

伤者的担架车以最快的速度被推进了急诊室，出于这方人所特有的好奇心，担架车进入急诊室的同时也跟来了许多人。急诊室门口显得很热闹，也很拥挤。好奇者此刻表情相似心绪各异，有的发自内心地为处境险恶者祈求着转危为安，有的则是不想放过一览活人救死人这样难得一见的好机会。应诊医生姜玲和两位护士在伤者家属的帮助下，好不容易将分量不轻的受伤者搬到急救床上，首先给伤者戴上氧气面罩，接着是量体温测血压听诊触诊。

与此同时，门口响起急促的脚步声，那个瘸腿青年也被两个男人挟持着走进急诊室。瘸腿青年拐着腿坐在墙边椅子上，一位护士忙中抽闲从旁边取过药棉纱布，给他的额头和腿脚进行了暂时性的紧急处理。瘸腿青年也伤得不轻，在得到临时性救治后症状缓解显得有些激动，也有些亢奋。他紧靠在椅背上，摸着头上腿上的绷带，看着绷带边上渗出的血渍，像哭号也像哀求：医生啊，救救他，只要死不了，让我赔多少钱都行。作孽啊，我这是作的什么孽！

两名男子一左一右看住瘸腿者。

瘸腿者一刻不停地重复着这句话。

人们的习惯心理是同情弱者，此时的弱者显然是躺在急救床上的受伤者，所以，尽管瘸腿青年叫声凄厉，门口内外看热闹的人还是把关注的目光投向那位受伤者。受伤者是一个块头挺大的青年男人，他躺在病床上，紧闭双目一动不动，看样子是奄奄待毙气息全无。见此情景，刚才门口拉拽瘸腿者的中年女人哭天号地，嘴里不停地喊着："弟弟，弟弟！"一个跟进来的大个子交警劝慰着女人：大姐，你别吵闹，先让医生诊断清楚再说。

中年女人大声嚷着说：诊什么断，人都这样了还诊断？我弟弟要有个三长两短，让那个肇事者偿命！中年女人擦擦鼻涕眼泪走到病床前，姜玲和护士同时站起身对望着摇摇头。刚刚止住哭号的女人跳过来，她头发凌乱，嘴里喷着唾沫：大夫，我是伤者的姐姐，快告诉我，是不是没救了？

姜玲摇摇头。

中年女人：啊？真没救了？

姜玲脖子上挂着听诊器，望着病床上躺着的伤者出神。

中年女人吼道：医生，你倒是说话呀，当医生的怎么发起呆来了！

瘸腿青年也拐着腿走上来：医生啊，救救他，只要死不了，让我花多少钱都行！

两名男子紧跟在他身后，寸步不离。姜玲看看瘸腿青年，又望望他身后的两个人，摇摇头，不知应该怎么说或者说什么。中年女人冲上来抓住姜玲：你快采取急救措施啊，光这么愣着算哪回事。我可讲明了，误了人命我去法院告你。

姜玲被中年女人抓得喘不过气来。

姜玲挣脱中年女人的手咳嗽着，长长地喘了口气：查遍了，没事。

护士也走上来：大姐，你弟弟没事，血压很正常。

中年女人怒目圆睁：什么？！

......

医院七楼分布着行政科室和院长副院长办公室,醒目的黄地红字招牌嵌在各个门旁的白墙上,既是名目的诠释,更是权力的象征,所以看上去格外耀眼显明。市立医院行政副院长鲁侃此刻正坐在自己的办公室里,一边有滋有味地品茶,一边字斟句酌地审阅着医院扩建计划。虽然这个计划是他亲自策划亲自制订,但他仍旧反复修改反复润色,反复删节反复增补,唯恐有哪个地方用词不当或有所疏漏。看看扩建计划确实完美无误,他又拿起另一份关于医护员工奖金规定的修改稿念道:医院实行的是绩效考核,收入减去成本再乘以提成的百分比,才是科室的奖金。

这个规定不光关系到医院的扩建成败,更关系到全院医护员工的切身利益和认知态度,所以,调动他们积极性的前提是先要让他们能够接受。鲁侃看着奖金规定自言自语:再有五六千万就差不多了,嗯,差不多了。

鲁侃放下手里的规定书,端着茶杯站起身,一边喝茶,一边在室内来回溜达。鲁侃溜达到墙角处的桌柜前站住,桌柜上放着一个兔笼,一只雪白的兔子正在笼子里啃萝卜。鲁侃有个独特的癖好,不喜欢狗,不喜欢猫,也不喜欢养鱼养鸟,独独喜欢养兔子,看兔子,对待兔子比对待他亲弟弟还要好。小他十几岁的太太陈小琳嫌兔子有股味,因为惧内,鲁院长只好在办公室里满足自己这一癖好。

鲁院长此刻考虑的虽然谈不上是医院的百年大计,但也算得是一项重大决策了。医院扩建需要上亿元的资金,市财政只拨给两三千万,其余让医院自己想办法筹措。院长老郑虽然再有两年就退下去了,可为了实现这个美好的目标,也是为了给自己的接班人树形象创政绩,同样整天东跑西窜地拉赞助,说好话。作为极可能成为继任人也是直接负责人的鲁侃,当然更是责无旁贷了。

窗外传来急救车的警笛声,紧接有人在楼下大声吵嚷喧哗,喧哗声搅乱了鲁侃的思路,也扰了他观察小兔吃食的兴致,他有点不耐烦,也有点生气,犹豫了一下走到窗前伸手关窗子。鲁侃关窗子时下意识地往外探了下头,映入他眼帘的是楼下的救护车、交警车和从车上抬下来的担架。一个浅绿色的光点在他脑子里倏地闪过,马上明白这是一起车祸。车祸本来是场灾难,但事物都是相对的,此刻之于鲁侃来说,这起灾祸的发生不仅仅只是救死扶伤履行医院天经地义的职责,还隐含着一种在其位更要谋其收入的想法。眼看着伤者的担架从救护车里抬出来被推进门诊楼,鲁侃顾不得下面又发生了什么,一侧头,返身快步回到办公桌前放下茶杯,合上文件夹,穿上白大褂,以消防队员赴汤蹈火去救灾的速度,拉开办公室门冲了出去。

急诊室里，伤者的姐姐又抓住姜玲的隔离衣，吼叫，推搡。姜玲往后倒退着，退到屋角处看看身后，这才明白自己已经无路可退。她只好静下心来，也横下心来，以医生所特有的禀赋强作笑脸，轻轻拍着对方的肩头说：大姐，大姐，您冷静一下，您听我说。

中年女人继续怒吼：你放着病人不救，和我说什么，我能冷静得下来吗？

姜玲连说：对对对，不过，您稍微冷静一下，听我几句话，如果说得不对您再发火，行吗？对方也算通情达理，松开姜玲，长长地喘了口气：你说，你说，告诉你，我是个火气很大的人，说得不对，我的火气可是更大。

姜玲暗想，这人的脾气可能是更年期落下的。她竭力稳住心神，以尽量和缓的口气说：大姐，您弟弟虽然昏迷不醒，可他体温正常，脉搏正常，血压正常，瞳孔对光反射正常，没有任何的脑部受创体征，你说……姜玲话没说完，中年女人勃然大怒：你的意思是我弟弟装作昏迷，是不是，你说，你说。

姜玲连连摇头：不不不，我是说，弄不清原因的情况下贸然采取治疗措施，会引起严重后果的。医生是给人治病，不能给人添病。

中年女人目眦欲裂，她抡圆了胳膊冲着一屋子人吼：这不明摆着胡说八道吗，你技不如人叫别的医生啊，这么抻着不是故意杀生害命吗？

姜玲说：我就是这意思，就是这意思，可您不给我说话的机会呀。女人说：那好那好，你说，你说叫谁吧，我去叫，救我弟弟要紧。

姜玲说：你不认识他。

中年女人又冲到姜玲跟前，说：鼻子下边没长嘴吗，我问呀，问呀！姜玲摆脱女人的纠缠，朝急救床那边招呼一位护士，让她赶紧到外科门诊看看王主任在不在，在的话请他赶紧过来。护士答应着急匆匆走出急诊室，中年女人追出几步又返回到病床前，趴在伤者的身上大哭：我的弟弟呀，早晨出来时还好好的，怎么不到半天就没命了！我苦命的弟弟呀……

两个跟随瘸腿青年的男人脸色大变。两个男人把瘸子按在椅子上：不许跑啊！

两个男人赶紧走上去劝慰女人，急诊室门口看热闹的人开始往室内挤。有人忽然说了声"不好"，果然，只见中年女人忽然跳到瘸腿男人跟前一顿撕扯：杀人犯，凶手，是你害死了我弟弟！

瘸腿青年左躲右闪，身上脸上还是挨了好几下，额头上的纱布也给撕掉了，伤口处又渗出了血。瘸腿青年嘶叫着，两只胳膊护紧了脑袋，看样子他也认了，此时挨几下打不要紧，万一受伤者死了，坐牢怕是免不了的。也许跟来的交警

5

看在自己挨打受辱的分儿上,到时还能为自己说几句好话开脱一番呢。于是就喊:交警大哥,交警大哥,救救我,救救我!

大个子交警走上来拦住女人:大姐住手,有事说事,打人不行。

中年女人吼声如牛:你们是一伙的对吧,打刚才我就听出你在祖护凶手。告诉你,我们一家可不是好惹的,好不好到法院连你一块儿告了,这叫合谋蓄意杀人!你懂吗,啊?懂吗?

交警哪里受过这种气,口气立时变得严厉:要告你就告,有督察处,也有监控录像资料。通过法律途径可以,但打人不行。

女人怔了一下,重又扑到伤者身上哇哇大哭。

在这个小城市里,医院外科基本上还保留了昔日大外科的概念,只是分成了骨外、普外和脑外。新提拔不久的外科主任王冶文是这三个分支外科的总负责人,用他的话说,自己既要买米,还要做饭,必要时还得加班加点给客人们炒几个下酒菜。所幸,这个年轻的医学博士精力充沛,又有着超乎常人的敬业精神,尽管有时累得七死八活,但那与生俱来的活泼性格让他受益颇多。他生性诙谐,爱说笑话,有时还不知不觉间让人出点丑,所以医院里有人送他绰号"促狭儿"。促狭儿是本地方言,带有调侃般的贬义,大体上是说这个人本质很好,但做起事说起话来让人感到别扭而又无可奈何。这位专家级的外科医生,不知怎的也落了个促狭儿。既然已经定性了,我们不妨就这么称呼他。

急救车停在医院门前时,王冶文正在二楼外科门诊小手术室里给一个脸上受伤的年轻女子做缝合。王冶文麻利地戴好消毒手套,护士小黄作为助手端过各种器械。锃光瓦亮的各种外科器械摆在平台上,纱布捂着脸部伤口的年轻女子望着这些不锈钢器械眼泪汪汪地直喊害怕。在她身旁,一位年轻男子同样神色紧张地盯着手术盘子安慰着:别怕,别怕,有我呢,有我在你身边呢。

小黄看看那男人:你爱人有福,王主任今天亲自动手。

男人脸上现出只有破伤风病人才有的哭笑面容:王主任刚才说了,要是伤口位置在屁股上的话,早让实习医生缝了。因为这是在脸上,怕毁容,他只好放下其他病人,来给我爱人做这个小手术。谢谢,太谢谢了!

小黄朝王冶文腆腆脸:别谢我,谢他。

男人转向王冶文:谢谢王主任,这伤口不碍事吧?

王冶文举着两只手走过来:什么不碍事?

男人做着手势:伤没伤着神经?

王冶文说:不碍事,没伤着神经,不会弄成歪歪嘴,但得落个大疤。男子面现惊恐之色,妈呀,落个大疤! 他一手扶着爱人,腾出另一只手抽自己的嘴巴:都怨我,都怨我,当时到厨房里帮一把就好了。

女人流下泪来:你别自责,是我自己不小心,跌倒磕在菜板上的。

王冶文啧啧道:好恩爱的小两口,凭你俩这情意,我给缝得细点。你们还得认高兴,这已经是万幸了,再往上半寸就伤到了眼睛。

外边传来急救车的警笛声,小黄说:今天邪门,这是第三个了。王冶文戴上口罩:各扫门前雪,干好自己的活儿,说不定是其他科的病人。

小黄给女子伤口消好毒的同时嘴也闲不住,说:万一又是个车祸呢? 已经拿起持针器和止血钳的王冶文说:哪有这么多车祸,即便是,有急诊室那帮家伙顶着呢。王冶文说话不误干活儿,认真地缝合着伤口,手指轻巧而灵动。不大会儿,女子脸上的伤口就缝合完毕,小黄用镊子夹一块纱布敷在患者伤口上进行包扎。

男人松了一口气,仍旧惦着刚才医生那句话:大夫,这疤会有多大?

王冶文摘下口罩用手比画着:怎么说呢,大约……像,像半块石榴吧。

男人叫了声"妈呀",盯着女子脸上的纱布,一副欲哭无泪的样子。

小黄笑起来:放心吧,王主任逗你呢,只要他亲自动手,至多落下一道白印。

男人:妈呀,可吓杀我了!

王冶文脱下手套坐到桌前开了张处方,他把处方递给男人说:服两天药,去注射室打个破伤风针,三天后来换药。

男人接过处方鞠躬:谢谢主任,谢谢二位。

男人搀扶着女子走出小手术室。

王冶文站起身:快回值班室,那里还有病人等着处理呢。

外科专家门诊室前已经聚了好些病人,王冶文刚坐下,病人们就开始往里挤了。小黄连忙往外推人,嘴里一股劲地说:按号来,按号来。

病人们只好退出门诊室,坐在走廊椅子上等着小黄叫号。小黄拿着一摞病历和挂号单翻看了一下,拉开诊室门:下一个,25号!

25号病人走进来,以绝处逢生的眼光看着王冶文说:王主任,可等着你了!

王冶文以他惯常的笑容朝病人点点头,开始给病人检查。这霎,诊室外走廊里传来一阵嘈乱,嘈乱声顺着走廊向西而去。小黄侧着耳朵说:奔急诊室了。

王冶文看了小黄一眼道:让你猜着了,是车祸。

小黄说:我猜得也不一定对,要是服毒的呢?

王冶文哂笑说:小黄你公母不分啊,服毒的会来外科吗? 小黄努着嘴回应:又让你说准了。王冶文说自己已经有了第六感官,凭直觉就知道是普外还是

7

车祸。

王冶文有条不紊地处理着病人。小黄的嘴仍然闲不下来,说:也不知这一个伤成什么样子了! 王冶文抬起头批评她:狗咬耗子,叫下一个。

……

因为电梯迟迟上不来,鲁副院长从七楼一直往下跑到二楼。走廊里,鲁院长脚步匆匆,医生、护士、病人相对、相向而行。有护士和医生同鲁院长打招呼,鲁院长好! 鲁院长脚步依旧,只是点头应付:好好,都好,都好。

一位中年医生从后边追上来,说:鲁院长,我正要去办公室找你,那件医疗事故的问题到底怎么处理呀。鲁院长只管朝前走:哦哦,改日谈,改日谈。

中年医生小跑步跟在他身后:你不是说让我今天上午去向你汇报吗?

鲁副院长说:变了,变了,改日说,改日说。中年医生停下脚步,神情疑惑地望着鲁院长的背影:邪了门了,说好今天汇报的嘛。

二楼走廊里很乱,家属搀扶着病人步履蹒跚,有人举着化验单、CT单向医生护士询问着什么。医生和护士绕过病人来往于走廊中,医生之间、护士之间、医护之间不时地相互打着招呼。鲁院长只作没看见,急匆匆地向前走着。迎面遇到急诊室护士小马,因为两人都走得急,差点就撞上了。小马赶紧立住:鲁院长好! 鲁侃点点头:好好好,都好,都好。

鲁侃想了想停住脚步:喂,小马,你值什么班?

小马:急诊室,白班,刚遇到个车祸。

鲁侃说:那你不参与急救,还慌慌张张跑什么?

小马说:出了个大难题,姜大夫让我去请王主任。

小马说完,脚步匆匆地走了。鲁侃撩起隔离衣,直奔外科急诊室。

……

外科专家门诊室里,一个十多岁的少年躺在病床上,王冶文专心地给少年做检查。一旁,少年的母亲紧张地盯着病床上的孩子,又紧张地看着王冶文在望、触、叩、听做检查。王冶文最后摁着少年的小腹问少年疼不疼,少年说疼得不重。王冶文猛地撒开手问:疼得厉害吗? 少年嘿嘿儿地笑起来:痒痒!

王冶文也笑了,说:轻微反跳疼,没关系。她问小黄孩子体温多高,小黄回说三十六度五。王冶文点点头,坐下来给少年开处方。王冶文问这病犯了几次了,孩子母亲说:去年两次,今年是头一次。王冶文在处方上写了一溜英文,把处方交给孩子母亲。孩子母亲疑惑的眼神:王主任,不要紧吧?

王冶文说:不要紧,还是轻度慢性阑尾炎。

孩子母亲说:去年也是您检查治疗的,吊了几瓶水,服了两天药就好了。王冶文说:我记得,门诊治疗室的护士给他打吊针,这小子吓得尿在床上了。

孩子母亲和少年同时笑起来。

孩子母亲说:今年又犯了,是不是赶紧开刀好?王冶文摇摇头:不要动不动就给孩子开刀,吊三天水,用用左氧氟沙星等药消消炎就好了。

孩子母亲接过处方:都说王主任是神医,果然利索。

王冶文笑着朝小黄挥挥手:下一个。

下一个走进室内的不是病人,而是急诊室的小马。王冶文抬起头看到小马后觉得有点奇怪:怎么了小马,看你紧张的,是不是男朋友追着你去领结婚证啊?

小马说:王主任,别开玩笑了。王冶文说:我没开玩笑,要不然就是你男朋友玩儿劈腿了。小马脸红了:拜托了好不好,我还没有和他正式成为朋友呢。

王冶文停止玩笑:急诊遇到了难题?

小马说:这话才问到正题上,急诊室里收了个受伤者,是交通事故。王冶文"哦"一声,说:小姜值班,有她在,没问题。小马说:不行啊王主任,出车祸的病患病情奇怪,姜姐让请你过去看看。

王冶文:很严重?

小马说:体温正常,脉搏正常,血压正常,瞳孔对光反射正常,可就是一动不动。王冶文:呼吸呢?

小马说:呼吸紧一阵慢一阵,好像随时要衰竭。

王冶文问:会不会是潮式呼吸?小马说:也不是,总之病情很怪,病患家属拼命相逼,姜姐拿不定主意,只好让我来叫你。

王冶文点点头说:是有点怪。他站起身招呼小黄,让她转告后边的病人稍等,便跟着小马匆匆走出专家门诊。

……

此刻,急诊室里仍是乱糟糟的,门口看热闹的人越聚越多,几乎把走廊给堵塞了。幸亏医院保安赶来,才勉强把部分人驱散。室内,中年女人依然趴在弟弟身边号哭,她双肩一耸一耸,双手也不时地在病床沿上捶打:弟弟,弟弟,你可不能走啊,你走了,咱妈和我也都不活了。

姜玲手持听诊器,面无表情地站在病床前,护士小云一脸焦虑手足无措。姜玲大约为了拖延时间等候王冶文,也可能为了稳定一下中年女人的情绪,她让小云再给病人测一下血压。小云一副奉命行事的眼神,哈下腰给伤者测量血压。小云测完血压直起腰身:姜大夫,血压仍是120/70。

姜玲说:这就怪了。她请中年女人让开,说是再检查一下。女人抽抽搭搭地站到一边,看着姜玲再次用笔式手电筒照验伤者的瞳孔,再用听诊器听伤者的心音。不论姜玲如何检查,病床上的伤者照旧一动不动,就像练气功的入了定。中年女人在一旁催促,让姜玲赶紧拿出抢救方案。姜玲答应着,又用笔式手电筒在伤者的两个眼睛上相互对照检查。就在这时,姜玲的背后响起鲁侃的声音:情况如何?

姜玲回过头:哦,鲁院长,病情尚不明确。

鲁侃急匆匆走到病床前,一脸严肃地低头看看伤者。他的肩膀忽然抖了一下,回头要过姜玲手里的笔式手电筒朝伤者的左眼照了照,继之像给吓着了一样猛地回过头来说:小姜,瞳孔对光反射都没了,还犹豫什么,赶紧入院。

姜玲口气迟疑:鲁院长,我感觉……

鲁侃一脸的不高兴,感觉什么呀,入院入院,先弄进病房里再说。姜玲一力阻拦,但又不知找什么借口,只是"这这这"地语无伦次。鲁侃很着急,带点呵斥的口气:这什么这,为病患负责起见,为安全起见,马上入院。

姜玲犹豫着。

鲁侃问姜玲犹豫什么,姜玲说:血检、生化、B 超、脑 CT 都没做,入院得有个理由吧。鲁侃更生气了,责问姜玲早干什么了,同时吩咐这一系列检查马上做,做完马上入院。姜玲终于鼓起勇气:我觉得没必要啊院长!

中年女人跳起来:没必要,要是你哥哥你弟弟出了车祸,你也这么说吗?

另两个伤者家属也跳起来乱嚷,说:是啊,站着说话不腰疼,这是什么医生,还救死扶伤呢!瘸腿青年拐达着走过来插话:医生,该做什么什么您就做吧,只要不出人命,花钱多少我认了。

两个家属站起身道:是啊,连肇事者都这么说,你这个医生是干什么吃的!

女人转向鲁侃说:看来您是医院领导,我得投诉,这个女医生一点责任心也没有。你们院领导得严肃对待这件事,对这样的医生不单单是批评教育的问题,应该开除,辞退!

鲁侃好话劝慰,他请伤者冷静一下,一系列检查做完后,医院会妥善处理的。中年女人怒气冲天:伤者都没了意识,你们还检查这检查那的。等你们做完检查,人恐怕早没气了!

急诊室里乱起来。

小云跑出去。

2

二楼走廊里,王冶文和小马几乎是小跑步前往急诊室。与此同时,小云也一再绕过走廊里的人朝专家门诊疾奔。疾奔中的小云看到迎面而来的王冶文和小马,隔挺远就急咧咧地吆喝:你俩快一点吧,急诊室里马上要出人命了。

闻听事态严重,王冶文和小马加快了脚步,他们赶到小云跟前询问到底发生了什么情况,小云边跑边说:鲁院长也到了,让把病人马上入院治疗。

王冶文边跑边问必要的检查做了没有,小云说她出来之前正准备做。王冶文着急但并非埋怨的口气,说:做检查之前先采取急救措施啊。胖乎乎的小云已是气喘吁吁,她抢白王冶文:弄不明病情怎么急救?

王冶文说:就是个一般车祸嘛,小姜她怎么搞的!

小云正要回答,对面一位护士推着药械车走过来,推药械车的护士见到王冶文停住车,笑嘻嘻用那种带点恭敬加讨好的口气说:王主任好!

王冶文来不及回答,绕过药械车继续往前跑。车轮把王冶文的脚绊了一下,药械车一侧歪碰在护士的腿上,护士一声尖叫:王主任这是干吗,撞了鬼了!

三个人顾不得那位护士在身后又说些什么,跑到急诊室前拨开门口看热闹的人群钻了进去。钻进急诊室的王冶文看到姜玲坐在桌前,神情焦急地往报告单上填写着检查项目,而一个中年女人和两个男人也正向姜玲逼过去。

王冶文清楚地看到,那中年女人冲到姜玲跟前双手乱抓:病人都送进急诊这么长时间了,你一直不检查,你是不懂还是有意的。院长来了,你才说没做这检查那检查的,早干什么了。啊?你说,你说!

正在填写检验报告单的姜玲慌忙站起来,连连往后退着。中年女人和两个男人越逼越近,姜玲看看身后已是墙壁再无退路,只好挺直身子迎面站住,脸上也现出视死如归的神色。正如姜玲所料,中年女人可能正处于更年期,她难以控制自己的情绪,伸出双手就要拉拽姜玲。大个子交警见势不好,一闪身插在她们之间,鲁侃似乎也有了英雄胆,迅速挡在姜玲前面。他双臂伸开护住姜玲:有话好说,有话好说,大家要冷静啊。

中年女人和两个男人躲闪着交警和鲁侃,继续逼向姜玲。鲁侃情急智生,说:你们不要动粗啊,否则我可要叫保安了。中年女人说:你叫吧,大不了一命换一命。形势危机,这种情况近年来在医院里经常出现,但在这所医院里却比较少见,因此不能不引起人们的少见多怪来。急诊室门口看热闹的人立即鼓噪:了不得了,快来看啊,病人家属要和医院豁命了!

这刹那,王冶文和小马、小云已经走到他们跟前。王冶文正要说什么,鲁侃已从人缝里看到了他,禁不住喜出望外,大声吵吵着:好了好了,促狭儿到了!

大个子交警回头看到王冶文,连连说:真是雪中送炭。看来,这位交警对王冶文很熟悉,也很了解,知道这位外科主任的露面意味着纠纷的解决。交警那高大的身躯在众人面前晃了晃,声音也抬高了八度:病人家属注意,外科权威王主任亲自诊断,你们要保持克制,再闹下去破坏治安秩序不说,耽误了病人生命你们得自己负责。

中年女人和两个男人听到大个子交警的吆喝,稍稍安静下来。这时,急诊室里人们的目光集中到王冶文身上,门口看热闹的人也在议论着什么。嗡嗡嘤嘤中,似乎在说这个外科主任是神仙还是怎的,他一进来怎么就都消了气呢?

走进急诊室的王冶文神态平静,好像根本没注意到刚才眼前发生的情况。他看看床上病人又看看室内的人们,半认真半开玩笑地说:这是医院,不是商场,一不减价清仓处理,更没有优待券送给大家。我喊一二三,除了医护和病人家属,其他的人请退出去,想惦着看热闹的快去动物园,那里的大老灰刚生了一窝小狼。

门口看热闹的笑起来,笑声中,人们还真的纷纷退出去。退出去的人仍旧不肯离开,他们躲在急诊室门旁,一会儿往里探一下脑袋。尽管不大一会儿又重聚在门口,但急诊室里毕竟安静下来。受了这种气氛的感染,室内的人们刚才绷紧的神经也渐渐放松,那位中年女人也像服了安定一样,脸上的肌肉也变得松弛了。

看到王冶文的姜玲好像看到了救星,霎时间心里身上勇气倍增,她拨开面前的人走到王冶文跟前,简单地向科主任讲了几句让外行人听起来莫名其妙的英语。王冶文点点头,和姜玲一块儿走到急诊床前。中年女人和两个男人也随后跟过去。坐在墙边椅子上的瘸腿青年就像犯癔症,一拐一拐挤过去站在王冶文旁边说:王主任,我认得你,你是这医院里最了不起的医生,凡经你手的病人,重的能够立时减轻,几乎没了气的也能起死回生……

王冶文拍拍他的肩膀:兄弟,这马屁拍得好,不过你还忘了最要紧的一条,阎王爷是我的亲外甥,所以他也得听我的命令。好了,看样子你是肇事者,不用推销高帽子了,坐到一边等着巨额赔偿吧,看在夸奖的分儿上,我尽量给你省几个。

王冶文推开瘸腿青年,从上衣袋里取出笔式手电筒仔细给伤者检查。王冶文检查完了眼睛又检查伤者的各种生理反射,中年女人和两个男人紧张而专注地注视着王冶文的一举一动。被晾在一边的鲁侃显然有些尴尬,他凑上来说:冶文,别看了,还是先做血检、生化、B超、脑CT吧。

王冶文没吱声。

王冶文继续给伤者检查。

鲁侃的表情有些尴尬。

王冶文检查完病人直起腰来,他笑眯眯地看着鲁侃:鲁院长,你检查过了?

鲁侃说:我查了,够重的。王冶文点点头表示同意鲁院长的说法,一直站在他身后的姜玲急了:王主任,我们对病人要负责!

王冶文没理睬姜玲的话,反而指指那位肇事者让他过来。瘸腿青年稍迟了一步,被中年女人薅住衣领扯到王冶文跟前。瘸腿青年看来是个老实人,被对方一唬一吓,眼泪都出来了。他战战兢兢地立在王冶文面前,像随时听候审判似的。没想到王冶文拍拍他的肩膀:小伙子,别紧张,该你负的责任,你一点也脱不了。不该你负的责任,谁也不可能往你身上安。

瘸腿青年眼里含着泪:谢谢王主任,只要死不了,让我赔多少都行。

王冶文转向中年女人:看来您是伤者的家属了?

中年女人豪气冲天地拨棱着脑袋:对,我是伤者的姐姐。

王冶文笑嘻嘻地看着那女人,好一会儿没有说话。中年女人被他看得有点发毛,口气竟然软了:王主任,早听说你是这医院的台柱子,是轻是重,直说吧。事情既然发生了,走到哪里算哪里,我能承受得住。

王冶文似乎松了口气:姐姐放心,我以生命担保,弟弟不会有大的意外。

女人也跟着王冶文松了口气:王主任,有你这句话,我的心放下一半了。

王冶文转向姜玲:姜大夫,检查科目填好了吗?

姜玲说:填好了。

王冶文说:那好,咱们商量一下治疗方案,然后送检。

王冶文招呼姜玲走向诊室一边的屏风,姜玲紧随其后。鲁侃也想跟过去,不料中年女人说:我要听听你们说什么。中年女人往前一抢,恰好撞在鲁侃的后背上。鲁侃给撞得不轻,趔趄几下才站稳,回头刚想斥责女人,却见那两个男人也挤上来,无奈之下,鲁副院长只好随机应变当起了守护神。他一边招呼大个子交警帮帮忙,一边把两只胳膊伸开来拦在屏风前边说:医生商议治疗方案是需要安静的,都不要过去,你们原地等着!

不知是领导有面子,还是因为交警显示了威风,中年女人和两个男人当即乖乖站下,前后犹豫一会儿,重又回到急诊病床前守着伤者去了。鲁侃既然说了这话,也不好再去屏风后窥探,怀着一种自命不凡的心理双手掐腰原地而立。

此刻,屏风后边的两个人已经开始低声议论。王冶文挠挠脖子半嗔怪半讥笑地问姜玲是怎么检查的,因为这个人的一切生命体征都正常,现在的昏迷状态只能说是假装的。而假装的目的无非就是为了逃避责任,看来,这次车祸的起因并非那个瘸了腿的青年,而是这位躺在急诊床上假装昏迷的"伤者"。如果稀里糊涂把他收治入院,肯定要给瘸腿青年造成巨大的经济负担。作为医护人员,这么做良心何在,医德何存,这和强盗趁火打劫有什么区别!

姜玲很委屈,说:我检查着一切正常,伤者可能只是暂时性的昏迷,但鲁院长来了用电筒只一照,立即就让病人入院,其实……王冶文撇嘴一乐,接上姜玲的话说:其实,他照的那只眼是个假眼珠,对吧?

姜玲噗地笑出来,笑过之后又问主任:你说这事怎么办?

王冶文用听诊器的圆头敲着手心:怎么办,凉拌(办)。

姜玲说:你可不要惹火烧身啊,那几个伤者的亲属都不是省油的灯。

王冶文眨巴着眼球说:你别管了,交给我吧。

姜玲问要不要和鲁副院长商量一下,王冶文说:和他商量只有一种决定——马上入院。姜玲吃惊地说:入院? 这种伤也入院,是在浪费医疗资源啊。

王冶文说:近来已经发生好几起病案了,可入院可不入院的鲁院长让入院,不该入院的他也让入院。像今天这情况,他更得让伤者入院。姜玲眨着眼睛口气有些作难:这是为什么呀! 哎,他可是领导,和你关系也不错,你想戕着他?

王冶文将听诊器搭在肩上往外走:放心,山人自有妙计。你配合。

姜玲撇嘴一乐,跟着王冶文从屏风后边转出来。

王冶文和姜玲刚从屏风后边露出半截身子,中年女人和两个男人就同时涌过来,七嘴八舌地问他们是不是商量出了好办法。王冶文和姜玲点点头,一前一后走到急诊床前,鲁侃和伤者家属也立即跟过来。

王冶文站在急诊床前,用让所有人都捉摸不定的眼光扫了面前几个人一下说:刚才和姜大夫商量了一下,不用做那些检查了,伤者病因病状已经很明显……

鲁侃马上抢过话来:那还犹豫什么,赶紧入院呀!

王冶文把听诊器从肩上摘下来攥到手里,转过身冲着中年女人说:不光赶紧入院,还得赶紧手术,但有关手术方面的问题得给病人亲属讲明白。

伤者的姐姐和另两位亲属马上走到二人跟前。

中年女人:王主任你说吧,我们心理上有准备。

王冶文回头看看伤者。

王冶文又俯身翻看伤者的左眼。

王冶文转脸朝着姜玲努努嘴，姜玲不明所以，脸上一片茫然。但随后王冶文的一句话就让她恍然大悟了。王冶文眯起眼睛看着姜玲，声调平稳而肯定：姜大夫，伤者脑损严重，你没看到他的左眼已经对光反射消失了吗？

姜玲连忙说：是的，是的，眼珠连动也不动了呢。鲁侃同样没有错过表现的机会，说：这我早就看出来了，所以才让小姜抓紧时间收治入院。王冶文转向伤者的姐姐，口气变得凝重而严肃了：大姐，患者的大脑受了伤，形成了硬脑膜外血肿，并且出现了脑疝。

中年女人问：王主任，你也没 B 超没 CT 的就这么肯定？

王冶文口气非常自信：大姐你放心，这是些常识性的问题，不会错的，因为从眼睛里就可以看出来的，脑外伤大致会出现以下情况，脑震荡两侧瞳孔等大等圆，但对光反射仍存在；脑出血两眼会向病灶侧注视；硬脑膜外出血和脑疝形成时两侧瞳孔不等大，对光反射迟钝或消失……

鲁侃摆手制止王冶文：别说了，别说了，赶紧入院进行治疗要紧。

王冶文说：鲁院长你先别急，伤者身体状况良好，十个小时内我保证没有问题。按医院里的规定，术前有些事是不是得给家属说好了。鲁侃怔一怔：对，应该说清楚，责任问题，责任问题嘛！

王冶文冲姜玲眨眨眼，姜玲接上说：是啊，刚才我和王主任研究过了，伤者这例脑外手术很麻烦，预后也不敢保证会是什么情况，如不说清楚，万一出现意外，这责任谁来负。

中年女人很吃惊：这么严重？

王冶文说：那当然，得把头盖骨钻个洞，把瘀血吸出来。如果血肿继续溢出弥漫或者凝结的话，还要掀起头盖骨用特殊器械洗涤清除。这样折腾来折腾去，伤者本来受损的脑内容物肯定继续受伤。

中年女人嘴唇发抖：这不是很危险吗？

王冶文说：手术当然很危险，否则能预先和大姐您打这个招呼吗？不过术后的潜在危险更严重，万一血肿过大压迫脑血管形成脑积水，术后出现瘫痪是免不了的，到那时，患者就可能变成植物人了。王冶文说着侧脸瞧瞧急诊床上的伤者，似乎他预料到伤者会有某些变化。

果然，伤者竟出人意料地动了动。

姜玲赶忙凑上前说：哎哎，伤者有反应了。

王冶文连忙推开姜玲大声说：躲开躲开，得小心着，由于患者中枢神经严重创伤出了大毛病，很容易引起所谓的"诈尸"。

门口看热闹的听到王冶文这句话，有几个悄悄往后退，哄地跑走了。不过，

15

仍有几个胆大好奇心更大的没有离开,瞪起双眼往急诊床上瞧着。

中年女人异常紧张:王主任,不行就转省医院吧……

王冶文打断她的话:你认为还来得及吗,到省院几百里,一路颠簸,脑子会大出血,也许到了省医院,就直接送进太平间了。

中年女人就地转着圈子:这,这可怎么办?

王冶文说:正想和你说这事呢,我可以做这个手术,并且有把握保住伤者性命。不过,手术前你得先签字。假设出了意外,病人亲属自己负责。

王冶文看看中年女人,又瞧瞧身边病床上的伤者:小马,医患协议。

护士小马从桌旁抽屉里取出医患协议递给中年女人:大姐,你仔细看看。

中年女人接过来,哭丧着脸仔细地看着医患协议上的许多条文。

中年女人在认真地研究医患协议书,急诊室里出现了相对的平静。瞅这机会,王冶文朝小马使了个眼色,小马走到瘸腿青年的跟前问:你是肇事者?

瘸腿青年此时似乎已经适应了这种气氛,在听天由命的心理作用下也有些破罐破摔的意思了,口气也较前强硬了许多:护士大夫们啊,也不能全怪我,他像抢丧一样从马路那边斜插过来,我想躲都来不及呀。

小马打断他的话,说:不管咋讲,你还是肇事者,赶紧筹措钱吧,这可不是个小数目。瘸腿青年询问要花多少钱,小马看看鲁院长,鲁院长踱过来,脸上现出招财进宝的喜悦之色:多少钱? 嗯,得三四万吧。

瘸腿青年一听这数吓哭了,哭得满脸是泪。不过,他到底还是个敢于承担责任的人,马上抽抽咽咽地给家里人打电话:爹,妈,哥,我闯大祸了……

中年女人还在逐字逐句地研究那份医患协议,王冶文的口气有点不耐烦了:我说这位大姐,你得快点看,看完协议书赶紧签字,这可是个大手术,刚才说了,闹不好头盖骨得完全揭开。

病床上的伤者忽然悄悄坐起来。

姜玲惊呼:咦咦,诈尸了,真诈尸了!

室内一阵混乱。

伤者忽然从病床上跳下来,跺着脚地吼骂:娘那个腿,我瞎,你们也瞎吗? 这是只假眼! 假眼能有对光反射呀? 还医生呢,都是些他妈喝稀饭的!

鲁侃大惊:假眼!

伤者冲他继续吼叫:是啊,你们没看出我的左眼珠黑白分明动也不动吗?光看一个眼就下结论,医道是师娘教的? 是不是打算谋财害命啊!

伤者从容不迫地朝诊室门口走去。

中年女人手中的协议书掉在地上。

两位亲属怔在原地不能动。

小马和另外两位护士躲到鲁侃背后。

伤者以极快的速度昂首阔步出了急诊室,门外随即传来咚咚的跑步声。正在打电话的瘸腿青年收起手机止住哭泣,擦擦脸上的泪水呆了大约一秒钟忽然挺身跃起来,拐着一条腿追出去。立时间,走廊里传来一连串声嘶力竭的叫喊:想讹我呀,就这么走了不行,你得赔我摩托车!

中年女人尖叫着追出去。鲁侃快步走到王冶文跟前,十分惋惜地责怪道:小王啊你看你看,到手的几万块钱,你几句话就这么让它流失了!

王冶文扬扬手说:好了好了,风云散去,艳阳高照,天下太平兴盛,各忙各的吧。姜玲和几位护士笑眯眯地望着自己的科主任竖起大拇指说:难怪都叫你促狭儿,捉弄人真有办法!

王冶文:唉! 这就是多次社会动荡中人性的沉沦、良知的泯灭,灵魂撞击的反应和表现啊。

王冶文抬腿朝外走,却见鲁侃的脸木木的:王冶文你站住。

王冶文回过头:鲁院长有何吩咐?

鲁侃说:下午你到我办公室去一趟。王冶文说:下午我有台手术,晚上,晚上行吗? 鲁侃犹豫着:晚上嘛……

王冶文说:就定在今天晚上吧,我又想你的明前茶了。

鲁侃沉下脸来:啊呸,你小子给我惹的祸还没找你算账呢,还惦着明前茶!

鲁侃涮了王冶文一眼,急匆匆地走出急诊室。

姜玲笑嘻嘻地走上来问:王主任同志,是不是又捉弄人家了?

王冶文口气认真而郑重:哪能呢,尊敬领导、爱护部下,这是我的行事原则。

几乎在那位伤者"诈尸"的同时,一辆救护车正在街上鸣笛急驶。和上一趟车同样,一辆交警巡逻车紧随后边。救护车疾驰着,街旁行人慌忙躲闪并站住观看。有的行人大声吵吵着:交通秩序越来越乱,准是又出车祸了。

救护车和交警车先后停在市立医院门口,一个老头儿被医护人员从车上抬下来。随后交警车上下来两位交通警察和一个小女孩,其中一位招呼担架车旁的青年男女:邱小秋、邱小桦,你们先帮着把邱老汉送进急诊室,我们在这里和小姑娘等她爸爸妈妈。

邱老汉的女儿小桦和儿子小秋答应着,和两个穿白大褂的医护簇拥着担架车进了医院门诊楼,进了电梯直奔外科急诊室。要不说世间有许多事都是巧合呢,要是他们晚来几分钟,王冶文也就回到专家门诊了。此时的王冶文刚迈出门口,就让老邱的担架车给顶回去了。既然是急诊,作为科主任又凑巧遇到,无论咋说也得看看患者伤势轻重再走啊。这一看,王冶文就不能走,也走不了了。他马上吩咐护士小云给李副主任打电话,让他从病房那边暂时挪到外科专家门诊来替他值班,自己则帮着姜玲对老邱展开了紧急救治。

……

邱老汉的名字叫邱成林,邱成林的受伤事出偶然,但也是必然,更可以说是他自找的。今天上午,老邱站在街口石牙子上,百无聊赖地打量着眼前的世界。眼前人车混流,熙来攘往,一个交警在附近转来转去,不时地呵斥着那些企图钻空子违章的。老邱挂着拐杖,一只脚抬起,另一只脚落下,一起一落间,稍稍地拧个旋儿,像是让下肢充分舒筋活血。

老邱的心情很沉重。这年月,不富裕的人总想富裕,富裕了的人想更富裕。老邱属于前者,所以做梦也想发个小财什么的。省吃俭用买了一年多的福彩,好不容易中了个奖,不料领奖那天现场一兑,姥姥的,心急眼花,把个3愣是看成8了。一着急,血压腾地升了上去,一阵恶心头晕昏倒,抬回家吃了两片降压宁又喝了半碗醋,这才勉强稳住。之后他的血压一直不稳,隐在街角卖野药的毕三麻子说闹不好就得偏瘫,所以教给他这么个锻炼的办法。

老邱憋在家里感到别扭,捺不住便经常挂了拐杖到外边来转悠。今儿转到这里锻炼,忽然看到一位坐轮椅的老人从东边双手撑轮滑过来。老邱双脚停止摆动,出神地盯着那辆轮椅。轮椅渐近,是自己的昔日的牌友李二懈怠。老邱招呼李二懈怠,喂喂,你过来,过来。坐轮椅的李二懈怠听到喊声,左顾右盼看到了街边石牙子上的老邱,便撑着轮椅来到老邱跟前说:老邱头,你站在这里发什么呆呀?

老邱说:站在这里看看有没有掉钱的。李二懈怠讥笑他,说:还真想着天上掉馅饼啊!老邱瞧着李二懈怠的轮椅椅嘿嘿直笑:这年月,可真说不定。

老邱的双脚又开始重复刚才的动作。

李二懈怠半年前让汽车拐了一下,住了仨月的院,一条腿残废了。肇事司机是一家大酒厂的。

李二懈怠看着老邱悠达腿,问他这是又学了什么功夫。老邱面露愧色,他把彩票的事说了一遍,引得李二懈怠哈哈大笑。李二懈怠收起笑容口气变得郑重:老邱,我还是得恭喜你,没拴住就是万幸。

老邱费力地动了动左胳膊:谁说没拴住,拴了一半呢。

李二懈怠说:是吗,看不出。那,这以后可得小心了。

老邱的双腿一起一落:是哩,从那以后,血压一直不稳。

李二懈怠说:快去医院检查呀。老邱说:去医院了,医生给开了一大堆药,吃得我光想吐。李二懈怠:人家医院是为了治你的病。

老邱悠着腿:也是为了卖我的钱。

李二懈怠说:就你那几个药钱,能支起医院的眼皮来吗。况且,你还有医疗卡。

老邱说:卡上的钱快卡净了,再买药得掏现钱。心一横,不治了。

李二懈怠:这高血压可不是闹着玩儿的,还得继续吃药。

老邱说:咱们的牌友毕三麻子也这么讲,说闹不好就得偏瘫,所以教给我这么个锻炼的办法。李二懈怠说:这样挺好,可以舒筋活血。老邱点点头忽然想起一件事:嗯,哎,二懈怠,我记得当时咱俩打麻将回来,你路上只是让酒厂的汽车给拐了一下,咋就落下个瘫痪呢?

李二懈怠左右瞧了瞧告诉老邱,说自己有一半是假装的,只是左腿受了伤。老邱大惊——假装的!李二懈怠连忙嘘他——不要声张嘛,大酒厂,有钱,除住院费外,又赔了我十几万。其实现在拄条拐棍也能走,但惦着以后找酒厂要钱,便整天在轮椅上赖着。老邱咧嘴笑:你可真损,赖人家。

李二懈怠:损什么呀,谁让他们司机不长眼睛碰着我了。我就赖在轮椅上,隔三岔五到酒厂门口喊他几嗓子,逢年过节还大包小包来看我呢。

李二懈怠笑嘻嘻地撑着轮椅走了。

可能和李二懈怠说话时间较长,情绪也有点波动,两个人分手后,老邱觉得双腿开始发麻,他明白血压上升了,怕弄出大病来,就立在原地将两条腿左一遍又一遍地悠达。一边悠一边想,姥姥的这李二懈怠倒走运,一条腿换了十几万不说,以后有个大病小灾,人家酒厂还得包着。这样的好事,千载难逢,咋不让俺老邱也遇上呢?当然,自己遇上了就不能碰得太重,更不要折了腿,有点皮外伤做做样子就可。彼时,赖他个十万八万的,连将来养老送终的钱也有了。隔三岔五再到肇事车辆的单位上喊几嗓子吓他一吓,说不定逢年过节也能大包小包来看望我呢。老邱想到得意处嘿嘿嘿地笑出了声。笑了一阵儿忽然头晕,眼前也飞萤乱舞好像小时候看到的万花筒。老邱情知不妙,心想赶紧抄近道回家吧。他迈下人行道刚刚朝前走了两三步,一个小女孩骑着自行车擦着身子从面前慢慢驶过。自行车是往右边街上拐的,带起了一股微风,微风未逝,老邱的脑子里便倏地闪过一个五彩缤纷的想法。意识和行动同时并举,一向笨拙的右手也突然变得格外灵活,只一把,老邱就将那自行车的后衣架抓个死牢。与此同时,老邱的身子立不住,当然,他本来就不想立住,借势朝前跌下去,趴下去,连自行车也给拽倒了。老邱的身子随着自行车的牵力惯力给甩向了街中。自行

19

车后的汽车、摩托车、电动车紧急刹车,街道拐弯处各种车辆和行人挤成了疙瘩。离此不远的交警在事故发生的瞬间正好朝这里瞧了一眼,交警迅速跑过来。

老邱倒在地上,右手紧紧抓着小姑娘的车后座。骑车的小女孩儿被压在自行车下,交警先是帮着小女孩从自行车下边挣出身子站起来。小女孩看到仍旧死死抓住车衣架的老邱,连砸带吓,哇地哭了。交警拍拍女孩的肩膀很负责任地安慰她:别哭,这事与你无关。

小女孩惊魂稍定,仍旧辩解:叔叔,我根本没碰着这位爷爷。

事实上,倒在地上的老邱这霎已是懊悔万分,因为摔到地上的他虽然仍旧抓牢了自行车衣架,但头脑中的意识曾在刹那间丧失过。当堵塞的沟渠重新疏通,清凌凌的泉水再次浇灌这片眼看就要焦枯的土地,土地上的禾苗渐渐复苏的时候,老邱心里涌上的第一个名词就是"完了"。他感到头颈松软,口眼别扭,左半边身子也失去了知觉。他恍惚明白这就是那一跌的后果,自己本来可以不跌,可是……他想和交警及围上来看热闹的人说点什么,可呜噜了半天也说不出话。唉!姥姥的,这下倒好,真的半身不遂了!老邱很痛苦。唯一的安慰是,自己也像李二懒怠那样找到了一个较为理想的归宿,而这个归宿的期待就是手里抓着的自行车后衣架,这是理由,这是借口,这是钱,这是希望的原野……老邱想着想着就什么也不知道了。

路人围上来,老邱躺在地上继续呜噜着。交警在老邱跟前蹲下身子,有人问老头儿说什么,交警摇摇头说听不明白。交警打了个电话,不大会儿,街口边上停下了一辆巡逻车。交警们简单交谈了几句,蹲下身来观察老邱的情况,其中一个青年交警要掰开老邱抓着衣架的手,可费了半天劲没奏效,那只手坚韧有力,指头就像铁条一样紧紧拢合。青年交警咧咧嘴说:看得出,这老同志是练过功夫的。这位交警没有掰开老邱的手,却从老邱的衣袋里找到了身份证,交警们一边按照身份证查找老邱家的电话,联系他的儿女,一边呼叫 120 派救护车。

9

在王冶文的指点下,众人把老邱从担架中抬上急诊床。老邱的儿子小秋和女儿小桦两眼垂泪,随后进来的女孩父母更是神情紧张。人们的眼光聚集王冶文和姜玲身上,王冶文和姜玲相互商量了几句,就走到床前仔细谨慎地给老邱的病情做检查。就像约定俗成,护士小马自动俯下身去,在另一边给老邱测量血压。王冶文和姜玲那里刚刚检查完,小马已经测完血压皱起了眉:姜大夫,260／130。

姜玲"啊啊"着又亲手量了一次,然后开始做检查记录。王冶文检查完毕没有说话,而是观察着病人的状况在思索着什么。他摇摇头,又要过姜玲手中的检查记录看了看,俯下身子再次检查并重新测了血压。王冶文直起身子,咬着下唇点点头下了医嘱:马上输液用降压药,病人原来有脑意外的历史,经此震荡,有大面积脑出血的危险。越快越好,不能耽搁。

姜玲问是不是做个CT。王冶文摇摇头说:大可不必,这么明显的症状还做什么CT呀,抢救要紧。不过得拍个腿部X光片,这病人的腿部骨折症状太明显了。当然,得等血压稳定后再去拍片,现在一动也不能动。他这里说着,姜玲很快开出了处方。姜玲手里举着处方问:谁是病人家属,马上去药房取药。

老邱的儿子、女儿和小女孩的父母都不接处方。

姜玲把处方搁在桌子上:怎么了,病人很重,快一分钟是一分钟。

邱小桦说她爸爸是被那女孩的自行车撞倒的,药费应由对方负担。小秋跟上一句,说还必须有赔偿金。女孩的父母也有理由,说是如果事实证明责任确实在自己的女儿身上,他们会承担一切医疗费用。但在事情没弄清之前,他们是不应该承担的。双方你一言我一语,争执着,辩论着,总也没个结果。

处方在桌子上放着,一双双眼睛在处方上扫过来扫过去。而急诊床上的老邱已是大气不接小气,情况很是危急。王冶文很着急,他问交警来了没有,女孩的爸爸说来了,已派人回去取监控录像了。王冶文俯身看了看躺在病床上的老邱,口气焦急而沉重:救人如救火,扯皮等于杀生害命。真是的!

王冶文转身走到桌前,在处方上签了名,写了一行字。他把处方递给护士小云,让她先去取药抢救病人。小云接过处方快步走出去,王冶文再次俯身查看老邱的病情,老邱呜呜噜噜地说着什么。王冶文俯下身子:你是说腿疼?

老邱点点头。

王冶文说:待会儿拍个片看看再说。

老邱继续呜噜,王冶文听不清他说什么。老邱的女儿小桦俯下身子听了一会儿告诉王冶文,她爸爸说自己一辈子不容易,还想享几天福,拜托大夫好好治疗。

王冶文轻轻一笑,说:放心吧大叔,你们这一代人呢,年轻时想吃没得吃,中年时想吃舍不得吃,老来想吃却又不敢吃。我得好好给你治疗,让你迅速康复多享几年福。老邱脸上现出不易察觉的苦笑,接着痛苦地皱起了眉。都说"生命是苦难之旅"，其实不能这么讲，既然苦难，为何还要继续走在这条路上？

这时，一位胖胖的交警站在门口：邱小桦，还有女孩一家，请你们到医院办公室来一下。

……

邱小桦和女孩的父母跟着那位交警来到七楼医院办公室里，办公室主任和一位交警已经等在那里了。小女孩、女孩的父母和小桦被办公室主任安排坐在沙发上，叫他们来这里的交警开始向小女孩询问当时的情况，另一位交警迅速做着记录。询问记录完毕，那位交警合上记录本，两个人低声交换了一下意见，便着手播放当时街口上的监控录像。录像上的画面清楚显示，老邱从路边人行道上走下来，小女孩的自行车驶过，老邱忽然冲上去抓住自行车的后衣架，老邱摔倒，自行车也被老邱拽倒，小女孩被压在自行车下……

胖胖的交警看完录像做了总结：这就是说，患有高血压的老人走下人行道后，当时感觉不好，幸亏及时伸手抓住车衣架撑了一下，否则非得摔成大面积脑出血。如此说来，不光怨不得女孩，邱成林的家属还应该感谢人家。

邱小桦起身走向女孩的父母：对不起，我们错怪了小妹妹，请原谅！

……

就在交警调解这起交通事故的同时，外科急诊室里的抢救工作正在有条不紊地进行着。护士小马给老邱挂上吊瓶输上液，小云给老邱用上了氧。氧气瓶上的过滤器中不间断地冒着水泡，药液也滴答滴答流入老邱的血管里，老邱的病情渐渐稳定，面色也缓和了许多。老邱感觉痛苦减轻，他惬意地闭上眼睛放松神经，那神情显然是从奈何桥上退回来了。

小马走过来再次测量了血压，她告诉王冶文和姜玲，说是血压已经稳定了。王冶文连说：好好好，吩咐快去影像室拍片。姜玲迅速开了拍片的单子，小秋推着急诊车，护士小马举着输液瓶走出急诊室到影像室去了。

对老邱的伤病抢救成功，就等Ｘ光片出来后看看腿骨情况再做定夺。王冶文说：病房里还有一大摊子事，不能光让李副主任在专家门诊盯着。他叮嘱姜玲待Ｘ光片有了结果后通知他，就急匆匆走出了急诊室回门诊接替李副主任去了。

王冶文距专家门诊还挺远，就听有人招呼他。抬头看时，原来是一位做过肺肿瘤切除术的病人在等他复查。两个人说着话走进门诊室，刚刚处理完一个病人的外科副主任李晓宇连忙站起身：冶文，你可回来了，病房里接连来了三个电话叫我，说是有个病人怀疑我有意躲他闹起来了。

王冶文拍拍李晓宇瘦骨嶙峋的肩膀说：快走吧快走吧，你这身板，家里嫂子摽着,院里病人盯着,真担心哪一天突然把你累散了架。李晓宇鼓突着嘴朝王冶文肩窝里捅了一拳:你这小子,话一出口总是促狭儿。

李晓宇小跑步走了,王冶文开始给病人复查。王冶文左手按在病人胸部,右手中指轻轻叩击左中指。他凝神谛听着病人胸腔内的回音,接着把听诊器按在对方胸部的各个部位。听诊器挪动着,按压着,很快就离开了他的耳朵。王冶文用手指摸摸病人颈部和腋下的淋巴结,直起腰说:起来吧。

病人坐起来穿好衣服下了病床。

王冶文在桌子上写着什么。

病人走到王冶文对面坐下:没扩散吗王主任?

王冶文没抬头却在问:你盼着扩散?

病人笑起来:瞧你说的,哪有盼着自己快去阎王那里报到的。

王冶文说:那你为什么还要这么问,这种询问口气很容易让人产生一种对方正在期待什么的感觉。病人笑了:王主任说话就是诙谐,那我应该怎么问才对?

王冶文:你应该问现在恢复得怎么样。

病人:哦,王主任,我现在恢复得怎么样?

王冶文写着报告单说:和上次复查时一样,安心享受人间烟火吧。

王冶文把申请拍片的单子递给患者,说:不用做 CT,拍个片就行了,省下三四百元。患者接过单子:谢谢,谢谢王主任,不光治病,还惦着给病人省钱。

这个病人走出去,王冶文又接连处理了四五个病人,刚要叫下一个,姜玲手拿 X 光片走进来,老邱的儿子小秋也随后跟进来。姜玲把 X 光片递给王冶文说:麻烦了,邱成林老头儿胫腓骨粉碎性骨折。

王冶文接过片子说:骨折好办,关键是控制血压,老头儿脑子震得太厉害了。

王冶文举着 X 光片对着灯光仔细看,边看边摇头说:无妄之灾,真是无妄之灾! 小秋凑上前问情况是不是很严重,后边的病人已经跟进来。王冶文着手处理走进诊室的病人,便朝姜玲那边腆腆脸说:让她告诉你。

姜玲举着 X 光片给小秋解释,说:你父亲是右腿胫腓骨近端复杂型骨折,现在的情况是不能挪动,下肢固定,每半小时量一次血压。这时王冶文忽然转过脸来叮嘱说:姜大夫,待舒张压维持在 100 毫米汞柱左右后,马上复位内固定手术,过迟会造成游离的碎骨片进入血液。

姜玲连说:好的好的,今天下午咱们恰巧要调回到病房,就算我的收治病人吧。先入院,血压稳定后立即手术。姜玲说着,伏在桌上开入院单。

王冶文继续给病人诊断,检查,开化验单,X光、CT申请单。病人一个接一个地走出去,又一个接一个地走进来……王冶文口袋里的手机响起来,他掏出手机:喂,雨柔啊,有什么事?

手机里传出王冶文妻子夏雨柔的声音:我们的电视剧还得拍十几天,我近期仍然回不去,估计至少还得半个月。

王冶文说:回不来你就继续拍呗,反正已经十几天没回来了。

手机里夏雨柔并无好气:这还用你说吗,不过,小冬让他奶奶照管着我就是不放心,你可得经常过去看看。

王冶文说:我昨天刚从妈那里回来,小冬好着呢。

手机里是夏雨柔带些命令的口气:孩子今年暑假后就要上小学二年级了,一年级里学的那些东西,你得帮他复习一下。

王冶文连说:好的好的,你挂了吧,我正忙着。

手机里传出男女混杂的吵闹声,通话中断。

王冶文把手机装进衣袋,继续给病人诊疗。

王冶文和妻子的整个通话过程中,姜玲一直全神贯注地听着,秀美白润的脸上,不时变幻着红黄相间的颜色。直到王冶文挂断手机,她才无来由地低声嘟哝了一句让人似懂非懂的话——这不是挺恩爱吗!

姜玲把开好的入院单递给小秋:去办入院手续。

小秋:得交多少入院费?

姜玲:最少得先交一万。

小秋望着墙壁出神。姜玲催他:怎么还发呆,快去办手续啊。

小秋说:大夫,请原谅,我得去借钱。

姜玲一怔:借钱?

小秋说:实话相告,我和姐姐都是下岗工人,姐姐打零工,家境一般;我贩菜,挣得也不多。这一万块钱,在我们看来就是座山。一直听他们对话的王冶文问小秋父亲是不是退休的。小秋回答说:是提前退休,报销药费有限,可能是百分之五六十。姜玲说:这就麻烦了,按我们医院的新规定,交上医疗证,那差额每天也得自己补上。再加上吃喝零碎费用,光说入院前期,还得六七千元。

王冶文和姜玲相互望着。

姜玲说:你看这情况……

王冶文说:你给小林打个电话,从"红账"上潜规则吧。

姜玲犹豫了一下:那行,小秋,你跟我来。

姜玲和小秋站在住院部窗前等着,不大会儿,外科护士长小林手持信用卡走到他们面前。入院手续顺利办完,小秋交上父亲的城镇居民医疗证,遵照科主任王冶文的指示,护士长小林又从外科自设的"红账"上补交了另一半。小秋十分感激十分欣慰,因为他想不到医院里还有这样的好事这样的好人。医院走廊里,姜玲和林护士长走在前边,小秋拿着入院手续单跟在后边。小林回过头说:哎,今天下午恰好王主任回病房值班,让他给你父亲做手术,既保险又省钱。

小秋报以感激的一笑:听说手术时还得给医生送红包?

小林笑了笑,想说什么,看看姜玲,打住了,指指姜玲说:你问她吧。两个人的对话姜玲当然早就听到,此时的她一脸苦笑,说:红包,红包,怎么都知道这个名词啊。小秋凑近小林:哎,姐,听说一般医生红包三至五千,像王主任这样的权威,给他多少比较合适?

小林同样苦笑。她又朝姜玲腆腆脸:不是告诉你了吗,问她。

小秋又凑到姜玲跟前:姐,给他多少比较合适,我好去筹借。

姜玲咬着牙:八万!

小林咯咯笑:打麻将呢。

小秋哭丧着脸:姐,跟俺说句实话嘛。

姜玲:听实话呀?

小秋:当然。

姜玲:分文不给。

小秋:姐,你就别逗俺了。

姜玲板起脸:谁逗你了,你呆啊傻啊,连入院费的差额部分都是王主任想办法给你补上的,他能要你的红包吗?

小秋一下子怔住,嗫嚅半天拍拍脑袋说:唉!这里边进水了!

三个人走进急诊室时,小云和小马已给老邱的伤腿做了临时性紧急固定,两瓶液药输罢,血压也基本稳定了。姜玲说:既然入院手续办好了,就赶紧送病房吧。几个人把老邱抬上担架车推出急诊室,顺着走廊径直奔向骨外病房。医院走廊里光线昏暗,病人和病人家属来来往往,不断有急诊病号被推进各科急诊室。小秋、小桦推着病床车朝病房方向走,老邱躺在车上,呼吸均匀,眼睛半闭着。走到光线比较明亮的地方,老邱忽然睁开了一只眼,直瞪瞪地盯着女儿,嘴巴也一动一动的。小桦凑上去问爸爸想要什么或者说什么,老邱的眼睛闭上又睁开时,口齿不清地对女儿说:赔,赔钱,让肇……事人赔,赔钱!

小桦脸上表情有些凝固,但随之又渐渐舒缓开来,她边走边俯身凑到父亲耳边小声道:爸爸,你好好休息治疗,余下的事有我和弟弟呢。

老邱满意地闭上那只眼睛,嘴角上也泛起一丝欣慰的笑。看到父亲这个样子了仍旧惦着人家的赔偿,小桦回过头去轻轻叹了口气,顺便擦掉眼角的泪水。

担架车进了骨外二病房 106 室,医生、护士和小桦、小秋一起动手,将老邱抬到 15 号病床上。已经换班到病房值班的姜玲要重新给老邱做检查,接替她调班到门诊的吕医生赶紧制止:姜姐,你够累的了,待会儿让李主任来检查吧。

姜玲冲吕医生笑笑,说:我并不累,这是我收治的病人,从开始就得一切按次序。急诊室那边现在需要人,你快去吧。吕医生犹豫再三,还是脱掉病房隔离衣到门诊去了。姜玲检查完毕,写好处方交给和自己同时换班过来的护士小马说:惯例,先输抗生素以防感染。

小桦一直没离左右,此时见姜玲开了处方,便凑上来小心翼翼地说:我父亲晚饭还没吃,能不能先输高渗葡萄糖。姜玲笑笑说:不行,因为老人家有高血压,本来血糖就高,输上不是火上浇油吗? 小桦不好意思地笑笑:你看,我净说外行话。

过了大约半小时,同样从门诊换班到病房的王冶文穿着便服走进骨外病房值班室,向姜玲询问老邱此刻的病况有无变化。姜玲向王冶文汇报了老邱的治疗经过后,问他为何还不回家休息。因为今晚十二点后,他还得来接姜玲的夜班。王冶文一副玩世不恭的口气:刚下了手术台,来病房看看老头儿情况如何?本人练就金刚不坏之体,寒暑不侵的功夫,三天不睡觉照样能熬两个通宵。

姜玲和小马让他逗得直撇嘴,说:主任现在是小狐狸白毛,成精了。王冶文由嬉耍转为正经:记住,伤者的腿绝对不能动,血压一定要保持稳定。

姜玲点点头。

王冶文:其他患者呢?

姜玲说:都在按部就班地治疗。

王冶文说:那好,我回家了。

……

骨外 106 病房里,暗淡的灯光下,病人们有的坐着,有的躺着。老邱躺在病床上,儿子小秋守着他。一个胖胖的穿白大褂的姑娘走到 106 病床前,看了看床号又核对了一下病人的名字,脸上冒着虚汗朝老邱慢慢俯下身。小姑娘将一根橡皮管扎住老邱的手腕,老邱手背上的静脉血管绷起来,裸露着,和从市场里买来的豆角差不多。老邱虽然神智迷蒙,但从年龄和行动看却也明白这是个实习的卫校学生,他有些害怕,因为害怕就特别紧张,因为他从小不怕喝药怕扎针,此时更担心这个孩子扎不准。果然,女孩给他的手背消毒后刚刚捏起头皮针的针柄便开始喘粗气,又短又粗的手指头因为紧张也憋成了一根根红萝卜,所幸带班护士走过来鼓励她:琳琳别紧张,拇指和食指捏住针柄,往鼓起的血管

26

上扎。

细如毫芒的头皮针像根蝎子尾,小姑娘捏在手里直哆嗦。老邱睁开一只眼睛惊恐地看着,看着这位模样娇好的胖女孩冒着虚汗朝自己慢慢伏下身,在带班护士的一再鼓励中朝自己下手了。要是针刺疼觉迟钝的患肢还好受,然而偏偏扎得是健侧。第一回扎偏了,第二回扎滑了,第三回用力过大,一下子穿透了……实习生在老邱手背上反反复复练穿刺,老邱的手背上伤痕累累,渗出的血点子一个连着一个。老邱疼得龇牙咧嘴,喉咙里呜噜一阵却说不出话。带班护士安慰他,说:小姑娘是新来的实习生,大爷您忍一下。小秋看不下去了,说:护士姐姐行行好,换位护士给我爸爸扎这针不行吗?带班护士歉疚地报之一笑,说:让老人家忍一忍,忍一忍吧,谁都有个第一回嘛。老邱疼得闭眼又睁眼,龇牙咧嘴,喉咙里呜噜一阵想抽回胳膊。可他试了几试抽不动,歪眼一瞧,原来带班护士早就防着这一招,一双白嫩的肉手就像两只章鱼爪,将他粗糙得几乎脱皮的小臂捉个死牢。老邱绝望地闭上眼,明白此番瘸驴送进宰坊,只能任人屠戮了。宰割与无奈交替了五六分钟,老邱耳畔里响起一声尖叫:"扎住了,我扎住了!"

老邱感觉到手腕上的橡皮带松开了,睁开眼,果然,盐水瓶里的液体开始朝那个长而圆的小管子里滴答,滴答……

实习生欢快地端起托盘跑出病房。

老邱重又闭上那只眼睛。

老邱的女儿小桦走进来。

小桦凑在弟弟耳边说了些什么。

小秋连连点头。

姐弟俩低声说着话。

小桦点点头:护士同志,刚才我爸的药费是多少钱,我们心中好有个数。

带班护士:哦哦,走,我跟您一块儿去问问。

护士和小桦走出病房。

另一护士走过来给老邱测量血压……

老邱入院的这天晚上,王冶文如约来到副院长鲁侃家。说真的,前不久王冶文曾经捉弄过鲁侃,今晚的确是打算给副院长赔情道歉的。可是,他没想到鲁侃约自己见面不是请他喝茶,更不是找他"算账",实话讲,是找他商量工作。王冶文坐在鲁家客厅里,鲁侃不提那件事,他当然不会主动说。不知是为稳定情绪还是酌兑这些话该不该说,鲁侃坐在茶几一端的沙发上,只是低着头专注地削苹果。王冶文和鲁夫人陈小琳坐在正面沙发上说说笑笑,不时地将目光投向鲁侃手里的苹果。鲁侃把一个削好的苹果放到茶几水果盘里,王冶文拿起苹果递给陈小琳,陈小琳推让着说:你吃吧,老鲁正在削呢。

王冶文呵呵笑起来:嫂子,我理解鲁院长的心理,给你呢,忌讳慢待我这个客人;给我呢,这就打破以往先敬嫂夫人的习惯。所以,他干脆放到茶几水果盘里,这样谁也不得罪。

陈小琳嘻嘻地乐:你王冶文善解人意又盛情难却,先吃吧。

王冶文咬了口苹果,面露得意之色。果然,鲁侃把削好的第二个苹果赶紧递给陈小琳,陈小琳看了一眼王冶文,轻启朱唇咬了一小口冲王冶文显摆道:怎么样冶文,老鲁是不是很疼我。

王冶文连说:那当然那当然,哪个男人不害怕从床上给踹下来呀。

刚刚放下水果刀的鲁侃腾地红了脸。

陈小琳白了王冶文一眼:又促狭儿,是吧!

王冶文连说不敢,同时声称鲁院长就是会算计。鲁侃放下水果刀追问这话怎么讲,王冶文说:吃了苹果省下茶,鲁院长收礼收到的明前茶,留着自己慢慢喝呗。

鲁侃呸他一口:吃着苹果也堵不住你的嘴。我何曾收过别人的礼,偶尔有送的,也让我给轰出去。不信问问你嫂子。

王冶文看了陈小琳一眼。

陈小琳笑眯眯地吃苹果,不说话。

王冶文说:自古就是官不轰送礼的,狗不咬拉屎的,你这话谁信啊。

陈小琳"噗"地笑出声来,口中的碎苹果喷了一茶几。鲁侃找块抹布一边擦拭茶几一边埋怨:难怪都叫你促狭儿,从你嘴里就吐不出好话来。

鲁侃擦干净茶几上的苹果沫,拿着抹布到洗手间洗涮。陈小琳把吃剩的苹果核扔进垃圾筒里,想想王冶文刚才的话又笑。陈小琳笑呛了,赶紧起身在室内溜达。鲁侃这时从洗手间走出来:笑,笑!整天就知道傻笑。

陈小琳笑一了会儿,到洗手间漱口。

鲁侃坐下来:冶文,咱们拉拉正事吧。

王冶文说:行,你说,我听。

鲁侃说:院长办公会的文件你也见了,医院二期扩建,需要上亿资金。光靠财政拨款办不到,这就需要我们自己创收。怎么创收呢? 医生护士不可能去大街上卖羊肉串,只能靠山吃山,充分利用医院这个空间。

王冶文手指磕打着茶几面:就是说,从病人那里找钱?

鲁侃道:话不能明着说,可实际就是这么回事。你们医生呢,多收病人多开药,遇到企业老板老总一类的土豪,就更要下得手割他的肉;遇到官员,只要级别到了,就给他们开补药开贵重药。比如人参啊鹿茸啊,开上二斤让他带回家。

王冶文吓一跳:开二斤他们吃得了吗?

鲁侃一侧头,说:冶文你以为别人傻呀,不会拿回家泡酒喝? 不会送给上级领导或亲戚朋友吗? 王冶文说:那是中医科的事,你找他们吧。我该咋办还咋办,外科医生的刀是治病的,不是用来割肉的。

鲁侃说:看看,看看,还没说到正题上就板起了脸,你小子平日嬉笑怒骂的精神头随着苹果消化掉了? 听我说,像今天急诊室遇到的那个车祸,你就不该放他们走,弄进病房里扣上三五天,起码能赚两万。可是,到口的肉,让你一龇牙给吐出去了。

王冶文说:我那是实事求是啊。

鲁侃说:别当我是傻子,好歹我也在外科当过几天助手,你是在吓唬人家。

王冶文:是真话,没吓唬。

鲁侃:嘁,真话? 真话是咱们医院根本没条件做那么大的开颅手术。

王冶文:即使你说得对,也不能抓那瘸子个冤大头啊。

鲁侃的手在王冶文面前扇了扇说:冶文哎,你别再书生气了,这年头,不抓勤的不抓懒的,专抓不长眼的。他骑摩托人家走着,他撞上人家责任就是他的。

王冶文看着鲁侃嘻嘻地乐。

鲁侃说:乐什么乐,喝了笑老婆尿了?

王冶文乐得更欢:鲁院长,我看你是钻进钱眼里爬不出来了。

鲁侃连连叫屈:我说冶文,可得讲良心啊,我是为了医院的扩建,赚得再多,有我鲁侃半分钱的利润吗?

王冶文:看在鲁院长为医院扩建呕心沥血的分儿上,我以后尽力多给医院赚点。

鲁侃点点头:明白人好说话,这就是了嘛。

陈小琳从洗手间里走出来坐到沙发上,顺手摸起茶几上一本刊物看着说:一个科主任,一个副院长,你俩合伙嘀咕什么?

王冶文说:不告诉你。

陈小琳:不告诉我也能猜着。

王冶文:猜猜看。

陈小琳:必定是又到哪个高档饭店喝花酒去。

王冶文打个愣怔:咦咦,嫂夫人陈姐是未卜先知啊。

鲁侃拦住王冶文的话:怎么,三句话不离本行,又想促狭儿是吧?

王冶文说:我在和陈姐讨论一个社会问题嘛,可鲁院长你……鲁侃打断他的话,说:冶文,不光我和小琳,医院里的人都喜欢你这好玩儿的性格。可是,我呢,说真话,受你的捉弄真是受够了。王冶文一脸委屈:陈姐,你听听,我何时捉弄过鲁院长啊。不是鲁院长再三提议,我能当上外科主任吗?知恩图报还来不及,哪舍得捉弄他呀。唉!冤乎哉?冤也!

陈小琳把刊物放到茶几上,笑嘻嘻望着鲁侃出神。鲁侃给妻子盯得心里发毛,双手摆划着:小陈,别这么看我,我心里没底。是不是王冶文背后里又挑唆你了?

陈小琳说:你坦白承认,大上个礼拜二下了班,到底干什么了?

鲁侃想了想:没干什么去呀。

陈小琳:稍作启示,和一个漂亮女人坐着黑色轿车,车牌号……我记不清了。

鲁侃苦笑:这事你还没忘啊?

陈小琳说:案情尚未查清,当然得悬着。

鲁侃指指王冶文:今晚本来不想和这小子算账,你一提醒,还真得掰扯个清楚呢。既然如此,当面澄清吧。对,是大上个礼拜二,老同学郎总为他妹妹调动工作的事,请我去吃饭。当时他抽不出时间,让他爱人来接我的。我出医院上车时,王冶文恰好从旁走过。当时,我把他们两人做了相互介绍,郎夫人还说久闻王主任大名呢。这小子促狭儿成性,还是告了我的黑状是不?

鲁侃盯向王冶文。

王冶文面如平湖,正拿起那本刊物翻阅。

鲁侃说:王冶文,别装蒜。

王冶文抬起头:我怎么了?

鲁侃问道:你和小陈说了什么?

王冶文说:我走进医院门,恰好看到陈姐从电梯里出来。陈姐问我干吗去了,我说到街上买了点东西。陈姐说看到老鲁了吗?我说看到了,刚和一位漂亮女人坐车走了。

鲁侃手背拍着手心:啧啧啧,你为何不说清楚那是郎夫人?

王冶文:我还没说第二句话,陈姐就冲出医院大门撵上去了。

鲁侃说:知道不,就因为你那句话,回到家她治了我半夜。

王冶文说:陈姐也是防患于未然,她不是知道鲁院长好那一口嘛。

陈小琳夺过王冶文手里的刊物朝他肩上敲,王冶文哈哈笑着躲闪,大喊两口子欺负我一个,没天理了! 陈小琳追着敲他:你个促狭儿,当时我跑着回头问你是个啥女人,你说是年轻的,貌比天仙。

鲁侃一脸正经:说什么啊? 你就专门上他的当,难怪人家都叫你陈醋!

4

鲁侃为老同学郎总的妹妹婷婷调动工作一事真下了功夫。他先请示了院长老齐,得到老齐的首肯其实就可办理调转手续,因为眼下实行的是聘任制,没有以往调动人员那么严格。然而为完善程序,也是为了不留后患,鲁侃又在院委会上向院委们陈述了调来此人的各种好处,在得到了大家的充分认可后,他才开始把这消息通知了老同学郎总。

第二天,鲁侃就打电话把郎总的妹妹郎婷婷叫来了。

郎婷婷走进鲁侃办公室时,这位中年男人呆了足足五分钟才说出话:你就是婷婷啊? 以往光听你哥哥说有个漂亮妹妹,不见不知道,见了吓一跳,是真美。

鲁侃从写字台后移身到正面沙发上,他让郎婷婷坐在自己身侧。郎婷婷是那种天然自来笑,所有和她接触的男人见了这种笑都会感到快乐熨帖。因为要调到一个新单位来了,心里痛快,俗话说人逢喜事精神爽,郎婷婷此时的笑意就更美更甜:院长大哥说笑了,俺这么胖,美什么呀。

鲁侃笑得更是惬意,说:肥美人肥美人嘛,杨贵妃就是榜样。郎婷婷抿起嘴来依然呵呵笑着,说:院长大哥真会说笑话。鲁侃连忙解释:不是笑话,是真话。

郎婷婷咯咯地笑出了声,两只手绞在一起伸向前去。鲁侃下意识地想握住郎婷婷的手,刚伸出去的手又倏地缩回来。他想起了自己的身份,马上和郎婷婷拉开了一点距离,脸上的笑容也收敛了许多。他问郎婷婷:你真想来医院工作?

郎婷婷说:当然了,要不我哥哥嫂子又找你又请你的干吗? 鲁侃说:我和你哥哥是同学,这事他当然得找我。郎婷婷往前凑了凑,找你就算找对了呗。鲁侃往后挪了挪:你在企业上当高管不是挺风光的吗? 干吗要来这鱼龙混杂的医院呢?

郎婷婷终于收起笑容,收起笑容的郎婷婷依然柔美诱人,她口气沉重地说:不瞒院长大哥,企业的效益越来越差,年底怕是要垮台了。更重要的,我是躲开同单位那个不要脸的,虽然已经离了婚,可他领着那个风骚女人,天天在我眼前转过来飘过去,故意气我。

鲁侃点点头说:怪不得呢,这样吧,明天你办一下手续,下个礼拜来上班。

郎婷婷挺吃惊:这么痛快?

鲁侃说:当然了,不看僧面看佛面,有老同学的命令,我能不尽力而为?再说,你调到医院来,我闷了烦了可以找你拉拉家常聊聊天呀。郎婷婷重又绽开笑脸,眨着眼睛说:就怕院长哥哥到时和我聊烦了。

鲁侃:哪能呢,一百年也不会烦,永远不会烦。

郎婷婷两只手绞在一起又伸向前去,鲁侃奇怪地看着郎婷婷的动作,问她这是干吗。郎婷婷回答说:这是打舒身,可以松缓筋骨,习惯性动作。鲁侃此刻显然是兄长身份和口气了:婷婷,以后这动作少来,会让人产生误解。

郎婷婷认真起来:是吗? 我说我一伸手有些男人就想过来抓呢。

鲁侃说:这动作叫"暗喻",男人见了会想入非非。郎婷婷笑起来,说:怪不得我嫂子说你年轻时是个情种,果然,对女人的动作研究得这么透彻。鲁侃反驳:情种? 要说情种,我和你哥哥相比差远了,你现在的嫂子当初是我们的校花,你哥哥不知给她吃了什么迷魂药,生生地从我手里给挖走了。

郎婷婷哈哈大笑:鲁哥可真逗,说定了,下个礼拜我来上班。

鲁侃和郎婷婷正说着话,外面传来敲门声。鲁侃还没说"请进",门就给推开了,王冶文笑嘻嘻地走进来,见了郎婷婷一怔:咦,有客人啊。

鲁侃起身介绍,说:冶文,这是我和你说过的郎总的妹妹郎婷婷,今天还算是客人,下个星期就是咱们医院的一员了。王冶文连说:幸会幸会,郎女士大驾光临,医院里蓬荜生辉。鲁侃又给郎婷婷介绍了王冶文,两个人隔着挺远握了握手。郎婷婷说:早就听说过王主任的大名,今天见面却有两个没想到。一是没想到王主任这么年轻,二是没想到人长得这么帅。王冶文报之一笑:是吗? 郎总妹妹的大名我也早就听说过,见面也有两个没想到。一是没想到你人长得这么漂亮,二是没想到身段丰满得如同小肥牛。

郎婷婷咯咯地笑起来,她说:王主任你说话真逗,小肥牛——我们老家形容一个女人长得丰满漂亮就是这称呼。卯隼相对,天缘巧合,鲁侃正担心王冶文出口无状得罪了郎婷婷,没想到郎婷婷自己倒认了。为了活跃气氛,鲁侃也插科打诨:看来,今后婷婷这个小肥牛就是我们医院的一道风景了。

王冶文看看郎婷婷又瞅瞅鲁侃,语气调侃嘴唇却显讥讽之意:小心着,优秀女人都像一条条小肥牛,很容易被人给偷偷牵走的 。要是牵走配对生崽还好说,杀了吃肉可就遗憾了。

鲁侃的脸皮紧了紧没说什么,郎婷婷却笑得更欢了:王主任,你好可爱!

鲁侃害怕王冶文继续促狭儿,忙岔开话题:冶文,你急匆匆地跑来,有什么要紧事吗?快讲,我马上要到齐院长那里汇报工作。

王冶文:还是那件事,外科高间病房不能光让土豪们占着,得腾出几间来收治待医的病人,因为现在等待入院的病号都排到秋天了。

鲁侃想了想点点头:好,今天我顺便向齐院长汇报这件事,争取早日办成。

王冶文天资聪颖,他早已听出鲁副院长是在有意搪塞,因为这件事是行政副院长直接负责,只要鲁侃点头就成了,还向上边汇报什么呀。性格所使,他当然不会当面饳了领导面子,又见郎婷婷左一眼右一眼地看他,便借坡下驴,说了声"那好那好",就告辞走了。王冶文走了好一会儿,郎婷婷仍旧盯着门口发呆,嘴里自言自语:好帅气的外科专家呀!

鲁侃见郎婷婷有点失态,赶紧提醒道:婷婷,婷婷,是不是这个促狭儿长到你眼里了。这可是个捉弄人的高手,你来到医院后得处处提防他。郎婷婷从迷醉中醒过神来,看着鲁侃说:这人年轻,帅气,幽默,气质非凡,难得,难得!

鲁侃说:我就纳闷儿了,怎么有些女人见了这个促狭儿就跟丢了魂儿似的。见了我呢,就跟见了翘尾巴蝎子似的躲着。

郎婷婷一笑:鲁哥,岁月不饶人啊,要搁二十年前,你对女人的吸引力绝对不比王主任差。瞧你,海阔天空的大脸上,两道浓眉像船上的旗杆一样竖着,否则,那么年轻的嫂子陈小琳也不会被你弄到手了。

鲁侃连忙掩饰:哪里哪里,我们那时是自愿结合。

郎婷婷笑嘻嘻地重新坐回到沙发上。鲁侃挪到另一边,和郎婷婷对面而坐。郎婷婷的身子在沙发上扭动着,两只手又绞在一起向前伸开去,鲁侃再次提醒她,郎婷婷尴尬地收回双手,但眼神依然迷茫,好像还没从刚才的情绪中摆脱。

鲁侃和郎婷婷对视了一会儿,终于禁不住和她开起了玩笑:妹妹呀,你瞧你长得多"水",全身上下该鼓的鼓,该收的收,皮肤白嫩,腰臀丰满,除了一笑两只眼睛稍小点外,作为女人来讲几乎找不出生理缺陷。

郎婷婷撇嘴道:我长得这么"水",还抓不住那个不要脸的呢,天天出去鬼混。哎,下周我就正式上班了,谢谢鲁哥给我帮忙调动了工作。

鲁侃说:哪里,谈不上帮忙,我和郎总是老同学了,这次医院进设备,老同学看在我的面上赞助了一百万元。你说,像这样老同学的妹妹,我能不照顾吗?

郎婷婷说:要不是那个流氓故意往我眼里插棒槌,其实在原先那个企业当个主管挺好的。鲁侃问她是不是后悔了。郎婷婷立即解释:没后悔,只是有点故土难舍。

鲁侃:就是嘛,就是嘛。

郎婷婷一边低下头从手包里找东西,一边问鲁侃自己来到医院给她安排什么职务。鲁侃说:这样吧,你先当个住院部副主任,这是个闲差,活儿不多干,钱不少拿。住院部的老主任到年底就得退了,到时你接他的差,行吗?

正在低头从手包里找东西的郎婷婷听鲁侃这么说,马上抬起头:全仗鲁哥周全,我郎婷婷是知恩图报的人,以后必当重谢。这手续……

鲁侃说:这事你甭管,我让办公室去办,你只管来上班就是了。

郎婷婷说:鲁哥的权力可真够大的。

郎婷婷说得没错,鲁侃是分工医院管理的副院长,齐院长又那么依靠他,可以讲在医院里说什么就是什么。此刻,郎婷婷咯咯地笑,鲁侃也斜着郎婷婷颤颤抖动的胸部忽然心一动:婷婷,今晚叫上你哥嫂,咱们一块儿吃个饭吧。

郎婷婷仰脸想了想说:不了鲁哥,今晚有几个姐妹给我送行,这是说好了的。以后再聚,以后相处的时间长着呢。

鲁侃说:那好吧,我也该去齐院长那里了。他站起身,郎婷婷也知趣地站起身,两个人刚要往门口走,办公室门被推开,鲁夫人陈小琳走进来。鲁侃慌乱了一阵儿稳住神:来,介绍一下,小琳,这是郎总的妹妹郎婷婷,我和你说过的,调到我们医院住院部工作。婷婷,这是你嫂子陈小琳。

郎婷婷走上一步握住陈小琳的手:嫂子好!

陈小琳仔细打量着郎婷婷:长得好俊啊!

郎婷婷抿嘴一笑:嫂子夸奖。你们说话,我得走了。

郎婷婷朝鲁侃夫妇摆摆手:哥哥嫂子再见!

陈小琳口气淡淡的:再拉一会儿吧,聊够了吗?

郎婷婷:我来得时间不短了,以后到家去拜访嫂子。好了,我走了。

郎婷婷脚步款款地走出办公室。

鲁侃望着神经兮兮的陈小琳:盯梢呢?

陈小琳歪着头说:促狭儿说得不无道理,防患于未然。

鲁侃呼天抢地:啧啧,我就知道这个促狭儿不会放过任何捉弄人的机会!

下午六点半,夏日的阳光依然炎热,天色依旧白亮。

王冶文下班后走进菜市场,菜市场里,时新菜蔬花样迭出,青葱满目。王冶文的目光在一个个小菜摊上停一下越过,越过又停一下。耳旁是嗡嗡嗡的嘈乱声和时而激烈时而和缓的讨价还价声,几个菜贩子人分远近,遥相呼应。

菜贩子:哎——打价不如随价挑,识真货的快哈腰。

一顾客:咦,你这菜里掺水了?

菜贩子的嘴像打竹板一样快:大婶大婶说得对,菜里的确使了水。俺若菜里不使水,你这买菜的光咧嘴。

又一顾客说:嗯?刚才还是八毛一斤,一会儿咋就一块了?

菜贩子呵呵笑着:大哥大哥长傻了,没听说好马撵不上青菜行吗?

王冶文一路走下去,脸上笑眯眯的。

王冶文走到一家茄子摊前立住不动了。茄子很嫩,茄皮亮光光的,黑红之下,透着一种淡淡的微蓝色。王冶文蹲下身子摸摸茄子,茄子真好,细腻滑润,像摸到绸缎似的。摊主见有了顾客,赶紧招徕:大哥,这茄子品种优良,生长期长,需水肥适度,光照充足,还要种大棚,把式侍弄,我是刚从郊区贩过来的。

王冶文没抬头:你还挺懂行呢。

摊主:我长年贩菜,能不懂吗。

王冶文:你懂啊,那这茄子怎么吃口感好?

摊主说:这茄子肉质鲜嫩,有韧性,用手撕不能用刀切,红烧茄条,最出味道不过了。王冶文拿起茄子爱不释手:看来真是个内行,多少钱一斤?

摊主口气迟疑:一,一块五。

王冶文拣两个中等大小的茄子放进秤盘里,摊主称了称,放下秤盘说:足足一斤半,给一块八毛钱吧。王冶文把茄子装进塑料袋里说:错了,这么算账,你有宅子连地也得赔上,你再算一遍。

摊主口气决绝:一块八!

王冶文心想应该是两块二毛五啊。他说着抬头看了看摊主,摊主是个二十来岁的小伙儿,面孔黝黑,头发直立,样子挺疲倦。王冶文笑了:你不会算账吗?一斤一块五,一斤半……

摊主说:我本来是卖一块二一斤的。王冶文说:可我并没跟你还价呀?摊主面无表情:你是唯一买菜不还价的,我就更不能糊弄你,更得要说实话。

王冶文咂咂嘴,掏出两块钱递给他:嗯,好人!

摊主从兜里往外找零钱:嗯,好人?一个是你,再一个是我。

王冶文摇摇头,起身走了。王冶文走出不远,身后传来一声大喝:站住!

王冶文回过头,只见摊主迈着大步追上他:找你两毛钱啊!

王冶文推他的手,说:算了算了,不就是两毛钱吗。摊主死活不让,硬将两毛钱塞进他兜里,一边往回走一边嘟哝着你买俺的菜就算照顾俺了,哪还能沾你的便宜呢?王冶文站在原地出神,半晌冒出一句话:真正直!

正往回走的摊主忽然又站住了,他回过头来,定定地看着王冶文出神。王冶文弄不清出了什么事,也定定地看着摊主发怔。摊主"嗨"了一声,三两步跑回来说:咦,你是市医院的王主任吧?

王冶文纳闷儿地看着摊主:你是……

摊主说:我是小秋啊,我父亲是邱成林,前两天出了点意外,是你帮忙入院的。王冶文恍然明白,连忙解释,说:我每天接触的人多,没能认出你来,对不起了。小秋憨笑着:王主任,你换下白大褂,我也认不出来了。

王冶文说:你父亲住院治疗,你怎么还出来贩菜? 小秋说自己下岗以来就一直贩菜,要不一家人吃什么。小秋告诉王冶文,他和姐姐分了工,上午她值班照顾父亲,他贩菜卖菜。王冶文接上说:下午你照顾父亲,她出去打工。

小秋说:对,上半夜她守着父亲,下半夜我负责看护。

王冶文说:你姐弟俩真不容易。小秋说:天下哪有容易的事,你当医生不也是有白班也有夜班吗。这人世间,人们就得相互理解照顾才对。哎,对了,你的菜钱我不能要。小秋说着,掏出那两块钱塞给王冶文。两个人你推我让好半天,最后还是王冶文把钱硬塞进了小秋的口袋里。

第二天早晨一上班,王冶文就快步走进骨外科病房医护值班室里,他惦着小秋的父亲邱成林,想看看病历后再做进一步的检查,争取早一天把老人的骨伤复位。进门一看,值夜班的姜玲还在写病历,原来姜玲在下一班医生每天早晨例行查房之前,已把老邱的病况又查了一遍,她此时所写的,正是检查的经过和结论。姜玲见王冶文走进来,指指刚刚填写的病历说:106 室 15 号收缩压有所降低,但舒张压依然居高不下,这种情况一般是不宜手术的。

王冶文说:病人骨折严重,手术越快越好。姜玲作难地皱着眉:那怎么办?

王冶文思考了一会儿,说:咱们找内科刘主任想想办法。

姜玲说:那好,我马上和刘主任联系。姜玲说着,起身要去办公室给刘主任打电话,王冶文挥手制止她,说:你都值了一宿班了,快回去休息吧,这里的事我来安排。姜玲说昨夜各病室的病人都很正常,既没有新来的,也没有病情加重的,所以她在医护值班室里安安稳稳睡了一觉,现在仍旧精力充沛,等和刘主任商议出个治疗方案再回家休息不迟。王冶文见姜玲执意不走,也就不再相强。

姜玲走出值班室到办公室打电话,王冶文开始整理病案病历,做着上午查房前的准备工作。不大会儿,姜玲笑嘻嘻地回来了,她告诉王冶文,说刘主任答应了,查完房就过来会诊。王冶文点点头说:好了,八点查房十点结束,这中间两个小时的时间,你再到休息室睡一觉吧。

姜玲摇摇头:和你在一起,我不困。

王冶文怔了一下:怎么,铁甲战士呀?

姜玲微笑:差不多。

王冶文咬着嘴唇想了想:也好,铁甲战士,你和我们一块儿去查房吧。

姜玲歪歪头:我就是这么打算的。

王冶文领头,身后跟着姜玲和护士小云、小马,几个人从101开始,很快就查到106病房了。他们径直走到15号病床前,见小秋正伏在病床沿上打呼噜,王冶文拍拍小秋的肩膀:兄弟,快醒醒,下雨了。

小秋冷不丁站起身,打着呵欠说:你们来得这么早啊!

护士小马笑起来,说:都八点半了还早。小秋看了看窗外的阳光,不好意思地咧咧嘴:嗯,是不早了,我姐也快来了,她来替班,我去贩菜。

小秋说着起身到外边洗脸,望着小秋一溜歪斜的步子,王冶文轻声说:这姐弟俩真不易,瞧把个小伙子累的。

王冶文说完这话,注意力很快集中到病人身上。他给老邱做了仔细的检查,结论是有所好转,但起色不大。其实,现代医学已经产生了神奇的治疗效果。仅仅一天半的时间,老邱的病情便见好转,患侧能够稍稍移动,脑子清楚时还能像结巴嘴和人吵架一样,不连贯却可以迸出几句意思明显的话。他看到医生给自己检查,勉强睁开那只眼盯着面前的白大褂,从半边嘴唇里迸出几个字:我的腿!

王冶文安慰他:大叔,放心吧,马上给你手术,只要做完手术,一个月你就能下地溜达着玩儿了。老邱脸上显出欣慰的笑,半边嘴唇里又出冒两个字:谢谢!

王冶文他们查完106病房往外走时,正遇上邱小桦提着饭盒走进来。姜玲问她看没看到出去洗脸的小秋,小桦点点头,说在院子里遇到了小秋,小秋跟她说了说父亲夜间的情况,就赶着去郊区贩菜了。王冶文看看同样疲惫的小桦,停下脚步好像有什么话,可是抻了抻却换了另一种口气:走,查完房再说。

王冶文一行查完病房回到外科病房医护值班室里刚坐下一会儿,内科主任老刘就进来了。王冶文和姜玲等人赶紧起身相迎,落座后直入主题,几个人商量如何控制和降低老邱的血压。护士长小林也从办公室那边赶过来,特地给刘主任泡了一杯茶。刘主任认真地翻看了老邱的病历,又问了今天查房时的病人情况,以十分肯定的口气说:这个病人是继发性高血压,先缩小压差,再降舒张压。

王冶文说:这个病人急需做手术,得尽快控制住他的血压。刘主任问:降压药都用了吗? 姜玲回说:用了利血平,效果不理想。刘主任想了想:再加卡托普利或尼群地平,内科有便携式负氧离子发生器,可以弄来在室内充一下,不过得关紧门窗,否则医院这空气几十秒就得跑光了。

王冶文大喜:好的,小林,你现在就去内科取仪器。

刘主任说:等一下,内科的医护都是些巴家虎,恐怕不给你,待会儿跟我一块儿去取吧。王冶义笑起来:谁养的鹅看谁的家,一点不假。

刘主任继续提出自己的治疗意见,他让再给病人加服利尿剂,同时提议王冶文去找找针灸科的老牛,说她的新针治疗法对控制高血压很有效。见王冶文不以为意,刘主任解释说:冶文你可别不信,这针灸治疗高血压很有道理,主要是通过刺激经络穴位,相邻近的传入神经会引起降压反应,还能使体内释放某些舒血管因子使血管扩张,达到降低外周阻力的目的,从而使血压降低。

王冶文说:能有这么神吗,是在药物的协同之下吧。刘主任说:中医和西医是两个不同的知识体系,你我一时半会儿解不开的。但实践证明,它起作用,能起作用的治疗方法,我们就得使用,就得尊重。王冶文点点头:可也是,有次我牙疼,老牛在我虎口和脚趾上扎了两针,转了几下,你猜怎的,还真不疼了。

刘主任笑笑:冶文,我知道你话里有水分,不过……

王冶文打断刘主任的话:给邱成林采取这些措施,能控制住血压吧?

刘主任点点头:肯定!

王冶文说:到底是内科主任,点子就是多。

刘主任客气地说:这就叫各有所长,论到动刀子,我连个疖子也不会拉。

王冶文和姜玲等人笑起来。

……

中午下班前,王冶文顺着门诊大厅一楼往东走,他要去针灸科找老牛医生给老邱针灸。老牛是个老女人,技术好,性子更倔,无论哪个科里有病人需要针灸,都得科主任亲自去请她。走廊里此时人来人往,病人们和医护们在走廊里不停走动。王冶文看到一位扶着老人的女子向走过来的护士询问着什么,又看到一位青年女人抱着孩子不乘电梯而顺楼梯往上走。与此同时,两个病人家属搀扶着病人顺楼梯往下来,抱孩子的女人又慌忙侧身让路。王冶文无暇顾及这些,只顾急匆匆地从西往东走,身后传来药剂科副主任于大梅的招呼声:王医生,王医生!

王冶文只作没听到,仍是一如既往朝前走。大梅性格泼辣说话直,见王冶文佯装听不见,一溜小跑从后边撵上来:王冶文……促狭儿!

王冶文只好站住,他转过身,冲上气不接下气的大梅眨着眼说:哟,大梅姐呀,下班了?什么急事像给伢狗子撵着似的!

大梅赶上几步:真是个促狭儿,把你姐我比作母狗了?

王冶文说:撵你的是狗,我可没说你是狗,至于比喻嘛……

大梅说：去去，和你斗嘴从来沾不了光。我说王冶文呀，先恭喜你升任外科主任。王冶文说：我都升任外科主任多半年了，你怎么才恭喜？大梅怔了怔：哦，想起来了，我半年前给你恭喜过了。哎，你当了主任，可不能再那么促狭儿了！

王冶文说：生就的脾性长就的肉，不敢保证。大梅撇撇嘴：山难移，性难改。闲话少讲，咱们说个正事吧。

王冶文说：就大姐您正事多，有话快说，我有要紧事去针灸科。大梅涮了王冶文一眼：别贫，我说促狭儿，你当了主任有了权，可得帮衬大姐一下呀。

王冶文说：怎么帮衬，你又不缺吃少穿。大梅嘿嘿儿一乐：促狭儿，你得利用主任的权力，给病人多开药，开大处方。

王冶文轻轻一乐，说：只要是大姐您介绍来的病人，我一定照办。大梅打了王冶文胳膊一下：又贫，说真格的。为了提高经济效益，鲁副院长主持制定了制度，马上要召开科室负责人会议，哪个科室完不成指标就扣季度奖。

王冶文问扣不扣工资。大梅说：当然不能扣工资，工资是受法律保护的。王冶文说：不扣工资就行，至于开药多少，根据情况再说吧。王冶文说完要走，大梅拽住他：促狭儿，药剂科我负责业务，你得帮大姐一把。比如这次你让药品经销公司业务员写的申请单，用量就太小了，你得修改。

如今市场经济了，医院再不像以往那样去药材公司进药，而是通过药品经销公司进药。经销公司的业务员到医院找到药品适用科室的临床主任洽谈用药，主任同意后让业务员写好申请单，科主任签上名交到药房，药房盖章提交医院，业务院长签名后这手续即算办完。这样经销公司会根据医院提交的用药计划及时把药品器械等送来。因此，这科主任的用药计划是整个过程的关键。

王冶文见大梅是为了科室用药的问题找他，连说：好啊好啊，坑病人害病家，咱们要合伙昧良心的事了。大梅有点急眼：说什么呀，这里面你也是有好处的嘛，每季度奖金至少给你这个数。

大梅伸出三个指头。王冶文喜笑颜开：三百万？

大梅噗地笑出来：美得你，是百分之三。

王冶文说：这事以后再说吧，我得赶紧走，找到牛主任说好了，还有个手术病人等着我。大梅拽紧了王冶文的胳膊：你得答应我，不答应别想走。

王冶文侧侧头：大姐，我回到科里就得上手术台，手术虽然不大，也用不了多长时间，可下了手术台我还有急事要办呢。

大梅问他什么急事跟火烧着腚似的。王冶文嘴角上漾起一丝笑：实话相告，下了手术台我得赶紧去百货商场，那里正处理高档夹克衫，晚了怕是买不到了。

大梅认真起来,问:降价多少?王冶文说:原价八百多元,降到两百元了。大梅立时兴奋起来:哦?我早想给俺那口子买件上档次的夹克,可又舍不得花钱,这真是天大的好事啊。行行,你先去针灸科,我去百货商场看看。

王冶文说:快晌午了,你得抓紧时间。大梅看看手表:还来得及回家做午饭。

大梅松开王冶文冲出医院,王冶文从窗口看着直往百货大楼方向疾行的大梅,脸上显出惯常的令人难以琢磨的坏笑。

……

于大梅一口气奔到百货商场,只见商场里人流如涌,熙熙攘攘,各个柜台前站满了顾客。有的顾客在试穿衣服,有的在讨价还价。大梅欣喜异常,促狭儿的话果然不假,很多商品都在降价呀。她从一楼跑到三楼,又从三楼下到一楼,最后跑到一个衣服专卖柜前。服务员走过来:大姐,您想买哪件衣服?

大梅问道:姑娘,咱们这里不是正降价处理夹克衫吗,请问在几楼?

服务员一怔:没听说啊。

大梅说:我的同事告诉我的,那还有假!

服务员回过头去招呼同事:小陆,你听说几楼要处理夹克衫?

那位被唤作小陆的女孩歪着嘴说:姐你晕啊,现在正是夹克衫的旺销季节,又不是夏天冬天,老板就是傻憨疯了,也不会在这个时候降价呀。

服务员歉意地朝大梅摇摇头。

大梅一跺脚:该死!促狭儿,我又让他捉弄了。

大梅脸上现出失落又自嘲的神色,她转身朝楼门口走去,楼门口有个卖高压锅的。

大梅想跑一趟商场不容易,家里的高压锅快不行了,捎捎脚买个新的吧。大梅站在柜台前问这高压锅多少钱。营业员没抬头:三百六十元。

大梅一怔:哟,比去年长了将近一百元呢。

营业员说:去年西红柿一块钱一斤,今年长到一块八了。

大梅挑选了一会儿,说:这高压锅好像锅帮锅底都薄了。营业员告诉她这是新款的,煮鸡炖肉,十分钟就熟。大梅问:焖米饭呢?

营业员说:放上米就甭管了。

大梅心不在焉:光放米不放水吗?

营业员烦了:大姐,你是不是个崩爆米花的!

天近黄昏,姜玲安置好一个收治入院的外伤病人,就到了下班时间。接替她值夜班的年轻医生吕成已提前来到,两个人开始交接病人病历。交接完毕,姜玲换上衣服要走,值班护士走进来说:姜大夫,106房15床病人血压稳定了。

姜玲十分惊喜,问是不是连续测量的。值班护士说:今天连续测量三次,低压都没超过一百毫米汞柱。姜玲重又换上隔离衣说:准备好,时间允许的话,你去告诉王主任,今晚就给病人做手术。

自从和内科刘主任商议采取了一系列控制血压的治疗措施后,王冶文和姜玲时刻关注着老邱的病情变化。老邱这样的年纪这样的病况,控制血压是手术保障的前提,所以每天他们都叮嘱值班护士,按时测量老邱的血压。吕医生见姜玲这样一个女孩重又披挂上阵,心中着实不忍,他催促说:姜姐,你值了一天班,回家休息吧,这个手术我帮王主任做。

姜玲冲小吕眨眨眼:吃了晚饭,加个班就是了。这台手术挺复杂,王主任主刀,我当助手,又多了个学本事的机会嘛。

值班护士又走进来:姜大夫,我刚在办公室给王主任打了电话,他说:晚饭后就进行手术,由你主刀,他当现场指导。

姜玲乐呵呵地说:幸亏我没走吧,俗话说宁帮十万元,也不把艺传。王主任亲临授艺,哪里去找这样的好机会啊。小吕,提个建议,夜班如果没有特殊情况的话,这台手术你也去参加观摩。吕医生说:磕头来不及,打滚弄身泥,我这里先谢谢姜姐了。

小吕说着往外走,姜玲问他干吗去,小吕说:去找李主任,趁着他在普外值班还没走,央求他晚饭后替我两个小时就够了。

值班护士说:吕医生这是作孽呀,人所共知,李主任下班回家晚了就挨训,那位李嫂掐着钟点盯着他,晚回去半个小时就挨罚,要是晚了两个小时,你还让人家李主任活不活了!姜玲笑起来:为什么呀,人家李主任一不嫖娼二不狎妓,更没闲心在外边找小蜜,李嫂凭什么管得这么紧?

值班护士:嘻,还嫖娼狎妓找小蜜,就李主任那身板,光公粮也难说交得够。不过也闹不清原因,反正听他邻居说,李主任只要回去晚了,家里必有一场混乱,末了总是李主任屈服,常是骑马蹲裆式站在客厅,头顶一碗凉水练功。李嫂手持鸡毛掸子立在旁边监督,李主任动一下,李嫂就敲他的膝盖骨。

姜玲和小吕哈哈大笑,说:太玄了,太玄了,刑罚七十二种,哪有这一说。

小吕止住笑:我听李主任说过,李嫂对他不是信不过,是因为近几年社会风气的变化,唯恐他在外不慎被人缠上讹一家伙。李嫂那个单位上的副总就是因为长年早出晚归出了意外,两个人闹了半年别扭,如今那副总竟然搬到外边和相好的同居了。所以,李主任虽然不大自由,可心里熨帖,原因是夫人非常在乎他。

姜玲:既然如此,你就不要给李主任添麻烦了。

小吕:没关系,下了手术台我送李主任回家,有我这个人证在,相信夫人会给面子,李主任不至于挨罚。

……

晚上八点,邱成林被推进手术室里。小桦和小秋也想跟进去,被一个护工拦在外边。小桦和小秋说:我们是病人的亲儿女呀,护工说你就是病人家的天王老子也白搭,老老实实坐在那边等着。小桦和小秋相互看了一眼,这才明白手术过程中的规定还很严格。与此同时,王冶文、姜玲、吕医生和参加手术的护士等人已在术前准备室里认真洗刷,换上手术衣戴上无菌手套,一个个举着双手走进了手术室内。于是,手术室门上方指示牌里亮起一溜字——正在手术中。

走廊里,小秋和小桦既无奈又心惊胆战地坐在椅子上。

手术室内,老邱的腿部手术正式开始。老邱躺在手术台上,输液瓶和输血袋在左右两侧吊着。手术台上摆着骨钻、骨凿、三爪、咬骨器、摆锯、线锯、持骨器、测深器、螺丝刀、拉钩、骨锤、撬骨板、刮匙等一应器械。一块白布将老邱的视线和手术现场隔开了。无影灯下,老邱半睁着眼,裸露的下身覆盖着手术巾,麻醉师正在做腰椎麻醉,老邱的身子动不了也不能动,用他一贯自嘲的话说,此时的自己已成了任人屠宰的驴。

王冶文、姜玲等人身着隔离衣举着双手走进手术室后,术前必须履行的过程照旧不能马虎,过程仍是千篇一律的一问一答。

王冶文:邱成林?

护士:邱成林。

王冶文:106病房15床?

护士:106病房15床。

王冶文:胫腓骨骨折。

护士:患者胫腓骨骨折。

王冶文:麻醉?

麻醉师:硬膜外麻醉成功。

王冶文:患者取平卧位?

护士:平卧位。

王冶文:消毒?

护士:碘伏消毒术后已铺无菌巾。

王冶文:手术开始。

王冶文朝姜玲点头示意,姜玲走到手术台边站好,吕成也凑到手术台前。王冶文看了小吕一眼,说:幸亏不是酒肴盛宴,你小子还是不请自到呢。吕成说:您就宽宏大量点吧,我求了李主任十五分钟,他给李嫂请示了三遍才恩准替我值班的,容易吗。我现在趁着年轻多学点东西,要不您老了谁接班。

王冶文挤挤眼睛:嘁,想得倒远。

姜玲持手术刀站在老邱的患侧,就听王冶文说:手术正式开始,取右髂翼部弧形切口,长约六厘米,深度适当掌握。

姜玲麻利地切开皮肤和皮下组织,身边的护士用无菌纱布吸去渗血,眼前暴露出髂骨翼。姜玲盯着眼前的髂骨翼抻量着问王冶文取多大骨块比较适合,王冶文说:1.5厘米×3厘米×3厘米就够了。姜玲按照王冶文的吩咐凿取了骨块,然后把骨块交给助手,让助手制成黄豆粒大小骨块备用。助手接过骨块开始制作,姜玲第一道"工序"完成,开始缝合这个切口。护士递过弯针和医用缝线,姜玲右手握着持针器,熟练地缝合皮下组织和皮肤。姜玲迅速缝合完毕,微微侧脸问道:右小腿中段弧形切口五厘米差不多吧?

王冶文口气坚定:右小腿中段弧形切口五厘米。

姜玲切开右小腿中段,胫骨骨折部位显露出来。姜玲仔细探查了一番摇摇头说:右胫骨中下三分之一段斜形骨折,骨折断端重叠移位约五毫米。

王冶文像下命令似的说:够重的,幸亏手术及时,立即复位骨折及骨块。

姜玲伸出手,助手将三爪钳递给她。姜玲用三爪钳固定骨折端,在右胫骨结节至髌骨做了个纵形切口。王冶文探头向前看了看,说:切口小点了,至少得三厘米。姜玲又将刀口切开了一些,王冶文点点头:好了,胫骨结节近端暴露出来了。

姜玲用开口器于此处向髓腔开口后挫扩着髓腔。挫扩了几下,姜玲停下来。王冶文说:继续,继续扩。姜玲问扩多少,王冶文说:九至十厘米吧。

姜玲继续将开口器后挫,又后挫,王冶文忙说:行了行了。

姜玲停止后挫,转脸说:康辉8×280厘米钛质胫骨髓内钉。

助手将髓内钉递给她,姜玲将髓内钉从开口处向髓腔内插入后又要瞄准器。助手把瞄准器递给她,姜玲安装好瞄准器转脸问:主任,你看这样行了吧?

王冶文看了看:很好,交锁远端和近端锁钉各二枚。

姜玲操作着。

王冶文:C臂透视。

姜玲:锁内钉在位、交锁钉在位。

王冶文:松开三爪钳和瞄准器,安装髓内钉尾钉。

姜玲迅速操作:完毕。

王冶文:稀腆伏和外用盐水反复冲洗切口。

助手立即按照王冶文的吩咐冲洗切口。

姜玲朝一旁侧侧脸:髂骨块。

助手将部分制作好的髂骨块送到姜玲手里,姜玲把髂骨块置入胫骨骨折处,小心翼翼地把它们点放到合适的位置。一切就绪,姜玲又问:可以缝合了吧?

王冶文说:小姜你也够捣蛋的,明知故问,是不是想考我?姜玲嘻嘻笑着,眼角处堆起得意时才显现的细折:那好,我开始缝合了。

姜玲缝合完毕,又转到老邱的另一侧。她看了看老邱的腓骨损伤情况,仍没忘了征求王冶文的意见:复原腓骨吧,仍是弧形切口?

王冶文:轻车熟路的活儿,问什么呀。

姜玲:问问放心。

王冶文:不问我更放心。

姜玲:恭敬不如从命,动手了。

姜玲沿右腓骨划一弧形切口后停住手术刀,切口八厘米左右,腓骨远端已经暴露。她告诉王冶文,腓骨远端粉碎性骨折,骨折块间有分离。分离约两厘米,呈角约十五度。姜玲用手术器械慢慢将骨折处复位后,打上六枚钛钉,便取外踝解剖部位固定。助手用稀腆伏及外用盐水反复冲洗切口,姜玲把剩下的髂骨块置入胫骨骨折处,然后就缝合了皮下组织和皮肤。助手用棉垫加压右下肢切口,一直没有说话的王冶文开口了:小姜你好大胆,怎么不问问就动了手了?

姜玲头也没抬,重复王冶文刚才的话:不问我更放心。

王冶文轻轻一笑:告诉手术室外的两姐弟,手术顺利,皆大欢喜。

一位护士快步走了出去。

……

父亲给推进手术室后,小桦姐弟二人一直坐立不安。为了解除忧虑,也为了安定心神,两个人倒替着在手术室前的走廊里走来走去。小秋在走廊上来回走了几趟后忽然想起一件事,他坐到椅子上,把身子探到姐姐面前说:姐,得一大笔医疗费呀,我们去哪里拆借?

其实小桦早想到了这个问题,弟弟一说,顿时就愁眉不展了。小桦说:秋儿啊,听住院处的人说,连同王主任给想法垫付的这一万块钱至多维持一礼拜。这以后的治疗费用,咱们还得努力张罗。

小秋说:咱爸不是有住院医保卡吗?小桦说:你又不是不知道,咱们市的规定,退休工人住院只报百分之五十,这就是说,如果花两万的话,只能报一万,还得刨去不能报销的门诊检查、拍片、化验费和五百元的"起伏线"。

小秋连声啧啧着:也不知得住多长时间。

小桦说:伤筋动骨一百天嘛,何况咱爸他老了,肯定住的时间更长。小秋垂下头来:唉!往后这医疗费可咋办呀?

小桦说:只能走一步算一步了,实在不行,就求求熟人贷款。小秋一怔,虽然没有说出口来,但他知道贷款必须按时偿还,还不上继续贷下去,那就成利滚利,跟以往说的驴打滚差不多。为了宽解姐姐,也为了安抚自己,小秋的口气变得男子气了:姐姐,别急,过了这两天咱们再想办法,现在给爸治疗要紧。

姐弟俩正在为父亲的医疗费用发愁,手术室的门开了,一位护士腰肢款款走出来。姐弟二人赶紧凑上去问:护士大姐,我爸的手术做完了吗?

护士妩媚一笑:你姐弟两个放心吧,手术做完了,马上就出来。王主任让我转告二位,手术顺利,皆大欢喜。

小桦和小秋:谢天谢地,谢谢王主任!

护士笑嘻嘻地退回手术室里,小桦和小秋守在手术室门前再不敢离开。不大会儿,手术室的门打开了,小桦和小秋急忙走向前,却见一位手术室的清理工走出来。小桦和小秋摇摇头,继续等。当手术室的门再次打开时,老邱的手术车终于出现。王冶文和姜玲、护士推着手术车走出来,见小桦姐弟站在门前,王冶文冲小秋招招手:来小伙子,帮一把。

小桦和小秋连忙上前帮着推车。

老邱手术的这天晚上,院长办公室里灯光明亮,院长兼党委书记老齐坐在写字台后边,副院长鲁侃坐在他的对面。老齐的升迁和鲁侃是同步进行的,只是鲁侃始终比老齐低一级。老齐当门诊部主任时,鲁侃是副主任,老齐任副院长时,鲁侃升任科室主任,老齐当了院长,鲁侃也就成了副院长。老齐比鲁侃大几岁,按照多年来的规律,明后年老齐退下去时,顺理成章——鲁侃就是院长。为了这个院长的位置不至于旁落他人,老齐给鲁侃创造了许多机会,处处让他独当一面。这次的医院扩建工程本来不在他的工作计划之内,为了让鲁侃显示他的管理能力和经验,齐院长找到卫生局长,两个人跑建委跑政府足足跑了一个月,才把这个项目定下。鲁侃当然明白老领导的心思,自从接手这项工作以来,可以说宵衣旰食,殚精竭虑。光财政局他就去了十几趟,跑折了腿,磨破了嘴,财政局长看到市立医院曾经成功切除自己的化脓性阑尾炎的分儿上给上边打了报告,最终获批两千万。两千万在地方上不是个小数,但现在物价上涨,原材料贵得吓人,院委会几个人凑到一起大体计算了一下,即使抠出痔疮来,扩建计划也得需要上亿元。老齐作了难,作了难的老齐自己不能印钱,便让鲁侃积极想办法。因为医院扩建的声势已经造了出去,前期的摊子也已铺开,如今是骑虎难下,开弓没有回头箭了。老领导的信任,院长位子的诱惑,鲁侃能不豁出命来张罗吗。

两人面前各摆着一只茶杯,鲁侃给老齐杯子里续上开水后,从文件包里取出一份材料递给老齐。

老齐一边喝水一边看材料,看完材料抬起头:这新规定是不是有点过了?

鲁侃说:没办法呀齐院长,医院扩建需资上亿,眼下我们只有区区两千万的储备。当然贷款可以,不过我算了算,还上贷款起码得十五年时间。如果医护和管理人员集思广益各显神通,每年就能多收入三四千万。再加上我们到市里各大企业老总那里拉来的赞助,估计年底差不多凑够一期工程的费用。

齐院长说:把负担转嫁给病人,不太合适吧?

鲁侃眨着眼睛笑了,说:老领导你还停留在二十世纪七八十年代呢,现在不是光讲人道主义的时代了,你看看,哪行哪业不是在拼命挣钱?我们这么做,既搞了创收增加扩建资金,还可以提高医护人员的待遇,多发奖金多发福利。当然,最终目的还是扩建医院更好地为病人服务。你想想是不是这个道理。

齐院长再次翻看材料,不时地咂咂嘴,想说什么呢,吸了口气又咽回去。

鲁侃唯恐老院长因为顾虑否定他制订的创收计划,便开导说:我们无论从规模到硬件软件上,都远远滞后于同级医院。就拿外科来说,以往的大外科还有几家医院像我们这样保留着啊,手术范围已扩大到身体各个部位,并且向深度难度发展,有了更细的分工。除了普通外科,多数医院分别成立了颅脑、胸腔、心血管、泌尿、矫形、整形、创伤、烧伤、肿瘤、小儿外科、神经外科……

齐院长说:是啊,是啊,有的还建立了显微外科器官移植。可是,就我们医院这情况,再过十年也达不到那水平啊。

鲁侃说:就是嘛,我们必须奋起直追,否则就得被淘汰。

齐院长一会儿点头,一会儿摇头,但始终拿不定主意。他把手中的"奖金制度"修改稿还给鲁侃说:要不这样,咱们开个院务会讨论一下。

鲁侃说:齐院长,你的民主作风令人尊重,只是,只是这开会讨论往往是讨而无论,扯到最后仍是无果而终。我看这样,你我定个调子,立个原则,形成文件,明后天召开各科室负责人会议直接通过。省时省力省了许多麻烦,你看行吗?

齐院长犹豫着。

鲁侃说:还有,关于性病专家李岷调进医院之事,也一并决定了吧?

齐院长仍然犹豫不决:小鲁,冷不丁调进个卖春药的,不大好听吧。

鲁侃有些着急:老领导,什么年月了,还春药冬药啊,我打听了,那老李躲在胡同里偷着治性病,每月进项还一两万呢。要是把他调进医院,名正言顺的,这创收成果是可想而知的。

齐院长:是不是再抻一抻,等一等,做做院里业务骨干们的思想工作再说。

鲁侃说:齐院长啊,时不我待呀,我之所以今天晚上急着向你汇报,就是为了赶时间出效益。齐院长连说:我明白,我明白,那么,明天就召开各科室负责人会议,再听听下面的意见。鲁侃起身:你总是忘不了走群众路线,就这样吧!

第二天上午,医院在七楼小会议室召开了科室负责人会议。会议开始半个小时后,王冶文姗姗来迟。他站在门口琢磨着,唯恐鲁侃当着全院科室负责人的面责怪自己。会议室关着门,一个略带沙哑的嗓音从室内传出来:各科室负责人都得牢牢记住……前来就诊的病人,能入院的当然不能让他跑了,不够入院条件的创造条件也要让他入院。一句话,非得逮住蛤蟆攥出尿来不可……

王冶文听到这里差点笑出声,心想这位副院长真能整,把病人当摇钱树了。与此同时,一个足以摆脱尴尬局面的借口也想好了。他推门走进会议室,只见会议室正面坐着齐院长、王副院长和鲁副院长,下面坐着医院各科室负责人,鲁侃正在讲话。正讲话的鲁侃见王冶文推开门走进来,一下停住了,他板起脸说:小王你怎么才来,会议都快结束了,纪律性这么差,要给你提出警告。

王冶文没回答,挨着鲁侃夫人陈小琳坐下。

鲁侃见王冶文不以为意的神气,有点下不了台,口气随之变得严肃了:小王你听了没有,不要刚提了主任不久就翘尾巴好不好!

王冶文像刚听到一样冷不丁抬起头:哦,鲁副院长说我呢,对不起,报告鲁院长,我刚要上楼来开会呢,有个老头儿被人送到门诊,是因为和孙子抢玩具把脸磕了个血口子。那老头儿自称是你表大爷,我看在你的分儿上给他缝好伤口才来的,请鲁院长看在你表大爷的分儿上别训我。

鲁侃满脸疑惑:表大爷,我这年龄哪来的表大爷?

会议室里一阵哄笑。

鲁侃明白受了捉弄，唯恐王冶文继续弄鬼，眨眨眼睛道：这个促狭儿！

促狭儿此时已经安若止水，正襟危坐。鲁侃说：好了好了，会议继续。刚才我说到哪里了？哦，关于医疗提成和奖金分配问题，院委会研究决定，医疗提成和奖金分配与各科室的实际收益相挂钩。这就是说，你单单收治的病人多不行，治疗费用特别是用药量要跟上，只有做到收治率、费用率和用药量三结合，医院的经济效益才能上得去。也只有医院效益增加，医护和行管人员的奖金啊福利啊才能增加，我们才能迅速创收更多资金扩建医院。这里有份关于奖金新规定的修改决定，会后办公室印上若干份下发到各科室，让大家心里都有个数。

齐院长插话：这规定我们实行好些年了，现在老鲁只是重新修改，给大家加加码。另外再补充一点，新制度并非只奖不罚，完不成任务的科室，扣季度奖。

王冶文：我说一句院长，这样会把经济负担转嫁给病人的。

鲁侃冲王冶文摆摆手示意他不要插话：车动铃铛响，制药厂和经销商不也是把经济负担转嫁给了我们医院吗？

王冶文侧脸看着陈小琳：姐，你怎么不提前透个信？

陈小琳说：问我干吗？制度又不是我提出来的。

王冶文压低声音：陈姐，鲁院长生财有道啊，该你们药房发大财了。

陈小琳笑笑：老套子，也不是我们家老鲁才想出来的。

王冶文说：卖药越多，你们收入越高啊。

陈小琳：你们外科更牛，除了提成和奖金，还有红包。

王冶文说：彼此彼此，哎，陈姐，我告诉你个新鲜事。

陈小琳歪过头来：我就爱听你说新鲜事，不新鲜的事到你嘴里也能变新鲜。

正在继续讲话的鲁侃朝这边看了一眼：哎哎，大家有话散会后再聊，不能上边下大雨，下边下小雨啊。

王冶文连忙坐直了身子，专心听鲁副院长讲话。

会议继续进行。

鲁侃说：现在的药品市场很乱，但我们可以自豪地说，再乱乱不了我们市立医院。制药厂下有药品经销商，经销商在各地有区域经理，区域经理下设药品配送人员，我们就是根据本院所需每十天半月做出用药计划，药品配送人员就是根据我们的计划及时配送。至于药价嘛，从上到下那是梯次递增，增多增少，我们无权过问也不能过问，因为这是市场行为。不过我们医院是坚决不允许胡来的，按可调价适当增加一部分后，无论医护还是行管人员，谁都不许随意抬高药价，这是纪律，这是良心，这是医生的品德。

齐院长又插话:所以,但凡药厂直接派来的所谓医药代表,我们从不接触。

鲁侃说:对,不过,听说有些药厂的医药代表还是经常找我们医护人员吧。

坐在王冶文旁边的刘主任接上说:是啊,不断有找的,很多是熟人或者本市领导介绍来的。

齐院长的大手往外推了推:我可有话在先,无论谁介绍来的,一律回绝。

王冶文说:条件很优厚,只要进他们某一种药,就给百分之三十的回扣。

鲁侃目光直逼王冶文:你进了?

王冶文说:进没进,你问问陈主任吧。陈小琳打了王冶文一下:你个促狭儿!

会议室里又一阵哄笑。鲁侃明白大伙笑的原因,也跟着尴尬地笑起来:难怪人们叫你促狭儿,说话真损。哎,我说冶文,别尽想着耍嘴皮子沾人家便宜,干点正事啊,你是咱们医院第一个有突出贡献的中青年专家,找你看病的整天排着队,你笔尖动一动,那效益能顶半个科。

王冶文站起身说:院领导们请放心,本人对院里的决定坚决执行,俗话说,得罪掌柜的不是好伙计,我何不借着顺风好扬场呢。

会议室里又起笑声。

鲁侃摆摆手:再给大家通报一件事,为了更快更好提高医院经济效益,院委会研究决定成立性病科,聘请丰华路拐角上那个李岷为性病科医生。

大梅嚷起来:就是那个一直躲在街角卖春药的李四秃子吗?

王冶文见有机可乘,立即发问:喂,大梅姐,你怎么知道他是卖春药的?

大梅心直口快:我家老刘……你个促狭儿!

人们哄堂大笑。

主席台上的三位负责人也给逗笑了,笑过之后三个人开始小声议论商量,下边的人虽然听不清他们说些什么,但情景是在做决定调李四秃子来医院了。果然,鲁侃朝另外两位院长点点头,转过脸来说:哎哎哎,不要随意污人清白嘛,李岷祖上就是专门诊治花柳病的高手,到他已经为医五世了。老李在原有秘方的基础上植入现代科技,他中西结合,治疗性病有一套独特的办法。这点,凡是找他治疗过的人都有体会。

会议室里的人呵呵乱笑,说:看来我们医院有人亲身体验过啊,是不是鲁副院长身体力行了?陈小琳的眼睛朝鲁侃直盯过去,王冶文借机烧火,他不紧不慢地小声说:陈姐,勇敢地站起来,问问他。

陈小琳:坏蛋,促狭儿,甭撺弄,我不傻。

鲁侃注意到了陈小琳的眼神。

鲁侃脸色尴尬:散会,散会!

为了尽快补交父亲的住院费,小秋今天特地多上了几样菜。菜市场里,小秋站在自己的菜摊上仔细地码放完茄子、青辣、西红柿等菜蔬,然后低头数着手里的钱,连数了两遍叹口气:唉!还差得远呢。

这雯,一位脖颈上挂着珍珠项链的夫人走到菜摊子前,小秋连忙将钱放进衣袋,朝前哈着腰问:您想要点什么菜?

夫人拨拉着西红柿问价钱,小秋说:这是刚从郊区菜地里进的,很新鲜,两块三一斤。夫人把西红柿扒拉开,怀疑地盯着小秋还了个两块钱的价。小秋咧嘴道:不瞒您说,我进价是一块八,每斤才赚五毛钱。

夫人冷笑,说:你们小商小贩哪有实话,两块吧,不行我再到别的摊子上看看。小秋无奈地点点头,心想赚一毛是一毛,两块就两块,他让夫人往盘子上拾西红柿,夫人拣了两个中等大小的西红柿放到秤盘上:称称。

小秋说:您就要两个? 夫人说:两个还少吗,不想卖咋的? 小秋怔了怔,连说:卖,卖卖。秤盘翘了翘,两个西红柿八两,一块六毛钱。小秋把西红柿装进塑料袋里递给夫人,夫人从钱包里取出钱递给小秋:一块五吧。

小秋说:太太,要这样的话,我一分钱也赚不了啦。

夫人瞥了小秋一眼,提起塑料袋跩着屁股走了。

小秋望着夫人的背影咧着嘴:什么人啊!

小秋卖菜,姐姐小桦在父亲身边值班。手术后的老邱躺在病床上,小桦俯身和老邱说着什么。这时,病房门轻轻开了,一位没穿隔离服的中年女人走进来。中年女人径直走到老邱病床前,看看手里的本本问:15床,邱成林,对吧?

小桦赶紧直起腰来:是的,有事吗大姐?

中年女人说她是住院部的郑琴,15床的住院费应该续交了,希望明天赶紧筹措。小桦看看床上的父亲,悄悄把郑琴叫到病室门口:大姐,我爸爸也是有医保的,应该出院时一并结算吧?

郑琴看看手里的名单:你叫邱小桦?

小桦说:对,我是邱成林的女儿。

郑琴说:那,这事就得找你,赶紧筹备钱吧。

小桦说:大姐,我刚说了,能否出院时一并结账?

郑琴摇摇头,说:这是医院的新规定,没医保的随时交费,有医保的同样按比例随时补交差额。小桦说:大姐,我母亲也曾在这里住过院,以往可不是这样的呀。郑琴叹口气,说:以往为了病人出院欠债拖债的事,医院没少和病人之间产生摩擦。所以，这以后就把制度改了，今日账，今日结。她说自己只是个执行者，没办法。

小桦思索片刻，压低声音：大姐，我和弟弟都是下岗工人，入院费还是王主任想办法给凑够的，宽限几天吧。

郑琴很同情地看着小桦好半天，犹豫着说：考虑到你们的实际困难，不行我回去和院部主任说说，可以三天一交差额费用。

小桦恳求的口气：大姐，帮人帮到底，五天吧。

郑琴有点烦，声音抬高：邱小桦啊，这已经相当照顾了。

小桦看了看病床那边，说：大姐请小点声，别让我爸爸听到。郑琴退到门外：好吧，你知道就是了，费用是不能拖欠的，这是医院的规定。

郑琴说完转身走了。小桦用失神的眼光看着对方的背影消失在走廊尽头，取出手机给弟弟拨电话。电话拨通，传来小秋的声音：姐，找我有事啊？

小桦仍然压低着声音：是啊小秋，医院又催补交住院费呢，我昨晚刚找朋友借了一千元，你那里能腾出多少，咱们凑凑吧。

6

晚上，外科病房值班室的门开着，身着隔离衣的姜玲伏在桌上看《实用外科学》。药剂科副主任于大梅走进来，她悄悄从旁绕过去，在姜玲的肩膀上拍了一下。姜玲回过头来镇静地看着大梅，问她怎么天这么晚了还到病房来，是不是有要紧事。大梅没有回答姜玲的询问，反而奇怪地看着姜玲，说：我冷不丁拍你，你怎么不害怕？姜玲笑笑说：既是医生，就没有胆小的。大梅说：未必，前些日子她也是晚上到了这里，看到李副主任趴在这桌上写病历，便悄悄绕到他身后拍了一下，李副主任吓得当时就跳起来，连椅子也踢翻了。

姜玲乐得直打嗝：梅姐你说得太玄了，一个大男人会这么胆小？何况他一个外科副主任整天和病人打交道，面对死人也不会如此张皇失措呀。

大梅：千真万确，我看他当时脸都白了，还后悔不该开这个玩笑呢。

姜玲：梅姐，李主任为何这么胆小，是不是让老婆管的？

大梅摇摇头，告诉姜玲一个有趣的事情。李晓宇在医科大学读书时，有一次上解剖课，老师让他和另一位同学去取一个仿真模型。李晓宇在前，那位同学在后，打开门刚进解剖室，转身却见一个被福尔马林泡过的小孩儿尸体立在门后。因为事出突然，李晓宇当即吓得跌在地上，随后跟进来的同学更惨，吓得当场尿了裤子。事后才知道，上一堂课的同学因为是实体解剖，将小孩儿尸体送回来顺手放在了门后，本想去西套间取出下一堂课所用的仪器后，再将尸体放进东套间的福尔马林池里，不料来送尸体取仪器的两个同学都是马大哈，取了仪器忘了尸体，这个小孩儿的尸体因为泡过福尔马林，所以就一直僵硬地在门后站着……

姜玲听了哈哈大笑：这么说，李主任是给吓破胆了。从生理学角度讲真有点，因为他一害怕就吐苦水呢。

大梅：这件事医院的老人都知道。

姜玲听完李晓宇的故事又问大梅天这么晚了来病房干吗，大梅说是来等王冶文的，和他谈谈药房和科室相互协作的事。姜玲说：王主任正在手术，恐怕一时半会儿见不到。大梅说知道王冶文正在做手术，所以才提前来等他。姜玲奇怪地看着大梅，说：倘若王主任下了手术台就回家休息，你不白等了。大梅摇头说：不信你看着，他下了手术台保证来病房巡查。

姜玲说：你这么清楚他的规律？

大梅说：当然，他到医院六七年了，从来如此。

姜玲说：难怪年纪不大就当了主任成了专家。

大梅说：小姜啊，你才进院不久，还不了解这个促狭儿主任吧？

姜玲有点委屈，因为她进院也有两年多了，又在同一科，怎么会对自己的科主任不了解呢。大梅看出姜玲的神情，便一半调侃一边认真地告诫姜玲，和王冶文相处，得随时提防着。大梅说：王冶文有个外号叫促狭儿这你知道吧？姜玲说：早知道，这医院里有几个不知道的？大梅说：这就对了，促狭儿习惯成自然，虽然捉弄人并非恶意伤害，但每每让被捉弄的人有苦难言。大梅举了昨天自己被他捉弄白白跑了一趟百货商场的事，姜玲笑得趴在桌子上直抽筋。大梅的结论是：遇到事你别逼他，否则他想个招儿就会让你自己上当。所以呢，今晚自己到病房里来，肯定再不会像昨天那样逼他，而是以商量的口吻谈工作。因为她怕了，唯恐王冶文促狭儿性发，再弄出个什么让她始料不及的坏主意来戏耍她。大梅说着自己先已咯咯咯地笑起来。姜玲问她笑什么，大梅说：想起他办的那些促狭儿事来，把人活活气杀又笑杀。姜玲也笑起来，她让大梅举上几例，大梅摇摇头：还是不说的好，免得惹你笑起来影响病人们休息。

姜玲摇着大梅的胳膊：大姐，大姐……说嘛！

有人敲了下门框，姜玲转过身，见是护士小马。小马说：你俩在这里侃大山呢。姜玲说：我们在谈王主任，小马也笑起来。姜玲问他笑什么，小马说自己也不知道，反正一说到他就想笑。大梅说：你看你看，这个促狭儿已经形成气场了。小马告诉姜玲,说:106的15床上下通顺了。姜玲:好好,我马上过去查一下,给他调调用药。哎,梅姐,你等我一会儿。

大梅:你忙,你忙。

姜玲和小马走了出去。

值班室里剩下大梅一个人,她闲极无聊,便摸过一本医学杂志翻看着。不大会儿,姜玲拿着听诊器走进来。大梅说:这么快就查完了? 姜玲说:只是大液体里调换了一下药,小马按医嘱去换药了。姜玲坐下来,让大梅接着刚才的话题说。大梅一愣怔:什么话题,我刚才说什么了?

姜玲说:难怪姐妹们都说你马大哈,自己刚说的就忘了? 王主任的趣事呀。大梅"哦哦"着,说:来日方长,有关促狭儿的趣事以后说,我跟你说说他的恋情史吧。姜玲的手抖动了一下:怎么,他还有恋情史?

大梅:你以为呢。

姜玲:那好,我喜欢听。

大梅正要说,在普外值班的副主任李晓宇笑嘻嘻地走进来,问大梅是不是闲着没事侃三国,大梅说:不是侃三国,是侃促狭儿。李晓宇呵呵直乐,说:准是你又让他促狭儿了。大梅说:凡是和他相熟相知的,有几个不曾让他促狭儿过,你老李不也是隔三岔五上他的当吗? 我是说他几年前那段艳史。李晓宇凑上来:嗯,别看冶文促狭儿,按儒家学说讲却是个正人君子。

姜玲:嘀,李主任真逗,这年月还有正人君子?

大梅说:小姜你不能不信,李主任这话可是真的。那是促狭儿来医院的第一年吧……李晓宇插上话,不,是第二年,我记得很清楚,当时冶文已经和雨柔"处"上了。大梅接上说:对,是第二年。第二年夏天外科病房收进一名癌症病人,手术由王冶文主刀。手术做得非常漂亮,病人恢复得也很快,当时伺候病人的年轻女子也就二十来岁吧。

李晓宇:差不多,正读大学呢,是利用假期时间伺候她爸。

大梅说:那女子见冶文医术高超人才出众,就主动表明心迹,要与冶文百年好合。姜玲赶紧问王冶文是不是答应了,大梅:你看你小姜,要是答应了怎么会和雨柔结了婚。没答应,他说自己已经有了女友,那女孩说自己不介意。冶文说不介意也不行,一个人不能脚踩两只船。

姜玲:还真君子。

大梅说:真君子的事在后边呢,那天冶文值夜班,女孩闯进了休息室,非要以身相许,促狭儿横竖不答应,说要给她留个完整的身子以便将来结婚时在丈夫那里有立身之本。你说说,青年男女,干柴烈火,这促狭儿就能扛得住!

李晓宇插话道:事后我揣摸,那时冶文还没结婚,可能没吃过李子,不知道李子的味道。要是搁到现在,未必。呵呵。

大梅说:这话兴许有道理,但不管咋说,人家促狭儿当时做了回堂堂正正的君子。当时女孩哭着从休息室退出来,值班的小林问她怎回事,她竟然在走廊里原原本本把自己遭遇冷落的过程说了。小林不信,说给我们,我们也不信,后来问促狭儿,促狭儿竟然一副莫名其妙的神态,说我咋不知道这档子事啊。

李晓宇说:人家促狭儿是给女孩保护脸面,后来我听小黄讲过,那女孩带爸爸出院前曾找到冶文,说王医生你记着,我爱你是我的权利,你不爱我是你的自由,但话要说明,以后我会磨你的眼睛。

姜玲:磨眼睛?

大梅说:还真是磨他的眼睛。女孩毕业后回到本市,很随便地找了个男人。这男人做酒水生意,是个酒鬼,赌徒,赔了钱输了钱或者喝醉了酒,就在老婆身上撒气。女孩只要挨了打受了伤,就来找促狭儿治疗。

姜玲:还真是磨他的眼睛。男人这么糟糕,那女孩为何不离婚?

大梅说:她来医院找冶文治疗时,我们也曾劝过她,你猜她说什么? 她说好女不事二夫。有一次让我遇到了,就埋怨她,几百年前的论道了,亏你还记着。你是既痴又愚还傻,白白担着个时代女性的名声。

姜玲:那她怎么说。

大梅:她说既然走进心里的第一个人没得到,再找什么样的也能凑合着过。

走进心里的第一个人……姜玲喃喃着出神,末了撇嘴一笑:呵呵,明白了,这不过是一个美好的传说,不信,我坚决不信!

李晓宇和大梅正奇怪姜玲何以说出这种话,小马又走进来:姜姐,昨天下午手术的那个肠梗阻也通顺了。

姜玲立时从迷蒙中清醒过来,嘴里说着“我不信,坚决不信”,起身和小马往外走。小马被她弄得莫名其妙:你为何不信啊,我刚从病房里问了嘛,病人的确是上下通顺了呀。

在她们背后,传来大梅和李晓宇哈哈的笑声。

……

外科病房走廊里,王冶文身穿便服走过来,恰好遇到姜玲和小马从前边一个病室走出来。姜玲站住等到王冶文走到跟前:手术做完了?

王冶文:做完了,不是什么大手术,很快。也很顺利。

姜玲说:一天三台手术,够累的,快歇歇吧。王冶文说:累也得查查重点病号。姜玲说:我都查了,一切正常,没有意外。王冶文点点头,从衣袋里掏出一叠钱递给她,说是又捞了一把。姜玲接过钱:明天我让小林记上。哎,下午收治了一位患急性腹膜炎的乡村妇女,丈夫在外打工,家里还有女儿婆婆,七拼八凑也没凑够住院费,我只好又"潜规则"了一把。

王冶文:积德行善,善莫大焉。该潜的,你就潜呀。

姜玲说:总得告诉你个信儿啊,免得到时查我黑账。王冶文说:只要你不把钱拿去贿赂男朋友,我永远不查。姜玲听了,朝王冶文"呸"了一口。

一旁小马咯咯地笑起来。

王冶文说:你呸吧,我回家了。

姜玲叫住他:哎哎哎,我说主任,人家梅姐还在值班室等你呢?

王冶文走了几步又站住,他沉吟着:这个马大哈,一定又是来缠着我修改药品进院申请单的。哎,小姜,她没带手机吧?

姜玲说:当然没带,谁都知道咱们外科的规定,为了不影响患者休息,进病房一律不准带手机。王冶文说:这就好,这就好,咱们去看看她吧。

姜玲惊奇地看着王冶文:人家没带手机怎么就好?

王冶文诡谲一笑,没回答。

三个人走进值班室时,大梅正和李晓宇聊家常。大梅抬起头见到王冶文,说:你终于来了,你个促狭儿,那天害得我跑到百货商场……不料话没说完就被王冶文立即打断:咦咦咦,大梅姐呀,你躲在这里挺自在,可把大刘哥坑苦了,他正内外妇儿各科找你呢。

大梅:找我,找我干吗?

王冶文说:只是看到他见了医院的人就问看到俺媳妇了吗?谁知找你干吗呀。是不是想你了?也不对,你俩又不是两地分居,隔三岔五值个夜班也误不了多少事。是不是怀疑你一枝红杏要出墙啊还是什么的……

大梅:越说越没正话。哦?哟,可能是上高中的儿子回来了,找衣服。

姜玲:大哥就不能给儿子找衣服?

大梅苦笑着,说:你们不知道,俺那口子是个甩手自在王,连他的衣服都是我来张罗。儿子又是个急脾气,这这……

王冶文:那你快回家吧。

大梅迟疑着:你看这事,你看这事,就这么巧。

王冶文催大梅快走,说:回去晚了儿子赌气返回学校,你这当妈的还得去给他送衣服。大梅仍犹豫着:冶文,咱们那个事……

王冶文说:梅姐你快去吧,快去吧,刘大哥是个耐不住性的人,再找不到你非喊起来不可。到时弄得半个医院都出来看西洋景,脸上光彩吗?

大梅极不情愿地站起身,犹豫着权衡了一会儿利弊,突然一溜小跑出了值班室,顺着走廊匆匆而去。王冶文脸上露出坏笑:直肠子人,说什么她就信什么。

姜玲:你骗人家?

王冶文:不是骗,是哄。

姜玲:哄?

王冶文:是啊,把她哄出去就行,要不她得纠缠到半夜。我可以负责任地说:,大梅姐是个好人,只是心眼儿太直,性子过于泼辣。

姜玲:心眼儿直看得出,性子泼辣却没发现。

王冶文:你不信啊,告诉你,她开车上街时,交警见了都远远躲着。

姜玲:啊? 这么厉害!

王冶文说::就是啊,警察也怕被撞着呗。

李晓宇早就哈哈笑起来。姜玲也乐了:哈,你说:话总是绕着弯子搞笑。

王冶文说形象比喻嘛。姜玲说你当初应该搞文学创作。李晓宇插进话来,说王冶文承认自己当年也写过小说。姜玲认真起来:哟,真行,发表过吗?

王冶文:几乎把前列腺都憋大了,还是没能写出东西来,最后只好放弃。

姜玲捂着嘴笑,说:你呀王主任,哪句话不逗笑就算白说了。哎,梅姐为什么要找你修改药品进院申请单。王冶文告诉小姜,药品进院申请单是科主任的权力,我申请的药品,到期我得保证用完。李晓宇:这规定真损,浪费了药品,还让患者花了许多冤枉钱。王冶文点点头:李哥高明,医疗诟病,积重难返啊!

姜玲:明天梅姐再找你咋办?

王冶文:明天我休班。

姜玲:后天呢?

王冶文说:明天就是往药品经销公司发单的最后期限,大梅马大哈,把日期忘了。李晓宇和姜玲都笑起来。王冶文问他们笑什么,姜玲说:怪不得人们都叫你促狭儿。王冶文打个呵欠:你们自个儿笑吧,我回家睡觉去了。

李晓宇说:咱俩一块儿走,待会儿小吕去换我的班,得交接一下。一正一副两位主任快步走出值班室,脚步声渐渐远去。

值班室内剩下姜玲一个人,她双手托腮,陷入沉思。

姜玲是医科大学毕业的年轻大夫,她为促狭儿举重若轻的处事方法和精湛的技术所折服,心中早就暗暗喜欢上这个妙趣横生的青年专家。但对方已有妻儿,心高气傲的姜玲又从未有过甘做"小三"的想法,心里很痛苦。

姜玲独自沉思了好长时间,忽然冒出一句话:均衡、睿智、大气。如此男人的楷模,得不到是一生的遗憾!

鲁侃做事从不拖泥带水,决定了的问题总是马上落实。科室负责人会议召开两天后的傍晚,他就亲自去了李岷的夫妻健康用品商店。商店室分前后,前边半间柜架上摆着各种夫妻用药,有的是市场流行的商品药,有的则是李岷加工自制。后半间就是李岷的卧室和客厅了。由于李岷的确藏有"金枪不倒"的传世秘方,有些男人如今吃喝不愁,花钱无算,为了寻求刺激,所以他这里的生意较之别处就兴盛了许多。

鲁侃坐在商店后半间的沙发上,五十左右就已谢顶的李岷坐在他旁边。鲁侃摆弄着李岷刚刚送给他的"回春丹"问:我说李岷,你的家传秘方真起作用?

李岷把脸凑到鲁侃跟前:鲁院长,我敢保证,凡是吃过我的药的男人,无不青春焕发,别的例子我不举,这你可以证明吧?

鲁侃咧嘴一笑,没有回答李岷的问话,却反问李岷配的胶囊里到底装的什么药,是不是把伟哥研成粉末盛进去了?李岷啊啊着说:院长哪,天下有这么傻的人吗,一粒伟哥近百元,我卖一粒胶囊才四五十块,真要以伟哥做原料,我不得赔掉了腚吗?

鲁侃认真追问:那你到底用的什么药?

李岷指天发誓,说都是真材实料,祖传的秘方。鲁侃问他能否透露一点秘方成分,李岷说:能帮十万元,绝不把艺传。老祖宗定下的规矩,我不能破啊。鲁侃听他这么说,点点头:可也是,透露出来就不叫秘方了。

李岷说:是啊,我还得指望这秘方混饭吃呢。鲁侃问他除了卖春药,会不会治性病,李岷说:性病不就梅毒吗,我治这病最拿手了。鲁侃口气轻蔑,嗔怪李岷无知,因为现在的性病不光是梅毒,多是支原体衣原体感染什么的,他怀疑李岷的祖传秘方能不能治这种病。李岷说:治梅毒没得说,要说这什么、什么体的……嗯,无非就在花柳病范围,治过。

鲁侃:你能诊断这种病?

李岷说:我只看症状,弄不太清的就让患者去医院查,医院确诊后我再对症下药,实在弄不太清的,我就看书。鲁侃笑起来,他说:看样子你李岷治性病还是个半吊子。李岷说:怎么,鲁院长你患上性病了吗?

鲁侃说:扯淡啊,我患什么性病!医院要设性病门诊,考虑招聘你去坐诊。李岷一听此话,噌地站起身:啊哟,说谢来不及,打滚弄身泥,这些年来,我一直躲在街角卖野药,不是工商局药检局找事,就是卫生局找碴儿,早就想名正言顺当个医生了。鲁院长,让我怎么感谢您啊。

鲁侃说:用不着感谢,关键是你能否胜任。李岷回说:不就是为了挣钱吗,凭我的秘方和三寸不烂之舌,给医院日进斗金是瞎话,弄个万儿八千的没问题。再说,我的脑瓜特灵透,有些东西一学就会,这你还不相信吗?其实鲁侃早就做了决定,他说:只要你能给医院挣了钱,提高了经济效益,我就能大胆聘用你。

李岷说:挣钱没问题,业余时间还可以另卖春药,收入你我平分。

鲁侃:去去去,说着说着就俗了。

李岷朝鲁侃竖竖大拇指:天下谁人不爱钱,鲁院长您真是惜才怜才又清廉。

鲁侃说:你心里先有个数吧,真要办成,你就不用天天提心吊胆地躲在胡同里卖春药了。李岷连说:是啊是啊,那就正大光明了呀。鲁侃站起身:就这样吧,我得回去了,今晚家里来客人。

鲁侃从李岷的夫妻用品商店出来后直接回到家里,陈小琳已经做好晚饭。鲁侃喝了杯红酒吃了碗米饭,陈小琳去值夜班,他便独自坐在客厅沙发上看一份材料。鲁侃一边看材料一边不时地看表,他在等客人,但客人到现在还没来,鲁侃有些沉不住气,迟疑了一下摸起电话。事情总是这么巧,他刚抓起电话,外边楼梯上传来脚步声,接着有人敲门。鲁侃放下电话:来了,来了。

鲁侃打开屋门,一位穿着讲究的中年男人走进来。

鲁侃:老鲍啊,我以为你今晚来不了呢。

老鲍:一点闲事给耽误了半个多小时。

老鲍把手里提着的东西交给鲁侃。鲁侃接过东西看了看:咦咦,老鲍啊,又给我捎海参来了。

老鲍说:是啊,让你老兄补补身子,好对付美妻小陈呀。鲁侃在老鲍肩窝上捣了一拳:你小子,净拿我开涮。

老鲍说:小陈是第三任了吧?鲁侃笑笑说:你记得真清楚。老鲍话里满是妒意,他说鲁侃在大学里就是钓女孩的高手,到了这医院福地,不是更如鱼得水吗。鲁侃摇摇头:将军下马不谈兵,英雄归山不言勇,那都是以往的事了。再说,小陈只是长得漂亮,脾气性格可是真要命啊。

老鲍说:人家小你十几岁,你可不能得了便宜卖乖。

鲁侃:那是那是,喝茶吧,庐山云雾,早给你泡好了。

两个人相对而坐。鲁侃把茶水送到老鲍面前,照例先恭维一番:你老弟升发得真快,才几年呀,就成了恒永水泥集团公司总经理了。听说董事长老孙患病体虚,要把人大代表的位子让给你。

老鲍苦笑:说说而已,这人大代表可不是随便乱让的,那得选举。

鲁侃呵呵着说:选举也只是个形式,你老弟可真是春风得意马蹄疾。老鲍喝了口茶水:鲁兄,给我们董事长做胃病手术的事安排了吗?

鲁侃说:你们董事长不是要去北京手术吗? 老鲍嗨嗨着说:去北京了倒是不错,可到了北京又跑回来了。鲁侃连说:怪哉,北京大医院里安排个手术多不容易,干吗又回来呢。老鲍说:负责董事长手术的是一位老教授,听说我们是山东人,老教授直摇头,说你们这是舍近求远哪。我们问此话怎讲,老教授说他就是王冶文的博士生导师,他说王冶文是个外科天才,年纪又轻,现在无论精力和手术水平都远在他之上。我们去找他手术,还不如回来找王冶文呢。

鲁侃说:对,王冶文的确是那位老教授的学生,当初毕业时那家医院留他,可他说什么也要回故乡医院工作,这其中的谜到现在人们也无法破解。老鲍猜测,王冶文执意回来,可能是为了他那个在歌舞团的女友,听说他俩是青梅竹马。鲁侃摇头:不,绝对不是,他和妻子夏雨柔相差四五岁。况且,单纯为了夏雨柔的话,可以把她调到北京去嘛。当时,夏雨柔是菊城一枝花儿,只是眼眶子忒高,一般男人看不到眼里。王冶文进院后,有一天去歌舞团看他当团长的表嫂刘芳,恰巧夏雨柔也在刘芳那里,见了王冶文就再也迈不动腿了。

老鲍说:那当然,这个王冶文不但技术冠压全院,论气质说相貌,也是咱们男人中的佼佼者,那个夏雨柔见了能不直眼吗? 鲁侃说:是啊,刘芳看出夏雨柔眼中意思,从中作伐,竟然一枪命中。双方也没处处恋恋,一个月后就领证结婚了。

老鲍说:人家这是先结婚后恋爱嘛。鲁侃呸了一口:屁呀! 他们结婚不久便开始闹矛盾,尽管有了孩子,感情也并不融洽,一直就若即若离的。

老鲍说:这就怪了。鲁侃说:不怪,对眼不对心,两个人体内的电子波段不合拍。老鲍没有理解开鲁侃的话中意思,迷糊了一阵儿说:也许另有隐情。

鲁侃:嗯,也许是。一个人心中的秘密如果自己不说,外人永远难以洞悉。

老鲍问给他们董事长手术的事,鲁侃和王冶文沟通了没有。鲁侃说:我已和他讲了,他也答应给你们董事长主刀,不过,事前你们得……

鲁侃的手指做了个捻票子的动作。

老鲍说:这还用你叮嘱吗,现在谁不知道请医生动手术得红包的干活儿呀。一般外科医生尚且如此,更别说著名青年专家王冶文了。鲁侃说:既然你心知肚明,我安排个时间,你和他单独聊聊。老鲍哈哈大笑:单独聊聊!

鲁侃说:书归正传,那我们扩建医院的赞助费……老鲍摆手打断鲁侃的话:董事长说了,给你们一百万。老兄你真行,腚沟里夹尿,滴水不漏。

鲁侃喜笑颜开:逮住蛤蟆就得攥出尿来,为了医院的扩建,我也是被逼无奈。

老鲍问:咱们同学老郎那里怎么样?鲁侃说:也打招呼了,为了这赞助之事,我还答应把他妹妹郎婷婷调到医院来呢。老鲍说这叫礼尚往来,同时笑眯眯地看着鲁侃:老郎的妹妹我见过,年轻,白嫩,跟水仙花似的,你老小子莫不是……

鲁侃:滚蛋,我把婷婷当妹妹看。

……

在鲁侃的安排下,老鲍和王冶文在芙蓉饭店雅间里见面了。

精致的小雅间,亮暗适宜的灯光下,一张同样精致的小圆桌。小圆桌上安放着几个电热火锅,桌子中间放着几个盘,盘里盛着鲍鱼片、海参条、对虾和一盘五花牛肉片,一瓶开装的茅台酒放在桌上。

恒永集团的鲍总坐在正首,王冶文坐在鲍总一侧。漂亮的女服务员走过来给两人斟上酒,轻启朱唇说:先生,您慢用。

鲍总色眯眯地看了服务员一眼:好了姑娘,您去忙吧,我们自便。

服务员答应着好的好的慢慢退了出去。鲍总端起酒杯:来,王主任,难得你有这闲暇,咱们好好喝几杯。

王冶文连说不客气,二人同时干杯。鲍总给王冶文斟酒,重又端起酒杯,说:王主任,咱们边喝边聊。王冶文是有酒量的人,也不推辞,端起酒杯喝下。鲍总把鲍鱼片、海参条、对虾和牛肉片在火锅里涮了又涮,然后一并送到王冶文面前的小盘里。王冶文也不谦辞,把一片牛肉送进嘴里嚼着说:鲍总,我刚和你交代过,你们董事长的瘤子是良性的,不用动手术。

鲍总说:董事长天天担心,还是给他摘掉为好,这不专门让我请您……

王冶文说:那个瘤子紧贴腹主动脉,弄不好就会出血,所以还是不动的好。你知道我的导师为何把这病推出来吗,就是害怕年老眼花,手一哆嗦不小心戳着主动脉,到时摘瘤子事小,止血事大。鲍总连连点头:这我明白,这我明白。嗨,谁不知道王主任是本市一把刀啊,连北京医院动不了的手术你都能解决,何况一个良性瘤,您就费心照顾一下吧。

王冶文:真得没必要。

鲍总千乞万求,说:王主任您就别推了,就这么定,这么定,啊?尽快给我们董事长安排手术,啊?鲍总放下筷子,打开皮包,从皮包里取出一个信封递给王冶文。王冶文口气平静:这更没必要了吧?

鲍总:人之常情,人之常情,这是董事长特别嘱咐的。

鲍总不犹豫,拉开王冶文的皮包把信封装进去:小意思,呵呵。

王冶文看了皮包一眼:恭敬不如从命,愧领了。

......

王冶文从芙蓉饭店出来后，婉辞了鲍总的专车相送。嘴里哼着歌儿，一路观看夜景，优哉游哉地走回医院。他知道今晚护士长小林值班，便夹着皮包径直奔了外科办公室。果然，小林正俯身案前整理写字台上的东西。

王冶文把皮包放在小林面前，手指轻轻磕打着写字台边：喝多了。

小林沏了一杯茶放在他面前，说：每周差不多都有请你吃饭的，真幸福。王冶文摆摆手说：负担，完全是个负担，我宁可吃馒头喝稀饭，省出时间在灯下看看外文资料，也不愿去那些豪华餐厅让人家酒肴伺候言语恭维。活受罪，简直就是活受罪。瞧我，为了应付，嘴唇儿都喝得麻了。王冶文打了个酒嗝：哎，差点忘了，一如既往，又有收获。

小林乐呵呵地靠写字台站着：马无夜草不肥，主任又捞到外快了？

王冶文指指皮包：里边。

小林打开皮包，取出信封，问这次"受贿"的数目。王冶文说：这种事能当面点钱吗，你数数吧。小林点着钞票，姜玲走进来：分赃呢？

王冶文喷着酒气朝姜玲腆腆脸：既然赶上了，也有你一份儿。

姜玲摇头说：承受不起，你还是留着买包子吃吧。

小林数完钞票：主任，八千。

王冶文说：真小气，一个恒永集团，我想怎么也得一万啊。

姜玲打趣道：人言不差，老和尚不爱财，越多了越好。人家好好的肚皮让你拉一刀，医疗费照付，给你八千红包嫌少，没够了你！

王冶文说：这些人有多少钱恐怕连他自己也不清楚，不要白不要。只要不是中饱私囊，对天对地对自己都问心无愧。王冶文和姜玲你一言我一语地插科打诨，小林默不作声地从抽屉里取出一个记录本在上面认真填写。小林把填好的记录本送到王冶文面前：签上名字，填好年月日时和数额。

王冶文拿起笔来一一写好：每次都这么啰唆，烦不烦啊。

小林：例行手续，必须的。

这是外科的秘密，也是当今医院的医护极为罕见的善举。三年前，外科的老王主任接受了王冶文提出的建议，内部暗自成立了"帮扶病患基金会"，自那时起，但凡医生手术时收到的红包，就交给这个"基金会"管理。当然，医生交或不交全凭自愿，没有任何的制度约束，更无人为的索取。当时，整个外科只有老王主任和副主任李晓宇、王冶文能收到红包，其余的人因为技术水平低或者上台机会少，一般收不到。这三个能收到红包的人中，老王主任有时交有时不交，李晓宇基本不交，只有王冶文收多少交多少。

基金由护士长小林负责保管，每一笔"收入"都有明细账记得一清二楚。如有病患需要帮扶，负责医生提出申请，科主任签字，小林那里负责支出。科里的人统称此举为"潜规则"。三年来，到底"潜规则"了多少病患，没有人去查账，也没有人怀疑这笔钱的出入，更没有人想从中渔利。这就是菊城市立医院外科医护们所特有的厚诚、互信和团队凝聚力。这是他们的奉献，他们的精神——而这个基金会的存在，外科医护们竟然令人难以置信地始终严格保密，很少或者说基本没有外人能够得到其中的信息。

王冶文把填好的记录本交回到小林那里，一旁的姜玲羡慕地说：何时我也能在这本上填填数字就好了。王冶文说：盼着吧，你进步神速，为时不远了。姜玲笑道：你别说，半月前有个土豪家属做手术，悄悄塞给我一个红包。

小林好奇地扭过脸来：收下了？

姜玲说：手术成功后，我给他送了回去。你猜咋的？小林说他一定又给你送了回来。姜玲说：完全正确，不过他之所以送回来另有隐情。小林笑嘻嘻地看看王冶文，又盯住姜玲：快说，我想听。

姜玲笑着摇摇头。

小林：不说我也猜得出，是不是……

姜玲的脸红了：说就说，那土豪说是他的一点心意，要和我联络联络感情呢。

王冶文打着酒嗝依然嬉笑：蓝颜知己啊，你和他联络了？

姜玲说：你盼着吗？王冶文说儿女私情，与我何干。

姜玲一脸委屈：真到与你相干时，就烧了高香了。那红包，我摔到他脸上了。

小林呵呵直笑：姜姐说大话，你摔没摔到人家脸上，谁见了？

姜玲噘起嘴：鬼丫头，连姐姐也不相信吗？

此刻小马正好走进来：姜姐没说大话，我做证！

7

外科病房走廊上，小桦和小秋相对站立。小桦瞧瞧走廊里无人，压低声音对弟弟说：住院部又催交住院补差费了。小秋点点头说：我估摸着也到了时间，只是这些天我只挣到一千多块钱。他问姐姐弄到多少，小桦说自己也只借到一千块钱，可住院部通知说让至少交三千。小秋作难地噘着嘴：姐，你记得不，当初爸爸入院时咱手中没钱，是王主任写了个条子入的院，是不是……

小桦说：你的意思是想王主任说说情，再宽限几天？小秋说：我正是这么想的，住院的病人们都说，王主任脾气好，也心善，只要能帮忙的事，他从不推辞。只要再给咱几天的时间，眼下新菜上市，肯定能赚到一两千元。小桦沉吟着不说话，她是害怕王主任说她姐弟俩得寸进尺，已经照顾过了，还登鼻子上脸啊。小秋看出了姐姐的忧虑，说：眼下顾不得脸面了，试试看，行吗？

小桦仍然犹豫。

小秋说：姐，你们女人脸皮薄，我去找王主任，今天他正好值班。小桦说：我知道，不过他不在值班室，在外科办公室里呢。小秋轻轻跺了下脚说：那我去了。小桦拦住弟弟：不，还是我去吧，你去找姜大夫开点润肠药，咱爸两天没大便了。

姐弟二人分头而去。

……

本来今天休班的王冶文坐在外科病房办公室电脑前写本周的医疗总结，正写得入神，门口传来叭叭的敲门声。王冶文头也不回地说：门开着呢，进来吧。背后没有声息，王冶文觉得奇怪，回过头，见大梅正蹑手蹑脚领着郎婷婷走进来。王冶文站起身：怎么，想偷袭呀？

大梅笑起来，说：你头也不回就喝令我们进来，心中有气，想吓你一吓呢，没想到你脑后长眼，看到了。王冶文关了电脑，指指沙发说：二位请坐下说话。

大梅没入座，也没让郎婷婷坐，她站在办公室中间指着郎婷婷说：介绍一下，这是新调来的住院部副主任郎婷婷，我们两家在乐园小区住上下楼。为了今后工作方便，我领着她先熟悉一下各科室负责人，你这里是第一站。婷婷，这就是我给你说的外科王主任，医院头把刀。

王冶文眨眨眼睛走上一步：您好郎主任！

郎婷婷小眼眯成一条缝，白白胖胖的脸上一片红光，连说：王主任大名如雷贯耳，技术高超，人长得特帅，没有不知道的。王冶文说：郎主任夸奖了，谢谢，谢谢！以后有事多联系。两个人紧紧握手，亲切而又热烈。大梅惊奇地看着两个人，好半天才明白自己是多此一举：妈呀呀，你俩原来认识啊！

王冶文说：当然，郎主任来医院的第一天，我们就在鲁副院长办公室里见了面。郎主任花容月貌，是女中一景，加之本人有过目不忘的特异功能，所以记得很牢。出了鲁院长的办公室我还嘟念，说是这样漂亮女子少见。恰好陈主任从那边过来，问我嘟哝些什么，我说鲁院长办公室里来了个年轻女郎，天上人间，冠压群芳。陈主任好奇，说：是吗，我也去欣赏欣赏，拔腿冲向鲁副院长办公室。

你说,美女——特别像郎主任这样的成熟美女是不是更诱人的?

大梅似乎想起了什么,拍着腿说:促狭儿,没有不钻的空儿啊!

郎婷婷看看王冶文,又瞧瞧大梅,脸上一片茫然。

大梅看到郎婷婷神色有异,把接下来要说的话咽了回去,她涮了王冶文一眼:促狭儿,你忙你的,我们也不站住了。婷婷,咱们再到其他科室转转。

郎婷婷连说:好的,好的,跟着大梅一步三回头地往外走。门外传来大梅隐隐约约的声音,说:婷婷啊,这小子巧舌如簧,作弄人的心眼子一把一把的,你再和他聊上几分钟,准就迈不动步了。郎婷婷的声音很清晰:大梅姐,有部电影叫《第二次握手》,我和他是第二次见面,啧啧,好棒的帅哥!

大梅的低笑声:怎么,你……是不是迷上了?

两个女人顺着走廊一边走一边叽叽咕咕说着话,一会儿低语,一会儿嬉笑。都说三个女人一台戏,其实两个女人演起戏来更出角色。

大梅和郎婷婷走后,王冶文打开电脑继续写他的医疗总结。总结写完后,他伸了个懒腰,起身走出病房。看看天色尚早,还不到做晚饭的时间,在外科走廊门口站了一会儿,便信步出了医院后门走上大街。

天色已交黄昏,小城里的现代建筑与宽畅的新辟街道交相辉映,显得别具特色。距离医院不远处,可以看到提前开张的夜市里熙熙攘攘,不时有人进进出出。前后大街上汽车、电动车与自行车穿流如梭,令人眼花缭乱。

王冶文顺着大街人行道往南走,走到医院旁边新建的小花园前,看到自己科里的小黄和她的男朋友迎面而来。小黄今天也休班,看样子是和男友逛逛大街晚上去吃饭。王冶文想避开他们朝旁边走,不料小黄已经看见了他,架着男友的胳膊紧走几步赶过来打招呼说:王主任,饭后散散步啊?

王冶文:哪里,我还没做饭呢。怎么,你们还是树下的鸟儿成双对呀?

小黄男朋友认识王冶文,也知道王冶文的绰号,便像和尚似的朝王冶文打个千儿:呵呵,王主任说话总是这么幽默,我们不愿逛街,喜欢坐在那里说个话。

小黄的男朋友说着指指花园深处的李子树。

王冶文挤挤眼睛:一万年太久,只争朝夕,大局定后,得请我喝喜酒啊。

小黄和她的男友齐声说:当然,当然。王冶文说:你们去玩儿吧,我随便走走。小黄和男朋友说声"再见",就走进小花园里。王冶文依然站在花园前不动,别看他三十多岁了,却是童心未泯,对事物的好奇心有时近乎单纯。他听小林说过,小黄和男友最喜欢到小花园内的李子树下依偎而坐,这次偶然相遇,便要非看个究竟不可。他若有所思地望着小花园内的花草树木,特别专注于那棵被冬青围着的李子树。小林所言不差,只见两个人走进小花园直奔冬青丛,拐进冬青丛后便不见了踪影。王冶文一笑：小家伙们，咬定青山不放松，还真认准了那个窝。

王冶文乐呵呵地顺着医院西侧继续往前走，走出不远却看到副院长鲁侃从南边大街上拐过来。他看到了鲁侃，鲁侃尚未看到他，只顾一边走一边不停地看手里拿着的小塑料袋。几乎就在同时，医院职工食堂司务长曹瑞成斜刺里走出来，王冶文听到曹瑞成和鲁院长打招呼，吃饭了吗鲁院长？只见鲁侃慌忙把塑料袋掖进衣兜里说：没，没呢，冶文……哦，小曹啊，你怎么长得跟小王那么像，我差点又认错了。曹瑞成说：长相差不多有啥用，我和人家王主任可差着价钱呢。两个说着话在前边站住了，听到鲁侃高声说：小曹啊，要不是相熟的人，光看长相很容易把你和王冶文混淆了。曹瑞成说：有人认定我和王主任是双胞胎呢。鲁院长你可是够忙的，到现在还没吃晚饭。鲁侃说：工作嘛，不忙就没意思了。两个人呵呵着分手，小曹往南去，鲁侃朝这边走过来。

大千世界，无奇不有，天下人还真有长相这么近似的。王冶文和曹瑞成站在一起，不是熟人很难分清。医院内部的人常把王冶文叫成司务长，而医院外的人则经常追着曹瑞成求他给自己看病。当然，只要细看区别还是挺明显的，小曹鼻梁不如王冶文的鼻梁直，但脸形比王冶文好看。两个人的身高也不一样，有一次好事者把他们拽到一起量了一下，王冶文比小曹高三公分另加两毫米……

王冶文往南走了几步就和急匆匆走过来的鲁侃在小花园前迎面相遇了。鲁侃惊奇地说：你是真正的王冶文吧，我刚才遇到了冒牌货，他和你跟一个模子倒出似的，像极了。王冶文笑眯眯地说：也许我才是真正的冒牌货。哎，鲁院长，这不晌不乏的，散步也不是时候，你干吗去了？

鲁侃说：我到了李岷……话说半截，马上打住。王冶文的笑容变得意味深长，他盯了眼鲁侃的衣袋，口气神秘地问：找李岷淘换药去了？

鲁侃连连摆手，说：小王，别促狭儿啊，我是找李岷商量一下调到医院来的事，你小子怎么净往坏处想，话要传出去，我这个副院长的脸面往哪里放？王冶文口气认真了：咦咦咦，什么年代了你还这观点。《孟子》里早有记载，三千年前有个叫告子的就说过，食色性也。陈姐那么年轻，你要是有信心无能力，她饶你吗？

鲁侃说：看看，看看，越说越没正经了。我是为了工作去李岷那里的，你小子向来嘴损，不和你多说了，免得再让你套进去。王冶文说：也许我误会了鲁院长。鲁院长为了医院工作，真可谓披肝沥胆呕心沥血啊。

鲁侃脸上漾起笑意：这还差不多，工作嘛，就得自我加压。

王冶文:鲁院长就不想给自己减减压吗?

鲁侃说:怎么减,每天就跟上紧了发条的木钟似的。

王冶文说:我提个建议,咱们医院最好不要聘那个李四秃子,否则你将来压力更大。我听人说过,这老兄一直躲在丰华路的一个胡同里卖夫妇保健品,虽有祖传秘方,可对现代医学基本不懂,你不怕他以后给医院惹祸呀?

鲁侃沉下脸来:要尊重人家,嗯,好歹人家也是个医生嘛。

王冶文:哈,药监局都抓他好几回了。

鲁侃:各尽所能,量材适用。我们要看人家的现在,不能光揪人家的历史。

王冶文:也是,也是,用辩证的眼光看待事物,鲁院长是如今少有的能够掌握马克思主义辩证法的人,值得尊敬。

鲁侃摇摇头:你整天除了治病救人做手术认真外,其他都是真真假假。刚才你这话,我都不敢断定是损我还是恭维我。

王冶文又笑嘻嘻地盯着鲁侃的衣袋,鲁侃下意识地将衣袋摁了一下:冶文啊,为了提高效益,发展医院的经济,我们的某些政策需要放松、放宽,啊!

王冶文说:这有点悬。

鲁侃:摸着石头过河嘛。

王冶文说:小心摸上玻璃碴子扎了你的手。

鲁侃:你看,说着说着那促狭儿话就出来了。哎,你站在这里卖什么呆?

说真的,此时的王冶文已经感觉到,李岷被聘是板上钉钉的事了。他对鲁院长的举措很抵制,也很反感,因为那个李岷就是个卖野药的,根本不是医生。把不是医生的人聘进医院坐诊,这不是明摆着胡折腾吗?然而对方是领导,领导决定了的问题,他一个医生也只能提提自己的意见,丝毫左右不了形势。个性所使,心里生气,脸上依旧平静如常,然而就在此平静如常的后边,却正酝酿着一个捉弄人的办法。尽管这个人是他的领导又和他关系不错。

也是鲁侃自找的,他不赶紧回家,却问王冶文站在这里卖什么呆。王冶文转转眼珠说自己刚从花园里悄悄退出来,待会儿还想再进去。是人都有好奇心,知天命之年的鲁侃也不例外,他朝小花园里瞧了瞧:什么稀罕物啊让你这么着迷?

王冶文指指园中小亭:那儿可清闲了,我一直在那里坐着看书。

鲁侃:干吗不继续在那里清闲?

王冶文:没跟你说吗,我刚悄悄退出来。

鲁侃:悄悄?

王冶文眨眨眼睛:嗯,那棵李子树下一对红兔儿可漂亮了,我怕惊动了它

66

们,就悄悄退出来了。

鲁侃喜欢养兔子,可以说对兔子情有独钟,平时没事,除了侍奉自己办公室里的小白兔,就是跑到医院生物实验室里看兔子。有时来了兴致,还把实验室的兔子带回到办公室赏玩一两天再送回去。他见过迷你兔、狮子兔、垂耳兔,见过白兔、灰兔花花兔,但从来没见过甚至没听说过还有红兔。王冶文的话引发了他极大的好奇心,好奇心必然表现为好奇的目光:红兔,还有红兔! 谁家养的?

王冶文说:怕是医院附近居民养的,不小心跑出来了呗。鲁侃问长得什么样子。王冶文说:白嘴,红身子,黑尾巴,耳朵上还长着黄毛。鲁侃大喜:天啊,还有这么漂亮的兔儿? 没见过,从来没见过。

王冶文说:就是啊,要不我怕惊动了它们吗。鲁侃问在哪个方位,王冶文指指那圈冬青说:走进去,就在那棵李子树下。

鲁侃望着花圃中那棵李子树:还真得开开眼。

王冶文阻拦说:就怕你一进去给惊跑了。鲁侃低声说:没问题,我手脚轻得很。

鲁侃蹑手蹑脚走进小花园,王冶文乐了乐,快步往南去了。

鲁侃轻手轻脚地步入小花园,哈着腰慢慢地往李子树方向挪动。挪到那圈冬青前停住,然后轻轻拨开冬青探进脑袋。只听鲁侃"啊"了一声,脸上的表情刹那间便凝固了。因为在他眼前出现的不是什么红毛兔子而是两个大活人,同时他还认出,这两个人正是自己的部下小黄和她的男朋友。李子树下的石凳上,这对青年男女正热烈无比地拥抱在一起亲吻,听到动静慌忙挣起身子。鲁侃情不自禁地惊呼出声:啊,小黄!

小黄坐直了身子:是鲁院长啊,你、你盯梢!

鲁侃一时不知做何解释,慌不择话地说:对、对不起小黄,你⋯⋯你们忙着!

鲁侃急转身往外窜,身后有个低低的男音:我看这人是老没正经!

鲁侃窜出花园东看西瞧,他要找王冶文算算这笔账,可是王冶文早就没了踪影。鲁侃喘着粗气东瞧西望,过路的行人都用奇怪的眼光看着他。对街有家卖枣糕的食品铺,食品铺里卖枣糕的小老板瞪着斗鸡眼也往这边看。鲁侃来来回回走了几趟,引得小老板起了疑心,小老板走出枣糕铺,斗鸡眼盯着鲁侃说:哎,我说先生,你睃摸个啥呀,这地方可没有丢钱包的。

鲁侃跺跺脚:王冶文,你、你个⋯⋯大促狭儿!

王冶文从小花园一直向南,想象着鲁侃即将遇到的尴尬情景,禁不住暗暗发笑。他和鲁侃习惯了开玩笑,当然以往的文章多是做在鲁侃夫妇两个人身上,但从心里还是很尊重这位副院长的。鲁侃了解王冶文的性格,尽管经常遭到捉弄,也从不嗔怪他,实在急眼了,只是瞅没人时吼他两句:促狭儿,你小子积点德吧!

王冶文到了临湖大街往东拐,绕了一个圈子回到宿舍。上楼打开房门,听到厨房里有动静,赶紧走过去察看,原来是将近一个月没回家的妻子雨柔回来了,正在厨房里做饭呢。尽管夫妇感情有隙,毕竟小别胜新婚,见了面还是觉得心里甜丝丝的。他急忙走进厨房帮妻子做饭,顺便问些拍摄电视剧时的过程和故事。雨柔大约事业顺心,对他的态度也比以往温柔了许多,两个人琴瑟和谐你帮我助,一顿晚餐很快做好了。

晚饭后,王冶文和夏雨柔分坐在客厅沙发上,两个人面前各放着一只茶杯。室内清爽而幽雅,整齐而干净,红丝绒的窗帘,梅花状的吊灯,加之墙上的几幅名人字画,处处显现着主人的书卷气息。王冶文问雨柔这电视剧还得拍多长时间。雨柔说:至少还得一个月。王冶文啧啧道:这个家……

雨柔不屑地一笑:什么年代了,你对家的观念还这么僵硬!

王冶文说:家总归是家吧。雨柔说:闯荡天下,四海为家,这就是影视明星的生活。王冶文说:你只是个配角,哪就当上明星了?雨柔听到冶文这话,蛾眉紧蹙,面露愠色:配角怎么了?再大的明星也是从配角起步的。导演和主演都很欣赏我的表演,答应我接下一部戏呢。

王冶文:我不反对你有自己的事业,可孩子……

雨柔:孩子让他爷爷奶奶照管不是很好吗?

王冶文说:孩子要是长期缺少父爱和母爱,会影响他的性格。雨柔脸色一沉,声音也显得火气十足:王冶文,我们打开天窗说亮话吧,你我之间感情上存在矛盾也不是一天两天了,如果能凑合呢,我们就凑合。不能凑合也不必勉强,反正你我都是现代人,也不计较什么名声地位。

王冶文:你这是说的什么话,一个多月了才回家一趟,就这么堵搡我吗?

雨柔声音更高:别说,要不是这两天剧组转场,我想回还回不来呢。

王冶文:真让人受不了。

雨柔:受不了可以不受嘛。

王冶文:不受又怎样?

雨柔从沙发上站起来:离呀!这年代,离个婚就跟掰块地瓜似的,又不是丢人现眼的事,何必硬撑着。

王冶文说:你把这话当成口头语了,拿着离婚就跟孩子们摆家家似的。王冶文叹了口气,端起茶杯走进卧室。雨柔啐了一口,侧身躺在沙发上。

事实上,两个人的婚姻已处于潜在危急中。雨柔有着常人难极的艺术天赋,又有着一般年轻女人所没有的成熟与美丽,拍起戏来特别投入,这深深地打动了导演。另外,和她配戏的那位中年演员虽然还谈不上是当今大明星,但在圈子里也小有名气。这位中年演员到底爱过多少女人谁也不知道,到底结了几次婚更无人知晓,但他对女人——当然是年轻女人来说,却特别具有诱惑力。所以,半部戏没拍完,雨柔和他已经是你情我意。这些变化王冶文并不知道,但他凭着自己的直觉已经看出了雨柔的变化。他一直在隐忍着,并竭力要把妻子的心收回来,他想一个漂亮女人处在花花世界娱乐圈子里,不可能不受感染,只要自己真心投入感情,相处数载的妻子是不会轻易对其他男人投怀送抱的。更重要的是,他不想因为一些意外而影响到家庭,影响到自己的工作。

第二天一大早,雨柔饭也没吃就回剧组去了。王冶文草草吃了点东西,便一脸愁云地到医院上班。不过随着双脚迈进医院门,随着同事们的相互招呼和问候,王冶文的脸部表情已经由冷变暖,由忧郁变得一如往常那样春风荡漾,端庄中透着快乐,智慧中显露出亲和力极强的幽默诙谐。

这就是一个人的素质,这就是一个人的性格。性格决定命运——德国哲学家康德的这句话放到王冶文身上,恐怕有失偏颇。

例行的"查房"之后,王冶文让护士小马去106病房叫邱小桦。因为昨天邱小桦找到他,意思是请他出面和住院部讲讲情,父亲住院所欠的医疗费宽限几天再交纳。当时王冶文点了头,后来想想不妥,因为这是医院的规定,郑琴又是个出了名的铁脖颈子,万一不答应自己岂不是太没面子了吗?邱小桦走后他便和科里的其他同事商量,干脆一不做,二不休,"潜规则"算了。

不大会儿,小马把邱小桦叫来了。邱小桦刚说了句"谢谢王主任帮忙",就被王冶文把话打断。王冶文撒了谎,他说住院部不答应关于补交住院费差额之事,还得自己想办法。小桦听了白脸变红,红脸变紫,继之就语无伦次:这,这可怎么办……哦,明白……想想办法……

面对小桦的手足失措,王冶文的脸上却是无动于衷的神色。姜玲、小林坐在办公室里看着王冶文偷偷地笑,无动于衷的王冶文按捺不住了,他对走也不甘坐也不敢的邱小桦说:大妹子,别紧张,事情已经解决了,逗你玩儿呢。

邱小桦不相信地看着王冶文,终于镇静下来:王主任,住院部答应是情理,不答应是正理。无管怎么说,你是费了心了,我想办法就是。

王冶文笑嘻嘻地朝小林示意,小林把邱小桦叫到自己的桌子前,从抽屉里取出一本账簿,翻开其中一页说:邱姐,在这里签个字。

小桦懵懵懂懂地看着账簿上"支款人"一栏，不明所以地眨着眼睛。她朝王冶文这边看了一眼，王冶文冲她点头：签吧小邱，你父亲的差额补交有人赞助了。

当今还有这样的好心人？这出乎意料的喜讯让邱小桦不敢相信，她看着账簿迟迟不敢动手签字，一旁的姜玲催促她：小桦你还犹豫什么！

小桦终于像签订卖身契一样勉强签了字。小林收起账簿，从抽屉里取出一叠钱交给她，说这是八千元，让小桦数一数。小桦看着这叠钱挓挲着手不敢接，疑惑地盯着王冶文。王冶文告诉她，说自己昨晚和一个企业老总谈起她家的困难情况，那老总很慷慨，立即赞助了八千元。小桦问那老总是哪里的，为什么要赞助她。王冶文说这位老总经常有此善行，但从来不让透露他的姓名，说是要做无名英雄。小桦仍旧不敢接这钱，并且脸上已有怀疑的神色。王冶文见此情景呵呵笑起来，他指指姜玲和小林，说：有这二人为证，你绝对成不了《白毛女》中的喜儿，尽管放心收下吧。小桦说：你不告诉我对方的名字，我即使沿街讨要补交药费，也不收这笔钱。王冶文肯定受了感动，不再嘻嘻哈哈，他以少有的郑重口气说：小桦，人家不让透露姓名，我必须履行自己的承诺。我只能告诉你，这位老总姓鲍，如果你再继续深究，就是强人所难了。

两行清泪顺着小桦的双颊流下来。

不是有句话，叫路途虽坎坷，终究好人多嘛。在这里，在这个并不起眼的小城医院外科里，这句话得到了验证，得到了落实。王冶文见小桦很激动，就安抚她，说他们下一步正在积极运作，争取多拉一些资助贫困病人的老总董事长什么的，以便解决更多贫困病人的医疗费用。另外，他们也商量了，争取给小桦解决一份工作，因为她父亲不是十天半月就能出院的，总是锅里缺米不行啊。

小桦朝室内的人深深一躬：谢谢王主任，谢谢几位医护姐妹，同时也请你们转达我对鲍总的感谢，日后我若能挣到钱，一定加倍偿还以示报答。

姜玲走过来拍拍小桦的肩：桦姐，别客气，拿上钱先去住院部交上差额，余下的再给老人家买些补品。去，快去吧。

小桦擦擦脸上的泪，接过钱转身走出办公室。

办公室里，几个人相视无语，谁也不知道应该说什么。

小桦回到病房时，老邱躺在病床上又睡着了。

小桦坐在床沿上看着熟睡中的父亲，眼圈依旧红红的。正在等姐姐回来后自己好去贩菜的小秋见姐姐神色有异，紧张地问姐姐出了什么意外。小桦告诉弟弟，昨天请王主任代为讲情的事情没办成。小秋说：姐姐你别难过，我马上找一块儿贩菜的弟兄们借借看，实在不行，就把本钱抵上渡过这一难关，然后到劳动力市场找活儿挣钱。小桦摆摆手,因为过于激动,说话有点结巴:已……经解决了!

小秋:解决了,怎么解决的?

小桦说王主任告诉她,一位姓鲍的老总给咱们赞助了八千元。这下,不光补齐了所欠差额,还余下不少呢。小桦说着从衣袋里取出那叠钱给小秋看,小秋怔了好半天说:姐,你说,这,这会不会是医生护士们凑的钱?

小桦摇摇头:王主任说这位鲍总经常有此善举。

小秋:这么说,咱们不用去借钱了?

小桦说:有了这八千元,加上爸爸的半截医疗保险费,差不多够半个月的了。小秋说:这位鲍总真是及时雨宋公明再世,有机会咱得去谢谢人家。

小桦说:这当然。

小秋忽然想起一件事:哎,姐,他让你打条了吗,可别弄成借款加利息?

小桦一脸怒气,说:有你这么不识好人心的吗?林护士长既没让我打条,也没让我写申请,只在一个小本本上的款项后边签了个字。小秋咧着嘴很羞愧:嗯,我是小人之心了。真得谢谢王主任,谢谢鲍总,应该去报社反映一下这好人好事。

小桦说:王主任嘱咐我们不可外传,因为鲍总不让透露,他对鲍总曾有承诺。如果我们说出去了,岂不是违逆了好人的心愿。小秋说:也是,也是。

小桦:王主任还说,近期他们要想法解决我的工作问题呢。

小秋:咱家不知哪辈子积了德,遇上这么多好人。

小秋还要去郊区贩菜,去晚了贩不到新鲜菜卖不到好价钱。他和姐姐谈了几句父亲夜间的病情变化和医生护士的叮嘱,就匆匆忙忙地走了。

小秋刚走不一会儿,躺在病床上的老邱醒了。老邱努力睁开眼睛叫小桦,小桦走过来俯下身问:爸想要什么? 老邱咂咂嘴:渴!

小桦端过一杯水,用汤匙一勺勺地喂给老邱喝。老邱喝下半杯水摇摇头,说是行了。小桦把杯子放到床头柜上,用餐巾纸给老邱擦了擦嘴角:爸,解手吗?

老邱摇摇头:小桦,那住院费的事……

小桦:哦哦,没事了,都清了。

老邱:是对方清的?

小桦点点头。

老邱:可不能便宜了他家,你瞧人家李二懒怠……

小桦:爸,李伯伯那是讹人家呢,我们可不能。

老邱:我这可不是讹谁呀,是那孩子把我撞倒的。

小桦:好了爸,你先好好治病,等身体康复了再说。啊?

老邱困难地摇着头:不能轻饶了他家,嗯,不能轻饶……

8

副院长鲁侃有个最大的优点就是不和任何人记仇。特别是对于王冶文,可能是爱屋及乌的缘故,尽管不时地遭他捉弄,他也从不嫉恨。有时想起王冶文的"斑斑劣迹"和对自己的恶作剧,他甚至有些啼笑皆非的感觉。他认为一个人不能总是板着面孔对待世界,这样的人往往老谋深算不足为友,而嬉笑怒骂形露于色的人,才是心直口快值得依赖。

所以,鲁侃很喜欢王冶文。因为王冶文不光技术高超,也很配合他的工作。不过,自从鲁侃制定出的医院创收制度公布后,王冶文的做法却越来越让他失望,现在甚至已经到了让他无法容忍的地步。当然,他不会当面指责王冶文,既然是自己的心腹爱将,他想还是慢慢开导,用那种"润物细无声"的办法和对方推心置腹地拉拉。他知道今天王冶文中午十二点下班后,下午四点再上小夜班,便在三点左右把王冶文叫到了自己的办公室,一边赏给对方总是念念不忘的明前茶,一边做他的思想工作。

两个人面前各摆着一杯茶水,茶水的热气袅袅升起,打着旋儿消逝在屋内的空间里。鲁侃坐在写字台后边,王冶文则随便地坐在他斜对面的沙发上,一只手抚弄着自己的膝盖,一只手随意地搭在沙发背上,笑嘻嘻地看着鲁侃不说话。鲁侃端起杯子喝了口茶水,王冶文也学着鲁侃的样子轻轻呷了一口水。鲁侃放下杯子,仍是定定地看着王冶文。王冶文说:你这么盯着干吗,我又不是美女。

鲁侃:坏小子,我看你这段时间脸色更滋润了,是不是看那对红兔儿看的?

王冶文岔开话题:是吗鲁院长,这么说我要返青了。

鲁侃说:啊哈,你又不是春天的麦子,返什么青。我说你都三十多岁了,还跟个孩子似的没正形,都当上外科主任了,怎么老是想坏点子捉弄人呢?譬如昨天傍晚,明明是小黄和她男友亲密,你却造谣说是一对红兔在李子树下。结果,我好奇得像是为老不尊,差点让两个小青年给骂了。你说,你该当何罪?王冶文一脸的认真:报告鲁院长,我当时确曾看到一对红兔,可能你去时红兔走了小黄和她男友恰巧又来了。这世上巧合的事比比皆是,你可不能冤枉好人啊!

鲁侃连连点头：对对对，你是咱们医院里头号大好人。如此下去，连产科刚下生的婴儿也会知道这医院里谁叫促狭儿了。闲话少叙，谈点正经事吧。

王冶文正襟危坐：院长请讲。

鲁侃说：冶文啊，自从老王退休你提了外科主任后，这外科的用药量不升反降。院里的新规定公布一个多月了，仍然不见起色。我们医院当前压倒一切的任务就是扩建融资，你们外科本是创收大户，这样下去可是拖了全院的后腿。外科是医院的主力，你又是外科的中坚，你必须得带个头树个标，因为榜样的力量是无穷的嘛。王冶文认真听他讲完，喷喷道：鲁院长啊，病人用药又不是吃饭喝酒，为了价钱可以随时调高档次。我有什么办法？

鲁侃说：看看看看，最聪明的人此时倒傻了，病人术后一般都是身体虚弱，治疗药可以按部就班，营养类药物就没有什么限制了吧，可以从这方面做做文章嘛。王冶文点点头：这就是说，可用可不用的药物，统统给病人用上？

鲁侃：是，也不全是，无非是吃一个鸡蛋和三个鸡蛋的差别。

王冶文：水超自溢，过补则亏。中医科白胡子老赵告诉过我。

鲁侃说：绕弯子了吧，我是搞管理的，医学上的事谈不到精通，但管理上还是可以吹嘘几句的。先放下医院创收问题不讲，但说你们科，用药量下滑，这经济效益就差，科室经济效益差意味着什么，你该清楚吧？王冶文连说：清楚清楚，医护人员和科室员工奖金受损，福利也跟着降下来了。鲁侃说：这就谈到正题了嘛，那你为何还不在这方面行使一下权力做做文章呢？

王冶文：我们是医院还是药店？

鲁侃：当然是医院了。

王冶文说：医院是给病人治病的，对症下药，能用的一定用，不能用的不能强加，是吧鲁院长？鲁侃又喝了口茶水，摸出一支香烟放在鼻孔下闻了闻又放回到抽屉里，挠着头皮说：冶文哎，都什么年头了你还这么墨守成规食古不化。我去省里参加卫生工作会议，和一位兄弟市医院的副院长住在同一个房间，我们谈起了医院的创收问题，那老兄说话爽快又直接，我当时听了有些目瞪口呆，可过后再一细想，人家说得在理呀。

王冶文：他说什么？

鲁侃瞥了王冶文一眼，见对方全神贯注的样子，就故意放松口气说：他说现在医院治病基本得有个流程，同时给我举了个例子，比如说来了个癌症病人，先介绍到外科给他们做手术，让外科把手术的钱赚到了，再把病人转到化疗科化疗，然后再转到放疗科放疗，等这些科的钱都赚到了，再把病人送到中医科喝中药。如此下来，一个病人可以赚到十个病人钱。医院有这个方便条件，何乐而不为呢!

王冶文轻轻地哼了一声,脸上一副无奈的表情。不过,王冶文依旧是那副不温不火平静和缓的神态,不过说出来的话却有些让鲁侃心情沉重了。他告诉鲁侃,自从医院新的奖惩制度公布后,医院开大方卖贵药在社会上可是出了名了。一个普通感冒就得花上千元,一个肉猴子激光打掉后,光给病人开消炎药几百元,本来是一例神经性头疼硬说人家是病毒性脑炎,千方百计让人家做CT、脑电图、拍片子、住院、吃药、打针、输液。病人纷纷反映,医院已不像治病的部门,倒像一个超级药店。有人写文章发表到晚报上,有人则直接拨打市长电话反映情况。鲁侃叹了口气说:我倒盼着市里来调查,扩建如此规模的一个医院仅仅拨给两千万,还不如市政上每年疏通下水道的经费多呢。政府不给,还不允许我们医院自己想办法创收吗?那些闲极无聊写文章见晚报和拨打市长电话的人又怎样,得了病照样还得来医院。

王冶文:那次我去医疗档案室,听工作人员说现在病员人数大大减少了。

鲁侃说:你应该到各科室高间病房看看再做结论。

王冶文低下了头。事实上,空闲时间他到各科都转了,干部病房和高间病房人满为患,普通病房中,除了他们外科,其他科有很多床位却空着。为什么空着,究其原因,就是因为入了院就得花上几万,一般病人负担不了,只好大病挨着,小病不看,实在挨不过去看看要死,这才入院治疗甘愿挨这一刀。住干部病房和高间的,有的住院费治疗费全由国家报销,有的本身就是财大气粗的土豪,他们有后盾,当然不担心花钱多少。王冶文把自己看到和想到的如实说出,不料鲁侃歪歪头说:冶文啊,别管那些,干部病房和高间病房是创收大户,别的病房你当然插不上手,外科就指望你了,该花的一定让他们花,不该花的想办法让他们花,别尽想着给他们省钱。

王冶文心想你这话出口前经过的是盲肠而没经过大脑,用肚脐眼想一想也能明白,医院不是商店,不能为了扩建医院就无休止地抠百姓坑国家。可是,王冶文一时也难找到充分的理由说服鲁侃,只好笑笑:这有悖于救死扶伤的宗旨啊。

岂料鲁侃听到这话哈哈大笑起来:冶文啊,你聪明绝顶,但只是体现在专业上。专业上你是大才、奇才、天才;但若论社会知识或者说情商来说,我只能送你三个"气",书生气、书卷气、书呆子气。现在市场经济了,救死扶伤只算是个口号,你怎么就信以为真呢?

王冶文摇摇头,咧咧嘴:鲁院长哎,一旦坏了医德,医生和奸商强盗又有什么区别?近来病员量急剧下降,照此下去,再有半年我们就成孤家寡人了。

鲁侃:你说什么,近来?

王冶文:是啊,这是档案室里的统计。

鲁侃:可是,我们制定出的医院创收制度公布才两个月呀……

王冶文:两个月就出现了这情况,那么半年呢?

鲁侃一脸不悦:难道病员量下降还是我造成的! 不不,可能与季节有关。

王冶文:鲁院长,我可没说是因为你的原因啊。

鲁侃:你是在意指。

王冶文:鲁院长是在臆断。

鲁侃:算了算了,你回去还是好好想一想,如何提高科室的经济效益吧。否则,不只医院的创收受影响,你们科里的医护员工在经济上也要遭受损失。

王冶文:鲁院长真不愧三只手的绰号。

鲁侃:这三只手的外号恐怕也是你给安在头上的吧。

王冶文:鲁院长可别冤枉好人啊,在下怎么敢给您取外号呢。

鲁侃:也罢,三只手就三只手,我三只手也是为了替医院抓钱。

王冶文:我可没说你给自己抓钱啊鲁院长。

鲁侃:你总是话里有话,我没给自己抓钱,你是不是给自己抓了。

王冶文怔了一下,点点头。鲁侃嘻嘻一笑:好啊王冶文,你倒是个痛快人。现在外科医生和妇产科医生收红包是公开的秘密了。哎,冶文,提了主任后收得更多了吧?

王冶文笑一笑,没回答。

鲁侃:默认了?好好,这年头,都在河边站,谁能不沾泥呀。只要你配合医院的工作,我不追究。红包收多了,攒起来置套别墅买部车,总得风光风光嘛。

王冶文:我没说收了红包,你追究什么?

鲁侃嘻嘻地乐:贼不打三年自招,刚才都承认了,还赖!

王冶文说:那是你认为。鲁侃说:冶文咱们不打嘴仗了,你仔细想想我说的话,看有没有道理。王冶文恢复了嘻嘻哈哈的个性:鲁院长,你说有道理就是有道理,你说没道理就是没道理,你是领导嘛。

鲁侃:领导也有办错事的时候。

王冶文:对,对,鲁院长你太明智了,虽然说得罪掌柜的不是好伙计,可得罪了烧火的也同样吃不到烂肉。糟糕,上班时间已过,不能再跟领导磨牙了。

王冶文站起来和鲁侃握手。

鲁侃伸出手来和王冶文握了握,罕见地坐在老板椅上没动窝。

王冶文心中一震,他明白,自己与鲁侃的友情开始出现裂痕,是曲意逢迎以弥补裂痕还是继续保持医生的固有医德,他必须得有所抉择。

王冶文从鲁侃办公室出来后,直接奔了外科病房。虽然到了交班时间,可李晓宇、姜玲、吕成和几位护士仍在等着他。王冶文走进办公室连连冲大家作揖:对不起,对不起,有点事耽搁了一会儿,让大家久等了。

李晓宇说:定好你上班时要开会的,我们肯定要等嘛。你就是到晚上来,我们也会一直等下去。只是不知道你小子跑哪儿去了,是不是躲在家里打开电脑上 QQ,和哪位红颜知己聊迷了吧。

李晓宇比王冶文长几岁,两个人本来都是外科副主任,老王主任退休后,李晓宇自动让贤,说自己技逊一筹,主任还是让冶文担任。加之院领导也有这个意思,而两个人又心息相通,情如兄弟,王冶文也不假作谦辞,便顺理成章地当上了外科主任。王冶文和李晓宇继承老王主任的遗风,相辅相携,不断提高科内年轻医护的技术水平,有机会就给大伙谋些福利。所以,外科上上下下精诚团结,始终有一股无形的向心力和凝聚力。

王冶文和李晓宇在业务上严肃认真,生活中却随意得很。开玩笑是家常便饭,相互"攻讦算计"更是屡见不鲜。有一次李晓宇十分郑重地向科内人员宣布,他发现了王冶文电脑里的一个绝密。医生护士们百般诘问,李晓宇才假作神秘地说,王冶文在 QQ 里交了个美若天仙的红颜知己。虽然大多数人并不相信,但姜玲仍旧千方百计探询虚实,一有空就摆弄王冶文的电脑。由于王冶文的 QQ 是用两种外文加密,姜玲费尽心机仍是徒劳无益。消息终于传到王冶文耳朵里,王冶文并不辩解,甚至没做半点说明或支吾搪塞,只是似属无意地对着大家作了一首诗:不求功名不羡财,天马行空独往来。多少人间风流事,概莫能脱化尘埃。

李晓宇终于捉住了把柄,当场发挥:怎么样,自己承认了吧。

姜玲口气伤感:血汗、情爱、生命、梦想,都是人生的愿望。去年秋,今年秋,黄花开依旧。无意瘦骨傲雪红,霜欺雪辱经寒风。不与桃李争芳尘,苦乐自吟诗画中。落叶有意,流水无情啊!

小马:姜姐,我怎么听着这些话挺耳熟啊。

姜玲:我是从一部爱情电影里葚来的。

王冶文吐吐舌头:感谢晓宇兄的启发,让我们充分发挥吟诗填词的才华。

李晓宇得意地朝王冶文咧咧嘴角对大家说:本人此举,正如冶文对《红楼梦》的笔法评价,这叫信步走来,声色不露。

李晓宇说完,哼着"我是你的玫瑰你是我的花……"到普外值班去了。

可是没过两天,李晓宇的电脑收藏夹里就有了一个年轻娇艳的美女像,美女像亲吻着一个男人的脸蛋说:李哥,我好好想你哟!

又过了两天,身体壮硕的李大嫂子忽然来到医院外科病房办公室,径直奔了李晓宇的电脑。李大嫂子打开李晓宇的电脑,当着科内医生护士们的面用手机拍下了收藏夹里的美人照,这以后的结果虽然无从得知,但李副主任的神情变化却说明了一切。接连几天,李晓宇神色黯然长吁短叹地诉苦:了不得,要不是本人长得瘦,这个婆娘得把我的肉剜剜吃了。

科里的年轻医护偷着乐,王冶文却一本正经地说:李兄,爱情诚可贵,老婆更重要,要想家安宁,快把艳遇抛。你也是奔四的人了,可别梦想老来少啊。

李晓宇眨着眼睛思忖半晌,忽然拧住王冶文的耳朵:促狭儿,准是你干的!

今天王冶文迟到,李晓宇忆起了"新仇旧恨",便想借机作践王冶文一番。岂料王冶文并不反驳,反而看看形销骨立的李副主任笑眯眯地说:李兄,知道我为何来晚了吗? 实话讲,因为大嫂总埋怨你往家交的钱少,为你的安全和幸福起见,我在网上正给老兄谋划第二职业。

李晓宇和众人面面相觑:第二职业,什么第二职业?

王冶文坐下来喝了口水,盯着李晓宇说:李兄,你有先天优势啊,这身板就是住在深山老林里都保险,虎狼狗熊见了也懒得理你,因为身上光有骨头没有肉啊;你还可以混到猴儿群里去,猴儿们以为是让人拔了毛的同类,肯定对你倍加呵护。所以呢,我量身裁衣,联系了两家公司,一家是卖减肥药的,推荐你去做广告;另一家是卖排骨的,推荐你去排骨店里当业余经理……

王冶文话没说完,室内的人哄堂大笑。

姜玲赶紧跑到门口关上门,回来时发现小马摁着胸胁龇牙咧嘴的,问她怎么了,小马既痛苦又尴尬地说:笑岔气了!

李晓宇见大事不好,生怕王冶文再想出什么圈套捉弄他,便挥挥手说:别闹了,都别闹了,现在开会。人们安静下来,李晓宇看着王冶文,酌兑着用最最委婉的话来个开场白,不料话已出口却是直而又直:促狭儿,商量的事,你说吧。

人们又笑,李晓宇很后悔的样子,忙又摆摆手。室内终于彻底安静,医生护士们坐在不同位置,而姜玲和小林却又开始说着悄悄话。王冶文朝她俩看了一眼,指头顶住手心做了个暂停的动作说:今天之所以通知大家开会,是有件要紧事征求大伙的意见。李主任,你说说吧,简单明了。

李晓宇:是这样,106病房的患者老邱的两个孩子都下岗了,儿子卖菜,女儿只能临时找点零活儿干。老邱需要长期的治疗,费用很大,他们家实在无力承担。冶文和我商量了一下,打算从明天开始,全科医护的家政清洁由老邱的女儿小桦负责,雇方按市场规定的价格付给小桦工钱。这样,小桦可半天工作,半天照顾父亲,她和弟弟卖菜挣到的钱加起来,既可补充老邱的医疗费差额,还可贴补家用。大伙认为可以吗?

小马:俺还没结婚呢。

王冶文:你家的灰尘可以留着,结婚时蒙在玻璃上当窗帘。省钱。

护士们看着小马笑起来。

小马:好,为了响应科里号召,我抓紧结婚。

王冶文:如果大家没意见,小林你是护士长,安排一下吧。

小林举了举手中的一张表格:早安排好了,我们科里人员多,小桦需要轮流服务。按照工作时间,全科按上午和下午分成六组,小桦根据这个时间表分别到各家搞清洁,时间是每家一个小时。大伙看这样安排行吗?

鼓掌声。

王冶文:全体通过,散会,准备上班。

大梅探进头来:你们这是搞什么庆祝活动?

王冶文:哟,梅姐呀,正找你呢。

大梅:找我干吗,又不是山上的蘑菇。

王冶文:来,你也算一个。

大梅:什么一个两个的。

李晓宇说:是这样的于大姐,病号老邱的女儿小桦没工作,我们安排她给科里人员搞家政服务,挣到的工钱既可补充她父亲的医疗费差额,还可贴补家用。你看是不是也算一个? 大梅说:嗨嗨,我当什么大事呢,我家老头子勤快着呢,用不着。小林插进话来:梅姐想是怕花钱吧。

大梅说:能花几个钱呀,三分之一奖金就够了。王冶文一本正经地说:你们不知道,人无远虑必有近忧,梅姐外表泼辣,心思可缜密了。大家想想,小桦年轻漂亮,梅姐家的老刘大哥正当壮年,万一那个那个什么了可咋办。

大梅:促狭儿哟,我们家老刘守着人放个屁脸都红得跟猴儿腚似的,以为像你呀,花里胡哨的没正经。

室内一片笑声。

大梅:哎,说到这里我倒有个想法,药房的清洁工刚辞职,正好有这么个缺,让那个小桦兼顾吧。一方面多挣点,另外每天纸箱子破塑料的敛起来也不少卖钱。

姜玲:你别说,梅姐这主意真行,小桦这下收入增加了。

王冶文忽然想起了什么,朝小林使个眼色,小林悄悄地退出去。王冶文说:大梅姐壮举可嘉,鼓掌!

掌声过后，大梅走到王冶文跟前，两只手摁着王冶文的肩膀把他按在椅子上。王冶文直愣愣地看着大梅，说：怎么着梅姐，想强暴吗，大姐你可不是这号人啊。大梅打了王冶文一下：别没正经，下个季度的用药计划你做了吗？

王冶文说：原来为这事呀，好说好说，我已经让小林开始做了。小林，小林呢，你把计划的事给梅姐说说。没有人回答。姜玲说：小林刚才就出去了，因为早过了下班时间，她父亲这两天咳嗽，估计是回家了。

王冶文摊开双手：梅姐，抱歉，只好麻烦你过几天再来了。

王冶文坐在外科病房办公室桌后看一个小本本，护士小马走进来。王冶文合上小本本问她：小马，3号高间那位水泥集团的孙董事长情况怎么样了？

小马说：已经上下通顺，看来没问题了。王冶文松了口气，说：手术时好险，要不是姜玲及时提醒，剥离时非得戳着腹主动脉不可。小马说：是吗，我怎么听姜大夫说，这个手术也就是你来做，换换别人肯定得出问题。王冶文想了想改换口气：我和小姜从来就是相互吹捧。

小马咯咯笑起来。

小马：王主任，护士长小林说让我单独照管3号高间。

王冶文说：小马你心细，小林这么安排是对的。不过，106房的15床病况特殊，你还要继续兼顾。小马"嗯"了一声，说：我看15床那老头儿总是情绪不稳，像有什么心事似的。王冶文点点头：小马你看得很准，不光有，心事还挺重呢，你要适时提醒他的儿子女儿，千万避免刺激他，否则血压再升上去不好办。

小马：好的主任，我去值班了。

小马走了几步又折回：王主任，常见你在本本上写写画画的，有什么秘密吗？让我开开眼呗，兴许你记下的都是重要资料。当然，要是个人隐私就算了。

王冶文狡黠地笑笑：人人都有秘密，我同样不例外。女孩子的内心比电脑都复杂，鬼也弄不明白。好，你审吧。

王冶文把小本本递给小马。小马翻翻眼：审就审，说不定还能从中学几手呢。

小马若无其事地翻开王冶文的小本本，不料越看越糊涂，末了哭丧着脸把小本本还给王冶文：这里头的文字就像天书，我看不懂。

王冶文站起身：小马你学过几种外语？

小马：只学过英语。

王冶文：这就难怪了，我这个小本本上有五种外文，都是各国医学同行的通信地址，遇到棘手的病例，我们就在网上交流。

小马感慨万端,说:我就是学上一辈子,也学不会五种外文呀。王冶文问她为何对自己的小本本感兴趣,小马迟疑很久才承认,是姜玲让她探听的。因为姜玲到现在怀疑他QQ里真有个红颜知己,见他经常在这个小本本上写写画画,认定其中必有玄妙。王冶文笑起来:丫头,人小鬼大!

小马刚要走,医院办公室来了电话,说今晚要召开市医院第一季度工作总结会,各科室只要闲下来的人都要参加。同时强调,一把手必须到会,即使正在值班,也要找个代班的。王冶文的心紧了紧,朝小马眨眨眼:快,下通知吧。

小马无奈地摇摇头,走到桌前摸起了电话。

……

因为单位性质关系,医院的工作总结会多是晚上召开,菊城市立医院当然也不例外。晚八点,七楼会议室里灯火通明,主席台座位后面墙上钉着一溜红底黄色的楷书大字——市医院第一季度工作总结会。

灯光下,前排主席台上中间坐着齐院长,左右两侧分别坐着管业务的王副院长和负责行政管理的鲁副院长。阔大的会议室里坐满了医护员工,王冶文、姜玲、内科刘主任、鲁夫人陈小琳等坐在同一排椅子上。

姜玲和陈小琳低声交谈,说一会儿笑一会儿,显然是谈论什么让女人备感兴趣的事了。王冶文和刘主任也在交谈,他们交谈的主题很明朗,是内科疾病与外科疾病诊断过程中有哪些共性和个性的差别。

因为人多,开会前的一段时间里总免不了嗡嗡嗡的纷乱和嘈杂。王副院长主持会议,这位不善言辞的内科专家冲着面前的麦克风吹了几口气说:大家注意,开会了,首先由齐院长做工作总结。

齐院长把麦克风挪到自己面前,他戴上老花镜,先把文稿浏览了一遍,然后就像学生背课文似的念起来:在今年的第一季度里,我们医院的各项工作……

齐院长到底念的什么,除了受表扬的几个人外,没有谁注意听。他在台上念,人们在下面照样相互交流生活和工作中的心得。就像上次鲁副院长说的那样,上面下大雨,下面下小雨,只是雨点要比上面小些罢了。齐院长念完了总结报告,下面的议论声也令人不解地随之消逝,似乎有意和齐院长过不去——你念你的,我们说我们的。当然,这基本算是各单位小型会议的通病,怪不得大家。

齐院长报告结束,王副院长又把麦克风挪到自己面前。他扭头和齐院长、鲁副院长商量了几句什么,慢条斯理地说:下面由鲁副院长就今后工作做几点说明,内容很重要,大家要注意听啊。

王副院长把麦克风送到鲁侃面前,鲁侃正正麦克风,咳了一声嗽:市立医院一季度的工作情况,刚才齐院长已经讲得很全面了,下面,我仅就个别存在的问题做些补充。这一季度里,大部分科室按照院委会的决定开展了工作,但也有个别科室我行我素,病人没少收治,经济效益差了一大截。这样的结果是,医院制订的创收计划基本泡汤,而科室职工的资金福利也将受到大的影响——当然,这样的科室负责人是吃不了亏的,因为他可以收取病家的红包嘛。

下面的人开始乱。

鲁侃的声调提高了:今天,会议上我给这样的负责人一个面子,如果以后的工作中仍旧一意孤行,那么,院委会是会实施制裁的……

姜玲用手指捅了一下王冶文:点你呢。

王冶文笑了笑:别介意,衬衫上戴蝴蝶的人未必一定是采花大盗。

姜玲:你可真会比喻。

王院长:大家静一静,静一静,听鲁副院长讲话。

会议室里重新安静下来。

鲁侃继续讲话。

王冶文拽拽刘主任的衣袖,刘主任侧过身来:有事吗冶文,你是不是对鲁院长讲话中的指向心存不满啊?

王冶文摇摇头:哪能呢,领导是从全面工作考虑嘛,我是让你看看这里,以后也学着点,刘大嫂跟你半辈子不容易,你得学会疼人家。

王冶文说着指指陈小琳脚上的皮鞋。

刘主任茫然不知所以。

王冶文故意压低声:看见了没有刘主任,人家鲁院长就是疼老婆,那次出差买的高档皮鞋,你瞧嫂夫人穿上多合适多上档次呀。

陈小琳转过身:促狭儿,你说什么?

王冶文声音压得更低:陈姐,说你脚上这双鞋呀,这不是前些天我们和鲁院长一块儿出差去北京购置器械时,他特地给你买的吗?

陈小琳:前些天?

王冶文:是啊,上个礼拜呀。

陈小琳瞥了一眼正在讲话的丈夫,沉思着。

陈小琳看看自己脚上的皮鞋,脸色阴沉下来。

王冶文:刘主任,以后我们出差时,也得想着给夫人买点这捎点那的。

刘主任:对,女人持家最不容易,我们都应该向鲁院长学习。

姜玲:嗬,你们当主任的连疼老婆也向上级学习呀。

王冶文:对,这年头,让老婆生气不是好男人,让儿子生气不是好爹。

刘少清主任似乎想起了什么,忽然失声笑道:真促狭儿!

鲁侃被刘主任的笑声惊动,朝这里瞥了一眼,继续讲话……

刘主任压低声音对王冶文说:冶文,真正的恶作剧是不形于色但表达的却是暧昧的意思。对吧?

王冶文竖起大拇指:高,实在是高!

9

散会后已经是晚上十点了,王冶文等人回到外科病房值班室继续值班,没有夜班的医护快快乐乐回家。王冶文在病房里查看了一遍病人的病情变化,回到值班室伏在桌上给一位刚刚收治的病人写病历。王冶文写病历很专注,姜玲走进来他竟没发觉。刚刚处理好一个病人的姜玲放下听诊器说:写的什么?

王冶文抬起头:哦,门诊上送来一例幽门梗阻病人,我把病历整理一下。

姜玲点点头走进更衣室,王冶文仍旧低头写病历。过了一会儿,姜玲从更衣室里走出来,手撩长发坐在王冶文的对面。王冶文抬起头,刹那间吃了一惊,因为坐在他对面的姜玲今晚打扮得异常漂亮。她穿一件紧身羊绒衫,雪白的胸颈细腻柔润,披肩长发像黑色瀑布一样凌垂脑后,眼睛忽忽闪闪,长长的睫毛不停地抖动着。王冶文看得有些入神,问道:化了妆了?

姜玲点点头:淡妆,不行吗?

王冶文:你向来素面朝天,现在稍施粉黛就格外靓丽。

姜玲:你看着好吗?

王冶文:好啊,漂亮、大方、端庄,好极了。

姜玲:这我就放心了。

王冶文:近日是不是准备去会哪位帅哥呀?

姜玲:我情窦初开,还没腾出那份闲心来。

王冶文:这你不用瞒我,我是过来人。

姜玲笑眯眯地看着王冶文:没瞒你,是真的。

王冶文把写完的病历放到一边,扫了一眼姜玲的发型。他心想,相处两三年,自己竟没有注意到这姑娘有一头如此秀美的长发。漂亮的脸蛋再配上秀美的头发,确实格外引人注目。他摆弄着手里的水笔说:近些天我发现一个秘密。

姜玲问他发现了什么秘密,王冶文说:你变化很大,越来越爱美了。姜玲笑起来:鸟爱翎毛鱼爱鳞嘛,天下生物哪有不爱美的,爱美不好吗?王冶文说:当然好,当然好,女人嘛,有几个不爱美的。一爱美就说明成熟了,有想法了。

姜玲说:你别神神道道的,我能有什么想法?王冶文说:我也弄不很清楚,反正女孩子突然间变得爱美,闹不好就是有男朋友了。

姜玲轻轻一笑:这就是你的论据?

王冶文说:小姜你最好别自欺欺人,在无人的荒岛上,你会不会美容,在原始村落,你会不会花时间打扮?肯定不会。所以说,我的判断自有道理。姜玲说:别瞎猜,我爱美是为了我自己。王冶文哂笑道:现代的女人都说爱美是为自己,我看主要是增加自信心。姜玲说:自信心,你是说我缺乏自信?

王冶文说:以你的条件,不会没有自信。但是,如果你心中的白马王子比你强,你就会缺乏自信。姜玲一撇嘴:也许那个白马王子太自恋了,我感觉自己够美的。

王冶文:美不美是出自别人的评价,来自同伴或异性的目光,而不是自己心理的表露,古代俗语云"女为悦己者容",你的变化,道出了你内心的秘密。

姜玲说:我承认近来喜欢打扮了,不过,我打扮是为给一个人看的。王冶文问她:那个人在哪里,何不让我替你参谋参谋?姜玲:远在天边,近在眼前。

王冶文一愣神:天!

姜玲:吓着了?

王冶文:难怪近来双目明亮,原来是有这么个养眼的。

姜玲:这说明,我在你心里有一定的位置。

王冶文:当然有,一个合格的医生,一个救死扶伤的人道主义者。

姜玲:还有……

王冶文:糟!

姜玲:怎么了?

王冶文:刚才心里发毛,把药物剂量弄错了。

王冶文取过病历低头做修改状,姜玲不错眼珠地瞧着王冶文,瞧了好半天也没见他改动一个字,心中暗道:真是个狡猾的促狭儿!

两个人都不作声,也都坐在椅子上不动,抻了好长时间,王冶文不能再继续佯装下去,只好合上病历夹说:小姜你到了下班时间,还不回家休息?

姜玲说:我想多坐一会儿,你撵我走?王冶文说:我可没这意思,和大美人在一块儿交谈,求之不得呀。

姜玲:是不是要贫嘴?

王冶文发自内心地笑起来:小姜,你算说到我的病根上了,我这人说话嘴没个把门的,有时还具有挑逗性,容易引起对方的误会。

姜玲说:我可没误会你,她取过王冶文面前的病历翻看着,翻了好长时间才抬起脸拢拢头发说:王主任,都说你用药吝啬,果然如此。

王冶文:怎么了?

姜玲:你看106病房15床这个姓邱的,今天你就把血管舒张药减了。

王冶文:病人血压稳定了,没必要再浪费药,否则还得多花好几百元。

姜玲点点头,继续翻看病历。

姜玲合上病历夹,把长发朝后拢了拢说:不看不知道,一看佩服得不得了。

王冶文问姜玲佩服什么。姜玲说:佩服你用药啊,一点不多,半点不少,掌握得恰到好处。这就看出了一个医生的修养和医术。

王冶文:高抬了。

姜玲呵呵地笑起来:我抬你做什么,你又不能提我当主任。

王冶文也笑:小姜啊,医生用药可是个大学问,一是凭医术,二是凭良心。

姜玲:凭良心?还是头一回听说。

王冶文:中医科的李老头跟我说,为医生者,是谓两术,先要心存仁术,再谈你的医术。中国古代啊,医生就是医生,他的职业就是坐在医堂里给人看病;卖药的就是卖药的,他站在药铺里给病人抓药。这医堂和药堂是分开的。

姜玲:咦,又是首次听说。你从哪里知道这段历史的?

王冶文:前些日子看了部小说名为《崇德堂主》,那上面的主人公马天成说的。古时医堂和药堂分开的目的,就是防止医生自开处方自卖药,有的医生为了多卖药,故意开大方,开可用可不用的药,从而加重了病人的负担。

姜玲点点头说:有道理,我们现在有些医生就只有医术没有仁术。

王冶文:马天成说也不知从什么年代开始,医堂和药堂合成了一家,有的医生也就坏了医德。所以,我们做医生的首先要把好用药这一关,因为病人生病本来就是一难,你再把些不必要的辅药给他用上,不是让他难上加难吗?有时间你可以看看孙思邈的《大医精诚》。

姜玲:《大医精诚》?

王冶文:是的,《大医精诚》论述了有关医德的两个问题:第一是精,亦即要求医者要有精湛的医术,认为医道是"至精至微之事",习医之人必须"博极医源,精勤不倦"。第二是诚,亦即要求医者要有高尚的品德修养,以"见彼苦恼,若己有之"感同身受的心,策发"大慈恻隐之心",进而发愿立誓"普救含灵之苦",且不得"自逞俊快,邀射名誉"、"恃己所长,经略财物"。

姜玲出神地听着,说:真是与君一席话,胜读十年书啊!她出神地盯着王冶文的脸。王冶文觉察到了,问她:你盯我的脸干吗?我脸上又没长金条。

姜玲微微一笑：你不盯我，咋知道我盯你？

王冶文伸了个懒腰：这个老李，还不来，我真困了。

姜玲哂道：别托辞了，我走还不行吗？

……

就在王冶文和姜玲对坐闲聊时，夏雨柔拿着手包，顺着走廊低头慢慢往办公室里走。护士小马正好从一间病房里走出来：哎，那位女士，你找谁？

女士抬起头，小马一怔：哟，是嫂子啊，王主任在值班室，不在办公室。

雨柔：那好，你忙，我自己去找他。

小马：我也正好去值班室。

二人低声说着话往值班室里走。

小马在前，雨柔在后，两个人相继走进值班室时，看到王冶文和姜玲正相对而坐。王冶文站起身：雨柔，你怎么来了？

雨柔：我不能来吗？

王冶文：当然，当然，呵呵。

姜玲闻声转过身，站起来：哟，嫂子啊，稀客，快坐下吧。

夏雨柔：不坐了，脑子浑，忘带房门钥匙，来找当家的呢。

夏雨柔定定地瞧着姜玲，姜玲不好意思地低下头。夏雨柔走上前轻轻拍拍姜玲的肩膀：姜大夫今晚打扮得好漂亮哟。

姜玲：嫂子别取笑了，我向来是素面朝天。

夏雨柔转身拽过小马来：你看看，你看看，姜大夫这像素面朝天的意思吗？

小马笑而不语。王冶文掏出钥匙：雨柔，别打趣人家小姜了，给你钥匙，你先回家，我得等李主任来了才能回去。

雨柔接过钥匙，说：不慌不慌，李主任不来，你就在这里坐着呗，反正有个大美人陪你聊天说话。姜玲脸泛红晕：嫂子真会说笑话，我也正想走呢。

雨柔说：没关系，我向来说话随便，你陪俺老公坐会儿吧。姜玲拎起桌上的手包：不，真的，嫂子，我也回家。走，咱们一块儿走。

姜玲和雨柔边说话边往外走，王冶文和小马笑呵呵地摇头。

王冶文问小马有事吗，小马告诉他，说：103 病房 9 床又开始昏迷了。

王冶文抓起听诊器随小马走出值班室。

……

李晓宇到病房接夜班，王冶文终于可以下班回家了。医院和宿舍隔着一条街，步行十分钟就到。王冶文走上四楼在自己家门口站定，习惯性地把手伸进腰里摘钥匙。掏了几掏自己笑了，他轻轻摇头：瞧我这记性！

王冶文摁响了门铃,屋里没有动静。王冶文再次摁响门铃在门外等着,过了一会儿,又过了一会儿,室内依旧没有动静。一只苍蝇在走廊灯下飞过,一只壁虎卧在墙角上,一动不动地等待着猎物。王冶文有点不耐烦了,动手敲门。屋里终于有了响动,不大会儿,夏雨柔穿着睡衣开了门。王冶文走进屋:睡着了?

夏雨柔:嗯。

王冶文将外套挂在衣帽钩上,换上拖鞋走进客厅。

夏雨柔睡眼惺忪地坐到客厅沙发上,看着王冶文从热水器里倒了杯水坐下来慢慢地喝。王冶文抬头看到雨柔疲困的样子,就说:雨柔,天不早了,去睡吧。

夏雨柔揉揉眼:怎么,和大美人聊够了?

王冶文:同事之间,聊点工作上的事。

夏雨柔:我看那小姜对你可不仅仅是同事这么简单。

王冶文:别瞎猜。

夏雨柔:从咱们交往那时起,我就看出你不懂女人。

王冶文:我不懂女人?

雨柔:嗯,小姜的眼神告诉我,她爱你。

王冶文:真能瞎扯,小姜还是个孩子。

夏雨柔:孩子,二十四岁的女大夫会是孩子?

王冶文怔了怔。

夏雨柔:没关系,我倒希望你们结合。

从散了会回到家那一刻起,鲁侃就没得消停。

用鲁侃惯用的话说,夫人陈小琳又和他闹起来了。

无论从年龄还是长相上观察,人们一眼就能看出鲁侃和陈小琳是半路夫妻。鲁侃虽然不算丑陋,但绝对算不上美男,只那一脸有时大有时小的疙瘩就让许多女人望而却步。陈小琳呢,比鲁侃小了十五岁,长得身条优美面容清秀,是一种古今合璧的淑女形象。两个人走到一起是偶然也是必然,当年鲁侃在门诊部当主任,陈小琳作为省药校的学生在这里实习,工作能力出类拔萃却又生性风流的鲁侃看了上陈小琳,他屡使手段,想把这位妙龄女子弄到手。然而,陈小琳重情却不胡来,她没有轻易就范,她向鲁侃提出两个条件,一是明媒正娶,二是自己毕业后鲁侃必须把她留在市立医院。因为陈小琳家在农村又是中专学历,毕业后的分配去向是乡镇医院。三十几岁就经历了两次婚姻的鲁侃面临两种选择,要么放弃这位日思夜想的漂亮女孩,要么离婚重娶。再三权衡之后,终是馋狗难离肉桌子,寻了个借口离掉了二任妻子娶了陈小琳,陈小琳也就顺理成章留在了市立医院。正因为有此经历,陈小琳对鲁侃有所认识,所以就看得特别严,除了时时提防丈夫"红杏出墙"外,还要不定期地进行"审查"。

鲁侃怕婆子在医院里是出了名的,他自己也承认。这不仅仅是因为陈小琳俊美又比他年轻许多,更有一个内在原因让他不得不怕,他和前两任妻子各生有一儿一女,在中国计划生育喊得最响的这个年代里,任何公职人员都明白超生所带来的严重后果。为了避免这种严重后果的产生,鲁侃做了绝育手术,这件事他一直对陈小琳保密。结婚三年陈小琳的肚子始终没有大起来,真相终于败露。陈小琳又哭又闹和他折腾了半个多月,若非大梅做好做歹从中协调说合,陈小琳怕是真要和鲁侃离婚了。自那时起,陈小琳手里又多出一柄杀手锏,常以威胁的口气对鲁侃进行恐吓:说好了,你要老老实实履行做丈夫的责任,如果恶习不改,现在男女平等,可别怪我也找个野男人生孩子给你戴顶绿色王冠。

试想,此事此情又有陈小琳放出的狠话,鲁副院长能不怕吗。

今晚会议室里王冶文谈到鲁侃出发时曾经买了双高档女鞋,说是给自己买的但却从来没见着。她疑窦骤生,怒从心起,几乎浑身每个细胞都充满了醋意。只是因为在公众场合碍着人所共知的一种面子情分,她才克制住自己没有立即冲到鲁侃面前问问他到底把鞋送给了哪个女人。她竭力忍着,憋着,几乎憋得肺都炸了,所以回到家中,立即发作。

质问与辩白从十点多一直持续到十二点以后,就是说姜玲陪着王冶文病房叙话的这一刻里,鲁侃和陈小琳的战斗仍在继续——口口声声喊冤叫屈的鲁侃坐在床脚沙发上,怒气冲冲的陈小琳坐在床沿上。地上散乱的扔着枕头、枕巾、褥单,一只滚落在地上的茶杯瞪着雪亮的眼睛看着面前的一切。鲁侃站起来坐下,坐下又站起来,为了稳住妻子的情绪,他真想舍弃男儿面子给陈小琳下跪。

鲁侃朝头发散乱的陈小琳拱拱手:姑奶奶,别闹了行吗?

陈小琳扬扬脸:我一不上吊二不离婚,只要求你对我说实话。

鲁侃:我说的都是实话呀。

陈小琳说:我和你睡了十几年,能连你的小名叫什么也不知道吗? 你勾女人的功力不到十层也炼到了九层九,否则我怎么会跌进你的被窝。你要能说实话,兔子也能将骠马。鲁侃一脸苦笑:我真的没买鞋,大梅可以做证。

陈小琳:大梅是你的兵,人家能说什么? 你要不说实话,我明天就找齐院长,挖不出你的真事来,我就改改姓。

鲁侃大惊,说:小陈啊你想想,谁不知道王冶文叫促狭儿,你咋偏偏听他瞎说? 陈小琳立即反驳:王冶文促狭儿不假,可他说这话时不是对着我,而是和内科主任刘少清悄悄说的。刘少清连连点头,人家刘主任可是大好人吧。

鲁侃:闹不好老刘让促狭儿给套进去了。

陈小琳:编,继续编。你不承认我也猜个八九不离十,准是给了那个刚调进来的郎婷婷了,黏黏糊糊的样子,当时我看着就觉得蹊跷。

鲁侃急了:姑奶奶呀,你胡说什么,人家婷婷刚来,我也是头一次和她见面哪!嗯,全是促狭儿惹的,他妈的,明天我就去找王冶文算账,这个坏蛋促狭儿。

陈小琳大怒,说:你要敢去找人家王冶文,我就闹得全院都知道了再和你离婚。鲁侃一下子蔫了:事情总会弄清楚的,天也不早了,咱休息吧。啊?小陈听话!

鲁侃起身走到床边。

鲁侃伸手抚弄陈小琳的肩。

陈小琳:滚开,你还想和以往那样,打一拳扑拉一把呀。没门!

鲁侃:明天还要上班,我先睡了。

鲁侃往床上爬,陈小琳侧身将鲁侃踹下地:滚!这屋里没你睡觉的地方!

鲁侃爬起身来:好好好,惹不起躲着。

鲁侃抱起一床被子走出卧室,习惯性地在沙发上安卧。

第二天上班时,陈小琳没到,于大梅和一位司药值班。于大梅一边为病人取药,一边看着坐在窗前的司药说:刚才小琳来电话,说是家里有事,今天不来上班了。我问她什么事,她说鲁院长八成出轨了。

司药笑起来,说:鲁院长这模样能和谁出轨,这不是瞎编吗。大梅终是留不住话的人,看看窗外没人,低声道:说是和新来的郎婷婷,还买了皮鞋。

司药大惊:梅姐,我简直不敢相信,人的感情会发展这么快?

大梅坐下来:我说妹妹,母狗不掉腚,伢狗不敢动,如果事实确凿,这事我看怨不得鲁院长。可是,我和郎婷婷住上下楼,她也不是这种人啊。

司药看看窗外:梅姐,这话别传了,影响太大。

大梅:这你放心,咱俩说了就等于把话丢到井里了。

司药:哎,梅姐,姓郎的虽然不花,可现在社会很开放,医院开放得更早,要说他俩之间有一腿也不足为奇,因为鲁院长是咱们这里的猎艳高手啊。

大梅俯耳与司药说着什么,两个人齐声大笑。

两个人正笑着,电话铃响了。大梅接过电话一听,是鲁侃打来的。大梅边听边"嗯嗯"地点头,末了放下电话说:妹子,事情闹大了,我得去救驾。

大梅跑出药房又叮嘱司药,让她给另一位同事打个电话来顶班。因为凭以往的经验,这种夫妻说合的事情往往是马拉松式的。自己身为药剂科副主任,既要做和事佬,更不能因此而误了正常工作。

大梅顺着走廊一溜小跑,刚拐过走廊斜角,只见姜玲迎面走过来。姜玲手拿一张单子要去器械室,见了大梅立即站住:干吗呢大梅姐,这么急匆匆的。

大梅气喘吁吁:鲁院长给我打电话,让我去劝劝陈小琳主任。

姜玲:劝劝陈主任?

大梅:是啊,陈主任把鲁院长扣在家里,让他交代皮鞋的事。

姜玲:皮鞋的事?

大梅:是啊,陈主任不知从哪里得了消息,说鲁院长出差时买了双女士皮鞋,鲁院长没带回家,她就追问鞋子送给谁了。并且主观臆断,说是给了新来的郎婷婷了。陈小琳声言鲁院长如不交代清楚,这事就闹到院委会去。

姜玲:还要闹到院委会去?

大梅:那可说不定,陈主任的外号叫陈醋啊,了得吗?

姜玲:鲁院长真买皮鞋了?

大梅:哪有的事啊,出差购置器械时我也去了,好几个人呢,哪里见着鲁院长买鞋了,指不定谁又从中烧火架秧子呢!

姜玲咬着嘴唇笑起来。大梅问她笑什么,姜玲说:我笑这件热闹事,也笑我自己,你快去劝架吧。

大梅急匆匆地走了。姜玲止住笑自言自语:王冶文啊王冶文,怪不得当时刘主任说,你真是个促狭儿!

姜玲心中近来越发不能平静。这促狭儿不光技术高超,做事富于人情味,同时又这么风趣幽默,一两句话就能把人捉弄,而且还搞得神不知鬼不觉。这让姜玲心中爱意更切。她了解王冶文夫妇生活一直不和谐,她想自己应该找机会向王冶文表白一下,哪怕屈尊降纡做个"小三"呢。

姜玲从器械室回到外科病房值班室后,独自坐在客厅沙发上出神。近些天来,她的心里有些乱,特别是那天晚上夏雨柔看她的眼神,让她备感不安。是对方窥透了自己的隐私,还是本身心里发虚,她还不能确切地说出这种感觉。总之,她认为好像是神明的居意安排,把自己无意中置于一种既幸福又难堪的境地了。王冶文在值班室里的音容笑貌,王冶文做手术时的专注神情和动作,王冶文处理紧急情况时的冷静、干练、沉着,王冶文捉弄陈小琳时的幽默诙谐……这一切的一切,如同电影的回放镜头,不时地在她眼前闪来隐去。此时的姜玲已经完全承认,自己已经不由自主坠入爱河,喜欢上了一个有妇之夫——尽管这是不应该的。

姜玲一边往前走,一边暗暗吟诵着从一家杂志上看到的话——不说不等于不思念,时间会延续真挚的情感,空间能容纳美好的祝愿。即使没有我的承诺,我也会默默祝你快乐每一天。想你没有时间的限制,念你没有空间的阻隔,等你远离生活的无奈,盼你分享快乐的甜蜜。我愿保留无谓的烦恼,只为做你的永远……

……

姜玲清楚地记得,三年前自己从医科大学毕业时,在省城举办的人才招聘会上目的明确地填写了这座小城的这所医院。在接到聘任书后,一刻也没耽搁地来到这座城市,乘坐出租车来到这所医院。院办人员领着姜玲来到外科,当时的外科副主任王冶文接待了她。这位年轻俊逸风趣幽默的业务骨干见到她后连连拍手:咦咦,是医大毕业的小姜吧,欢迎,欢迎,早听院领导说了,给我们科里招聘了一位才貌双全的高才生。耳闻不如眼见,果然是风姿绰约沉鱼落雁。

姜玲怔怔地看着王冶文。

王冶文:怎么了小姜,是不是初来乍到眼生啊?

姜玲仍旧怔怔地看着王冶文。

王冶文:过段时间就好了,初来的毕业生,都这样。

姜玲一脸的失望:王医生,你不认得我了?

王冶文摇摇头:请原谅,见得人多了,我又眼拙,不知道在哪里遇见过。

姜玲喘气变粗,脸色也显得难看。

王冶文:咦咦,生气了还是委屈了?快,小马,领着小姜先到宿舍休息休息。

小马领着小姜往宿舍区走去。

姜玲一步三回头地看王冶文。只听王冶文在后边小声嘟念:丫头,怪哉!

姜玲想着想着便满眼是泪,她感到很委屈,甚至有点生气——王冶文啊王冶文,你是真不记得我了还是故意的?

10

电视剧《一个中年人的浪漫生活》正在紧张地拍摄中。剧组场地设在一个临时搭好的房间里,摄影机架在房间门口,一位大胡子导演在给夏雨柔说戏。导演左手拿着剧本,右手在雨柔面前摆划着:记住,你是个有夫之妇,你的丈夫是个只知事业不懂女人的书呆子。如今和你相处的,是一位才华超卓的社会学家,他不但事业有成,而且善解人意,特别对自己的妻子,更是体察细微,呵护有加。两相比较,你爱上了他,于是,你决定要和原来的丈夫离婚了。这里边的戏核是要从心里产生那种真爱的感觉,啊? 真爱的感觉……

夏雨柔频频点头。

导演朝工作人员挥挥手:开始!

摄影机嚓嚓响起来,夏雨柔走到床边坐下又站起身,在室内来回踱步,一副暗自沉思的样子。过了一会儿,一位长相俊美气度轩昂的中年男子从洗浴室里走出来,中年男子目光迷离,朝正在走来走去的夏雨柔凝神观看。夏雨柔漂亮的面孔和姣好的身段深深吸引了他,中年男子轻轻走到雨柔背后,抚弄着雨柔的肩头,两个人相依相偎地走到床前,坐到床沿上。中年男子轻轻地抱住雨柔并麻雀啄食般吻她的脸:亲爱的,你太漂亮了,你的美无与伦比,你的气质让人想起了安娜·卡列尼娜,你的脸形让我想起了达·芬奇的画作《蒙娜丽莎》。我难以自持,难以忍耐,真的,我已经完全崩溃了。

夏雨柔转过身来,深情地望定中年男子的眼睛,嘴角上漾起幸福的笑。夏雨柔搂住中年男子的脖颈,像春风细雨般喃喃着:傻瓜,那,那你还等什么,难道让一位女士主动向你求爱吗?

中年男子和夏雨柔滚倒在床上。

一件件衣服被丢到床下。

大床开始剧烈地颤动……

导演喊了声:停,OK!

……

王冶文和李晓宇轮流到外科专家门诊值班,每周每人一天。今天轮到王冶文了,他虽然提前十分钟来到,但门外椅子上已经坐满了病人。和他同来门诊的护士小黄一个号一个号地往诊室内唤着病人,王冶文就像一台机器,熟练地处理着每一个病号。病号一个接一个地走进来,又一个接一个地走出去。

小黄正要唤下一个,大梅悄悄走进来坐在王冶文的对面。王冶文正在审视下个病号的病历,没抬头但感觉到面前有人坐下了,便下意识地问:你排号了吗?

大梅左右看了看,没吱声。王冶文觉得奇怪,抬起头来笑了:咦,我以为是病号呢,原来是梅姐,你是自己看病还是为熟人夹塞?

大梅口气沉沉地说:只要进了诊室入了病房,你脑里心里就只有病号了。

王冶文说:梅姐原谅,职责所在嘛。大梅没再说什么,而是趴在桌上盯着王冶文的脸不错眼珠地看。王冶文很纳闷儿:有事啊梅姐,下了班再说行吗?

大梅说:我占你二分钟时间。王冶文说:可以,你快讲吧,还有好些病人等着呢。大梅看看室内只有小黄一人,就开门见山了:雨柔的事你听说了吗?

王冶文有点吃惊:雨柔什么事?

大梅说:你是真不知道还是装糊涂?

王冶文眨巴着眼睛:我不是装糊涂,而是你的话把我说得越来越糊涂。

大梅:你表姐就没点化点化你?

王冶文摇摇头。

大梅:她可是歌舞团的团长啊。

王冶文:团长也不一定什么事都了解。

大梅说:这倒是。

大梅凑到王冶文耳边说:傻瓜,雨柔和那个什么明星好上了。王冶文放下手中的笔:不可能吧,她只是被导演相中饰演剧中的一个角色。

大梅摇摇头说:不这么简单,俩人已经擦出了火花儿。

王冶文想现在凡是搞艺术的,难免会被造出些传奇故事,他让大梅不要相信这些传言。大梅咬咬牙杏眼圆睁:千真万确,两个人多次到丰泽宾馆开房间。

王冶文听到这话认真起来,他皱着眉头问:你听谁说的?

大梅说她歌舞团里有个铁姐妹和她说了好几次了,今天来找她倒腾药又讲起这件事,说这在剧组里几乎成了公开的。自己见王冶文戴了绿帽子却始终蒙在鼓里,心中不忍更有气,这才决定马上告诉他。王冶文可能是平生第一次面现愠色:不要脸的,真有这等事,我说她怎么近期情绪反常呢。

小黄插进话来:也就光瞒着你,这事在歌舞团和剧组已是公开的秘密。咱们医院里有许多人也都知道了。

王冶文吃惊此事何以传得如此快,以致他有些冷手难抓热馒头的感觉。他起身在室内走了两个来回,口气认真地问道:医院的人也知道了?

大梅点点头:信息时代嘛。不过,听说雨柔快成明星了。

王冶文说:一个在歌舞团工作的,刚演了半部电视剧就成名星,天下哪有这么容易的事啊?大梅对他的话并不认同,说:这年月,机会像夏天的蚊子一样多,说不定哪股风刮来就能把傻子疯子刮成明星。听说那位主角称赞雨柔是天生的演员,说今后拍电影电视剧会一直带着她,不出两年,雨柔就可名满天下。

王冶文说:真要如此,我倒要提前祝福雨柔。

大梅很着急:冶文,真要有个好歹是非,孩子咋办?

王冶文恢复了一贯的轻松表情:这倒是个着实让人伤感的问题,不过也没办法。天要下雨娘要嫁人,随她去吧。

大梅噘起嘴来,说:你真是个促狭儿,心大量宽啊。王冶文忽然摆手道:梅姐,现在我心里只有病人,这些碎芝麻烂高粱的事,下班后再想吧。

大梅:好,我不耽误你的时间了,抽空再找你聊。

大梅走出去。

王冶文转脸冲着小黄:叫下一个!

王冶文整整忙了一下午,快下班时,他给夏雨柔打了个电话,让她无论如何今晚回来一趟,说是有十万火急的事要和她拉拉。夏雨柔似乎感觉到王冶文口气异常,同样出人意外地没犹豫,答应散了晚场马上回来。

晚上十点后,夏雨柔如约回到家里。王冶文的情绪异乎寻常地平静,好像两个人之间从来就没发生过不愉快的事情。他倒了两杯开水,一杯放在夏雨柔面前,一杯端给自己。而此时的夏雨柔似乎已经成竹在胸,她已明白无误地窥见了丈夫的内心世界,她不想当个弱者,更不想抵赖什么,她要采取主动。因为以往回来后王冶文总是给她沏茶,今晚茶水变成白开水,这就是明显的预示了。她把水杯推到一边,口气轻松地说:冶文,明人不做暗事,你肯定也已知晓,我已经做下了。既然做下了,就应该独自面对,我不乞求你的原谅,更不希望你的感情施舍,咱们还是明白话痛快讲,离婚吧。

夏雨柔的直率倒让王冶文吃了一惊,他想了好一会儿竟不知道怎么回答。事情到了这份儿上,是离是合已经毫无意义,关键是好说好散,不要闹得跟仇人冤家似的。对,首先应该有个好的开场白:雨柔,夫妻六七年,你还不了解我吗……

夏雨柔立即打断他的话:要是不了解你,就不会提出离婚了。

王冶文一怔,说:咱们暂时不提这个问题好不好,我整天忙于科里的工作,腾不出空来陪你,我知道你委屈。可是,再委屈夫妻间也不能离经叛道呀,更何况,咱们的小冬都六岁了。

夏雨柔向前探了下身,端起茶几上的开水杯子蹾了一下。看样子她不但委屈,而且很生气,本来打算恶言相加的她到底给王冶文留了点面子,话到嘴边换了口气:冶文,你我都是现代人,都有现代人的思维和生活方式。现代人最注重的是名气,你已经功成名就了,可我呢,不就是每天在团里蹦蹦跳跳喊喊唱唱吗?尽管我是团里的台柱子,可除了圈内谁又知道我?

王冶文:我并没有阻止你成为名人啊。

夏雨柔:你没阻止我,可也无力提携我。人生在世,成功无非就是那三条,天赋、毅力、机会。前两条我都具备,就差这最后一条了。现在最后一条终于来临,这是一个千载难逢的好机会,我不能放过。

王冶文明白雨柔所指的"机会"不过就是那个所谓的明星,便好言相劝,告诉她现代社会不能仅仅依靠某个人,关键还是要有天赋、有才气,并且持之以恒把基础打得坚实些。一场小雨解决不了大旱,一部戏改变不了人生,一个人更难将你慈航普度到达所想象的彼岸。于是他开导雨柔说:靠天靠地不如靠自己,机遇虽然重要,但不是一个人成功的根本,希望你不要把宝押在某个人身上。

夏雨柔扬了扬眉毛:既然知道了,咱们就打开天窗说亮话。这个人值得我喜欢,说确切些是值得我爱,他能帮我干出一番事业。

王冶文:这么说,他在你心里的分量比我重得多?

夏雨柔点点头:我说王冶文,女人有花瓶,男人照样也有花灯笼。你就是个不折不扣的花灯笼,摆在厅堂上可以装点门面,但实在起不了多大作用。

王冶文皱起了眉。

夏雨柔接着说:尽管你不像其他名医一样有名车有豪宅,尽管你更没有数目可观的存款,可我不计较这些,更从没在这些方面拿你和别人相比。可是,除了你不能给我提供事业成功的条件外,我最不能容忍的是你根本就不像他那样懂女人,不懂女人的情、女人的爱、女人的欲望、女人的身体……

王冶文:呀呀呀,打住,打住,我成了白痴了!

夏雨柔冷笑着说:在了解女人方面,王冶文你就是个白痴,这也是我不想再和你继续下去的缘故。王冶文感觉遭到了难以忍受的凌辱:雨柔,你太过火了!

夏雨柔没吱声。

夏雨柔起身走到卧室里取出自己的手包,她从手包里拽出一张纸放到茶几上说:王冶文,这是离婚协议,你签字吧。

王冶文脸色煞白,他痛苦地闭上眼睛,但最终还是执笔在手签上了自己的名字。他把离婚协议书推到夏雨柔面前:今后的路可能有泥有水,好自为之!

雨柔把协议书的其中一份装进手包,朝王冶文说了声"再见",便头也不回地开门走了出去。雨柔的脚步声还在楼梯上回响,王冶文的情绪已基本恢复了正常,他走到穿衣镜前看着自己略显苍白的脸自我打趣道:连个尾声也没有啊!

尽管王冶文有着超强的自制力和宽宏的胸襟,这突如其来到的事件也让他坚强的神经受了不小的刺激。第二天他没去上班,打电话给外科办公室,是姜玲接的电话。他说自己感觉身体不适,要请一天假。姜玲在电话里声音发颤:好的,我转告李主任,你好好在家休息,晚上去看你。

晚上,姜玲果然来了。

王冶文和姜玲相对坐在客厅沙发上,随便谈着科里的工作。近些日子,姜玲隔三岔五就去盯急诊,今天下午又盯了一个小班。王冶文问今天急诊室那边情况如何,姜玲说:急诊每天都不少,今天收进四个病号。王冶文在姜玲面前表现得一如既往,表面上根本看不出昨晚在他人生旅途中发生的那件重大变故。他笑嘻嘻地说:急诊室工作量大,每次都派你去,不会有意见吧?

姜玲说:怎么会有意见呢,这是个锻炼的机会嘛。王冶文一副赞许的眼神,口气却很委婉,说急诊室这活儿很累,时间一长恐怕女士的身体吃不消,打算以后让吕成代替她。姜玲摇摇头:不必,你当年不也是经常要求应急诊吗?

王冶文说:我当年的事你咋知道? 姜玲沉吟片刻,一笑:听别人说的呗。

王冶文点点头,说:当年的老王主任之所以经常派我盯急诊,一是我年纪轻身体好,最主要的是锻炼我的应急能力。王冶文虽然口气轻松神态依旧,但无论如何也难以掩饰内心的烦恼和忧郁。姜玲是位不错的医生,医生不只会看病,更能洞悉对方的内心,她终于忍不住转了话题:问个事可以吗?

王冶文:你不是差不多天天都在问吗? 今天怎么客气起来了。

姜玲:天天问是问工作和技术上的事,今天问是问你生活上的事。

王冶文:嗬,我明白,你准是也听到消息了。

姜玲:何止我听到消息,全院都知道了,你以为自己保密工作做得好啊!

王冶文啧啧连声,听姜玲这口气他和夏雨柔的感情裂痕还真成了公开的秘密。他知道没必要继续瞒下去,就轻描淡写地告诉姜玲说:已经离了,昨天晚上签的离婚协议。姜玲对此并不纳闷儿更不惊奇,她已从王冶文故意掩饰的内心情绪里看出来了,更何况,她自到市立医院以来,从未听说这位科主任因为身体不适请假休息,今天突然打破常规,说明问题非同小可。而最可能让他身体"不适"的原因,就是和妻子离了婚。昨天下班时小黄曾告诉她,说:王主任给夏雨柔打电话了,让夏雨柔无论如何今晚要回来。姜玲问:干吗这么着急? 小黄说:大梅跑到专家门诊把夏雨柔和明星相好的事一盘端了。姜玲点点头,说是要出事了。

果然不出姜玲所料,这"事"就出在昨天晚上,而且干净利落。姜玲虽然同情王冶文,却也多多少少感到有些遗憾,毕竟是几年的夫妻了嘛,怎么说声不和就一刀两断了呢? 她说:王主任你应该给自己一个缓冲时间,不应该如此决绝,这会让你心灵受创,就像热油锅里猛然倒进凉水似的。王冶文把目光移到别处叹口气说:人往高处走,水往低处流。雨柔要当明星攀高枝,我也是无奈之举呀。

姜玲说:也不能说断就断,起码得有个过渡期吧。王冶文摇摇头,说:当断不断,必受其乱。我工作上的事这么多,哪有时间和她纠缠,干脆一刀两断,省得整天虚烦懊躁的。姜玲安慰他:明白,这是你的性格。哎,有没有娶个继室的打算?

王冶文笑起来,说:小姜你酸不酸呀,还继室!干脆,就说想不想再找个老婆多直接。姜玲一笑:对,想不想再找个老婆?

王冶文说:暂时不考虑,想清静一段时间再说。姜玲说:只怕你清静不下来哟。王冶文问姜玲此话怎讲,姜玲笑而不答。王冶文调皮地眨着眼:话中有话呀。

姜玲说:雨柔姐算是傻透了,要是我将来有你这么个丈夫,你赶都赶不走,可她倒好,毅然离你而去。也不想想,这娱乐圈里的男人,有几个是靠谱的。

电话铃响。

王冶文拿起电话听筒:喂,妈!哦,小冬今晚尽哭闹。

好,我过去看看。好好,马上就去。

王冶文放下电话说:小冬就像有心灵感应似的,近几天光闹着找妈妈,我去看看。姜玲站起身:我陪你一块去。

王冶文一怔,惭愧地瞧着姜玲,说:我可没有汽车,只能骑自行车,你怎么陪?姜玲说:你有时是天才,就像个书呆子,坐出租嘛。王冶文尴尬一笑:蒙了!

周末晚,王冶文把小冬从母亲那里接过来,妈妈走了,爸爸得陪陪儿子。尽管此时已谈不到是天伦之乐,但给孩子精神上以依靠,心灵以慰藉,让他尽可能享受一下家庭的温暖还是必不可少的。小冬在客厅里开动着玩具汽车,王冶文在厨房里忙着炒菜,这时门铃响了,王冶文跑出厨房开门,没料想却是姜玲来了。姜玲看到王冶文扎着围裙忍不住笑起来。王冶文说:小姜你笑什么,我扎围裙不好看吗?姜玲说:看上去有点滑稽,像马戏团里耍狗熊的。王冶文说:糟了,近朱者赤,近墨者黑,你和我相处时间一长,这嘴也变得损了。

姜玲点点头:所言极是,哎,你在干吗?

王冶文:炒菜呀。

姜玲:都几点了你才炒菜呀。

王冶文看看墙上的电子钟:咦,七点半了!哦,明天星期天,我把冬冬接过来才做饭的,是晚了点。不过,晚饭晚饭嘛,晚吃一两个小时也算不了什么。

姜玲伸手拽王冶文的围裙:来,你陪孩子玩儿,我替你炒菜。王冶文连说:不不,还是我自己来吧。姜玲说:你不用推辞了,做饭炒菜,女人比男人的优势大。王冶文犹豫了一会儿,只好解下围裙递给姜玲。

姜玲系着围裙走进厨房,王冶文坐在沙发上。小冬凑过来:爸,姜阿姨真好。

王冶文:是吗？

小冬:像个妈妈。

王冶文轻轻弹了一下小冬的鼻子,附耳对儿子说了几句什么,冬冬咧着小嘴笑笑,继续玩儿他的电动小汽车。王冶文下意识地看看厨房门口,厨房里此时正响着沙沙拉拉的炒菜声,小冬的话姜玲肯定听不到。他心中略感欣慰,因为虽是童言无忌,可冬冬的话真让小姜听见,他想她会难为情的。

电话铃响。

王冶文抓起听筒,电话是李晓宇打来的,手术中出了个难题,李晓宇问他能不能去一趟。王冶文连说:没问题,我马上去。他放下电话走到厨房门口:小姜,老李他们遇到个手术难题,让我过去一下。

厨房里传出姜玲的声音:你去吧,小冬有我呢。

王冶文说:那你费心吧。

姜玲:客气什么。哎,要是太晚了,我就把小冬带回家里去。

王冶文说:好好好。他抚摸了一下小冬的头,换上衣服鞋子开门走出去。

……

三号手术室里,外科副主任李晓宇面对着一例手术正在作难。王冶文举着消毒后的两只手走进手术室,走到手术台前:什么情况?

李晓宇指指手术台上的病人,说:五天前收治的那个乙状结肠癌,打开后发现腹壁上有转移性结节。动呢,害怕癌细胞转移;不动呢,腹腔已经打开,总不能再给病人糊糊弄弄缝上吧。王冶文仔细探查了腹壁上的结节,查了下病人的病历和各项病理指数,口气坚决地说:行根治切除术。

李晓宇说:降结肠旁沟侧腹膜已剪开,上至乙状结肠上方十厘米,下至直肠、乙状结肠交界处。如果行根治切除,切口还要扩大。王冶文问制订的术前方案是怎么计划的。李晓宇看了看术前方案记录:预定切除肠管至肿瘤上、下各十厘米处。切除的肠段、系膜及肿大淋巴结与腹膜组织分离。

王冶文接过手术刀将切口扩大五厘米,随即在肿瘤上方约五厘米扩张肠管处切开肠壁。他伸出手要螺旋管,李晓宇从护士手里接过螺旋管递给王冶文。

王冶文抻了抻,问李晓宇:螺旋管从这里放入吧?

李晓宇探着头:完全可以,就是为了减压嘛。

王冶文将手术刀还给李晓宇,他问原方案切除多少。李晓宇说:肿瘤上、下各五厘米。王冶文马上决定:改变方案,增加到十厘米。

李晓宇犹豫着,他唯恐矫枉过正。王冶文看出了李晓宇的忧虑,解释说:不增加切除长度达不到根治效果,再说,腹壁上已有了结节转移,不增长切除段还是要复发。李晓宇点点头,切断肠管,将切下的肠段放到手术盘里。李晓宇切下肠段后把手术刀交给王冶文:腹壁上的结节你来吧,我有点眼花。

王冶文说:这得咱俩来,你持止血钳,我来剥离。

两个人合作着手术。王冶文眯了下眼睛吩咐护士调调灯光,说:有的结节太小,看不太清楚。护士把无影灯往下拉了拉,两人合作,手术慢慢进行。王冶文把细小的腹壁结节一个一个放到手术盘里,过了很长时间,他仔细翻看了贴近乙状结肠的腹壁,放下手术刀:可以,基本清除掉了。

李晓宇重新拿起手术刀,把两端肠管端吻合好,将侧腹膜及肠系膜裂口间断缝合,然后以将军下令的口气说:冲洗腹腔。

助手开始冲洗腹腔。王冶文问助手术中出血量估计有多少,助手说:100毫升左右吧。王冶文亲自给病人测了血压,血压平稳。他站起身:手术成功。

李晓宇:灌注 5 – FU 吧?

王冶文笑一笑:还用说吗。

李晓宇让护士清点器械,护士清点后报告数目无误。李晓宇满意地咂咂嘴,开始关腹。王冶文伸了个懒腰:手术顺利,术后标本送病检,病人送 PACU。

李晓宇:只是把你累得不轻,可是没办法,你不来,剥离腹壁结节我没把握。

王冶文:是吗,下了手术台你快回家吧。

李晓宇:嗯?

王冶文:刚才我来到医院门口时,看到你家小嫂子跟着个胖大男人往东去了。

李晓宇:呸!

王冶文:真的,小嫂子看到我还躲躲闪闪的。

李晓宇:别人说了我兴许相信,你?嗬,促狭儿!

手术室里一片笑声。

……

姜玲把两个菜放到饭桌上,把粥给小冬盛进碗里:冬冬,冬冬!

客厅里传来小冬的声音:姜阿姨,我的汽车轮子掉了。

姜玲走到餐厅门口:冬冬,先来吃饭,汽车轮子我给你装上。

小冬答应着跑进餐厅,姜玲正给冬冬装车轮,门铃响了。姜玲一边往门口走着一边说:这么快就回来了。

姜玲推开屋门,门口站着鲁侃。姜玲愣怔半天才回过神来:哟,是鲁院长啊,我以为王主任回来了呢。

鲁侃同样一怔:咦,小姜,你咋在这里?

姜玲说:李主任那里手术出了点难题,招呼王主任去看看,我替王主任照顾孩子呢。鲁侃没等姜玲相让就走进屋里,他左右瞧着:孩子呢?

姜玲说:孩子在餐厅吃饭。鲁侃说:怎么才吃饭?姜玲说:是啊,我来时这爷儿俩才做饭,来得早不如来得巧,不然,王主任去手术室,孩子到现在也不一定能吃上饭。鲁侃朝餐厅里探了探头:唉,光棍难混,不假。

姜玲:呵呵,鲁院长也有体会吗?

鲁侃笑了:曾经。

鲁侃绕屋子转了转,眼神疑惑地上下打量着姜玲。姜玲说:您坐呀鲁院长。鲁侃说:既然冶文没在家,我也就不坐了。嗯,你替冶文照顾孩子吧。姜玲说:您坐下等一会儿,说不定也快回来了。鲁侃笑笑:不坐了,明天我到科里找他。嗯,也没别的事,就是了解一下科里的工作。

鲁侃说着朝屋门口走,姜玲抢上一步推开屋门:鲁院长,您慢走。

鲁侃:好的,好的,请留步。

姜玲站在门廊下,目送鲁侃走下楼梯。

鲁侃走了,冬冬也吃饱饭从餐厅里跑出来。姜玲继续哄着小冬玩耍,她给小冬看一本漫画画册,给小冬讲述画册中的人物。小冬看了一会儿画册,忽然打个呵欠说:姜姨,爸爸怎么还不回来,我困了。

姜玲说:要不你跟我去睡。小冬连连摇头:不嘛,姜姨,你陪我在这里睡。

姜玲作难地犹豫了好一会儿:也行,你睡吧,我陪着你。

小冬跳起身:姜姨真好,真好。

姜玲把小冬送进卧室,帮他脱掉衣服躺在床上。小冬仰面看着姜玲,小嘴一动一动地想说什么。姜玲说:你睡吧小冬,我就在外边等你爸爸回来再走。小冬摇头,他让姜玲躺在自己身侧,说没有大人做伴自己睡不着。姜玲无奈地笑笑,只好躺在冬冬身边。冬冬伸出小胳膊揽住她的脖子,口中喃喃道:妈妈!

姜玲心中一酸,轻轻拍打着冬冬的屁股:噢噢噢,好孩子,快睡觉……

从医院回来的王冶文上楼走到自己门口前,刚要抬手摁门铃自己就自嘲地笑了。天这么晚了,小姜早就带着冬冬走了,我不想想怎么就傻傻地摁门铃呢。王冶文掏出钥匙,一边开门,一边轻轻摇头暗笑。

王冶文打开门走进室内换上衣服拖鞋。客厅里依然亮着灯,他给自己倒了一杯水放在茶几上,坐下来喝了几口,然后就到卫生间洗刷。洗刷完毕的王冶文从卫生间走出来坐在沙发上,听到卧室里传出轻微的响动。王冶文警觉地站起身来,静静地听着卧室里的动静。然而,刚才的声息全无,卧室里此刻很安静。王冶文走到卧室前轻轻推开门,不禁吃了一惊,嗫嚅低语道:她没走!

王冶文轻轻走进卧室,卧室里光线很暗。冬冬躺在床上呼呼入睡,姜玲则已脱衣睡在冬冬身边。暗暗的光线中,姜玲的胳膊双肩和小半个上身露在外边,皮肤白皙如脂,看上去浑圆、柔软。王冶文喘气变粗,心里咚咚乱跳,他痴痴地看了好一会儿,才犹豫着悄悄退出卧室。

王冶文退出卧室坐回到客厅沙发上,一杯接一杯地喝水。

王冶文拿起茶几上的刊物翻看着,翻了几页又放下。

一股难捺的冲动刺激着神经,王冶文起身朝卧室走过去,可是走了几步又返回到沙发上,他将沙发整理了一下,蜷着身子躺在沙发上。

王冶文蒙眬中打了个盹,醒来时感觉有点凉。他坐起来抱着膀子看看墙上的电子表,时针指向凌晨一点。王冶文起身悄悄走到卧室门前,轻轻推开门走进去,走到床前。床上的姜玲躺在床的外侧,呼吸均匀,睡意犹酣。王冶文俯身在床前站下,看着睡姿优雅的姜玲出神。心跳更快,冲动更烈,王冶文面对眼前这个年轻貌美的女人心猿意马难以自持,乍手乍脚地直想做点什么。此时,冬冬忽然翻了个身,嘴里喃喃呓语着,王冶文打个激灵,狠狠地掐了下大腿上的肉,俯身向前抓住床上的一条毛巾被轻轻地往外拿。

夜色昏暗。

王冶文下意识地朝姜玲脸上看了看,他没想到姜玲竟然睁着眼睛。王冶文吓了一跳,松开毛巾被直起身。姜玲似乎冲他笑了笑,忽然间就坐起来,伸出双手紧紧地搂住王冶文的脖颈。王冶文猝不及防,一下子趴在了姜玲身上。王冶文屏住呼吸,感觉姜玲的嘴唇已经贴在自己的脸上,移动着,寻觅着……

王冶文轻轻掰开姜玲的手坐起身子,姜玲仍旧仰卧面对他伸着双臂。

王冶文:小姜,你冷静一下。

姜玲喘气很粗:冷静不下来。

王冶文:开始数,一、二、三、四、五……

姜玲跟着王冶文数起来:五、六、七、八、九……

王冶文拽起毛巾被:小姜,听话,好好休息。

然后走出卧室。

背后是姜玲带哭韵的声音:关于那个女孩的事,我相信了。

11

一物降一物,白菜降豆腐。只要鲁侃夫妇吵嘴打架闹别扭,非得大梅出面调解不可。大梅心直口快说话实在,和陈小琳是至交姐妹,所以她说的话陈小琳就相信。大梅办事从不敷衍,安抚陈小琳后就去找王冶文,王冶文正好下班走出外科病房,被大梅拽住问这买鞋一事到底是真是假。王冶文怔了怔,拍着脑袋埋怨自己马大哈,说是把事情张冠李戴了:其实,我说买鞋一事指的是你家刘大哥,有一次我逛商场遇到刘大哥在皮鞋专柜前转悠,问他干吗呢,说是"给你梅姐买双皮鞋"。刘大哥花了好几百元买了一双浅黄色女士皮鞋。当时我还说梅姐将到中年,最好还是穿黑色的。刘大哥说女人年龄越大越得让她穿戴花哨一些,否则就看着没滋味了。大梅虽然心实却也半信半疑:这是什么时候的事?

王冶文掐着指头算了算:不多不少,整半个月。

大梅:你咋记得这么清楚?

王冶文:因为那天我刚好从门诊调班到病房,打了个时间差去逛商场。

大梅嘻嘻一乐:促狭儿,这回我还真信了你的话,半个月前你刘哥的确是去了商场,不过我是让他买钢精锅的,没说……

王冶文看看大梅脚上的鞋:咦,梅姐还没舍得穿呀?

于大梅如坠五里雾中,口里喃喃着浅黄色皮鞋发愣。王冶文说:梅姐你和陈姐解释一下,我是见到病人脑子清楚,遇到生活中的事就犯糊涂。真没想到记忆上的失误惹得人家两口子闹起了别扭。王冶文困乏地揉着眼说:啊呀,值了半天班,又困又累,我得赶紧回家喝杯茶。

王冶文哼着小调走了,大梅一跺脚:好你个老刘,背着我偷鸡摸狗!

大梅回到鲁侃家把事情经过对陈小琳一说,陈小琳信了,鲁侃笑了。鲁侃笑过后看着大梅说:这个促狭儿,一天不捉弄人他就没法活。

鲁侃和陈小琳重归于好恩爱如前,大梅却喘气不匀气色难看。陈小琳问她怎么了,大梅说:我是无心插柳柳成荫,意外获得了一个惊人的信息。陈小琳问她获得了什么信息,大梅一边往外走一边气鼓鼓地说:知人知面难知心!

鲁侃望着开门下楼的大梅说:小琳,看了没,促狭儿给我们找了个替死鬼。

事后不久便得知,大梅回到家和丈夫闹了个天翻地覆慨而慷,逼得老刘让她一笔笔地查了生活日记账,这才搞清楚老刘曾经于去年给过生日的妹妹买过一双黄皮鞋。大梅没法找王冶文兴师问罪,否则一句人家"见到病人脑子清楚,遇到生活中的事就犯糊涂"便把你打发了。况且事情也并非完全子虚乌有。

就在鲁侃夫妇重归于好的那天晚上,他们和郎总一家聚餐。聚餐后又去了馨香茶室的一间豪华包间。鲁侃夫妇、郎总夫妇和郎婷婷坐在包间里,一边品茶一边议论着企业集团和医院里的是是非非。因为鲁侃把郎婷婷调进了医院,又因为郎总答应再赞助一定数额的扩院资金,这两家人越拉越近乎,相互感恩又相互卖弄人情。聊着拉着,话题自然就转到郎婷婷身上了。郎夫人笑眯眯地看着鲁侃说:老鲁,帮人帮到底,我们婷婷现在已是单身,你得费心给划拉一个合适相对的。

陈小琳用胳膊碰碰鲁侃:是啊老鲁,别光图自己乐和,也得为别人想想。

鲁侃说:这是妹妹的终身大事,我得好好酌兑一下,前车之鉴,前车之鉴啊!郎总夫妇连连点头,称赞鲁侃想得周到,因为再不能让婷婷二婚之后再三婚了。郎婷婷不以为意,说:已经离婚后山东高粱独一棵,更自由。郎夫人白了小姑子一眼:婷婷,别说话没深没浅的,你现在孤家寡人,我和你哥心里不踏实。

鲁侃:那行,遇到合适相对的给婷婷再寻一个。

陈小琳:眼下医院里就放着个现成的嘛。

鲁侃:谁?

陈小琳:外科主任王冶文呀。

郎婷婷忽然笑起来,笑得肩膀脖子直哆嗦。郎夫人问她笑什么,郎婷婷指指鲁侃夫妇说:你问他俩。

郎总夫妇的目光转向鲁侃夫妇,鲁侃和陈小琳也跟着尴尬地笑起来。鲁侃一边笑一边把王冶文总是捉弄人的怪癖一一道来,特别提到这次不光捉弄了自己,还捎带着把大梅也装进口袋的损招儿也说了一遍,逗得郎夫人一口茶水呛出来,喷了郎总一脸。郎总一边擦脸一边笑道:这是个人才,人才。

郎夫人取过餐巾纸抹着嘴说:我喜欢,也听说过这个人,技压群英,不过,听说人家早就结婚了呀。

陈小琳说:他的妻子要当明星,前些日子刚和他离了婚。郎夫人兴奋起来,拍着郎婷婷的肩膀说:天作之合,天作之合。老鲁,这事就拜托你。办成了,你的功劳;办砸了,你之罪也!

鲁侃调整了一下坐姿,说:我尽力,一定尽力。医院有好几个三十岁左右的光棍老小伙,我们拣最好的,最好的。陈小琳插进话来:老鲁,王冶文除了喜欢捉弄人,几乎挑不出别的毛病,他就是最好的。再说喜欢捉弄人也不是缺点啊。

郎婷婷随声附和:嗯,他刚离了婚,技术好,人也长得帅,我见过他两次。

陈小琳:郎才女貌,年龄相当,你和他凑对成双,真是天作之合。

鲁侃一拍桌子,说:肥水不流外人田,既然你们都说好,这件事我承包了。

说实话,郎婷婷自从那天在鲁侃办公室见到王冶文,心里便有点甜丝丝的感觉。大梅陪她到外科病房再次见到王冶文后,这心里就有些相见恨晚了。只是人家王冶文早已娶妻生子,自己也只能是望梅止渴。后来听说王冶文离了婚,惊奇之余却又喜从心中生,乐从胸内来,深感这是上天安排,否则他王冶文怎么早不离婚晚不离婚,恰恰自己调到医院后就离婚了呢? 然而自己初来乍到,即使爱意心切,也不能主动上门送货吧。正考虑是否请热心的大梅从中作伐,陈小琳竟在喝茶聊天间把这事提了出来,并且鲁侃一口应承。郎婷婷惊喜之余,更加认定他和王冶文之间真是天缘巧合。

回到医院后,郎婷婷便天天盼着鲁侃给她带来好消息,不知鲁侃是因为忙,还是根本没把这事真正放在心上,一连两三天,见了面只字不提。郎婷婷忧虑、焦急而又无可奈何,这天她再也忍不住,趁着下班前的时间,径直找到鲁侃的办公室。别看郎婷婷长得娇贵,却也是口快心直的性格,她进门一屁股坐在鲁侃斜对面的沙发上,半嗔半娇地说:鲁哥,你说痛快话,我的事你到底管不管?

鲁侃皱着眉头想了好长时间,似有所悟道:你是说……

郎婷婷的心一下子凉了半截,原来当时满口应允一力承担的鲁副院长真把自己的终身大事给忘了。她有点急,但又不能急到面上,望着鲁侃百思莫解的神情故意抻了一会儿说:鲁哥,看来你根本没把这事放到心上啊。

鲁侃仍在迷糊:婷婷,你是说……

郎婷婷白脸涨得通红:说什么说,你答应的我和王冶文的事呀。

鲁侃连连拍着头:瞧我这脑子,近几天各处跑着拉赞助,还没倒出空来找王冶文细拉。好的,这两天我就去找他,一定去找他。

郎婷婷脸色缓和下来,忽闪着眼皮说:我看鲁哥是不愿意管我的事。

鲁侃叫屈连天:婷婷呀,你我这种关系,我和郎总又是同学,你的事不跟我的事一样吗? 谁说我不愿意管了。好,我这两天就找他,放心,放心吧。

郎婷婷脸上终于放出光来:鲁哥,你可真得要抓紧,你要明白,像他这么好条件的二茬光棍,现在可是抢手货。

鲁侃说:你放心,我一个副院长给他当媒人,还不是小菜一碟吗? 更何况,他提主任我是帮了好话的,从知恩图报这方面讲,也得给我这个面子。

郎婷婷满脸堆笑:鲁哥,事办成了,我送你两箱茅台。

鲁侃咧着嘴:呵呵,好好,我就等着喝你的茅台了。

转眼又是四五天,鲁侃那里仍然没有消息,闲坐住院处的郎婷婷心神不安,她想,这鲁侃,是不是天桥把式嘴上的功夫啊!不行,我还得去找他。王冶文虽然是个二婚头,可二婚头跟二婚头价值不一样,他是个重量级的,万一提前被别人淘了宝,我不是蚂蚱看石灰,白瞪眼了吗。

郎婷婷起身出了住院处,走到电梯刚要上七楼,却见王冶文身穿便服从走廊那头走过来。她赶紧站住等着,走近了,见王冶文领着一位手拿化验单的病人也来上电梯,心中一喜,忙搭讪说:是你的病人吗,这是去哪个科?

对方笑嘻嘻地看着郎婷婷:是我的熟人,去二楼外科专家门诊找王冶文。

郎婷婷大惊:什么?

对方见她大惊小怪的样子,有点摸不着头脑,又把刚才的话重复了一遍。郎婷婷眯起眼睛仔细审视:咦,你不是王主任啊!

对方哈哈哈地笑起来:麻烦了,都说我和他长得非常像,别人认错不要紧,要是将来两个人的老婆认错了那可如何是好!

等电梯的人都跟着笑起来。郎婷婷奇怪地问道:那你是谁?

对方说:我是我呀。郎婷婷意识到自己的冒昧,忙改换口气:您贵姓?

对方告诉她,自己是职工食堂的司务长曹瑞成,因为长相和王冶文差不多,别说医院外的人,就是医院内部也有许多人认错了。郎婷婷喘了口气:我说呢,我说呢,我说王主任见了面咋不搭理我!

电梯门开了,人们走进去,曹瑞成和他的熟人在二楼下电梯。临别时曹瑞成和郎婷婷握了下手:郎主任,您是新调来的,您不认识我,我可认识您啊。

郎婷婷连说:谢谢,谢谢。电梯门关上了,郎婷婷依然沉浸在惊异中:天啊,这世上真有长得如此相似的,就跟双胞胎一样。

郎婷婷在七楼下了电梯,她走到副院长办公室前敲了门,室内传出鲁侃"请进"的声音。郎婷婷推开门,鲁侃正伏案写着什么,见郎婷婷走进来,放下手中的笔站起身:哦,婷婷,坐,快坐下。你还是为那事找我吧?

郎婷婷说:我越想越沉不住气,饭也吃不好,觉也睡不着,思来想去,还是跑来和你当面说定的好。鲁侃面现醋意,但还是笑了:这个促狭儿就让你这么动心?

郎婷婷:没办法,我感觉王冶文这个人实在太好了。你是我哥的同学,也就是我的哥哥,妹妹有话是不能瞒着哥哥的,我可能得了相思病了。

鲁侃连忙摆手:别别别,你刚进医院就得相思病,这让我怎么跟你哥嫂交代呀。实话讲,我忙,他也忙,这事不是买猫买兔子,得挤出空闲时间好好聊才行。

郎婷婷:哼,鲁哥你嘴里这么说,心里还不知咋想哩。

鲁侃:好妹妹,我真的只是为你着想。为此,前天晚上我登门去找他,可是他不在家,帮李晓宇做手术去了。

郎婷婷盯着鲁侃问:谁告诉你他帮李晓宇做手术去了?

鲁侃毫不迟疑:姜玲啊。

郎婷婷:啊,姜玲,就是那个外科美女姜大夫吗,她怎么在他家?

鲁侃双手往下压了压:别大惊小怪,姜玲帮他照管孩子呢。

郎婷婷大惊:哎哟鲁大哥哥哎,亏你还是情场老手,王冶文一旦手术完回到家里,孤男寡女,夜深人静,小孩子睡了……

鲁侃:咦咦咦,瞧你,真能想象。

郎婷婷:想象? 现代社会,人们都这么开放,王冶文再正人君子,不也是肉体凡胎吗? 鲁哥你设身处地想一想,如果你处于这种环境里,会怎么样?

鲁侃笑起来:婷婷你放心,别看王冶文嘴上没正经,但绝对不是乱来的人。这点你要相信我的话,如果存疑,可到外科打听一下,如果不是他的人,你就是钻进他被窝里,也别想搂住他。口碑,好着呢!

郎婷婷被鲁侃的比喻逗笑了:还真是柳下惠呀!

婷婷提起柳下惠,实话讲以往鲁侃还真不知道古时候有这么个人。那年,不知为什么,外科的老王主任跟齐院长聊天,说冶文真称得上是柳下惠,坐怀不乱呢。后来鲁侃见到王冶文,说:你们主任称你是柳下惠,可以做到坐怀不乱。王冶文说:鲁院长这你就外行了,好色不是大缺点,天下英雄爱美人,成语词典里不也说"秀色可餐"吗? 说什么道德情操,我才不信呢,我考证过,古时候的柳下惠因为患了阳痿才"坐怀不乱",他没有能力,想乱也乱不动。较之柳下惠,他弟弟柳下跖比较真实,海淫海盗? 世上有几个是不爱财色的?

对于王冶文的高论,鲁侃当然不信,至少不会全信。此时郎婷婷再次提到柳下惠,为了安定婷婷的芳心,他只好随声附和:对,对,是真正的柳下惠。

郎婷婷转忧为喜:这就好,哥,明天你再去找他。

鲁侃连忙答应,说明天直接去门诊上找王冶文,凭自己的三寸不烂之舌,肯定一举把他拿下。郎婷婷大喜过望:那好,明天下午听你的信。

鲁侃:明天晚上吧。

郎婷婷:也行。

郎婷婷朝鲁侃眨了下眼睛,转身走出去。

第二天上午,进出外科专家门诊室的病人一个接着一个。王冶文处理完一个病号看了看护士,问怎么不叫下一个。护士走过来说:王主任,鲁院长在门口转了好几趟了,说是抽空跟你说件事,是不是……

王冶文说:再转过来时你告诉他,现在是门诊时间,五点钟换了班我去办公室找他。护士答应着走到门诊室门口:31 号!

一个年轻女子随着护士的喊声走进诊室。年轻女子身后,一位三十岁左右的妇女领着小孩儿跟进来。护士问谁是病人,年轻女子指指妇女,说是孩子病了,这是孩子的母亲。护士说:孩子和他母亲留下,请您出去吧。年轻女子看看埋头整理病历的王冶文犹豫着:我,我……

王冶文听到声音抬起头:哟,是刘芸啊,病了?

被称为刘芸的年轻女子笑了笑:哦,来医院就一定是生病吗?

王冶文说:无事不登三宝殿,无病不进咱医院。你来到,医生必得怀疑。刘芸说:表哥你还是出口成章啊。王冶文说:小意思。

王冶文看看刘芸身边的母子:是来送病人的?

刘芸点点头。

刘芸是派出所的民警,她凑到王冶文面前低声说:这位大嫂是我的帮扶对象,她的孩子病了,我来帮帮她。王冶文取过病历看了看姓名年龄。然后向孩子招手:小家伙儿,过来,让叔叔看看你怎么了。

孩子的母亲领着儿子走到桌前。

王冶文给孩子仔细检查一遍说:没关系,包皮炎,小孩子常得这病。

刘芸转脸对孩子母亲说:幸亏没听挂号处的话,他们非让挂男性科呢。王冶文呵呵笑起来,说:也对呀,小家伙儿就是男性嘛。刘芸说:我想了想,先让表哥看看再说,于是就挂了你的号。王冶文:挂什么号呀,来找我就是了。

刘芸摇头:可不行,听说你们医院有规定,医生上班时间接诊不挂号的病人要扣奖金。如果每次带人来看病不挂号,你的奖金还不够扣的呢。

王冶文:咱们是老乡,有人问起来你就说是我表妹。

刘芸:这年月表哥表妹的太多,人们都不信了。

王冶文开出处方,他让孩子母亲去拿点药,说:每天给孩子洗两次,再按说明服上两天药就好了。孩子母亲接过处方问:大夫,你估计花多少钱?

王冶文看看处方说至多六块钱。刘芸很惊奇,说:挂你一个专家号八块,用药才六块钱啊?王冶文说:这有什么可惊可怕大惊小怪的,该用多少用多少嘛。

刘芸从包里取出拾元钱递给孩子母亲,她让妇女带着孩子先去拿药,自己要和王医生说几句话。孩子母亲连连摇头:不不,刘警官,我自己有,自己有。

女人领着孩子开门走出去,王冶文朝护士腆腆脸:下一个。

护士迟疑着,因为刚才刘芸曾讲和王冶文有话要说。王冶文看出护士的顾虑,告诉她自己是看电影嗑瓜子,可以兼顾。护士笑笑走到门口:32 号。

一位中年男子拿着 X 光片走进来。王冶文:老谭啊,你咋又来了?

老谭说:不放心,复查了一下。说着把 X 光片递给王冶文。王冶文一边看 X 光片一边嘟念着,说:你们精神病院有影像室啊,干吗多此一举再跑到这里来。老谭说:你敢保证精神病院的影像师就没有精神病吗?王冶文点点头说:有道理,不过,最起码你这个精神病专家还没疯了。老谭叹口气:整天疑神疑鬼的,也快了。

王冶文和老谭开着玩笑:你要是患了精神病,别人都得大疯了。

王冶文仔细地在灯光下看 X 光片,嘴里却在问刘芸:小芸,刚才带孩子的这位妇女就是在逃犯林如志的妻子?

刘芸:是啊,林如志参与了一起合伙抢劫,至今负案在逃。

王冶文:那他的大人孩子怎么办?

刘芸说:我们安排他妻子做家政服务,老父亲吃低保,孩子这不还小。其实林如志只是从犯,至多判上三两年。自从和林大嫂结成帮扶后,我积极做工作,家属已经想开了,答应一有可能就让他投案自首。

王冶文又把 X 光片换个角度仔细看,仍是边看边问:小芸,你和梁俊生进入实质阶段了吧?

刘芸说:到现在还扯皮呢,我公安大学毕业申请回到了家乡菊城。他是大学文科,毕业后考上公务员,留在江城准备以后升官。我们虽然身居两地心系一处,也只能在网络上互诉衷肠或者电话联系。王冶文继续看着 X 光片:嘴却始终没闲着:我是说,你们那个那个……

刘芸讽刺他:我的哥,别指山卖磨了,实话相告,我们俩当年在大学生联谊会上相识相恋不到半年就那个那个了,现在讨论的是谈婚论嫁。

王冶文笑起来,问刘芸:商量好了吗,谁服从谁?刘芸说:让他来菊城呢,他反对;让我去江城呢,我舍不得离开这里。扯皮,净扯皮。

王冶文说:有时也赌气,但过不了两天又烟消云散重归于好,对吧?

刘芸说:大哥真有经验。王冶文说:我给你出个主意吧,保证水到渠成。刘芸喜笑颜开:是吗大哥,快说,快说。

王冶文说:五一节马上到了,你俩可以相约去一趟海滨度假村,一是暂消两地相思之苦,二是再次当面协商一下将来的调动谁服从谁的问题。刘芸说:我知道那个海滨度假村,近几年才开发的,一大片沙滩。王冶文连说:对对对,从那里回来的人告诉,说海滨度假村很神奇。刘芸侧起头:神奇?

王冶文说:是的,说那是个极易产生爱情和融洽感情的地方,许多闹矛盾的夫妻或情侣,在度假村待上几天,往往就消除了分歧。

刘芸:真这么神?

王冶文:反正在哪里也是度假,你们可以去试试嘛。

刘芸:只是,俊生那儿交通方便,咱们这里可偏僻。

王冶文:一天两趟大巴,五个小时到达,有什么不方便的。

说着话,王冶文已经看完了 X 光片,他把老谭叫到跟前说:老谭啊,恢复得相当好。当初手术之后我就告诉你,切除得很彻底,复发的可能性微乎其微,可你就是老往医院跑,四十大几的人了还不听话。

老谭呵呵地傻笑着,显然是因为健康没有问题而高兴得意。王冶文把 X 光片递给老谭说:回家吧,让嫂子给你炖只老母鸡,加三七。

老谭兴高采烈,他拿起 X 光片向王冶文告辞,说:现在我们那里收的精神病人越来越多,我下午有班,得回去了,有空再聊。

王冶文起身送走老谭转向护士:下一个。

护士走到门口:33 号!

趁病人还没进来,王冶文对刘芸说:小芸啊,听哥的话,按既定方针办。

刘芸站起身:得令,我马上和俊生联系,大哥忙吧,我得回去上班了。

王冶文点点头,刘芸走了出去。护士问道:这是个警官?

王冶文说:穿上便服谁也看不出来。

护士:你和她这么熟?

王冶文:她真是我表妹,我舅舅的孩子,小时可调皮了,像个假小子。

护士意味深长地眨着眼睛:哦——

下班后,从不爽约的王冶文按时到了鲁侃办公室。按照人们惯常的行为方式,王冶文坐到沙发头上一个几乎固定的位置。鲁侃给王冶文沏了一杯茶,端着茶杯也习惯性地坐在王冶文对面。王冶文不说话,只是看着茶几上的玻璃杯出神。鲁侃朝王冶文跟前凑了凑,王冶文这才转过脸来。鲁侃说:冶文你真守时,说五点换了班来找我,这不就真来了。王冶文一脸认真:鲁院长,以后我也得学习你,整天怎么变着法地在嫂子面前撒谎说假话。

鲁侃:你小子,说话就带刺儿。不过,说假话也是门艺术,假话说得好,可保家庭气氛和谐。哦,对了,你现在用不着动脑筋了,你已经离婚了嘛。

王冶文:要是再婚了呢?

鲁侃说:那得看遇上什么样的女人。王冶文挤挤眼睛笑道:鲁院长真江湖,总把秘方传给下属。

鲁侃苦笑:和你打嘴仗,谁也沾不了光。说正事。冶文啊,自从你担任科主任以来,除了药品销量不尽如人意,其他工作可是锦上添花呢。

王冶文眨眨眼睛:多谢领导夸奖。

鲁侃说:不是夸奖你,这是事实。照这样下去,三两年提个业务副院长没问题。王冶文显得很得意,说:等我当上副院长,一定提拔您当正院长。鲁侃怔了好一会儿才解过味来,也就打起了哈哈:承蒙领导抬爱,属下惶恐之至。冶文啊,我和你谈工作,你咋净绕着弯子转词应付我!

王冶文:如果鲁院长了解工作,我可以写份汇报材料给您呀。

鲁侃:呵呵,简单一问也就是了,不过,我还有个重要事和你谈呢。

王冶文:什么事,领导尽管吩咐。

鲁侃摆摆手说:别领导领导的,人面前我是副院长,背地里就是你大哥。王冶文挤挤眼睛:我明白,鲁院长是最平易近人的,否则我也不敢随意和你开玩笑呀。

鲁侃的脸皮紧了紧:咱书归正传,院里新调进个住院部副主任你知道吧?

王冶文:知道,郎婷婷。

鲁侃:你们认识?

王冶文:你忘了,她来第一天就在你办公室里遇到的,当时你们好像挺亲热,我进了屋就有点搅了局的感觉⋯⋯

鲁侃打断王冶文的话:促狭儿啊,你刚走小陈就跑来监视我。要不是本院长手脚干净,指不定又中了你什么圈套呢。好,这就好说了,人你也见到了,我今天就是为你和她的事叫你来的。

王冶文:我和她的事?

鲁侃:是啊,婷婷是个单身,听说你也刚刚离了婚⋯⋯

王冶文说:又不是原子弹爆炸,离个婚也有这么大的冲击波!

鲁侃:嘀,冶文真会比喻。现在你俩都是单身,我想,我想⋯⋯

王冶文说:鲁院长是想来个鸽子配对是吧?

鲁侃一拍大腿:真是明白人好说话,你愿意吗?

王冶文说:这个问题嘛,我暂时还没考虑。鲁侃说:你不考虑并非别人不考虑,可是过了这个村就没这个店了。

王冶文想了想:鲁院长,这事以后说吧。

鲁侃:别别,这个月老我是当定了。

王冶文听他说完,抻了抻,眼睛不停地眨巴着。鲁侃继续叙述:不瞒你说,婷婷也正好看上了你,你表个态,一切由我包着。

王冶文说:我真还没考虑。

鲁侃:人家可是迫不及待呢。

王冶文:迫不及待?

鲁侃：嗯，三十如狼四十如虎啊，你们这年龄的……

王冶文说：既然这么迫切，那我倒有个建议。

鲁侃：你讲。

王冶文脑袋一侧一侧：干脆，你包她做二奶吧。

鲁侃的脸皮又紧了紧，但终于还是笑了。他口气相当认真：冶文啊，别跟个小孩子似的净胡扯，身为院长兼大哥，我和你说正事呢。谁不知你外号促狭儿，专会搞笑作弄人。冶文你认真想想，我等你的回话。啊？

王冶文打个舒身站起来：下班时间早过了，我晚上还有小夜班，得回去上上料了。你也快回家吧，回家晚了找不到借口，弄不好也得跟我们科里李晓宇那样，头顶水碗练扎马。

鲁侃也站起来：你小子，说得这么形象，就跟亲眼见过似的。

12

晚上八点，王冶文到外科急诊室换下吕成，吕成回家睡到十二点，又得到病房值大夜班到明天早晨。值急诊的王冶文夜里十二点下班，由姜玲来替换他。他回家休息到明早八点，再到专家门诊照常值班。菊城市立医院外科的医生们整年这么轮回着，有时忙起来还得加班甚至连轴转。

所幸，一般来说晚上急诊病人不是太多，医生多可休闲一会儿。不过，如果赶上突发事件病患忽然增加，一个电话打过去，在家休息的医生也就别想睡觉了。

今晚病人不多，王冶文闲下来，坐在桌前整理着近些天的医疗札记。这些札记有理论，有实践，更多的是他治疗疾病时的经验心得。他准备在可能的情况下把这些东西形成专著面世，让知识为大家共享，让医学科学跟上时代发展的步伐。

临时从病房抽到急诊室值夜班的小马走进来，王冶文忽然想起一件事，他问小马 106 病房的 15 床病情近来是否稳定，小马说：病情基本稳定，估计再过一段时间我看就可康复了。王冶文摇摇头：没那么简单。

小马：怎么，王主任，你是说……

王冶文说：15 床年龄大了，性格有些偏执，骨折没大问题，关键是血压。小马说：血压挺稳定的呀。

王冶文：那得看他有无情绪变化了。

110

小马说:病人恢复得这么好,没问题吧。王冶文仍然摇头。他告诉小马,下周自己和姜玲就要轮换到病房,到时查一查就清楚了。小马笑起来,口气中带着揶揄:王主任,你快成神仙了,能对病人的病情做出预判。

王冶文和科里的人向来说话随便,笑一笑仍旧低头整理医疗札记。小马见眼下没有病人,便回到护士值班室去看书。

大约十点钟,姜玲提前来到急诊室。王冶文奇怪地看着姜玲,说:离上班时间还差两个多小时呢,你不在家好好睡一觉,早早跑来干吗?姜玲说:晚饭后就躺到床上睡,一觉醒来就再也难以入眠,与其躺在床上唱瞪眼戏,还不如来门诊帮你盯盯班呢。

王冶文说:今晚特别清静,一个病人也没有,你烧香没烧到点子上。

姜玲:这可说不定,谁知天上何时下雹子,把不准刚说完话就来急诊呢。

王冶文:那先在这里坐会儿吧,十二点后,我下,你上。

姜玲:就是为了来你这里坐会儿的。

姜玲说着坐在王冶文对面。小马听到动静,从对过值班室给姜玲端来一杯水。姜玲接过水杯,连说:谢谢妹妹。

小马轻轻笑道:姜姐总是这么客气。

小马和姜玲聊了几句回值班室去了。

王冶文和姜玲对面而坐,王冶文把手头的札记收拾起来,抬起头见姜玲热辣辣的眼光盯着自己,心里有点慌。按说男女相处本该兴奋,特别是和姜玲这样的知识型美女单独在一起,不想入非非心猿意马就已经是正人君子了,王冶文怎么还感到心慌呢?王冶文暗暗地诘问自己,自己没有答案。为了掩饰难以言表的窘相,他故意小声说:暂时没病人,把门关上。

姜玲起身关上门,重新坐到王冶文对面。

王冶文压低声音:小姜,那夜你贼大胆。

姜玲:你呢,不也是急不可支吗?

王冶文:你为何这么草率?

姜玲:你记性不小,忘性也大。

王冶文:什么意思?

姜玲:五年前我来这里实习,你对我说过什么?

王冶文皱起眉头陷入思索中。五年前,五年前他们两人有什么情况发生过呢?只要稍有关联,这个有着惊人记忆力的青年专家不可能对五年前的事情忘记的。当时不断有医学院校的学生来实习,姜玲或许是其中之一,可能也有所接触,可他怎么也记不起和姜玲说过什么了。姜玲见王冶文一脸苦相,以为他佯装的,于是打开天窗说亮话:当时你说我风姿绰约,才貌出众,要是同一年龄段的人,说啥也得弄到手里做老婆。

王冶文笑了:嗨,我口无遮拦,和很多漂亮姑娘说过这种话。

姜玲:说者无意,听者有心。

王冶文:真要命!

姜玲:要你这个人,不会要你的命。

王冶文:嘀,你也够逗的。

姜玲:你高超的技术,富有情趣的言谈举止,加上那句话,当时你这个人就钻进我心里赶不掉。所以,毕业后我第一个就到这家医院应聘。

王冶文:年少,痴情,轻率。

姜玲:我不这么评价自己。

王冶文:你是第几批来医院实习的?

姜玲:第二批,实习间患了急性阑尾炎,你亲自主刀,记得吗?

王冶文:我切过的阑尾何止百千,哪里记得你一个。

姜玲:手术时你说过的一句话应该记得吧?

王冶文:什么话?

姜玲:你用手指弹着我的肚子说,白如美玉,细若凝脂,拉一刀,可惜了。

王冶文笑了:嗯,戏谑之言,这话我倒记得,原来那个病人是你呀。哎,小姜,这话是不是够流氓的?

姜玲:我不这么认为,我感觉你是在欣赏我。

王冶文:冤家!

姜玲:不是冤家不聚首。

王冶文:自从你应聘进院,怎么从来就没听你提起过?

姜玲:马大哈呗,进了医院才听说,你已经结婚,孩子都快一岁了。

王冶文:后悔来这里应聘了吧?

姜玲:没有,只是躲在宿舍里哭了半夜。

王冶文:想没想到跳槽?

姜玲摇摇头说从没想到要跳槽,她说自己决心已下,咬定青山不放松,世上机会千千万,必要时再伺机而动。王冶文呵呵直笑,说:真是世事难料,你也够阴险够执着的。

姜玲:这不,你离了婚,咱们终于有机会走到一起了。

王冶文动情地抓住姜玲的手,两个人隔着桌子深情对视。

门外传来咳嗽声,小马敲敲门走进来,王冶文赶紧松开姜玲的手,问小马为

112

何不抓紧时间休息一下。小马说她本想睡呢,忽然想起一个好消息,忍不住过来告诉他俩。姜玲很认真地问道:什么好消息,快说!

小马假咳一声:听说迎五一院里排节目,节目名字叫月夜鸳鸯成双对。

姜玲信以为真,问小马谁是导演谁是演员。王冶文打断她的话说:小姜就好认实,别信她,这丫头片子话里有话。

姜玲怔了一下终有所悟,笑嘻嘻地看着小马:妹妹,你快成精了!

……

大约在王冶文来急诊室值班的同时,郎婷婷按照白天的约定也来到鲁侃办公室。进门刚刚落座,郎婷婷就急不可待地问结果如何。鲁侃犹豫了好长时间终于还是说了实话:我说婷婷,不是大哥不尽心,实在是那小子太油。

郎婷婷有点发急:大哥,我的事你尽尽心行不?再油的人还能油过你吗?像我这年龄的女人整天这么漂着,时间一长不让人说闲话才怪呢。

鲁侃问郎婷婷是不是听到了什么消息,郎婷婷直言不讳,说:那次的"鞋案"听说你夫人就怀疑是给了我。鲁侃说:那事是促狭儿作弄的,我已经和你说过了。但小陈怀疑皮鞋给了你并非事实,因为她只字未提。郎婷婷说:这话是大梅姐亲口告诉我的,还不敢承认呢。鲁侃挠挠头皮:你说这人也怪了,陈小琳有些事瞒着我这个做丈夫的,在于大梅跟前她却从无私密。怪了,真怪了!

郎婷婷咯咯地笑起来。

郎婷婷在笑,鲁侃却在思索,他想一物降一物,何不让大梅出马为媒呢。大梅的嘴茬子跟二月风似的也暖也冷也厉害,说不定就能把王冶文摆平。想到这里他指指郎婷婷:你别光笑,说给大哥,到底王冶文哪里招你喜欢?

郎婷婷止住笑,说:除了他的才能、长相,我还就是喜欢他这逗达性格。

鲁侃点点头嘟哝:马吃料牛啃草,还真有好这一口的。

郎婷婷奇怪地看着鲁侃,问他说些什么。鲁侃自知说漏了嘴,连忙掩饰说:我在想,这活儿要是找大梅去干,保证圆满。郎婷婷说:我和大梅住上下楼,了解她的性格,整天泼泼辣辣的,你作为副院长都攻不下,她一个副主任能胜任吗。

鲁侃歪歪头:婷婷你不懂,这叫以毒攻毒,对付促狭儿这样的人,就得有大梅这种不管不顾的泼辣性格。

郎婷婷揶揄道:鲁大哥真行,带兵打仗也不含糊。

鲁侃:用兵之道,贵在了解对方。

郎婷婷:嗯,说得是,就像我吧,算是让你了解透了。

鲁侃不好意思地笑着,说:明天我就去找大梅。郎婷婷说:今晚大梅在药房值夜班,你现在就去找她,免得夜长梦多。鲁侃见郎婷婷催得紧,心中暗道,二茬光棍难混,二茬寡妇难熬,这世间万物中,也不光是雄性好色。瞧,这主儿才离了婚多少天呀,就这么急煎煎的。他只好抓起电话拨通药房。接电话的果然是大梅,大梅问鲁院长晚上打电话有何指示,鲁侃说:你来我办公室吧。电话里传来大梅泼泼辣辣的声音:怎么,陈大姐又找你事了?

鲁侃:光往那里想,脑子里还有别的吗? 我找你有要紧事。

电话里响起大梅嘻嘻的笑声:不是提我当药房主任吧?

鲁侃:只要工作做好了,提你当药房主任是早晚的事。

大梅一乐:准是犯错误给抓到,又让我去做和事佬。

鲁侃无奈地说了实话:别磨叽了,郎婷婷在我这里呢,你赶紧来吧。

……

王冶文、姜玲和小马正在急诊室里闲聊,大梅神神道道走进来。三个人连忙起身让座:咦,梅姐也值夜班啊?

大梅说:是啊,我也值夜班,这霎取药的病人不多,我让小王盯着,来你这里磨磨牙。真巧,姜妹妹和小马也在这儿呢。姜玲和小马说:我们也是闲得没事挠墙根,找王主任磨牙来了。三人同时笑起来。王冶文故意板起脸:喂,各位同志注意了,工作时间凑到一块儿磨牙,这可是违犯规章制度。

大梅止住笑声:实话讲,也不是来闲磨牙的,是有件要紧事和你商量。

姜玲和小马同时说,梅姐有要紧事,我俩回避。二人说着起身要走。大梅双手摁住俩人的肩头:两个妹妹别走,正好一块儿参谋参谋。

王冶文:什么大事呀,还让人家小姜小马参谋?

大梅压低声音:实不相瞒,为住院部郎婷婷的事。

王冶文:哦,是不是鲁院长找你了?

大梅:呀呀,你们都知道了呀!

王冶文:岂止知道,还挺详细呢。

大梅性子虽直,但也并非一根肠子通到腔的那种人,她也善观形势,也知道顺情说好话泼辣讨人嫌。此刻见姜玲坐在王冶文的对面,而小马似乎是在旁陪伴,心里不禁一动。姜玲喜欢王冶文,这是小马告诉她的。如果姜玲自己不说,虽说是亲密好友,小马又怎会知道呢? 现在王冶文离了婚,说不定俩人已黏糊上了。此时如果为了不负鲁侃所托,贸然给王冶文和郎婷婷做起媒来,肯定要惹得姜玲生气,弄得王冶文尴尬。也是情急智生,话到嘴边大梅竟又把内容做了神奇般的转化,并且口气那么翔实,那么自然,那么情真意切。

大梅:这事你们信不信?

王冶文一怔:什么事?

大梅:真想听?

王冶文:当然!

大梅说:那好吧,我说你们听着。她拽把椅子坐在三人面前,刚张嘴又咽回去了:背后议论别人,不好吧。还是别说了,别说了。

一直伸长脖子做倾听状的王冶文长长地叹了口气:唉!没吊死,松死了!

小马拽住大梅的胳膊,连扯带搡地逼她说。大梅有意卖关子,笑眯眯地看着三个人出神,嘴巴一张一张的,似说不说。王冶文朝椅子背上仰过去,冲姜玲和小马说:故作知时实不知,你两个上当了,梅姐闲极无聊来绷你们的神经呢。

大梅毕竟性急,被王冶文一激果然捺不住,手心朝桌子面上一按:说就说,告诉你们,陈小琳为了防患于未然,逼着鲁院长说给新来的郎婷婷找对象哪。所以今晚鲁院长把我叫了去,托我代为寻找合适的人选。

王冶文转向姜玲:这事你不知道?

姜玲说:这些花花绿绿的事,除非有人给我说,我哪里知道呀。说什么防患于未然,难不成人家郎主任千金之躯会和做她父辈的鲁院长黏糊上?纯粹是庸人自扰无事生非嘛。郎主任刚进院不久,两个人即使有这心也没这时间,这没有可能,完全没有可能。我和陈姐虽然不是一个年龄段,但也算作心息相通,明天我找她开导开导,别对自己的老头子疑神疑鬼的。

大梅大惊:小姜,你不信可以,但不能去做陈小琳的思想工作,否则一旦嚷开去,就像《黄楼梦》里说的,假作真时真亦假。整不好郎婷婷这个假的倒成了真的,陈小琳这个真的倒成了假的。到那时,咱们成了罪人了。

小马插话:梅姐,错了,是《红楼梦》。

大梅说:王冶文告诉我的,还有一部《黄楼梦》。小马和姜玲同时把目光瞄向王冶文,王冶文点头说:是有一部《黄楼梦》,不过我还没写出来呢。

大梅横了王冶文一眼:促狭儿!

小马好奇地问大梅:风不吹树不摇,梅姐你觉得有这个可能吗?

大梅连连摇头:我和婷婷住上下楼,婷婷的老公本是"风流老醋",自己半身不遂还非要给老婆治风瘫,每天怀疑婷婷这呀那的,三天两头打成一锅粥。

王冶文:哟,还挺热火朝天哪!

大梅说:就这么整天吵吵闹闹的,实话讲,婷婷除了上班就待在家里,有这心也没这空儿啊。倒是他老公,都知道风流成性,闹了有多半年。婷婷明白自己管不住,终于决心离婚,没想到她提出来后,那风流痞子根本不在乎,我听他站在楼道里嚷,说是两条腿的蛤蟆没处找,两根腿的女人到处有。

姜玲：这话不假，从生物学角度上讲，两条腿的蛤蟆真不好找。

大梅笑起来：小姜你好个书呆子。

姜玲：不是吗？

大梅说：是是是，于是俩人签了协议，进了民政局，几分钟就把离婚证办了。为了躲开那个风流痞子的骚扰，婷婷这才找他哥哥托鲁院长调到咱们这里来的。

王冶文：于是乎，啊？哈哈……

大梅和姜玲都笑：听说咱们鲁院长专好这一口。

大梅说：笑什么笑，鲁院长都什么年龄了，不能拿他的当年解释如今的品质。我了解婷婷，她把鲁院长视为老大哥，所以说陈小琳的小心眼儿完全是多余。不过，让我给婷婷做媒我还是挺乐意的，毕竟多年姐妹了嘛。

小马问大梅选中目标了没有。大梅嘻嘻笑着看了一眼王冶文，说：傻丫头，你以为这是买头驴呀，到集市里交上钱拽起缰绳就走。

王冶文一乐：梅姐，记着，买驴可别买母驴，否则你就给人家弄成同性恋了。

姜玲和小马一下子笑弯了腰。

外边来了病号。

治疗室那边的护士也过来了。

大梅歪着头想了一会儿说：你们忙吧，我得回药房看看。

三个人起身相送。

大梅笑嘻嘻地走了，边走边念叨：关门挤着鼻子，真是赶巧了。

大梅今晚原本是奉了鲁副院长之命来给王冶文和郎婷婷做媒人的，偏偏遇见姜玲也在这里。又因为明悉底细，唯恐一言既出伤了姜玲也伤了自己，所以临时变阵，演了一出乾坤大挪移。难怪她走出急诊室后一直念叨着"关门挤着鼻子真是赶巧了"。如果不是巧遇姜玲，她至少可以做个鲁副院长的传话筒吧。现在倒好，未曾张口先让人家封了嘴。大梅当然也明白，凭自己一己之力，很难完成这个使命，在她的心目中，王冶文嬉笑怒骂皆有文章，人是好人，就是太促狭儿了，弄不好你还得让他套进去遭他捉弄。无奈之中，只好借坡下驴。

大梅嘟嘟哝哝地回到药房，司药小王刚好给病人取完药，正独坐室内玩儿手机。大梅推门进去，小王抬眼看了她一下问：谈了这么长时间，是不是胜利而归？

大梅沮丧地坐在桌前电话机旁：一败涂地！

小王面露惊异：鲁院长出面，梅姐作伐，那么个金香玉似的美人，王主任竟然毫不怜惜，难道他的神经受了刺激？

大梅沉思着说:你不了解王冶文,他乐意的,百说百应;他不喜欢的,你就像逮一个老谋深算的驴驹子,它不咬你不踢你,只是蹦着高地气你。让你欲笑无声,欲哭无泪,最后弄得精疲力竭,还得眼睁睁看它撒欢逃去。

小王呵呵着:王主任很有名的,别看我才进院一年,就知道他绰号促狭儿。

大梅把手搭在听筒上:现在的问题,是我该怎么和鲁院长交差的问题!

小王扭过脸来:梅姐,这好说,办不成的事,编瞎话。

大梅抓起听筒开始摁号码键:对对对,编瞎话!

鲁侃家的客厅里灯光明亮,鲁侃身穿背带裤,坐在沙发上擦拭着一件宜兴茶壶。陈小琳从卧室里走出来坐到他身边抻了抻:哎,你托大梅当红娘了?

鲁侃放下茶杯抬起头:是啊,大梅告诉你的?

陈小琳说:我又不像你似的能掐会算,大梅不说我能知道吗。她从你办公室出来后就给我电话了。我说非常好非常好,这也是我的想法,因为有个定时炸弹摆在身边,我睡觉也不踏实。鲁侃说:你俩还真是掰不开的鲜姜,只差多个脑袋,什么事都要事先沟通呢。炸弹,什么炸弹?你怎么想一出是一出啊。陈小琳冷笑:嫌我说话不好听你去找好的呀,我看那个郎就有意追你。

鲁侃:瞧瞧,又说疯话呢!

陈小琳:要想人不知,除非己莫为。别把我当傻子,那天我在办公室见到你俩时就疑惑,姓郎的来之前怎么没告诉我呀。我想你心中有鬼,没鬼瞒着干吗?

鲁侃说:陈小琳,你不要再给我裤裆里塞蒺藜了好不好?陈小琳让鲁侃的比喻惹笑了:哈,怎么,扎着你家老二了?

鲁侃哭丧着脸说:为了医院的扩建问题,我整天到处融资弄得焦头烂额,作为妻子,起码得体谅体谅安慰安慰啊。你倒好,每天疑神疑鬼,好像我鲁侃一出生就注定是个大色狼。我也承认年轻时风流过,轻浮过,毕竟时光已逝,人近黄昏,别再拿当年的鲁侃和现在的我相提并论了。再说,咱们结婚这些年,除了没能让你有个孩子,我真得无愧于丈夫的称号。我求你,得饶人处且饶人吧。

陈小琳见丈夫说得动情,大约也受了感动,连忙起身给他倒一杯水来,然后轻轻抚弄着丈夫的后背说:看看,看看,夫妻之间逗个乐子,你也认真起来了。在这点上,你和人家促狭儿就不是一个档次。再不如意的事,经人家促狭儿之口立时就变得轻松幽默还带着人情味,你可好,未曾表达眉头就皱得跟个球蛋似的,这让别人怎么跟你交流?我是想问,你和郎美人勾搭连环,跟融资扯得上吗?

鲁侃:郎婷婷的哥哥是天建集团老总,和我是同学,人家答应赞助五十万。

陈小琳:就为了这五十万你才命令人家大梅要当红娘?

鲁侃:屁话!郎婷婷的事办成了,她在郎总面前搭个话,说不定还能增加五十万呢。再说,冶文一直和我关系不错,是医院的台柱子,如果给他做成这件好事,友情加亲情,有他的支持,对我以后的工作开展不是大有裨益吗?

陈小琳眨眨眼睛,不再说话。虽说她被鲁侃刚才的话所打动,但心底里依然狐疑不定,当年鲁侃把自己弄到手时还年轻,如今已过知天命之年,老姜老蒜老疙瘩,恐怕勾引女人的手段更高超更巧妙了。自己十几年来一直殚精竭虑处处设防,不就是为了维系这个稳定的家庭环境吗,绝对不能大拜二十四拜坏在最后一哆嗦上。那叫功亏一篑,那叫前功尽弃,她年近不惑,才不犯傻呢!

从行为心理学的角度上讲,陈小琳属于中度抑郁,疑心过大;从现实生活的角度上说,陈小琳的设防也情有可原,谁让鲁副院长没把底子打好了!

鲁侃见妻子沉默,以为自己发自肺腑的话打动了她,便声音温柔地问道:小琳,你看王冶文和郎婷婷这事能不能成?

陈小琳坐在沙发上瞪眼瞧着鲁侃好一会儿说:成不成就看你是不是舍得了。

鲁侃脸色骤变:妈呀,又说废话。

陈小琳撇嘴一笑:不是废话,是实话,比如你这高档茶壶,整天看着跟心头肉似的,冷不丁让你送人,舍得吗?

鲁侃:为了我的清白,说什么也得把这事弄成。

陈小琳:哼,还清白!那好,下定决心,不怕牺牲,排除万难去争取胜利吧。等人家好事成真的那天,有人会哭得跟刘备似的。

鲁侃起身往卧室里走,边走边气哼哼地说:泼妇,不可理喻!

看着丈夫走进卧室,陈小琳拿起茶几上的画报翻看,边看边偷笑。她知道刚才的话刺痛了鲁侃,鲁侃最怕这一招儿。但她又不担心刺痛鲁侃,因为无论她多么横,只要上得床去在他怀里打个滚,男人一肚子气恼刹那间就顺着屁眼流走了。这是她十几年来屡试不爽的策略,这策略一直强化着他们夫妻间的感情,从而也就收到了意料之内的良好效果。

电话铃响起来,陈小琳抓起电话。电话里传来大梅的声音:陈姐呀,睡了吗?哦,好,还没睡,鲁院长在吗,我找他有事汇报。好好,我等着。

陈小琳捂住话筒朝卧室里喊:哎,鲁流氓,大梅叫你呢,可能好事成真了。

鲁侃慌忙从卧室里跑出来。

鲁侃接过电话就是一连串的夸赞,大梅呀,辛苦了,受累了,操心费力了!不过电话里传来的是大梅并不乐观的声音:唉,鲁院长哎,我可是有负领导的信

118

任,没有完成任务呀。

鲁侃:怎么,小王不是最听你的话吗?

电话里传出大梅爽朗的笑声:凭啥最听我的话呀,我又不是他老婆。

鲁侃扭头看看陈小琳,陈小琳在撇嘴。

鲁侃:哦,哦哦哦,他说他还没考虑找什么样的,条件还挺高的嘛。什么,想大姑娘的干活! 好好,明天咱们见面再说。就这样,就这样,耽误你值班了。

鲁侃放下电话站在茶几前发呆,陈小琳有点幸灾乐祸:怎么,没送出去?

鲁侃像突然惊醒:哎,小陈,你说冶文是不是想找个大姑娘?

陈小琳说:凭王冶文的才貌,别说找大姑娘,找小姑娘也有人愿意跟着。鲁侃连连点头:这么说,那晚那个姜玲……

陈小琳一怔:姜玲干吗?

鲁侃说:我那晚去冶文家串门,想顺便提提婷婷这事,冶文没在,姜玲却在给他照顾孩子。你说,这妮子会不会也要乘虚而入啊!

陈小琳:不能吧,王冶文一个二婚头,人家姜玲可是黄花大闺女。

鲁侃苦笑:当年我还是三婚头呢,你怎么就投怀送抱了。

陈小琳一时语塞。

鲁侃:王促狭儿对郎婷婷不感兴趣,先说还没考虑找什么样的,后又说找个大姑娘。你说这事……

陈小琳:嗯,这人就是这样,有的卖不出,有的成了抢手货。依我看呢,冶文和姜玲倒是天生一对,不如把他们俩玉成了。

鲁侃:扯,那郎婷婷怎么办?

陈小琳:不是有你吗?

鲁侃:你嘴里一句正话也不冒。哎,促狭儿比姜玲大十来岁呢。

陈小琳:你比我大多少?

鲁侃:嗯,也是十几岁。

陈小琳:天下男人喜欢小的,你就别装样子了。

鲁侃:不行,这事得郎婷婷亲自出击。

陈小琳:行啊,你现在就去告诉她,说不定她正等你光临呢。

鲁侃抓起电话又撂下:唉,没法和你说话。

……

门诊药房里,大梅放下电话也在发呆。司药小王说:梅姐,都说你是最实诚的人,可编起瞎话来也是一筐一筐的。大梅说:小王你就别损我了,我这心里正七上八下呢。没撒过谎的人,乍撒谎心里愧得慌。不行,我得再去找促狭儿。

小王：梅姐，就王主任那张嘴，你不怕他抢白你！

大梅：不行，我得重新做人，要不下半夜我连觉也睡不踏实。

小王：你轻易不撒谎，乍撒谎是受不了，这得有个习惯过程。

大梅：小王，你再守一会儿，我去去就来，好歹讨个真话。

大梅走出药房，脚步轻快地重新回到外科急诊室门口。屋门半掩着，透过门的缝隙可以看到姜玲的背影，姜玲正和王冶文说着什么。两个人聊得很亲密，声音时高时低，很像一对相交日久的恋人。大梅站住了，她忽然心有所悟，假如人家两个人你情他有意的话，这该是多好的一对，我干吗要从中插一杠子呢！算了，反正撒谎编瞎话了，愧就愧到底吧。只是婷婷……唉！对不住了！

大梅往门口走了两步站住。

大梅往后退了两步站住。

大梅挠了挠头，终于转身往回走。

13

王冶文不崇拜娱乐明星不等于厌恶娱乐生活，除了钻研外科技术，业余时间他还是比较喜欢听歌唱歌，而且他的歌喉也不错。所以，但凡有明星大腕来走穴，花一二百元甚至几百元买票从不犹豫，他还动员同事们去听去看，说：你到公园看看熊瞎子还得几十元门票，何况是去观赏一个水灵灵的大活人啊。人家在台上连蹦带唱，有时犯邪症，还装模作样下来跟你握握手呢，很值得！

王冶文那天下午看完市里请来的歌星演唱会回到医院，正好接上自己的小夜班。他看看表还有十几分钟的时间，就习惯性地到各处转。转到四楼新设的性病门诊往里瞅了一眼，见李四秃子穿着白大褂儿在屋里正襟危坐，不由哧地一乐。心想，这个一直躲在胡同小店里卖春药的伙计，终于被鲁副院长聘进了医院，堂而皇之成了性病专家。王冶文虽然烦恶这个江湖郎中当专家，却不反对设立性病门诊。有男有女就有性生活，有性生活就会有性病，这几乎是顺理成章的。有病快治，有钱早花，如今得性病的人越来越多，医院里不设个性病门诊乘机捞一把，他们这些负责人不是白当了？特别是鲁副院长，人所共知他妻子年轻，又生性好色，有这么个门诊在身边，比专门跑到外头治阳痿买春药方便多了吧。

四楼走廊朝南的门口上挂着男科门诊的牌子。门半开着，不断有医护人员从男科门诊前经过，经过的医护人员不断地驻足、偷窥，似乎要从中看到点什么出人意料的事来以满足自己的好奇心。他们见王冶文也在往里瞧,有位年轻医生就走上来说:王主任哎,你看,这不是一直躲在胡同里卖春药的李四秃子吗?

王冶文说:啧啧,不是他是谁呀,找这么个人当专家着实有些滑稽。

年轻医生很气愤,说:这什么年头啊,为抓经济效益,李四秃子被鲁副院长聘进医院当专家,那以后的野鸡小姐是不是也可以聘进医院当护士啊。

王冶文哧地一乐:走吧,快值班去吧,别在这儿瞧西洋景了。

两个人说着笑着离开男科门诊。

副院长办公室里,鲁侃坐在写字台后边,左手端着茶杯,右手举着电话听筒在和郎婷婷通电话。鲁侃此刻是一副黔驴技穷的口气,他喝了口茶水润润嗓子说:婷婷,我是尽了力了,大梅也有辱使命,我看,这事你得亲自出马。

电话里传出郎婷婷的声音:你让我老着张脸皮去求爱呀!

鲁侃说:为了爱情,为了将来,听大哥的话,掉掉价是应该的。郎婷婷说:我这价也掉得太大了吧?鲁侃又喝了口茶水:欲予取之,必先予之。这是兵法上讲的。

那边郎婷婷显然是烦了,说:哥,你就别臭转了,什么兵法军法的,我不懂。你说吧,我应该咋办。鲁侃放下茶杯,左手罩着听筒,悄悄地说出自己的计谋。那边传来郎婷婷的声音:好,就听你的,不成功便成仁,反正我是要定了他。今天恰好有个机会,我哥哥的司机得了个怪病,正托我找王冶文诊治呢。

鲁侃放下电话摇摇头:这女人真怪,爱上就是菊花青!

郎总的司机小谢本来不是急诊病,为了借机搭上王冶文的车,郎婷婷还是打电话把小谢叫来了,说是趁着晚上清静,让王主任给他仔细看看。

郎婷婷领着小谢走进急诊室时,正赶上王冶文忙着。打过招呼,王冶文示意二人先在一旁等一等,他继续给病号诊断,开处方。王冶文处理完了几例急症之后,诊室里终于静下来。他转向郎婷婷:郎主任,有事啊?

郎婷婷小眼睛快乐地眯起来,她指指身旁的小谢说:这是我哥哥的司机,托我带他来找你王主任看病。王冶文说"好好好",他朝郎婷婷身边望去,见是一位三十来岁的青年人,矬胖嫩白,挺着肚子像个企鹅。王冶文一笑:怎么了?

郎婷婷代为回答:小谢病了好长时间了,他生性腼腆,一直不好意思找医生看。我说和你是熟人,这才跟我来了。

王冶文请小谢坐到自己跟前,问他哪里不好。小谢指指裤裆瞧瞧郎婷婷又看看王冶文,不说。王冶文会意,拿张报纸卷个直筒又从抽屉里取出一把手电筒,朝着小谢点点头,让他跟自己到套间里来。小谢吃力地站起身,撇着腿跟他进了套间。墙上的挂钟嗒嗒地响着,秒针在一圈圈地转。过了不长时间,王冶文和小谢一前一后从套间里出来坐回原处。王冶文指头磕着桌面说:太大了,切了吧。

小谢一怔,扭脸看看郎婷婷又盯住王冶文:不是说能穿刺吗?

王冶文说:穿刺也行,可容易带进细菌去,要是感染了,肿得更大。听到这话,小谢脸上漾起恐惧:这,这……

郎婷婷插话:别这呀那的了,明天来办个住院手续,让小王给你主刀。

小谢:那,好吧,好吧。那,我先回去了。

王冶文点头:好的,再见。

司机说了声"再见王主任,谢谢您费心",就起身撇着腿走了。

郎婷婷却依然坐在王冶文的对面,没动。她笑眯眯地看着王冶文,刚想说什么,门口一位护士走进来:王主任,内科急诊那边遇上个难题,请你过去看看。

王冶文站起身:对不起郎主任,不能陪你了。

郎婷婷:你忙,你忙,我在这里坐会儿。

王冶文跟着护士走出去,郎婷婷眼睛朝四周看了看,仍旧原地坐着。

郎婷婷坐在桌前翻看王冶文的《新编外科学》,李岷悄没声地走进来,见郎婷婷坐在这里,便有意咳了一声。郎婷婷没回头却在问:冶文,你回来了?

李岷一怔,不知说什么。郎婷婷回过头:是你呀,我以为王主任回来了呢。

李岷:哟,郎主任在呀,怎么,陪着王主任上夜班吗?

郎婷婷斜着眼睛问李岷:我陪着不行吗?李岷连忙解释,说:当然行,当然行,郎主任才貌双全,谁能有这个福呀。李岷搭讪着走到近前,看到郎婷婷面前的《新编外科学》,声音有点大惊小怪:哟,原来郎主任是想跟着王主任进修外科呀!

郎婷婷说:随便翻翻,我可不敢学这么深的大部头。哎,你也值夜班?李岷说自己是加班的,刚调进医院,得表现表现。再说,有些患性病的人,喜欢晚上来看病。这叫审时度势,相机而行。郎婷婷一笑:你也找王冶文?

李岷说自己新来乍到,处处生疏,只要有空,就得到各处转转,也联系一下和各科室的感情。郎婷婷点点头:李医生想得真周到。

李岷:王主任呢?

郎婷婷说:内科急诊室那边出了个重病人,请他去会诊了。

李岷:那好,我到别处转转。

郎婷婷点点头,李岷退出去,郎婷婷依旧原处坐着。

……

药房里,司药小王和大梅忙着给病人取药。几个取药的病人先后走了,小王瞧瞧窗外,说:今晚外面清静,来急诊病人不多。大梅"嗯"了一声,说自己刚才到走廊里转了一遭,发现郎婷婷一个人在外科急诊室坐着。

小王:怎么,亲自杀上去了?

大梅:看架势像。

小王:梅姐,你说王主任能看上她吗?

大梅:这可说不定哟,就看郎婷婷的磨工如何了。

小王:磨工?

大梅:是啊,当初俺那口子,就是把我硬硬磨到手的。

小王笑起来:可也是,精诚所至,金石为开嘛。

两个人正说笑,窗外忽然人声喧哗,只见内科主任刘少清和外科主任王冶文带领几位医护从内科急诊室那边走过来,担架上抬着一位病患,急匆匆地往病房那边去了。原来,这就是内科急诊室请王冶文去会诊的那位病人。

刚才,王冶文随那位护士走到内科急诊室前时,急诊室门口站着好几个人。因为病人病情复杂又危急,连内科主任刘少清也叫来了。王冶文走进急诊室时,刘主任正在看 X 光片,他冲王冶文点点头说:王主任,你先听听再说。

王冶文用听诊器给病人仔细听了一会儿,左手摁在病人的胸部,右手中指轻轻叩击左手中指,然后细心观察着病人的面色。这时刘主任已经看完 X 光片,招呼王冶文过去,同时把 X 光片递给他。王冶文又看了一遍 X 光片,朝刘少清侧侧头往门外走,刘少清跟出来。王冶文站在门口问:哪位是病人家属?

一位二十几岁的青年人站过来:大夫,我是病人的儿子,我叫王世伦。

王冶文轻轻拍着王世伦的肩膀:好,我也姓王,咱们是当家子。你父亲是肺癌晚期,现在又因感冒引起肺部感染,病情不乐观,需要住院治疗一段时间。

王世伦:能手术吗?

王冶文:那得看治疗结果了,因为晚期的感染不好控制。

王世伦:大夫多费心吧,听说这医院里有个外科王主任,再难的手术他也能做,您看……

刘少清指指王冶文:这就是王主任。

王世伦激动地走上来抓住王冶文的手:王主任,救救我爸爸。

王冶文说:我们会尽力的,你先办住院手续吧。哎,入院费挺高。经济上能承担吗?一位中年人走上来说:病人是我们村的村主任,经济上大夫你就放心吧。

王冶文见王世伦口气恳切,同时明白这种病人回春无望,心想不如满足他们的要求收到自己病区里,对病人对家属都是个精神安慰。于是他和刘少清商量,说:这种病人在内科是不好处理的,还是转到外科保守治疗以观效果的好。刘少清说:我也是这么想的,所以才请你来会诊。王冶文说:那好,先办住院手续,具体治疗措施病房里李主任会关照。

王世伦有些着急:王主任,王主任,你不在病房值班吗?

王冶文说:下周我就轮换到病房,到时咱们再商量,你先把病人送过去吧。王冶文说着开了住院单交给王世伦:快去办住院手续。

王世伦拿着住院单匆匆而去,王冶文对刘少清说:刘主任,我回那边了。

刘少清说:你忙去吧,具体事让内科急诊室的人协助办理。王冶文顺着走廊往东走去。刘少清望着王冶文的背影心中暗道:有这样一个人,再重的病也不怕。

王冶文回到急诊室时,见郎婷婷仍然坐在椅子上。郎婷婷听到脚步声回过头,脸上现出喜悦之色:可回来了,咋摆弄这么长时间?

王冶文把听诊器放在桌上,走到水池边洗洗手说:病人病情比较复杂。

郎婷婷合上面前的《新编外科学》:哦,哎,刚才我哥的司机得了什么病?

王冶文洗着手:睾丸鞘膜水囊肿,鼓起来了。

郎婷婷大惊失色:啊唷,也得性病了呀!早知是这病,该带他找四秃子去。

王冶文咧着嘴巴踱过来:嗯,我敢保证,李岷一插手,病人的睾丸很快就能肿得赶上脑袋大。

郎婷婷笑得直哆嗦:促狭儿,真是个促狭儿!那就依靠你吧。

王冶文说:你也知道我这外号?郎婷婷回说医院里哪有不知道的。王冶文啧啧连声:唉!糟心,名扬四海了。郎主任,你看到咱们医院门口墙上贴的海报了吗?

郎婷婷问是什么海报,做什么的。王冶文说:市美容院举行选美大赛,专选三十上下的女士,你最有优势了。郎婷婷问:怎么个选法?王冶文口气认真而郑重:先照相,后面视,可能明天就截止了。

郎婷婷说:那我还真得去看看。王冶文说:去吧去吧,就贴在门灯下,显眼着呢。郎婷婷起身走出去,王冶文送她到门外,只见李晓宇顺着走廊来到外科急诊室前。李晓宇望着郎婷婷的背影:郎主任跑什么,跟中了彩似的。

王冶文:去看一个选美启事。

李晓宇:就她这身肉,还选美?

王冶文:尺有所短,寸有所长,说不定凭着这身肉就能选上。

李晓宇:嘁!

李晓宇和王冶文走进诊室,李晓宇穿上隔离衣:我的大夜班,你下吧。

王冶文一边换衣服一边说:李大哥呀,交感神经的走向我就是查不清。

李晓宇说:装了,你要查不清,别人就是睁眼瞎。王冶文一脸正经地请求李晓宇:好大哥哩,你替我查查吧,对面墙上挂着解剖图。

李晓宇被奉承得飘飘然:好的,我替你查。

就在王冶文换好衣服顺着步行梯下到一楼,之后拐到通向宿舍的后门时,郎婷婷也到了医院门口东侧不远处的墙根灯光下。她喘着气走到近前,果然有张海报贴在那里,郎婷婷兴奋地看着墙上贴的"海报"内容——小肥牛食品有限公司为发展业务,特招聘一青年发福女性为形象代言人……郎婷婷看着看着两腮高高鼓起,嘴里冒出鱼鳔一样的泡泡。也不知她骂了句什么,便气鼓鼓地返回门诊楼内直奔二楼外科急诊室。郎婷婷三几步踏进急诊室,见一个人身穿白大褂正背对门口站着看解剖图。郎婷婷轻手轻脚走上前去,照准对方的屁股扇了一巴掌:我打你个大促狭儿!

正在查看解剖图的李晓宇转身跳起多高:干吗啊?你干吗?

郎婷婷目瞪口呆:怎么是你,王冶文呢?

李晓宇:王冶文下班了,你打我干吗?

郎婷婷转身追出去:促狭儿,大促狭儿!

诊室里传出李晓宇怨哼哼的声音:神经病!

自从那晚姜玲向王冶文袒露心扉后,两个人的关系就明显较前近了许多。只要闲下来,姜玲就替王冶文照顾冬冬。母亲离开了自己,冬冬幼小的心灵需要安慰,有姜玲的照顾,开始一直神色怏怏的冬冬渐渐变得活泼灵动了。

今天是星期天,明天就要轮换到病房值班了。趁着这个空闲时间,姜玲带着冬冬去逛街。她想以后只要有时间,每个礼拜天都带冬冬出来玩儿,一是让孩子撒撒欢,二是拉近自己和冬冬之间的关系,以便组成家庭后融洽相处。这是一个包含人性的美好向往,也是一位善良女性的心愿。

姜玲牵着冬冬的小手顺街往前走,冬冬问姜玲去哪里,姜玲想了想说:我领你去花园里看猴子行吗?冬冬高兴得直跳:太好了,太好了,猴子好玩儿。

姜玲说:你喜欢的话,以后每逢星期天我就领你去看猴子。冬冬眨动着清澈的大眼睛说:谢谢姜阿姨,姜阿姨真好。

姜玲带着冬冬走到距菊城商场不远的路口,红灯亮了,两个人只好站住等绿灯。就在这霎,却见夏雨柔和一名中年男子走出商场。那中年男子留着长发,戴着墨镜,举手投足风度翩翩,一看就是娱乐圈里的人。他和夏雨柔手牵手站在马路的斜对过,朝过往的出租车招手。两个人招呼出租车的地方距离姜玲和冬冬约有二百米,这情景姜玲看到了,她以为孩子没看到,不料听到冬冬忽然哭起来。姜玲低下头:冬冬,怎么了?

小冬指指斜对过:妈,我妈!

这时,一辆出租车开到他们面前,夏雨柔和中年男子先后钻了进去。冬冬大声哭喊:妈,妈妈——!

出租车没有停顿,拐上了北去的大街。冬冬继续哭喊:妈,妈妈——!

姜玲蹲下身抱起小冬,给他擦去眼泪,说:冬冬啊,你看错了,那可能不是你妈。冬冬抽咽着:是我……妈,妈妈不要我了。妈妈……妈妈!

姜玲的眼圈红了,她亲着冬冬的脸蛋,孩子的泪水和她的泪水混在一起,刹那间淌满脸颊。姜玲掏出纸巾给孩子擦泪:冬冬乖,冬冬不哭,你妈妈没看到你,等我领你去找妈妈。啊?

小冬停止哭泣,搂住姜玲的脖子:谢谢姜阿姨。

姜玲抱着小冬继续往前走,心里沉甸甸的,王冶文离了婚,开始她认为对自己是个机会,但在这一刹那,小冬嘶喊妈妈的声音震撼了她。母子连心,母子情深啊!我不能为了自己的私人感情伤害到孩子。为了冬冬,我必须压住自己心中对他的爱,尽一切努力让他们夫妇破镜重圆。都说爱情是自私的,这没错,但要看怎么对待,怎么理解,面对刚才的一幕,纵然铁石心肠,是不是也要被感化?

外科医护执行的是半月轮换制,姜玲带着冬冬出游的第二天,是她和王冶文调换到病房值班的时间。因为一直惦着老邱的病情,所以查房后又给老邱以特别关注。王冶文仔细检查了老邱的各种体征,点点头说:还真是问题不大。为了让这位老人早日康复,他回到值班室就和姜玲商量,重新制订出一个医疗方案。

下午三点多,外科病房的走廊里开始光线昏暗,走廊里行人很少,清洁工开始了自己的工作。郎婷婷手里捏着一张什么,笑嘻嘻地往外科病房办公室方向走。有医护人员和她打招呼,郎婷婷不时停下来和打招呼的人寒暄着。

郎婷婷走进外科病房办公室时,王冶文正眯着眼睛,在听 MP4 里播放的《万马奔腾保边疆》。他仰靠在椅背上,手指在桌面上轻轻地磕打着。郎婷婷走进来时,王冶文并没察觉,直到郎婷婷拍拍他的肩头,他这才从音乐的世界里回到人间。王冶文有这个习惯,无论多忙,总要尽量抽出点时间听听音乐。这实在是个好习惯,因为音乐可以怡神,可以解乏,还可以给你带来欣慰和愉悦。

王冶文知道郎婷婷要来找他,因为他在办公室里接到了郎婷婷打来的电话,说是有要紧事和他说。既然答应了就要守信,所以王冶文从三点十五分就在办公室里等着,一边等人一边听音乐,也够惬意的。

郎婷婷习惯性地眯起眼睛:哟,你还真是位歌迷哪!

王冶文摘下耳机坐直了身子:我一直在等你,郎主任,请坐,请坐!

郎婷婷坐在王冶文对面。

郎婷婷:听科里人说,王主任不仅医术高超,还是位挺内行的歌迷。

王冶文:调节生活气氛嘛。

郎婷婷:你又轮值病房了?

王冶文:是的,我们科是每半月轮换一次。

郎婷婷:也是为了调节生活气氛?

王冶文:有这么一点。

郎婷婷:我听说王主任很爱歌舞?

王冶文:你了解得挺清楚呢。

郎婷婷:我还听说,但凡有明星大腕来走穴,花一二百元甚至几百元买票从不犹豫,是吗?

王冶文:不假。

郎婷婷呵呵呵笑起来。

郎婷婷笑得胸前的肉直哆嗦。

郎婷婷止住笑:我和你说啊,菊城来了个歌舞团,听说有几个名角,我特地买了两张票,想请你赏光一块儿去看。

王冶文抿嘴乐了,他开始作沉思状:歌舞,名角,挺诱人的,去还是不去呢?

郎婷婷发急:你到底去不去呀,两张票三四百元呢! 你可不能拂人好意呀!

王冶文:盛情难却,盛情难却,去,怎么会不去呢?

郎婷婷:就是嘛,会休息的人才会工作;高档次的人,更懂得娱乐。

王冶文:郎主任真有水平,说话一套一套的。

郎婷婷:比你差远了,谁不知你出口成章。

王冶文:夸奖了。

郎婷婷:给你票。

郎婷婷把一张票递给王冶文。

王冶文接过票瞧了一眼:嗬,前十排呀。

郎婷婷:就是偏了点,不过这是我挑选的。

王冶文:挑就挑正中的,干吗挑偏了的位置?

郎婷婷的小眼眯成一条缝:呵呵,你说呢?

王冶文会意地一笑。

郎婷婷站起身,说:歌舞八点开始,我家离剧院近,晚饭后提前去等你,你可不要变卦。王冶文把票装进衣袋里说:放心吧,说到做到。

郎婷婷乐滋滋地走了。她刚走不一会儿,接下一班的姜玲就来了。王冶文看看表不到四点,说:这么早你来干吗?姜玲问106老邱的病情有无变化,王冶文说:挺稳定,只要情绪不起伏,估计不会有问题。姜玲说这就好,她已告诉小吕,让他晚八点按时接班,因为今晚某电视频道有个外科讲座,她必须得看看听听。姜玲建议王冶文也看看这个讲座,说是有许多前沿学科的新东西,值得学习。王冶文抻了抻说:这我知道,但不能看了。

姜玲感到奇怪,问他为什么,因为王冶文的好学上进是出了名的。王冶文犹豫了一会儿终于说道:今晚我得去剧场看歌舞。

姜玲笑了:我说呢,嗬,蛮有雅兴啊。

王冶文说:郎婷婷送来一张票,花二三百元买到的,要是不去,就白白浪费了。他问姜玲愿不愿去,愿意去的话把票送给她。

姜玲不语。

王冶文解释:我是盛情难却,不好拂了人家的面子。

姜玲:嗯,你是心有向往,去吧去吧,我必须得看讲座,否则就连接不上了。

王冶文换上衣服往外走,嘴里嘟哝:这丫头!

姜玲朝王冶文的后背瞪了一眼,开始自己的工作。

一天的时间过得很快,太阳落下去了,病房和走廊里暗下来。106病房里,老邱躺在病床上仰脸看着天花板上光线昏暗的灯泡出神,明显是在思索着一件不痛快的事情。这时,小桦打了病号饭走进屋,走到15号病床前,看到父亲表情呆滞,就问他想什么呢。老邱扭过脸来:天都这时了,怎么小秋还不来呀?

小桦哈腰给父亲拽了拽被角:爸,弟弟每天贩菜卖菜,忙起来有时难免迟到半小时二十分钟的,别在意,啊?

老邱摇头,说这小子越来心越野,瞅这架势,八成是伺候我腻烦了。小桦乐了:爸,不能,不能,弟弟可不是那号人,您老人家好好养着,别想得过多了。

老邱叹着气:唉!儿大不由爷。

小桦笑一笑,坐床边喂爸爸吃饭。室内的病友相互轻声交谈着,夸奖小桦是少有的孝顺闺女。小桦正喂老邱吃饭,小秋急匆匆地走进来。小桦见弟弟气喘吁吁,心疼地问道:小秋,都收拾利索了?

小秋点点头说:菜摊都收拾好了,姐,我来喂爸爸,你快回家。

小桦说:马上就吃完了,你坐下休息一会儿吧。小秋就坐在姐姐身边看她给爸爸喂饭,不料老邱忽然斜眼看过来怒声道:小子,你还知道来呀!

小秋:爸,今天卖菜生意好,我多在市场里待了一会儿。

老邱说:你姐姐也是有家有业的人,除了给人家打扫卫生,整个白天就她一人在这里守着我,你就这么放心得下!

小秋说:我知道姐姐不容易,这不撤了摊我马上就赶过来了吗。老邱好像怒气不熄,说:你该到下半夜来,好好睡一觉,省得夜里光打盹。小秋有点着急,一时没拢住嘴:爸,我们当儿女的每天忙里忙外,您老人家也得体谅些呀。

老邱大怒:嗬,敢和我顶嘴了,不是小时候骑在我脖子上吃糖葫芦的时候了。小兔崽子,我看你是脑后长了反骨,说说看,你当爹还是我当爹!

小秋十分委屈:爸,我看你越病越不讲理了。

小桦连忙打圆场,说:爸爸你别生气,来,快吃了这点饭。小秋也不易,你是得体谅他。老邱推开饭碗:桦儿呀,好孩子,你不用替他打圆盘,我知道这小子良心坏了。他想,他想气杀我!

老邱喘气变粗,手脚抽搐,脸也黄了。

小桦吓坏了,放下饭碗招呼小秋快去请医生,说爸爸病情反复。小秋后悔得扇了自己一个嘴巴,跳起来跑出病房。小桦连忙给老邱按摩着手脚,病友们也相顾失色,轻声议论着,说:可能是病得腻烦了,老邱的脾气越来越大。正忙乱,姜玲和小马跟着小秋急匆匆走进病房里,小马给老邱数脉搏,测了血压,姜玲则做着其他检查。检查的结果是血压再次增高,其他体征指数也在下降。姜玲迅速下了医嘱,开处方,吩咐小马赶紧去治疗室取药,输液……一直忙活了半天,老邱的病情才慢慢稳定。

晚饭后,王冶文出了医院宿舍区大门口,低头朝着剧场方向走去。在经过医院后门时听到有人喊他,借着路灯定睛一看,竟是护士小马。他问小马这是去干什么,小马说自己刚刚换班回来,正准备回宿舍做饭吃呢。王冶文问病房里情况怎么样,小马说一如既往。可话刚说完又变了:不,不不,15床病情反复,很厉害,姜姐亲自守了多半个小时。

王冶文站住,沉思半晌问小马:什么原因?

小马:听他女儿小桦说,是和他儿子小秋抬扛引起的,反正血压又上去了。

王冶文问血压多少,小马说:我翻了下病历,和入院时差不多。王冶文一听这话接连"咦咦"了好几声:怎么搞的嘛,我早说过,不要刺激他的情绪。

小马问:王冶文你这是干什么去?王冶文说:剧场有场歌舞会,有人给了我一张票,想去欣赏一下。小马知道王冶文喜欢文娱生活,点头催促他说:哦哦,听说了,八点开场,现在已经七点四十,你快去吧。

王冶文答应着"好的好的",看着小马走进宿舍区大门却没挪动脚步。他站在原地思索了一会儿,走进医院后门到职工食堂去了。

王冶文脚步匆匆地走进职工食堂,径直奔了总务处。司务长曹瑞成正在就着花生米喝闷酒,见王冶文到来大喜过望,他把王冶文摁到椅子上说:王大哥,你真是我的精神救星,来,咱们一块儿喝。

曹瑞成近来生活道路很是不顺,先是父亲因病亡故,接着又因为把母亲接到市里来住惹怒媳妇把他甩了。

小曹打着酒嗝,浑身散发出酒味,舌头就像短了一截说话不太清楚。王冶文也是善酒之人,明白曹瑞成喝多了,便将他拽到一旁说:别喝了,再喝我揍你!

因为两个人长相酷似,平时感情就跟哥俩儿似的,所以他最听王冶文的话。曹瑞成虽然答应不再继续喝酒,可心里的老大委屈却想借酒发泄,他扶着王冶文的肩膀说:大哥,你离了婚,我老婆也不要我了。没办法,这是个离婚的年代嘛。我喝了酒,是喝了酒,借酒浇愁,咱们同病相怜,请哥再陪我喝一壶。

王冶文取出入场券,说:小曹,改天我专门请你,这里有张歌舞票,瞧,八点开演,这都快九点了。小曹抽泣着:那,那你去吧,我是个没人同情的家伙。

小曹晃悠着身子还要坐回原处,王冶文拽住他:小曹,说好不能再喝了,这样,这张票给你,你去看看歌舞,换换环境,变变气氛,也许情绪会好些。

小曹晃着身子:那,那不坏了你的雅兴吗?

王冶文说:我无所谓,何况今晚我还有急诊,给你入场券,赶紧去,已经晚了。

小曹接过入场券说:谢谢王哥王主任,难怪人们都夸你心眼儿好。

王冶文:快去吧,开演半个多小时了。

小曹接过入场券朝王冶文行了个军礼,咿咿呀呀唱着歌走了。

14

将近晚八点,剧场里的开幕铃声响起,观众纷纷入座。早就来到剧场的郎婷婷从座位上立起身来,前后左右朝周围撒拉。她担心王冶文看错了座号找不到这里,心里着急,差一点就喊出王冶文的名字。

观众大都坐好,刚进场的也在忙着寻找自己的座位,无论门口还是人行道上都没有王冶文的影子,难道他言而无信不来了?郎婷婷很着急,更多的是生气,心想你小子若是诳我,明天见面再说。郎婷婷再次朝剧场门口张望了一会儿,终于灰心丧气了。剧场里灯光暗下来,舞台上灯光依然明亮,歌舞演出开始了,郎婷婷只好重新落座。郎婷婷看看身边空着的座位,咬着牙骂了声"促狭儿"。

舞台上歌声响起,开场就是男女二重唱,郎婷婷是个有乐感的人,渐渐怒气消散,歌声很快吸引了她的注意力。

二重唱罢,又一位演员上台演唱《祝酒歌》。《祝酒歌》是著名作曲家施光南的代表作,轻松连贯,旋律快捷,加之演唱者激情澎湃歌喉嘹亮,整个剧场里的气氛都给调动起来。台下观众时而鼓掌,时而叫好,可能为了突出演唱,加强效果,台下忽然熄了灯,观众席上一片昏暗,只听到一片节奏明快的击掌声在和台上的演唱者密切配合。

小曹恰在这里进了剧场,小曹的眼睛一时无法适应剧场里忽然制造的黑暗,他东看看西瞧瞧,一会儿哈腰一会儿低头,怎么也找不到自己的座号。一位剧场工作人员走过来低声询问着小曹,小曹把入场券递给工作人员。对方冲着亮处看看号码,把小曹领到一排座位前朝里边指指:看了没,那闲着的座位就是你的。

小曹顺着横排往座位跟前走,因为遮挡了别人的视线,不断遭到催促甚至呵斥。小曹好不容易走到座位前坐下,晃动着身子把屁股安放到一个舒适的位置。小曹旁边的郎婷婷此刻正听得入神,注意力一直朝向前方舞台上,听到身边响动,不由得朝旁瞥了一眼:你怎么才来?

小曹:嗯。

郎婷婷抽抽鼻子:晚上喝酒了?

小曹:嗯。

郎婷婷盯着舞台:你的生活倒是多姿多彩呀!

小曹:嗯。

郎婷婷声音很软:将来,咱们要想法丰富自己的生活。

小曹:嗯。

郎婷婷:你怎么光嗯?

小曹:嗯。

郎婷婷:傻样!

郎婷婷把头靠向小曹的肩膀,小曹的两只手扎撒着,喘气很粗。郎婷婷的头在小曹肩上靠了一会儿忽然直起腰,扭过脸仔细瞧瞧小曹:你是谁?

小曹说:我是医院食堂的司务长小曹,你不是新来的郎主任吗,听说也才离了婚,你我是同病相怜哪!郎婷婷大惊:喊!嗯,是……你,你怎么来了?

小曹说:是王主任给的票,没想到这么巧,恰好和郎主任您坐到一块儿。

郎婷婷向一旁歪了歪身子,怨哼哼地说:哦哦,是这么回事呀,他咋没来?

小曹说:我没问,也许是太忙了吧。

郎婷婷的身子软软地靠在椅背上,暗暗诅咒着王冶文:这个挨千刀的促狭儿!

歌舞演出在进行中,观众受了音乐的感染,脸上显出各种陶醉的表情。小曹向郎婷婷这边靠了靠,压低声音说:郎主任,都说灯下看美人,其实,在若隐若现的光影里,美人会显得更美。

郎婷婷侧过脸,眼睛忽闪着:是吗?

小曹说:是啊,我现在看你就比白天更漂亮,简直跟电视里的杨贵妃似的。郎婷婷听不得别人奉承,马上兴奋起来,抿嘴一笑:你可真会说话。

小曹说:我说得完全是实话,你长得这么水灵,皮肤又这么白,和周围的女人一比,就更显出档次来了。今天能和你坐到一块儿看歌舞,真是三生有幸。郎婷婷认真地看了看小曹,忽然没头没脑地冒出一句话:你长得的确和他差不多。

小曹:谁呀?

郎婷婷笑笑,没回答。她把身子往这边靠了靠,轻轻贴在小曹的胳膊上。小曹发出幸福的呻吟声:嗯哈,好幸福啊!

郎婷婷嘻嘻一笑,小曹又往郎婷婷这边靠了靠,郎婷婷没反对。两个人挨得挺紧,两个人的头靠得挺近。音乐声起,舞台上的表演让台下观众发出一阵阵畅快淋漓的欢笑。郎婷婷闪眼看看小曹:要是促狭儿该多好!

剧场里的演出继续着,市立医院外科病房里却是另一番天地。

室内很静,老邱躺在病床上,输液瓶里的药水滴答、滴答……小桦和小秋紧张地守在床前,不时地俯下身去听听老邱的呼吸。

王冶文和值夜班的吕成走进来,小桦和小秋连忙起身迎接。王冶文走到老邱病床前问道:情况没变化吧?

小秋的眼圈红了:王主任,你看……这事,都怪我!

王冶文轻轻摆手,示意小秋不可大声说话。他俯身到老邱面前,老邱因为血压基本平稳了,听到动静睁开了眼。王冶文说:怎么样,大叔,感觉好些了吧?

老邱的脸上露出难得的笑意:王主任,你一来,我这病就好了一半了。

王冶文:嗯,可能我是神仙下凡。

老邱的笑容明显,他嘘了口气说:也怪我脾气大,和小秋这兔崽子生了场气,血压……又蹿上去了。

王冶文说:大叔想不开呀,你和孩子生什么气呀!老邱说:这小子埋怨我不体谅他,他……王冶文摆摆手让他不要说话,老邱听话地闭上眼睛,王冶文耐心开导他:听小桦小秋说了,你老人家这辈子真不容易。

老邱开眼睛,说:王主任真是贴心的好人,最能体谅俺们这老一辈了,这不,到老还是过不上舒心日子。王冶文接上道:可不呗,就你们这年龄的人,老子说了算数时你当儿子,待到现在儿子说了算数了你又当爹。是不容易,真不容易。

病房里响起轻轻的笑声。

老邱也笑出声来。

王冶文说:不过依我看,小秋还是挺孝顺的,他白天贩菜卖菜,夜里来照顾你,已经不简单了,你老人家不要再生他的气。老邱一扭脸:哼!

王冶文说:你不信啊大叔,前些日子我看过一部书叫《崇德堂主》,是写我们小城故事的……

老邱忽然插进话:等等,等等,这崇德堂是不是一家药铺?

王冶文挺吃惊:大叔,你怎么知道是药铺?

老邱说:崇德堂是我们菊城的老字号啊,我怎么会不知道。我小时还到那药铺里看过病呢,后来合并到中医院了。王冶文连连点头:这么说,这老城西街的丁大户你老人家也知道了。

老邱说:那当然,菊城首富嘛。

王冶文兴奋起来:这么说我看的不是小说,而是纪实文学。听我们外科老主任说,穷家出孝子,富家出浪荡,丁家那个儿子才叫不孝顺呢。整天吃喝玩乐不干活儿,有机会还在外边说他爹的坏话。他爹气得直想揍他,可就是见不着人影,那天早晨他爹起得早,终于在后院把这小子给堵住了。

老邱:后院?

王冶文:是啊,城里富户的后院可大呢,那小子清晨去后院厕所解手,让他爹给堵住了。他把后院门的吊链给挂上,顺手抄起一根棍子朝儿子冲过来了。

老邱担心的口气:可怜的孩子!

听到父亲这口气,一旁的小秋眼里泛起泪花儿。

王冶文继续说:他追不上他,急得直跺脚,他老人家想起了集市上说书人说得《岳飞传》里的唱词,于是连追带唱——小子,你就是佛爷头上的金翅鸟,我也要追到西天拔你的翎……

老邱:那小子可快往前院跑啊!

王冶文说:跑不了了,他一手提着裤子,腾不出空来摘吊链,只好绕着后院跑。

老邱眼睛瞪圆:了不得,这棍子抽到身上,那可了不得。

王冶文说:就在这紧要关头,后院门给抬开了,那小子的媳妇从门缝里钻过来。

老邱:啊?

室内,另外三个病人几乎同时坐起来:可来了救兵了!

王冶文说:正是呢,那小子不犹豫,一头抢进媳妇怀里。他爹一下子怔住了,大家知道,咱们中国是公媳有别,公爹总不能从儿媳怀里抢人呀。

老邱:是哩,是哩。

王冶文说:他爹见此情景,只好扔了手中棍子,红着脸喘着粗气回前院去了。

病友甲:那小子真有福,躲过一劫。

王冶文说:那小子见老爹走了,忙从媳妇怀里挣出来,右手掐腰,左手拽了自己的头发说——哼,还追到西天拔我的翎,告诉你吧,连毛也薅不了一根儿去。

病房里的人齐声大笑。

老邱笑得最灿烂。

王冶文说:大叔,比起那小子来,小秋是不是很孝顺呀?

老邱止住笑,连连点头。

王冶文:小秋,快给老爷子赔情道歉。

小秋:爸,您老人家别生气了,以后我会尽量早来的。

老邱眼圈发红。

王冶文说:小秋,去叫护士来量血压。

小秋跑出去,不大会儿,护士跟着小秋走进来。护士给老邱量血压,测量完毕,护士吃惊地说:王主任,病人的血压接近正常了!

王冶文点点头,说:这就是了嘛。他让吕成下个医嘱,晚上给病人服上一片安定另加四片谷维素,说:这样连服两天,邱大叔的身体就可恢复。吕成悄声问他:真有这般神奇吗? 王冶文眨眨眼睛同样悄声道:心理暗示!

王冶文在吕成陪同下又到各个重症病房里检查了一遍,看看确无异常,这才和吕成说:你值班吧,我回家,免得时间长了你女朋友不好意思来陪你。

吕成笑道:我女朋友? 你见过?

王冶文打着哈哈:别装傻蒙人了,记着老弟,我眼睫毛都是空的。

……

王冶文从外科出来往家走时,姜玲正坐在沙发上看电视。电视荧屏上,一位胖胖的教授正在讲课,姜玲不时地往笔记本电脑上打些什么。今晚,姜玲总不能精神专注,不时想象着王冶文和郎婷婷坐在剧场看歌舞的情景,有时眼前竟还出现幻象——王冶文和郎婷婷看着歌舞忽然搂到一起了……

姜玲再也沉不住气了,她关了电视,坐在沙发上发呆。电话忽然响了,姜玲抓起听筒:喂,您好!哟,是王嫂呀,你怎么有空给我来电话了?

电话里传出夏雨柔的声音:小姜,你以往总喊我夏姐,现在怎么改称王嫂了。

姜玲勉强笑了笑:不知道为什么,只是忽然想到应该称你王嫂。

夏雨柔呵呵地笑:你忘了,我和姓王的已经离了婚了。

姜玲说:离了婚我还是叫王大嫂。听到那边夏雨柔和谁说了几句什么才给她回话:随你呗,反正我是不承认的。哎,妹子,听说你近来经常照顾我们小冬。

姜玲:我正想说呢,王大嫂,明天星期六,我打算明晚带着小冬去看你。

电话里一阵沉寂。稍沉夏雨柔颤声道:小姜啊,说实话,我也想孩子,可是,我怕见了孩子受不住。

姜玲说:上个星期天,小冬在商场附近看到你了,孩子哭天叫地要找你。那边夏雨柔声音哽咽:是吗,上星期天我的确去商场了。嗨,你咋不叫住我!

姜玲说:我还没来得及叫你,你就和另一个人上了出租车了。

电话里又是一阵沉寂。

夏雨柔声音颤抖:小姜,明晚你来吧,但不要让王冶文一块儿来。

姜玲说:好的,就这么定了。姜玲放下电话沉思了一会儿,重又拿起电话拨通刘芳的号码:喂,刘姐,我是姜玲。

刘芳:听出来了,没值班?

姜玲:白班。

刘芳:这么晚了给我打电话,是不是……

姜玲打断刘芳的话头:刘姐,明天周日我休班,打算带小冬去夏雨柔那里。

刘芳问:是单纯让他们母子相会,还是另有使命?姜玲说:我有个想法,如果能够让王主任和夏雨柔破镜重圆的话,真是善莫大焉。因为别看冬冬整天不说,其实孩子非常想妈妈。上个礼拜天我带他去玩儿,在商场附近见到夏雨柔,嘶声喊妈她没听到,只管和一个男人乘出租车走了。冬冬哭得差点背过气去,我实在不忍,所以就有了这个想法。

电话那边沉寂了好长时间,才听刘芳鼻音挺重地说:小姜啊,你是现在少见的好姑娘,尽管你心存善意,恐怕未必得偿所愿。我了解雨柔这个人的性格,怕的是你好心不得好报,空费一番心血呀。我倒有个新的想法……唉!不说了,明天你带着孩子来了再说吧……

放下给刘芳的电话，姜玲又拨通了王冶文的电话。电话铃响了几声姜玲忽然醒悟——脑子犯浑了是不是，人家不是陪着郎婷婷看歌舞去了吗？刚要撂下话筒，万没想到那边传来王冶文的声音：小姜，找我？

姜玲举着话筒怔在那里，好半天才问王冶文：不是陪着某某人看歌舞去了吗？那边王冶文回答说：出了个急诊没去成，把票给小曹了。姜玲长长地"哦"了一声道：我说呢，还以为遇了鬼了呢，哎，你怎么知道是我找你？

王冶文笑起来：傻了？不是有来电显示吗。你家的电话除了你，若是有别人的话，这问题就复杂了。

姜玲：怎么个复杂法？

王冶文只是笑，笑声意味深长。姜玲知道王冶文的性格，恐怕中了对方圈套被他捉弄，赶紧改口说：不和你斗嘴，说正事，现在正式通知，明天是周日，我要带小冬去歌舞团大嫂那里。

王冶文那边抻了半天：人家已经不是你大嫂了。

姜玲说：不管是或不是，我就这么叫。王冶文说：那随你了，可是，你带小冬去找她有何目的？姜玲说：我自己心中有数，暂时不便明说。

王冶文：不说我也知道，无非是想让我们破镜重圆。

姜玲说：你既然猜到了，就有个思想准备吧。王冶文口气变得沉重：小姜啊，夏雨柔已不单纯是个性格问题了，你别想得太简单好不好。你就是费尽心机全力以赴，也是脚上抹石灰——白跑。我以同事加大哥的身份劝你，打住！

姜玲说：那可不一定，有百分之一的可能我就争取。王冶文口气依然沉重，说：回笼包子不易熟，成功了我却再也难以重新接受这个十分脆弱的事实。因为当日我软硬功夫都用了，半点不起作用，她是铁了心了。

姜玲：那好，你就拭目以待。

王冶文：呵呵，小丫头太单纯了。

姜玲：你说谁小丫头？

王冶文：没说谁，好了，就依你，我听你的消息。

姜玲放下电话在室内来回走了几趟，拿起茶几上一本书走进了卧室。

第二天中午下了班，王冶文直接去医院职工食堂吃饭。不经意间，郎婷婷忽然也端着碗朝他走来。王冶文听到脚步声仰起脸"咦"了一声，说：郎主任，星期天您也不休息？郎婷婷阴沉着脸把碗放到餐桌上说：轮到班就值班嘛，我孤家寡人的，管什么星期天不星期天！

郎婷婷说着坐在王冶文的对面,王冶文连忙赔笑脸:怎么,郎主任不高兴了?

郎婷婷:热脸换了个冷屁股,高兴得起来吗?

王冶文说:郎主任是不是嗔怪我昨晚没去剧场啊?郎婷婷依然沉着脸:不敢不敢,你王主任是名人,我,我算什么,连陪伴你看歌舞也没资格呀!

王冶文说:郎主任言重了,昨晚因为有个病号病情恶化,我没抽出身子来。

郎婷婷:即便如此,也不该找个酒鬼替身捉弄我呀!

王冶文:你是说小曹?

郎婷婷:还能有谁,那小曹看歌舞时直往我身上靠,我又不能和个醉汉一般见识,尴尬死了。

王冶文:小曹刚被爱人甩了,可能太孤独。

郎婷婷:他孤独不孤独碍我什么事了,我还孤独呢!

王冶文:这不正好吗?

郎婷婷:我说王冶文,你就别再促狭儿了行不?

王冶文:对不起,对不起,我说话随便,习惯了。

郎婷婷:有你这句对不起,我就满足了。

王冶文:为补偿自己的过失,今晚我请你去看歌舞,行吗?

郎婷婷的手一哆嗦,随即脸上现出笑容:真的,还是安慰我?

王冶文:君子一言。

郎婷婷:好嘞,可是,我怕你再促狭儿。

王冶文:你看你看,我在别人那里的信任度就这么差!

郎婷婷:对不起,我没留住嘴。

王冶文:有你这句对不起,我就满足了。

郎婷婷:真会抓人话柄。

……

下午两点多,姜玲带着冬冬来到歌舞团宿舍楼前,夏雨柔此时已经站在楼门口相候。说实话,母子之情心连心,一个人不管多么注重爱情,这骨肉之情也同样看重。姜玲带着小冬走上前来时,夏雨柔当然先得和姜玲打招呼,她强忍泪水抓着姜玲的手说:小姜啊,你真守时,说两点来到,连五分钟也不差。

姜玲说:要不是小冬催着,可能得耽误一会儿呢。听说今天来看妈妈,早饭之后小家伙儿就给我打电话催。小冬这时已经跑到雨柔跟前,脸上挂着泪水,夏雨柔蹲下身来,一把将小冬搂在怀里。小冬的眼泪顺着脸蛋流下来:妈妈!

夏雨柔亲着小冬的脸蛋,哽咽着说:孩子,妈妈想你!

旁边响起脚步声,团长刘芳从那边走过来。刘芳朝姜玲使个眼色说:哟,姜大夫啊,你怎么有空来玩儿了?

姜玲说:周日我休班,小冬想妈妈,王主任托我带孩子来看看。刘芳连说:好好,我闷了,也正想找雨柔聊聊呢。雨柔,你怎么让姜大夫站在楼门口啊。

夏雨柔:哦,你看你看,糊涂了。快上楼,快上楼。

夏雨柔的房间不大,是歌舞团给演员职工们特别订制的那种单身宿舍。从目前的面积和布局来看,也就五六十平米。不过麻雀虽小五脏俱全,卧室、厨房、客厅、卫生间一应齐备。这是夏雨柔与王冶文结婚之前就有的房子,因为时间不长,基本还算新楼房。

夏雨柔把姜玲和刘芳让进室内,刘芳坐在茶几一端的沙发上,姜玲和夏雨柔并排坐在长沙发上。小冬在母亲怀里依偎了一会儿,捺不得寂寞,就在地板上玩儿他的玩具电动车。自从进了屋后,姜玲就低声和雨柔交谈着,有时刘芳也加上一两句,谈话的目的就是让夏雨柔和王冶文团圆重聚。姜玲和刘芳说得口干舌燥,夏雨柔只是低头不语。只待两个人说得累了,或者再也想不出应该说什么,夏雨柔才抬起头来苦笑了一下:二位的好意我心领了,考虑考虑再说,行吗?

姜玲和夏雨柔手里各端着一杯咖啡,刘芳面前守着杯茶水。这并非一样客人两样待,实在是刘芳喝不惯咖啡的味道,让夏雨柔单独给她沏的。姜玲终于再次开口:王嫂,你看小冬这孩子多可爱。

夏雨柔说:是啊,只要见到孩子,我是可着劲地哄他玩儿。

姜玲:嫂子,如果你们重新团圆了,真称得上天伦之乐啊。

夏雨柔:小姜,实话对你说吧,覆水难收啊。

姜玲:就没有个回旋余地吗?

夏雨柔:和一个呆子生活在一起,除了听他说几句俏皮话,真没可取之处。

姜玲:王主任的人品、长相、技术可是真没说的呀。

夏雨柔一笑:光好有何用,吃他还是喝他。当初要不是看他有这些优点,我能和他走到一起吗?当然,刘姐在其中也是起了关键作用的。

姜玲:你是不是有别的想法?

夏雨柔:想法?想法当然是有了,只是,只是……怎么说呢?

姜玲早就注意到,夏雨柔面前的茶几上放着一摞纸一支笔。此时夏雨柔忽然俯下身,拿起茶几上的笔在纸上反复写着自己的名字。夏雨柔所写名字的形式大小不尽相同,不一会儿,茶几上的纸就摆满了。

姜玲:你这是干吗?

夏雨柔：未雨绸缪啊？

姜玲：什么？

夏雨柔继续写她的名字：小姜，实话相告，我在做准备，日后一旦成了明星，便于给粉丝和影迷们签字。

姜玲咧了下嘴，心想这个女人精神肯定出了问题了！

15

郎婷婷摆弄着刚刚美甲过的手指坐在鲁侃办公室的沙发上，鲁侃端着茶杯在室内走过来踱过去，一副心事重重的样子。今天的郎婷婷情绪低落，自从走进鲁侃的办公室也没说几句话。鲁侃虽然明白这位女士的心思却也不便说破，并且有意淡化了口气：婷婷，你和王促狭儿的事进展情况怎么样？

郎婷婷不抬头，说：一直就这么不咸不淡的，他也不说个痛快话。鲁侃停住脚步：目前像他这种情况追求的女人一定少不了，你得加紧进攻，以求速战速决。

郎婷婷说：这家伙云山雾罩的，我真把不准他的脉。鲁侃嬉笑着说：不怕鱼身滑，就怕抓不住尾巴抠不住腮。郎婷婷明白话中意思却又反驳：又不是下河抓鱼！

鲁侃说：追求优秀男人和女人就和抓鱼差不多，稍一松手就得跑了。郎婷婷说：你这话我相信，因为鲁哥你很有经验。鲁侃笑了：也算是吧，当初陈小琳……

郎婷婷说：你们那档子事，我知道，快别说了。鲁侃笑起来，说：你要和王冶文多联系，多亲近，让别人看上去就跟好事成真一样才行。郎婷婷点点头：这些我都明白，可上个星期六我约他去看歌舞，他却把票给了司务长小曹。

鲁侃脸上微微泛起醋意：怎么，他让你和小曹成双成对看歌舞了？

郎婷婷：嗨，我看了半截就跑回来了。

鲁侃：你该借着这事对他兴师问罪。

郎婷婷：这家伙比泥鳅都滑，还没等我兴师问罪，他就主动靠拢了。

鲁侃说：这是好现象啊，怎么主动靠拢的？郎婷婷的脸由晴转阴：什么好现象啊，他约我晚上去看歌舞，却买了三张票，叫上了他们科的姜玲，坐在剧场里跟个岗哨似的，我想和王冶文说个悄悄话她都侧耳听着。

鲁侃一听此话变了脸色：咦咦咦，情况不好，这是小姜真要插进来呀。

郎婷婷双眼失神:我也是这么看的,难怪你说王冶文要"大姑娘的干活"。

鲁侃看着郎婷婷发了好长时间呆,一时倒不知如何是好了。郎婷婷有点发急了,站起身说:鲁哥,你既然知道不好,就得帮帮忙啊!

鲁侃说:好的好的,星期天我约他,好好聊聊。

住院部有人打来电话,问郎主任在不在这里。鲁侃把话筒递给婷婷:你的!

郎婷婷接过电话一听是住院部小邢打来的,小邢说有个病人入院钱不够,要求宽限几日,他不敢做主,请郎主任赶紧回去处理。郎婷婷放下电话说:鲁哥,本想在你这里多坐一会儿呢,没想到住院部有事,我得走了。

鲁侃送走郎婷婷,重新坐回到写字台后。他从抽屉里取出计算器和一张表来,一边细心地计算着表上的数字一边说:婷婷啊,你的事要紧,我的事更重要,这扩建医院的资金至今没过半,压力太大呀!

王冶文和姜玲同时走进外科病房值班室,分别穿上隔离衣,刚要去查房,小马手拿体温表走进来说:王主任,106 的邱老头一上午问了你好几次,听那话头似乎有事找你帮忙。

王冶文说:帮忙,我能帮他什么忙。哎,他的病情怎么样了? 小马说:今儿上午还算正常吧,只是老头儿时时发脾气,好像有什么心病似的。王冶文皱皱眉:我就是担心他这情绪,弄不好引出别的病来。好,待会儿我去看看他。

小马:哦,差点忘了,普外 102 病房 3 床患者的儿子姓什么……

姜玲说:姓王。小马说:对对对,患者是村主任,叫王学东,他儿子跑到骨外来问你好几次了,盼你给他爹做手术呢。王冶文询问小马那个王学东的肺部感染控制得怎么样。小马想了想:听李主任说有进展。

王冶文:这么说还没完全控制。

小马:嗯。

王冶文:好,我知道了。

姜玲换好隔离衣走到桌前开始整理病房病历,王冶文走过来,抽出老邱和老王的病历,站在桌前仔细翻看着。王冶文看了一会儿病历,说:邱老头病情没有什么变化,可能是需要些心理安慰,先去他那里瞧瞧吧。姜玲说了句"听你的",就跟着王冶文走出值班室直奔 106 病房。

王冶文和姜玲走进骨外病房区 106 病房,径直来到 15 床老邱跟前。老邱此时靠坐在床头上,小桦正给父亲揉腿。看到王冶文,老邱来了精神,说话也爽利了,他让王冶文坐在自己床沿上,王冶文没有坐,只是站在他面前笑嘻嘻地问:大叔,恢复得还可以吧?

老邱笑眯眯地看着王冶文,不说话,朝小桦点头示意,小桦高兴地说:左腿能移动了,脑子也清楚了许多,只是说话不利索,像结巴嘴和人吵架一样。

王冶文想,还不错,现代医学真的产生了神奇的效果。要说老邱这病,一开始那么重,后来又曾反复,恢复到这个程度算是意料之外了。他对姜玲说:看来,咱们最初制订的医疗方案还是正确的。姜玲点点头:有你挂帅,顽疾当克。

王冶文白了姜玲一眼:到底是孔圣人弟子,说话文绉绉的。

室内的病人发出轻轻的笑声。小桦说:王主任,姜大夫,我父亲现在不光患肢能够移动,说话恢复了,别人扶着他还能坐起来,越坐时间越长,有时一坐半天,支持不住了才肯躺下。这样看来,再有十天半月就能出院了。

王冶文说:邱大叔年龄大了,再生机能差,恢复起来要慢一些,我看你刚才在给你父亲揉腿。这很好,可以加快血液循环,增强肢体的恢复功能,要坚持。

小桦说:好的,我记住了,每天至少揉三次。

王冶文让老邱躺下,说要检查一下。小桦在王冶文和姜玲的帮助下将老邱轻轻放躺在病床上,王冶文哈下腰听诊、叩诊,又用手指掐捏着老邱的左腿。一系列检查结束,王冶文直起腰来:不错,心肺功能比较正常,伤腿也恢复得挺好。

老邱忽然说话了:谢……谢王主任,你,你是我的……恩人。我听小桦说了,有关我的交通事故问题还没弄出个头绪,这住院的花费,你一直给担着。

王冶文:啊?交通事故问题……

小桦朝王冶文使眼色,王冶文赶紧改口:大爷您别客气,好好休养,我们会尽全力治好你的伤病。您老恢复健康以后,还得去大街上瞧热闹观风景呢。

老邱:唉! 那交通事故……问题,还没个头绪,也不见那边来人看我,王主任您是名人,面子大,跟交警上说说,这事不能拖了。

老邱说着,眼里溢出了泪水。王冶文这才明白,小马之所以说老邱上午总是问他,就是为了让帮忙解决"交通事故"问题的。这起事故本已结案,责任不在对方,但王冶文看到刚才小桦的眼神,明白其中必有蹊跷,也就随机应变改了口气:大叔你先治病疗伤要紧,至于那些事嘛,会得到妥善解决的。

老邱点点头,欣慰地闭上眼睛休息。

小桦害怕父亲继续纠缠王冶文,便借机说道:王主任,姜大夫,你们都是大忙人,别光在我父亲这里耽误过多的时间,快去忙吧。

王冶文和姜玲善解人意,辞别父女二人出了病房。两个人又朝普外病房走去,王冶文边走边说:小姜,听到了没有,老邱有个心结,大大的心结,心结不解,估计还会出事。过了心结这一关,他能很快康复,过不了这一关,神仙也爱莫能助。

王冶文和姜玲走进普外病房区 102 病房,病人纷纷和他们打招呼。3 床的晚期肺癌患者王学东躺在病床上,眼神迫切地朝他们望着。王冶文和姜玲径直走过去,工学东身体虚弱,脸色发黄,呼吸略显困难。儿子王世伦守在床前,不时地给他揉揉胸部。王世伦说:王主任,我爸爸每天都在盼着你给他做手术呢。

王冶文说:好的,好的,我看看病情是否稳定了。他俯下身来细细观察着病人的情况,轻声问道:老王,你感觉怎么样了?

老王喘着气:比一入院时强多了,起码喘气不憋得难受了。

王冶文:吃饭怎么样?

王世伦:就是吃饭还不行,每顿饭都挺勉强。

王冶文点点头,开始用听诊器在老王的胸部仔细听着。听了好一会儿,王冶文收起听诊器。王世伦凑上来问:王主任,怎么样?

王冶文说:感染还没完全控制,再输几天药说吧。

王冶文在病历上写下医嘱,病床上,老王仍旧期待地看着他。

……

副院长办公室里,鲁侃坐在写字台后,大梅坐在他的对面。鲁侃摆弄着一支铅笔说:大梅呀,医院这一季度效益不错,可以说直线上升,这一成绩的取得,你于副主任功不可没。

大梅说:我也没做什么吧。鲁侃说:我听小琳讲了,你只要有空闲,就去各科做科主任的工作,尽量让他们出具药品需要单,让药本着需要单申请进院,单单这一条,就给医院创收不少。大梅:你不是说过,这是药房分内的工作吗?

鲁侃说:你是个实在人,其实是我骗了你,因为这是药库的分内工作。大梅说:药库做,别的科室也做,这工作就好开展了。鲁侃喜笑颜开:大梅说得对极了,鉴于你对工作的认真勤谨和取得的成绩,院委会决定提升你为药库主任。

大梅说:提我,我行吗? 鲁侃说:没有不行这一说,只要你一如既往地这样干,工作肯定还是跑在全院各科室的前头。大梅并不谦辞:那好吧,谢谢领导看重我。

鲁侃说:你接任药库主任后,把进药发药的工作交给下面干,你呢,仍旧重点跑跑各科室,抓抓各科室的用药量。特别是外科,自从王冶文掌权后,药品用量上一直没个起色。那是个重点,啊? 重点! 大梅拍拍鲁侃的写字台:好吧,我记住了,凭我和王冶文的朋友关系,让他加大用药量我看没问题。

鲁侃说:这就好,这就好。任命的事嘛,明天晚上在全院职工会议上宣布。

大梅:就这样吧鲁院长,我走了,交接完药房的事,马上去找促狭儿。

大梅起身走向门口,鲁侃坐在椅子上没动但却笑出了声。

诚如鲁侃所言,大梅因为工作成绩突出,在第二天晚上召开的全院职工会议上由鲁副院长宣布提升为药库主任。大梅很高兴,大梅的朋友们也很高兴,大梅的朋友当中当然就包括王冶文。

大梅升官的第二天上午,王冶文刚刚查房回来,正坐在外科办公室桌前写着什么,大梅和一名女士走进来。王冶文连忙起身迎接:恭喜梅姐升官发财。

大梅说:别看我人直,可心眼儿不傻,什么升官发财呀,不就是让我多干活儿吗,我是高也这样干,低也这么办,从不会耍奸使懒。王冶文笑道:这倒是真的。哦,梅姐光临外科,有何公干?

大梅指指同来的女士,说:这是新换的药品配送公司业务员小宋,特地先来和各科主任见个面。王冶文和小宋握手,连说:欢迎欢迎!

大梅说:王主任,我调到新部门,工作压力更大了,你可得支持我呀。

王冶文说:那当然,我不是从来就很支持你吗?大梅横了他一眼:快别说了,你的工作最难做,连鲁副院长都知道。以往按病人比例讲,你们外科用药量最差,所以我上任后的第一重点就是你们外科。

王冶文:是吗,以往我觉得用药量已经够足的了,怎么,还赶不上别的科室?

大梅:以往的账就不算了,看以后吧,啊?看以后你对大姐的支持力度。我和小宋,随时都会和你接洽,你得有个思想准备。

王冶文:好嘞,梅姐请放心,我还是那句话,尽力。

大梅带着业务员走了,王冶文写完一个病案记录,又查看各位大夫今天的医嘱。姜玲把自己刚刚写好的医嘱放在王冶文面前,王冶文翻开病历查看了一会儿说:小姜,112病房26床只保留维生素C,其余的药全部撤掉。

姜玲说:是不是还得巩固一下病情呢。王冶文摇摇头,说:病人的各项生理指数都已正常,再输就是浪费药品增加患者的药费负担了。姜玲说:我当时也这么想呢,考虑到……王冶文打断她的话:撤吧,可以为病人家庭减少一笔不小的开支。

姜玲:好的。

王冶文动手修改姜玲的医嘱,小马从一旁走过来:王主任,于主任不是跟你说过吗,她让我随时提醒你,治病救人的同时要考虑医院的收入。

王冶文说:我记着呢,不过节约病人开支就是增加国家收入嘛。

小马茫然。

鲁侃言必行,答应郎婷婷要和王冶文好好聊聊,果然说到做到。星期日,他把王冶文邀到自己办公室里,要和自己的部下来一次推心置腹的谈话。王冶文坐在茶几顶端处的沙发上,从衣袋里取出 MP4 整理了一下,然后把耳塞插好,仰身闭目听着 MP4 里的歌。

鲁侃还真有领导人的风范,对王冶文的我行我素既不制止也不介意,待王冶文一曲听罢摘下耳机,这才将一杯茶水放到他面前说:冶文,今天是星期天,本来该休息,我想了想,还是你我都牺牲点休息时间吧。对了,你别再听歌了,咱俩都把手机关了,好好聊一聊,行吗?

王冶文把 MP4 放进衣袋,关了手机,问鲁侃到底有什么要紧事搞得如此神秘。鲁侃说:有两件要紧事,一是外科用药量的问题,二是关心一下你的私人问题。王冶文说:用药量的事大梅已经找过我两三次了,我会相机处理的。鲁侃:那,我就不再重复了,这是于己于公都有利的事,我想你也不会置若罔闻。

王冶文笑笑,没说什么。

鲁侃往前凑了凑:我说冶文,郎婷婷对你可是情深意笃啊。

王冶文继续笑:是吗,我咋没感觉出来?

鲁侃说:是不是自从离婚后追你的人太多了?王冶文说:只有一个。鲁侃听到这话一惊,忙问是谁。王冶文说:就我自己的影子啊。鲁侃的脸部神经松弛下来,兄长般的语重心长:冶文啊,都三十大几的人了,怎么说话还像个孩子似的。我说啊,你就拿定主意吧,那郎婷婷三十来岁,是个标准的美人。

王冶文说:我看出来了,郎婷婷长得很"水",全身上下该鼓的鼓,该收的收,皮肤白嫩,腰臀丰满,除了一笑两只眼睛瘪成肉缝儿外,作为女人来讲几乎找不出生理缺陷。鲁侃皱起眉头,好像这话他也说过呢。他问王冶文这话是不是郎婷婷对他说的,王冶文点点头:郎婷婷说你曾这样夸她。不过你的描述比较简单,刚才的话是我在你的结论之上加工而成。

鲁侃说:还是你会总结。哎,你可不要辜负了郎婷婷一片美人心啊!王冶文说:我没辜负啊。鲁侃白他一眼:还说没辜负,你和她看歌舞都拉上个站岗的。

王冶文:谁?

鲁侃:小姜,姜玲。对不对?

王冶文:郎主任向你汇报了?

鲁侃说:这你就甭打听,按说嘛,小姜大夫也不错,只是这年龄,嗯?年龄可是个大问题。在这点上,我是深有体会,这年轻又有几分姿色的,不好伺候。王冶文来了精神:鲁院长,是不是陈姐又治你了?

鲁侃说:你小子专好打听别人隐私,不说她,不说她,一说到她我就头疼。王冶文说:这是个避不开的话题:听说最初你追陈姐时,就是为了她年轻貌美。

鲁侃连连摇摇头:年龄越大,越感到这是教训,血的教训。所以我才劝你,找个年龄差不多的,就像郎婷婷,起码她对你能知冷知热。

王冶文眯起眼睛:鲁院长,你说是血的教训,这话我可不可以转告陈姐?

鲁侃大惊:促狭儿啊!小子,我是以过来人的经验对你谈这番话,你绝对不许告诉陈小琳,否则就等于谋杀我,也千万不要当成耳旁风。

王冶文问鲁侃还有没有别的事,鲁侃说:我叫你来重点就这两个问题。王冶文说:两个问题已经谈了一双,我该走了。他起身要走,却被鲁侃探过身子一把摁住:冶文,今天周日,你现在也是自由人了,坐下来咱们好好拉拉。

王冶文无奈地重新坐下来,他喝了口开水问道:鲁院长,你对郎婷婷很关心。

鲁侃:美人嘛,美人不可多得。

王冶文开玩笑:都知道鲁院长好色。

鲁侃说:好色不是大缺点,天下英雄爱美人,成语词典里不也说"秀色可餐"吗?王冶文嗯嗯两声:所以说你以往总强调什么道德情操,鬼才信呢!鲁侃解释,说:那是在大众面前的话,这是我们私底下的话,环境不同,说话就得有分寸。王冶文深表赞许:鲁院长果然是个人物。哎,鲁院长知道柳下惠吗?

鲁侃说:我是不久前才知道,还是老王主任称赞你时说的呢,是不是传说中那个坐怀不乱的,听说你对此另有高论。王冶文说:就是啊,可据我考证,柳下惠没有能力,想乱也乱不动。有道理吧?

鲁侃说:太有道理了,嗯?你什么时候考证的?

王冶文想了想:记起来了,就在我和夏雨柔结婚的当天晚上。

鲁侃哈哈大笑:设身处地,深有感触,所以才产生这种奇思妙想嘛。

王冶文说:是啊,就连鲁院长这样的领导都承认好色,那个什么柳下惠还能强到哪里去?鲁侃的笑声戛然而止:你小子,说话就带刺。

鲁侃从沙发上站起来,在室内来回踱着:我说冶文呢,有关科内用药量的问题,有你那句话我就不多讲了。至于你和郎婷婷的事嘛,我身为你的领导兼大哥,劝你还是认真些好,不要再这么嬉笑怒骂都是文章了。

王冶文说:鲁院长,男女问题上,人家郎主任一向很自重。我尊重她的人格,更尊重她的选择。

鲁侃说:她可是选择了你呀。

王冶文:这么肯定?

鲁侃说:她亲口对我讲的。

王冶文说:那好,我会认真对待,与郎主任好好地处处。鲁侃说:这就对了嘛,人心换人心,四两换半斤。你敬她一尺,她会还你一丈的。

王冶文:为人处世就该这样。

鲁侃:对呀,你看李医生,因为我崇拜他的医术,尊敬他的人格,自从聘到性病门诊后,人家可是连礼拜天也不歇,一心扑在工作上。单说利润,上个月人家性病门诊就是五位数呢,这对咱们医院的创收发展来说,十分难得。

王冶文伸出舌尖动了一下:鲁院长,我这人就是爱说实话,我总觉得弄个躲在街角卖春药的来当性病专家,实在有伤咱们医院的脸面。

鲁侃不高兴:冶文呀,什么脸面不脸面,有男有女就有性生活,有性生活就会有性病,这几乎是顺理成章的。有病快治,有钱早花,如今得性病的人越来越多,不设个性病门诊乘机捞一把,我这个搞管理的副院长不是白当了?

王冶文说:这话我也曾经说过,是不是别人传给你的。鲁侃点头说:是,同时卖了个人情,也就是你吧,别人这么说我非批评他不可。你还说了些难听的,对不对? 王冶文眨眼一笑:是啊,接着您的话说——更何况,医院从上到下大都好色,有这么个门诊在身边,比专门跑到外头治阳痿买壮阳药方便多了。

鲁侃又好气又好笑:冶文啊,难怪人们都叫你个促狭儿,说着说着那话里的刺儿就冒出来了。

王冶文说:鲁院长,要是没有别的事,我得走了,我答应儿子,今天还得领他去公园看熊瞎子。鲁侃连说:好好好,舐犊之情嘛。就这样,这半天咱俩聊得很投机,以后有机会多聊聊。

王冶文答应着起身朝外走,鲁侃送他出门,一直送到电梯前。

……

鲁侃在办公室里开导王冶文的同时,大梅正到处找他。大梅找到外科办公室里,小马在整理东西。大梅闯进去:小马,看到你们王主任了吗?

小马说:王主任今天休班,你可以打他手机呀。大梅说:手机关着呢,可急死我了! 小马问出了什么事,大梅取出一张药品需要单递给她。小马接过单子看着,一旁大梅气呼呼地说:别说让他增加药品需要量了,连原地踏步走也没办到。这个促狭儿,真把我急杀了!

小马把药品需要单还给大梅:这事,还就得王主任说了算。

大梅:是啊,马上就要发单了,他就是多少再加上点我也好交差呀。

小马:梅姐,我们王主任总是为病人着想。

大梅:为病人着想没错,可也得统筹兼顾呀。你也不知他跑哪里去了是吧?

小马摇摇头。

大梅:唉! 你忙吧,我得赶紧去找他。

大梅急匆匆出了门。

小马望着消失在门外的大梅，笑一笑：知道也不告诉你。

大梅出了外科病房，气喘吁吁地直奔内科病房办公室。内科主任刘少清今天值班，见大梅突然闯进来，连忙扣上隔离衣的纽扣：哦，于主任，您请坐。

大梅嚷嚷着：也顾不得坐了，来请刘主任帮个忙的。

刘主任摘下脖子上的听诊器：有事尽管说。

大梅说：这个月的用药购药任务必须得完成，否则，我刚上任就失职，对不起院领导的信任。刘主任说：我们内科本月是增了量的。大梅点点头说：问题就在这里，如果各科都适当增加点，这任务也就不成问题了。可是，可是外科王冶文那儿，不但没增，反倒减了。

刘主任：你找他加上点不就是了？

大梅：我几乎找遍了医院他所能去的地方，连个影儿也没有。

刘主任：打他手机。

大梅：手机关了，看来是有意躲我。

刘主任：这，这事……

大梅说：这事就得您帮忙了，再在原来的数额上加加码，好歹对付过去，下个月我提前逮住他。刘少清说：我们科也到了顶点，再增加就冒了。大梅声调几近乞求：刘主任，你们科和外科是本院两个大科，多点也看不出啥来，帮帮这个忙吧。

大梅取出药品需要单放在刘少清面前，说：今天是星期天，明天就发单子了，找他来不及，你给帮衬一下呗。刘主任紧蹙眉头，大梅期待地看着他。刘少清是个慢性子，一直抻着。大梅急了：我的好老哥哎，就帮帮这个忙吧。

刘主任无奈地从桌上拿起笔……

16

这里三面环路一面假山，将一个澄澈清莹的欣湖围在中间，除了北侧的三孔桥与头上的蓝天，几乎没有任何渠道与外界相连。这里不像桥北那样有石砌堤岸，湖边的花草树木大多也是自然生长的，这种原汁原味近乎古朴的陈旧，给人的感觉是一个完全新鲜的世界。侧身环顾，假山、湖水与湖边青葱的花草树木虽然谈不上山青水秀鸟语花香，但都像刚刚给水洗过一样明媚而清爽。远处的单面街道上人流如织车行如蚁，只见其形不闻其声，使这里更显出当代城市中难得寻觅的幽深静谧。间或舒卷白云从空中飘过,给某个地方罩上形如羽翼的黛青色薄纱。眼前,一泓浅蓝色的湖水沉郁而深邃,像巨大的宝石镶嵌在绿色围屏上。湖水很静,静得让人莫名其妙,静得让人有点心慌。潭水边小鸟蹒跚,嫩草葳蕤,鸟动草静的影子倒映进水中,潭里又显现出一个新的风景。湖边零星散落着一颗颗圆润细腻大小参差的彩色石子,石子在湖水的映衬下荧光闪烁,沿着湖边一路望去,宛若夏日深隐苍穹的天河。时有妙不可言的轻灵脆响徐徐传来,细细辨听,才弄清是湖里的鱼跃掠过水面飘来的回声。湖边小憩的人们,有的坐着,有的趴着,有的伸开腿脚仰天而卧。头上的太阳暖乎乎地照下来,地面上却因潭水的浸润仍旧凉丝丝的,身旁的花草伸直了腰杆随着小风微微摇曳,像点头致意欢迎莅临此地的来客。这未经雕琢的原始景致充满着无与伦比的艳丽与安详,给岸边游人以心灵的震撼和理性的开拓,他们一个个痴了,醉了,腿脚如铸身心俱融地欣赏着这崭新的世界。

这个崭新的世界,就是菊城新建不久的公园游览区之一的欣湖风景区。

王冶文、姜玲和冬冬从公园动物馆里出来后,就在湖边溜达。冬冬在湖边跑一会儿停一会儿,不时和岸边的小草小虫说着话。王冶文和姜玲跟在孩子身后,看着面前的景致和欢快的冬冬似乎陶醉了。他们不说话也没有其他动作,只是慢慢地在湖边散步,有时望望远处的单面街道,指着假山那边的人工布局相互交流一下看法。冬冬从前边返回到二人跟前,手里举着一只从岸边水旁捞起的蛤蜊皮向大人们炫耀,似乎做了件了不起的事情,有了意想不到的收获。姜玲拽过冬冬,替他擦掉手上的泥巴说:冬冬,刚才动物馆的大狗熊好玩儿吗?

冬冬:好玩儿是好玩儿,就是太笨了。你看人家猴子,只一跳就上了假山。

王冶文:那你是想做猴子还是想做狗熊?

冬冬:想做人。

姜玲抚摸着冬冬:好聪明的孩子,没上你爸爸的套。

冬冬:爸爸说话经常拐弯蒙人,我慢慢习惯了,轻易不上当。

王冶文:糟,连儿子都对我存有戒心,这以后我可怎么做人。

姜玲笑起来,说:谁让你整天促狭儿了呢。两个人站在湖边树下,冬冬又跑到湖边一处花丛里看花。王冶文看着冬冬叹口气:性格再开朗,也是心疼儿子。

姜玲说:你沉住气,我和刘姐正在继续做嫂子的工作。

王冶文:你和刘姐已经尽力了,直觉告诉我,没用。

姜玲:我和刘姐反复劝解,末了她也不再争辩了。

王冶文说:那是她觉得没必要再争辩。

姜玲说:你这么想太悲观了吧。王冶文眼睛望着清澈的湖水,看看远处的蓝天说：我和她生活了六七年，十分了解她的性格，这是个认准道跑到黑的女人。

姜玲：他山之石可以攻玉，说不定我能改变她的性格。

王冶文摇摇头。

王冶文转向在湖边花丛中的玩耍的冬冬：儿子，天不早了，咱们回家吧。

这是个充满矛盾的时代，每天都有各种喜怒忧思悲恐惊的内因七情伴随着风寒暑湿燥火的外因六淫。交通高度发达的同时，或大或小或轻或重的交通事故差不多每天都会发生。

骨外病房区106病室里，病友们各自坐在床上，交谈着近日的治疗过程和恢复快慢的感觉。有人兴奋，有人忧愁，有人虽然不能活动却照样疼得龇牙咧嘴，有人因为迅速康复而在地上慢慢习练着伸拳蹬腿。老邱不搭话，他独自靠在床头上听病友们聊天，有时点头，有时摇头，用最最简单的形体语言表达自己的态度。

走廊上急促的脚步声，病室的门被推开，几个人把一位老年伤者给推进来。老年伤者被抬到17床上，他一动不动，撂在病床上就直挺挺地躺着。

病友们询问是怎么了，跟进来的年轻医生吕成说：和邱老头一样，车祸。

老邱在病床上动了动身子说话了：看不出什么伤啊，咋来的车祸？

伴同前来的伤者家属先是自我介绍，说他姓张，伤者是他的叔叔。接着指指旁边的小伙子说：是他的三轮摩托车撞了，120急救车赶到后就弄进医院里来。

吕成站在病床前，一边给伤者做入院后的例行检查一边嘟哝：动不动就收治入院，你看这事弄的，总得有个处理原则吧。

伤者浑身脏乎乎的，吕成没解衣也没搭听诊器，只是伸出指头给伤者数脉搏。吕成摸了一会儿脉搏忽然脸色大变：咦咦，脉搏已无，怎么回事，难道完了！

伤者听到此处，忽地从病床上蹦下来。满屋子人吓得直嚷：呀呀，诈尸吗！

伤者家属和肇事者招呼一声涌上去摁住，费了好大劲才重新放倒他。肇事的小伙子长长地松了口气：我的妈，只要人没死，那就谢天谢地了。

王冶文走进来：怎么回事，吵吵嚷嚷的！

吕成说：王主任，这个伤者咋没脉了？

王冶文伸手摸了一下伤者的脉窝笑起来，他把伤者的腕子转过来，看看表搭上手数着：一下，两下，三下……每分钟七十六次，正常。

吕成疑惑地看着王冶文。王冶文悄声说：这人是反关脉，脉搏在桡骨上侧。

吕成连忙走上去重新摸脉:咦咦,我怎么就疏忽了呢!

王冶文说:这事不怪你,这反关脉中医最内行。不过也怪你,在学校里学的解剖学咋就忘了!人体的生理结构也并非固定的模板,脉有正反是因为动脉走向的差别,就像人的心脏处于胸腔左边,但也有极少数生于右侧一样的道理。

吕成不好意思地咧咧嘴:以后数脉搏我先摸桡骨上侧。

王冶文:难怪中医科的李老头笑话我们西医。

吕成问李老头怎么笑话西医,王冶文说:他笑话我们西医数脉搏就像挂马掌的修理锁,有时摸不着门道啊。

病房里响起笑声。

王冶文代替吕成给老张做了入院检查后皱起眉,他指指伤者看着吕成:小吕,这种情况你也收治入院?

吕成一脸的不乐意:门诊李主任检查为腿部挫伤,这是可入院也可不入院的情况,到门诊巡察的鲁院长碰上了,当即下令先收进来,李主任只好让入院观察。

王冶文低声道:鲁院长发神经,光想着创收了。

王冶文正要和伤者说什么,伤者家属小张走上来悄声道:大夫,实话相告,这老人家精神不正常,平时情绪很稳定,一旦受点刺激就发作,你们可小心着。

王冶文往后退了两步:小吕,咱们到办公室里去说。

王冶文和小吕走出病房,小张和那个肇事的小伙子留下来照顾伤者。

王冶文和吕成进了办公室,吕成把病历摔在写字台上说:这活儿简直没法干了,动不动就收治入院,这不明摆着给别人增加负担浪费国家资源吗!

王冶文说:小吕息怒,既然是鲁院长让收进来,你不收也不好驳他面子,先查一下伤者的血压血脂和血糖,如果没问题,每天就只输低渗糖和生理盐水。吕成仍旧气呼呼的:叫我说,光输蒸馏水就行,最多加点维生素 C。

王冶文知道吕成在说气话,并不在意。他在病历上下了医嘱后说:先这么支应着,等候交警的处理结果吧。

吕成看看病历说:王主任,鲁院长可是有个毛病,他吩咐收进来的病人,总要跟踪检查。如果他看到病历上我们的治疗用药如此简单,不发火才怪呢。

王冶文的左唇角耸了耸,脸上现出惯常的坏笑。吕成心中一动,他已经熟悉了王冶文的某些动作,知道科主任正在思谋应对办法。心中一踏实,也就在主治医师栏里签上了自己的名字。

果然不出吕成所料,第二天上午,鲁侃就来检查收治入院的伤者老张了。

鲁侃在骨外病房走廊上正往前走着,王冶文也恰好从 106 病房走出来,两个人差不多碰个对面。王冶文说：咦，鲁院长，你来视察病房了？

鲁侃说：谈不到视察，随便看看。哎，昨天收进来的那个车祸患者情况怎么样，有肇事者埋单，你们就大胆用药啊。王冶文说：就安排在这 106 房，怎么，你想看看他？鲁侃犹豫着。王冶文：看看伤者也好，起码心理上对他是个安慰。

鲁侃说：对，对，我去看看他，也体现一下医院对患者的关心。

王冶文：是啊，人文情怀，人性化管理嘛。鲁院长，你得对伤者表现亲切一些，这老人心情有点压抑。

鲁侃说：当然当然。

王冶文举举手中的病历夹说：你去看望患者吧，我得忙我的了。

鲁侃点点头走进 106 病室，王冶文朝鲁侃的背影眨眨眼睛，走进医护值班室。

鲁侃走进了 106 室后，正给伤者老张输液的护士连忙立起身。鲁侃说：你忙，你忙，我只是例行看看。老张的侄儿小张见院长亲自前来看望叔父，很是感激，连忙搬过旁边的凳子说：院长，您请坐。

鲁侃说：不要客气，我只是来看看，病人情况怎么样？护士说：治疗上倒是挺配合的，就是不说话。鲁侃走到伤者跟前，小张赶紧凑过去，神色紧张地盯着叔父的动作。鲁侃声调温和：老先生，你感觉怎么样？

伤者冲他翻着白眼。

鲁侃追问：感觉怎么样？

伤者不说话。

鲁侃回头对小张和护士说：注意患者情绪，乍受了创伤，精神难免紧张。护士点点头，在小张的帮助下给伤者输上了液。

面对鲁侃的关心，伤者不理不睬，鲁侃有些扫兴，不再问他的感觉，他站起身来，转而向护士询问从昨天到现在的治疗过程。护士刚要回答，吕成忽然走进病室里，口气平静地道：王主任说，鲁院长来检查病人，让我来看看。

鲁侃拍拍吕成的肩膀，说：你们外科做得很好，医护们对病患都很负责，我来看看昨天在门诊上收进来的车祸病员。怎么样，治疗还顺利吗？吕成说：一切正常，目前正在治疗中，鲁院长你就放心吧。鲁侃：不要吝惜用药，该用的都用上。

吕成满口答应着，说：王主任叮嘱我，他讲你当年也曾在外科工作过一段时间，让我注意学习你对伤者的温和态度和检查方法。鲁侃听吕成这么说，脸上漾起一片笑意：是的，在外科待过，但时间不长。

为了显示王冶文称赞自己"对伤者的温和"，鲁侃重又俯身老张床前，笑眯眯地拍打着老张的伤腿说:好好休养,住院费的事不用你操心,啊?

伤者忽然瞪起了眼睛,小张惊恐地注视着叔父,刚要劝鲁侃离远点,没想到鲁侃更贴向前去继续拍着老张的腿:怎么老哥,你有什么要求吗?

鲁侃话没说完,老张咬牙切齿形象恐怖,一拳捅在鲁侃的脸上。鲁侃痛得"哎呀"一声接连往后倒退,收脚不住,"咚"地坐在地上。

吕成和小张赶紧扶起鲁侃:没事吧鲁院长?

鲁侃捂着脸:这,这叫什么事啊!

小张慌忙道歉:对不起,对不起鲁院长,老人家精神不大好。

鲁侃看看躺在病床上的伤者,又看看病人家属,呲哈着嘴摇摇头。此时他想到王冶文在走廊里极力建议自己进来看望病人的表情,心里一激灵,这个促狭儿,有意作弄我!他不再停留,对吕成和护士说:你们忙着,我找你们主任说点事。

鲁侃捂着脸走进值班室里,王冶文正坐在桌后查看病历。见鲁侃如此情状,心中明白出了什么事,忙起身道:鲁院长这是怎么了? 快请坐。

鲁侃坐在王冶文对面,斜着眼睛看了看王冶文:你忙你忙,106病房新收进来的伤者是不是精神有问题?

王冶文:嗯,他侄子说平时情绪很稳定,一旦受点刺激就发作。

鲁侃:你为什么事先不告诉我? 真够呛,一拳捅在我脸上了。

王冶文:咦咦,你看这事弄的,没想到啊,真没想到。

鲁侃:这是捅到脸上了,要是捅到眼上呢!

王冶文:对不起鲁院长,全怨我,大意了。

鲁侃:算了,谁不知你绰号促狭儿。

王冶文:谢谢院长理解。

鲁侃放开捂脸的手,王冶文见伤处有点发青,吩咐小马快去治疗室取碘酒来给鲁院长擦擦。鲁侃拦住说:算了,别擦得跟猴腚似的,这样式还不够现眼吗?

小马给鲁侃端过一杯水放在他面前,鲁侃的手指弹着水杯:说点正事吧。

王冶文:鲁院长说话从来都是正事。

鲁侃:别贫了,听大梅说,你们科上个月基本没完成用药任务。

王冶文:是吗,这事我倒没太注意。

鲁侃:比全院的平均数还低三个百分点。

王冶文:我们可是尽了力了。

鲁侃喝了口水,说:冶文啊,外科是大科,你们的一举一动直接影响到全院的经济效益,让你当这个主任呢,一是看你技术一流,二是看你有很强的管理能力。否则,为什么选你不选老李呀。王冶文满脸的兴奋和感谢:领导的抬举和信任我理解,请院长放心,在可能的范围内,我会努力增加经济效益。

鲁侃说:什么可能的范围呀,创收创收嘛,这经济效益是创出来的,不是等出来的。王冶文似懂非懂地点点头。鲁侃盯着王冶文的眼说:比如上次你在门诊上看到的那个假眼伤者,就根本不能轻易放他走,只要入了院,少说也弄他个万儿八千的。你倒好,一句话把人家吓跑了。

王冶文:那家伙想讹人,我有意要他。要不是来那么一招儿,那个被赖上的青年人就不可能走脱。

鲁侃说:这就是了,可人家讹的是肇事者,碍你屁股疼了,真是的!一时一事,我们考虑的首先应该是医院的利益,至于救死扶伤嘛,嗯,口号当然是要喊的啦。

王冶文的脸色有些阴沉。

王冶文的脸色很快又和缓了。

王冶文:我明白了,鲁院长您请放心,我会相机而定。

鲁侃扬起脸来,嗯,这就对了嘛,你瞧人家李主任,我只提了个建议,人家就把车祸患者收进来了。当然,依这老伙计的伤势,在门诊病房处理一天两天就行,可是,考虑到医院的经济效益,就得当机立断收进来。

王冶文笑嘻嘻地说:这样做难免有无赖之嫌呀。鲁侃哼了一声:逮住一个算一个,抓他一把是一把,你管什么赖不赖呢,只要医院有收入就行。

……

鲁侃和王冶文在值班室谈工作时,邱小桦正在给姜玲家里做保洁。小桦用拖把将地面擦了一遍又一遍,地面给擦得锃亮。小桦将拖把涮好晾在阳台上,又开始用毛巾擦茶几、衣柜等家具。这些活儿干完后,小桦取出一柄短把清洁器蘸上洁净剂,站在窗台上仔细地擦拭着玻璃。小桦的手灵巧地在窗子上移动着,一块块玻璃变得清洁明亮,随着玻璃的明亮,似乎室内也充满了一种新鲜气体。姜玲从卧室里走出来,看到小桦如此卖力地对室内各处进行清洁,心中感到有些不忍。她站在窗下说:小桦,慢慢擦,差不多就行,别累着。

小桦低头看着姜玲笑了笑:谢谢姜姐,干这点活儿还累着,我也太娇贵了吧。

姜玲说:不是我这一家呀,你每天得干三四户,这样一周才能把科里的人照顾完。小桦说:姜姐说哪里话,是科里的同志照顾我哪。姜玲从小桦手里接过清洁器放在地上说:幸亏王主任出了这么个主意,要不你这家那家的串,下午还要抽空去门诊打扫卫生,再来伺候老人就太劳神费力了。

小桦:王主任真是万里挑一的大好人,不光技术高,心眼儿还那么好。前几天家政公司听说我给外科的哥哥姐姐做家政,还找我的事呢,说我不通过家政公司干私活儿。王主任听说后直接找到她们,说外科已经聘我当清洁工了。家政公司不相信,你猜怎么着,王主任像变戏法似的掏出一张协议书放在她们面前,家政公司的人左看右看,全傻眼了。

姜玲说:好人不一定得好报呀,瞧,他媳妇就跟他离了。他现在光棍一人,下班早了就回家做点饭,下班晚了就到职工食堂凑合一顿。你说他这日子……

小桦抢过姜玲的话说:他媳妇真没眼力,哪里还去找这样的好男人啊。

姜玲不语,似在思考什么。

小桦停下手里的活儿,奇怪地看着姜玲:姜姐,你怎么了?

姜玲一怔:哦,没啥,我在想一件事。哎,小桦,我到上班时间了,你擦完了这窗户就别干其他活儿了。记着,给我关好门。

小桦说:好的好的,姜姐你放心吧。

姜玲换上衣服鞋子开门走出去。

小桦在继续工作。

……

鲁侃和王冶文正聊着,姜玲来接吕成的班。见到鲁侃:鲁院长您来了!

鲁侃笑眯眯地看着姜玲:越长越漂亮了。

姜玲笑一笑:鲁院长真会夸奖人。

鲁侃:不是夸奖你,如果你肤色再白一点,就能压过郎婷婷。

姜玲微笑着没说话,开始换隔离衣。鲁侃的眼睛在姜玲身上扫了一遍站起身:你们忙吧,我再到别的科里转转。

王冶文和姜玲异口同声说:鲁院长真辛苦。鲁侃在二人的恭维声中起身离去,两个人把鲁侃送出值班室返回来,姜玲说:什么人啊,把我和郎婷婷相比。

王冶文:醉翁之意不在酒哟!

王冶文继续写他的病历。

姜玲把 106 病房 17 床的病历拿过来:这是新收进来的?

王冶文:是的,病情特殊,现在属于你的治疗范围,小心些吧。

姜玲看着病历:咦,精神还有问题!

姜玲拿着病历夹走进 106 病房,肇事者小刘和病人家属小张正在商议这件事是公了还是私了的事,见姜玲进来,两个人同时站起来。姜玲走到 17 床前,手中翻着病历问这两个人:谁是病患家属,这是才入院的,姓张?

可能是漂亮的女医生吸引了小刘的眼球,小张还没说话,小刘就抢先说话了:是的,院长让入院,我们就把伤者送了进来,住院手续等都已办妥。

姜玲看看病历又看看伤者:下肢挫伤,常规治疗几天观察观察吧。

小刘说:大夫,能不能给个明确诊断,哪怕多花几个钱,好有时间让交警部门到来进行现场了断。姜玲还没回答,旁边一位中年病友插话了:先生你别紧张,都知道病人在医院待一天多花好多钱,大夫心里有数,你不用操心。

小刘笑了:我说句不好听的话,这位叔叔可能有所不知,咱们市立医院是交通事故的定点医院,院方巴不得借机捞一把。我怕时间一长能出院也不让出院,前些日子我们单位就有这么个例子,只是双方相撞崴了脚脖子,给弄进来花了三四万还不想让走呢。我们公司老总急了,亲自找到卫生局去……

姜玲连忙打断小刘的话:同志你放心吧,在这个病房里,我说了算。

小刘眉开眼笑:有大夫您这句话我就放心了,您长得俊俏,看不出年龄大小,我暂且称你作姐吧,姐,这样我去催催交警部门,赶紧来了断一下。

姜玲说:好的,你放心去吧。

小刘再次看了姜玲一眼,这才恋恋不舍地走了出去。

姜玲来在病床前,只见伤者大睁双眼一动不动地看着她。姜玲两个指头绕着伤者手腕摸了一遭脉,又将伤者的双眼分别扒开细看。正看着,伤者忽然咧咧嘴嘿嘿儿地笑起来,笑声阴沉瘆人,姜玲心中一惊,想起了病历上注明着该病人精神不稳定几个字,赶紧躲得远了些。

姜玲看看王冶文和吕成联合下的医嘱,对小张说:王主任和吕大夫已经制订了医疗方案,方案很全面,目前仍旧这么维持治疗,待交警部门把这起事故弄出个结果咱们再做进一步的安排。行吗?

小张点头称是,他悄声对姜玲说:大夫,我叔本来也无大碍呀,要不是你们院长插进来,对方赔点钱,我早把他弄回家里伺候了。

姜玲报之一笑:小伙子真诚实。

鲁侃从外科出来后并没回办公室,他径直去药库找到大梅。

鲁侃坐在药库办公桌的椅子上,查看着这个季度药品的出入账。鲁侃很专业,他很快就看出,那次会议之后,各科的经济效益都有所增长,但药房的售出量并没什么变化。大梅坐在鲁侃对面,仍是大大咧咧没心没肺的样子。鲁侃说:从你们药库的出入情况看,药房的效益很不理想。大梅说:鲁院长,我已离开了药房。

鲁侃说:我知道你离开了药房,只是和你谈谈药房的事。如果这样下去,陈小琳这个药房主任能不能称职还是个问题。大梅连忙解释：鲁院长，药房和别的科室不一样，人家医生不开处方，药房总不能到大街上卖野药呀。

鲁侃：大梅你说得对，我也看出来了，主要是各科室的大夫们给病人做了大量心电图、B超、CT什么的，这些检查价格高，一样可顶几项常规检查。而药房在这方面就无能为力了，他们只能照单卖药。所以呀，你还得帮帮你陈姐，发挥你的优势，常到各科室跑跑问问，尽量让那些科主任多出药品需用单。

大梅说：这个不用院长操心，我大梅是闲不下来的人，只要有空，就往各科室跑，把各科室负责人都跑烦了，跑怕了，有的见了我就躲。

鲁侃哈哈笑起来，看你说的，咱们大梅又不是母老虎，他们就那么怕你？大梅说：在一些人眼里我和母老虎差不多，是怕我。不过也有例外，外科王主任见我不跑，不光不跑，还满热情的。只是，只是……

鲁侃：只是什么？

大梅：只是他像个池塘里的泥鳅，溜光稀滑，想抓住他最难。

鲁侃：嗯，这个促狭儿，鬼点子特别多，他不想干的事，总能找到理由支应。我看呀，你以后就想法专门攻攻外科，那是个大科室，主任的笔尖动一动，这用药量就上去了。你呢，也算帮了你陈姐的忙。

大梅：很难，他说话云山雾罩嘻嘻哈哈，稍不小心，一下子就让他套进去，说真的，我不光没信心，现在竟有点怕他了。

鲁侃：信心来自于实力，你有这个能力。

大梅脑袋一扬：哎，鲁院长，人所共知，你和促狭儿交情不错，我看，还是院长你亲自找他聊聊，兴许能起点催化作用。

鲁侃连连摇头：我喜欢这小子不假，和他交情也算不浅，可是这小子按章办事，又不能行政命令，我和他打交道也感到头疼，你多费神吧。

大梅叹了口气：唉！连您都说了丧话，我于大梅也只能硬着头皮干了。

大梅说干就干，鲁侃刚走，她就奔外科来了。问明王冶文正在办公室，便直接推门闯入。正在查病历的王冶文抬头见是大梅，嘴唇一叭叽：梅姐贵客，快请坐。

大梅：还贵客呢，快把你外科的门槛踏平了。

王冶文：把门槛踏平了我们也欢迎，何况现在的大门根本就没有门槛。

大梅：口不应心吧？

王冶文：真的，和你梅姐说话感到痛快。

大梅：既然感到痛快，那我就实话实说了。

王冶文：不用说，我知道你想说什么。

大梅:你神仙啊?

王冶文:这个月外科一定要多报药品需求量,对吧?

大梅:就是啊,要不我干吗尽往你这里跑呢!

王冶文:没问题,总不能尽让梅姐劳神啊。

大梅:说得好听,就怕到时不办了。

王冶文:放心放心,尽管把心放到肚子里。

大梅:谢天谢地。

王冶文:哎,梅姐,你身体这么好,早餐都是用什么?

大梅:两个鸡蛋,一片面包,一杯牛奶。

王冶文:这不行,碳水化合物不够,应该再加一个馒头一碗粥。

大梅:养牛啊?谁有这么大饭量!吃饭做事,都得量力而行嘛。

王冶文:梅姐就是聪明。

大梅:夸我?

王冶文:真的,刚才你那句话是至理名言。

大梅:哪一句?

王冶文:吃饭做事,都得量力而行嘛。吃饭都得看饭量,用药更得算剂量吧?

大梅:坏了!

王冶文:怎么?

大梅:我又入了你的套了。不过,吃饭可以加餐,用药可以用贵重的。

王冶文:你应该多吃鲍鱼、海参,多喝猴头燕窝汤。

大梅:吃得起吗?

王冶文:病人的贵重药品用得起吗?

大梅:我们完不成任务咋办?

王冶文:病人经济负担超过负荷咋办?

大梅:领导的意图不好反抗。

王冶文:病人的负担不能随便乱加……

大梅:我说不过你,不行到时候我再找其他科室增加,只是你们的福利待遇和奖金成问题呀!

王冶文:多谢梅姐提醒,到时还请梅姐多在鲁院长面前美言。

大梅站起身:我说什么来着,就知道来你这里是脚上抹石灰——白跑!

王冶文:梅姐放心,有大款富豪来住院,该用的贵重药我不会给他们省着。

大梅:这话你说给别人听吧,我知道,你促狭儿才不会这么办哪!

17

约定俗成的每日查房照常进行,王冶文、姜玲和两名护士近乎机械地从各个病室进进出出。他们走进骨外106病房时,病人们也像约定俗成般地向他们打招呼。王冶文为首,其他人随后,医生和护士们挨个儿病床询问检查,王冶文说着,姜玲记录,不时地对护士进行着"医嘱"。

查房的医护人员走出去后,病友们开始交流着自己的感受,有个肱骨骨折的患者说自己虽经十天治疗病情依旧,再这样下去就出院去城东郎家庙找郎神医。郎神医虽然是个庄户先生,但接骨一绝,能将碎了的骨头重新拼到一块儿,能把断了的骨头从肉里拽出来接上茬口。同室的病友听得目瞪口呆,问他既然有这样的绝世高手,还来医院做什么接骨手术? 这位先生沉吟半晌说了实话,郎神医虽神,但接上的骨头不牢固,往往十天半月就开缝。病友们哈哈乱笑议论纷纷,因为很多人都知道,郎神医是兽医,专门给断了腿的驴马骡牛接骨。

病房里的气氛很轻松,老邱的心情也很轻松,因为他的伤腿恢复得很快,现在基本上可以伸缩自如。陪床的小桦看到父亲情绪很好,扑拉着他的伤腿说:爸,王主任刚才说了,你现在可以做些小幅度的活动,过些日子可以下床走走。

老邱微微摇头:不能走,我心里有数,骨头缝还没长好呢。

老邱的眼光扫向对面床上的老张。老张一动不动躺在病床上,自从入院几天来总共说了不到五句话,其他三句还是骂他侄子的。老邱对老张很同情,因为他听小张说对方是个老光棍,一辈子也没娶上老婆。老邱还很可怜老张,因为他从老张骂他侄子的话里听出,小张之所以甘愿伺候叔叔,是因惦着继承叔叔名下的祖业——即将拆迁的几间老屋。自己和老张相比就幸福多了,儿女双全,一天二十四小时倒班伺候着,心里稍不痛快还可以冲儿子骂上几句发泄发泄。老邱越想越觉得自己舒服,越想却替老张难受,不禁侧过脸问:老兄弟,你感觉怎么样?

老张翻翻眼睛,不说话。

老张的侄子小张见叔叔不理老邱,有些过意不去,便解释说他叔叔一个人过日子,轻易不大说话。有位病友插进话来:你叔性格古怪,人也蹊跷,脉搏怎么连医生也摸不到呀。

病房里的病友们想起那天吕成摸不着脉的情节,七嘴八舌掺和着,病房里响起一片笑声。小桦连忙摆手请大别笑,因为老张精神不好,她怕伤了这位老

158

人的自尊闹起疯病来就没法收拾了。病室里的笑声渐渐止住,老张在病床上翻了个身,仍是一动不动地躺着。他侄子小张的嘴仍是闲不住,学着那天王冶文的口气说:西医号脉就好比挂马掌的修理锁,有些地方是摸不着门的。

病房里的人又都笑起来。

有个肋骨骨折的病人笑岔了气,疼得在床上直打滚,家属赶紧跑出去叫医生。这时一位护士跑进来:你们这病房是咋回事,笑一阵又一阵,不影响别的病房吗?

大伙勉强忍住笑。

老张对满屋的笑声全然无动于衷,依旧挺在床上,就像练气功的入了定。

老邱看到这情景,心里暗道:老伙计八成是让摩托车撞得出了毛病,如果这样持续下去,非傻了不可。

……

王冶文和姜玲等人查房回到医护值班室里,王冶文疏理病历,姜玲按照王冶文的医嘱开处方。有的护士忙着到药房取药,有的在调配液体瓶里的药物成分。正当大家有条不紊分工合作时,郎婷婷笑眯眯地款款而入。听到小马一声"郎主任你好",王冶文从病历上抬起头:哦,郎主任,快请坐。

郎婷婷的脸上春风荡漾,乐滋滋地站在王冶文身侧说:不坐了,哎,冶文,晚上电影院里上演《让子弹飞》,我买了两张票,一块儿去看看吧?

正要外出的姜玲在门口站住。

姜玲好像思索了一下,扭过脸来:郎主任,再好的电影王主任也不能去呀。

郎婷婷不以为意地看着姜玲问:为什么不能去呀?

姜玲笑笑说:王主任今晚有手术,你问问他能取消手术陪你去看电影吗?郎婷婷把目光转到王冶文身上:真的?

王冶文点点头。

郎婷一脸大失所望的神色:这么巧,真这么巧吗……

姜玲拿着病历走了出去,郎婷婷俯下身:冶文,这女孩是不是对你有意思啊?

王冶文说:你不是也对我有意思吗?哈哈。郎婷婷撇撇嘴:她能和我比吗?你我的关系已是公开的秘密,她呢,是不是想插足啊!

王冶文嘻嘻笑着逗郎婷婷,说:你的公开秘密多着呢。郎婷婷打他一下:臭嘴!

王冶文说:郎主任啊,我这张嘴虽然有时说话不靠谱,但却是一张说实话的嘴。你说对不对?郎婷婷白眼相溯:喊,说得好听,就知道促狭儿!完了,去

159

退票。

郎婷婷悻悻而去,王冶文送客到门口:拜拜!

……

老邱病情稳定,但仍须继续治疗,每天上午照常输液。医生查房之后,给他调整了用药剂量,那位初进院时在他手上练功夫的实习护士已经成了他的好朋友,不光技术长进很快,脾气也特别让人喜欢,每次给老邱输液时都一口一个大爷地叫,叫得老邱心里甜丝丝的。所以,不管一针见血还是三针两针扎不准,老邱都竭力忍着。是啊,凡事都有个过程,毕竟是个孩子嘛,这孩子不在自己身上练,别人不是也得照样受这份洋罪吗。

今天的小胖护士可能心情好,也可能是老邱运气好,只那么一针,塑料管里就回血了。小胖护士调整了一下输液速度,说了声"大爷有事尽管叫我",就端起盘子去别的病房继续"练功夫"。老邱躺在病床上,看着输液瓶里的药液滴滴答答,感觉脑子越来越清楚,想问题也越来越复杂了。

老邱忽然想起那个最最要紧的事,他喊小桦,小桦从床脚边走过来俯下身子问道:爸,叫我有事吗?

老邱说:我记得自己这半身不遂是因为一辆自行车。小桦说:没错,是你撞在自行车上……不不,是自行车撞倒你了。老邱皱起眉头:嗯,奇怪呀,从打清醒到现在,肇事人的家属为何一直没来看看我呢?

小桦说:可能人家工作忙,孩子又上学,怕是抽不出时间来吧。老邱说:这不正常,我心里很不安,他们可别赖账!小桦安慰他:爸,您就静心养着吧,不会的。

老邱:不行再去找交警,嗯?

小桦说:您就别操心这事了,好好养着,啊?

老邱:你估计他们家得赔咱多少钱?

小桦说:目前仍在调解中,还没定住,有了信我就告诉你。

老邱:嗯嗯,估计对方得赔许多钱,否则找他家去。

小桦看着父亲苍老的脸,不禁心中一酸。

老邱恢复得越来越快,十天后,老头儿就能够坐在床沿上悠达腿了。医生护士见了,都说人到了这年纪恢复到这个程度,简直就是奇迹。小桦也这么认为,她原想父亲这下半辈子得在床上和轮椅上过了,因此也做好了照顾爸爸下半辈子的思想准备。没想到上天可怜善心儿女,竟让她的老爸渐渐痊愈。

又过了几天,老邱感觉身上有了力气,两条腿也不再像灌了铅一样地发沉。有了力气也就有了信心,他吩咐小桦扶着他下床走几步试试。小桦听王冶文和姜玲说过，如果老人家有活动的欲望，可以搀着他在地上站站走走，但开始只限几步，由少增多，直到他自己能够站立行走。

小桦扶着老邱下到地板上，老邱一瘸一拐地往前走着，走了几步后，老邱胆子大了，他让小桦松开手，说是要自己行走。小桦当然不答应，仍旧搀着他的胳膊，一边在床周走着一边叮嘱：爸爸，慢一些，再慢一些。

就这样，小桦或小秋不时地扶着老邱在地上练习走路，老邱感觉力气在增加，腿脚也越来越活泛了。在一个阳光明媚的上午，小桦搀着父亲床前床后走了几步以后，老邱忽然提出了要求：桦儿啊，你撒开手。

小桦万分小心地撒开手，老邱扶着床沿走了几步。然后直起腰来伸伸双臂，又扶着床沿走了好几步。因为是独立行走，老邱很高兴，他笑呵呵地向病友们宣布：我又能走路了，又能走路了。

一位病友羡慕地说：你老人家恢复得好快啊，都说伤筋动骨一百天，你才入院手术不到两个月，就能下地走步了。

老邱竖竖大拇指：要不说人家王主任医术高超呢。

小桦看到爸爸自己能走动了，高兴得眼圈发红。她怕父亲看到自己的样子心里难过，连忙扭过头用手背擦擦眼泪。老邱从床这头走到床那头，看着刚刚回过身来的小桦说：孩子，我就怕拖累你们，起码下半辈子我可以自己照顾自己了。

小桦说：多亏了王主任，咱们全家可咋谢人家呀。

老邱：哎哎，大恩不言谢，大恩不言谢。

老邱朝老张的病床上看了一眼，口气中带着同情和鼓励：老张兄弟，你的伤比我轻，向我学习，静心养伤，很快就能下地走路了。

老张靠床头坐着，照旧朝老邱瞅了一眼，没说话。

第二天王冶文等人来查房时，小桦把这幸福的消息告诉了他们。医护们更为老邱康复如此之快拍手高兴，临出门时王冶文叮嘱小桦，要她继续注意病人的情绪，因为老人虽然骨伤痊愈，但血压仍不稳定，目前最怕情绪波动。

查房的医生相继走出去，老邱在床下遛了一会儿，也坐回到病床上休息。他侧目望去，见临床老张坐在病床上，手里摆弄着一支圆珠笔。老张手里的笔尖一会儿给推出一会又缩进，松弛的脸皮随着笔尖的进出紧一下又松一下。老张的嘴唇微微张开着，脑袋轻轻哆嗦，失神的眼睛一眨不眨。老邱瞧着老张出神心中暗暗嘀咕：瞧这位老张，一举一动怎么和我年轻时看过的日本电影《追捕》里的恒路敬二一个样啊！啧啧，有意思！我们一床之隔，虽然我还有些口齿不清，却总想凑上去和这位难兄难弟说个话。

有人走进来，是肇事者小刘。陪床的小张站起来和小刘打招呼，小刘悄悄地和小张说了几句什么，小张点点头，俯下身子对老张说：叔，人家叫我一块儿去交警队听取调解意见，你自己好好休息，别乱动，我一会儿就回来。好吗？

老张眨巴着眼，没什么反应。

小张摇摇头，就和小刘一块走了。

病友们有的闲聊，有的躺在床上休息，小桦把一应事务安排妥当后，也去给小林的宿舍搞保洁了。这雲，一种奇怪的想法不时在老邱胸中涌动，看看没人注意自己，老邱慢慢挪下床来，扶着床沿往老张床前挪动。一位病友发现了他的行动，从床上坐起来问道：老邱，你想干吗？

老邱说：老张的侄子走了，我陪床的闺女也不在，我和这老弟同病相怜，闷得难受，想过去找他拉拉。有句什么文化话来着，哦，叫"同是天涯沦落人"啊。

病友阻止他：不行，你不能过去找他。

老邱说：我得和这老弟拉拉，长个心眼儿，关键时刻要清醒，该说的要说，该要的就要，总是一言不发，别这么傻了吧唧让肇事者给糊弄了。

病友说：想不到你还挺有同情心责任感的，可是你不能过去。

老邱说：为什么呀！病友仍在竭力阻止他，但老邱已经一瘸一拐地扶着床沿挪到老张的床前了。老邱挪到老张床前后，和老张面对面坐在床沿上。抻了好一会儿，见对方不理他，便主动套近乎：老弟呀，觉着好些了吗？

老张没动，没说话，看也没看老邱，仍是盯着手中的圆珠笔尖，脸皮紧一下，松一下。老邱：咦咦，好像除了手中的圆珠笔，这人世间的一切都没了！

老邱毫不介意对方的冷漠，他又往前凑了凑。

老邱脑袋一点一点地开导老张。他告诉老张，自己必须做到心中有数，谁撞了你，怎么撞的，当时有谁在场，这样，你就有理由让肇事者赔偿。赔偿中除了住院费营养费，还得得记着索赔精神损失费。至于索赔内容嘛，就是让他赔你钱。嗯……赔多少呢，这里头可是大有学问，卖东西不是讲究漫天要价吗，这事也一样，得漫天要价。不要白不要，这年头，胡闹八方吃饱饭，堂堂正正饿死人啊！

老张好像点了点头，但眼睛仍旧望定圆珠笔尖。

老邱继续对老张进行开导工作，他的开导引起病友们的好奇，一个个竖起耳朵听着。老邱感到欣慰，对自己的社会知识和人生经验暗暗自豪，他又往前凑了凑，想和老张说得更明白清晰些。面对老邱的循循善诱，老张木讷的脸上终于有了表情，他的嘴里开始发出低沉的笑来，笑声有些阴阴的古怪，老邱一激灵，脖后起了一层米粒般的小疙瘩。他想，这个人真倒霉，别看没伤着胳膊碰着腿,可着着实实给撞成傻子了。人啊,瘸了拐了不要紧,一旦傻了这后半辈子不就完了吗?看着眼前的病友,老邱暗自庆幸自己没有变傻。真要像这人似的傻了,别说肇事者赔给十万二十万,就是赔座金山你也不懂得享用啊!

老邱在唏嘘。

老张的眼光忽然离开笔尖痴痴地盯向了老邱,似乎还想听他说点什么。老邱见状又向前挨挨屁股靠得近了些,身子再次向前俯了俯,仔细研究对方那只伤腿。老邱拍拍老张的伤腿叹道:咦咦咦,碰得不轻呀!

老张的伤腿抽动了一下,嗞嗞地阴笑起来。

老邱一憷,心中有些发毛,忙将脑袋收回来。然而已经来不及了,老邱的脑袋刚刚收回一半,老张的拳头便闪电般朝老邱的眼睛打了一下。老邱只觉面前一道蓝光闪过,右眼一阵钻心扎肺的剧疼,哼了一声出溜到床下躺倒了。

躺倒在地板上的老邱发出骇人的惨叫,室内病友们一阵大乱。有人瘸着腿跑去唤医生,有人吊着胳膊过来扶老邱。再看此时的老张,已经置身事外,只是嗞嗞嗞地阴笑着,两只小眼很是专注地盯着举到面前的圆珠笔尖。

老邱跌在地上不能动了。

姜玲和护士小马接到病友的报告,几乎同时跑进病房,人们连搀加扶把老邱弄到他自己的病床上。过了约有一刻钟,正给小林家做保洁的小桦忽然急匆匆地跑回来,进门便紧张地问:我爸怎么了?

姜玲说:你别慌,他和老张交谈,被老张推一下跌倒了。她问小桦是怎么知道这事的,小桦说:我给小林家擦着窗子,就感到心里乱跳,心想是不是爸爸出事了,就赶紧往这里跑。姜玲点点头:哦,人体固有的神奇电子感应。

小桦扶着爸爸的头:咦,这眼,这眼咋肿了?

姜玲:问题以后再说,先救治病人要紧。

姜玲给老邱听诊,小马给老邱量血压。

小桦:姜大夫,我爸爸怎么样?

听到小马和姜玲低声交谈,说是血压又升上去了,但不是太高,可以用药控制。姜玲立即吩咐小马注射一支降压药。小马答应着跑出去。

小马托着医用药盘小跑步回到病房,很快给老邱注射了降压药。姜玲不时地检查老邱的脉搏和心跳,神情严肃但口气轻松:没关系,马上就会转好的。

果然,老邱慢慢地清醒过来。小桦满眼泪水:爸,你是怎么搞的?

老邱:唉!我好心好意跟老张说话,他一拳打在我眼上,就把我给放倒了。

小桦冲老张那边瞥了一眼,老张依然嗞嗞哈哈地阴笑。

姜玲让小马去护理室弄辆车子来,因为老邱跌得不轻,刚刚愈合的骨伤是经不起这么跌撞的,需要重新拍个片子看看老人家的腿部情况。

小马答应着走出去。

小马推来担架车,则刚换班来到科里的王冶文也闻讯来到病房,几个人把老邱抬到担架车上,姜玲、小马、小桦推着车子直奔门诊影像室。

X光片拍出后,王冶文坐在桌后看老邱的胫骨影像,姜玲坐在他对面。小桦紧张地站在他们面前,口气迟疑地问:王主任,我爸爸的腿没大问题吧?

王冶文微微点头没说话,又拿过病历仔细看了一会儿。他和姜玲交流了一下意见,转而对小桦说:不必担心,胫骨愈合情况良好,这一跌并没出现大的意外,只是因为震动力的原因,衔接处有轻微移动又重新复位,养上十天半月即可。

小桦:谢天谢地。

王冶文说:血压回升却是个大问题,除积极治疗外,起码得卧床一个月。小桦的眼里汪出泪来:唉!你看这事弄的,刚刚恢复又犯了。

姜玲递给小桦一块湿巾纸,小桦扭过脸去擦眼泪。

王冶文叹了口气:无妄之灾呀!

小桦回过头来说,老张打了她爸,造成这么严重的后果,他们家得负一部分责任。姜玲认为小桦这么说也不为过,因为老张的交通事故听说已经处理了,肇事方负担全部医疗费,还赔偿了一万元钱。他现在由受害人变成了肇事方,不是也得承担些法律责任吗。王冶文想了想:据说陪床的是他侄子,小桦,这事你和他侄子交涉吧,我们不好插嘴。

小桦:好的,我找他侄子谈谈。

因为这一场"无妄之灾",老邱又得重新输液治疗,他躺在病床上,两眼看着天花板,小桦和小秋都守在床边。输液瓶里的药液有规律地往下滴着,就像一滴一滴的铅水砸在这一双儿女的心上。老邱的嘴唇动了动,小秋用调羹勺给他喂水。老邱喝了点水,精神好了许多,他忆起之前发生的事情,心中不忿,看看身旁的儿子:秋啊,爸爸这病反复是老张一拳给打的,得让他赔偿。

小秋说:我已经向派出所报了案,医院也答应协助解决,你安心养着吧。

老邱微微点头,闭上眼睛休息。

小桦低声告诉小秋儿,听同室的病友说,爸爸是自己找的。小秋说:我看也讨不了什么便宜,谁让他去找人家了!小桦点点头:是啊,那老张精神不正常,咱爸拍他的腿拍疼了呗,要不也不会挨一拳头。

小秋:他老人家说什么就是什么,千万别拧着他。

小桦:对,不管怎么处理,都给他报喜不报忧,好了病比什么都强。

......

事故的处理地点是在医院办公室里,鲁侃、王冶文、两名警官、小秋、小张和一位快要出院的病友分别坐在沙发上。前来调解的警官相互商量了几句,其中一位说:邱家报案的理由是"故意造成人身伤害",今天医院、双方家属和目击证人都到了,咱们集体研究一下,看如何协商解决这件事。

鲁侃说:欠债还账,打人赔偿,这是天公地道的事,双方家属说说经过吧,也就是赔多赔少的问题,作为证人的那位病友你先说说事情的经过。那位病友已基本痊愈,马上就要出院了,本来不该管这闲事,但出于一种公正心他还是答应来做证人。他详细地叙述着事故的经过,一位警官认真地记录着。

证人叙述完事故经过后,双方家属都予认可。那位警官眼光朝向小桦:这位女士,你作为受害方家属,提出自己的意见吧。

小桦说得很客观,她讲这事也不能全怪对方,假如父亲不过去和他交谈,也发生不了这情况。我们得实事求是,就让对方承担这次病情反复的药费吧,别的条件不提了。警官点点头:通情达理!

警官又把视线投向小张,意思是说对方提出的条件能否答应。小张站起身说:让他赔偿也没钱,我叔是个老光棍,自打年轻就患精神病,他自己还靠政府的低保金养活呢!如果要赔偿,我这个当侄子的就自认倒霉替他垫上吧。

警官说:等等,等等,你刚才说什么,这老人有精神病?

小张说:是的,上个月刚从精神病院里接回来。

警官:有证据吗?

小张在口袋里摸索着,掏出一本皱巴巴的病历递给警官。警官认真地看了一会儿,低声和同事交谈了几句,他的同事急忙在本子上快速写了些什么。这位警官待同事写完后也站起了身:证据确凿,肇事者确是个精神病患者。我们大概都了解了,精神病患者对于伤害对象来说,是不负任何法律责任的。肇事者家属,你不用担心了,连一分钱的赔偿金也不用拿。

小张脸上露出喜悦。

小桦看看小秋。

小秋朝姐姐报以苦笑。

王冶文这时说话了:这位病患,本来也没多么严重,我们鲁院长为慎重起见才收治入院的。既然他精神上有问题,我看今天就让他出院回家修养,我们给街道上开个证明信,让街道上出面帮助照顾一下。你说呢鲁院长?

鲁侃连忙点头:对,对,早该这么处理了。

王冶文对鲁侃的当机立断很吃惊,因为凡是因交通事故住进来的人,他不抠到最后一分钟绝不放人家出院。这规定是他制定的,他说了算,即使是科主任也没这个权。正当王冶文感到欣慰之时,没料想鲁侃又改了主意:那个被撞伤的老张,还是再留院观察一段时间吧。既然是交通事故,我们医院就得为伤者负责。为伤者负责的同时也是为肇事者负责,要不的话伤势反复起来,不还得重新入院吗。另外,短时间的治疗,谁能保证伤者不落下后遗症呢。

面对鲁侃态度的突然变化,王冶文和肇事者小刘都呆了。

王冶文呆了一会儿忽然有了主意:鲁院长,我看此事不妥,这个病患精神异常,又是刚从精神病院出来的,万一再给其他病人闹出意外来,我们可没法交代,还是让他马上出院的好。

鲁侃挥挥手:没关系,和其他病患隔离,转到三楼高间去。

18

王冶文从值班室走出来,准备到普外病房去看看。李晓宇告诉他,肺癌患者王学东病情加重,他儿子王世伦一再要求做手术。李晓宇的意思是想王冶文做个检查后给病患家属以明确答复,否则,面对这样一个孝心颇佳的儿子,作为医生,他实在不忍虚于应对。

王冶文顺着走廊往西走,背后忽然传来大梅的喝令:站住!

王冶文转过身嘻嘻一笑:站住就站住,总不至于见了大姐就开腿吧。

大梅说:你开腿试试,我随后就追。王冶文说:好狗撵不上怕狗,我见了你就害怕,你用上和刘大哥豁命的劲头也追不上我。大梅说着已经走到跟前,双眼恶狠狠地盯着王冶文:这已经是第二季度最后一个月了,你们外科的用药量仍是原地踏步走,根本没有增加,你让我这个药库主任怎么向上级交代吧。

王冶文说:堤内损失堤外补,你这大主任想想办法呗。

大梅指手画脚地说:想办法?我要是能想出办法,就不找你们这些科主任了。鲁院长害怕陈小琳的药房卖不出药去挨罚,就找上我帮她。我现在虽说是药库主任,可还得挂着药房那头,真是武大郎攀单杠,两头够不到啊。

王冶文挠挠头皮:不过倒有个办法你可以试试。

大梅:快说。

王冶文说:你去找鲁院长,让他把性病科的药全部归到药房,这样的话,药房的创收就有保障了。大梅很惊奇:怎么,性病科的药是单挂的?

王冶文点头说是。因为这事很少有人知道,为了突出李岷的创收成绩,自从性病科开创以来,就在科内隔断后边设了个小药房。小药房里一名会计,一个司药,会计管着账目现金,司药负责专治性病的药物,同时兼卖李岷的秘方春药。小药房每月向财务科报一次账交一次款,单项单算,要不是王冶文给财务科长老李的亲戚做手术,连他也蒙在鼓里。

王冶文说得证据确凿,大梅却摇头犹豫。大梅是个直人,也是个对上司很负责任的人,只要上边做出的决定,她一般不会违背。王冶文说完这段话,她冷不丁地说:冶文,要是还有别的好办法,本大姐承情不过;若是让我去做鲁院长的工作把小药房合到大药房里,这事除了你,没有第二个人能办得到。我看我是拿你没办法了,我也知道自己整天逼你不对头,可是……谁让我接了这个药库主任了呢! 想想办法,再想想办法,你捉弄人的办法那么多,难道就不能为大姐解决点实际困难吗?

两个人你一句我一句,像是讨价还价。对于大梅不间断的诘问,王冶文嘻嘻哈哈所答非所问,弄得大梅云里雾里难辨真假。大梅真得有点伤心了,说:王冶文,本大姐只要你一句话,这个忙你帮还是不帮吧! 王冶文一副十分同情的面容:梅姐,治病不是请人吃饭,多让一点多一分礼貌,我真的尽了力了呀!

大梅叹了口气:唉! 我也不逼你了,不过下个季度你无论如何得给我长长脸。

王冶文点点头。

大梅回身要走又站住,她犹豫了一下告诉王冶文,听鲁院长的意思,外科这次的季度奖够呛。王冶文说:听天由命呗。

大梅涮了王冶文一眼,回身走了。

王冶文目送大梅拐出走廊,转身快步奔向普外病房。

……

王冶文径直走进普外病房区 107 室,病员纷纷和他打招呼。王冶文和病员们客气着,直接走到 17 床前,17 床的王学东想欠身,王冶文轻轻按住他说:老王,别动,你躺好,我给你检查检查。

一脸病态的王学东轻轻点头,儿子王世伦给父亲褪去上衣露出胸脯,王冶文开始望、触、叩、听。王世伦凑上来问王冶文,是不是还看看那天他父亲拍的X 光片。王冶文戴着听诊器,只是点了点头。

王世伦赶紧从抽屉里找出装着 X 光片的纸袋,王冶文看了他一眼,没说话。

王冶文仔细地给王学东听诊、叩诊,又仔细地触摸着王村长身上的颈、腋等部位。一系列检查完成,王冶文摘下听诊器,面带笑容看着病人说:炎症控制得不错,估计再有几天就差不多了。王学东气息微弱:王主任,你看我还有救吗?

王冶文说:这是说的什么话呀,你的肺部感染已经控制住,好好养着,待身体恢复一段时间后,做个手术就痊愈了。王学东苦笑:谢谢……王主任。

王冶文又看了王世伦递给他的 X 光片,向王世伦交代了几句注意事项,然后朝王学东点点头转身往外走。王世伦追上几步:王主任,你晚上值班吗?

王冶文说:我值小夜班,有事尽管找我。他走到门口忽然又回过身来招呼小王:老弟,你跟我来一下。

王世伦跟着王冶文走出病房,回到骨外值班室里。王冶文坐在桌子后边,指指对面让王世伦坐下说话。王世伦刚坐下就问:王主任,您叫我来有什么事吗?

王冶文说:刚才我给你父亲做了检查,又看了前几天拍的片子,你在病房里问我情况如何,因为守着你父亲,我没敢明说。

王世伦:啊? 怎么了!

王冶文:你父亲经此一番感冒,病情更重,不能再手术了。

王世伦:王主任,我父亲才五十来岁,求你救救他,赶紧手术。

王冶文说:你父亲患的是小细胞肺癌,这种癌病情发展快,全身播散倾向突出,很难再手术了。王世伦说:我听别人讲,手术可以去除病灶,病人仍然能继续活下去。王冶文摇摇头:那是指一般情况下的肺癌,你父亲的病特殊。

王世伦:无论如何也要请王主任给我父亲做手术,花多少钱都行。

王冶文笑了,对于一个外行,他没法做更详细的解释。因为这不是花多少钱的问题,这是科学,科学的定论是无情的。很多家属或患者对于肺癌晚期的治疗有误区,认为无论如何也应该手术,如果不能手术,患者很快就不行了。其实,结果往往相反。尽管手术可将肺部的病灶去除,但由于肺癌晚期患者的体质差,免疫力低下,手术常常会使他们的元气大伤,导致肿瘤复发或转移,对于小细胞肺癌尤其如此。然而,作为儿子的王世伦的心里仍旧充满美好的向往,他苦苦哀求:王主任,我听说无论多么难的手术,到你手上都能化险为夷,您就行行好吧。

王冶文:小细胞肺癌对化疗高度敏感,5 年生存率已由 1 % 上升至 10 % 以上,因此,我建议你父亲的病继续采取化疗。

王世伦:化疗可以维持生命?

王冶文点点头。

王世伦:能维持多长时间?

王冶文:你父亲的病已是末期,目前情况,至多三个月。

王世伦:如果不化疗呢?

168

王冶文:二十天吧。

王世伦的眼睛眨了眨,不再说话。

小马从外边飞奔进来:王主任,28床病情恶化。

王冶文朝王世伦歉意地点点头,拿起听诊器跟着小马跑了出去。

王世伦坐在原地没动,稍沉,他轻轻嘟念:我明白了,我知道是咋回事了。

不过,王世伦还是听从了王冶文的忠告,隔两天就推着父亲去做化疗。为了打消这父子二人的顾虑,每次化疗时王冶文都安排一个护士跟着。这天,王冶文在走廊里遇到推着担架车去给父亲做化疗的王世伦,问他病情如何,说是情况还好。王冶文问:现在就去做化疗吗?王世伦说:是的,约定的这个时间。王冶文犹豫了一下:我想再给你父亲拍张片子,这样吧,化疗完了接着拍吧。

王冶文回到值班室写了申请单,出来后把手中的拍片申请单交给跟随前往的小马说:化疗完成后,顺便拍一张。

王世伦推着担架车和小马顺走廊而去,王冶文叹口气:唉,只是个时间问题!

王冶文回到办公室后继续查阅各病房病历,他虽然主管骨外,但是普外和脑外也必须兼顾,所以各病区的病人情况他每天都得细览一遍,以便不测事件突然发生时有所准备。护士长小林工作很细,特护、重症、一般病人的病历分门别类地放置到不同的柜橱格子里,王冶文查起来既有章法又特别省心省力。他经常开玩笑说,别看小林年纪不大,在咱们这群人里可是老马识途哪。

王冶文在查阅两个特护病人的病历,这二人身份特殊,住在三楼高间里。王冶文虽然对他们的情况不太了解,但从鲁副院长让他亲自主刀并且隔三岔五便来拜访看出,二人来头不小。这二人身边都有"随从",手术前也都向王冶文意思了"大大的红包"。王冶文有个原则,像这样的先生这样的情况,红包是照收不误的。当他将两个红包先后交给小林时,"林账房"也不由得吃了一惊:王主任啊,我们发财了。像这样的红包每年有上十个,就足够我们科里"潜规则"了。

王冶文看看这两个特护病人并无大碍,随手把他们的病历放进了原来的橱柜格子里,正要继续查阅其他病历,小马手持王学东的X光片和报告单走进来。在小马的身后,儿子王世伦步步紧跟。小马把X光片和报告单递给王冶文,便和王世伦站在王冶文对面。王冶文先看了报告单,又在日光灯下查看X光片。

王世伦往前凑了凑:王主任,我父亲的病有好转吗?

王冶文转过身,盯着王世伦看了半晌,摇摇头没说话。

王世伦紧张起来:王主任,到底怎么样?我看你意思是要给我爸做手术吧。

王冶文把 X 光片装进袋子交给小马,让小马先替病人保留着。他指指旁边的椅子请王世伦坐下,王世伦紧张地看着他:王主任,你这是……

王冶文说:小王,让病人好好休息吧,再化疗下去,病人会疼不欲生的。

王世伦:就这么算了?

王冶文:这世上,有些事是人所无能为力的。

王世伦:王主任,您就给我爸爸做手术吧,我求您了!

王冶文:你的孝心我理解,可是……

王冶文继续摇着头。

王世伦眼里含着泪:我明白了!

王冶文:你明白什么了?

王世伦:我明白了!

王世伦嘟囔着走出去。

小马纳闷儿地说:这小伙子,是不是精神出问题了!

王冶文望着王世伦的背影说:小马,不能怪他不理解,某些问题也是我们医院造成的。我从网上看过一位名为"健康偏方"的网友写的文章,真是一语中的,切中时弊。文章的名字叫作《一位年轻医生的自述:有多少癌症病人成了唐僧肉》。

小马来了兴趣:哦? 还有这么一篇文章?

王冶文说:那当然,开头几句我记得很清楚——出于求生的本能,每一个癌症患者都不会坐以待毙。殊不知,他们的求生欲望与求治要求,竟让自己成为某些不良医院各科室之间抢夺的"唐僧肉"……

小马咯咯咯地笑起来:唐僧肉——比喻得挺形象。

星期天上午,王冶文和姜玲带着冬冬走出医院宿舍门口,恰好遇到郎婷婷从对面医院后门走出来。郎婷婷见到他们三人,站住了。她看着姜玲,口气虽然满是醋意但依然笑眯眯地说:咦,真摽上了!

姜玲刚要回话,王冶文抢过去说:怎么,郎主任今天又值班吗?

郎婷婷说:是啊,隔一礼拜值一次班,这医院的规章制度就是严啊。这不,我手机出了问题,出去换块电池还得先给办公室请假呢。郎婷婷说着说着改了话题:哎,你们大人孩子的好像一家人,这是去哪里?

王冶文说:礼拜天了,带冬冬出去逛逛街,让孩子散散心。郎婷婷皮笑肉不笑地说:哟,带孩子出去散心姜大夫也作陪呀。

王冶文说:自从冬冬离开他妈后,小姜经常给照顾着孩子,我心里十分感激。郎婷婷连说:应该的,应该的,同事之间,相互帮助,再说,借着大树好乘凉啊。

姜玲笑了:郎主任可真会说话,我关心主任的孩子,主任就得关照我呀。

郎婷婷说:就是就是,有你这么个小阿姨,孩子的事以后冶文就放心了。王冶文唯恐郎婷婷说话走板,挥挥手说了声"郎主任再见",就和姜玲、冬冬继续朝街上走。刚走不远,郎婷婷却又招呼他:王主任,你站住,有个话我想和你说说。

王冶文站住,姜玲领着冬冬继续往西走。

郎婷婷走到王冶文面前,眼睛在王冶文的脸上搜寻着什么。王冶文明白对方此刻想些什么,只是笑眯眯地和她眼瞪眼地对视而不说话。郎婷婷终于开口了:冶文,你给我说实话,这丫头对你对孩子这么热乎,是不是别有用心啊?

王冶文心想,果然不出所料,心中感觉好笑,但又不能不应付对方:郎主任你真够可以的,人家给我照顾孩子是出于好心,根本不像你想的。

郎婷婷说:我看未必,你现在是抢手货,弄不好这丫头正打你的主意呢。王冶文嗔道:郎主任你别瞎说了,实话相告,小姜正给夏雨柔做工作呢。

郎婷婷有些吃惊:做工作,做什么工作?

王冶文说:这女孩心眼儿真好,她看冬冬可怜,正在竭尽全力把我和雨柔重新撮合。郎婷婷真得吃惊了:啊?还有这么好心的,放着鸡腿不吃非往别人嘴里夹?

郎婷婷朝姜玲和冬冬去的方向张望,一大一小两个背影正慢慢地往远处挪动着。郎婷婷收回眼光,十分爱怜地盯着王冶文的脸说:冶文啊,那个雨柔根本不值得你留恋,说不定早就对他人以身相许了。

王冶文笑起来:还是郎主任有经验,更有体会。

郎婷婷打了王冶文胳膊一下:促狭儿!

……

医院后院职工食堂前,郎婷婷吃完午饭走出餐厅不远,鲁侃也正好从医院后门进来。郎婷婷在前,鲁侃在后,鲁侃紧走几步喊道:婷婷,婷婷!

郎婷婷回头看到鲁侃走过来,站住了。鲁侃赶上来说:早知你今天值班,中午就请你去我家吃饭了,礼拜天,小陈包的饺子。

郎婷婷开玩笑说:我要去了,陈姐要是吃起醋来,大哥你的脸往哪里放。鲁侃并不尴尬,因为都知道鲁副院长有惧内的毛病,有时还故意拿这类话题怄他。两个人边走边聊,鲁侃问郎婷婷是不是每天中午都在食堂吃饭,郎婷婷说:离家远,在这里随便吃点方便。鲁侃说:这样倒也有好处,省得来回跑耽误时间。鲁侃忽然想起一件事来,他对婷婷说:一直想问你,和王冶文的关系走到哪一步了?

郎婷婷说:我现在是心有余而力不足呀。鲁侃问她这话什么意思,郎婷婷说:我怎么感觉好像是一厢情愿的架势呢!鲁侃一怔:是不是有其他因素存在?

郎婷婷说:因素嘛,倒是有,听王冶文的说法,那个姜玲还想着让他们两口子破镜重圆呢。鲁侃停了一下脚步:姜玲,你是说姜玲想让他们破镜重圆?

郎婷婷点点头:这是王冶文亲口跟我说的。

鲁侃撇了下嘴:恐怕问题就出在这丫头身上。我看姜玲这么说是醉翁之意不在酒,弄不好是她看上王冶文了。

郎婷婷说:我原来也怀疑呢,后来一想,姜玲一个黄花闺女,又是正牌大学毕业,听说李市长的公子追她都没得逞,她能看上个二茬光棍吗?

鲁侃咂溜着嘴唇,说:这可不一定,那次我去王冶文家找他,正遇上姜玲给王冶文的儿子冬冬做饭。郎婷婷说:我也想起来了,我也碰到过,今天他们还带着孩子出双人对去逛街。鲁侃:这就是了,我和王冶文深入聊过,他答应要和你好好处处的,怎么会突然又生变故,要和夏雨柔破镜重圆啊。

郎婷婷蛾眉微蹙:如此说来,姓姜的丫头是要从中插足了。

鲁侃说:你得赶紧采取措施,否则,煮熟的鸭子有时也会飞的。郎婷婷点头:嗯,天下男人爱小的,这话是你教给我的。

鲁侃嘻嘻一笑,凑近郎婷婷耳边说了句什么。郎婷婷的脸红了红:大哥,我知道陈姐为何整天看住你了。

……

就在这天晚上,姜玲又带着冬冬去了歌舞团夏雨柔的宿舍。

夏雨柔见到儿子照例是亲了又亲,随后找出玩具让冬冬自己玩儿,她和姜玲则坐在沙发上争论着已经说过多少遍的那些话。俗话说能讲会拉,不如人家一把死拿。姜玲费尽心机想出来的劝说之辞,都被夏雨柔用不予理睬一一化解。有时夏雨柔也和姜玲交流几句,看看要到熔点,夏雨柔总是话题一转——这事咱们来日方长,以后说吧,也许你说得对,也许我做得就是完全正确。姜玲还要继续劝解,夏雨柔便以柔克刚,一边和姜玲说着话,手中执笔不停在纸上书写自己的名字。

姜玲无奈,只好奉承:嫂子,你的字越来越漂亮了。

夏雨柔说:是吗?你带着手绢或本子一类的东西了吗,我给你签个名。姜玲说:可惜没带。夏雨柔说了声遗憾,将"柔"字下面的木字来了个漂亮的弧度刹住。就在这时,电话铃响起来,夏雨柔拿起话筒:喂,老柳啊,哦哦,我这里有客人。明天的镜头?哦,没问题,我准备好了。嗯嗯,是的是的。哈哈……

夏雨柔看了姜玲一眼,对着电话变得嗲声嗲气:宝贝,人家也想你嘛。好的,放心,放心。

夏雨柔放下电话抿嘴一乐:小姜啊,老柳是少见的艺术家,风流倜傥,气宇轩昂,让人一见倾心。

姜玲:夏姐,有的人锦于其表败絮其中,可得小心啊!

夏雨柔放声笑起来:小姜,你当我是小孩子吗?

冬冬玩儿烦了,坐在一边看画册,夏雨柔走过去:冬冬,妈妈给你签个字吧?

冬冬仰起小脸问往哪里签,夏雨柔拽起儿子的上衣,唰唰唰地在上面写下自己的名字。冬冬吃惊地看看衣服上的字,又奇怪地望着妈妈,一双大眼水灵灵的像刚刚淋了水的葡萄。姜玲说:嫂子,冬冬是不是很可爱呀?

夏雨柔说:那当然。姜玲说:为了孩子,我劝你还是和王主任复婚。

夏雨柔:办不到!

姜玲:为什么?

夏雨柔:小姜你说,像王冶文这样的专家,哪个没有高档车和两套房子,他倒好,到现在出门不是骑自行车就是骑电动车,连房子也是医院分给他的两室一厅,真可谓清清白白空干净。

姜玲说:房子车子以后都可以买的嘛。

夏雨柔:他姓王的用什么买,就凭那几千块钱的工资吗?再说,那点工资有时还不一定全部拿回来,不是今天帮了这个病人,就是明天帮了那个买不起药的。

姜玲说:这些我们都知道,王主任是难得一见的好人。夏雨柔哂笑道:好人。有什么好的?值起班来没黑没白,说实话,我有时简直是在守活寡。

姜玲一笑:姐姐的心情我能理解,人非草木嘛。

夏雨柔:所以老柳就说,我以往过得是半野人生活。

姜玲说:可不能完全相信别人的话呀,王主任那么潇洒帅气,你也够有福分的。夏雨柔依然哂笑:人长得帅有什么用,又不是吃他喝他,这年头还是实惠些好。

姜玲说:希望嫂子再想想,我已经来了好几趟了。夏雨柔点点头:妹妹的好心我明白,不过相信你也看过港剧,里面不是常常有句台词,叫什么"感情的问题是不能勉强的"。那台词说得真好。

姜玲:你好好琢磨琢磨我的话,想通了呢,咱们电话上说也行,我来也行。

夏雨柔摆摆手:我决心已定,我看小姜你就甭费这个心了。

姜玲在夏雨柔那里一直熬到十点多,才无果而终地带着冬冬返回医院宿舍。她把冬冬送回到王冶文那里,回到自己宿舍时将近十一点了。她喝了杯水稳稳心神,想了想又拨通了刘芳的电话。

电话里传出刘芳的声音:小姜啊,你不给我来电话我还正想给你去电话呢,你今晚是不是又给雨柔做工作来了?

姜玲说:是的刘姐,我刚从你们歌舞团回来。我带着冬冬去的,这不刚刚把冬冬给王主任送过去。我就纳闷儿了,凭王主任这样的人这样的条件,夏雨柔为何就这么执拗呢?刘姐在电话里劝姜玲不要再跑了,她说依自己的看法,姜玲再跑多少趟也是徒劳,因为夏雨柔长得漂亮,非常想成名成家,自从进了歌舞团她就看出来了。夏雨柔的这种愿望冶文给不了她,她就只有另辟蹊径了。

姜玲:另辟蹊径?

刘芳说:是啊,团里人都知道,自从雨柔被聘进那个剧组后,有个五十多岁的三流明星就一直勾引她,那明星答应把她培养成一流演员,她就像中了邪一样相信。

姜玲连忙说:刘姐,这我倒很早就听说了,那明星是不是姓柳?

刘芳说:是姓柳,你咋知道的? 姜玲回道:明白了,难怪雨柔一口一个老柳。

刘芳说:那老柳不像个好人,没准是在骗雨柔。姜玲说:我给你打电话的目的就是请你和几个姐妹劝劝夏雨柔,王冶文主任可是个难得的好人啊。无论怎么讲,夏雨柔选择离开王主任太失算了。刘芳说:劝是可以劝的,但谁也没有把握能说到雨柔心里去,看这情形,雨柔是钻进死胡同里了。

姜玲叹了口气:当局者迷,局外者清。只是,孩子成为单亲儿,太可怜了!

刘芳说:这也是没办法的事,我们共同努力争取吧。

姜玲放下电话,坐在沙发上发呆。几次交涉之后,姜玲心里明白,夏雨柔认道跑到黑,看来是难以回头了。此刻,她心里既喜且忧。喜的是机会还是留给了已经仁至义尽的自己,忧的是王冶文是不是心中能够接纳她。还有,冬冬能认她这个阿姨做妈妈吗?想到此,姜玲的心中怦怦乱跳,脸上也开始微微发烧。

……

同一天晚上,鲁侃说服陈小琳把郎婷婷叫到自己家里,三个人一边包饺子一边闲聊。陈小琳手里忙着眼睛闲不住,不时瞅一下鲁侃与郎婷婷,似乎在有意无意地戒备着什么。郎婷婷把长发撩到脑后,白白胖胖的脸蛋在灯下闪闪发光。此时鲁侃以兄长自居,说话自然就随便了,他说:婷婷啊,你是只解风情不解深意,在促狭儿那里碰了软钉子,仍旧锲而不舍。

郎婷婷不好意思地看了眼小琳:不怕嫂子笑话我,说实话,那个促狭儿虽然云山雾罩嬉笑怒骂不说正话,但确实挺可爱的。

陈小琳虽未生过孩子却深谙为母三昧,她给郎婷婷提建议,说要想俘获王冶文的心,先要赢得他儿子冬冬的心。郎婷婷问为什么,鲁侃抢过话来说:你虽没生过孩子,但不能不知道孩子是父母的心头肉吧?

郎婷婷:这我从父母那里能体会到。

陈小琳对鲁侃的话深表赞同:只要冬冬认可你,王冶文就是你的了。

郎婷婷没想到里边还有这么多学问,连忙点头。鲁侃看了一眼陈小琳的面色说:你嫂子的话内涵深刻,不信你回忆一下,之前姜玲就是这么做的。

陈小琳:姜玲?

鲁侃说:是的,我不会看错,别看姜玲从中周旋,摆出一副成人好事的架子,一旦王冶文俩人不能破镜重圆,这个大男人就是丫头手上熟透了的瓜。

郎婷婷白脸泛红:大哥,你这一说,我倒完全相信自己的直觉了。

鲁侃说:这是现实,不是抽象的直觉。

陈小琳插进话来:婷婷,你鲁哥是情场老手,比咱们懂得多。

鲁侃老脸苍白:我说陈小琳,背后里你怎么褒贬打击都行,人脸前了,就不能多少给我留点好形象吗?

陈小琳:你的形象够好的,我看过一句诗,即使没有翅膀,心也要飞翔。

郎婷婷给逗乐了,咯咯咯笑得双手发抖动,包到皮里的肉馅也漏了。

19

周六下午,王冶文给一个病人做胃切除手术。无影灯下,袋里的血浆在有规律地滴着。王冶文身着短袖隔离服,露出肌腱发达的胳膊。王冶文熟练的手术动作在场的医护们心悦诚服,都说和他同台手术几乎是一种艺术享受。本来需要几个小时才做完的手术,王冶文只用了两个小时便基本结束。

助手帮助缝合内脏,护士熟练地递着器械。王冶文直起腰来,抻抻胳膊晃晃身子,朝一旁的护士腆腆脸,护士用消毒纱布轻擦他额上的汗水,王冶文重又俯身手术。一切都是那么紧张、有序……

手术完成后,病人安返病房,天色已近黄昏,王冶文换上衣服对和他同台手术的吕成说:小吕你晚走一会儿,处理一下善后事宜,我得接孩子去了。

自从和夏雨柔离婚之后,为了安慰冬冬那幼小的心灵,王冶文每个星期都要把孩子接过来,有时是爷儿俩,有时也有姜玲,一同过个愉快的周末。

晚饭后,王冶文看着冬冬把老师布置的作业做完,便在客厅内陪着儿子玩儿游戏。儿子扮作警察,爸爸扮作坏人,儿子举着玩具手枪在后追赶,爸爸绕着茶几来回奔逃。冬冬不时发出"站住,不许动"等一系列命令,王冶文也不时地举起双手摆出束手就擒的样子,室内不时响起爷儿俩的笑声。

门铃响。

王冶文示意冬冬:有情况,追捕暂停!

冬冬仍旧端着手枪:我命令你,马上去开门!

王冶文连说"是是是",笑着走到门口从猫眼里往外看却看不到人,知道是来人开玩笑把猫眼捂上了。他问是哪一位。稍停门外响起郎婷婷的声音:是我,开门。

王冶文说:咦,是郎主任啊。他拉开屋门,郎婷婷提了许多食品和玩具走进屋。

王冶文一脸疑惑:郎主任,您这是……

郎婷婷说:我知道每周六晚上你都接冬冬,今儿不值班,特地过来看看孩子。王冶文接过郎婷婷手中的礼物,连说:谢谢,谢谢,来看看孩子就行了,还花这许多钱干吗?郎婷婷一边脱外套一边笑眯眯地:谁和谁呀,还说这些客气话。

郎婷婷把外套挂在衣帽架上:爷儿俩晚上上吃的什么饭呀?

王冶文:水饺。

郎婷婷:你包的水饺?

王冶文:不,是小姜给包的,吃完饭她就走了,说是看什么外科讲座去。

郎婷婷说:早知你今晚包水饺,我早过来了,还麻烦人家小姜干吗。

冬冬用奇怪的眼神看着郎婷婷,郎婷婷连忙俯下身子说:冬冬,不认识阿姨了,上次不是在路上见过吗? 冬冬嘻嘻一乐:记起来了,阿姨还给我买了个风筝呢。

郎婷婷把冬冬揽在怀里:好聪明的孩子,我喜欢你。

冬冬从郎婷婷怀中挣出来:我喜欢姜阿姨。

郎婷婷松开手,面现尴尬之色。

王冶文:冬冬,不许对阿姨没礼貌。

冬冬:就是嘛,姜阿姨身上的味好闻。

郎婷婷哈哈笑起来:小家伙儿,你是不是闻姜阿姨身上的味习惯了? 好好,以后阿姨我就经常带着你,慢慢你也就习惯闻我的体味了。

……

姜玲听完讲座,把电视机调到综艺台观看文艺节目借以消遣。

姜玲像忽然想起什么似的站起身,嗯? 那本实用手术图解呢? 她在客厅里各处找这部书,几乎翻遍所有角落却也没找到。姜玲沉下心来想了想,忽然手拍额头笑起来:嗨,你看我这脑子。

姜玲抓起电话拨王冶文家的号,电话拨通,姜玲往后拢拢头发,问那本实用手术图解是不是忘在他家了。电话那头沉默片刻,传来王冶文的声音:是在这里呢,你看了一章扔到沙发上就去包饺子了,忘了?

姜玲:好,我马上去拿。

王冶文说:你来吧,正好郎主任也在,咱们闲聊一会儿。

姜玲隐隐听到电话那头传来郎婷婷的声音:不要,不要让她来了,让她明天来或者你给她送去。

姜玲一怔:哦,本来不想去拿了,现在非得去拿不可,我马上就过去。

电话里还要说什么,姜玲挂了电话。她穿上外套换上鞋,拉开门噔噔噔地跑下楼,快步直奔王冶文的宿舍。只隔两栋楼,姜玲不一会儿就到了王冶文宿舍门口,手指刚触门铃,王冶文就把屋门拉开说:你的行动好快!

姜玲走进室内,郎婷婷和她打招呼:姜大夫,不是说让冶文给你送过去吗?

姜玲微微一笑:哟,郎主任呀,你咋有空了?

郎婷婷连忙起来和小姜握手:小姜你好,今天休息,明天值班,我这差事,只要不加班,有个人盯着就行。

姜玲看到地上的礼品:哟,还带了这么多礼物。

郎婷婷说:给孩子买的,早疼晚疼总是要疼的嘛。

姜玲听着笑起来,因为听郎婷婷的口气,显然已经是继母的角色了。

王冶文把那本书递给姜玲,姜玲接过书看了一会儿,就势坐在沙发上。郎婷婷看看王冶文又瞧瞧姜玲:怎么了姜大夫,不回家去听讲座了?

姜玲说:讲完了。

郎婷婷说:那还不回去复习一下。姜玲说:没关系,我找这本书查对一下讲座里提到的一个问题,刚看了,没错。郎婷婷呵呵笑着,夸赞姜玲年轻有为,时时想着学习。姜玲回道:学一点是一点呗,你瞧人家王主任,外科权威呀。

郎婷婷说:那当然,谁不知道啊,冶文的技术那是在全省都挂了号的。

姜玲歪头一乐:就是嘛,人精神,技术高,难怪女人上门找。

郎婷婷的脸红了红:你是说……哦,呵呵。

姜玲说:郎主任,我可不是指你呀。郎婷婷说:那当然,我与冶文是经人介绍的,不是上门找他,再说还是初级阶段嘛。

王冶文怔在一边。冬冬玩儿烦了:爸,我要睡觉。

王冶文站起身:走,去卧室,我给你脱衣服睡觉。

郎婷婷:还是我去照顾孩子睡吧。

姜玲也站起身:我去吧。

三个人一起往卧室方向走。

冬冬叉腿拦住:不,我只让姜阿姨给我脱衣服。

郎婷婷和王冶文只好站住不动。

姜玲十分得意地瞥了二人一眼,抚着冬冬的脑袋:好,阿姨去给你脱衣服。

姜玲和冬冬进了卧室,郎婷婷看着王冶文歪歪头:有故事了!

姜玲和冬冬走进卧室,冬冬爬上床去站着,十分配合地让姜玲给自己脱衣服。

姜玲笑着问冬冬为什么不让爸爸和郎阿姨给他脱衣服,冬冬把嘴凑到姜玲耳边悄悄说:爸爸没问题,我怕那个胖阿姨看我牛牛。

姜玲乐了,轻轻拍了下冬冬的头:呵呵,小小年纪就这么封建传统。

姜玲照顾冬冬睡下后回到客厅,神色坦然地和郎婷婷对坐在沙发上。郎婷婷出神地望着姜玲,像是要从姜玲脸上看出点她和王冶文之间的味道来。姜玲察觉到了,笑问郎婷婷干吗直眉瞪眼的。郎婷婷有点不好意思了,摇摇头连说:岁月不饶人。因为她和姜玲只差着几岁,除了皮肤白皙之外,身条和精神头都差着许多。两相比较,郎婷婷感到自己已经处于劣势,一句话脱口而出:还是年轻好啊!

姜玲说:郎主任怎么了,难道未老先衰不成,你只不过比我大几岁,皮肤细嫩白腻,就像刚刚打开盒盖里的洗面奶似的。不怕你见怪,这样好的皮肤,哪个男人见了不想伸手摸几下呀。更何况一白遮三丑,你人本来就长得漂亮,根本也谈不上丑,这几条加起来,看上去比我年轻多了。

几句话说得郎婷婷心花怒放,她下意识地摸摸自己的脸蛋,给王冶文送了个媚眼:怎么样冶文,听姜大夫说了吧,还是鲁院长有眼力,他不会亏待你的。

姜玲微微一笑:鲁院长是有眼力,否则能给你介绍王主任吗!哎,王主任,鲁院长亲自给你当大媒,你可不能拂了领导美意呀。

郎婷婷脸上漾起得意的笑:是的,鲁院长亲自作伐。

姜玲微笑依旧:郎主任,你觉得有几分把握?

郎婷婷看看王冶文,王冶文一脸淡漠看不出答案。只好降低口气,说:目前还不能定,得处处看,时间长了会必然会出感情的。

姜玲摇摇头说:也未必。

郎婷婷吓了一跳,脸色微沉:姜大夫的意思……

姜玲说:目前来看你还不能抱太大希望,人家两口子复婚的可能性还是有

178

的。郎婷婷听到这话笑眯了眼,脑袋摇了几摇说:根本没门了,我在歌舞团里有个姐妹,她给我交了实底,王主任的前妻夏雨柔让一个五十多岁的明星给搞了,有天夜里在宾馆让人捉了奸。

姜玲一惊:捉了奸?

郎婷婷说:是的,不过人家两相情愿,谁也没办法,听说快要搬到一起住了。

姜玲脸色阴沉,郎婷婷却面现得意之色:怎么,姜大夫很失望吗?

姜玲说:我是在觉得可惜。

郎婷婷看看面色依旧平淡的王冶文:男欢女爱,人之常情,没什么可惜不可惜的。冶文,你说这话对吧?

王冶文把一个乒乓球扔向天花板弹回来又接住说:很正常。因为在精神病人看来,世人的行为都是不正常的。所以,夏雨柔感到自己的行为很正常。

王冶文这句话转了个弯,郎婷婷和姜玲一时间都没回过味来。姜玲没有仔细琢磨王冶文的话,她有点泄气:如此看来,我也不给他们之间费这个力了。

郎婷婷说:这就对了嘛,成人之美虽是美德,可也得长长眼色。姜玲说:我的眼色好得很,既然他们之间的关系已到了无可挽回的地步,我的眼睛也就完全明亮了。王主任是男人中的精品,尽管有鲁院长作伐,郎主任就不怕有人和你争吗?

郎婷婷脸上的肌肉紧了紧:喃,一般人恐怕没这个实力。

姜玲大笑,说:那也不见得,郎主任可得把机会攥紧了,稍不留神,还真说不定名花归谁呢。郎婷婷一怔,心中暗想,还是老鲁精于算计,瞧这成色,姓姜的丫头还真是要和我一较高下呢。看来,我得快马加鞭了!

王冶文走进卧室,不大会儿又从卧室里走出来。

姜玲问道:冬冬睡着了?

王冶文说:小孩子嘛,撂头就着。

郎婷婷说:我们的睡眠也像孩子一样该多好。

姜玲:心宽体胖,郎主任你应该睡眠好啊。

郎婷婷嘴角一翘:嘁!

王冶文看了看墙上的电子表。

姜玲和郎婷婷也抬头看了看电子表。

姜玲:时间不早了,王主任你早点休息吧。

姜玲说着站起了身,郎婷婷也站起了身。一番目的明确的唇枪舌剑之后,这两位女士竟然说说笑笑亲亲热热地一块儿下楼走了。

王冶文关上房门嘘了口气:怪哉,女人!

第二天上午刚上班,郎婷婷就急不可待地找到鲁侃办公室里。鲁侃仰靠在写字台后的老板椅上,郎婷婷和鲁侃隔着写字台相对而坐,双手交叉在桌面上握着,眼神迷离中透着几分淡漠,看不出是忧郁还是喜悦。郎婷婷喘气有些不匀,她说:鲁哥,还真让你看对了,姓姜的丫头可能要插足。

　　鲁侃探过身子,屁股在老板椅上挪动了几下,伸出手指蘸上茶水在写字台上画了两个小人头像说:对吧,我早就看出姓姜的丫头对促狭儿有意思。看起来你得加强火力,否则说不定就给她抢走了。

　　郎婷婷摇摇头:鲁哥,说真的,我在男情女爱方面外行,感觉无能为力。

　　鲁侃说:现在的形势是,光靠卿卿我我不行,首先得搂搂抱抱。郎婷婷扫了一眼写字台上的小人说:这个王冶文不像你似的,办公室门一插没人进得来,他从来都是开门办公,值班室里更甭想了。

　　鲁侃尴尬一笑:我插门也是为了安心工作,防备闲人进来打扰的。婷婷你新来乍到,是不是听别人说闲话了?

　　郎婷婷很直率,她告诉鲁侃,这话是陈小琳叮嘱的,让她进了鲁侃办公室千万别上锁,具体为什么她说就不便多问了。鲁侃叹口气低下头去:唉!为人千万不可坏了名声,你瞧,连自己的老婆也把丈夫视作采花大盗,这日子,咋过!

　　郎婷婷有点愁眉不展:鲁哥,再说一遍,我是真喜欢这个促狭儿,打心里头喜欢。说真的,我没有过初恋,和那个流氓结合也是媒人促成,现在琢磨,喜欢王冶文这感觉可能就是初恋的滋味吧。

　　鲁侃点头认可,说郎婷婷的心思他看得出,弄不好会得相思病。与其经受这样的煎熬,还不如打麦场里放火,豁出去干呢。郎婷婷问他怎么干,鲁侃也直言不讳:先要搂搂抱抱。

　　郎婷婷说:没有机会。鲁侃面授机宜:夜班,男人值夜班时,是最好的时机。

　　郎婷婷问为什么。鲁侃说:不知你有无这感觉,人在忙时不觉累不觉烦,一闲下来就又累又寂寞。郎婷婷脸上放出光来:嗯,女人有时也这样。

　　鲁侃说:这就是了,逢到他值夜班,你就坚持去陪他。这样做不出个月二十天,就会收到事半功倍的效果。比如给他捶捶背,捏捏肩什么的,时间一长,他不知不觉就和你搂到一块儿了。

　　郎婷婷笑了:还是老姜辣。

　　鲁侃并不介意郎婷婷的话,继续向对方传授自己的情爱密码:我说婷婷。一旦时机成熟,你要毫不犹豫给他来场真的。天下没有不吃腥的猫,你放心吧。

　　郎婷婷悄声嘟哝:寻思都像你呀,馋狗不离肉桌子。

　　鲁侃大约没有听清郎婷婷说什么,仍旧苦口婆心给郎婷婷出主意,说话的内容也夹杂了一些格言式的哲理:不要泄气,付出总会有回报的。学会在浮躁中思考,你才知道在喧嚣中走向哪里。此时的坚持和努力,是为了将来的收获和喜悦!

郎婷婷说:鲁哥,让我放弃做女人的尊严,实在有些难堪。

话虽这么说,但鲁副院长的话却让婷婷看到了希望。她活了心也暗下决心,一定要瞅准机会和促狭儿好事成真,管他后果如何呢!梦想是路,引你走向黎明。只要坚持,事情再难也挡不住你的脚步。只要迈出一步,便是五彩斑斓的前程。

如此看来,男女之爱有时会令人鬼迷心窍。

鲁侃想到就说,郎婷婷听到就做。与鲁侃谈话之后,郎婷婷就开始行动了。每逢王冶文值夜班,她就去陪着,夜间的加餐也是她来张罗。不敢惊动姜玲,她就和小林要了份值班表,王冶文的工作时间便基本掌握。这样持续了一段时间,王冶文虽然一如既往地玩世不恭,但明显对她近乎了。那次身边没人,她扳住王冶文的脸使劲亲了几下对方也没说什么。

这天,王冶文又在病房值夜班,郎婷婷见他忙着给一个重病人进行急救,便找了本画报躺在休息室的灯下看。一边看,一边谛听着外边走廊上的动静。前来换班的护士小马经过休息室,探头往里瞧了瞧走了。同样前来换班的姜玲经过休息室,看到郎婷婷躺在床上却径直走了进来。姜玲半开玩笑半认真地说:咦,郎主任,这大深夜的,你咋还不回家呀?

郎婷婷欠起身子:冶文今天值夜班,我陪陪他。

姜玲想说什么,但看到郎婷婷那挑衅的目光,张了张嘴没说话。姜玲斜了郎婷婷一眼走出去,郎婷婷望着她的背影笑道:喊,丫头片子,还想跟我争!

病房里,王冶文在继续抢救一名垂危病人,刚刚换班上岗的姜玲和小马立即就当起了助手。大夫护士出出进进,病人的病情渐渐好转,王冶文直起腰来长长地舒了口气。小马说:王主任,你整整忙了一个多小时,快去休息一会儿吧。

姜玲悄声说:是呀,郎婷婷正在休息室里等着你呢。

王冶文扭过头做了个鬼脸,姜玲轻轻一笑:还不快去,等急了眼找到这里来,不影响你王主任的声誉吗?

王冶文没理会姜玲的嘲讽,吩咐小马到肛外科治疗室去取瓶痔疮膏来。姜玲问他干什么用,王冶文说:痔疮犯了。小马奇怪:没听说您长过痔疮呀!

王冶文歪着头问小马:要是你长了痔疮,会到处宣传吗?

小马"呸"了一口,念叨着走出去。

姜玲伸伸舌头:准是又想什么坏主意哪。

此时已经夜深人静,外科走廊上基本没人走动。偶尔从某个病房里传出手术后病人的叫痛声,再就是有护士不断走进各个病房又从病房里出来。这时,困乏已极的王冶文整理完病历,向姜玲交代了几句,便打着呵欠出门走向休息室。

医生休息室里,郎婷婷此时已经睡着了,画报盖在她的脸上,随着呼吸起起伏伏,很像海上赛艇的风帆。郎婷婷睡觉很灵动,她像有某种预感似的突然醒了,掀掉脸上的画报侧耳谛听,走廊上果然传来一个熟悉的脚步声。脚步声在休息室门口迟疑了一下终于走进来,郎婷婷连忙仰躺在床上做了个深呼吸,接着慢慢张开双臂,那情形像是急于搂住一个人,又像试探着揽下一缕空气。

王冶文出现在郎婷婷面前,郎婷婷微眯着眼睛假寐。王冶文迟疑了一下还是向床边走来,郎婷婷兴奋得身子颤动,春心荡漾,万分幸福地躺在床上等着他。可是,眼睁睁看着促狭儿出来进去好几趟,就是不沾这张床。郎婷婷真有定力,不动也不说话,仰着身子眯着眼,灯光下绽放着俊俏面容雪白酥胸,咬定青山不放松地等着。也不知等了多久,反正病房走廊里已无动静,除主班护士外,其他人都到各自的休息室里去了。郎婷婷就有点急,但急也不动,你促狭儿精力再充沛,闲下来时还能整夜不合眼吗?闲饥难忍,闲困难熬,咱们就耗着吧。果然,促狭儿没能耗过她,终于走进了休息室,终于走到了床边,对灯光下这个令人心荡神移的女人认真欣赏了一会儿把灯关了……

郎婷婷兴奋得张大了嘴,差点就叫出声。王冶文俯身向前并且朝郎婷婷伸出了手,郎婷婷兴奋难抑浑身发抖。就在郎婷婷准备迎接人类最幸福的一刹那时,忽然感到左脸颊上湿乎乎的,伸手一摸一嗅,天!促狭儿将外科用来治痔疮的药膏给自己抹上了。郎婷婷有洁癖,他知道促狭儿喜欢恶作剧,一连呸呸几声跳下床,疯跑到值班室里去洗脸。一边洗一边骂:促狭儿,该死的促狭儿!

郎婷婷洗干净脸上的药膏返回休息室来站在门外敲敲门,室内没有回应。郎婷婷一下子推开门闯进去,室内空空如也。她返身跑出休息室,径直朝女医护休息室跑去。郎婷婷闯进女医护休息室时,姜玲正躺在床上休息,见郎婷婷一头撞进来,惊得坐起身问:怎么了郎主任?

郎婷婷朝室内各处瞧着,室内除了姜玲再无第二个人。她用怀疑的眼光朝床下扫了一眼问道:王冶文呢?

姜玲说:王主任不是在男医生休息室吗?郎婷婷迟疑了一下,说:我刚才出去一会儿再回到休息室,他就不见了。姜玲"哦"一声道,想起来了,刚才小马找他呢。郎婷婷狐疑地看着姜玲:小马,小马找他干吗?

姜玲回身躺在床上,说:郎主任你去问小马吧。郎婷婷仍是不放心地在室内逡巡一番,这才侧侧头,回身走出来。郎婷婷觉得事情蹊跷,决定一追到底,她又直接奔了病房值班室去找小马。小马正在整理病案和室内的东西,郎婷婷冷不丁闯进来把她吓了一跳:咦,郎主任,天这么晚了还不去睡呀?

郎婷婷所答非所问:王冶文在哪里?

小马:哦,你找王主任啊?

郎婷婷急不可待的样子:是啊,小姜说刚才你找他了,他去了哪里?

小马慢腾腾地说:哦,是这样,李主任在手术室里遇到个复杂手术,刚才打发人来找王主任,请他过去帮助一下。

郎婷婷无奈地摇摇头走出值班室。郎婷婷顺着走廊往外走,她感到很沮丧。心中暗道:看这样子就是天仙也甭想打这小子的主意!我就纳闷儿了,这个二茬棍子是怎么熬过来的!

第二天下午,王冶文伏在外科病房办公室的桌上研究一份肝胆病人的病案,过了好长时间,指头点在病案某处不动了,嘴里连连说道:症结,这里就是症结。

王冶文找到疾病的症结所在松了一口气,这样他实施手术时便能有的放矢,完全摘除或部分切除这个病人的胆囊就有了把握。王冶文伸手端过旁边的一杯淡咖啡,美美地呢了一小口呷摸着那稍带苦涩的味道。这时有人在外边敲门,王冶文放下咖啡杯说:请进!

王学东的儿子王世伦推门进来,王世伦笑眯眯地:哦,王主任您忙着呢?

王冶文说:没关系,不忙,来来,坐,坐下。王冶文起身把王世伦让到沙发上,自己也坐在他的对面问道:小王,这时候找我,是不是你父亲的病情有变化?

王世伦犹豫着,见刚才自己进来时屋门没有关好,忙又起身把门关上。他回到原处坐下,试探地看着王冶文,想说什么却好像无从开口似的。王冶文说:有什么事尽管说,病人在医院里就是医生的亲人,有问题可以随时解决嘛。

王世伦仍然犹豫着。

王冶文:啧啧,你看你这小伙子,挺爽快的一个人,说话办事咋吞吞吐吐的?

王世伦:是这样……

王世伦说着伸手从内衣袋里掏出一个鼓鼓囊囊的信封,他把信封递到王冶文跟前:王主任,这是三千块钱,请您务必收下,我爸爸的手术……

王冶文笑了:我说嘛,平日里说话干崩脆的人怎么忽然磨叽起来了。

王世伦说:我知道现在时兴红包,我爸虽是村主任,可也是农民,多了我也拿不出来,就表示这么点意思吧。请王主任看在我爸爸日夜为村里操劳的分儿上,把这个手术给他做了。

王冶文拿起信封在手里掂着,他定定地看着王世伦,脑袋轻轻摇动着,舌尖习惯性地在唇边扫动。看着王世伦那期待的眼神,王冶文十分无奈地叹了口气,把信封送回到王世伦面前:小伙子,拿回去。

王世伦:王主任,我知道这点钱根本就……

王冶文:我让你拿回去!

王世伦吃惊地看着王冶文,脸色疑惑不解。

王冶文:快回到你父亲的病房吧,我还要工作。

王世伦恨恨地瞪了王冶文一眼,接过钱返身走了。

王世伦回到普外特护病房里,见躺在病床上的父亲戴着氧气面罩,胳膊上输着药液。一位年轻护士坐在旁边,不时站起来看看病人情况。王世伦气冲冲地一屁股坐在凳子上,护士看了他一眼没说话。

王世伦问道:护士同志,你们医院大夫收红包一般多少钱?

护士眼神复杂地看着他,说:那是大夫们的事,我们做护士的咋知道? 王世伦仍旧怒气未息:要是我父亲出了事,我非告他不可。

护士:你告谁?

王世伦:哼,告他,告你们的主任王冶文!

护士摇摇头只说了一句话:你……可真是不应该!

20

王世伦、姜玲、小林和小马查完病房回来后,姜玲和小林去办公室整理这个星期的医案,王冶文整理病历写下医嘱,然后由小马送到治疗室具体执行治疗。王冶文正专心下一份医嘱,鲁侃迈着碎步走进来。领导光临,必须迎接,王冶文和小马连忙给鲁侃让座。

鲁侃说:我也很忙,你们不必客气,说完一个事就走。王冶文见鲁侃行止匆匆,知道对方来外科是临时的决定。果然,鲁侃开口便问:肺癌患者王学东,普外病房里有这么个病人吧?

王冶文点点头:有,是我收治的。

鲁侃问:收治将近半个多月了,为何还不手术? 王冶文想起昨天王世伦负气而去,当即明白了原因。他问:是不是患者的儿子去找你了?鲁侃说:没找我,是找到医院办公去投诉了,说你迟迟不予手术,使他父亲的病越来越重。王冶文知道一时半会儿难以和鲁侃解释清楚;就让小马到办公室取来王学东的病历和 X 光片给鲁侃审看。鲁侃是懂医学的,又在外科待过,看到病历和 X 光片,明白这个病人的状况目前不能手术。他想了想说:冶文,实在不行咱们变通一下,把这个病患转到内科或中医科保守治疗上两个月,待身体状况允许后再回外科做手术。

王冶文了解鲁侃的性格,属于领导作风的强硬类型,决定了的事情或问题,下级必须执行。为了不造成逆风而行致成僵局,便假意点头允许,只是借口病人目前身体极度虚衰,不好轻易挪动,待稍稍稳定后再考虑转到内科或中医科。鲁侃见王冶文采纳了自己的意见,显得格外兴奋。他笑眯眯地说:冶文啊,你们外科用药量总是原地踏步可能事出无奈,把病患转到其他科呢,也算是借花献佛,给别的科室增加创收。百川归海水势大,医院的收入也就随之增加了。

王冶文听鲁侃讲出这番话,脸上虽然笑容依旧,但心情却越来越沉重。鲁侃高高兴兴地收兵回营,王冶文叹着气打开电脑,调出那位网友"健康便方"写的《一位年轻医生的自述》。他招呼小马说:来看看,那位网友的文章内容兑现了。

王冶文重又埋头下医嘱,小马坐在电脑前认真阅读——"我接诊了一个早期肺癌病人,觉得已无手术指征,就介绍给了胸外科一个医生。没想到,病人却手术了。之后,胸外科医生专门请我吃了一顿饭,并给了我一个 500 元的红包。我不要,他却说:'这是你应该得的,以后我那边有要做化疗的病人也介绍给你,我们俩长期合作!'然后,他还以过来人的身份'教育'我:'你是刚毕业不久的学生,要摸清楚肿瘤科的工作流程……'"

小马看到这里花容失色,她声调都变了:王主任,这个医院的医生也太黑了吧,哪有这么折腾病人的。王学东幸亏遇上你,要不的话……

王冶文连忙摆手制止小马继续说下去:不管领导怎么说,我们仍按既定医疗方案执行,来他个一拖再拖,拖而不决。

小马:要是病人的儿子再去投诉呢?

王冶文:任凭风浪起,稳坐钓鱼台。

小马:我看那姓王的小伙子不是好脾气,你得提防着。

王冶文:不是好脾气却是个好孩子。

小马:你怎么看出来的?

王冶文:小马,我说这话你不要介意,现代人的意识已经发生了很大变化。

当年我们的父母首先想到的是他们的父母，其次是自己的孩子，最后才是他们自己；现在的青年人反过来了，首先想到的是他们夫妻二人，其次是孩子，最后才是父母。而这个王世伦呢，尽管口口声声说自己有钱，其实我从他们村里来人嘴里探听出，这个王世伦只是在窑场二百股里投了一个股，父亲入院之前，他还天天去窑场当搬运工挣钱。尽管如此，他还是不惜一切地给父亲医治，所以我说，这个"官二代"的人品还是蛮不错的。

小马瞅着王冶文的眼睛：官二代？

王冶文笑笑：他父亲是村主任，他不就是官二代嘛。

小马也笑起来：王主任你说话总是曲里拐弯的。哎，你一片好心，这个王世伦未必能够理解承情。

王冶文合上病历抬起头：古书上说，医者，仁心仁术也！先有仁心，再说仁术。他不理解是他的事，但我必须按自己的良心去做。

小马脸色凝重：王主任，难怪连姜姐这样的大美人也爱你。

王冶文一惊：小马你说什么？

小马吐了下舌头，拿起王冶文写好的医嘱去治疗室了。

看着小马走出值班室，王冶文唇角翘了翘：丫头们，花心真重啊！

王冶文继续整理病历下医嘱，司务长小曹忽然闯进来。小曹背后跟着一位农民打扮的中年人，中年人手里举着病历和处方。小曹和王冶文的关系是很随便的，进门就问：王哥，不好意思，你身边带钱了吗？

王冶文：干什么用？

小曹说：我表哥得了病，药费不够找我借，凑巧我没带那么多，所以找你帮帮忙。王冶文说：没问题，多少钱？小曹说：总共五千来元，他自己有一千，我这里有一千，还差三千。王冶文：哟，我身上也只有一千多块钱。你表哥患了什么病？

小曹说：我看不明白，这不，有病历和处方。小曹要过中年人的病历和处方放在王冶文的面前说：王哥，你看看。

王冶文认真地看了一遍病历，转而朝着中年人：来，我给你检查一下。

中年人跟着王冶文转到屏风后边。

不一会儿，王冶文从屏风后边转出来，中年人提着裤腰跟在后边。王冶文说：小曹啊，你表哥是会阴湿疹，怎么挂号挂到性病门诊去了？小曹说：我表哥挂号时人家问他挂什么科，他顺口说是男科，挂号室就把号给他挂到性病门诊去了。

王冶文：这位老大哥，谁给你看的？

中年人:李专家。

王冶文摸了摸头顶。

中年人:对,就是那位头发挺稀的大夫。

王冶文:他怎么跟你说的?

中年人:说我这是性病,是什么体感染了。

王冶文看看病历:呵呵,说你是支原体衣原体感染了。

中年人:对,对,好像说的就是两个什么体。还说我这是二期,再不抓紧治疗就成三期了。我说我祖辈老实本分,哪里会生性病啊?李专家说这两个体满世界飞,说不定就飞到谁身上。

王冶文笑起来:你没问他自己咋没感染上?

中年人说:我哪敢问呀大夫!小曹怔怔地听着他们的对话,又怔怔地看着王冶文。王冶文说:这些药你就不用取了,我给你开个处方,花几块钱就得。

中年人:那敢情好,谢谢你呀大夫,要不我回家起码得卖一头牛。

王冶文给中年人开了处方,中年人千恩万谢,跟着小曹走了。

王冶文拍了下桌子:这个李四秃子,坑人也没这么坑的呀!如此下去,我们这里还叫医院吗,干脆改成医药市场算了。

……

下午三点多,王冶文上到七楼,走到副院长办公室门前站住。办公室的门关着,王冶文抻了片刻抬手敲门,室内传出鲁侃低沉的声音:进来!

王冶文推了推门没推开,门闩着。王冶文继续敲门,室内传出脚步声,不一会儿,门锁"叭"地一响,门被拉开。鲁侃站在门口:原来是你呀冶文,快进来。

王冶文说:大白天你的门总是上锁?鲁侃说:习惯了,但也不是经常的。坐,冶文你快坐,我给你倒杯水喝。

王冶文坐在沙发上,鲁侃把水杯放在王冶文面前茶几上问道:找我有事?

王冶文说:没事找你干吗,我又不是寻蘑菇炒菜吃。鲁侃仍旧报之一笑:小子,在这医院里还就是你敢和我要笑。

王冶文说:谁不知你鲁院长平易近人啊,否则我也不敢放肆。鲁侃自嘲地摇摇头说:高抬了。他问王冶文找自己什么事,是正事还是闲事。王冶文回道:说是正事也是正事,说闲事呢也是闲事。总之,是关于李岷的事。

鲁侃皱起眉头:李……哦,李大夫,他怎么你了?

王冶文说:倒没怎么我,是"怎么"老百姓了。王冶文说着把小曹他表哥的病历和处方放在鲁侃面前:鲁院长,你先看看这个吧!

鲁侃翻了翻病历:不是明明写着支原体衣原体感染吗?

187

王冶文说:你再看看处方。鲁侃放下病历拿起处方仔细看了一会儿说:咦咦,这用药是不大对路。该用的,他没用,不该用的,倒用上了。老李就这毛病,一阵精神一阵糊涂。

王冶文说:你看看那药价。鲁侃念道:五千三百四十二元零九分。

鲁侃念完药价抬起头,狐疑地看着王冶文说:药价有问题吗?

王冶文以少有的认真口气说:这病人是食堂司务长小曹的表兄,要不是来找我借钱,我还不知道这情况呢。

鲁侃说:什么情况,不就是药费吗?王冶文站起身来:单纯药费就没问题了,人家患的是阴部湿疹,这连实习学生也能看得出来。可这李……什么却说人家患了性病,一下子开了五千多块钱的药。鲁院长,你说说,李岷这不是明着坑人吗?我们是医院,还是坑人店?

鲁侃连忙摆手让王冶文坐下:别急别急,我分析分析。

鲁侃用手支着额头,那形象好似在考虑国家大事,让人看去有种绞尽脑汁的感觉。王冶文此刻倒沉静下来,他一边喝水一边欣赏着鲁侃墙上的字画。字画有的挺名贵,有的很一般,鲁侃不懂字画,也就胡乱挂在自己办公室里了。王冶文每次欣赏这些字画都有个念头——哪天找个懂行的来看看,拣其中珍贵值钱的艺术品糊弄他几幅拿走卖了,把所得款项存到外科“基金”账上。王冶文正在想入非非,鲁侃额头从手掌上挪开说话了:这么办吧冶文,此事你知我知就是了,老李那边我打个招呼,以后让他诊断开方时注意着。这事呢,千万不要传出去,否则显得老李技术水平太操蛋了。对他不好,对医院也没益处。你说行吗?

王冶文说:我早就和你说过,这个人本来就不懂医学,根本谈不到什么技术水平,可你总是护着他。鲁侃说:冶文呀,别看不起这老李,他来了才多长时间啊,就给我们医院创收数百万哪!院委会前天刚研究通过了,马上要提拔他任男性科主任呢。王冶文大惊:啊?!

王冶文明白自己的话白说了,可他又不能让鲁副院长脸上挂不住,只好就打住话题说:好,领导自有领导的想法,这也是领导艺术。就这样,我走了。

王冶文今天值中班,也就是从下午四点到夜间十二点。从鲁侃办公室出来时,他虽然脸上不显,可心里一直有股怒气,所以走进病房值班室时就和他交班的吕成看出来了。实话讲,人们轻易看不到王冶文生气发愁心情不好,因为他整天总是乐呵呵的。因此,吕成感到很惊异,紧跟在身后问他出了什么塌天的事。王冶文意识到了自己的情绪变化,脸色赶紧由阴转晴:没事没事,刚才上班前夏雨柔打电话把我损了一顿,让她气的。

吕成大怒:这个二茬嫂子,她还有脸损你?我……

王冶文摆手打断吕成下面的话说:快走吧,人家就在门外等你呢。

吕成茫然:谁等我?

王冶文:大梅呀。

吕成:大梅等我干吗?

王冶文:给你说媳妇啊。

吕成:嘁!瞎操心,我早就有了。

王冶文笑起来:贼不打三年自招,没人逼你,这可是你自己承认的。

吕成一怔:完了,又让你套进去了。

晚上,王冶文正在值班室看病历,李岷悄悄走进来:王主任,没打扰您吧!

王冶文从不慢待任何人,包括他最最烦恶的。见李岷不期而至,当即明白他和鲁侃下午的谈话已经流进对方的耳朵里。老李此番前来,一定是带着尴尬与歉意相夹杂的情绪来找自己"交流"的。他连忙说:哟,李大夫,坐,快请坐。

李岷讪讪然欠屁股坐在王冶文对面椅子上,天花板上的灯光泻下来,把李岷的头顶照得锃明呱亮。王冶文看了想笑:李,李大夫怎么有空到病房串门来了?

李岷说:上班之外的时间,随便走走,熟悉一下各科情况。王冶文竖起大拇指称赞:李大夫可真是有心之人哪。

李岷说:哪里,哪里,兄弟我是糊弄着混口饭吃呗。王冶文连说:不不不,你的名气越来越大了,连鲁院长都对你佩服得五体投地。李岷也算个精灵:呀呀,王主任既然点化了我,我也就不瞒着昧着了,有些事呢,特别是技术上的事,以后还得仰仗王主任多多帮衬,有什么漏子王主任你还得给兄弟补着。

王冶文笑了笑:好说好说。

两个人在灯光下说着话,王冶文身子后仰,李岷身子前躬。王冶文坐直了身子说着什么,李岷连连点着头说:兄弟我记着就是了,就是了。王冶文终于笑出声来:老李,你比我大着二十来岁,怎么总是一口一个兄弟,我……

李岷依旧讪笑:江湖话,江湖话,习惯了!

……

王冶文和李岷聊天的同一天晚上,鲁侃、陈小琳和郎婷婷也在玫瑰餐厅小套间喝茶。说是喝茶,其实和聚餐差不多,只是没有常见饭局的规模大。小套间的桌上摆着精致的菜肴,酒杯里盛着红酒。鲁侃几杯下肚,酒兴发作,他举起杯子的同时想起王冶文的顺口溜:葡萄美酒夜光杯,关系学中有权威……

陈小琳举杯:应该改一下。

鲁侃问怎么改。陈小琳顺口念道:葡萄美酒夜光杯,好色之徒骗女人。

郎婷婷哈哈大笑，几乎把喝到嘴里的红酒喷出来。她白脸绯红地说：没看出我嫂子还是位才女呢。可我大哥不是骗你，是喜欢你。

陈小琳也笑：是啊，喜欢漂亮女人，特别是年轻漂亮的女人。

郎婷婷加上一句：这是他们男人的天性。

鲁侃自我解嘲：天下英雄爱美人嘛，王促狭儿常说有个什么叫告子的人下过断言，说食色性也。就是说吃饭和爱美人是人的天性。当然，不光指男性，也有你们女人。哎，婷婷，你心目中的那位英雄现在对你如何，到了什么火候？

郎婷婷放下酒杯：快别说那个促狭儿了，看来是荤腥不沾啊。

鲁侃：没那个道理嘛。

郎婷婷：真的，我试过他。

鲁侃：没得逞？

郎婷婷打了鲁侃一巴掌：当哥哥的，臭嘴！

陈小琳看到这一幕，脸上顿现醋意：瞧，哥没哥样，妹无妹形，说就说呗，怎么动起手脚来了。

鲁侃和郎婷婷连忙正襟危坐。

鲁侃口气郑重：婷婷，我问你，这世上除了财色权力之外，最重要的是什么？

郎婷婷：就一个情字呀。

鲁侃说：对了，男女间除了上述几项外，要的就是个两情相悦，两心相许。要做到这事嘛，说难也难，说容易也容易。

郎婷婷问这话怎么解释。鲁侃看看陈小琳：这事你嫂子最有发言权，事实上，男女间只要有了那种事，这情字也就成了一大半了。

也可能是酒力发作，陈小琳的脸腾地红了：我说你别信口雌黄啊，当时你都把我摁到床上了，我还能怎么着！

郎婷婷咯咯笑起来：哥哥嫂子别卖关子，说真格的。

鲁侃说：我先问你件不该问的事，如果有人强奸你，你会怎么对付他？

郎婷婷花容失色：我扇他耳刮子，然后喊人或报警。

鲁侃说：扇耳刮子倒不怎么怕，你嫂子当时就曾扇过我。其实，男人最怕的是女人叫喊。你一说"我喊了"，对方立即告饶。

郎婷婷低头轻轻咬了咬酒杯沿，心想：你这个大坏蛋，什么主意也想得出来呀。就听鲁侃继续说：婷婷你听大哥的，一招儿就能制伏了他。

郎婷婷说：这有点太阴了。鲁侃咧嘴一笑：为了达到某种目的，有时就得采取非常手段。来，为你即将取得的成功干杯！

三个人一饮而尽。

借着酒兴，鲁侃忽然想起一首元旦晚会上的朗诵诗：世界真是美好，每件事都值得拥抱。看流水淙淙，听时代号角。你要，其实他更想要……

陈小琳端着酒杯涮了鲁侃一眼：你要能教人个好心眼儿，就不是鲁流氓了。

……

第二天刚上班，陈小琳就去找于大梅了。这位女士太具两重性，既有城府又有些沉不住气。昨晚他们夫妇和郎婷婷一块儿喝茶，看到自己的丈夫和一个新来的女人说话如此随便，心里开始犯嘀咕。虽然鲁侃已过知天命之年，不再是谈情说爱拈花惹草的年龄，可她就是不放心。她和大梅最对脾气，但凡遇到过不去的坎儿都找大梅商量个办法。

药库办公室里，大梅和陈小琳相对而坐。大梅要沏茶，陈小琳制止了，声称有要紧事和她说。大梅见陈小琳一脸的认真，不知道出了什么大事，连忙坐到她近前问道：怎么，又和鲁院长闹别扭了？

陈小琳哭丧着脸：比闹别扭严重得多。

大梅吓了一跳：打起来了？

陈小琳抓住大梅的手，声调真诚而忧伤：大梅，我虽然只比你大几个月，可终究是你的大姐，有件事不能不和你说了。有件事，你得赶紧帮帮忙。

大梅说：什么事呀大姐，说就是了，我这个人你是了解的，能帮忙的事从不耍滑。你说就是了，还拐什么弯呀。

陈小琳拍拍大梅的手背：亲姊热妹的，相处了这些年，我也不嫌丢人现眼了。我们家老鲁，近来经常晚上出去，有时一待就是半夜。

大梅：许是有应酬吧？

陈小琳说：狗屁的应酬，昨晚在玫瑰餐厅喝茶，邀了才来的郎婷婷，他们男女之间说话一点也不避讳。我就纳闷儿了，不就才认识个月二十天的吗，怎么就跟多年同事似的。男女之间到了这份儿上，你想想还有什么干不出来的活儿！再说，郎婷婷是老鲁把她调来的，仅仅为了和她哥是同学关系这么简单吗？

大梅一副吃惊的样子：啊？怎么会！不能不能，差着二十好几岁呢。

陈小琳点头：现在可能不会有，日子长了谁敢保证两个人不擦出火花。还是人家王冶文说得在理，"老牛喜欢吃嫩草，男的女的都防着"。

大梅：别听那促狭儿的，他就喜欢捉弄人看热闹。还记得浅黄皮鞋的事吗，可把我和老刘坑苦了。不看在这多年兄弟姐妹分儿上，我早不理他了。再说，鲁院长五十多岁的人了，就是有这个心也没这个能耐呀。

陈小琳"呀呀呀"接连叫了好几声：大梅你是不知道啊，他能力强着呢，说悬一点，这二年也不知犯了什么邪，跟个驴似的。

大梅终于忍不住笑出了声:陈姐,真能比喻。听我的,这事还是不要过于张扬,这关系到鲁院长的声誉,还有你们的家庭。况且,现在不是还没出事吗?

陈小琳说:我现在是左右为难啊,再紧了吧,他好歹在院里算个领导;不闻不问吧,又不是我的性格。所以呀,我找到你这里来,咱姐妹俩商量商量看怎么办。

大梅作沉吟状。

大梅嘬嘬嘴:我看这样,还是赶紧把这尊神给送出去。

陈小琳:怎么送,送给谁,有合适的吗?

大梅:鲁院长曾托过我,让我把姓郎的和王促狭儿撮合撮合,我大咧咧的不会说,事情办了个半生不熟。后来,后来听说鲁院长亲自出马作伐,王冶文好像动心了。在这节骨眼儿上,大姐你出出面,保证这锅包子能蒸熟。

陈小琳:这事我知道。哎,昨天晚上,我们家老流氓就教给郎婷婷一些下三烂的办法,让郎婷婷那个那个……也不知管用不管用。

大梅:促狭儿归促狭儿,我看王冶文对你比较尊重,这事最好你出马。

陈小琳咬着牙说:只要能把姓郎的打发了,我豁出这张脸去求促狭儿。

大梅乐得张大了嘴:说媒说媒嘛,双方乐意的事,咋就谈到求他了? 一个白生生的大活人,又不是卖不出去的烂西瓜。

陈小琳哈哈大笑:这话说得妙,好,姐听你的。

这天晚上,七楼会议室里灯光明亮。像往常的全院医护员工大会一样,院领导坐在主席台上,医护员工坐在下边座位上。主持会议的王副院长照例对着稿子念:各位医护员工同志们,请安静,下面由齐院长讲话,大家鼓掌。

会议室里响起鼓掌声,齐院长咳了一声嗽开始讲话。讲话的内容已经成了规律,就是先总结成绩,再指出存在的问题,最后结尾时提出原则性的解决办法。

齐院长是医院的老资格,也可以说是德高望重,尽管他是对着稿子念的,念完后还是引来热烈的掌声。掌声过后又是王副院长行使会议主持兼司仪的工作:下面,由鲁副院长宣布一项聘用书。

人们静下来。

鲁侃站起身冲坐在角落里的李岷招招手:李大夫请坐到前排来。

坐在角落的李岷站起身,冲与会者躬躬身子走到前排就座。李岷的头顶在前边灯光下闪闪发亮,有年轻的医生护士笑起来。

鲁侃:大家安静,现在我宣布院委会的聘用决定:兹决定,聘用男性科的李岷大夫为该科科主任。

李岷赶紧起身,扭过身子向大家致敬。

会议室里有些乱套。

有位医生大声吆喝,说:哟哟哟,刚进医院两三个月就成了科主任了,我干了二十多年医生才混个副主任啊。又一位医生发出一声怪叫:妈妈呀!卖春药的成了科主任,这妓女鸭子的能当院长了!

会议室里哄堂大笑。

鲁侃挺直了身子:大家严肃点,我们是在开会,不是开玩笑的场合。李岷大夫虽然来院时间不长,但他一个人创造的经济价值就相当于两个科室,这样的同志不用,我们用什么样的!啊?

有人学了声驴叫。

有个尖嗓门在后边喊叫:院长,光想挣钱的话,我们可以去美国贩卖伟哥呀!

王副院长拍了桌子:简直是胡闹,会议到此为止,散会,散会!

人们嘻嘻哈哈走出会议室。

鲁侃面色苍白,李岷一脸尴尬。

21

上午,鲁侃坐在写字台后手拿电话听筒和王冶文通话:喂,冶文吗,你们上班不带手机是吧,我知道你们办公室有电话才给你打的。

电话里传出王冶文的声音,他问鲁院长又有什么指示,是不是提了老李还想提拔他。鲁侃说:冶文你真会开玩笑,按说老李是不该提得这么快,可这是形势需要呀。王冶文电话里的声音哧哧啦啦的:是形势需要还是你鲁院长需要啊?

鲁侃放低了声音:算了,论耍嘴皮子,我五个老鲁也不是你的对手。说正事,我有个同学的老同事现在是市日报社总编。姓李,李总编有慢性阑尾炎,一喝酒就发作,想把阑尾切了,找我给你打个招呼,请你主刀呢。

王冶文说:分内之事,何况又是鲁院长您亲自吩咐,放心吧。鲁侃连说:好好好,你定个日子,我通知他。王冶文没犹豫:这样吧鲁院长,就定在后天晚上吧,一个小手术,用不了多长时间。

鲁侃乐得笑起来:冶文好痛快,就这么定了,有机会我得请你一壶。呵呵。

鲁侃刚要放下电话,那边王冶文接着又说了:鲁院长,那个骨外106转到三楼主间的精神病能出院了吧。别说是让肇事者出血,怕是连人家的骨髓油也让你给抠出来了。一个中度挫伤,花了人家小刘将近三万块呀。

鲁侃押了一会儿:既如此,就放他出院吧。

鲁侃放下电话就埋怨:这个王冶文,光想着为别人省钱,谁搭你这个情啊!

……

鲁副院长松了口,王冶文马上开了出院证。他把出院证交给小马说:快快的小马,去把那老张放了。立即放,稍迟我怕鲁院长又要变卦。

小马一溜小跑到了三楼高间病房,把出院证递给小张说:你叔叔可以出院了。

如释重负的小张接过出院证长长地喘了口气:妈哎,可盼到这一天了!

小马给叔叔整理着东西,老张慢吞吞地下了病床。小张扶着自己的叔叔往病房门口走,其他病室里的病友们勉强支撑起身子出来相送。

小张真够义气的,他把叔叔扶下楼来,仍没忘了去106病室和叔叔的病友们告别。老张虽然和病友们相处没几天,但中国人是个最讲感情的民族,也像三楼的病友们一样支撑着身子出来送送老张。

老邱躺在床上不动,他看在眼里,歪了歪头喊:小桦,小桦呢?

小桦走过来:爸,有事吗?

老邱指指门口:老张就这么走了?

小桦:人家出院了。

老邱:他操我那个跟头就白操了,赔偿问题办完了吗?

小桦:爸你说这个呀,早就办完了,爸您放心,人家没有亏待咱。

老邱慢慢眯上眼睛,脸上的神情很满足。

有病友在偷笑,小桦用眼色制止那位病友……

王冶文给老张开了出院证后,习惯性地整理着文件和病案。这时郎婷婷忽然急匆匆走进来。王冶文感到奇怪:咦,郎主任,干吗呀跟狼撵着似的?

郎婷婷说来得早不如来得巧,自己刚才从外科门前经过,见一个病患出院了。这样的话,外科病房有空床了,她想该让小谢住进来等待手术。王冶文问是哪个小谢。郎婷婷说:你忘了,就是那个,那个我哥哥的司机谢小柱呀。

王冶文说:哦,你是说下面肿了的那位呀,好的,他需要住普外,普外恰好也有了空床,你通知他下午入院吧。

郎婷婷说:你可得亲自给他动手术。王冶文说:多么大个事呀还千叮咛万嘱咐的,你实在不放心就让李岷给他治疗。郎婷婷想起了什么,咯咯咯地笑个不停。

郎婷婷笑够了说道:别贫了,是不是还得请你一顿?

王冶文:好啊,盛情难却。

郎婷婷:后天晚上?正好是周六。

王冶文说:不行,后天晚上我有个手术任务,市日报社总编要做阑尾手术,鲁院长嘱我要亲自主刀。

郎婷婷:喊!你就是找借口不愿和我一块儿玩儿呗。

王冶文说:不信你去问鲁院长啊。改日,行不行?改日我请你。郎婷婷乐了:这可是你说的,一言为定。但有一件,可不许再像那次看歌舞似的找个人陪着。

王冶文犹豫了一下:到时再说吧。

郎婷婷指头剜着王冶文:你真是个让人琢磨不透的大促狭儿!

接到郎婷婷的电话,小谢当天下午就办了住院手续进了普外。因为要请王冶文做手术,小谢从普外跑到骨外来和王冶文见面,这是礼节,也是过程,见过"世面"的人几乎都这么做。

小谢走进骨外值班室时,王冶文正在填写病历,姜玲正在开处方,护士小马在墙角处擦着什么。小谢撇着腿走进来径奔王冶文:忙着呢王主任!

王冶文抬起头:哦,小谢啊,你来了?

小谢说:是啊是啊,谢谢你给了方便,让我这么快就住上了院。王冶文说:要谢你去谢郎主任,是她催着我办的。小谢说:你们两个都要谢,到时一块儿谢。王冶文叮嘱小谢要好好休息,这两天就给他手术。小谢忽然犹豫:王主任……

小谢欲言又止,王冶文说:你有什么要求,尽管说。小谢看看姜玲和小马,仍然犹豫。王冶文放下手里的笔说:都是一个科里的同志,你怕什么!

小谢的脸红了一阵:那,我,我说了。

姜玲和小马停止了手头的工作,奇怪地看着小谢。

小谢说:实不相瞒,我前两天又找李岷大夫给看了病,他说我得了梅毒,已经扩散到肛门里,病灶部分已经变成灰色了。我回家用镜子照了照,肛门里还真有块紫灰色的东西。王冶文、姜玲、小马同时笑起来。小谢给笑得很尴尬,他说:所以我想问问,得了梅毒再动这手术是不是有妨碍啊?

王冶文:怎么,梅毒会扩散到肛门里?

小谢:李大夫是这么说的。

王冶文止住笑:你以前得过痔疮吧?别害怕,你到套间来,我给你瞧瞧。

小谢跟着王冶文走进小套间。

不大会儿，王冶文笑着走出来，笑得双肩直哆嗦。姜玲问他笑什么，王冶文喘了口气说：你猜怎的，小谢是痔核脱垂，这李四秃子却胡编乱造说他生了梅毒。

小马和姜玲同时笑起来。

姜玲勉强止住笑：难怪说病灶部分已经变成黑紫色了。

小谢从套间里走出来：不是梅毒啊王主任？

王冶文说：你肛门里紫灰色的东西是痔核脱垂，没关系。

小谢：那李大夫咋说是梅毒？

王冶文说：老李跟你开玩笑呢。小谢说：不是开玩笑，他是很认真的。再说我和他不熟，他不能跟我开玩笑。姜玲好奇：他怎么跟你说的？

小谢说：李大夫讲这梅毒的病原体叫梅毒螺旋体，这梅毒螺旋体侵犯人的肌体呢就像小孩儿们抽的陀螺，拧着旋子往里钻。

小马乐得蹲在地上。

王冶文笑得趴在桌子上。

姜玲还板得住：他还说什么？

小谢做着手势：李大夫说这梅毒螺旋体拧着旋儿地拧啊拧啊就拧进我的肛门里去了……

王冶文擦擦笑出来的眼泪：我说小谢，你不用怕，你那黑紫色的东西是肛肠里的静脉脱出来，跟梅毒没关系，你安心养两天，手术正常进行，好吗？

小谢说：好的好的，谢谢王主任。

小谢讪讪退出。室内，王冶文、小马和姜玲又同时大笑。

小马边笑边摆划：拧啊拧啊……

王冶文、小马和姜玲继续议论有关小谢患了"梅毒"的话题。小马极善模仿，她继续学着小谢的手势：拧啊拧啊，就拧到……

姜玲笑弯了腰，小马也笑得抱住了肚子：不行，不能再往下说了。

护士长小林从外边走进来：你们笑什么？

小马说：有特大新闻。小林走到她跟前：什么新闻，快说说。

小马：今天不能说了。

小林问为什么，小马说：再讲一遍我的肚子就要笑爆了。小林拽着小马的胳膊说：新闻独享，自私。你要是不说，我就把你的秘密捅出去。

小马连忙求饶：真的，是不能继续说了，明天或者下班后我再跟你说行吗？

姜玲刚想说，禁不住又笑。王冶文自己虽然也在笑，但是他怕气氛太活跃了影响工作,勉强板住说:宣布纪律,今晚谁也不准再说这事了。

小林说:算了,再说我也不听了,我来找王主任问一问,报社李总编的手术现在是不是开始前期准备工作。王冶文说:当然当然,虽然是个小手术,前期准备工作也应全部到位。小林点点头:好,那就安排到三号手术室。

李总编的阑尾切除术如期进行,这个颇有天分的老报人虽然多年从事新闻工作并且长得身材高大,但却传统守旧而且胆子也着实有点小。首先术前的备皮,他说啥也不让护士给他脱裤子,硬是要了剃刀自己躲在一边刮了洗,洗了刮。这在医院是不允许的,可他偏偏执拗,护士们也没办法,只好依着他了。待脱得赤条条躺在车上完全暴露于光天化日之下时,更是双手捂了下体呻吟着说:完了完了,传出去再也没脸见人了。护士们笑得喘不过气来,赶紧给他盖上手术巾,这位老夫子才勉强沉静下来。

李总编过了这一关紧接着是下一关,上了手术台他就手脚哆嗦。因为医护们都戴着口罩,认不清,他三番两次地问给自己手术的到底是不是王冶文主任。举着两手站在旁边的王冶文走到他跟前:李总编,我真是王冶文,还验明正身吗?

因为提前见过面,李总编听出果然是王冶文的声音,真是神奇效应,四肢立马就哆嗦得轻了。无影灯下,李总编躺在手术台上隔着屏障说:王主任,尽量把肚皮上的口子拉得小一些。

王冶文笑了:放心吧,不会超过半米。

李总编虽知这是玩笑但还是吓了一跳:别,可别,再小一些吧。

麻醉师按所定手术方案要对李总编进行腰麻,王冶文说:这位病患心理应对能力很差,就这么一个十分钟二十分钟的小手术,为防意外,还是改为局部浸润吧。麻醉师点点头,将腰麻改为局麻。

麻醉成功后,患者取平卧位,常规消毒铺巾。王冶文的手又轻又快,他取右下腹长约三厘米的麦氏切口,依次切开皮肤、皮下组织、腹外斜肌腱膜,用止血钳交替分开腹内各层肌肉直达腹膜。剪开并将腹膜切缘提起外翻与保护切口的纱布固定后,伸进手指一下子就将阑尾抠出来了。提起阑尾,暴露根部,分束分开、结扎离断阑尾系膜直至根部,在靠近根部以弯钳轻轻压榨阑尾,再将弯钳向阑尾尖端方向移动了一点以丝线结扎,在弯钳与结扎线之间切断阑尾,残端消毒处理、缝合……整个手术用时不到二十分钟,干净,快捷,利索。清点器械、纱布无误后,逐层关腹,躺在台上的李总编紧张心情尚未完全松弛,护士告诉他手术结束,非常成功。李总编吃惊的口气:这么快呀,我以为刚刚拉开肚皮呢!

手术结束,切除标本送病理检查,李总编被推到外科病房高级护理间。

王冶文让助手电话问了问其他手术情况,见基本没有问题,洗手清理后换上衣服,和同事们说说笑笑走向电梯。同事们分头回家休息,王冶文则直奔病房,待问清病房的病人病情并无变化后,这才迈着疲惫的步子回家。

无论城里还是乡下,找名医看病的人必然要较一般医生多。王冶文更不例外,尽管他在病房值班,每天仍有熟人带着熟人来"拜访"。第二天上班查房后,王冶文刚刚坐下整理病历下医嘱,理疗科的老赵就领着一个熟人来找他了。

老赵的熟人攥着一大把原始的钡餐透视单、病历、胃镜检查报告和造影报告,见到王冶文谦恭得近乎猥琐。这位不到五十岁的人用比七十岁的人还要喑哑的嗓音说:王主任啊,城里乡下的医生我看了不下十几个,有的说我胃寒,有的说我胃热,有的说我是胃溃疡,有的说我的胃快要穿孔了。听我外甥说您是全省出名的大医生,就人托人脸托脸地找到赵医生,请赵医生领我来求您看看。您说是什么病,我就相信是什么病,您若是说没治了,我也就认了。总之……

王冶文笑嘻嘻地看着病人,让他不要紧张。他接过病人手里的一把单子仔细看了一遍,又问了问病情的开始和发展,摇头一笑说:大叔,你什么大病也不是,只是慢性低酸性胃炎。这种病很少见,也很难诊断,回家后记着,别到处乱跑求医了,留着钱以后买点好吃的吧。

病人的神情虽然放松了,但脸上失望的神色在增加:这么说不用吃药了?

王冶文说:药还是要吃的,我给你开个处方,拿几瓶药吃上一个月。如果回去后胃痛得厉害,你喝上一口醋,几分钟就能止痛。病人满脸疑云地看着王冶文,王冶文开完处方递给病号:别害怕,吃吃药就好了。

病号赶忙起身接过处方:吃完这些药再来找您?

王冶文:这种慢性病,用不着再来找我。吃完这些药,你的病基本上就好了百分之九十,然后再到中药店里买些莱菔子,哦,就是水萝卜种子,放在铁锅里炒黄研成细末,每天两次,每次服用半小勺,连续服用一个月差不多就好了。

病号连连鞠躬:谢谢王主任,谢谢王主任。

老赵领着他的熟人走了,王冶文靠在椅子上伸了个懒腰,刚要继续查阅病历,小林从办公室那边走过来说:王主任,鲁副院长打来电话,说有事找您。

王冶文:什么事?

小林:没具体说,只说请您到病房高间去一趟。

王冶文"哦"了一声:知道了,李总编刚切除了阑尾,可能浸润麻醉药性停止后刀口痛,我去看看就是了。

……

普外病房三楼全是高间,顾名思义,高间就是高级病房间的意思,和宾馆里的总统套房相类似吧。高间病房分内外两间。内间靠窗一张宽大的病床,床头上安装着各种报警装置,另有呼吸机、氧气瓶、输液架、治疗仪摆在靠墙一侧。

李总编躺在病床上,护理员坐在床前凳子上。

外间是客厅。客厅里摆放着茶几、沙发、鲜花和水果。沙发上坐着报社办公室主任小耿。副院长鲁侃走进来,耿主任连忙起身让座。鲁侃客气地拍拍小耿的肩膀:耿主任您请坐,我来看看李总编。

耿主任引着鲁侃进入内间,床上的李总编微微翘起头:鲁院长,谢谢了,安排最好的医生做手术,还特意来看我。

鲁侃走到床前哈下腰,说:这是市立医院的规定,领导人一定要做术后巡察。李总编称赞鲁院长管理有方,就是和别的医院不一样。鲁侃谦和地说:承蒙夸奖,还有许多需要改进的地方,我已给王主任打了电话,待会儿他就给你复查。

李总编十分感激,连说:谢谢,太谢谢了。他招呼办公室主任小耿,让小耿告诉记者部,给市立医院写篇报道,要整版。鲁侃大喜:那我得谢谢李总编了。

鲁侃转向耿主任:我们医院为了更好地服务病人而扩建在即,需要大量资金,急需社会力量援助。是否可以在报道中顺便说上几句,如有慷慨赞助者,报社可以写文章赞扬。

耿主任看看李总编,李总编闭上了眼。耿主任说:我和他们谈谈,好像可以吧。正在议论如何使文章内容既能起到示范作用又能吸引社会资助时,王冶文拿着听诊器走进来。小耿连忙迎到外间:王主任来了!

鲁侃回过头见王冶文直进内间,脸上顿时显出院长权威的神态。他腆腆脸说:冶文啊,给李总编查一下,看是否可以加些特药新药。

王冶文说:鲁院长请放心,抗菌消炎一类的好药,都用上了。鲁侃马上提了建议,说:维生素、三磷酸酰酐、细胞色素 C 等营养药都可以用的嘛。王冶文抻了一会儿说:呵呵,可以用,可以用。

李总编睁开眼:王主任真是名不虚传,一个阑尾手术不到二十分钟就做完了,我几乎没感觉出什么异样,就给推进了病房。

王冶文客气地点点头,他让李总编这两天注意休息,如有什么不适,可随时让护理员找他。李总编说:好的,眼前没什么不适,只是刀口一阵阵疼得难忍。

王冶文说这是正常现象,李总编问能不能吃点止疼药。王冶文说可以,他从衣袋里掏出处方签和笔,刷刷几下开出 capsules 一盒。王冶文把处方交给护理员,嘱她速去治疗室,让治疗室马上到药房取药送过来。

王冶文说:李总编,这是新药,胶囊,每日三次,每次一粒即可。

李总编问:可以很快止疼吗?王冶文说:一刻钟就能止疼。李总编欣慰地点点头,闭上眼睛休息。鲁侃见李总编好像要睡的样子,就对王冶文说:冶文啊,让李总编歇歇吧,咱们再到孙董事长那边看看。

出了李总编的高间,鲁侃并没带着王冶文去孙董事长那儿,而是直接回到了外科办公室。鲁侃有个原则,但凡收进来做手术住高间的,他开始时来探望一次,出院前来送一次,只有特别重要的官员和"财神",他才三番五次来探视。鲁侃很明白,入院做手术住高间的这些人,都是奔着王冶文这位外科天才来的,所以每次他来探望,必然要同时叫上王冶文以壮行色。

两个人回到外科办公室坐下后,鲁侃主动要了一杯茶水,边喝茶水边和王冶文闲聊。说是闲聊,其实他还是有目的的。除了一再强调这些住高间的病人轻易不得放他们出院外,主题最明确的莫过于郎婷婷的事情。他是真心要将王冶文和郎婷婷撮合,这种真心源自一个长远的打算,同时也有陈小琳各种软硬兼施的加压。尽管王冶文曾经答应他要和郎婷婷"处处",可一段时间的观察后,鲁侃发现王冶文并不喜欢郎婷婷,更没有一般二茬子光棍急渴难耐的要求。虽然表面上嘻嘻哈哈随便得很,内心却是坚定而矜持的。这种矜持不是虚伪,更非假相,是一种常人难以企及的自律和道德。面对这样一位年轻人,鲁侃既敬重佩服又有点生气,王冶文啊王冶文,不看僧面看佛面,这可是我鲁侃亲自出面为你张罗呀。如果不是看重你这个人才,看重你我之间几年来的个人关系,你就是给我十万元,我也不会赏你这个面子的。鲁侃到底"老油条",知道这种事只能慢从宽来,急不得更躁不得。他想,既然两个人目前仍然"处着",自己如今唯一能做的就是给郎婷婷铺好路子,扫清障碍,而最最要紧的是防止再有第二个女人从中插足。这个女人是谁他很清楚,这就是一直跟随王冶文苦学技术的姜玲。然而姜玲的专业是外科,进院以来也一直在外科工作,就是想把她打发到别的科室与王冶文"隔离",暂时也找不到适当的借口。没办法,只好等待时机了。

老谋深算的鲁侃笑眯眯地看着王冶文说:冶文啊,和婷婷的事怎么样了?

王冶文同样笑眯眯地看着鲁侃:鲁院长,这和你们领导考察干部一样,得需要些时日吧。自从你说过之后,这才多长时间,总得有个过程啊。再说,再说……

鲁侃忙问:再说什么?

王冶文假作忧郁状:再说我和夏雨柔的热乎劲还没完全过去呢。人言一日夫妻百日恩,百日夫妻似海深,何况我们在一起生活六七年了。她可以给我戴绿帽子,也可以不顾情义地甩我,而我,却一直难以割舍。

鲁侃听到这话受了感动,一拍大腿说:冶文,好男人,比我老鲁强多了!

又是周末,又轮到王冶文的大夜班了,也就是从晚上八点值班到明晨四点。王冶文晚八点以前就走进值班室。比他更早来一步的护士长小林和护士小马乐呵呵地说:王主任您来了,有人提前候着您呢,问你是不是准时来上班。

王冶文明白是谁却装作糊涂,他对小林和小马的调侃没做反应,只是看看表说:还差七分钟,紧赶慢赶,总算没迟到。

王冶文换上隔离衣,门口响起高跟鞋的声音。他侧脸一看,只见时尚打扮的郎婷婷款款走进来。王冶文佯装吃惊:哟,郎主任,天这么晚了,你还没回家?

郎婷婷说:明天我休班,来陪主任熬熬夜。王冶文说:承蒙主任错爱,小生谢了。换好隔离衣的王冶文咬着嘴唇定定地瞧着郎婷婷,郎婷婷有点发蒙:盯我干吗?

王冶文说:今晚郎主任一身青春气息,不得不让人刮目相看。

小马和小林在一旁偷笑。

郎婷婷说:徐娘半老,还青春气息? 王冶文说:也可以说是雍容华贵,如王母下凡。郎婷婷说:王母娘娘多大岁数了,那么老能和我相比吗? 王冶文伸手甩了个响叭:她老人家的岁数只有天知道。

郎婷婷:天下没有人能贫得过你。渴坏了,弄杯水喝。

郎婷婷取个纸杯向饮水机走去。王冶文说:老王母您喝着水,我得开始工作了。

王冶文查阅病人病历:小马,你值中班吧?

小马说:是的。

王冶文问普外103病人王学东的情况怎么样。小马说:不太好,胸疼气喘比昨天还重,所以一直没按鲁院长的指示转往中医科。王冶文点点头,继续翻阅病历。嘴里喃喃道:还转中医科,恐怕是转不了了。

郎婷婷端着纸杯坐在王冶文的对面,王冶文合上病历夹,说:郎主任您坐着,我得去查房看病人了。郎婷婷嘻嘻笑着:你先忙,闲下来咱们再聊。

听到王冶文和郎婷婷的对话,小马小林提前走出值班室。两个人顺走廊由东往西走着,小马回头看看,王冶文也已走出值班室。小林说:咱俩紧走几步,先把病床摇得高一些,方便主任检查。小马答应着说:好,哎,你瞧见没有,我看王主任今晚眼神怪怪的,一直在郎婷婷身上打蹉摸。

小林:嗯,是不是真喜欢上这个胖子了?

小马:没门,瞧着吧,说不定又弄出什么鬼点子捉弄姓郎的呢。

小林说:这我相信,行为诡异,谁也不清楚他脑子里咋有那么多捉弄人的办法。

三人走后,郎婷婷自己坐在外科医护值班室里感到百无聊赖,她喝了一口水,起身在室内踱着。这时小马走进来取一个病人的病历,见郎婷婷心神不安的样子,就说:郎主任,你要是闷得慌,到外科办公室去看报纸。

郎婷婷说:没关系,没关系,我带着本刊物呢。看着小马取了一份病历走出去,郎婷婷从手袋里取出一本《中国少年文摘》。她坐在桌前认真阅读这本刊物,心中却在打着另一种主意。她曾看过一部电影,那上面有句台词很在行——要想捉住狐狸就要比狐狸更狡猾。郎婷婷得意地笑了,是啊,要想逮住促狭儿,就得先赢得冬冬的心。我把这本刊物看熟记牢,时不时地给冬冬讲上一段,不知不觉间就和孩子的距离拉近了。冬冬认准了我,呵,你姜玲就趁早到一边凉快去吧。

郎婷婷看了一会儿抬起头,拍拍额头,揉揉颈椎,眼睛一眯打起了呵欠。她起身又到饮水机前倒了杯水,重又低头阅读刊物。

王冶文和小林匆匆走进来。郎婷婷回过头:检查完了?

王冶文:没有,一位病人需要调整治疗。

王冶文在病历上写着什么,郎婷婷专注地看着王冶文笔走蛇龙。王冶文开了处方递给小林:告诉治疗室,12 点后给患者改用这几种药。

小林接过处方走出去,郎婷婷见身边没人,扳住王冶文的脸使劲亲了几下。王冶文用手抹了下脸颊:怎么,等不及了?

郎婷婷说:我见了你就想吃几口。

王冶文说:你应该去卖扒鸡。郎婷婷小眼眯成一条缝:卖……卖你!

王冶文拿起桌上的病历又匆匆走出去,郎婷婷失望地坐在椅子上,再次低头看画报。可能是轻易不看书的缘故,郎婷婷看了一会儿画报感到脖根儿酸麻。她合上画报,坐在桌前揉脖根儿,一边揉一边背诵刚刚看过的画报内容:草原上的黄色,最炫目的要数金莲花。你看它的花型,是不是很像水面上的睡莲?不过那宽宽的"莲瓣儿"不是它的花瓣,而是,而是……

郎婷婷拍了下额头:而是,而是……

郎婷婷:姥姥的,刚背过又忘了。

郎婷婷看看表:咦,10 点了,这促狭儿还没查完房?

郎婷婷站起来在室内来回走着。

22

周末王冶文已经习惯了接冬冬来和他团聚,可这个周末晚要上大夜班,他只好给姜玲打电话,请她来帮忙照顾一下。姜玲看出自己的科主任复婚无望,早把一颗心放到王冶文身上,至于照顾冬冬,更感到责无旁贷。所以,姜玲下午四点下班后就直接来到王冶文家,择菜做饭烧水沏茶,俨然家庭主妇的架势。王冶文看在眼里备感欣慰,心想假若……

晚饭后王冶文去上班,姜玲一边看书,一边哄着冬冬在书房做作业。

现在的孩子聪明异常,特别是对于网络游戏,成年人看了都感觉一头雾水的东西,他们玩儿起来却轻车熟路。六岁的冬冬已经学会好几个游戏项目,他信心满满兴趣浓厚,晚饭后就缠着姜玲要上网。姜玲虽然同情现在的孩子们,正是放开玩乐的年龄呢却整天让作业压着。可是,无论升学还是考虑将来的就业,分数仍是关键中的关键,差五分你升不上重点中学,差一分你就进不了大学门。没办法,尽管有人一再呼吁什么"素质教育",可有几个学校是真正遵循的?从幼儿开始,教师们为了分数,为了升学,为了自己的奖金和名声,总是永无休止地给孩子们布置大量作业。所幸冬冬对网络游戏还不到迷恋的程度,他只是想找个借口放开手脚玩儿一番。姜玲心中明白,答应他做完最后三道数学题就上网。

冬冬央求的口气:姜阿姨,明天做吧,明天是星期日。

姜玲哈腰捧着冬冬的小脸蛋:阿姨是怎么和你说的?

冬冬:今日事,今日毕。

姜玲说:对,做事得有计划,你才小学一年级,更得养成好习惯。冬冬瞧瞧旁边的电脑,眼里露出渴望的光。姜玲说:你还是惦着游戏?冬冬俯首案上说:今日事,今日毕!姜玲笑了,她抚摸着冬冬的头说:真是个小调皮!

姜玲在灯下看《外科学》,冬冬在做作业。冬冬不时地回头看电脑,姜玲不时地偷笑。冬冬做着作业忽出惊人之语:姜阿姨,小孩子如果再生出一条带手指的尾巴有多好!

姜玲怔了一怔笑起来:冬冬说胡话呢,奇思妙想,想当猴子呀?

冬冬伏在桌上不再回头:小孩子如果再生出一条带手指的尾巴,就可以前边双手玩儿游戏,后边用尾巴夹着铅笔做作业了。

姜玲一惊,作业作业,把孩子们的幼小心灵都给压得扭曲了,竟然盼着自己像猴子一样长出尾巴。冬冬的话很滑稽,她想笑;可冬冬的话又可怜,这让她无论如何也笑不出来,倒是心中隐隐地感到酸楚和难过。她放下《外科学》起身走到冬冬跟前:冬冬,先不做作业了,玩儿游戏吧。

冬冬:真的?

姜玲:真的!

冬冬举起双手:姜姨万岁!

王冶文查完骨外又来到普外病房区,和青年大夫小赵及护士们挨个儿检查询问着各个病室的病人。他走到一位病人床前轻轻摁了下刀口,病人基本上没有反应。王冶文:恢复得挺好,明天可以出院了。

病人:谢谢王主任。

王冶文笑笑说:先生你拜错神了,是他一直负责你的治疗工作。王冶文说着指指小赵。病人马上转向小赵:谢谢赵大夫。

小赵脸上漾起喜悦。

三人又走到另一病室,王冶文检查患者情况,看看病历,不时对小赵叮嘱着什么。小赵是位很有上进心的住院大夫,总是把王冶文的话迅速写到笔记本上。

王冶文在普外病房区查完所有病人后回到骨外病房办公室,小马正在整理橱子里的文件,知道骨外的病人病情没有什么变化。王冶文坐在写字台后打开电脑,认真查看着一则医改信息。医改信息中有一段是这么说的——医改的根本目的是什么? 就是有效减轻居民就医费用负担,切实缓解"看病难,看病贵"的近期目标,以及建立健全覆盖城乡居民的基本医疗卫生制度,为群众提供安全、有效、方便、价廉的医疗卫生服务的长远目标……

王冶文点点头:有希望了。

那边小马扭过头:什么有希望了?

王冶文:医改,所列措施还真不错。

小马:指不定猴年马月才能兑现呢。

王冶文:只要开了头,就好办。

小马:也许吧。

电话铃声。

王冶文抓好起听筒:您好!

电话里传出刘少清的声音:冶文啊,知道外科上班时间禁止带手机,就把电话打到你们办公室,还真凑巧碰到你了。

王冶文说:仁兄有何指教?刘少清说:我在内科急诊室,遇到个疑难病症,你有空的话来会会诊。王冶文说:有空,马上就到。

王冶文站起身往外走,走到门口又站住,吩咐小马从电脑里搜几首歌下载到他的 MP4 里。小马问是哪几首。王冶文想了想说:《二泉映月》《烛影摇红》《世上唯一的花》《月光下的凤尾竹》《牧羊曲》。记住,要纯音乐版的。

小马:这是干吗呀?

王冶文眨着眼让她不要追究问,说是山人自有妙用。小马也爽快:得令!

王冶文去外科会诊还真耽误了很长时间,大约一个小时才回到外科。他径直去了外科办公室,问小马那几首歌是否下载完了。小马说:区区小事不在话下。随手将 MP4 从旁边取过来递给他。王冶文嘴角上漾起一丝令人费解的笑意,说了声"谢谢马同志"就走出去了。

……

郎婷婷在外科值班室内转了一会儿又坐下,嘴里嘟哝着,这个促狭儿,把我晾起来了。郎婷婷心地不错,也挺纯真,只要喜欢上的她就不遗余力去追求,并不在乎别人怎么看怎么说。尽管心中满是美好的向往,尽管在这种美好向往的精神支撑下她有耐心有毅力熬夜,但人的精力毕竟是有限的。毕竟她不像值惯夜班的工人或医护那样习以为常甚至必要时可以通宵达旦,她终于熬不住了。熬不住的郎婷婷因为有那次"痔疮膏"的教训,也不敢轻易去医生休息室,她不是生气,而是担心——担心王冶文促狭儿成性再开玩笑捉弄她。久闲必困,特别是夜间,没办法,郎婷婷强撑了一会儿,终于还是趴在桌子上打盹。

门外脚步声让郎婷婷从蒙昽中醒转,她抬起头,王冶文笑眯眯地走进来。郎婷婷噘起嘴,娇嗔地盯着王冶文说:光顾忙了,你还知道回来呀。

王冶文说:医生医生,医人生命,上了班就得忙呗。郎婷婷打着呵欠说:看来我得在这里坐一夜了。王冶文问她很困吗,郎婷婷说:都快两点了,能不困吗,困得眼皮都粘到一起了。盼着跟你说个话开开心呢,你倒好……王冶文取出兜里的 MP4 递给郎婷婷:听听音乐,听音乐就不困了。

郎婷婷接过 MP4:嗯,好,好,你倒是蛮贴心的。

王冶文:得罪了郎主任,鲁院长不得劈了我呀。

郎婷婷:他敢吗,他不过就是我哥哥的同学,凭吗呀。

王冶文说:同学加兄弟,鲁郎一家亲。郎婷婷瞅他一眼:贫,又贫!

王冶文说:你听着音乐,我还得去门诊急症上看看,有个术后病人骨伤错位了。郎婷婷说:你可快回来呀……她这里话没说完,王冶文已经走出门。

王冶文出了值班室顺走廊往东走去。小林和小马迎面走来,小马站住问

205

他:王主任,你刚才下载那几首歌干吗? 还要纯音乐的。

王冶文瞧瞧身后:催眠。

小马:音乐能催眠?

王冶文说:国外早有了,国内近年才开展。我让你下载的几首曲子,都是可以催眠的。小林问他:给谁催眠? 王冶文压低声音:休得多问,待会儿你们去值班室看看,要是郎主任困得不行,就扶她去休息室睡觉。

小林问:哪个休息室? 王冶文说:当然是男医生休息室了。要不,你们困了去哪里睡。小马咬着嘴唇笑:那,要不要听房的?

王冶文说:那当然。

小林问他:去哪里? 王冶文说:刚才外科急诊那边送来信,说不久前手术康复的一个病人骨头错位,我得去看看。小林问他几点能回来,王冶文说:看情况吧,要是复位困难,过了四点的话,我直接回家。

王冶文说着急匆匆地走了。小马咧着嘴:天啊,作孽!

小林问:怎么了? 小马说:你想想,下半夜四点李主任来接班,他要是累了困了去休息,不是乱点鸳鸯谱吗?

小林:是不是知会李主任一声。

小马说:来不及,你又不是不知道咱们科里规定,护士提前二十分钟,医生提前十分钟交接班。凌晨四点咱俩也和小黄、小云换班,那时李主任还来不到。

小林嘻嘻一笑:说什么来着,估计他会促狭儿的。

……

第二天中午十一点四十分,小林、小马先后走进值班室。小黄、小云向她们交接护士日志。小马:好了,你俩快下班吧,从半夜四点熬到现在,回家吃完午饭美美地睡上一觉。

小黄、小云相互看看,没动。

小马:你俩怎么还不走?

小云:昨晚看到好戏了。

小林:什么戏。

小黄:喜剧。

小林:轻喜剧?

小云抿着嘴说:差不多吧。先问一句,昨晚是不是你俩把郎主任弄到男休息室去的? 小马说:没错,我和林姐走进值班室时,看到郎主任头戴耳机,坐在椅子上大睡,头侧歪着,哈喇子流出这么长呢。

小林用手比画着。

小云:于是,你们就把她弄到男休息室去了?

小马说:受人之托,忠人之事,王主任这么吩咐的。

小云咧嘴一笑:于是,喜剧就此开始。

小马:说说剧情。

小黄说:真想听吗? 小林小马异口同声:当然!

小黄说:那我就简单叙述一下吧……

原来,昨晚小林和小马走后,李主任和吕成就来了。小黄和小云跟着他俩查完普外查骨外,一直忙到凌晨才站脚。查完房后,小黄和小云一个在治疗室,一个在值班室,吕成去办公室盯电话,李主任在值班室写值班日志。凌晨五点以后,李主任看样子是困了,嘱咐小黄盯着班,说是去休息一会儿。于是,喜剧大幕拉开了——大约五分钟后,听到休息室那边响起不正常的动静,小黄连忙跑出治疗室,小云也从值班室那边跑出来。可能也是听到了动静,吕成这时也站在了走廊上。三个人不明就里,却是步调一致,同时走到休息室门前,听到室内传出一个女人的声音:哎哎,老李,怎么是你?

听李主任说:哎哎,郎主任,怎么是你? 你在这里干吗?

紧接着,只见李主任仓皇逃出,隔离衣和鞋子都在手里提着。再紧接着,是郎主任睡眼惺忪跑出休息室,嘴里恨恨地骂着促狭儿。

小林:往下呢?

小黄:剧情结束了。

小林:没有续集?

小黄摇头。

小云:咋没有,李主任逃进值班室,一直坐到天亮,嘴里不停地叨唠,促狭儿啊促狭儿,有这么开玩笑的吗!

四个人捂着嘴笑起来。

门口响起脚步声,王冶文走进值班室。

小马:导演来了,撤吧。

李晓宇被这场"喜剧"弄得挺尴尬,虽然对王冶文的促狭儿性格早已习以为常,但心里总是有点嘀咕。他想,万一事出不测弄假成真,自己今后在同事们面前还怎么做人? 然而,是王冶文有意开他的玩笑还是事有凑巧,这问题同样拿不准。所以一上午他翻来覆去想了又想,最后决定压下此事暂不再提。

午前交接班时,王冶文问李晓宇夜间休息了没有。李晓宇见王冶文说话平淡,丝毫没有以往促狭儿别人以后幸灾乐祸的口气,暗想此事果然不出自己所

207

料,纯属凑巧,庆幸自己颇有城府,否则岂不冤枉了这位好兄弟!

李晓宇换上衣服准备下班回家时,小林从办公室那边过来,转达鲁院长的电话,让他今天晚饭后到他办公室去一趟,说有要事相商。李晓宇心中一激灵,莫不是昨夜自己唐突入室惹翻了郎婷婷,一纸"诉状"告到副院长那里去了?他有点忧虑,也有点心烦,一句让人听起来毫无来由的话不由得脱口而出:妈妈的,去就去,反正我姓李的什么也没做!

旁边的王冶文和小林相视一笑,他们明白李晓宇话中意思,分明以为鲁侃叫他是去挨训的。他们之所以笑也是事出有因,因为以郎婷婷的纯真性格,绝对不会做这种祸嫁他人之事。

……

晚饭后,李晓宇按时来到副院长办公室,出乎他的意料,鲁侃不但没有甩脸子发狠话,反而笑嘻嘻地接待了他。李晓宇给弄得云里雾里不明所以,心中有些忐忑,因为鲁院长除了经常找王冶文外,很少和别的医生个别谈话。于是,更加小心翼翼地问道:鲁院长,您找我有要紧事吗?

鲁侃将一杯水放在李晓宇面前的沙发上:晓宇啊,时间久了怪想你的,你我在这家医院共事多年,关系一直不错,今天突发奇想,就是想找你拉拉。

李晓宇:鲁院长,你白天上班,晚上还常常加班和我们谈话,够辛苦的。

鲁侃:习惯了,习惯了。

尽管如此,可李晓宇总感觉鲁侃找他有事要谈,所以眼神中难免流露出疑惑。鲁侃当然观察得到,再次强调今晚只是随便谈谈。不过,聊了不一会儿鲁侃还是似属无意地问道:晓宇啊,这次中层调整你是不是有些想法?

李晓宇很直爽:开头有,现在没有了。

鲁侃一怔:这话怎么讲?

李晓宇说:无论院龄还是年龄,我都比冶文长,按说王主任退休后,这个主任应该是我的。所以,当时宣布冶文任正主任后,我脸上确实有些挂不住。鲁侃连说:可以理解,可以理解,当初也考虑由你挑这副担子。后来呢,一是老王主任一再推荐,二是京城某教授多次给咱们市领导提建议,说:王冶文是个难得的外科天才,得重用他。院领导考虑到各种因素,就聘任了冶文。

李晓宇说:鲁院长放心,我现在一点想法也没有了。

鲁侃呵呵笑道:转得这么快,是真心话吗?

李晓宇说:冶文任主任以来,他说笑之间就带动起了全科,大家努力学技术,做好事,齐心协力,精诚团结。现在,外科气氛活跃,人人争先,出现了前所未有的好景象,医护员工的事业心、责任心比老主任在时还高还强呢。

鲁侃点点头:这点有目共睹,说明冶文是有管理能力的。

李晓宇说:岂止管理能力呀,单说技术就比我高出一大截。技术——鲁院长你明白,这可是为医者的硬件,服众啊。鲁侃朝李晓宇探过身道:你有这种心态,我就放心了。咱们医院外科滞后,仍是以往的综合性大外科,落后于时代,丢人哪!所以领导研究决定扩建,也像其他同级医院那样分得更精更细。这就需要资金,唉,资金,话好说,钱难弄啊,市财政倒是批了我们的报告,拨给了一部分,我跑了这段时间的赞助,也稍有收获,但距扩建所需数额,还差得远呢。

李晓宇:上上下下都知道,鲁院长为医院扩建可以说是呕心沥血。

鲁院长:操心费神,职责所在,这倒没什么好说的。只是光靠少数人的力量难免杯水车薪,众人拾柴火焰高,得靠大伙,啊?靠大伙嘛。

李晓宇说:医院的医护员工也在各尽所能,有的暗地里也在替医院拉赞助,找资金,千方百计筹集扩院经费。鲁侃忽然叹了口气:晓宇,你我都是医院的老人,彼此间毫无隔阂,说实话,对你,我放心,对其他科,我也放心,就是这个王冶文让我操心。

李晓宇说:冶文挺好的呀,你会有这种想法?鲁侃说:这小子也不坏,也不孬,就是那个促狭儿脾气让人无奈。我现在对他呀,就像逮着个刺猬,捧着扎手,丢了又舍不得这块肉,只能捏着一根刺儿。就这样嘛,稍不小心还是让他扎着。

李晓宇想起了什么,嘿嘿嘿儿地笑起来。

鲁侃:晓宇你知道,医院除了检查费用的收入外,主要还是卖药。自从召开了那次全院医护员工大会,宣布了有关创收规定后,各科都有长进,就是你们外科,原地踏步走,有时还倒退几步。责任在谁?当然是科主任王……王促狭儿了!

李晓宇说:其实,该用的药,冶文开处方时一样不少。

鲁侃:哪种药该用,哪种药又不该用?只要不给病人身体造成伤害的药,都是该用的。比如营养药、滋补药、非公费药……不就是医生的笔尖动一动吗?嗨!

鲁侃起身拍拍手,一脸的无奈。

李晓宇说:鲁院长这番话的意思我明白,我劝劝冶文就是了。鲁侃脸上露出笑容:对,对,你守着他近,天天耳鬓厮磨,润物细无声地就把这事办了。

李晓宇:好雨知时节,当春乃发生。随风潜入夜,润物细无声。

鲁侃接上说:野径云俱黑,江船火独明。晓看红湿处,花重锦官城。

鲁侃和李晓宇相互击掌:OK!

灯光很亮,外边大街上不断传来汽车喇叭声,在这个相对安静的办公室里,副院长和外科副主任连说带摆划,谈兴越来越浓。

晚上,普外三楼高间里李总编坐在沙发上看稿子,一位男青年立在屋门口静如处子,动也不动。李总编放下稿件说:小周啊,你总站着累不累?

小周回答说:不累,我们就是专干这活儿的,有领导或有老总住院,我们就陪着。李总编点点头:一男一女,女的值白班,男的上夜班,安排得当啊。

小周说:对,对,鲁院长就是这么安排的,白天小郭值班,夜晚我负责。

李总编摇摇头:用心良苦啊。

小周赶紧说:李总夸奖了。李总编苦笑:听说阑尾手术七天就可出院,我都住了半月了还让继续住下去?

小周犹豫半晌:我们只管看着你……不不,是照顾你,其他事情不了解。

李总编笑了:这几天怎么不见王主任了?

小周:合医院里他最忙,听说他的手术都预约到明年了。

李总编说:麻烦你替我找找他,我打了几次电话,他的手机一直关着。小周想了想提出建议,说:李总编,你可以打他办公室电话呀。

李总编:我不知道他办公室的号码。

小周:2645460。

李总编连说:好的好的,谢谢。

李总编和小周交谈的第二天上午就给外科办公室打了电话,当时王冶文和小黄正在整理病案资料,电话铃一响,小黄拿起听筒:喂,您好,请问找谁? 哦,王主任啊,恰好他在。好的,你和王主任直接说吧。

王冶文接过电话:您好! 李总编啊,听办公室里人讲,你找我两三次了? 对,对,整天忙,站不住脚。哦,你的身体恢复得很好,不用再检查了。什么? 有别的事请教我,那好,上午有手术,下午抽空我去你病室吧。好好,就这样。

王冶文放下电话说:八成又是黏糊出院的事。

小黄说:这个李总编连入院加手术都一个多月了,早该出院了,你该给人家开出院证啊。王冶文说:我也这么认为,可你说得太轻巧了,又不是不知道,凡是高间住院的病人,都要鲁院长批准才能出院。谁擅自放走病人,出了事谁负责。这是在院务会议上决定的。

小黄:真损。

王冶文:你小小年纪,懂得什么叫损啊。

小黄:好像你多大似的,不就比我年长十来岁吗?

王冶文：十来岁就是两代人，两代人之间就产生代沟。

小黄：还代沟，呵呵，笑死人吧。

王冶文说：可别小看代沟这个词，它不光代表年龄差距，还有阅历、经验、观念……小林出现在门口：小黄，26床该换药了。

小黄说：王主任，你好好在这里体会你的阅历、经验和观念吧，我得干活儿去了。王冶文一乐：丫头，嘴茬子够厉害。

看着小黄走出去，王冶文抓起电话拨通了李总编的手机，他说自己忘了，下午医院里召开各科室负责人会议，他得到晚上才能去。李总编连说：无妨，我只是想找你聊聊，没别的。王冶文笑笑说：李总编是大文人，大文人说话含蓄着呢。好，就算随便聊聊，提个建议，如果下午得闲，你可以到门诊七楼医院小会议室前听听，也许会议内容对你们的新闻事业有所裨益。

李总编神一样的人，立刻领悟到王冶文话中有话，连说：好的好的，一定去。

下午两点半，李总编借口闲极无聊，走出病室到门诊楼上转着玩儿。他倒背着手行走在门诊走廊上，医院派给他的"陪护"小郭紧紧跟在后边。李总编和小郭乘电梯上到七楼，慢慢踱到小会议室前站住。小会议室里正在开会，小郭走上来说：李总编，你出来散步的时间不短了，快回病室休息吧。

李总编说：我想继续在各处转转，若不是来住院，恐怕一辈子也见不到医院里边的真面目。小郭说：鲁院长吩咐过，一定要照顾好你的身体。

李总编连说谢谢。小郭微微低头：李总编您客气，这是我们陪护的职责。

李总编转身往回走，走了几步又返回来，他对小郭：刚才听着好像是鲁院长的声音，这位院长讲话水平还真不一般呢，我听一会儿，也当学习学习。

小郭听李总编说出这话，只好无奈地站在旁边陪着。

会议室里传出鲁侃的声音：下面谈一下高间病房的管理问题。比如报社的李总编吧……

李总编对小郭说：听听，谈我呢。他立在会议室门口不再动，接着从衣袋里掏出一支笔在手里摆弄。会议室里鲁侃抬高了声音：比如报社的李总编吧，他们有的是钱，是块很肥很肥的肉，不刮他个十万八万的，不能让他出院。我们现在啊，就得狠下心来吃大户……

另一人的声音也传出来——当时就不该让王冶文给他主刀，换个新手，手术时弄他个肠粘连什么的，起码能让他住上半年院。又一个略显苍老的声音接上说——这虽然是句玩笑话，可也实在太损了。我们医院总不能为了赚钱给病人没病添病吧，今后这一类的话，即使开玩笑也不能随便说。这牵扯到人格，牵扯到医德，牵扯到为医者的良心。谁再随便说这些不负责任的话，纪律处分。

211

李总编脸色干白,他把笔放回衣袋里沉思片刻,大踏步离开会议室门口回病房去。李总编走得很快,小郭小跑步从后边追:李总你走慢一点,我跟不上!

23

晚饭后,王冶文在门诊小手术室里帮着吕成切除了一个脂肪瘤,哼着小调去和住在高间的李总编见面。王冶文走进来时,陪护员已经换了小周,小周依旧立在门口,见到王冶文说了句"晚上好"就再不吱声。

此刻李总编坐在外间沙发上,面前茶几上放着一大摞稿件,稿件摆放也不如以往齐整,有的上面画满了圈圈,有的打着对号,有的则直接写明"不拟刊用"。李总编见到王冶文时表情不冷不热,也不如以前那样健谈了,好像经历了某种意外变故后突然由欢快转为沉郁。他把王冶文让在沙发上,吩咐一直陪伴自己的小耿沏了杯茶,勉强露出笑容说:我以为王主任今晚不来呢。

王冶文说:既然承诺了的就一定履行,即使突发意外不来了也一定打个招呼,交而忠,谋而信,言出必行嘛。李总编点点头:王主任果然不是轻言寡信之人。

李总编摆弄着手里的一支笔:王主任,手术后到现在,我又住了一个多月了。

王冶文说:不用你提醒,我们有病案记录。

李总编指指茶几上的稿件:你看,我现在都拿病房当办公室了。

王冶文说:你再耐几天,我找鲁院长说说,你们住高间的,出院都是鲁院长说了算。李总编翻翻眼:岂有此理,哪家医院不是医生说了算,就你们医院特殊。

王冶文朝李总编眨眨眼:也许是权力集中,也许领导另有想法。

李总编撇嘴:另有想法是真,权力集中只是幌子。

王冶文笑了:现在各单位不都在创收吗。

李总编压低声音说:多谢你电话提示,原来我就有这顾虑,下午得到证实了。

王冶文问怎么得到证实的。李总编说:今天下午我到医院门诊七楼上去了,在七楼的小会议室外,听到许多让人心颤的话。王冶文看看立在门口的小周,小周知趣地退到门外走廊上。王冶文微笑着:说说看,今天下午因为有手术,我没参加这个会。

李总编嘘了口气:你们鲁院长说……比如报社的李总编吧,他们有的是钱,是块很肥很肥的肉,不刮他个十万八万的,不能让他出院。我们现在啊,就得狠下心来吃大户。还有个声音几乎是恶毒,说当时就不该让你王冶文给我主刀,换个新手,手术时弄他个肠粘连什么的,起码能让他住上半年院。

王冶文呵呵笑起来:李总勿怪,他们是在开玩笑。

李总编又开始摆弄那只笔:这绝对不是开玩笑的问题,你是我的主管医生,我只找你要说法,明天无论如何我得出院。

王冶文看着李总编手里的笔:前几天你一直找我,也是为了出院的事吧?

李总编说:那时找你只是探探情况摸摸底,今天是最后通牒。王冶文一副犯难的样子:可是,没有鲁院长的签字,你就是出了院仍算是我院的病人啊。

李总编歪着头:这么说,我给软禁了!

王冶文说:没这么严重,我想你肯定有办法。

李总编:你提示一下。

王冶文指了指李总编手中的那只笔:你有杀手锏啊。

李总编打个愣怔:了不得!

王冶文:怎么了?

李总编:什么事也瞒不过你的眼。

王冶文取过李总编手里的笔:今晚咱俩的谈话录下来了?

李总编点头。

王冶文:那么下午你听到的也肯定录下来了。

李总编点头。

王冶文:这不就好办了吗。

王冶文向李总编附耳低语着什么,李总编摇头又点头,脸上终于出现了笑容。

李总编提高声音:妙啊!

王冶文:有个要求。

李总编:说。

王冶文:删掉你我之间的谈话。

李总编说没问题。他把手中的笔摆弄了一番递给王冶文,王冶文接过笔站起身来说:谢谢你的茶,就这样吧,睡觉前我还得到病房里转转。

王冶文站起身。李总编也站起身:我想问件事,你是怎么识破这支笔的?

王冶文:我表妹是民警,录音笔是警官必备。

李总编拍拍王冶文的肩膀:像你这样技术高精尖而又毫不迂腐的人,罕见!

213

第二天中午下班前,王冶文叮嘱姜玲代他向李晓宇交接病房事宜,自己匆忙换上衣服直接去找鲁侃。他走到七楼鲁侃办公室前敲门,室内传出鲁侃的声音:"请进!"王冶文轻轻推了下门,屋门果然开了,他很奇怪,因为鲁院长关门不落闩,少见。鲁侃坐在电脑前正写着什么,也没起身让座,只是朝沙发睚了下脸,眼睛始终没离开电脑屏:不响不乏的,你小子找我有事吗?

王冶文凑到跟前看了看,原来鲁侃正在电脑上写新的创收计划。电脑屏面上显出标题——关于进一步深化医院创收工作的意见。

鲁侃说:冶文啊,你自己沏杯茶,我写完这一部分。

王冶文坐下来:你忙你的,我刚从班上下来。

鲁侃说:很好,借着下班前这半个小时的时间,咱们公事私事都聊聊。王冶文说:英雄所见略同,咱们想到一块儿去了。

鲁侃打字很快,打着字也没耽误说话:还英雄,嚇!这世上有几个真英雄!

鲁侃说着话又看了一遍刚打完的东西,点了"保存"起身走到沙发前坐下说:不是让你自己沏杯茶吗,怎么干坐着,非得我动手。

鲁侃摸茶杯,王冶文拦住了:鲁院长别客气,快吃午饭了,咱们抓紧说事吧。

鲁侃盯了王冶文一眼:我和你还有什么客气的,你倒和我客气起来了。

王冶文:有句话早想告诉鲁院长,以后有什么事直接找我,别找说客。

鲁侃:呵呵,呵呵,这么说,晓宇找你了?

王冶文点头:找我两三次了,说你交给他任务,做我的思想工作。

其实,鲁侃和李晓宇谈话后,晓宇并没有找王冶文说什么,只是交换班时顺口说道:冶文,那晚鲁院长找我谈话,让我做你的思想工作,劝你多开药,多创收,说你是咱们医院的台柱子,要走在扩院融资的前头。有机会见到鲁院长时,你就说我找你了,也算我李晓宇不负领导所望,完成了任务……

所以,王冶文才说李晓宇找他三次了。

听王冶文这么说,鲁侃有点不好意思,连说:言重了,言重了,只是顺便和他提起这件事,这个晓宇,真就拿着鸡毛当令箭。怎么样冶文,近些天想开些了吧?王冶文说:当然,否则能把高间的那些病人哄得不愿走了吗。鲁侃:对对对,那都是些有油水的,逮一个是一个。

王冶文:可是,也有不好的消息。

鲁侃:什么?

王冶文:那个报社的李总编,恐怕得赶紧让他走。

鲁侃:怎么,出事了?

王冶文:没错。

鲁侃:快说说是什么事。

王冶文:他住在这里,对我们医院讲是祸不是福,因为他一直在搜集材料,说要曝我们的光。

鲁侃:啊？ 曝什么光?

王冶文:揭我们医院的黑幕。

鲁侃:医院里连隔离衣都是白的,哪来的黑幕。

王冶文取出那支录音笔按了下播放键:听听吧鲁院长。

录音机里传出鲁侃的声音:下面谈一下高间病房的管理问题。比如报社的李总编吧,他们有的是钱,是块很肥很肥的肉,不刮他个十万八万的,不能让他出院。我们现在啊,就得狠下心来吃大户。另一声音——当时就不该让王冶文给他主刀,换个新手,手术时弄他个肠粘连什么的,起码能让他住上半年院……

里边紧接着响起一阵嘈杂声,王冶文关了录音笔。

鲁侃脸色骤变:哪儿来的?

王冶文说:我从李总编那里糊弄来的。

鲁侃:我是说他从哪里录到这些话的,这可是我在开会时讲的呀。

王冶文:你只能去问他了。

鲁侃:不会是你小子从中弄鬼吧。

王冶文:我参加下午的会了吗?

鲁侃想了想:嗯,天地良心,你请假了,做手术呢。

王冶文:他放给我听,我也很吃惊。

鲁侃:怪了,他是通过什么途径录到的?

王冶文说:李总编宣传部出身,是个老记,搞新闻的,手段多着呢。鲁侃显得很焦急:一定另有内奸,妈妈的! 哎,他准备捅给哪里?

王冶文:说先上报纸,再给市人民广播电台。

鲁侃脸色发白。

王冶文:还说要告我们非法拘禁。

鲁侃说:会有这么严重? 王冶文:这可说不准,报社里一帮耍笔杆子的。

鲁侃说:我们给他治了病,他好意思告状? 王冶文说:你好意思说那些话,他就好意思告状。鲁侃嘘了口气:可也是,真要告了,我们可是触犯了法律。法律,这可不是胡日鬼着玩儿的。

王冶文:快想办法对付呗。

鲁侃:快,你开出院证,我签字,明天就让他出院。

王冶文:请神容易送神难,他说他一时半会儿还不想走了呢。

鲁侃：干吗?

王冶文：刚才不是说了吗,搜集材料啊。

鲁侃真急了,他站起身跺着脚说：真要捅了出去,这可是本市头号新闻。冶文,快,你想办法,无论如何也要尽快把这尊神给送出去。还有,这支什么什么笔,扣下。不,还是给我吧。

鲁侃很麻利地从王冶文手里夺去录音笔。王冶文见鲁侃把录音笔装进自己衣袋里,眨眨眼说：鲁院长,录音笔你可以扣下,他也不好意思勉强和我索要,只是,他要留有备份怎么办?

鲁侃：大意失荆州哟,你和他去讲个条件,能要出来最好,实在不行我们买。

王冶文：那这笔钱……

鲁侃说：我会想办法报销,实在报不了,我自己掏。王冶文见鲁侃紧张得喘气不匀,不免生了恻隐之心,他安慰鲁侃：一个来月的接触,感觉这是个通情达理的人,我做做他的工作吧。至少,他还得惦着以后来我们医院看病啊。

鲁侃说：对对对,快去,快去,争取下午上班前做通他的工作,至迟明天早上请他出院。王冶文站来：好,谨遵所命。

王冶文起身往外走,刚到门口忽听鲁侃说：站住!

王冶文回过身。鲁侃走到他跟前：冶文啊,血的教训,注意侦察一下高间的其他人,是不是也弄这手段。如果发现,当机立断。

王冶文：今日被蛇咬……

鲁侃拍拍王冶文的肩：当天怕井绳!

王冶文会心一笑,走出去。鲁侃随手把屋门关上,落了闩,他长叹一声道：危难时刻显身手,多亏这个促狭儿心眼儿多!

当天下午王冶文就找到李总编,伏在茶几上给他开了出院证明。李总编当即就给刚刚返回报社的耿主任打电话,让小耿派辆车来,带上会计,说今天可以出院了。王冶文将出院证交给小周：你去病房值班室盖个章,再找鲁副院长签上字。

小周接过出院证走出去。李总编笑呵呵地说：谢谢你了王主任,亲自给我手术,又费心帮我出院。

王冶文说：是你的硬件扎手,否则我也是变戏法的掉到井里,啥法也没有。

李总编说：这医院的风气,要改改才好。王冶文沉吟道：时代的精神错乱,只能慢慢治疗。你是搞新闻的,应该比我们敏锐得多,现在中央已经摸清了这其中的底细,开始着手治理了。

李总编：对,一系列措施都是有针对性的。

半个小时后,耿主任和报社会计推门走进来,见王冶文在场,耿主任开了个玩笑:今天是哪块云彩带来的雨,是个人行为还是共同策划?

李总编说:是王主任帮忙。耿主任和王冶文握手:您是好大夫,也是正人君子。

王冶文:嗯,在君子圈里,我属于流氓。在流氓堆里,我算是君子吧。

几个人大笑。

小周走进来,把出院证交给耿主任。耿主任说:车就停在医院门口,咱们走吧。三个人收拾东西就要出院,王冶文忽然说:别都走,留下一个。

三人不解地看着王冶文。王冶文说:看什么看,结账啊!

耿主任笑了,指指会计说:你留下。

一周一个大全班。王冶文、姜玲和小林、小马在骨外这边查房,李晓宇、吕成和小黄、小云在普外那边查房,然后两路汇合,互通情况。王冶文、姜玲等人查完骨外走进外科办公室,王冶文和姜玲整理病历记录,小林和小马摆好室内的椅凳。不大会儿,李晓宇、吕成和小黄、小云从普外那边过来了,李晓宇和吕成坐下后整理病历,小黄、小云帮助小林和小马擦拭桌椅。

这是一个科室,更像一个家庭,因为科室里充满着家庭的气息。

李晓宇整理着病历问王冶文骨外这边的情况,王冶文说:基本正常,就是106有点反复。他问普外那边如何,李晓宇说:大体正常,不过王学东病情有些加重。

王冶文抬起头:晓宇兄,这事怪我,是我疏忽了,当时应该转到内科,刘少清想想办法,兴许病人还能多活些日子。

姜玲插进话来,说:当时病患家属一力要入外科,认准了要你手术。李晓东点头道:你小子名气大,是好事也是坏事。

王冶文叹口气:仁兄此话不假,名气有时会害人的,害别人,也害自己。哎,大全班,查完房了,咱们别说这些沉重的话题了,说点让人高兴的。

吕成说:对,对,说些活泼的,也让人轻松一下。

小林见小黄偷笑,抿着嘴说:小黄,啥喜事说出来,别鬼鬼祟祟的。

小黄止住笑,嘴巴凑到小林面前问她要不要重复一下那部轻喜剧。小林看了一眼李晓宇说:打住打住!

室内的人掩住嘴笑起来,目光不约而同投向李晓宇。小林见状,知道瞒不过去了,只好顺水推舟问李晓宇:不过啊李主任,我还是禁不住想问,那夜你的感觉是不是相当意外又相当幸福?

李晓宇的身子震了一下，讪讪笑道：嗯，意外是肯定的，幸福嘛……

小林说：可惜幸福没有降临到你头上。

李晓宇起身在室内转着圈：有点，不全是，我当时感觉……

小林：感觉什么，快说。

李晓宇动了会儿脑筋：我记得有本刊物上写了这么句话，很能说明当时的心境。哦，想起来了，叫作陌生，荒诞，复杂，迷茫，震撼。

王冶文指尖点着桌子说：很贴切，因为震撼之后就是幸福嘛。

李晓宇看着王冶文眨了会儿眼睛，忽然想到什么似的走到王冶文背后按住他的脖子：说，是不是你小子搞的鬼？

王冶文连忙告饶，他看着李晓宇形销骨立的躯体说：仁兄见谅，套用孔乙己的话说，冤乎哉，冤也！哎，她是不是看上仁兄的身条了？

吕成笑得喘不过气来：也许吧，高矮相抵，胖瘦相宜。

李晓宇松开王冶文转向吕成：小吕你就跟着他学吧，技术学好了，这促狭儿本领也到了火候，说不定青出于蓝而胜于蓝呢。

说笑了一阵儿，议论尚未转入正题。李晓宇说他和鲁院长住一个楼道，前些日子一直挺消停的，近些日子又有些乱，特别是郎主任到他家去了两趟后，两口子又在开仗。陈小琳绰号陈醋情有可原，可鲁院长有了个年轻貌美的小陈也该就此止步了呀。李晓宇说着看看王冶文：是不是郎主任……

王冶文抢过话头：只要鲁院长不处于发情期，他们家就能和谐安定。

姜玲一下子笑呛了：这么说，鲁院长又到发情期了！

王冶文说：性乃人之大欲，不足为怪。姜玲斜他一眼问小马：这叫什么来着？

小马说：这叫自圆其说。姜玲说：对，对，自圆其说。

王冶文合上病历夹：好了好了，大全班结束，今天是我和小姜、小林、小马的班，你们几位快回家宿窝去吧。

医院值白班的医护员工，中午差不多都在职工食堂餐厅吃饭。王冶文和姜玲下了班也走向职工食堂，拐过食堂门前的花圃，看到郎婷婷慢腾腾地走在前头。王冶文想返回，被姜玲拽住：你回到家又是锅又是灶的，在这里对付着吃点算了。

王冶文也不好说什么，只好和姜玲同时走进食堂。

郎婷婷在最南边的窗口买饭菜，王冶文却跑到了最北边的窗口排队。姜玲犹豫了一下，就近排在了南边队伍的后边。虽然同在一排，但她和郎婷婷隔着十来人,郎婷婷目不斜视地端着饭盒走过姜玲身边时,竟没注意到姜玲正在看她。

郎婷婷端着饭盒无精打采地走到餐桌前,打开饭盒仔细端详里面的菜。她吃一口馒头,夹一点蔬菜,嚼得很细,咽得很慢。

王冶文端着饭盒走到郎婷婷餐桌前,郎婷婷抬头看了看,口气不紧不慢地问道:你离家挺近的,也来食堂吃。

王冶文说:孤家寡人,图省事呗。

郎婷婷讥讽他:看来,你是打算孤家寡人终身守节了。

王冶文嘻嘻一笑:说得轻巧,能憋得住吗?

郎婷婷说:别人憋不住,你能,你前生是大和尚托生的。王冶文说:不对,我是采花大盗花蝴蝶托生的。郎婷婷白眼相涮:啊呸!算是服了你的定力。

王冶文说:小心着,唾沫星子溅到碗里了,我哪来的什么定力?郎婷婷看看左右说:前天晚上我在休息室等了你半夜,你倒好,甩下我跑了,要不是我反应机敏,差一点点让别人占了便宜。你说你,是不是太促狭儿了!

王冶文:哦,那天夜里呀,我去急诊室给一个病人骨头复位,回来时快四点了,到休息室看看吧,你老人家鼾声如雷,而此时换班的也来了,我不能搅了你的好梦,只好回家。

郎婷婷:促狭儿,你一生的本事都修在两个地方了。

王冶文:哪两个地方?

郎婷婷:一是手上,手术一把。二是嘴上,能编会说。

王冶文:高抬了。

郎婷婷狠狠地咬了口馒头:促狭儿,你就戏弄我吧,走着瞧!

姜玲从那边端着饭盒向这里走来。

郎婷婷斜了一眼:来夹塞呢,看情况还真摽上了!

……

下午,王冶文正在外科病房值班室制订一个手术方案,李晓宇急匆匆走进来。王冶文头也没抬:还差将近一个小时呢,你怎么就跑来上班了?

李晓宇放下提包坐在王冶文对面,王冶文抬起头:这么严肃,有圣谕?

李晓宇说:你真是精灵古怪,怎么看出来的。王冶文笑笑说:如无重量级话题,你我何时这么庄重过。李晓宇点点头:让你点到命穴了,鲁院长又找了我。

王冶文:意料之中。

李晓宇:诈我!

王冶文:还是让你继续做我的思想工作,多开药,开大方。对吧?

李晓宇:小狐狸白毛,还没到成精的时候,这次你可预测错了。

王冶文说:这不会错,外科是个大科,虽然你我分别负责骨外普外,但咱俩精诚合作遇事共谋是全院出了名的,要做我的思想工作,你当然是不二人选。医院卖药并没有错,因为药是治病的,治病的药同样是花钱买来的。可是,作为医生一旦坏了医德,那和奸商、强盗又有什么区别?

李晓宇说:你真猜错了,鲁院长这次找还有第二个任务,也是眼下最重要的任务,他让我想方设法无论如何也要把你和郎婷婷弄成一对。其实我对这事挺纠结,这婚姻大事又不是捏糖人,两边一对巴就粘上了。这得有感觉,对吧,得有感觉。你说句实话,别糊弄我,对郎主任到底有没有感觉?

王冶文笑眯眯地盯着李晓宇:你对嫂子有没有感觉?

李晓宇回答爽快:有啊,要不能结婚吗?

王冶文:我猜测,你感觉的是她那身肉,她感觉的是你这身骨头?

李晓宇:没正经,快回答。

王冶文摇摇头,一本正经地说:老兄,郎婷婷人不错,对我也是真心实意。可是……可是我就是没感觉。

李晓宇点点头:冶文,你这么正儿八经说话的时候少,如此郑重,我信了,你对郎婷婷确实没感觉。谈话到此为止,不过以后鲁院长问起来,你可得承认我给你做了大量的思想工作啊。

王冶文不藏性,只一霎又恢复了原有个性:放心老兄,鲁院长如果问起,我就说你不光给我做了工作,还差点把我和郎婷婷哄进被窝里去。

李晓宇站起身:掰不开的鲜姜,打不散的鸳鸯,我知道是怎么回事了。你忙吧,我到普外看看那个肺癌患者去。

李晓宇刚要走,王冶文又叫住了他:老兄你记着,这件事鲁院长不问你,你不要主动汇报。树老根多,人老心思多,鲁院长现在是疑心越来越重了。他想撮合我的郎婷婷也是认真的,不像有人谣传的那样跟郎婷婷什么什么。他如今是一心多用,既要应付陈小琳的怀疑,也要迁就郎婷婷的要求,更重要的是整天忙活扩院所需的融资工作。这节骨眼儿上,你我只能应付,不能给他添堵。

李晓宇连连点头:冶文,你这话绝对正确,实话讲,我进了他的办公室后,真被他的工作精神感动了。那么晚了,还在规划医院的扩建,还在计算资金差多少,还在谋划着去哪家企业拉赞助。写字台上光文件规划书表格就一摞摞的。

王冶文一脸认真:看来是真正进入了工作状态,连惯常的花心也没了。

李晓宇说:我是这么看,鲁副院长除了喜欢漂亮女人这点爱好,其他方面都挺好。况且,他对爱还是很专一的。王冶文一乐:陈小琳是第几任了?

李晓宇:第三任。

王冶文:这叫专一?

李晓宇说:起码到现在一直是专一的。王冶文说:对,对,现代社会,不滥就算检点,对鲁院长的这点爱好,权且这么认识吧。

李晓宇来了精神:是啊,一个男人,有点花心也不是什么大错。

王冶文:你也有?

李晓宇看看自己的胸腹:我这身板,有信心没能力呀。

王冶文说:老兄,你就是有能力,也得有女士喜欢你才行。

李晓宇:今后努力。

王冶文用指头弹弹他的胸骨:算了吧,既黑且瘦,不是骨头挡着,还得继续往里瘦。就你这架势,能按时给嫂子交公粮就是标准男子汉,别惦记讨野食了。

李晓宇:促狭儿,经你嘴里说出来,损人的话也变成幽默。

第二天下午四点,王冶文、姜玲和小林小马轮值小夜班。晚上,没有急诊收治入院,也没有病人病情反复,病房里基本平静。王冶文坐东头桌前喝水,姜玲躲到西头灯下看书,小马、小林在一旁说悄悄话。

王冶文打了个呵欠,正在看书的姜玲并不专注,她抬起头问:累了?

王冶文说:今天没睡午觉,是有点困倦。姜玲说:你去歇会儿吧,这里我盯着。王冶文说:再有一个多小时换班,老李和小吕也快来了。姜玲说:坐着也是坐着,去眯一会儿呗。王冶文说:那好,抽空睡觉,有事熬夜,干外科的,经常不能按规律生活。王冶文走出去,小马、小林凑过来。

小林:姜姐,你看王主任这人怎么样?

姜玲:挺好的。

小林:人好还是技术好?

姜玲:都好。

小马:姜姐,王主任这人,是不是人见人爱呀?

姜玲:你见他也爱吗?

小马:嗯,要不是差着十多岁,我真大胆追他。

姜玲的脸抽搐了一下。

小林拍了小马一下:抽你的嘴,咱们刚才说什么来着?

小马:刺激一下嘛。

小林说:姜姐,我和小马商量,王主任已经离了婚,你也单身,看你对小冬也挺有感情的,我和小马就想从中……

小林双手做了个撮合的动作。

姜玲说:谢谢两位妹妹好意,那香港拍的《新白蛇传里》是怎么唱的来着?

小林:有缘千里来相会,无缘对面不相识啊。

姜玲:这就是了。

小马说:有首老歌说得好,幸福不会从天降,社会主义等不来。幸福是需要自己努力争取的,迟一步说不定就是那个……那个她的。姜玲指头点着小马的额头哂道:小小年纪,倒哲学起来了。

小林:真的呀姜姐,如果你不嫌他是个二婚头,我和小马做大媒。

姜玲:你们有这个能力?

小马握着双拳:我们姐俩齐努力,万水千山只等闲。

小林说:现代青年,没什么好遮掩的,你说心里话吧姜姐。姜玲说:顺其自然呗。小林笑笑:这就是说你心中有意?

姜玲低下头念书:肺页的切除关键在于确定……

小林、小马互相击掌:OK!

掌声把姜玲吓了一跳:你们干吗?

小马小林齐声道:庆贺。

姜玲说:别练嘴皮子了,小林到治疗室看看医嘱落实情况,小马也去休息一会儿吧。小林、小马仍是齐声回答:好嘞,明天我们就跟王主任说。

姜玲和小林小马正在值班室闺密私言之际,王冶文推门走进男医生休息室。休息室里关着灯,窗外的灯亮照进来,室内显得光怪陆离。王冶文没开灯,径直向床边走去。他目光迷离,刚要和衣往床上躺,忽地又翻身跃起:谁!

一个雪白的躯体从床上跳下来,窗外的光亮映出一张笑嘻嘻的脸。王冶文大吃一惊:郎主任,你怎么在这里?

郎婷婷张开双手抱住王冶文,王冶文挣开身子朝门口走。郎婷婷抢先一步堵住门口,王冶文呆住,口气史无前例地慌乱:郎主任,你这么做让我如何……

俗话说没有不透风的墙,有的墙是因为有缝透风,有的则是巧合。

那么,这件事就算巧合吧。

遵照姜玲的吩咐,小林和小马轻手轻脚顺着走廊往东走,两个人边走边压低声音说着悄悄话,路过男医生休息室时,耳朵极灵的小马摆摆手:停!

小林:怎么了?

小马指指休息室:有情况!

小林:啊?

两个人贴近休息室门口,休息室内果然传出男女两人的对话。一个是王冶文,另一个是郎婷婷。两个人耳朵贴在门板上仔细听,开头听不清说什么,小林悄声说:小马,想不到啊,通上了!

小马点点头:看来是早就约好的。

小林点点头:咱们走吧。

小马拽住小林:别走,你听。

小林:我本来就没想走。

小马回过头,见小林把手机打开到录音上,正朝休息室门板上伸过来。

小马:录下来?

小林:以做证据,到时好和林姐有个交代。

小马竖起大拇指。

二人又同时把耳朵贴在门板上,室内声音渐大,是郎婷婷的声音:你想反悔?

王冶文:我何时答应过你。

郎婷婷:没答应你来这里做什么?

王冶文:这是医生休息室。

郎婷婷:冶文,我是真喜欢你。

王冶文:人不是502,随便乱粘的,即使喜欢也得有个过程。

郎婷婷:我不要过程,只要结果。

王冶文:什么结果?

郎婷婷:我的女人身子也给你看到了,你说怎么办吧。

王冶文:我是外科大夫,见到的女人身子多了。

郎婷婷:我在你面前丢够份儿了,你别再逼我。

王冶文:郎主任,天地良心,是你在逼我呀。

郎婷婷:打谷场里放火,豁出去了,是亲是仇,就在今夜。

王冶文:真得是秀才遇见兵?

郎婷婷:算是吧。

有拉门声。

郎婷婷:甭拽门,我上了锁了。

王冶文:请你放我走。

郎婷婷:妄想,成呢是亲;不成呢我就喊,说你骗我到这里强奸。

王冶文:你……

郎婷婷:不要你呀我的,事情就这么简单。

223

室内沉寂了一会儿,终于响起处女们并不熟悉更难诠译的响动,接着是郎婷婷幸福的呻吟声。小林的心一沉:完了,王主任做了俘虏!

小马说了声"不要脸"便要破门而入,小林一把拽住:你真想让姓郎的喊出声啊,那样的话,弄不好王主任还要治强奸罪,了得吗?

小马:你听,屋里没了声息。

小林听了听:水中鸳鸯成双对,这闲事管不得,走吧,咱俩的大媒当不成了。

小马说:对,对,不过王主任也不吃亏。

24

连续三个小夜班,除了突发病情外,王冶文白天就算有了空闲时间。今天上午很清闲,清闲下来的王冶文坐在书房里专心写一篇医学论文。这篇论文他必须月底以前交稿,杂志社已经电话催过两次了。

书房里是乒乒乓乓的打字声,书房外的客厅里是唰唰唰的拖地声,小桦正用拖把拖地板。小桦拖完地板又擦拭玻璃,小桦擦得很仔细,清洁刷洗以后,又用抹布擦。抹布擦在玻璃上发出嚕嚕的声响,小桦的汗水也顺着后背往下淌。

书房门开了,王冶文从书房里走出来,见小桦站在窗台上里里外外地擦拭,就打招呼说:小桦,差不多就行,又不是娶媳妇装修新房,太仔细了吧。

小桦说:我是做过家政保洁的,知道怎么做,你写你的文章吧,不用管我。

小桦继续擦拭玻璃,擦完一个窗子又朝另一个窗子上挪。王冶文走过去给她扶着凳子,小桦说:不用扶王主任,我年轻,身子灵活,上高中时还拿过双杠冠军呢。王冶文称赞道:难怪你提着拖把就跟拿根小葱似的。哎,说到小葱,我倒想起,小秋近日贩菜的生意还行吗?

小桦一边擦拭玻璃一边说,她父亲病情稳定,科里又给自己安排了这么好的工作,小秋心里一踏实,腿脚更勤,以往每天跑郊区一趟,现在是每天两趟,除了贩菜,还捎带着卖些瓜果什么的。昨天听他讲,光这半个月就赚了将近两千元。王冶文啧啧道:哟,真不赖,快赶上我的工资了。

小桦说:哪能和您比呀,王主任您是名医,听说就你这技术,搁大城市里每月工资最少得上万了。我们小市民,挣点钱能糊口就知足。王冶文心中一沉,他想,市民怎么了,难道就低人一等吗?他给小桦提议:动动脑筋,再想想其他的生财之道,干好了照样每月收入上万。

小桦说:这话倒是真的,我们正合计下一步增加什么项目呢。王冶文说:小

224

秋为商不奸,待人以诚,贩来的菜明码标价,成色斤两又好,肯定会发财。小桦停下手说:你看,我还差点忘了,小秋昨天告诉我,说是明天给外科每位医护一份菜,都是刚从菜园里新摘的,王主任,你可得告诉科里的人,千万收下。

王冶文说:好好,人不打送礼的,狗不咬拉屎的,你往他嘴里抹蜜,他还咬你手指头不成?你想想,这外科的兄弟姐妹们,哪能拂了小秋好意呢。

小桦听了这话笑起来,笑得差点从凳子上跌下,王冶文赶紧扶住她。

王冶文:笑什么呢小桦?

小桦说:笑你说的话,人不打送礼的,狗不咬拉屎的。这算什么比喻呀。王冶文自己也禁不住笑起来:呵呵,小桦啊,我说话随便,嘴没个把门的。这样,下午你向小林要份外科人员名单,让小秋把菜分好装进塑料袋里,一并放到医院食堂,交给曹司务长,就说我让送去的。

小桦:这样最好,省得挨家挨户送,他不认识门,我还得领路。

王冶文说:就这么定,下午上班前我告诉小曹。

第二天中午,医院职工食堂餐厅里坐满吃饭的医护员工,大家一边吃饭一边议论着各种话题,餐厅里有点乱哄哄的。这时司务长小曹走到餐厅中央,他环顾四周,煞有介事地说:外科的医护员工听好了,午饭后到餐厅西南角领菜。

小黄站起来:免费的吗?

小曹:想得美,不过比市场价低些。

小黄:我们并没委托别人买菜,是不是食堂硬派给的?

小曹:开玩笑,硬派也不能光派给你们外科呀,是王主任让人送来的。

小黄:既是王主任让人送来,肯定有他的道理,我们认了。

有吃完饭的医护走向西南角,一位厨师正站在那里看名单。厨师看罢名单说:外科的同胞注意,今天不当班没来吃饭的,请通知他们下午来领。

装在塑料袋里的蔬菜被一一领走,小曹站在旁边按份收钱。王冶文最后一个走过来领菜,小曹问他这收的菜钱怎么办,王冶文低声说:等发放完毕收齐了菜钱,交给骨外106的邱小桦。

小曹:那送菜的人是……

王冶文:是她弟弟小秋。

小曹:你替人销菜,有无回扣?

王冶文:回扣大大的。

小曹笑了:鬼才信呢。

王冶文:有个不情之请。

小曹:请讲。

王冶文:以后咱们医院食堂购菜,能不能优先照顾一下那两姐弟?

小曹:他们是你亲戚?

王冶文摇摇头。

小曹:那为什么?

王冶文:他们的父亲在骨外住院,这个家庭太困难了。

小曹点点头,说与人方便,善莫大焉。王冶文拍拍小曹肩头:高僧大德。

小曹说:我不想当高僧,二茬光棍难混,被老婆甩了后早就捺不住了。王冶文凑到他面前说:以你的条件,再找个媳妇不难。

小曹说:有以前那个比着,一般的看不上眼。王冶文看看左右继续压低声音说:哎,兄弟,和你一块儿看歌舞的郎婷婷怎么样?

小曹说:望眼欲穿,不敢高攀。王冶文沉思着:也许会有机会……

吃饭的人越来越少,清洁工开始擦拭餐桌,打扫地面。

……

下午王冶文上班后不一会儿,鲁侃就来找他。两个人对坐在外科办公室沙发两边抻了片刻,王冶文开口问:鲁院长你怎么有空来这里了?

鲁侃:有空?我不是总到各科室巡察吗?

王冶文说:我是说你最近有段时间没来了。鲁侃"哦"一声道:最近院务上比较忙,下来的少了。今天去高间水泥集团孙董事长那里看了看,顺便来找你聊聊。

王冶文说:孙董事长可以出院了吧?鲁侃眨眨眼终于松口了,他说:孙董事长今天答应多赞助我们医院五十万,这几天就让他出院吧。王冶文朝鲁侃跷起大拇指左摇右晃:鲁院长高,豆糁里也能挤出油来。

鲁侃:为了医院扩建,说句粗话,日狗的办法也得想啊。

王冶文说:一般领导可真没你这魄力。鲁侃说:冶文啊,别恭维了,你最近做了两件大好事。一是替我摆平了那个李总编,二是接收了郎婷婷的爱。两件都是大事喜事,你说我这心里有多痛快吧。

王冶文说:第一件我承认,第二件就有点迷糊了。

鲁侃嘻嘻笑着:装,继续给我装。

王冶文说:鲁院长,这关系到人的声誉,我无所谓,人家郎主任可是女士。鲁侃拍拍自己的腿:婷婷自己都和我说了,你还昧着干吗?

王冶文说:就算是真的,哦,我是说就算……那郎主任怎么好意思对你说这话呢?鲁侃打个愣怔:你小子想套我?

王冶文笑了:没那意思。按说男女情事不算了不起的大事,只要你情我愿。

但无论如何,还是谨慎为要。我以小弟弟的真诚告诫您老兄也叮嘱我自己,以后不是自己的地千万不要随意耕种,即使从别人手里转包的也并非长久之计,否则,将来的收获究竟归谁会大费周折的。

鲁侃佯装糊涂:冶文,过了,说得太过了,那都是你们青年人的活儿。我已过知天命之年,既无激情,也没精神了。呵呵,懂吗?

王冶文嘴角上溢着讥讽之意:激情与年龄无关,精神是一种状态嘛。凭鲁院长的智商,肯定明白个中玄机。否则,陈姐也不会整天死盯。

鲁侃:难怪有人说,每天都应该是有收获的,哪怕只是一句话。冶文你记着,唯爱与美食不可辜负。每天从心里想一想,不忘当初,方能体会到这种感觉。

王冶文说:明话我相信,陈姐之所以盯你,可能就是始终不忘当初。

鲁侃眨巴着眼笑道:爱之深,恨之切。那是小陈她真在乎我。看来,你和婷婷产生真感情了,否则不说这种带酸味的话。

王冶文说:感情这玩意儿是要慢慢培养的。感情这东西又很怪,一旦钻进去就别想出来,一旦丢了再找回来也不是原来的味道了。就像吃一块糖,嚼着很甜,可一旦吐出来再想送进嘴里就恶心。对吧?

鲁侃用《地道战》里汤司令的话说:高,实在是高!我也不和你绕来绕去了,我知道再绕也绕不过你,我和婷婷的哥哥是多年老同学,她的事也就是我的事,你们继续发展,我盼着尽快瓜熟蒂落。王冶文笑笑没回答,他问鲁院长还有什么指示。鲁侃犹豫半天:让婷婷和你说吧,我得回去了。

鲁侃起身往外走,王冶文送到门口转回身摇摇头:瘸子屁眼,邪(斜)门了。

鲁侃回到办公室匆忙抓起电话。电话拨通,鲁侃一脸的喜悦:喂,老同学啊,婷婷可能要双喜临门了。刚安排了住院部副主任,终身大事又基本有了着落。

郎总说:谢谢老同学帮忙,就是那位名满州城的王大夫吧?

鲁侃说:除了小王,谁还能配得上咱妹妹。

郎总:谢谢老兄,谢谢老兄为我去了一块心病。

鲁侃说:光谢不行,你得来点实的。

郎总:说吧,有何条件尽管提。

鲁侃说:我们医院融资的事……

郎总:嗨,不就是那几十万块钱嘛,你给兄弟解决了一个大难题,我不会过于吝啬。再加一个数,行吗?

鲁侃说:那我得代表齐院长谢谢你了。

郎总:看看,又来了不是,你到老也丢不掉那个虚乎的毛病。

鲁侃说:不是虚乎,是发自肺腑的。你不知道,为了医院扩建的事,我都快呕出肠子吐出血来了。几十万在你们大集团来说算不得钱,可在我们医院那是一笔不小的赞助啊。用《红楼梦》里刘姥姥的话说,瘦死的骆驼比马大,您拔根汗毛比我们的腰都粗啊。郎总在电话那边笑起来:又提《红楼梦》,你小子要不是从小爱看《红楼梦》,还不至于学生时期就弄出许多花花事呢,哈哈……

鲁侃说:我再怎么也赶不上你个花狐狸,比咱们低两级的校花不是终于让你整到手了吗。电话两边同时响起爽朗的笑声:彼此,彼此。

鲁侃说:书归正传,几次闲聊之后,我看出来了,王冶文这家伙之所以迟迟不做决定,心里是有顾虑的。

郎总:什么顾虑,还怕婷婷反悔不成?

鲁侃说:似乎有这么一点吧,听他话头,是不想再闹一次离婚了。言外之意很明白,他要对自己的第二任夫人进行认真而长时间的考察。

郎总:有这想法还真是不错,说明人家王冶文不像婷婷的前夫那样花心大萝卜。给他时间,让人家认真考察,和婷婷培养真正的感情。

鲁侃连说"对对对",待那边告一段落后他才开口:郎兄,我有个想法,你和嫂夫人能不能在百忙中抽出时间和王冶文聚一下,一是强化感情,二是作为兄长也对未来的妹夫实地考察考察。

郎总说:完全可以,时间地点由你定,找全市最有档次的饭店。

鲁侃:那行,我和冶文通通气,得找个他不值夜班的晚上。

鲁侃放下电话沉思着,然后起身在室内慢慢踱步。鲁侃在室内踱了几个来回,信口哼起了京剧《智取威虎山》:坐山雕,愚而张……

……

王冶文送走鲁侃后,拿上病历去了106病房。

此时,老邱正坐在病床上刚刚喝完粥,他把饭碗搁在病床旁的高低柜上,用手擦着嘴角上的饭渍。小桦走过来,用餐巾纸给父亲擦干净嘴角。

小桦:爸,这粥还行吧?

老邱说:我闺女熬的粥,总是合爸爸的口味。小桦笑笑:爸爸总是夸我。

老邱转脸向着病友们说:还是养活闺女好啊,有病有灾,只有闺女才真心伺候。

一位病友颇有感触:老哥说得太对了,这不,自从我住了院,一直是闺女伺候我。

另一位病友借题发挥,指指自己身边的一位小伙子说:我儿子倒是伺候我,可笨手笨脚,没有可我心的时候。就说解手吧,催得紧了,嫌我嘟噜,说得慢了,他,他妈的就装没看到让我受着,那次差点拉一裤。

小伙子笑笑:树老根多,人老事多,真没办法。

刚才说话的那位病友说:老弟你得知足,孩子每天还来守着你,你儿媳还隔两天来给你送点好吃的,我儿子儿媳整天光照顾他们的孩子,三五天来不了一次。那次你们都看到了,两口子来了正碰上我解手,儿媳找了个借口跑出去,儿子转过身装着和你搭讪说话,还是闺女伺候我。

正这时,小秋推开病房门走进来。

这位病友接着说:瞧了没,还是老邱哥有福,闺女儿子轮流伺候。

老邱满脸放光,他笑眯眯地看着儿子:秋儿啊,今天没去贩菜?

小秋说:今天我去得早,卖得快,一早晨就卖掉了大半,剩的货不多,放在邻家摊上我就来了,不是怕你老人家着急吗。

那位病友啧啧连声:邱老哥,你儿子真孝顺。

老邱一歪头:孝顺!这是看我躺在床上了,搁平日,他小子脾气大得很呢。他说什么,我这个当爹的就得听什么,哪像我们年轻时……

小秋害羞了:爸,说话可得凭良心啊。

小桦:秋儿,别跟爸爸犟了,他不是病了吗。

大家说着话,王冶文走进来,先是挨个儿询问病人们的情况,随之走到老邱床前:怎么样大叔,腿脚强多了吧。

老邱说:多亏王主任及时治疗,好歹没让那疯子搡死。

病室里一片笑声。

老邱:王主任,你父母和你住在一起吗?

王冶文:我家原在农村,父亲当年从部队转业来到菊城,退休后和母亲住在他们单位自建的小区里。我因为工作关系,只能住在医院宿舍。两位老人身体还行,暂时不需要我的照顾,等到他们需要时,我会和老人们搬到一起住的。

老邱转脸朝大伙说:听听,听听,人家王主任技术好,人好,还是个大孝子,不像有些做儿子的,光想着老婆孩子。

另一病友似乎深有体会:老邱哥说得对极了,咱们当老人的,你都不能说他老婆孩子半点不是,否则就跟你急眼。

王冶文:哈哈,不至于吧?

老邱:唉!哪像我们年轻时,老子说啥是啥,当儿子的连大气也不敢喘啊。

王冶文呵呵直笑,说看起来就数你们这辈人倒霉。病友们随声附和:是哩,是哩,我们这辈人就是不容易,特别是六十岁以上的。

王冶文说:上次我和老邱叔说过,爹说话算数的时候,你们是儿子;儿子说话算数的时候,你们又当爹……

病房里静了片刻,人们琢磨出这句话的含义后,忽然响起一片笑声。

王冶文看看106病房一切正常,便告辞病人们去另外的病房了。

看着王冶文走出门口,老邱两腿移动着挪到床沿上。小桦问:爸爸是不是想解手?老邱说:不不,刚吃了饭,我害怕囤在心口里,下床遛遛。

小桦收拾着碗筷吩咐弟弟:秋儿,你扶着爸爸。

小秋扶着老邱小心地在床前迈着碎步,边走边叮咛:爸爸小心点,小心点!

老邱在床前走了几个来回忽然站住,他拍拍脑袋想起了一件要紧事:秋儿啊,都入院这么久了,那赔偿的事,咋还没个信?

小秋说:爸爸你咋还惦着这事呢?老邱说:切身利益嘛,叫谁谁不惦着。小秋劝老邱:爸,你的病好了就行了,别惦着那些事了。

老邱说:那不行,你姐姐是个女人家,你是顶门立户的男子汉,这事你得给我弄利索了。小秋看看父亲不吭声。小桦从旁说:爸,咱不提那事行吗?

老邱说:小桦你甭管,这是小秋的活儿,实在不行,我拐着腿亲自出马。小秋摆了下头:爸,实话对你说吧,经过交警提取监控录像察看,那次"交通事故"根本没有对方的责任。以往的所谓赔偿、药费都是咱们自理。

老邱停住脚步,目光呆滞地盯着小秋。小桦见势不好,赶紧跑过来,没到跟前,就听老邱"啊"了一声,身子晃了几晃瘫在病床下。

小桦和小秋慌了手脚,伏在老邱身上嘶声叫喊:爸,爸爸!

隔床的小伙子急忙往外跑:我去叫医生!

两位已能行动的病友走上来,帮着小桦小秋把老邱抬到病床上。已被抬上床去的老邱冲小桦、小秋翻着眼睛,泪水一滴一滴往外溢。老邱的嘴张着,却说不出话,小桦哭了:爸,你,你想说什么?

老邱的嘴动了动,仍是说不出话。

这时,王冶文和护士小马跑进病房,小桦和小秋向王冶文解释刚才发生的情况。王冶文给老邱听诊、检查,小马给老邱测量血压。王冶文听了听老邱的心肺情况摘下听诊器问小马:血压?

小马:210/130。

王冶文取出笔式手电筒检查老邱的眼睛,他收起电筒口气急促地吩咐小马快去给刘少清主任打电话。小马匆匆跑出去,小林和姜玲随即跑进来。王冶文稍加思索当即吩咐:快,静点硝普钠。

姜玲迅速开出处方,小林接过处方跑出去。

内科主任刘少清跑进来气喘吁吁地问:还是那个病人?

王冶文说:是的,情绪一激动,血压又上来了,你快看看吧。

刘少清:多少?

王冶文:210/130。

刘少清迅速给老邱检查。

刘少清直起身说:应激性高血压,比较难办。怀疑已经出现高血压脑病,可以使用肖普钠静点。

王冶文说:尽力救治吧,我已经开了肖普钠,你看看还有其他应急措施没有?

刘少清:舌下含服心痛定片。

王冶文说好的,他看了一眼姜玲,姜玲马上开了处方。

小林、小马用托盘端着盐水和药物走进来。

小马给十分利索地给老邱输液。

刘少清:再用药后如果血压不继续升高,暂转内科吧。

王冶文说:我也是这意思,如果今夜能够稳住,明天就转到内科。

刘少清说:好的,我跟护士长打个招呼,准备床位。

因为病情严重,也因为专业关系,考虑到从设备到技术的差异,第二天老邱被转到内科病房继续治疗。

晚上,内科病房里灯光昏暗,老邱静静地躺在病床上,输液管子里的药水在不停地滴着。因为病情尚不稳定,小桦也没按以往的惯例晚上回家。她和弟弟小秋守在父亲身边,每时每刻都在注视着父亲的病情变化。

小秋说:姐,你去歇歇吧,这里有我就行了。小桦摇摇头说:咱爸病情不稳,你也累了一天,起码得打个盹,还是两个人倒替着好。

刘主任走进病房,病人们争相打招呼。刘主任摆手示意大家不要出声,他直接走到老邱病床前。刘主任摸摸老邱的脉搏问道:呼噜声轻了吧?

小桦说:比下午轻多了。

刘主任翻了翻老邱的眼皮,然后把听诊器放在老邱胸部各个部位仔细听着。刘主任听了一会儿收起听诊器微微点头:看来是稳住了。

小桦说:晚饭前护士来量了血压,说是下降了。刘主任安慰他们:你姐弟俩放心,老人已经脱离危险,目前是巩固治疗。小秋朝着刘主任深深一躬:谢谢刘主任,你和王主任两次救了我爸。

刘主任连忙说:别客气别客气,你爸爸运气好,遇到了王冶文。没事了,放心吧。刘主任说着把老邱的一只手从胸部挪下来,转身叮嘱姐弟二人说:注意着,病人的手不要压在胸部,容易呼吸障碍,对心脏也不好。

小桦说:好的刘主任,我们记住了。

刘主任又挨个儿询问其他病人的情况,这时一位护士走进病房告诉刘主任,说是外科王主任来了,在办公室等他。刘主任说:好好,我也正要找他。

刘主任和护士走出病房,小桦和小秋重又坐到父亲身边注视着。

……

老邱转进内科病房的当天晚上,于大梅又到外科病房值班室来找王冶文。小黄和小云正收拾医疗器械,见大梅不期而至有点奇怪,问她:这么晚了还进科室,是不是巡视病房啊?大梅笑道:今天值夜班,找你们王主任呢,他在哪里?

小黄说:我和小云刚换班来的,你到办公室问问李主任吧。三个人正交谈,李晓宇却走进来,见了大梅也是一怔:问什么?

小黄:梅姐要找王主任。

李晓宇说:冶文下午有手术,刚才下了手术台了。

大梅说:那我等他。

小黄:他是不是回家了。

大梅说:不能,下了手术台到病房转一遭,是他的老规律,我就在这里等他。

李晓宇想了想:下手术台有一会儿了,今晚还真没来外科病房。

大梅说:奇了怪了,莫非改了习惯?

小云:我想,王主任是到内科去了吧。

李晓宇说:对,对,昨晚他在内科待了半夜,为了老邱的病,他和刘主任两个人边治疗边观察,听说直到凌晨才回家。小云恍然大悟的样子:我敢肯定,准是下了手术台又去了内科。

大梅说:既然这样,我也不守株待兔,去内科找他。这个直性子女人说走就走,话音落处,人已经到了门外。小黄和小云大眼瞪小眼的:梅姐这是干吗呀!

李晓宇瞧着门口吐吐舌头:大梅这是奉命行事,决心冲开冶文用药这一关。

……

刘少清回到内科办公室里,王冶文正在翻看一本医学杂志。刘少清把听诊器放到桌上说:冶文,昨晚陪我熬到十二点,今天没误了早班吧?

王冶文抬起头坦然一笑:当此风华正茂时,熬三两个通宵不在话下。

刘少清:都说你有两个脑子,看来有道理。

王冶文说:我倒盼着有两个脑子呢,可以黑白班轮着来。

刘少清:那样天下都成你的了。

王冶文:邱老先生病情如何?

232

刘少清说:病情基本稳定,但要完全恢复并且相对稳定后才能转回外科。否则,再反复一次恐怕就没得救了。王冶文说:到底是内科学专家刘少清先生,行家一出手,便知有没有,你调配的那几样药,我连想也没想过。

刘少清眯眼一笑:还是那句话,各有所长,论开刀,我连个疖子也不会拉。

王冶文:这就好,一对孝顺儿女,真怕他出点意外,让那姐弟俩受不了。

刘少清说:放心吧,今晚你用不着陪我熬夜了。王冶文说:待会儿我再到科里转转,回家洗个澡,好好睡上一觉,明天周末,精神抖擞去看爹妈。

刘少清:孝子一个,难怪你和小桦小秋惺惺相惜。

王冶文说:高抬了,正要起身,住院部的郑琴走进来:哟!王主任也在呢?

王冶文说:郑姐怎么大晚上跑到这里来了,你丈夫不是在小儿科吗?别找错了人啊。郑琴朝王冶文背上拍了一下:促狭儿!

刘少清是周武郑王式的人,从不和任何人开玩笑,他客气地问郑琴这么晚了来内科是不是找自己给谁看病。郑琴说:不是找您给人看病,而是找您眼下正治疗着的病人家属。刘少清一愣怔:谁呀?

郑琴说:外科的邱成林不是转到内科了吗,我就是来找他家属的。说着转向王冶文:来,促狭儿,先别走,你也陪姐坐一会儿。

王冶文犹豫了一下,重又坐下。

郑琴:外科106的老邱转到内科了吧?

刘少清和王冶文几乎同时说:暂时的,过些日子恢复了就转回去。

郑琴点头说:明白,各科都有各科的账,不能混了。我今晚值班,特地找他的儿子女儿拉拉这事。刘少清说:郑琴啊,这个病患经济状况可真够难的。

郑琴说:我了解,王冶文也个别和我打过招呼,这不一直照顾着吗。只是,转到内科后用的药好,量也大,两天多的时间,差额就两千来块了。

刘少清:你没找他们?

郑琴:我害怕影响他爸的病情,没敢到病房里去,你让人把他们叫到办公室来,我解释一下,也好让他们有个准备。

刘少清:好吧。

刘少清冲护士说:你去照顾着病人,让那姐弟俩过来一下。

护士答应着刚走出去一小会儿,室外就传来脚步声。王冶文吃惊,说:这么快就来了。然而身影一闪,于大梅几步跨进来。一向不苟言笑的刘少清连连惊呼:咦咦,今晚这是怎么了,开群英会吗?

大梅看到郑琴同样一怔:哟,郑家妹妹也在呀。

郑琴刚要开口回答,王冶文抢先说了:嗯,她充当穆仁智的角色,你呢?

郑琴问:谁是穆仁智?

见刘少清笑起来,郑琴说:这准不是好话。大梅说:你没看过《白毛女》吗?那里边黄世仁的管家就叫穆仁智。

郑琴咬咬牙:就知道促狭儿嘴里没好话。梅姐,这么晚了你来内科干吗?

大梅说:和你的差事差不多。

正说着,小桦、小秋走进来。刘少清连忙向姐弟二人解释,说:郑琴有点事想和你们聊聊。小桦坐下来说:郑姐,是关于我父亲医疗费用的差额补交问题吧?

郑琴点头:是啊,内科外科两本账,外科欠的那部分等转回去后再说,你们看是不是先补上内科这两天的差额。

小秋问:多少钱?

郑琴看看药费单子:两千一百五十六块六。

小秋说:我手头除了贩菜的本钱,只有八百来块。他看看姐姐,姐姐坐着发呆。小秋心里难过,连忙走到小桦跟前说:姐姐你不用考虑,我紧一紧跑上两趟郊区大棚,明天晚上就能凑齐了。实在不行,我跟种菜的良子叔说说,先赊着他的。

小桦:不用赊人家的,人家种菜也不易。今天林护士给了我一千块钱,说是这十来天的保洁费,明天我再把卖废品的那一百多块钱取来,凑到一块儿就够了。

小秋点点头,不再说话。

郑琴:那好,就这样吧。

姐弟俩起身离去。

郑琴看看王冶文,王冶文正看着大梅。

大梅:看什么看,王冶文你的眼神我明白。

刘少清问大梅:明白什么?大梅说:我明白他又打算促狭儿。我是从外科跟着王冶文的脚印来的,专门找他。刘少清很认真,问大梅急赤白脸地找王冶文干吗。

王冶文:刘主任你信不信我们两个有勾干?至少有桩公案未曾了结。

刘少清笑笑:别自作多情了,人家大梅是什么人,全院哪个不清楚。

王冶文说:不信你问问她。

大梅说:刘主任你听听,是促狭儿吧?不过为了避免老实人刘主任误会,还是把话挑明了,我找他还是为了那件事,我的任务我必须完成。

王冶文说:看了刚才这一幕,你是不是还想继续做我的工作?

234

大梅说：当然，不过今晚是不做你的工作了。

王冶文：那以后呢，是不是继续？

大梅：以后，以后再说。

王冶文拍手道：刘明胜教导我们说，于大梅是个好老婆。

刘少清歪头问道：刘明胜是谁，听着耳熟。

郑琴：梅姐的老公。

王冶文说：不是老公，是孩子他爸。

刘少清问：老公和孩子他爸有什么区别吗？

大梅又气又笑：刘主任你咋不想想这种话出自谁口？这就叫促狭儿！

25

今天天气不错，薄云遮日，微风轻拂，不冷不热很适于户外活动。医院后门往东不远的小广场里，聚集了很多人，有的练拳，有的跳舞，有的前走走后退退，做着让人莫名其妙的动作。特别是没上班或者是休班的年轻人，成双成对地在小广场中心的绿茵地上撒欢、游戏、尽情玩乐。

小桦从医院后门推出一辆人力三轮车，车上装满废纸箱、塑料瓶和废旧报纸刊物，她浑身是土，背后的衣服被汗渍透了。小桦费力地推着三轮车拐上大街右侧的非机动车道，跨上车座正要蹬车西行，大梅骑着电动车从后边赶上来。大梅把电动车停在三轮车一侧说：小桦，去废品收购站啊？

小桦说：是啊梅姐，攒够一车，瞅我爸这会儿不输液，赶紧送到收购站呗。大梅问：这一车能卖多少钱？小桦说：有时三十元，有时四十元，要是收购站的人不压秤，也许能卖五十来元。大梅啧啧道：费这么大劲，才卖这点钱。

小桦：梅姐，不能计较了，多少凑上点还我父亲的医疗费差额要紧。

大梅问：几天能攒够一车？小桦说：不能确定，这得看医院用药多少和有多少医护要卖自己的废旧报刊。大梅面色沉郁：小桦，你真不容易。

小桦说：梅姐，我知足得很，每天给外科医护做保洁，抽空敛点废品送到收购站变成钱，比到处打零工强多了。大梅点点头，望着小桦疲惫的样子没说话。

大梅立在原地不动，小桦催她：你是来上班的吧梅姐，快到点了。

大梅说：好的，你也快去收购站吧。

小桦跨上三轮车，腰身一躬一躬地往前蹬，小桦蹬三轮的身影消失在街道人群里，大梅依旧站在原地没动：唉！同样是女人……

235

大梅感慨了一会儿从后门走进医院,径奔外科病房办公室。姜玲正坐在办公室桌前写着什么,见大梅进来连忙起身让座。大梅走到姜玲对面屁股刚刚沾上椅子就对姜玲说:报告妹妹一个好消息,第一季度你们外科虽然没完成售药任务,但科里医护人员的奖金没降低。

姜玲说:前几天听小林说要扣百分之四十的呀,怎么,变了?大梅说:那是前几天,现在变了,是昨天变的。姜玲笑道:三花脸啊,说变就变,可我还是不敢相信。

大梅说:半点没错,鲁院长昨晚下班前当面和我交代的,让我给王主任捎信,上班后马上去院长办公室。因为事关全院,得让齐院长亲自和他说。

姜玲说:刚才鲁院长把电话打到了外科办公室,王主任已经去了。大梅拍拍脑袋连说:失职失职。原来,她和小桦在医院后门交谈时间有点长,院长们等不及,只好给外科办公室打了电话。姜玲对这个季度不扣外科的奖金仍旧疑惑不解,她问大梅:不扣不降也得有个百分比吧?

大梅说:让你们吃平均数。

姜玲说:可就让别的科吃亏了。

大梅笑笑:看你担心的,从公益上调呗,不就是当官的一句话吗。

姜玲也笑了:鲁院长定的制度,鲁院长又亲自改,怪哉!

大梅说:不怪,郎婷婷起了关键作用。就是说,王冶文沾了郎婷婷的光,外科沾了王冶文的光。否则,你们外科这个季度的奖金肯定要扣。

姜玲问大梅从哪里得到这消息,大梅说:是郎婷婷跟我说的,她害怕因为扣奖金影响了王主任的威信,今后在科里不好说话,所以才在鲁院长面前特别说项。

姜玲沉吟道:郎婷婷还真能驶得动风。

大梅哈哈笑起来:小姜你又不是不明白,现在只要能抓住王冶文的心系子,这个郎婷婷什么力都肯出。她是鲁院长亲自调进来的,咱们鲁院长又指望她哥哥郎总在扩建医院工程中多给赞助,能不从中调停吗。

姜玲脸色阴沉。

大梅继续滔滔不绝,说:郎婷婷的能耐大了去了,那边找到鲁院长做靠山,这边再想法把王冶文弄到手,荤腥素辣五谷杂粮全是她的,要多风光有多风光。姜玲脸色骤变:梅姐,求您,快别说了!

大梅吓了一跳,定定地看着姜玲:妹子,咋的了?

姜玲遮掩:咦咦,姐姐别怪我,这几天可能是生理上的事,心里烦。

大梅"哦"一声说:嗨,咱们女人家,不都是这样吗,没事,你忙着,我还得到其他科里走走。

大梅起身离去,姜玲竟然破天荒地坐在椅子上没动。

大梅在外科办公室和姜玲交谈的同时,王冶文接到电话已经到了门诊楼。王冶文顺走廊往东走,不断有医生护士和他打招呼。一位中年女人扶着一位老太太迎面走过来,中年女人在王冶文跟前站住:大夫,去化验室怎么走?

王冶文指指前边:从走廊往西,到大厅再往北,那里有好些病人在排除。

中年女人说:我进了医院就转向了,哪里是北?王冶文抻了一下说:来,我送你们过去。中年女人很感激:谢谢大夫,这年头还能碰到你这样的好人。

王冶文笑了:大嫂你没听说吗,世道虽坎坷,还是好人多啊。

王冶文将她们送到大厅北边化验室前,指指等候抽血的人让她们去排除等候。中年女人连连道谢:多亏大夫您,要不俺娘儿俩还不知跑多少冤枉路呢。

王冶文连忙说没什么,他转身走到电梯前,有许多人在电梯前排除。电梯迟迟没下来,王冶文看看表走到紧急通道楼梯前,小跑步走了上去。

王冶文一口气跑上七楼,走到医院办公室前站住。他心想,这鲁院长风风火火打电话说齐院长找我,齐院长到底有什么要紧事呢?刚要抬手敲门,想到院办的门白天始终是开着的,便推门径直走了进去。

王冶文推开门走进办公室,见齐院长、王副院长都坐在沙发上。鲁副院长正在墙角处打电话。也不等谁让,他自己找个地方坐下说:哟,三位领导都在呀。

齐院长说:来来来,冶文,靠我这边坐。

王副院长笑笑:你看这个套近乎哟,不就是冶文给你做过腹疝手术吗。

齐院长说:幸亏冶文那一刀,否则,这二年我的肚脐得鼓这么大。

齐院长用手比画着,鲁侃和王副院长笑起来。王副院长说:可也是,这脐疝手术特别难做,闹不好就是粘连性肠梗,没完没了的输液呀灌肠啊,把人折腾个够呛。所以,连省院的刘一刀也轻易不敢接这手术。

齐院长拍拍王冶文的肩:小王是我们的镇院之宝。

鲁侃从墙角处打完电话回到沙发前坐下问王冶文:我昨晚下班前就叮嘱大梅,让她到外科告诉你,今天一上班就来医院办公室,这个马大哈准是把我的话扔到脑后了。没办法,外科规定上班不准带手机,只好给你们办公室打电话。

王冶文看看三位领导人的神色并无异常,问他们有啥事这么急手火燎的。齐院长的目光转向鲁侃:老鲁,你和小王说说呗。

鲁侃说着"好的好的",从文件夹里取出一份材料。鲁侃翻看着材料说:是这样冶文,自从咱们的创收规定实施以来,各科的创收量都有不同程度的增长。

其中,以小儿科最为突出,月增长量为 22%;以外科为最差,月增长量为负 2%。总之,平均增长为 10.3。根据公布的奖罚制度,各科都按百分比增加奖金,你们外科呢,这次就不罚了,吃个平均数吧。

齐院长说:这是鲁副院长的提议,之所以不罚你们科,有两点考虑,一是创收规定才开始,二是怕影响你在科里的威信。但仅此一次,下不为例。

王冶文:谢谢领导们的关照。说实话,我也想给医院增加些收入,只是苦于创收无术,不知从哪里下手。

鲁侃看看齐院长和王副院长,三位院长相视无语。然而,看到王冶文期待的目光,鲁侃还是说话了:冶文啊,有些事我们也不能说得太具体,比如检验、药品、住院时间,这都是可以加码的嘛。各方面加码,收入不就相应提高了吗。

王冶文:这是不是有点缺……缺……

齐院长从旁边接过话头:你小子,干脆说缺德不就行了。哈哈。当然,真缺德的事情我们是不允许干的,因为这直接牵扯到医院的声誉,医护的品德。

鲁侃说:依我看,也可以考虑缺点小德。此言一出,引得三人同时把目光望向鲁侃。就听鲁侃说:比如小儿科的魏主任吧,她在这方面就有一手,既赚了钱,又让病患家属心甘情愿,有时还得对她千恩万谢。所以,她们科的创收就比其他科室高得多。

王冶文:哦? 真该取取经。

鲁侃说:是该取取经,魏主任可以说生财有方,大家都知道,现在是独生子女的年代,人们把孩子视若天人,特别是年轻夫妇,生下孩子就像得了马宝,捧着怕摔了,含在嘴里怕化了,那种呵护的程度,是我们这一代人所无法想象的。冶文你属于新一代人,肯定有此体会吧。

王冶文点头:是的,我们小冬出生时,本人就有这种感觉。

鲁侃点点头:魏主任就抓住了这个要点,重点在新生儿身上下功夫。每每生下一个宝贝蛋,她就以关心的姿态去检查,稍稍发现一点毛病,立即转到病房入院治疗,不用住得时间太长了,只消半月十天,这三五万元的收入也就有了。

王副院长说:是啊,往上疼没有空,往下疼没有缝,这年轻的父母在孩子身上,即使花掉了家底也不在乎。

王冶文:现在产科的条件这么好,科技这么发达,不会有多少新生儿生病吧。

鲁侃说:窍门就出在这里头,如果实在找不到毛病,魏主任也有办法,提起新生儿的两只脚,在小屁股上猛拍打几下,新生儿体质弱,又不曾哺乳,拍几下必就蹬腿缩手身子抽搐,这时魏主任就自言自语,唉! 孩子八成是吸进羊水又脑积水了。你说,年轻父母听到这话,还不得吓个半死,忙不迭送求她救救孩子,下跪的心都有。水到渠成——魏主任双手一倒背,先入院吧。

齐院长:这是有点缺……缺……

王副院长:缺德!

鲁侃说:也不能这么讲,这是手段,不是目的,其实也是防患于未然。

王冶文眨巴着眼睛,一副全神贯注的表情。他忽然点点头:我也有办法了。

三位院长同时盯住他:哦?

王冶文说:如果有创伤病人进了诊室,我先找把榔头把他骨头敲折。齐院长一怔,随之大笑。齐院长笑着笑着忽然叫起来:哎哟,哎哟哟……

鲁侃跳起身:怎么了,怎么了,刚才还好好的呢。

齐院长捂着右胁,趴在沙发上撅起屁股:了不得,岔气了!

王副院长连忙把手伸进齐院长的肚子上,一边轻揉,一边拍打。同时嘱咐道:老齐,听我说,缓慢深呼吸。对,对,慢慢的,慢慢的。

齐院长痛苦地扭曲着脸:不,不行,疼,疼啊!

王冶文走上去抓住齐院长的右腿和右手,慢慢地向左抻拉。一边抻拉一边对齐院长说:深吸气,憋住气,保持十秒钟。

齐院长照着王冶文的吩咐做。王冶文抻拉了一会儿问:轻了吧?

齐院长舒了口气:轻多了。

王冶文继续给齐院长治疗岔气,办法依旧,齐院长密切配合。这样反复数次,王冶文放下齐院长的胳膊腿脚说:行了,起来吧。

齐院长试量着坐起来:哎,真没事了,还是小王办法多。

王冶文说:这是根据肌肉学的原理,英国一位医生发明的办法,痉挛的肌肉,在牵拉状态下会缓解痉挛使肌肉松弛下来。三个要点,一个是憋气,一个是抻拉,三是拍打。三个动作做得越快越迅速,缓解岔气的时间就会缩得越小,越有效。

王副院长说:听了没老齐,我给你拍打肚子也起作用了。

齐院长说:小王,治好了我也不欠你人情。解铃还须系铃人,这岔气原因在你,你就得负责。王冶文嘻嘻笑着:老院长这是忘恩负义呀。

王副院长认真地看着王冶文:难怪医院里的人都叫你促狭儿。

王冶文说:称呼而已,叫就叫吧。齐院长肋叉子不疼了,我说件正事吧。首先感谢院领导不扣我们外科的季度奖,从经济上讲,最起码我们科医护人员每天能保障喝一杯牛奶了。其次呢,现在需要入院的病人很多,有的已经等了两三个月,但我们的病房倒不出来是大家有目共睹的事实,这样不光耽误了病人,也减少了医院的收入,能不能想个办法增加些病房和床位。

鲁侃说:这不正积极想办法扩建吗,要不干吗急赤白脸地闹创收。王冶文说:扩建医院虽好,总是远水难解近渴,我倒有个办法。齐院长:有办法就好,快说。

王冶文说:外科的高间病房虽然住满了,但三分之二的病人早该出院,而我们呢,为了多抠人家的住院费,却一直扣着不放。这情况,齐院长你说⋯⋯

齐院长:有这情况发生?

王冶文:你问鲁院长。

齐院长的目光盯向鲁侃。鲁侃略显尴尬:老院长,这也是创收的一种方式嘛。

齐院长说:创收是要创的,但医院的职责还是治病救人。王冶文当即接上话茬:老院长说得对,与其让那些人在高间里天天疗养,不如让他们趁早出院回家养着,我们可以腾出一半的高间来,每个高间里可以安置四张床,这样就能多收好几十个病人了。收的病人多,这创收不也跟着上去了吗。

齐院长点头:小王说得有道理,老鲁,你具体安排吧。

王副院长:老鲁,你事情多,我帮你安排一下。

鲁侃:这,齐院长,这这⋯⋯

王冶文慢条斯理地说:毛主席教导我们,少数服从多数,下级服从上级,全党服从中央。谁破坏了这个纪律,谁就破坏了党的统一。

鲁侃:促狭儿,我算服了你了,和你打交道,稍不小心就得中招。

齐院长呵呵笑起来:老鲁,听说你让小王作弄得够呛?

鲁侃:唉,我们家小琳年轻不懂事,总是上他的当,让他撺弄得犯神经。

王副院长说:据称你们夫妇之间的故事可以写本书。王冶文说:我还打算写部电影,男女一号由鲁院长夫妇担当,两位领导可以做总策划。

鲁侃说:别贫了,王冶文,按说咱俩是两代人,以后别和我没大没小的。齐院长,没其他事了吧? 齐院长很高兴:因为短时间内交代了一件事,解决了一件事,挺好。他习惯性地摆摆手:没事了,散吧。

鲁侃站起身:冶文,到我办公室来坐坐,有事和你商量。

王冶文:我正值班呢。

鲁侃:几句话的事,来吧。

鲁侃朝门口走去,王冶文学着鲁侃的八字步在身后跟着。

⋯⋯

三位院长和王冶文谈话时,郎婷婷正坐在住院部椅子上给嫂子打电话。郎

240

婷婷把手机贴在脸上,乐滋滋地说:嫂子,你告诉我哥,老鲁的意思今晚和冶文见见面。哦,对,对,先和冶文约好,行行,约好了我再给你电话。

郎婷婷放下手机抓起座机拨鲁侃的手机号码,对方手机里传出鲁侃边行走边回话的声音:哦,郎主任,呵呵,明白,明白,我正忙着,待会儿给你回电话。好好,一定,一定问准了。是是,放心吧。好,就这样。

郎婷婷放下电话沉思了一会儿,从手袋里掏出镜子仔细端详着自己的脸蛋。

几乎与此同时,郎婷婷的嫂子也正给郎总打电话:我说老郎啊,刚才婷婷来电话了,说是今晚要咱俩和她处的对象聚一聚。

电话里郎总的声音:今晚,今晚我有个应酬。

郎夫人:什么事能比婷婷的终身大事要紧啊,你和对方谈谈,推到明晚呗。

郎总:哦,也行。哎,能定住吗?

郎夫人说:啊哟,光顾喜欢了,差点忘了这事,婷婷说了,定住后给我电话。

郎总埋怨道:你看你,办事总这么毛躁,这样,定住了给我电话。记住了,六点以前给我电话,我好推掉那个应酬,六点以前我不拒绝人家。

郎夫人连说:行行行,一定,一定。

……

王冶文跟着鲁侃走进副院长办公室,鲁侃指指沙发:坐吧。

王冶文照例看了一遍鲁侃办公室墙上的书画,又走到墙角半高柜上的笼子前逗弄了一会儿小白兔,这才坐下,坐下后的王冶文很郑重地说:鲁院长,这次的奖金问题真得谢谢你,否则科里人会对我有意见了。

鲁侃:别谢我。

王冶文:谢谁?

鲁侃:婷婷。

王冶文坐在鲁侃对面:为什么要谢婷婷?

鲁侃说:是郎婷婷跑到齐院长那里为你求情的。王冶文说:这是你的职权范围,何必跑到齐院长那里求情?鲁侃会意一笑,说:齐院长不是圣人,也惦着郎总那一百万赞助费。王冶文很奇怪:这跟外科的奖金有什么关系?

鲁侃说:装傻撸人是吧,你和婷婷什么关系?

王冶文:同事。

鲁侃:嘁,别促狭儿了。那个那个什么事都做了,还同事?

王冶文:同事间做这事的多了,难道做过就不是同事了?

鲁侃的脸皮紧了几下,抬头看看表:现在是下午五点十分,六点半下班,下班后和郎总见见面,好吗?

王冶文问和郎总见面干嘛。鲁侃说:见面吃个饭,早晚要走这个过场的嘛。

王冶文说:明白了,我答应陪你去。鲁侃:什么什么,陪我去?是我陪你呀。

王冶文说:谁陪谁都一样,反正就是这么回事呗。鲁侃仰仰脸:这就是了嘛。

实话讲,这次奖金分配问题,还真是多亏婷婷看在王冶文的面子上为外科说话。要不,单是鲁侃这这一关也不好过。谁都知道,鲁副院长除了年轻时有个好色的毛病,对工作那可是有一是一有二是二的,不含糊,更不马虎。

王冶文说:既然就这么点事,那我回科里去了,有几个病人还等我复查出院呢。鲁侃说:好的,就这样,下班后咱们三人坐我的车一块儿去。王冶文问:去哪里?鲁侃一下子怔住,其实到现在他也不知道去哪里,得听郎总那边的消息。鲁侃犹豫了一会儿忽然一笑:去哪里到时你就知道了嘛。

王冶文:唉,仰脸婆娘低头汉,眯缝眼睛善暗算。还真准!夫妻店无可厚非,同事圈子里如果开起情人店来,那可是为害匪浅。

鲁侃一惊:什么,你说什么?

王冶文说:我想起了一句格言。鲁侃挠挠脖子:鬼头,我不和你斗。

看着王冶文笑眯眯地走出去,鲁侃连忙抓起电话拨号。

电话拨通,鲁侃对着话筒低声道:总务科靳科长吗,我交代一件事,如果王副院长逼着撤外科的几个高间,你们就执行他的命令。但是,病床和病房的配套设施暂不置备,对,对,到明年再说。为什么?因为急于扩院资金紧张嘛。嗯,我已给财务科老李打了招呼,这项支出不拨款。好好。

鲁侃放下电话:促狭儿,你小子能说会拉,拗不过我一把死拿。病房空出来没病床,我看你怎么收治病人,时间一长,我给老齐的车轴上膏膏油,高间还得恢复。呵呵……

鲁侃放下这个电话又给住院部郎婷婷打电话。郎婷婷听说王冶文已经答应今晚和她哥哥嫂子见面聚会,高兴得白脸笑成活菩萨。郎婷婷马上通知了嫂子,说:嫂子,你快告诉我哥,就说促狭儿——哦,就说冶文答应今晚赴宴。那边郎夫人口气挺急,说:我正想给你打电话,你哥等着咱们的准信呢。你哥哥刚才有话,要是能够定住,就去市里最好的茉莉花大酒店。郎婷婷说:准了准了,鲁大哥刚来电话告诉我。郎夫人说:太好了,我告诉你哥哥,你告诉老鲁,咱们现在就准备……

王冶文回到外科病房走廊时,正遇到姜玲手拿病历夹和小马一块儿从值班室里走出来。王冶文迎头走过去:怎么着,等不及了?

姜玲站住,她看看王冶文神色并无异常,心里放松了,说话也格外轻爽:以为院长有要紧事找你,一时半会儿回不来,我想自己先和小马去复查。等到你回来时汇报一下,定准哪个病人该出院也就是了。

王冶文说:好几个病人需要复查出院,能耽误很长时间吗。走,一块儿去。

王冶文拿起听诊器:小马,我和姜玲前边查房,你去办公室告诉小林,让她给食堂司务长小曹打个电话,让他下了班到外科办公室找我。

小马说:他要问什么事呢?

王冶文边走边回答:就说是喜事。

小马:嗯,听说是喜事他准按时来。

姜玲问是什么事,王冶文说是闲事。

姜玲问:这闲事能说吗? 王冶文说:我以后告诉你。姜玲涮他一眼:鬼鬼祟祟!

外科病房走廊里,王冶文、姜玲、小马在几个病房进进出出。不时有病人欢天喜地提着行李往外走。走廊里亮起了灯,王冶文看看表:咦,真快,六点一刻了,还有没复查的吗? 姜玲说:刚才是最后一个。

王冶文:按时完成。你俩去值班室准备交接班,晓宇和小吕他们也快来了。

姜玲:你呢?

王冶文:我去办公室,等小曹来找我。

姜玲说:你两个双胞胎到底有什么秘密?

王冶文犹豫了一下,仍旧重复了刚才的话:以后告诉你。

姜玲佯装嗔怒:不说算了,烂在肚子里吧,以为别人稀罕听啊!

姜玲说着和小马走进值班室,李晓宇和吕成已经来到,正坐等和她们交接班呢。李晓宇问王冶文怎么没回来,姜玲没好气地说:去办公室了。吕成说:王主任不来值班室交接下班,又跑到办公室去干吗。姜玲哼了一声:阴谋诡计呗!

小林正在外科办公室整理病案文件,见王冶文手拿听诊器走进来,扭头问道:查完了? 刚才来盖章的共有六个。

王冶文说:六个出院的,空出六张床,你马上照病案记录上的次序通知六个排到号的病人,明天上午来入院。小林翻开病案记录,说声"好嘞",手指顺着名单点了点,马上抓起了电话。小林看着电话听筒打个怔:哎,刚才鲁院长来电话找你,我说你去复查出院病人了,他让我转告你回来后马上给他回电话。

王冶文说:好的好的。小林打完两个通知电话,他接过话筒拨通了鲁侃的办公室。电话里传出鲁侃的声音:喂,冶文吗,原定计划没有改变吧? 咱们早点去。

王冶文说:只要你不变化,就不会有变化。说着说着忽然转了口气:咦咦,鲁院长,只顾高兴了,脑子开了小差。我这里还真有点小小的变化,一个脚踝手术患者需要进一步复复位,我晚去半小时。

那边鲁侃声音焦急:明天复位不行吗,非得现在?

王冶文说:那人龇牙咧嘴,跟藏獒似的,能等到明天吗?

鲁侃抻了一会儿:好好,人家郎总已经去了,是茉莉花大酒店玫瑰园厅,全市最高档次。我和婷婷也得赶紧过去,你千万要准时。

王冶文说:好的,放心,七点十分前一定赶到。

王冶文放下电话转过身,姜玲在他背后站着。

姜玲脸朝一侧:小林,你去值班室吧,他们等你交接班呢。

小林指指病案记录簿:王主任让我通知……还有四个呢。

姜玲说:知道,你交代给小黄小云,让她们晚上电话通知。

小林看看姜玲,又看看王冶文,“啧啧”两声走出去。

姜玲:你的通话内容我都听到了,今晚去和将来的大舅哥会面,对吧?

王冶文舌头舔了下嘴唇:走走过场罢了。

姜玲:是走过场还是开场鼓?

王冶文:兵家,诡道也。

姜玲:怕是狐狸见了狼(郎),想诡也诡不成了。我知道郎主任帮了你的忙,不知是你意在报恩还是有心答谢。

王冶文坐下来:小姜,你也坐下。

姜玲坐在王冶文对面,目不转睛地盯着王冶文的脸。

王冶文有点不自在:小姜,别这么看我,受不了。我说啊,对于生物来说,情感越丰富受伤的概率越高,所以我更欣赏和羡慕没有情感的人。自从和雨柔离婚之后,我再三回味这句话,感到极富哲理。遇到郎婷婷这样死拉硬拽且有几分姿色的女人,搁在以前我恐怕扛不住。但现在不行,我现在一心只想钻研医学,让医学填充我孤寂的心灵,真的不再想去感受那些男女间的冷暖情仇。可是,我又不想太伤一个女人的心,所以,对于郎婷婷,我只能虚于应付。

姜玲:假如对方认为你这是犹抱琵琶半遮面呢?

王冶文:我已明确向她表明,没有半点结合的可能。

姜玲:可人家仍旧认真、执着、穷追不舍。

王冶文说:那是人家的自由,我无权阻止。可是,我对她真的没有感觉。

姜玲:什么叫感觉?结婚前卿卿我我是感觉,结婚后柴米油盐也是感觉。

王冶文好像思考了一会儿:感觉,或者说就是直觉。最初和雨柔相处,我就没有感觉,当时以为是错觉,后来果然就印证了。记得有这么句话,在同一地方跌倒两次的人,不是白痴就是傻瓜。

姜玲:这么说,你对她真是虚于应付?

王冶文:小姜,咱们相处好几年了,我虽然说话随便口无遮拦,有时还有意无意地让别人尴尬,可你见我说过谎话、瞎话、骗人的话吗?

姜玲:以前的确没有。

王冶文:今后也不会有。

姜玲:你真的是一心只想钻研医学,不再感受男女间的冷暖情仇?

王冶文说:至少目前是这样。

姜玲眼圈发红:情难留,捧一泓清泉润心房,荧屏小径难厮守,总是泪空流。相思一晓不休,隔窗风雨灌满楼,何时再碰头……

王冶文:这好像是一首歌词。

姜玲:这是我的心曲。

门外脚步声,小曹兴冲冲地走进室内。

姜玲站起身:就信你一回,替身来了,快走吧。

姜玲擦擦眼睛起身离去。

小曹望着姜玲背影:冶文兄,你欺负人家孩子了!

26

晚上,茉莉花大酒店玫瑰园厅里灯火辉煌,圆桌上几无瑕疵的铺布闪着蓝蔚蔚的光。聚餐者依次就席,郎总主陪,左侧是陈小琳、郎夫人,右侧的主宾位是留给王冶文的。本来,按职位论年龄,鲁院长应是主宾,但因为今晚情况特殊,他便自动坐在了副陪位上。

嗑着瓜子喝茶水的郎总看看表说:快七点了。

鲁侃说:郎兄你放心,冶文说好七点半以前准到。郎婷婷始终担心王冶文会"言而无信",问鲁侃是怎么和他说的,万一有新情况呢?鲁侃见郎婷婷提心吊胆的样子觉得很好笑,他告诉郎婷婷尽管放心,我们说好在玫瑰园厅等他,他一定会按时来到。因为鲁院长了解自己这位部下,他爱说笑话但从不说假话,喜欢捉弄人但从不欺骗人,他说七点半以前到就肯定能到。

郎夫人侧脸问陈小琳:听说王冶文喜欢捉弄人,是真的吗?陈小琳呵呵笑

245

起来,她说:嫂子你小心吧,将来成了你的妹夫,恐怕连你也得捉弄,所以医院里的人都称他促狭儿。不过话说回来,这人技术人品都很好,特招人喜欢。郎夫人看了一眼那边的郎婷婷:难怪我们家婷婷跟着了魔似的。

郎婷婷朝她们这边瞧了一眼:你们嘀咕什么?

陈小琳和郎夫人咯咯咯笑起来,郎夫人说:咱保密,不告诉她。

这时服务员走进来问是不是上菜,郎总说:稍等一会儿,客人还没到。服务员点头称是慢慢退出去,餐厅里的人们继续说笑。

……

此时,王冶文和小曹正坐着出租车行驶在菊城大街上。坐在车内的王冶文和小曹朝车外望去,见行人如织车辆穿梭,街旁商店里灯光明亮。商店门口霓虹闪烁,老老少少男男女女进进出出络绎不绝。间或有三两对青年情侣勾肩搭背在人行道上走着,或是去广场,或是去湖边,尽情享受属于他们自己的世界。

小曹憋不住地问王冶文:王兄,人家请你吃饭,干吗又带上我?

王冶文说:以往咱俩不也是经常出双入对吗? 小曹点点头问这次又是个什么场合,王冶文说:一个姓郎的老总要手术,请我吃饭。不过,可能还要给你以惊喜。小曹一头雾水:人家请你吃饭为了做手术,我只是个搭配罢了,还惊喜?

王冶文说:你老弟不可沮丧,听说过情理之中意料之外吗? 小曹笑笑:考谁呢,上中学时老师就讲过,那是写小说。

王冶文说:也许现实版的小说就在眼前。小曹摇摇头说:王兄促狭儿惯了,你的话总是半真半假,我就是想得脑仁疼也捉摸不透,还是明说吧。王冶文说:老弟你别捉摸了,待会儿进了餐厅你别说话,由我来介绍。小曹咧嘴:光听你摆布啊!

出租车停在茉莉花大酒店前,服务生走过来拉开车门,问明房间,径直乘电梯送他两个到了玫瑰园厅门口前……

玫瑰园厅餐桌旁,郎夫人看看表说:七点二十五了。鲁侃十分把握地说:王冶文马上就到。郎夫人:老鲁啊,小琳妹妹证实,这个主儿可是喜欢捉弄人的。鲁侃信心满满,说:那得看遇到什么人,在什么场合了。陈小琳插进话来:老鲁,不得不防啊,哈,连老院长见了他也小心提防着。

鲁侃说:除非你净上他的当。陈小琳反唇相讥:嘁,不说说自己。就在此时,餐厅门口传来服务员的声音——先生,您请。鲁侃猛地站起来:怎么样,没说错吧,冶文说话办事准时着呢。

服务员引领着王冶文和小曹走进餐厅,餐厅里的人全部站起来。

郎总夫妇怔住。

246

郎总看看鲁侃,郎夫人看看陈小琳。夫妇二人人齐声问:哪位是王冶文主任?

鲁侃眯着眼睛笑,郎婷婷也在笑,陈小琳故作迷糊,餐厅里一片沉寂。

郎夫人抻不住了:到底哪个是,怎么长得差不多呀。

陈小琳说:这是对双胞胎。郎夫人惊呼:哟,真是太好了,太像了。

鲁侃说:天下之大,无奇不有啊。他俩只是长得像,哪里是什么双胞胎,你别听小陈胡扯扯。正当大家错愕惊诧之时,王冶文捅捅小曹的胳膊说:真是的,早知道今天这么多人,我就不陪你来了。

郎总恍然大悟的样子:清楚了,这位是王冶文主任。

郎总走上前去拉住小曹往主宾位上拽。陈小琳嚷起来:说什么来着,是促狭儿吧,错了郎大哥,那个说话的才是王冶文呢。

郎总一怔:真要命!

餐厅里一片笑声。

鲁侃说:等了将近一个小时了,快入座吧。

王冶文坐到主宾座上,小曹坐在郎婷婷下首座。郎婷婷冲小曹一笑,王冶文瞧瞧小曹又瞧瞧郎婷婷:怎么样小曹,是有意外之喜吧?

小曹笑眯眯地点头。

另外几人莫名其妙地看着他俩。

鲁侃朝门口喊:服务员,上菜,斟酒!

七个人围桌而坐,王冶文端坐正位,显得恭良谦让而文雅,郎总夫妇瞧着王冶文又朝郎婷婷暗暗点头,意思是妹妹真有眼光。郎婷婷明白兄嫂目光中的含义,也瞧着王冶文偷偷地乐。按说首先举杯致辞的应该是主陪郎总,同样是出于特殊原因吧,鲁侃不请自荐喧宾夺主,他起身举杯:身为副陪,我也没什么多说的,今日相聚,期盼已久,是缘分,也是必然。来,为我们的缘分和必然干杯。

众人符合着:来,干杯!

七个人边吃边喝边说笑,气氛热烈而融洽。

王冶文干杯后吃口菜,依然正襟危坐。郎总此时也举起酒杯:我也说一句吧,为能够结识王冶文主任而干杯。

王冶文端起酒杯,说:谢谢郎总抬爱,我提议,为我们这次的相聚,为我们医院和贵集团今后的相互照应与合作而干杯。鲁侃喊了声"好",连说:对,对,话语不多在分量,冶文说到点子上了。来,干杯! 一轮酒罢,那边郎夫人扭头看着陈小琳,压低声音说:小琳,多次听你和老鲁说人家王冶文说话随便没正形,这不是挺文雅的吗? 小伙子长得又这么帅,百里也难挑一呀。

陈小琳笑笑:也许吧。

郎总给王冶文夹过一箸菜,郎夫人也随之给王冶文夹过去一箸菜。

小曹给郎婷婷夹过一箸菜,郎婷婷打个愣,把小曹夹过来的菜又夹给王冶文。

王冶文看着面前堆满菜肴的盘子:如此盛情,在下受宠若惊,还是各吃各的吧。

王冶文把郎婷婷夹过来的菜重新夹回到小曹盘里。小曹:这,这这……

王冶文抬高声音:俗话说,待要好大敬小。郎总夫妇夹给的菜我就不谦让了,小曹你的席间之情,只有比你小的郎主任可以领。

郎夫人鼓掌:礼义之君,真有教养。

鲁侃听到这话,兴高采烈。兴高采烈的鲁侃喝酒很快,喝酒很快的鲁侃说话也就多起来:老同学,你的企业兴隆,挣大钱了吧?

郎总虽然也喝得高兴,但生意场上的磨砺让他咂摸出鲁侃话中有话。是啊,如果鲁侃借着席间的热闹气氛提出再让他们集团赞助一百万,这么多人在场,特别还有未来的妹夫,他这个老总应还是不应?他思考着,琢磨着,忽然像睡梦乍醒似的笑起来:哦,挣钱,挣钱,挣个鬼钱啊,弄不破产就烧高香了!

郎总说完哈哈大笑,鲁侃给笑得摸不着头脑,一时再想不起说什么。

王冶文见鲁侃面现尴尬之相,笑嘻嘻地看着郎总:郎总,真赚不到钱?

郎总摇摇头:一个集团,养着数千人,闹个年吃年喝吧,想挣大钱,有门吗?

王冶文翻着眼睛作沉思状:我倒有个办法。

郎总认起真来,转过身:好兄弟,什么办法,快说!

王冶文把酒杯在桌面上旋了个转儿,口气很轻地说:解散呗!

郎经理大失所望地收回身子,说:哎哟哟,解散了工人们去干什么?王冶文嘻嘻一乐:不怕您见怪了,开个玩笑吧,去贩原子弹呀,从美国贩一个回来倒手卖给中东某国,立马就赚上千万,不比在厂里汗流浃背搞经营强多了。

郎总一时语塞。陈小琳拍手:呵呵,三杯酒下肚,原形毕露了吧。

郎总笑着摇摇头,说:老鲁和婷婷都曾告诉过我,王主任善调侃,刚才见你一本正经的,我还挺纳闷儿呢。好好,活跃气氛,活跃气氛嘛。来,为到美国贩原子弹而干杯!王冶文也端起酒杯和郎总碰了一下:《论语》上说,人不知而不愠,不亦君子乎!小弟生性如此,郎总原谅。

郎总放声大笑,一席人跟着大笑。

郎总忽然止住笑也要幽默一把:老弟,要是贩了假货怎么办,不得赔净了吗?

王冶文说：无妨，假作真来真亦假，只要临时糊弄过去就行了。他扭脸朝着鲁侃说：连咱们医院有时都在卖假药，是吧院长？

鲁侃：冶文啊，山难移性难改，你呀你呀……

……

姜玲躺在自家客厅沙发上看电视，电视里一个女人唱着声调凄楚的歌。姜玲烦躁地换了一个台，这家台正演电视剧，剧中一位面目憔悴的女人在述说：三年的拥有算不算拥有？三年的相爱算不算相爱？三年的无悔算不算一诺，日夜的等待算不算一个过程？如今江山已改，面目全非，一切都化作小桥流水，化作蓝天白云乘风而去。正所谓笑里藏哭常仰叹，梦中相思泪湿巾……

姜玲关了电视机走进卧室，不大会儿又从卧室里走出来。姜玲取过手机拨号，拨了半截又把手机丢在沙发上，她自己也躺在沙发上。

姜玲躺在沙发上迷迷糊糊地睡过去了。睡梦中的姜玲起身往医院里走，天上没有太阳，周围没有人影，天地间一片灰色。姜玲正奇怪，蒙眬中，前边一对身影向她走过来。姜玲站住，那对身影走到姜玲跟前也站住。姜玲定睛细看，是王冶文和郎婷婷。王冶文和郎婷婷似笑非笑地看着她，姜玲的心一阵发紧，退后一步。王冶文和郎婷婷往前赶了一步，郎婷婷绽开笑脸，说：姜大夫，我们订婚了，是来给你送喜糖的……

姜玲喊了一声从沙发坐起来，摸摸额头，一层汗珠。姜玲抓起手机拨通小曹的手机，听到小曹"喂"了一声，她又赶紧挂断了。

……

玫瑰园厅的餐桌边，郎婷婷左边是王冶文，右边是小曹。小曹不时地给她面前盘子里夹菜，郎婷婷一脸得意，凑到王冶文耳前说：不吃醋吧？

王冶文说：我想喝醋。

郎婷婷嘻嘻地笑：让你也感受感受。

陈小琳朝郎婷婷这边看着，轻轻捅了一下郎夫人的腰。郎夫人凑到她面前问怎么了，陈小琳说：瞧你小姑子，左拥右抱，开怀畅饮啊。郎夫人说：婷婷自从离了婚，还没见这么高兴过。今晚可能喝得多点，醉了。陈小琳：酒不醉人人自醉。

王冶文忽然看看表说：郎总、夫人、鲁院长、陈姐，不好意思。

鲁侃说：有话就讲嘛，到现在还吞吞吐吐的干吗呀。王冶文说：是这样，临来时小曹找我，说他的一个朋友的父亲病了，让我去家里检查一下，因为怕拂了郎总的一片盛情，这才先来参加宴席，然后再去他朋友家。

小曹呆怔怔地看着王冶文，王冶文朝他偷偷丢了个眼色。小曹会意，连忙解释,说:我朋友的父亲腰椎有病,今天做了 CT 但并没明确诊断,知道我和王冶文是哥们儿,想请他去看看 CT 片子检查一下。

席上众人一片惋惜之声。王冶文说:快十点了,我怕再晚了不方便,想提前退席,自知这么做没礼貌,可实在是事出无奈,请各位大哥大姐原谅。行吗?

郎婷婷目露娇嗔:我说你咋把曹司务长带了来呢,原来是有事啊。

王冶文:对,对,不能让人家等得太晚了。刚才小曹的手机响了一声,我估计是在催我们又不好意思。是吧小曹?

小曹取出手机看了看,神态犹豫:嗯嗯,是的吧。

郎总说:既如此,我们撤呗,吃饭是好事,医生尽责更是要紧事,不能耽搁。郎夫人说:都是通情达理的,去就去吧。让王主任他俩先走,咱们再坐一会儿。今晚虽然喝得好吃得好,我看大家仍没尽兴,继续聊一会儿。

夫人发了话,郎总又随声附和:好的,去吧。王主任,我们初次相聚,有招待不周之处,还得请您和这位小曹朋友多多包涵。

王冶文连声致谢:那好,我和小曹失礼了。

王冶文和小曹起身往外走,小曹恋恋不舍地看了郎婷婷一眼。郎婷婷满脸放光,小曹又冲郎婷婷深情一笑,跟着王冶文走了。

送走王冶文和小曹,几个人重新入座。郎夫人说:婷婷果然有眼力,这王冶文才貌双全,婷婷嫁给这样一位医生真是修来的福。

郎总端起杯:感谢鲁老弟从中玉成。

陈小琳瞟了鲁侃一眼,笑着说:婷婷这只漂泊的船是得赶紧靠岸了。鲁侃慌忙接上:那就全力以赴快马加鞭,力争早日功德圆满。

郎夫人:像这样的人才可是抢手货,老鲁小陈你们守着近,就是披肝沥胆呕心沥血,也不能让煮熟的鸭子飞走了。

鲁侃说:当然,当然,好在冶文是我的下属,再说婷婷也蛮配他。抻了抻又看看婷婷加了一句莫测高深的话:煮不熟也飞不走,咱们婷婷给他拔了翎了。

笑声和让酒声再次灌满玫瑰园大厅,这里充满了趣味、欢娱、快乐。

第二天一上班,外科全体人员就齐集办公室内。这是个例会,讨论一下新收病人的治疗问题,照例是科主任王冶文的开场白,可王冶文只说了句"老李你说吧",就又低下头来看一本医学刊物。这刊物上刊载了他不久前写的那篇论文,可能是编辑马虎或者是不专业,里面出现了好几处外行术语和五六个错字。

李晓宇也不谦辞,立即开始行使副主任职责。他说昨天新收进六个病人,一例腹疝修复,一例甲状腺瘤,两例乳房瘤,一例腱鞘囊肿切除,还有一例幽门梗阻。此刻先分一下任务,然后再熟悉病人病历,各自制订手术方案。布置完了他又征求主任的意见:冶文,这么办你看可以吗?

王冶文眼观刊物,李晓宇的话却一句没漏,他把刊物随手丢到桌子上说:理应如此,大伙就按李主任的布置办吧。

李晓宇说:那我就自作主张了。两例乳房手术交给小姜,因为你是女性,方便。吕成嘟哝说:干外科的,分什么男女,这样李主任,我负责一例。李晓宇连说:好的好的,我正担心小姜太累呢。王冶文打趣:人家小吕是借机开开眼界。

吕成抗议,说:干咱们这一行的,什么样的山坡丘陵没见过,还开眼界呢。王冶文说:有理有理,不过现在熟悉一下情况,免得娶了媳妇看着眼生。吕成回击说:从小吃奶长大的,不眼生。姜玲和小林在旁边低声嚷嚷:流氓!

小马白脸通红,望着吕成说:娶了媳妇他也不会眼生。

王冶文看看小马:嗯,看来小吕是体验过了。

办公室里一片笑声。

李晓宇摆摆手:暂停暂停,这个腹疝嘛,我自告奋勇,按说这是个麻烦活儿,可是那次给齐院长修补时,我给冶文当助手,着实学了几手,现在实践一下,免得时间长了随着稀饭一块儿给消化了。腱鞘囊肿嘛,算小吕的,这个幽门梗阻比较棘手,冶文你来吧。

王冶文在翻看病历:算咱俩的吧,这个手术很复杂,还是上级医院推出来的。

李晓宇说:是啊,当时究竟收不收这个病人,咱俩还犹豫过呢。王冶文见工作任务分配停当,还是照例总结了几句:任务明确了,大家抓紧做术前的各项检查,条件成熟,马上动手。

几个人起身要走。李晓宇又招呼说:等一下等一下,我提个建议,这例幽门梗阻手术复杂又典型,既然冶文主刀,我看大伙还是都参加。一是人多智慧多,二来也给大家一个学习实践的机会。

吕成说:我正想提这个建议呢,这样的手术,我们年轻人无论如何也得跟着。

王冶文说:这个病人体质很弱,支持疗法至少得延续三五天,这期间正可多设计几个手术方案。然后复印几份病历和检查结论,科内医生们人手一份,各自设计手术方案,然后集中到我这里,由我和李晓宇最后决定。医生们一致赞成他的话,王冶文接上说:哎,那个腱鞘囊肿手术不复杂,我替小吕做,小吕可以腾出更多时间研究这例幽门梗阻。

吕成朝王冶文作揖:谢谢,谢谢,真是好主任好大哥。

姜玲说:还有例甲状腺呢？李晓宇说:你问就算你的吧,我给你当助手。姜玲苦笑道:还不如不问呢,吕成替了我一例,自己却又多嘴招来了一个。

李晓宇说:一不怕苦二不怕累,是咱们小姜的一贯作风。这个甲状腺肿切除术不太复杂,病人身体状况挺好,时不我待,今晚动手。

姜玲说:好嘞,我这就去准备……

王冶文忽然立起手掌劈了一下:一二三……

医护们同时起身:打足精神,让今天成为最棒的一天。

小马和小黄相互击掌:耶!

例会结束,医生护士各忙各的,他们进出病房,分工合作。有的跟着马上就要实施手术的病人到门诊影像室做 CT、拍 X 光片,有的拿着采集到的病人样品去化验大小便和血液。护士们推着治疗车进出病房,医生手持化验单、CT 片、X 光片、病历进出值班室。

气氛紧张、严肃。工作有条不紊。

当天晚上,由姜玲主刀的甲状腺肿切除术首先开始,吕成主刀的乳房瘤切除术也紧锣密鼓地准备着。

一号手术室和三号手术室先后亮起了灯。

一号手术室里,已经做好术前消毒的姜玲站在主刀位置上,旁边是她的助手李晓宇,麻醉师、护士们也就各就位。患者仰卧在手术台上,李晓宇提议肩部垫高一些,姜玲故意用导师的口气说:正确。

两位护士把一块软垫放在患者双胛下,主刀医生开始了例行的认证工作。

姜玲:患者郝光林?

护士:患者郝光林。

姜玲:男,205 床?

护士:男,205 床。

姜玲:麻醉?

麻醉师:全麻成功。

姜玲:手术开始。

姜玲在胸骨切迹上约两横指处顺皮纹方向做弧形领式切口,接着依次切开皮肤、皮下组织和颈阔肌。李晓宇指示护士用组织钳牵开颈阔肌,姜玲在患者颈阔肌深面用电刀分离皮瓣,上至甲状软骨切迹,下至胸骨切迹,两侧越过胸锁乳突肌前缘,然后用手术刀沿胸锁乳突肌前缘切开筋膜,分离两侧胸锁乳突肌与深面的颈前肌群的疏松间隙。

前段手术井然有序。

李晓宇吩咐保护切口，护士立刻递过无菌纱布。李晓宇将纱布盖在刀口处，姜玲牵开上下皮瓣，用止血钳提起颈白线两侧组织，切开颈白线直达甲状腺固有被膜，然后上下切开，病灶完全裸露。

姜玲和李晓宇俯身看去，患者右侧甲状腺中上极有一 2×3 厘米左右结节。

李晓宇：切吧。

姜玲用数把血管钳夹住甲状腺组织，边钳夹边切除，将结节及周围少量组织切除。护士递过止血钳止血，姜玲结扎切面出血点，缝合切面，李晓宇和护士以稀碘伏冲洗创面，彻底止血。姜玲一伸手，李晓宇将 14 号硅胶管递给姜玲说：是不是持续负压吸引？

姜玲开玩笑：你懂得还真不少。

李晓宇：谢姑娘夸奖。

姜玲把硅胶引流管放于手术区。李晓宇吩咐护士清点器械。护士清点器械数量汇报正确无误。姜玲看着李浇宇说：缝合吧？

李晓宇：你说呢？

姜玲笑笑，依次缝合各层，表面皮肤以皮内缝合法缝合。手术结束，姜玲摘下口罩喘了口气说：术中出血少量，术程顺利，病人可以返回病房了。

……

王冶文今晚没有手术任务，他在家痛痛快快洗了个澡，披着浴巾从洗澡间里走出来。客厅里空无一人，电视机开着，电视里正播放《三国演义》。王冶文坐下后用遥控器换了个电视频道，屏幕上一只高大强壮的灰熊摇摇晃晃走过来。灰熊不远处有只小鹿正在悠闲地吃草，王冶文禁不住脱口道：危险，快逃！

灰熊越走越近，小鹿浑然不觉。王冶文很紧张，恨不得用遥控器定住灰熊的位置。电话铃响起来，王冶文暂时忘却了处境危险的小鹿，他赶紧抓起电话：你好！哦，小吕呀，找我有事？

电话里小吕急咧咧的声音：王主任，这个乳瘤病人谁收的？

王冶文说：你查查病历和入院证嘛。小吕说：我在办公室里，入院证和病历在值班室，没带过来。王冶文听吕成口气着急，就问：出事了？

小吕说：怎么不明确诊断呢？王冶文：什么情况，你说。

小吕说：我先前没在意，今晚重新看了看检查结果，这不像一般乳房肿块。王冶文问李晓宇在不在，吕成说：我们一块儿接的班，李主任帮姜玲去做手术了。我来接班之前姜玲一直研究那个甲状腺瘤，晚上终于决定动手。李主任答应过做助手，留下我盯班，颠颠儿地跟姜姐去了。

王冶文笑道：小姜是扳倒树捉老鸹的主儿，没把握的事一般不做。

253

小吕问王冶文有空吗,王冶文说:有空是有空,就是还没穿好衣服。电话里吕成一副戏谑的口气:嘻嘻,是不是郎主任在你那里?

王冶文"呸"了一下:小没正经,我洗澡呢。小吕说:我原想明晚换班后进行手术,现在拿不准,犹豫。等李主任呢,谁知他下了手术台到什么时候了。

王冶文说:弄不清病因的情况下,犹豫是应该的。你等一下,我穿好衣服就过去。小吕连说:太好了,太好了,就这意思,我等你。

王冶文刚刚穿好衣服,有人敲门。王冶文走到门口:哪位?

门外是郎婷婷的声音:是我,开门吧。

王冶文:哦,郎主任啊,这么晚了……

门外郎婷婷说:早点晚点你还在乎? 王冶文拉开屋门,郎婷婷提着两包东西走进来。王冶文说:大包小包的,是什么?

郎婷婷说是螃蟹。王冶文问:哪来的螃蟹? 郎婷婷说:朋友从海滨度假村给我哥捎来的,嫂子让我送给你一些。王冶文说:真是太感谢令兄令嫂了。

郎婷婷:怎么还令?

王冶文:那说什么?

郎婷婷:应该说咱。

王冶文:哦,咱,能(攒)到一块儿吗?

郎婷婷:促狭儿!

郎婷婷将螃蟹放进冰箱,坐下来要脱外套。王冶文说:郎主任,小吕刚来电话,有个要紧病例让我去帮他拿主意。

郎婷婷一怔:又找托辞?

王冶文说:小吕现在办公室等我,你可以打电话问他,2645460。

郎婷婷往沙发上一仰:那行,处理完了快回来,我等你。

王冶文说:改日再聊不行吗? 郎婷婷笑眯眯地说:不行,我等你。

王冶文说:那行吧,你自己沏杯茶喝,我走了。

……

姜玲回到手术准备室换好衣服,掏出手机给王冶文发短信——手术非常成功,你在家干吗呢? 姜玲等了好长时间,没有回信,她纳闷儿地侧侧头,又发了一则短信——你干吗呢? 回信!

姜玲发短信时,王冶文已经到了外科办公室,他和吕成相对而坐。吕成取出病历和 CT 片子说:你看看吧。

王冶文看了病历又对着灯光仔细观察 CT 片子,放下 CT 片子又看病历。

吕成问他:你看像是良性瘤吗?

王冶文再次看了 CT 片子后站起身:走,咱们去查一下病人。

两个人一前一后走出办公室。

姜玲发短信时,郎婷婷正靠在沙发上看电视。茶几上王冶文的手机嘀嘀响了几下,郎婷婷瞥了一眼继续看电视。不大会儿,手机又响了几下,郎婷婷拿起手机,手机上显出:新信息 2 条。

郎婷婷打开信息一看,第一条——手术非常成功,你在家干吗呢? 只有手机号码,没有机主名字,郎婷婷纳闷儿,这是谁呀? 郎婷婷看第二条——你干吗呢? 回信! 郎婷婷撇嘴一笑:谁呀,口气这么硬。

出于好意,郎婷婷用王冶文的手机发了回信——冶文不在,他去外科病房了。

手机又响,信息再现——你是谁?

郎婷婷又发——我是谁你无权过问,你是谁?

短信回复——我是姜玲,你到底是哪位?

郎婷婷又撇嘴一笑,当即回复——你想想就知道了。

短信回复——你是狼?

郎婷婷回复——不错,咬你!

短信回复又来了——你在王主任家做什么?

郎婷婷回复——等他呗!

姜玲的短信又来了——今日等,明日等,等到将来仍是空。

郎婷婷回复——哈哈,丫头片子,吃醋了吧!

……

王冶文和吕成走进外科病房办公室,把病历、CT 片等一应检查资料放在桌上后坐下喘了口气,吕成问道:你怎么判断?

王冶文说:这是例隐蔽性很强的乳腺癌,如果不是你细心诊察,差点就误诊了。所幸是早期,大面积切除还是能根治的。小吕,患者和患者家属都应该感谢你。

吕成说:我也是愚者千虑,偶有一得。王冶文朝吕成竖竖大拇指:医生就是在见微知著中渐渐完善和提高自己的,小吕,你将来必有成就。

吕成说:主任见笑了,能在你跟前学习体验,傻子也能成为专家。

王冶文哈哈大笑,吕成问他笑什么。王冶文说:这话让我想起当初读研究生时的一件事,大学有段时间因为关系网乱进人,搞得鱼龙混杂,优劣参半,我们班主任气不过,有次一上课时发牢骚,说再这么闹下去,随便从集市上牵头驴来叫上几年,也能成为教授。

小吕一下子笑呛了。

王冶文说:这个手术先放一放,我们和晓宇再仔细斟酌研究一下制订详细的手术方案。你的活儿还是你自己干,我就不越姐代庖了。小吕说:你是指那例腱鞘囊肿吗?王冶文点点头:人的命,天注定,谁的活儿就该谁来做。

姜玲悄悄走进来。吕成问她:姜姐,手术完成了?

姜玲说:嗯,完成了,你们嘀咕什么?吕成说:嘀咕着想法给姜姐介绍对象。姜玲白了吕成一眼:闲操心。

王冶文说:小姜啊,这小吕了不得,硬是从一些蛛丝马迹中看出一例乳腺癌来。姜玲说:小吕向来心细如丝。吕成笑笑:嗯,我既能医病,也能察心。

姜玲:呸,别当医生了,去算卦吧。

王冶文问李晓宇在哪里,姜玲说:下了手术台他就去普外了,说是有几个病人得复查一下。王冶文突出嘴唇:老黄牛精神。

姜玲:你们的问题解决了?

王冶文:嗯,解决了。

姜玲:那你还不快快回家,有人等你等得急出黄子来了。

王冶文:你咋知道的?

姜玲撇嘴:头上三尺有神明啊。

姜玲把手机短信找出来:你自己看吧。王冶文看了短信:可怜的孩子!

姜玲:怎么,心疼了?

王冶文说:我忘了告诉她,再有两个多小时我就接大夜班了。姜玲说:这么讲你就不回家了?王冶文点头:不回家了,来回跑太累,就在休息室眯一会儿。

小吕看看王冶文。

小吕看看姜玲。

小吕把两个指头并在一起摇晃。

姜玲:什么意思?

小吕:自己理解。

护士小云走进来。王冶文拍拍手:来得好,我正愁没个老实人替我撒谎呢。

小云:撒谎?

王冶文说:是啊,麻烦你给我家打个电话,如果有人接,就如此这般说……

小云说:还真是撒谎啊!

小吕说:这是善意的谎言,请云女士代劳。

小云问有什么报酬。

小吕回答:如果你嫌自己的男朋友丑,可以做你的好朋友。

小云横了吕成一眼走向电话机:哼,将来也是个促狭儿。

27

郎婷婷无精打采地坐在王冶文家的客厅沙发上,不停地变换着电视频道。

她看看王冶文的手机,刚才发给姜玲的短信内容依然显现——哈哈,丫头片子,吃醋了吧! 郎婷婷得意地笑了笑,伸出遥控器寻找综艺频道。

电话铃声。郎婷婷拿起听筒:喂,您好! 哪一位?

电话里传出一个女孩的声音:您是……

郎婷婷说:我是住院部的郎婷婷,您是哪一位? 哦,外科小云啊,是我,对,对,你找冶文,他不是就在外科病房吗? 小云的询问引起了郎婷婷的警惕,因为王冶文和她说的是去外科病房帮着吕成解决医疗难题的,如果不在外科,那就是有意对自己瞒天过海了。她赶紧追问:怎么,他没在外科?

小云说:王主任是来过外科病房,但刚才就和吕成走了。郎婷婷问他俩人去哪里了。小云说:王主任没回家呀,那肯定是和吕成去了妇科。妇科手术室来电话,说遇到个特大子宫肌瘤,想请王主任去帮一把。那好,那好,我到病房找找他。骨外有个病人情况不太好,李主任说请他再回来商量一下呢。

郎婷婷:小云,你估计冶文多长时间能从妇科手术室回来。

小云说:郎主任,这事还真不好说,帮妇科做完手术,顺利的话也得十一点,要是麻烦呢,就得到十二点。到十二点呢,他就得接大夜班了。

郎婷婷口气焦急:是这样啊,那好,你去病房找找,见了面就说我在等他。

郎婷婷放下电话,一脸沮丧,她继续寻找综艺频道。终于找到了,综艺频道上正播放比赛节目《金光大道》。郎婷婷兴味盎然地看着,可是看了不大工夫竟然迷迷糊糊睡过去。

郎婷婷一觉醒来,看看表,呀,快十一点了! 她连忙拿起电话拨外科病房办公室的号码。电话拨通,传出小云的声音:喂,您好! 哪位? 哦,郎主任啊,您还没走? 你说王主任是吧,对,是在妇科找到他的,回到这里处理完病号又回去了。对,对,去妇科手术室了,到现在没回来,估计手术挺麻烦。嗯嗯,恐怕得到深夜,王主任接大夜班,可能就不回家了吧。好好,就这样。

郎婷婷放下电话,呆呆地坐在沙发上,《金光大道》节目已经结束,她又改调了另一个频道。这个频道正在上演一部不知名的电视剧,郎婷婷看着没意思,

257

叹口气伸伸懒腰站起来。她拎起自己的手袋:这个促狭儿,让我白等一晚上。

电视里一个娇滴滴的声音:啊哟,都说男人是色狼,其实女人更好色。

郎婷婷:这个不要脸的!

郎婷婷关了电视机,拉开王冶文家的屋门走了。

第二天中午,郎婷婷闷闷不乐地坐在职工食堂餐厅餐桌边吃饭,王冶文走进来。王冶文走到郎婷婷跟前说:今天你值班?

郎婷婷说:是啊,星期日,又该我的班了。你也来了? 王冶文说:昨晚帮妇科做手术,直到十二点多才结束,回到外科就接了大夜班。早上八点下班后睡觉,一直睡到现在才醒过来。一个人也不愿做饭,来食堂弄点现成的。

郎婷婷说:你坐下吧,我去给你买饭。王冶文按住郎婷婷的肩头说:我自己去吧。郎婷婷拍拍王冶文的手:快去吧,待会儿饭菜都凉了。

郎婷婷看着王冶文走到餐厅窗口前,看到王冶文在和窗口里的人说了些什么。郎婷婷低下头来继续吃饭,不大会儿,王冶文端着饭菜走回来。王冶文坐在郎婷婷身边:本来昨晚想去看冬冬呢,让这些意外的事给耽误了。

郎婷婷说:下周呗。

王冶文说:下午我就去看看孩子,几天不见,挺想他的。郎婷婷沉思了一会儿:真想和你一块儿去,可惜下午我还得继续值班。

王冶文说:谢谢,我只是到那里和孩子见个面。正说着话,司务长小曹提着个饭盒凑过来。小曹说:二位主任,从海边捎来一箱对虾,近水楼台先得月,我从中挑了几个大的让厨师做好放在冰箱里,专为犒劳你二位的。

郎婷婷一脸惊喜地看着小曹:这怎么好意思。

王冶文说:受之有愧,却之不恭,既然送来了,吃吧。小曹打开饭盒,取出一盘对虾,又取出两只盛了佐料的小碗放在二人面前。王冶文说:一块儿吃呗。

小曹:我已吃过,你和郎主任慢慢用吧。

王冶文:你那位朋友的父亲近日病情如何?

小曹:病情好转多了,原来想入院呢,现在看来已无必要。

王冶文:再接着吃一疗程的药,基本上就可痊愈。

小曹:我也正想问你这件事……

小曹一边和王冶文谈他朋友父亲的病情,一边不停地给郎婷婷剥对虾。

……

几天后的上午,王冶文把外科的医护员工召集到一起,计议着怎么样想法解决面前的难题。三楼的六个高间腾出来有半个月了,总务科还没购进病床和配套医疗设施,而急需入院的病人逐日增多,王冶文和李晓宇十分着急。

王冶文和李晓宇把这个难题摆出来后,岂料小云马上说道:哎哎,你们不说这事我倒忘了,听财务科的一个姐姐说,鲁院长已给李科长打了电话,腾出的这几个高间上半年暂不拨款配套,下半年看看资金情况再说。

王冶文以从未有过的认真口气问:你这个姐姐听清楚了?

小云说:李科长接电话时,这个姐姐就在旁边守着,这还有假吗。王冶文绷着嘴唇道:哦,这是有意在卡我们。

姜玲说:也不知鲁副院长是咋想的,怎么可以下这样的指示呢!李晓宇说:明摆着嘛,他认为一般病房不如高间挣钱多。姜玲话中有气:作为院领导,那么多病人在外边等着,他就忍心这么做?

王冶文说:人一旦钻进哪条死胡同里,就变成傻蛋一个,孰轻孰重也不分。李晓宇建议去找齐院长。王冶文摇头,说:找了齐院长,老鲁还会有办法对付。干脆,弄他个木已成舟。李晓宇盯着王冶文:又有什么歪点子?

王冶文说:小林,查查网上医疗器械厂的病床和病房配套设施的价格,有合适的订他二十套,要求打折。行的话让他们这个礼拜给发货。

李晓宇:赊着?

王冶文说:暂时"潜规则",有了发票我再想办法找总务科讨债。

李晓宇:果然是个好办法,赞成。

小林:哎,给诸位透露一下,自打去年开始,咱们科的"私房钱"里也有李主任一份了。姜姐和吕医生也开始有了收获,现在是富裕大大的。

小马啧啧道:李主任,你老婆批准吗?

李晓宇说:瞒着她,收五千说三千。

小马说:你这是欺君罔上,找揍啊!你本来瘦小枯干的,让嫂子踹上几脚不得散了架。

李晓宇横她一眼:丫头片子,没大没小。

小云的眼光扫向吕成,吕成的嘴唇哆嗦了一下,说:我也没全交出来。王冶文说:你还是新手,就是有人给红包也不过仨瓜俩枣的,别充硬汉了。

小林看看小马:是啊,小吕得留点,准备攒钱娶媳妇。

小马说:让他娶你吧。

小林挥挥手:人家小吕找好的不要小的,我比你年龄小,还能抓挠几年。

小马:啊呸!

办公室里响起笑声。

又一个周日,姜玲带着冬冬到街上玩儿,不知不觉走进了时代商场。走到儿童玩具柜台前冬冬站住,眼睛贪婪地盯着一个玩具熊。

姜玲说:冬冬,你喜欢它? 冬冬低下头不作声。姜玲说:既然喜欢咱们就买嘛,冬冬何时觉得这么拘束了。姜玲走上前:营业员,把小熊娃娃拿过来。

营业员应声走到近前,把那只棕色小熊递给她。姜玲转手递给冬冬说:你看可以吗,不中意再换一只。

冬冬说:就要这一只。姜玲说:那好,抱着它,别跑了。冬冬嘻嘻一乐,说:真要能跑,我就不敢抱它了。营业员乐了:好聪明的小家伙儿。

姜玲付钱,冬冬抱着熊娃娃亲吻。姜玲问冬冬还想要什么,冬冬说:回家吧,我要给熊弟弟戴帽子,穿裤衩。姜玲笑笑:好,听冬冬的。

姜玲领着冬冬往门口走,冬冬不时地亲着熊娃娃。姜玲问他为何这么喜欢小熊,冬冬说:在姥姥家我就有这么个熊弟弟,戴着礼帽,可神气了。

姜玲:你把小熊当弟弟?

冬冬:嗯,夜里睡觉也揽着它。我揽着熊弟弟,妈妈揽着我。

姜玲笑起来,说:你们三个同床共眠啊。冬冬摇摇头:妈妈有时烦了,就把熊弟弟从我怀里拽出去扔到床下。

姜玲:熊弟弟这么可爱,不该扔到床下。

冬冬低下头去。

姜玲赶紧安慰孩子:冬冬不难过,以后我揽着你睡,你尽管揽着熊弟弟。

冬冬忽然抬起头:妈!

姜玲一怔。

姜玲眼圈红了。

姜玲俯下身子,将冬冬连同小熊抱起来走向门口。

姜玲抱着冬冬走出商场,来到欣湖岸边,走到拐弯处看到一个熟悉的人影站在僻静处举着手机打电话,仔细辨认却是民警刘芸。刘芸听到脚步声回过头来见是姜玲和冬冬,招手示意让他们过去,同时歪头一笑:和俊生通话,不保密。

姜玲和刘芸很熟,也知道刘芸的男友叫俊生。虽非闺密却是好友,两人之间并不避讳。姜玲带着冬冬走到刘芸跟前,站在刘芸旁边……

刘芸左手提着手袋,右手擎着手机通话。手机里是梁俊生响亮的声音:刘芸啊,自从我们确定关系以来,就在谁服从谁的问题上争论不休,到现在你还是固执己见,非要待在那个小城市不可,真拿你没办法了。

听到刘芸声调不高但却清晰的回话:俊生,当初咱们在江城大学生联谊会上相识相恋时我就对你说过,我之所以选择报考公安大学,就是为了将来能够像我爸爸一样在家乡为百姓排忧解难,值班站岗。你当时也答应毕业后随我来这里工作,如今在大城市里有了职业,怎么就说话不算数了呢?

梁俊生:好好好,咱们为此争辩了不下几十次,总得有个结果哟。这样吧,听你的,下周就是五一小长假,咱们在海滨度假村见,行吗?

刘芸:当然行了,我提出来的嘛。

梁俊生:我也盼着呢,一是暂解两地相思之苦,二是再次当面协商一下。

刘芸咯咯笑起来:行啊,你在车站等我。

梁俊生说:一言为定。

电话里传出轻快的歌声:你是我的玫瑰你是我的花……

刘芸关了手机走到冬冬跟前哈下腰:宝宝,跟姜阿姨来逛商场了?

冬冬把熊宝宝往刘芸跟前一顶:咬你!

刘芸假作害怕的样子躲闪,咯咯笑起来。姜玲问刘芸怎么跑到这里打电话。原来借着周日空闲,刘芸也来商场购物,恰好男友梁俊生来了电话,商场内人多杂乱,她只好跑到湖边这个僻静处接听。

刘芸至今仍住单身宿舍,距离商场不远,意外相逢,刘芸心里痛快,非要姜玲带着冬冬去她那里不可。姜玲说:去就去呗,我还没见过你的蜗居呢。刘芸咯咯一笑,说:还真是蜗居,去开开眼吧。

也就十分钟,三个人就到了刘芸的宿舍。果然是"蜗居",一间房子直通南北,最北边的阳台兼厨房。中间一堵不知是什么材质的白色断墙,墙北是客厅、洗手间,墙南是卧室。卧室里是整齐的床铺、衣橱,小小客厅里放着小小的桌子和书架。面积虽小,却不杂乱;家具虽少,却不寒酸。

刘芸放下手袋洗洗手,说:姜姐你和冬冬中午在我这里吃饭,有鱼,有肉,有芹菜,有蘑菇……姜玲笑道:还挺全的,好,中午就在你这里了,我帮你做。

冬冬玩儿他的熊宝宝,姜玲帮着刘芸炒菜做饭。两个人边干活儿边低声说着什么,有时争论,有时窃喜,有时便放开声呵呵地乐。这就是姑娘们之间的知心交往,这就是姐妹间的快乐生活。

饭菜很快做好,摆在客厅的小桌上。刘芸从小冰箱里取出"花生核桃露",问姜玲喝啤酒吗,姜玲摇头说"是酒不沾",刘芸说:就喝饮料吧。三个人举起饮料杯碰了一下,刘芸说:祝冬冬周日快乐! 冬冬举着杯子说:祝二姨和姨夫快乐!

刘芸一下子怔住:什么,冬冬你说什么?

冬冬眨巴着眼睛,说:二姨你和姨夫的通话我全听到了,不是五一相会吗? 刘芸大惊:这年头,了不得,连小孩子也成了精了。

因为刘芸经常去找王冶文,为此还曾引起过姜玲的嫉妒,后来得知刘芸是王冶文的表妹,和歌舞团长刘芳是姊妹俩,不由得暗笑自己心胸褊狭。"二姨"的秘密竟为一个六岁孩子无意间窥知,连姜玲也颇为惊奇。三个人说说笑笑吃菜喝饮料,刘芸忽然从手袋里取出手机来:哎,姜姐,我得给表哥打个电话。

　　……

　　医院食堂餐厅的圆桌边上,小曹把剥好的对虾放在郎婷婷面前的佐料碗里,郎婷婷说:我自己来,你这么客气干吗。小曹说:你只管吃,我来剥就是了。当初老婆没和我离婚时,吃螃蟹吃对虾都是我给她剥。郎婷婷笑问小曹:嗯?老婆为啥和你离婚,是不是你也挺花?

　　小曹说:我不花,是她靠上了一个大款。至于本人花不花,你问问王主任就知道了。王冶文马上举手:我证明,小曹不花,只是见了漂亮女人拔不动腿。

　　小曹的脸红了红,说:这是哪里话呀!王冶文说:那你为何见到郎主任就巴结?

　　小曹看了看郎婷婷低下头去:郎主任形象漂亮,举止端庄,为人也谦和,见到这样的女士,哪个男人不想多看几眼?哪个男人心里不动一动啊!

　　王冶文:听了没郎主任,知音啊!

　　郎婷婷抬头看看小曹,冲小曹报之一笑,重又低头吃虾。她心中暗想:唉,小曹要是王冶文有多好!

　　王冶文的手机响了,王冶文打开手机:喂,小芸啊,和俊生谈好了吗?

　　手机里传出刘芸的声音:谈好了,五一去海滨度假村,本来别人放假我们值班,这次是局长格外开恩,特批的假。

　　王冶文问刘芸是不是五一当天走,刘芸回话说:对,坐上午那趟大客。王冶文说:我五一那天有手术,也不能送你了。刘芸说:没关系,回来时给你捎螃蟹。王冶文呵呵一乐:行吧,最好把妹夫也捎回来。

　　那边响起刘芸清脆的笑声:盼着吧,哥。

　　郎婷婷一直专注地听着两个人的通话,王冶文关上手机时,她问小芸是谁,王冶文说:是我表妹,假日去海滨度假村与男友相会。

　　郎婷婷:真是幸福的一对。

　　外科办公室里,王冶文、李晓宇、吕成、姜玲和几位护士分坐在室内。王冶文翻看着面前的病历,李晓宇和其他三位大夫审视着一份手术方案。王冶文看完病历抬起头,目光转向李晓宇等人:对于方案汇集三位还有意见吗?

　　吕成说:也就这样了吧,该想到的都想到了。李晓宇也点头同意,他说:这是例胃癌合并幽门梗阻,咱们熟悉一下病情描述。小吕,你念一下病历。

吕成拿过王冶文手中的病历念道:过去史:平时身体健康。无高血压、冠心病、糖尿病病史。无肝炎、结核、伤寒等传染病史及接触史。无药物过敏史。无外伤、手术史。生于原籍,并久居原籍,无病毒接触史,未去外地常住。生活规律,无不良嗜好。

李晓宇:家族史呢?

吕成说:家族史中父母身体健康,家族成员中无类似病史及重大遗传病史。

王冶文说:重点说一下现病史吧。吕成接着念下去:现病史,患者于2011年3月左右出现无明显诱因的呕吐,病情逐渐加重,食欲减退。无发酸,无嗳气。患者曾在省附院胃镜检查,检查结果是幽门狭窄,并给予球囊扩张成型术,症状缓解二到三天后,再次呕吐,病情加重。之后再到省附院就诊,进行手术。

王冶文说:我这里有份患者当时的手术记录。术前诊断:幽门梗阻;术后诊断:胃恶性肿瘤合并幽门梗阻;剖腹探查 + 胃壁活组织冰冻切片检查 + 胃空肠吻合术 + 营养性空肠造口术 + 腹腔双套管引流术。

李晓宇:是不是说一下当时的操作过程?

王冶文说:很详细的手术操作没有,只记录患者胃幽门部肿块、胃弥漫浸润性病变,且肿块已侵犯至十二指肠第一、第二段肠壁,并已侵犯肝十二指肠韧带组织及小网膜组织。手术顺利、术后恢复良好。未再进行化疗等其他进一步的医疗方案,于2011年4月29日出院,于今年3月病情复发,症状同前。再次前往省院,省院复查后说只能口服中药保守治疗了。

吕成说:王主任你决定吧,这个病人我们还能否进行二次手术将病灶切除?
王冶文说:我仔细分析了病人的检查结果,认为二次手术的可行性还是有的。
李晓宇问:是保守治疗存活时间长,还是二次手术存活时间长?王冶文想了想说:我看省院并非没有手术能力,只是害怕病人从手术台上下不来。这种情况保守治疗最多存活半年,二次手术的存活期约为两年。

吕成说:那就手术呗,也许半年后就有了更先进的治疗措施了,毕竟这个人才四十岁呀。李晓宇说:我和冶文也是这么想的,所以制订了细致的手术方案。

吕成取过手术方案还要念,李晓宇摆摆手:吕成啊,别念了,反正这个方案大家都看过讨论过,我个人认为已经相当细致全面,关键是看冶文的刀下功夫了。这些天的支持治疗效果不错,根据病人的身体状况,手术时间最后定在明天。

小林从旁插话:明天是五一节。

王冶文说:医生的节日只是个概念,就这么决定,明天我们全线压上。

李晓宇:好了,都去各干各的活儿吧。

......

　　五一节的早晨,刘芸背着旅行袋,手提几只本地特产香酥扒鸡轻快地走在城街上,一辆辆出租车在她身旁鸣着喇叭又慢慢驶过。刘芸一边走一边欣赏街景,早上的游人还不很多,三三两两有些随便散漫地走着,有骑单车的青年人到郊外踏青,自行车带着嗖嗖的声响从刘芸身旁擦过。临街的公园里游人稍多,不少一家三口带孩子来玩儿的。一只谁家的狗狗在这公园里瞎转悠,转到一棵树下撒了泡尿又跑了。远处欣湖岸边已经聚了些等着乘船下湖游玩的人,湖面上笼罩着薄薄的晨雾,远看完全是神仙居住的地方了。刘芸仰脸看看天,天很蓝,蓝天下给人的感觉真好。刘芸想起了一位文人的诗——淡淡晨曦浅浅绿,无限风光在此处。街旁的商店商场早早地开了门,商场门口高悬——节日大甩卖横标。刘芸顺街南行,走过两个路口,南边一座高层建筑上现出菊城汽车总站的招牌。

　　刘芸,惜时光,演绎精彩生活。早上空气清新,愿你今天事事顺心。

　　刘芸继续往南走着,手机忽然响了。刘芸打开手机接听:喂,俊生啊,我正往汽车站走呢,怎么,你已经登上了前往度假村的火车。好好,我们中午可以见面了。哈,坏家伙,说什么呢,好,再见!

　　刘芸走进汽车站,候车室售票窗前熙熙攘攘排满了购票的人。人们背着铺盖卷,提着装满杂物的蛇皮袋,一个挨一个地朝售票窗前挪动。透过候车室前的玻璃门窗,可以看到班车一辆辆地摆在停车场上。刘芸背着旅行袋走向候车室的检票口,口袋里的手机响了。刘芸边掏手机边嘟哝:这个家伙,不是刚刚通过话吗!

　　刘芸停下脚步掏出手机举到耳前:喂,哦哦,林大嫂啊,有事吗?

　　候车室里很乱,听不清手机里的声音。刘芸走到一个角落处和对方通话:林大嫂,你说什么,小成跑丢了?

　　手机里传出林大嫂的哭泣声:是啊,刘警官,早晨小成跑到门外去玩儿,就是做饭的一点空儿,我再出去找就没影了。

　　刘芸说:你没在附近找找? 林大嫂说:我找了,我向门口卖冷饮的人打听,冷饮店的女孩说,刚才有个瘸腿的女人买了两盒饮料,哄着一个小孩儿往南去了。听说最近常有拐小孩儿的,我害怕……刘芸看了一眼候车室外的班车:林大嫂,我现在汽车站,你马上坐出租车过来。我在停车场等你,详细情况你来到后再细说。

　　林大嫂连说:好的好的,我马上过去。刘芸关上手机朝调度室走去,门口的人见刘芸出示了警察证,赶紧放她进去。

264

汽车站停车场上,几辆汽车里都坐满了人。车门都开着,驾驶员和乘务员站在车门口闲聊。这时,广播喇叭里传来调度员的声音:各班车司机师傅请注意,请马上各就各位,关上车门,一律推迟发车二十分钟。各班车司机师傅请注意……

司机甲问司机乙出了什么事,司机乙说:可能有特殊情况,你瞧,车站警务室的人都出来了。司机甲说:那我们就遵令而行吧。

司机们相继上车,汽车的车门相继关上。刘芸从调度室出来后走到停车场前,手机贴在耳朵上:李所长吗?紧急情况,我的帮扶对象林大嫂的儿子半小时前走丢了,初步判断是被人拐走。我现在汽车站,正准备和林大嫂一块儿先查班车,请派人协助。

手机里传出派出所李所长的声音:好的小刘,即使孩子被拐,短时间内也出不了城区,我马上向局长汇报,联系交警大队协助我们,凡是出城的汽车一律盘查。我们保持联系,保持联系。

刘芸说:好的,好的。她刚合上手机,林大嫂披头散发地跑过来,这个三十来岁的可怜女人气喘吁吁,脸色苍白。刘芸迎上去:林大嫂,别急,我已和调度室联系采取了安全措施,你现在跟着我,先到各辆车上看看有没有人带小成走。

林大嫂带着哭韵:刘警官,我,我……

刘芸拉起林大嫂的手,朝第一辆班车走去,两位车站警务人员跟在她们身后。

刘芸站在车前隔着窗玻璃向司机师傅出示了警官证,司机点点头,车门慢慢打开,两位警务员陪林大嫂登上班车。不大会儿,林大嫂和两位警务员走出车门,冲刘芸摇摇头,刘芸等人又走向第二辆班车……班车一辆接一辆地开走了。刘芸拨通李所长的手机:李所长,班车已经查完,没有找到林大嫂的孩子,怎么办?

李所长:小刘不要着急,交警大队已经把住了各个路口。刚才我和张局长联系,张局长说十分钟前有一辆小型面包车行至距哨卡三百米左右调头趸回城区,估计与此案有关,他已派出五个便衣行动小组进行追查。你马上带林大嫂一块儿回来,我们共同商量一下,协助行动小组想想办法。

刘芸掏出汽车票看了一会儿,对着手机说:好吧李所长,我们马上回去。

……

刘芸的男友梁俊生坐在海滨度假村候车室的连椅上,满脸笑容,喜气洋洋。马上就要见到朝思暮想的刘芸了,能不高兴吗。梁俊生拨通刘芸的手机:喂,芸芸吗,我已到达目的地,你现在到了哪里?

265

手机里的声音很杂乱,乱了好一会儿传来刘芸的声音:俊生,有个突发事件需要我处理,估计得坐下午的班车了,你先安排休息吧,别在候车室里等我。

梁俊生说:不是放假了吗,还有什么突发事件需要你处理?刘芸声音很急:俊生,干我们这一行是没有固定假日的,随时都可能有任务等着。

梁俊生的笑容收敛了,他咬了下嘴唇:那好吧,你可尽量快一些呀,我们只有短短的两天半时间啊。

梁俊生合上手机背起旅行包,出了候车室脚步慵懒地朝预订好的旅馆走去。

28

五一节上午,胃癌合并幽门梗阻病人的手术按时进行。医院走廊里,家属和两位护士把病人送往手术室。来到手术室前,护士把病人家属挡在外边,自己推着手术车进室内去了。病人家属眼睁睁看着亲人被送进手术室,喜悦、忧虑、紧张、担心的神情交相出现在脸上。

病人家属心情复杂地坐在手术室外的椅子上,虽然表面上尽量让自己显得平静,心中那份焦虑和担忧是可想而知的。

病人被安排到手术台上进行检查和消毒的同时,以王冶文为首的几位外科大夫和护士也在术前准备室里进行着相应的程序。十几分钟后,王冶文、李晓宇、姜玲、吕成身穿消毒服、头戴消毒帽和手套,举着双手从术前准备室走进来。这时躺在手术台上的病人已经完成麻醉、铺巾。

王冶文站在手术台边:病人?

护士:焦成俊。

王冶文:202床?

护士:202床。

王冶文:患者手术?

姜玲:幽门梗阻二次手术。

王冶文:手术开始。

王冶文、李晓宇等医护人员在给焦成俊做手术。无影灯下,手术台上摆满各种手术器械,王冶文主刀,李晓宇、姜玲随时辅助,吕成在一旁认真地看,不时问一些相关问题。手术进行间,王冶文的额头上不时地冒汗,姜玲用无菌纱布给他擦拭,器械护士熟练地传递着各种型号的手术刀、止血钳和分离器。因为是二次手术，又是上级医院推出来的，几位医护就特别加心用意。医护们屏息静气严肃认真，手术过程时做调整但却始终有条不紊。

王冶文先是从胃窦大弯侧相对正常的地方全层切开胃窦前壁，见胃窦及幽门管处黏膜组织红润并无溃疡糜烂和出血灶，就在幽门及小弯处切取了两块全层胃组织交给一护士，以送冰冻切片检查。手术中，王冶文考虑到患者已逞胃弥漫浸润性病变，肿块已侵犯至十二指肠第一、第二段肠壁和肝十二指肠韧带组织及小网膜组织难以进行全部胃切手术。他和李晓宇等人合计了一下，决定进行胃空肠吻合术，同时取活检处的胃壁缝合修补。手术进行得并不顺利，所幸王冶文学识渊博技术纯熟，术前就针对此症参照中外资料进行过细致研究，故而虽则艰难，却没出现意外事故。

手术在曲曲折折中总算完成，王冶文伸伸腰：可以了，缝合吧。

姜玲动手缝合切口，王冶文摇着脖子走到旁边在室内来回转悠，直到缝合加压包扎完成，他才和同事们回到准备室里换衣服。王冶文换好衣服坐下来说：一站就是几个小时下来，腿有点酸。

李晓宇说：你仗着身体棒，我站这么几个小时，下了手术台就迈不动步。

姜玲和吕成换好衣服坐在王冶文旁边说：以后再有这样的手术，你和李主任指挥，我们上台动手。

王冶文笑笑说：大姑娘小伙儿啊，你们还得坐三年冷板凳。

……

王冶文他们胃癌合并幽门梗阻病人的手术开始之时，正是刘芸和民警们帮助林大嫂搜救小成之始。

刘芸和林大嫂回到城区派出所李所长办公室里时，李所长正手里擎着电话话筒和公安局张局长通话：哦，好的，张局长，我们马上到那一带进行排查。

李所长放下电话，刘芸和林大嫂都站起了身。刘芸问李所长局长怎么说，李所长告诉她们：局长说行动小组根据监控摄像的录像资料进行了紧急追踪，但在新兴街罗家巷子口旁失去了目标，可能是隐藏起来了。

刘芸：这就更证明这辆车与本案有关。

李所长的手指顺着面前的一张表往下划着说：新兴街一带有好几家私人小旅社，现在，行动小组正在那一带进行暗中侦察，我们也赶过去吧。

刘芸说：好，咱们马上走。

李所长、刘芸、林大嫂和另一名民警相跟着走出办公室直奔新兴街。

新兴街巷口一侧有家小超市，小超市门前不远支着一架卖冰激凌的凉篷。一条电线从小超市门上槛拉到凉篷里接到一个大冰柜上，冰柜后边坐着位胖胖的老妇人。老妇人侧脸看到李所长、刘芸、林大嫂和一名民警从东边走过来,赶紧起身招呼说:小刘啊,来吃个冰激凌。

刘芸等人走到凉篷下,刘芸看着大冰柜说:李妈,您越来越有经济头脑了。

老妇人呵呵笑着,赚个零花钱吧,闲着也是闲着。哎,过节没出去玩儿吗?刘芸说:哪有闲空出去玩儿呀!哎,大妈,您老见没见一辆小面包车在这里停过?老妇人侧头深思:小面包车?哦,是有一辆,不过没停下,拐进这罗家巷子里了。

刘芸:拐进去了?

老妇人说:是啊,以往从没见过有汽车出来进去,我觉得蹊跷就朝巷子里扒了一眼,面包车拐进去不远停下,从车里下来一个娘儿们和一个小孩儿靠在墙根处,这巷子窄巴,面包车擦着他们的身子勉强开过去,我还替他们好担心呢。

刘芸:一个娘儿们一个孩子?

老妇人说:没错,车开走后,这娘儿们就领着孩子走出巷子。孩子直哭,我就招呼那娘儿们买个冰激凌哄哄孩子,那娘儿们就过来给孩子买了盒老酸奶。

刘芸问:那女人和孩子走了多长时间?他们往哪儿去了?老妇人想了想:咦,得有一个半小时了。往哪儿走了?哦,往西,往西走又拐上了直通南北的兴隆街。

刘芸:大妈您注没注意那女人走路有什么特点?

老妇人说:对了,腿好像有点拐达。

刘芸:没错,就是她。

李所长的手机响。李所长打开手机:张局长,哦,行动小组找到面包车了?什么,车内空无一人,连车牌子也是假的。好的,明白了,我们马上着手办。

李所长关上手机说:汽车站已被我们监控,面包车也被他们丢弃,从目前情况看,他们可能得找个地方先隐藏起来。走,立即按计划行动。

刘芸转向老妇人:大妈,谢谢您,我们在执行任务,以后再来吃你的冰激凌。

老妇人连说"好好好",看着匆匆而去的几个人,一脸的疑惑。

李所长和一民警来到兴隆街一家私营旅店,店老板站在柜台内和他们打招呼。为方便执行任务,他们都穿便服,店老板热情地问:请问先生,要住宿吗?

李所长和一民警走进来径直走到柜台前出示了警察证说:老板,我们是来查一个案子的,请问有没有一个拐腿妇女领着一个小孩儿入住贵店?

店老板翻看记录簿:昨天倒是有三个男的和一个女的入住小店,但没带小孩儿。哦,对了,那个妇女好像腿有毛病,走路一拐一拐的。

李所长问他们住哪个房间,店老板说:今天早晨退房走了。李所长问有没

268

有听他们说往哪里去,店老板摇摇头:我当时正忙着接待新来的客人,没注意他们说什么。

李所长说声"谢谢,打扰了",和那位民警往门外走。刚走到店门口,身后店老板喊他们:哎哎,同志您站一下。

李所长和民警走回来:怎么,你想起了什么?

店老板说:我想起来了,那个拐腿女人是早饭前走的,随后出来的三个男人是早饭后退的房,他们边往外走边叽咕,好像说去南边停车场开车什么的。李所长连说:谢谢,谢谢,你提供的情况很重要。

就在李所长和这位民警在小店内调查的同时,刘芸和另一民警也已站在另一旅店柜台前。服务员在察看电脑记录,刘芸和民警耐心等候。服务员接连查了两遍,抬起头说:对不起同志,没有你所找的人的入住记录。刘芸笑着点点头,把自己的名片送给服务员:好的,打扰了。如有这两个人的消息,请及时通知我。

服务员看了看名片:好的,好的,请放心。

兴隆南街上,李所长和刘芸各带一名民警出入于各家宾馆旅店,最终竟是毫无收获。四个人在十字街口会合,共同商议着新的行动措施。刘芸说:我们几乎找遍了附近的旅馆,也没见着她的人影,是不是已经出城了?

李所长摇摇头:不可能,这些人不傻,知道我们已经发现了他们,不会让一个拐腿女人带着目标明显的孩子往远处跑,一定是在附近某个隐蔽处藏起来了。咱们都动动脑子,看还有什么地方我们没有想到。

刘芸腆起脸思考。一位机动三轮车师傅迎面而来,看到他们停下。三轮车师傅问道:李所长,假日里还忙呢?

李所长转过身:哎,对了,林师傅,看没看到一个瘸腿女人带个小孩儿?

林师傅沉吟着:哦?瘸腿女人带着个小孩儿……有有,大约两个小时前,看到和我同伙的邢师傅载着这娘儿俩往三孔桥方向去了。怎么……

刘芸一跺脚,说:三孔桥西河岸上有两个破窝棚……一民警立即接上说:对,对,是在翻修三孔桥时拆下的水泥板之间盖了几片破木棉瓦。

李所长问是什么人搭的,刘芸说:有两个外地搭荒的人为搁放东西和避风躲雨搭起来的。李所长长长地"哦"了一声:没准真跟咱们玩儿灯下黑哪!

李所长向林师傅道了声谢,几个人转身朝三孔桥疾行。

三孔桥距离十字街约有一公里,几个人不大会儿就赶到了那里。果然,河西岸上有两座窝棚,隐于河崖草木之间。刘芸等人正朝窝棚前走着,手机忽然响了,她停下来一看,是梁俊生打来的。手机里传出梁俊生的声音:喂,芸芸,突发事件处理完了吗?

刘芸看看前边不远处的窝棚。压低声音说:俊生,正在处理中,稍后再通话。

刘芸关了手机,几个人悄悄向窝棚前走去。

距窝棚不远,李所长摆摆手,刘芸和一民警站住,李所长和另一民警继续朝另一窝棚前走去。李所长二人走到另一窝棚前时朝刘芸做了个手势。两组四人同时冲进两个窝棚。

刘芸和另一民警拨开门口的枝条柴草冲进窝棚里时,见一个女人怀里搂紧小成靠在水泥板上呆坐着。女人见到刘芸二人一愣神,怀中的小成挣了几挣没挣动。刘芸冲上去一手掰开女人的胳膊,一手把小成拽出来。

男警伸手把女人擒住,刘芸抱着小成走出窝棚。刘芸拽出堵在孩子嘴里的破布,小成哇一声大哭。刘芸抱紧小成:小成乖,好孩子,不哭,阿姨救你来了。

小成继续哭泣不止,刘芸一低头,这才看到小成的膝盖上有血。毫无疑问,这一定是坏蛋们拖着孩子磕碰的。小成的胳膊耷拉着。刘芸问:小成你的胳膊怎么了? 小成哭道:疼,疼啊!

押着那个瘸腿女人的男警说:看看孩子的胳膊是不是脱臼了?

刘芸动了下孩子的胳膊,小成哇哇大哭。刘芸眼里流出了泪水:是脱臼了,畜生,一定是拽着孩子逃跑弄脱臼的。

民警把瘸腿女人押到河岸上,李所长二人也从另一窝棚前走过来。李所长边走边打电话:犯罪嫌疑人已抓获,孩子已救出,速派一辆警车到三孔桥河西岸。

刘芸也打开手机拨号,手机拨通,却没有人回应:嗯? 怎么不接呀?

李所长问是打给谁的,刘芸说:市立医院我表哥。李所长点点头:王主任啊!

刘芸继续拨号,电话拨通,一位女士的声音:您好! 这里是市立医院外科病房办公室,请问有事吗?

刘芸:您好! 我是王冶文的表妹刘芸,请问他在吗?

对方说:王主任做完手术刚下手术台,可能正在休息室,您如有急事我可以去找他。刘芸说:是这样,有个孩子肩膀脱臼了,我想请他给治疗一下。对方说:没问题,你来吧,我让他到门诊上等你。

刘芸连声道谢。这时,一辆警车从桥那边驶过来,驶过桥头,拐上往北的河岸停住。刘芸把孩子抱上警车:快,市立医院!

警车速度快,不大会儿就到了市立医院门诊楼前。因为事先和外科办公室的那位女士有约定,刘芸抱着小成径奔外科门诊室。李所长跟进来,随后林大嫂也进来了。林大嫂看见小成扑上来,抱着孩子大哭。孩子的胳膊给弄疼了,孩子哭得更惨。刘芸赶紧拽开她:大嫂,孩子胳膊脱臼了,你别这么抱他。

林大嫂赶紧松开手,王冶文走上来:小家伙儿,让叔叔看看胳膊怎么了。

小成惊恐地看着王冶文,王冶文笑嘻嘻地蹲下身:小家伙儿,忘了,前些日子也是你刘阿姨带着来的,你的小鸡鸡肿了,还是我给你开了药治好的呢。

室内的人发出哄笑,笑声中,王冶文抓着小成的胳膊一押又一送,听到小成的胳膊"嘎巴"响了一声,王冶文说:没事了。

刘芸动动孩子的胳膊问他还疼吗。小成擦擦泪说:不疼了,白大褂叔叔真好!

诊室里笑声继续,护士给小东膝盖伤处消了毒,包扎好。刘芸替孩子付了药费后对林嫂说:快带着孩子回家吧,以后千万小心着。

林大嫂千恩万谢地领着小东走出去,王冶文说:小芸你不是说好五一要去海滨度假村吗,怎么,变卦了?刘芸"哎哟"一声:糟糕,怕是误了车了。

刘芸简单解释说:刚要上车,就接到林嫂的电话,说是小成丢了。这不找孩子找到现在,不知还来得及不。王冶文说:为找孩子,误了乘车,妹妹不愧是模范民警。快走吧,兴许还能赶上第二趟车。

刘芸快步走出门诊室,门诊办公室的护士走进来:王主任,鲁院长的电话。

……

刘芸跑出医院,乘上出租车直奔汽车站。进站一看,停车场上还有没开走的车她便径直奔过去了。早晨曾和她打过交道的车站服务员迎上来:刘警官,你还是去海滨度假村吧,真不巧,晚来了一步。

刘芸一下子怔住:怎么,第二班车也开走了?

服务员说:开走一刻钟了,要走的话,你只能乘明天上午的车。刘芸怔了一会儿,掏出手机拨打俊生的电话。手机接通,刘芸的口气充满着歉意:俊生,真是对不起,第二班车也开走了,只能第二天去和你相聚了。

梁俊生的声音有些牵强:是啊,真是太巧了。有什么办法呢,我只能等着。

刘芸对着手机和梁俊生述说今天这件事的经过,意思是请俊生一定要谅解。直到对方的口气渐渐回暖,她才挂断。回过身,嗯,旅行包呢?刘芸的旅行包找不到了。她竭力回忆着整个上午的经过,心想可能忙于照顾小成,旅行包给遗忘到警车上了。刘芸给司机师傅打电话,司机说警车上根本没有旅行包;她又给李所长打电话,李所长的话更让她失望:你是不是光顾抓人贩子救小成,旅行包不慎让窃贼给偷了?

刘芸很尴尬,如果警察让窃贼偷了旅行包,这才丢人哪!刘芸摇摇头说:真邪门了!她细细回味:咦,光顾手忙脚乱往车站跑,旅行包忘到外科门诊了……

王冶文在门诊上给小成脱臼的肩膀复位之后,就到门诊办公室去接鲁院长的电话。鲁侃在电话里没说什么事,只是让王冶文速到他的办公室里去。手术后正是王冶文的休息时间,心想既然院长有令,去就去呗,正可顺便蹭他的明前茶。

王冶文进了鲁侃办公室,见郎婷婷却在沙发上坐着,直觉让他意识到,好心的副院长这是又要拉郎配了。果然,他刚稳住屁股,鲁侃就开口了:冶文啊,叫你来呢,还是为你和婷婷间的事,这不和郎总见面也快半个月了,人家郎总夫妇再三催我,让你们尽快把喜事办了。

王冶文说:咱们不是天天有喜事吗?鲁侃一脸的郑重:冶文,说正事,别调侃,你们应该成立家庭了。

王冶文一副犯难的样子:鲁院长,我看呢,家庭就像漂流在河里的船,家庭成员都是船上的乘客。行驶期间,同船共度,偶有风吹草动或者说到站了,有的就下船。像我们那位夏雨柔,当初多么缠绵甜蜜呀,可是刚刚遇到一块暗礁便舍我而去,这船上就剩我自己独立漂流。所以呢,我现在并不打算重组家庭,至少目前不想。谁喜欢我,我就这么和她"处"着。

郎婷婷从旁插话:我担心!

王冶文说:你担心什么,担心我跑了还是担心你自己被别人当小肥牛拉走吃肉?郎婷婷鼓不住笑起来:促狭儿,你就知道说宽心话逗乐。现在的青年男人都是花心大萝卜,说不定哪天就把女友蹬了。

王冶文看看鲁侃哈哈大笑:你的担心并非多余,鲁院长……

鲁侃连忙插话:冶文,弄清楚啊,人家婷婷可是说的现在的青年男人,不是指我这个年龄的。哎,冶文啊,你俩光处着不是个事,先领结婚证吧。

王冶文说:领了证不就等于成婚了?鲁侃说:可以暂时不举行婚礼,仍然像平时那样"处着"。王冶文:婚礼只是个形式,你和陈姐不是至今也没举行婚礼吗?

鲁侃:促狭儿,说话就带钩。

郎婷婷让王冶文给她写张保证书,王冶文问让他保证什么。郎婷婷说:保证不变心不甩我。王冶文呵呵一笑,说:你傻啊,合同协议结婚证都能撕毁,一张保证书就成铁券了。郎婷婷说:不写也行,你得保证不变。王冶文摇头说:自然万物都在变化中,何况人哪。郎婷婷身子往这边挪了挪,笑眯眯地盯着王冶文说:守着鲁哥也没什么不好意思的,我真喜欢你,可总也没有自信。

鲁侃说:婷婷,以你的条件,应该自信满满嘛。郎婷婷连连摇头,说:鲁哥你又不是不知道,王冶文说话总是云山雾罩,哪有个定盘星啊。鲁侃给逗笑了:促狭儿嘛,他就这性格,连我们院领导都拿他没办法。

郎婷婷说:促狭儿,你要像小曹那样有多好!

王冶文一乐:听了没鲁院长,自然万物都在变化吧? 她看上小曹了。

电话铃声。鲁侃抓起起电话:你好! 找谁?

电话里传出外科护士小云的声音:鲁院长,王主任在你那里吧?

鲁侃:是啊,在这里,你怎么知道的?

小云说:我打电话给门诊办公室,门诊办公室的人说你把王主任叫去了。鲁院长,请让王主任接电话。

鲁侃转向王冶文:找你的。

王冶文接过听筒:小云啊,哦哦,什么什么? 夏雨柔找我,有要紧事,没说什么事吗? 让我无论如何给她们回电话,好的,好的。哦,刘芸把旅行包忘到门诊上了,给送到了外科,没关系,放到办公室里,我打电话告诉她。哦,已经取走了呀,没赶上车。好好,就这样。

郎婷婷面孔收紧:那女人是不是反悔了要复婚啊?

王冶文:根本没有可能。

郎婷婷:那你就在这里给她打电话。

王冶文非常干脆:行。

王冶文拨通夏雨柔的手机:雨柔吗,听出来了,对,我是冶文……

郎婷婷凑到王冶文手机前听了一会儿,回头对鲁侃说:真酸!

王冶文继续通话:什么,五一节放一天假,你的明星要请我吃饭? 哦哦,是请我自己还是请我们科里的? 随意,那好,这么办吧,对了,你的明星大号叫什么? 哦,柳田禾! 好名字。你告诉田禾先生,我一定奉陪,同时我的几个同事也去捧场。地点嘛,就在玫瑰园大酒店吧。好的,说定了,不变,不变。

王冶文放下电话:夏雨柔的男友今晚要请客,问我有没有勇气面对,哈,这有什么难为情的,不就是老婆让人家拐走了吗?

鲁侃笑起来:冶文真是心大量宽。

王冶文:为人在世须豁达,特别男女之间,你就是拽过对方的身子,也难拢住对方的心。干脆,双手一撒,去他娘的呱嗒嗒。

郎婷婷咯咯直笑:我也去。

王冶文没犹豫,说:去吧去吧,多叫上几个,三个五个是一桌,十个八个也是一桌。哎,鲁院长,你也去凑凑热闹呗。

鲁侃摇头:我不去,你和婷婷去吧,这种场合,风花雪月。

王冶文说:明白了,鲁院长不喜欢风花雪月,只钟情于暗箱操作。王冶文说着起身欲走,郎婷婷急了,忽地站起来:我呢?

王冶文:放心。丢不下你,六点半,我叫上科里不值班的哥们儿姐们儿,咱们在医院门前集合。

王冶文告别鲁侃走出去,郎婷婷急忙在后边跟上。

……

因为是在海边,下午的阳光明亮而不炽热。海风轻轻地刮进室内,让人有种神清气爽的感觉。梁俊生仰躺在海滨城市宾馆房间的床上盯着天花板出神,不时抓起床头柜上的手机拨到刘芸的手机号码又马上挂断,心里似乎有点七上八下。他在琢磨一件事和一种假设,因为他感觉到以往和刘芸通话时对方的口气总是柔情如水,甜美似蜜,今天好像有点青涩生硬了!莫非……

梁俊生呆呆地望着天花板,嘴唇不停地翕动着。

窗外树上,一只鸟儿叫了几声扑棱着翅膀飞走了。

29

虽是小城,这里的夜晚同样嘈乱绚丽,人流如潮,车行如蚁,不时有借着夜色冒险违规者刺溜窜过马路,引起一连串的紧急刹车声和愤怒而惊恐的詈骂。

夏雨柔和柳田禾并肩坐在出租车后排座位上,柳田禾紧紧地揽住夏雨柔的腰,粗糙的下巴在雨柔细嫩的脸上轻轻磨蹭着。夏雨柔神态甜蜜而舒怡,脸上是表情明显的满足和惬意。快到茉莉花大酒店时,她直起身子从手袋里取出一个小小的梳妆盒,利用盒盖上的小镜借着车外偶尔闪进的光亮上下左右地照着自己的脸和头发。她转脸问老柳自己美不美,王冶文见了他们是不是会顿生妒意。老柳说:那当然,你是那种不经雕琢便能让男人望而痴迷的自然美。你的前夫见到咱们两个艺术天才人间绝配,肯定得一头钻进醋缸里。夏雨柔由衷一笑:看美得你!

老柳天生情种,阅女有道,揽着雨柔的右手轻轻揉捏着美女肩上的嫩肉说:人生得一知己足矣,特别是像你这样的红颜知己。真的,你永远属于我,即使莱昂纳多也休想从我这里把你夺走。出租车司机大约听着别扭,不回头却语调清晰地问老柳:先生是美国人吗,您认识莱昂纳多?

老柳笑了笑没回答,明白司机师傅是在调侃他。夏雨柔微微一乐,露出两排洁白漂亮的小牙,她把梳妆盒放回手袋里,抚摸着柳田禾的头说:老宝贝,可得预先告诫你,冶文这人不是好对付的。

柳田禾放开雨柔的腰:一个文明人,难道会动粗吗?

夏雨柔说:那倒未必,我是说他思维敏捷,口无遮拦,作弄人是他的拿手绝活儿。柳田禾嗤之以鼻,说:莫非他的智商和情商比我还高?夏雨柔依然微笑着说:论演戏,他不如你;论智商学问,你十个也赶不上他一个;论情商特别是捉弄人,他如果自称全城第二,我想没有一个人敢说自己是全城第一。

柳田禾有点慌乱却又竭力佯装不以为意:传说罢了。

雨柔:小心就是,他的外号叫促狭儿。

柳田禾不再说话了,他心里清楚,即将遭遇的这个夏雨柔的前夫或者说是自己的情敌,肯定是个不同凡响的家伙。否则,已经和他恩断义绝的夏雨柔怎会这般描述他呢?请王冶文赴宴的初衷本来是想显摆一下自己的位置和风采,让对方在自己风流倜傥的外表震慑和语言讥讽中尽现愚昧和猥琐。这样,费尽心机弄到手的大美人夏雨柔就会心悦诚服地紧贴自己了。刚才听夏雨柔一番描述,柳田禾又有点心虚、胆怯甚至开始后悔不该张罗这样的会面。

正当柳田禾浮想联翩天马行空之际,出租车慢慢停下来,前边驾座上响起司机师傅的磨牙声:二位天下绝配,茉莉花大酒店到了!

柳田禾与夏雨柔下车后走进茉莉花大酒店,服务生问清预订房间,直接把二人送到了三楼郁金香厅。厅内装饰豪华,餐桌圆而阔大,餐桌上除了茶具还摆着迎宾鲜花。柳田禾伸伸胳膊阔阔胸道:行,还有点现代派的风韵和气魄。

王冶文等人尚未来到,柳田禾与夏雨柔分别神采奕奕坐在主陪坐和副陪坐上等着。大约一刻钟后,餐厅门口响起脚步声,听得服务生热情的口气:先生女士们,请,请请!主宾们就在这郁金香餐厅相候。

服务生一只胳膊朝前伸着,在他身后接连进来五个人,柳田禾与夏雨柔赶紧起身迎接。最先进来的是郎婷婷、姜玲、小林和小马,夏雨柔还没来得及介绍,姜玲、小林和小马就跑上来抱住了她:嫂子……不不,夏姐,我们好想你呀!

可能受了气氛的感染也可能想起了幸福的以往,夏雨柔虽然竭力保持镇定,但眼圈还是不由自主地红了:好妹妹,好妹妹,我也想你们啊。只是因为演出时间太紧,没能及时和你们联系,请谅,请谅!

夏雨柔望望三人背后的郎婷婷茫然不知所以,小林立即介绍,说:这是新调进医院的住院部郎副主任。郎婷婷此时正看着夏雨柔愣神,天啊,菊城竟还有这样的美人,难怪王冶文接到邀请就来呢,俗话说旧情难断,了不得,必须防备

275

他们再续前缘,死灰复燃。

郎婷婷考虑着防范措施,夏雨柔已经走上来和她握手,声音清泠柔和莺声燕语:哦,郎主任,请坐,快请坐!

郎婷婷矜持地说了声"谢谢",眼睛盯着夏雨柔,屁股已经和其他三位姐妹同时落座。几位女士相互寒暄的这段时间里,柳田禾的目光早已盯上最后进来的那位男士,他明白,这就是雨柔的前夫王冶文了。见着王冶文老柳有点吃惊,排除年龄因素不说,只这长相气质,自己与之相比已是相形见绌。这个人体态匀称,五官排列相当合乎生理规律,举手投足间透着一般男人所永远难以企及的清灵之气。此时此刻,他真的后悔了,自己的决定是有些心血来潮冒失莽撞了。然而毕竟是闯荡天下经多见广的男人,毕竟是专会做戏的职业演员或者说是明星级的舞台旅客,柳田禾只是稍稍一怔而没显出心中的不安与忐忑,连忙上前和客人握手:这就是王冶文主任吧?

夏雨柔似乎此时才想起从中介绍,赶紧走上来说:对,对,这就是冶文,冬冬的爸爸。王冶文本来伸向柳田禾的手忽然中途拐了弯,他握住夏雨柔的手,不知是发自内心还是有意做作,声调温馨而轻柔:分手有日,你还好吗?

情况过于突然,夏雨柔看看尴尬而立的柳田禾一时显得不知所措。她赶紧镇静了一下,腾出手来指指柳田禾:冶文,这是影视明星柳田禾先生!

王冶文像是突然醒悟,连忙握住柳田禾一直伸在半空的手:哦,柳先生,久仰大名,失敬失敬。今晚我们能和柳先生酒店相聚,真是三生有幸。

一向善于舞台对白的柳田禾竟就一时语塞,他完全相信了夏雨柔的话——这是个专会捉弄人的家伙,锋芒稍露,就马上让自己处于窘迫之地了。幸亏夏雨柔及时解围:坐下,大家都坐下说话。

主宾位上坐了王冶文,同来的分坐两边。服务员递上菜谱,柳田禾翻翻菜谱递给王冶文:王先生,您来点菜。

王冶文把菜谱放到一边,问酒店有无套餐。酒店当然最喜欢顾客吃套餐,服务员连忙走到王冶文身边:有啊,本店套餐有上中下三等,三等中又分上中下三档,不知先生需要哪一等哪一档的。

王冶文笑嘻嘻地看着柳田禾,意思很明显,他是客主,他决定。柳田禾当然也明白王冶文的意思,仍旧谦辞道:王先生,您决定吧。

王冶文摇头说:客随主便,是本地的老规矩,柳先生来到此地,就得尊重本地规矩。柳田禾想了想说:人虽不多,但却是首次见面,不上不下,要中等一档吧。

服务员眉开眼笑:一看就知道先生是见过大世面的。

王冶文说:那当然,柳先生是影视大明星啊! 服务员大惊,没想到能在自己酒店里看到影视大明星,他十分意外地喊起来,餐厅门口的服务员听到喊声也涌进来,十几个人挤在餐厅门口争看明星风采。柳田禾从座位上站起来向门口的观众点头致意,脸上漾起甜美滋润的笑意。下首的雨柔看看大伙,又幸福地望着柳田禾,她微眯杏目,轻翕朱唇,显然是已经进入陶醉状态了。

没想到王冶文忽然出语惊人,他看着柳田禾得意的样子呵呵笑着说:不过我听说影视明星和饭店里做菜的厨子差不多。

餐厅门口发出一阵哄笑,大伙的眼光齐齐地射向王冶文。遭到如此讥讽的柳田禾虽然愠怒在心,但脸上依然带着笑:请王先生解释。

王冶文一只手摆划着:影视明星是做给人们看,做给人们听;饭店的厨子呢,是做给人们吃,做给人们喝。大伙说有道理吧?

餐厅里一阵沉寂。

餐厅里响起笑声。

柳田禾看看雨柔,雨柔也正看他。

柳田禾的脸红白相间,一副哭笑面容:王先生果然幽默。

餐厅里笑声未止,门口又挤进几位厨师来。大厨老冯也在其中,他气喘吁吁地问:今晚是有个大明星吗?

门口服务员:是的,冯大伯,你也想开开眼?

老冯:当然,当然,好奇之心,人人都有嘛。

几位厨师站在餐厅门口往里窥探,一位年轻厨师指指正面位子上的人问一个服务员:那坐在主宾席上的就是大明星吧? 老冯往前挪了几步:不对呀,那不是市立医院的王主任吗? 他何时成了影视明星了。

年轻厨师:该不是有人请医生吃饭,咱们弄错了吧。

女服务员:看清楚了,那坐在主陪席上的才是大明星。

老冯:咦咦,这明星和王主任比起来,差了成色了。

女服务员:冯大伯,你认识那王主任?

老冯:凡进过医院外科的,哪有不认识王主任的,我老婆患了卵巢囊肿,妇科解决不了,就是请人家王主任给摘除的。你猜怎的,取出的瘤子比篮球都大。

服务员伸伸舌头:夸张。

老冯:看来,今晚不是请明星,是请王主任。待会儿,我得表示一下。

老冯说着挤出餐厅,走了几步回头招呼仍旧涌在门口的酒店员工们,让他们赶紧招待客人,免得大堂经理来了发脾气。这句话提醒了挤在门口的酒店员工,当即各司其职一哄而去。

郁金香餐厅里,一盘盘菜肴流水作业端上餐桌,服务员轻盈的身子不时在明星与王冶文等人跟前晃过来又离开去,不大会儿凉热混搭的第一道菜上罢,服务员斟上酒,躬身站在一旁说:女士们先生们,请慢用。

……

市立医院骨外病房的走廊里,小秋和小桦在一位护士的帮助下推着病床车走过来,内科主任刘少清跟在后边。李晓宇这时从值班室里走出来,正好和刘少清相遇。刘少清说:晓宇,老邱病情已稳,我给你送过来了。

李晓宇说:下午106的新病号出院了,我就赶紧让小黄去告诉你,我们去接就是了,还烦劳你亲自送过来。刘少清连说:应该的,应该的。哎,冶文呢?李晓宇说:他今天主刀了一个大手术,晚上出去放松放松。刘少清苦笑了一下:放松,他还放松?怎么放松,和谁去的?

李晓宇说:带着他班上的天兵天将一哄而去了。

刘少清说:真是少见。李晓宇附耳和刘少清说了些什么,刘少清一怔:胡来,杀父之仇夺妻之恨啊,席面上可别惹出事来。

李晓宇说:刘主任你放心,冶文可不是凡间人。

刘少清摇头:玉皇大帝也不愿王母娘娘被人拐了,神仙难过夺妻关。看时间差不多时你给他打电话,就说有手术请他帮助,免得喝多了情绪失控。

李晓宇呲溜了一下:嗯,有道理,还是刘主任老成持重,九点后给他电话。

病床车到了106室门口,李晓宇说:刘主任你回去吧,这里由我安排。

刘少清犹豫了一下:那好吧,不过你记着务必要给冶文打电话。

……

郁金香餐厅里,客主柳田禾举杯在手:为今日的菊城相会,干杯!

碰杯声、寒暄声、相互谦让声此伏彼起……这是个庸俗的场合、热闹的场合也是司空见惯的场合,如果你不适应这样的场合,便难以在所谓的上层人群中混生活。三杯酒罢,柳田禾面孔微红,兴味盎然,他举起酒杯说:王主任,闻名不如见面,你果然潇洒豁达,竟然不介意我和雨柔……

王冶文打断他的话说:看书就看最喜欢的书,找情人就找自己最爱的人。柳先生做对了,雨柔也没做错。预祝二位白头偕老龟寿延年永远不离不弃。

王冶文起身举杯。

郎婷婷鼓掌,姜玲冷眼相对。

柳田禾与夏雨柔也举杯站起来:谢谢理解。

王冶文说:只要你好生对待夏雨柔,我不在乎什么。如果哪年哪月雨柔厌烦了你又跑回来,就像冯巩说的段子,权当自行车被人盗走骑了一圈又找回来了。

夏雨柔含意复杂的目光盯着王冶文,王冶文笑嘻嘻地朝她举起酒杯。小林和小马口气冷漠地插进话来:王主任,你可真厚道。来,为王主任的厚道干杯!

小林:我连干三杯。

小林真的连干了三杯,当然,大伙也陪着她同干三杯。小林刚放下酒杯,小马又把酒杯端起来了:为王主任的宽宏大量,为雨柔姐的幸福,我也连干三杯。

小马竟也真的连干三杯,大伙当然依旧相陪。

柳田禾喝得兴起,他起身端杯,像念台词似的声调抑扬顿挫:人生在世,寻爱易,寻真爱难。为寻到真爱连干三杯。

柳田禾连干三杯,大伙照样相陪。姜玲干了三杯酒后忽然出语惊人,她放下酒杯说:诸位,我听人讲,找到真爱和遭雷劈的概率相差无几。

餐厅里一片笑声。

柳田禾尚未落座,正好借题发挥。他说:诸位,我曾作过一首古体诗,以此吟诵真情,借着酒兴,很想背给大伙听听。王冶文带头,众人一齐鼓掌。柳田禾受到鼓舞,摆了个舞台姿势做沉思状,然后往上一甩头发朗诵起来:阴阳八卦奇中奇,天地四方雨复雨。男女双合情融情,彼此同心意中意。

王冶文做了个手势,大伙又一齐鼓掌。柳田禾兴奋得站直了身子,口气豪迈地说:在此相告各位,涉足影视之前,我曾是个诗人。

王冶文笑了笑,不紧不慢地说:我不懂诗,一直认为只要会说梦话就能作诗。可我记得雨果一百多年前就曾说过——诗人就是那种把别人的故事拿来讲给别人听再赚别人钱的家伙。是吗?

柳田禾一愣神:这,这个典故我还真不知道。

姜玲说:我知道,是法国作家雨果在他的长篇小说《巴黎圣母院》里说的。

柳田禾说:这菊城可真是藏龙卧虎之地呀,瞧,女大夫也知道法国作家雨果。王冶文听出柳田禾是在嘲讽姜玲,眼珠一转说:我那次做梦,也梦到一首诗。

郎婷婷吃惊:你梦到一首诗,诗是可以梦到的吗,念给我们听听。

王冶文学着柳田禾的样子也故作深思状:我记得有这么几句……

小马:快说嘛,卖什么关子。

王冶文用筷子敲着菜盘沿说:滥情场上无娇娘,残花败柳排成行,纵有鸳鸯三两对,也是野鸡配色狼。

一直目不转睛盯着王冶文敲菜盘的服务员首先哈哈大笑,笑是有感染力的,他一笑,门口的员工们被引笑,餐厅内的众人也跟着笑。这霎小马正吃香酥鸡,张嘴笑处,一块鸡腿喷出来,像榴弹炮一样射进郎婷婷怀里。郎婷婷吓得惊叫一声跳起身,拽餐巾撕纸反复擦着衣服。

柳田禾脸色更红,他马上转移话题:诸位看过我饰演的角色吗?

大伙摇头,柳田禾面现尴尬:诸位应该记得……

王冶文连忙接过话头:怎么没看过呢,你们可能忘记了,在那部什么电视剧里,柳先生饰演一个有了婚外情的官员。那位官员有句话很经典——相遇相识又相见,先是亲,后是爱,最终把手伸向你的钱口袋。

众人面面相觑:我们怎么没看过?

王冶文:孤陋寡闻啊!

柳田禾摇头叹气:王先生才思敏捷,真该从文。

王冶文说:从文太容易了,这年月,敢说就是大学者,敢造就是大作家,胡说能成大教授,指鹿为马就是学术权威,演上两部戏再找几个流氓文人吹一通,就成明星了。哈哈……

柳田禾看看夏雨柔,夏雨柔只管吃喝,自始至终不吭一声。

柳田禾像患了破伤风,一副哭笑面容:王主任真是才华横溢。

王冶文连说:不敢当,我呢,说话口无遮拦,概括起来就是读书不过两部,张口便知天下大事;文章不过两篇,却自命为著名作家;述而不著是清客,说而不行是侃爷。这两样我算占全了。所以呢,说多说少,还请柳先生多多谅解。

柳田禾明白应该赶紧转移话题,否则这样下去自己将陷入难以自拔的窘迫,他扭脸朝着王冶文:王先生客气了。请问王先生有什么业余爱好? 比如说钓鱼。

王冶文目不转睛地盯着夏雨柔,夏雨柔被王冶文盯得愣住。王冶文的目光又转向柳田禾,他嘴里喷着酒气说:柳先生,就是那种把自己的快乐建筑在鱼儿的痛苦之上的活动吧。不喜欢!

夏雨柔放下酒杯撂下筷子,用块餐巾纸擦眼睛。

姜玲凑到她脸上问是怎么了,雨柔说:刚才喝酒不小心,迸进眼里一酒滴。

柳田禾满脸通红,为掩饰什么,他提议行酒令。有人附和,有人反对,意见难以统一。王冶文刚要发表自己的意见,餐厅门口有人说话:闪一闪,闪一闪了。

大厨老冯端着一盘糖醋鲤鱼走到餐桌前。

老冯把鱼盘放到王冶文跟前乐呵呵地说:王主任,这是我特地孝敬您的,那次若不是你动手,我老婆怕是要躺在手术台上了,一盘鲤鱼,略表心意。

王冶文打怔:老师傅,您是……我怎么记不起来了?

老冯仍旧呵呵笑着:你动过的手术何止千百,当然不记得我们了。我老婆患的是卵巢囊肿,你给取出来时已像个篮球大小,要是长到现在,还不得像个西瓜!

王冶文连说:谢谢,谢谢师傅,一点小事,您还记着。

老冯摆好鱼盘拱拱手:好,你们继续玩儿,我还得去做汤呢。

王冶文起身和老冯握手致谢,正要重新入座,口袋里手机响起来。他取出手机贴到耳朵上:喂,老李呀,什么,大出血! 好好,我马上赶回去。

王冶文收起手机:柳先生,急病,我得早退了!

众人:今晚大伙也已尽兴,咱们也撤吧。

柳田禾看看夏雨柔,夏雨柔点点头。

……

返回剧组驻地时,柳田禾与夏雨柔仍旧乘坐出租车。柳田禾坐在车里皱眉无语,夏雨柔问他怎么了。柳田禾叹口气:我让王冶文算计了。

夏雨柔:什么?

柳田禾:嗯,让他捉弄了。

夏雨柔说:在席面上你明显是被他捉弄了,我早就说过让你小心应对嘛。

柳田禾说:岂止是席面上。夏雨柔说:还有什么? 柳田禾说:刚才我到柜台上一算账,你猜怎的,几个人花了六七千元。

夏雨柔说:是你自己要的套餐等级啊! 我说刚才柜台上结账时,你和服务员扯扯了好半天呢。柳田禾说:是王冶文引我上的钩。夏雨柔想了想:对,你把菜谱递给他,他顺手就放到一旁了。

柳田禾:关键就在这里,否则,我至少得看看上面的价格吧。

夏雨柔说:事前就告诉你,他外号促狭儿,是捉弄人的高手,你还不以为意。柳田禾说:这个人是一方才俊,了不起,你真不该离开他。

夏雨柔:怎么,你后悔了?

柳田禾没再出声,夏雨柔侧脸一看,柳田禾仰靠在背椅上睡着了。

夏雨柔捅他一下:知道自己不胜酒力,干吗拼了命地喝呀!

五月二号一大早,刘芸就背着旅行包抄近路往汽车站方向疾走。刘芸走到西区一个街角十字路口不由得皱了下眉,这地方乱得不能再乱了,街口上没有红绿灯,也没有交通警察,人流和车辆从四方涌来,像六月的雨水一样随意乱淌。这是个交通事故多发区,交警上多次提出建议,市政上只是答应却迟迟不予落实。

摆摊的老秦和刘芸打招呼。刘芸问他:货摊怎么摆到这里来了?老秦说:这里安全,除了市管所敛点这税那费外,不会因有碍市容而被撵得东逃西窜。刘芸摇摇头朝他一笑:也对,适者生存啊。

刘芸继续往汽车站走,太阳已经升起,越升越高,阳光从东南天幕上泻下来,把个世界弄得花里胡哨。刘芸刚刚走出不远,从南街筒子里来了个骑自行车的小伙儿,车后座上带着位大约是他女朋友的姑娘。小伙子车技很高,虽然带着人,却能像水中鱼儿一样不乏卖弄地在人孔中穿行着。骑自行车的小伙子已经来到了十字路口的交叉处,他没有减速,反而吹着口哨晃着车把,游龙戏凤似的在人群中灵巧穿行。小伙子向西拐弯的刹那间,一个老头儿骑着自行车自东而来,很明显双方都在躲避,但终于躲避不及,老头儿和小伙子撞上了。

老头儿的自行车撞在小伙儿的后车轮上,自行车翻倒时磕在路边石牙子上。老头儿的脑袋磕破了,淌了许多血。同时,左腿也被自行车砸在底下,老头儿躺在地上不能动,嘶哑着嗓门含含糊糊地向路人求救。路人有的站住往前凑,凑近了忽然又退回去,有的则立在原地乍手乍脚不知喊些什么。老头儿额上的血越流越多,满是皱纹的脸几乎成了土黄色。小伙子回回头说:是你撞得我,我可没有责任啊。嘴里说着,耍杂技似的稳操车把继续往西去了。

正在背着旅行包往南走的刘芸听到背后有人呼救,她回头张望,行人杂乱,看不清那边发生了什么。一位老太太提着青菜从北边走过来,刘芸问那边出了什么事,老太太说:有个骑自行车的老头儿和人撞了,伤得挺重。

刘芸听了,立即返身往回跑。刘芸跑到交叉路口时,看到街角路边围了许多人在七嘴八舌地嚷嚷什么。刘芸挤进人群,只见摆摊的老秦正蹲在受伤的老人跟前,用一条自己摊上的线裤包扎老人流血的额头。有人帮忙掀起自行车,有人要扶老人站起来,老人一声哀号重又跌坐在地上。

刘芸挤到老人跟前,发现老人左侧的小腿几乎呈直角状态。正在给老人包扎的秦之健扭头看见她,连说:刘警官你来得真是时候,这老人危险。刘芸说:是的,老人的腿骨折了,我给 120 打电话。

刘芸拨打 120 急救中心,急救中心工作人员说:对不起,两辆救护车都已出发,请您说明地点、姓名,暂且等一等。刘芸口气焦急:病人很重,请赶紧想办法。

急救中心说:好的好的,我们马上和救护车联系。刘芸关上手机想,谁知救护车什么时候来到,想别的办法吧。她招呼围观的人大伙散开,说:我是警察!人们赶紧闪开,刘芸招呼从面前经过的汽车、三轮车。汽车、三轮车很多,纷纷像惊枪的兔子从他们跟前一闪而过。一辆车号 0534 的机动三轮从南边开过来。刘芸上前拦住:师傅,请把这位老人送到市立医院,车钱我来付。

车主迟疑。一旁的老秦赶紧帮好话:师傅哎,救人……胜造浮屠……

三轮车主看满脸血污的老头儿,又看看自己干净的车座,犹豫着。他从三轮车上探着半截身子问:姑娘,是你家老人吗?

刘芸迟疑了一下,点点头。车主眯起眼睛想了想,把手掌伸到刘芸面前翻了两翻说:车费,你得出这个数。

老秦看看刘芸,打个愣,把手掌伸直说:这个数吧。

车主脑袋摇得拨浪转,老秦赶忙将手掌翻一下:这个数,总可以了吧?

车主"喊"了一声,哈下腰来蹬车要走。刘芸一把薅住:就按你说的价……

一位站在老秦摊前准备买线裤的中年妇女立在旁边。中年妇女看着人们七手八脚把老头儿抬上三轮车,掏出手机背过身去,哇哩哇啦说了些什么。

30

与柳田禾、夏雨柔聚会的第二天,也就是刘芸要去世海滨度假村的这一天,王冶文代班外科门诊。可能是节日期间的关系,病人不多,王冶文便伏在桌上认真研读一部英文版的《尖端外科》。郎婷婷悄悄推门走进来,王冶文头也没抬就问:挂号了吗?郎婷婷窃笑,王冶文见进来的病人没回答,抬头一看是郎婷婷,笑嗔道:干吗呢神神魔魔的。

郎婷婷嘻嘻一乐:惦着你独自一人寂寞,来做个伴啊。

王冶文说:你们住院部本来不忙,五一从来都是留人值班其余放假,你不在家陪着哥哥嫂子好好过节,跑医院里干吗?郎婷婷说:还嗔别人呢,你不在家过节包饺子,坐这里干吗?王冶文说:我是替小吕的班,他跟小马去看未来的丈母娘了。郎婷婷说:早知道,我在街上遇到吕大夫和小马了,知道你在这里,就过来了。

王冶文侧侧头:郎主任真是有心人。

郎婷婷说:促狭儿,以后不许再主任主任的叫我。哎,昨晚喝得不少啊。王冶文点点头咝哈了一声:哎,昨晚我是不是有点失态?

郎婷婷摇头说:发挥得相当好,路上我们议论了,你把那明星捉弄得够呛。王冶文不承认,他说:没有啊,人家花钱请客,我能捉弄人家吗。郎婷婷"喊"的一声:小姜说了句文化话,叫作司马昭之心,路人皆知。

王冶文问小姜:这话怎么解释?郎婷婷说:那明星并不是诚心请你,而是要在你面前显摆,你看,我把你老婆搞到手了。王冶文不相信:没那么居心险恶吧?

郎婷婷说:我们几个都这么认为。

王冶文说:认为就认为呗,反正我真的不是存心捉弄他。不过,我酒量有限,搞不好昨晚撒酒疯了。郎婷婷说:就是撒酒疯也撒得恰到好处,每一句话、每一个动作,都是有的放矢,妙到毫巅。这是大伙对你的评价。整个席面上你一直高歌猛进,那明星一败千里溃不成军啊。

王冶文说:郎主任,没想到你还挺有文采的。

郎婷婷脸一沉说:又来了,还郎主任!这话是小姜说的,那丫头……郎婷婷说到姜玲戛然止住:哎,下午咱们去减河湿地玩儿好吗?

王冶文说:可以啊,我正闷得难受呢。郎婷婷说:咱带上孩子一块儿去。王冶文怔了一怔:你说巧不巧,小冬跟他爷爷奶奶到乡下去了。

这阵儿病人渐渐多起来,值班护士从对门走过来开始叫号。郎婷婷站起身说:你忙吧,我去买菜,咱们晚上包饺子。

天庭大道上,刘芸抱着老人坐在机动三轮车上。老人的脸色白一阵黄一阵,刘芸又害怕又焦急。老人呼吸急促,间或轻轻地呻吟一下,停住了。许久,又轻轻呻吟一下。刘芸摸摸老人的脉搏,脉搏细微,脉速很快,刘芸真怕老人死在自己怀里。不是怕担责任,而是替老人惋惜,这么大年纪了又遭此无妄之灾,人这一生啊——唉!现在,最重要的是时间。

还好,机动三轮车在第一个街口处赶上的是绿灯,三轮车载了刘芸和老人顺利通过。刘芸心里增加了希望,她揽着老人的胳膊已经有些酸麻,可她不敢动,唯恐增加老人的伤痛。她默默地数算着,祈求着,盼望下一个街口仍是绿灯。老天不负好心人,第二个街口又是绿灯。

这地方虽是小城,也是城市的章程,机动三轮车不能行驶在快车道上,只能靠边走,越过了旁边的白线,轻者罚款,重则扣押经营执照。三轮车工人都是城市通,当然明白这些。可是,问题就偏偏出在这上面,三轮车正行驶间,旁边道上一位骑自行车的人撞着了前边一位的屁股,争执不下,动手打了架。看出丧的总怕丧局小,一些围观的不去劝架,却在一旁架秧子乱吆喝,这地段刹那间滚成一锅粥,人行道彻底堵塞了。三轮车一时过不去,刘芸急得都快晕了。她央求三轮车主绕道走,三轮车主的脑袋拨楞着,说:根本无路可绕。怎么办,难道眼睁睁看着老头儿死了不成?最后还是三轮车主急中生智,跑到岗亭上叫来了警察。警察手持电棍连解劝带吓唬,才将打架的围观的统统弄到路边去。中间闪开一条小窄道,三轮车刚好勉强从中穿过。车主喘口粗气吐口唾沫说:碰到这档子事,能把我们开三轮的急杀。挣这份熊钱,易吗?

离第三个街口不远时,绿灯还亮着,可是行到近前绿灯熄灭了,刘芸的脑子一阵发凉,好像这一分钟的红绿灯转换时间就会要了老人的命。三轮车又无可奈何地停住了,车主从腰里抽出毛巾擦擦汗,回过头对刘芸说:姑娘,一路上碰到的,你都看见了,说不着,今儿这车费呀,你还得加加码。

刘芸已经急得六神出窍,也不管车主说什么,只把脑袋乱点一气。瞅这短暂的时间,刘芸连忙取出手机拨号。电话立即拨通,刘芸是打给交警支队办公室的。到底是要害部门,一位值班员当即接了她的电话:您好! 这里是交警支队办公大厅,有事请讲。

刘芸因为焦急声音有些走调:你好,我是民警刘芸,警号6477,有一位老人遇了车祸,急救车一时来不到,现乘机动三轮前往医院。途中要过十几个街口,假日期间,交通拥挤,请马上开通绿色生命通道。

对方值班员立即回话:好的刘警官,讲明你们现在的位置。

刘芸说:我们现在顺天庭大道一路往东,即将到达中心广场。乘坐的是机动三轮,机动三轮车号0534。

那边值班员当机立断:好的刘警官,我报告值班领导,马上安排。

刘芸打完电话,心里轻松了一些,看看前边,马上就到第三个街口了。岂料离第三个街口不远时,绿灯还亮着,可是行到近前绿灯熄灭了。刘芸的脑子一阵发凉,三轮车又无可奈何地停住了。刘芸急得咬破了嘴唇,连说:巧巧巧,真是太巧了! 就在她急得恨不能跳下车来背着老人去医院时,只见一辆交警专用三轮摩托车从后边飞驰而来,车上插着一面十字旗,旗下一位交通民警举着电动喇叭冲街口处喊了几句什么。街口处的交通警察听到喊声,挥动手中旗子,喝令南北方向的车辆行人立即停住。这霎摩托车上的民警驶了过来,高声叫着说:0534 号三轮车,0534 号三轮车,马上跟我通过,马上跟我通过。

三轮车主迷糊了一下就立即明白了,他赶忙加大车速拐上快车道,跟在交警摩托车后,一路绿灯,坦荡而行。交警摩托车开路,行人注目,一路上绝无阻拦,这种类似国家元首般的待遇是何等威风。精神转化物质,物质转化精神,车主此刻浑身是劲,他晃动膀子,扭起腰胯,驾驶着机动三轮风驰电掣追赶着摩托车。那神气那架势,俨然一位骁勇善战的武士跨着一匹驰骋疆场的烈马。可能三轮车主此时有一种发自内心的感慨,他甚至没想一想交警的摩托车何以会赶来给他们开路,他只是万分感谢前边的交警摩托驾驶员。尽管上身的夹克已经漉了,玉米粒大小的汗珠子顺着发际往下流。他还是很激动,好像此刻不是自己在救人,而是在这菊城大街上抖威风。

刘芸发现了三轮车主的情绪变化,颤着嗓音道:师傅,可真辛苦你了!

三轮车主头也没回:有什么辛苦的,救人是一码事,我不还得挣钱吗!

……

姜玲今天休班,闲来无事,听说王冶文给吕成代班,便来门诊楼找他聊天。路过急诊室时,一位值班护士和她打招呼,姜玲便信步走进室内。两个正在闲拉,电话铃响了,护士拿起话筒:喂,哪位?哦,交警支队,有个车祸病人马上送到,是乘机动三轮来的,绿色生命通道?好的好的,我们立即准备。

护士放下电话:姜大夫,刚才你还说闲极无聊呢,这不,来大活儿了。有位老人摊了车祸,正乘坐三轮车前来医院的路上,可能伤情危重,都动用绿色通道了。

姜玲说:马上准备担架车。两名护士就像听到命令似的,推起担架车顺走廊小跑而行,姜玲和值班大夫小赵在后边紧紧跟着。

……

刘芸看着怀里的老人,老人的情况似乎比刚才稳定了一些,她心中稍静,顺口问道:师傅,离医院不远了吧?

车主说:已经拐上了东海路,马上就到。果然,不大一会儿,前边的交警摩托车停住。三轮车主长长地松了口气:天啊,终于到医院了。

三轮车慢下来,刘芸看到医院门口有几个白大褂子在等候。三轮车刚刚停下,白大褂们便一拥而上,有的抬人,有的推来担架车。也就几分钟的工夫,老人就给推进了医院门诊楼里去了。车主连连咋嘴:姑娘,你的病人没有挂号,也没有谁来像催命似的要押金,脸面可真大,莫不是有什么近门亲人在市里当官吧?

刘芸笑笑说:师傅,急救病人应该就这样吧。

车主摇摇头,表示决不相信,他站在刘芸跟前等着刘芸付车费。就在此时,当初车祸地点那位准备在老秦摊上买线裤的中年女人忽然出现了,中年女人走到刘芸面前,她的身后跟着两个小伙子,一个扛着摄像机,一个举着录音筒,那摄像机的镜头正定定地对准着刘芸。

刘芸慌忙躲开了,但小伙子的摄像机就如火控雷达一样死死地跟定了她。刘芸急得赶紧摇手:别、别,千万可别……

中年妇女咯咯咯地笑出了声,她说:刘警官,我们曾经报道过你的事迹,别躲了。中年女人指指不远处停放的一辆新闻采访车:我是电视台的,街角处你见义勇为的举动我都看到了,所以通知了采访车。

刘芸说:你不是李台长吗,咱们见过面。李台长说:对对对,既是老相识,这采访就更好办了。三轮车主惊奇地看着刘芸:怎么,这老人不是你的亲属?

刘芸:对不起师傅,为了尽快救人,我说谎了。

三轮车主双手扎撒着,不知所措。

刘芸见状,当即把三轮车主推到了前边:李台长,这次救人,最苦最累的莫过这位师傅,你们还是采访他吧。

可是,扛摄像机的小伙子仍旧跟定了她。刘芸拍拍小伙儿的肩头:兄弟,应该对着这位师傅照,是他主动把老人送来的,我只是帮了个忙。

李台长和扛摄像机的小伙儿犹豫着。刘芸又解释:要不是这位师傅见义勇为,老人就得耽搁了。百闻不如一见,咱们不是看过《离开雷锋的日子》吗? 让我说啊,这位师傅和雷锋的那位战友也没什么区别。

李台长左右为难似的别扭了一阵子:好,听刘警官的,采访这位师傅吧。

小伙子把镜头对准了三轮车主。

三轮车主很是蒙了一会儿,脸就有些涨红了。事情发生得虽不突然,但也让人有些冷手难抓热馒头的感觉。说真的,刚才途中那摩托开路行人注目的情景,着实让他风光无限了一通。此刻当荣耀的光环再次罩在头顶上时,他先是从精神上受不了,继之从心理上又觉得很是受用,所以当摄像机头调过来时,他几乎是下意识地一连摆了几个姿势,盘算着照正面好还是照侧面好。

李台长手拿麦克风做现场解说:现如今哪,像师傅这样的人可是少而又少了,当时他一见老人跌伤,立时自动停下车来,也不怕血污了车座,就主动地把人送来医院了。一路上为了赶时间,里外两层衣裳都溻透了。瞧瞧,大伙瞧瞧。

车主显然是有点难为情,他挢挲起双手像是往外推让着什么,口中连连说着"应该的,应该的,一城一地住着,谁能见死不救呢? 图个相互照应嘛"。说着就要逃出镜头去,又被李台长一把拽住了。

人越围越多,医院门前渐渐挤成了疙瘩,警察赶来疏导交通,医院的保安也来回乱窜,很负责任地阻止人们踏上台阶,以免影响了医院的正常工作。人堆核心处,在电视镜头的瞄准下,中年妇女接连向三轮车主提了几个有关见义勇为和毫不利己专门利人之类的问题,车主竟然应答自如,说得合理合辙,听不出有什么受之有愧的意思。看来,这位师傅已经适应角色并迅速进入状态了。人们不断喝彩,不停地赞叹,说:进入二十一世纪后,雷锋终于又回来了。

李台长继续提问:请问师傅当时是怎么想的?

车主:想什么想,救人要紧呗。

李台长:没想到这样做会误了自己的生意?

车主：挣钱多少，还在这一事一时吗？

李台长：要是您的车让伤者的血污染了，是不是要伤者家属赔偿？

车主：说哪里话呀，到洗车房里洗洗刷刷，不就几十块钱吗。

人们不断喝彩，不停地赞叹。

对车主的采访结束后，李台长吩咐拿照明灯的小伙子：小韩，你去和医院联系一下，看能不能顺便采访一下医生和病人。

小韩答应着走进医院门诊楼，这时刘芸取出二百元钱递到车主面前：师傅，这是车费钱，别嫌少，收下吧。

车主一把推开刘芸的手：嗨，都什么年月了，还跟我钱呀钱的！早知这老头儿不是你的亲属，早知你是市里的警官，当时我连价也不能打呀。

刘芸说：那不行师傅，咱们讲好的嘛。车主发起急来，说：警官姑娘，你要是再犟下去，那就是看不起我！车主嗓音有些发颤，手也开始哆嗦。李台长上前说：刘警官，别勉强了，师傅他动了真情了。

摄像机嚓嚓响着，记录下这真实而感人的一幕。

摄像机还没拍完，车主已经转过身跳上机动三轮。车主发动机器，三轮车穿过人群间的缝隙驶向大街。街面上人流如织，凌乱驳杂。刘芸看着远去的三轮车主，手里捏着钱呆站在医院门前：唉！你看这事闹的！

老人被送进急诊室后，姜玲和赵医生叮嘱他躺在担架车上不要动，同时对他的下肢做了临时固定。护士给老人测血压，量体温，数脉搏，两位医生则进行着各项必要的检查。姜玲检查了老人的伤势后问护士老人家各种体征指数如何，护士说：基本正常。姜玲和赵医生商议后说：又是一例胫腓骨骨折。

姜玲哈下腰：老人家，你家是哪里的？

老人指指自己的衣袋，护士从衣袋里取出老人的身份证。姜玲看着身份证告诉护士马上给这个街道办事处打电话，通知老人的家属来医院办手续。

护士拨通了街道办事处的电话后，口气变得惊诧而犹豫，双方在电话里反复争辩议论着什么，末了护士放下电话说：大夫，这个病人情况特殊。

姜玲和赵医生同时问道：怎么特殊？

护士把姜玲和赵医生叫到一边压低声音：社区办事处的人说，这个人的儿子是个在逃犯，儿媳给人做家政服务，一时很难联系上，得中午才能回来。

姜玲点点头：王主任可能在门诊，你去叫他来商量一下。

护士答应着小跑步走出急诊室。

不一会儿，王冶文和护士同时走进来，姜玲迎着他走过去说：王主任，可以明确诊断,胫腓骨骨折。

王冶文问伤者其他情况如何,姜玲说:老人身体不错,其他基本正常。王冶文点点头:这就问题不大了,安排一下,马上手术。哎,家属来了吗?

姜玲摇摇头,和王冶文低语着。

王冶文有些吃惊:什么? 我看看身份证。

护士走过来把老人的身份证递给王冶文,王冶文看着身份证读出一个"林在庆"后马上停住,他想了想说:等一等,我打个电话。

王冶文走到电话机旁拨号,电话拨通,王冶文说:喂,小芸吗,我是王冶文,小芸,你帮扶对象的公爹叫什么名字?

电话里传出一个清晰的声音:林在庆。

王冶文说:这就对了,我们刚收了个车祸病人,就是他。电话那头传来一声惊呼:啊? 真没想到,这么巧!

王冶文问怎么了,刘芸说:这个林在庆就是我刚刚送过来的,我就在医院门外,有点事缠着,还没倒出空来去门诊呢。王冶文说:你不是去度假村了吗?

电话里刘芸解释,说:是在路上遇到的,能不管吗? 稍等,我马上过去。

王冶文放下电话:潜规则吧,马上安排手术。

三轮车主走后,刘芸向李台长等人告辞也进了门诊楼。当她快步走进急诊室时,王冶文等正在给林在庆老人做术前准备工作。这时的林在庆躺在病床上输液,输液瓶里的药水有次序地滴着。一位护士拿着王冶文写的欠条去给林在庆办理住院手续,王冶文和姜玲正在察看林在庆的 X 光片。听到脚步声,王冶文转过身:小芸,你不是去度假村了吗?

刘芸说:刚才电话里不是告诉你了吗,路上遇到的。

王冶文说:帮扶帮扶,这下你可有得帮了,手术不算小。刘芸笑笑说:大事小事都是分内事,能帮就帮啊。王冶文把 X 光片放在一边催她说:这里的事交给我,你快去赶第二趟车,免得又误了。

刘芸说:我已电话通知了街道治安员,林大嫂中午回来后立即让她到医院伺候公爹。王冶文说:那你就放心走呗。

刘芸说:待林大嫂来了后我再走,如果她来不了,说不定我还得代理家属在手术协议上签字呢。王冶文连说:有道理,想得周到,只是……

刘芸说:救人要紧,别只是只是的了。姜玲冲刘芸竖竖大拇指:了不起的人民警察,有你这样的小表妹,王主任脸上也觉得增光。

王冶文说:那当然,连续两年的模范民警哪。正说着,去住院部的护士走进来:王主任,林大爷的入院手续办好了。

王冶文:准备手术。

姜玲说:病人家属还没来呢。

王冶文:小芸,再给他们社区办事处打电话。

刘芸拨通电话找到办事处的小赵,问:林大嫂回来了没有?对方说:还没有。刘芸让他联系家政服务公司找找林大嫂在哪里干活儿,让她马上到市立医院来。刘芸放下电话说:小赵已经去家政服务公司询问了,估计很快就能找到。

王冶文说:那好,提前准备,家属签字后立即手术。患者是开放性骨折,时间一拖容易感染。姜玲说:先行手术,家属来了补签行吗?王冶文看看刘芸,似在征求她的意见,刘芸说:可以,我担保。

王冶文笑了:好,表妹担保,表哥我负责,进手术室吧。

护士和护工推着担架车走出急诊室奔手术室去了。

……

两个小时后,林大嫂终于出现在医院走廊里,她急匆匆地奔进外科急诊室,见到值班护士急忙询问那个出车祸的老人在哪里。值班护士说:你是林大嫂吧?林大嫂说:我是病人的儿媳妇,刚听说公爹出了车祸。护士说:老人骨折,已经进了手术室了。林大嫂问道:手术室里我能去吗?

护士说:可以去,但只能在手术室外等着。林大嫂连说:行行行,您告诉我手术室在哪里,我这就去门外等着。护士领她走出急诊室指指正东走廊上一个门说:那里有电梯,你乘电梯上三楼,顺走廊往西方去,拐一个弯就看到了。

林大嫂说:好的,谢谢大夫。她顺着走廊来到电梯门口前时,这里已经聚集了好些人,有病人和病人家属,也有医院的医护。医护们相互交谈着各自科里的情况,病人和病人家属不时地向医护们询问着某某科在几楼……

林嫂等电梯的这霎,刘芸正坐在手术室前等着里边的消息。她很担心,也很焦急。担心的是老林手术情况是否顺利,焦急的是再晚一点今天又得误了汽车难去海滨度假村。因为按时间算,现在俊生已在那里等了她二十四小时,按天数算已经是两天,而他们此次度假,却只有短短的三天时间。

刘芸坐在椅子上不时地看看表,她想应该给俊生打个电话,因为自己曾有体会,这种既渴盼又担忧的等待是十分折磨人的。她心里想着,右手已经从袋里取出手机,手机拨通,传出俊生的声音:你到了哪里?我在宾馆等到现在了。

刘芸抻了好一会儿,才下决心和俊生说实话,她听表哥王冶文说过,无论恋人还是朋友之间,最聪明的交往方式就是实事求是。刘芸尽量放缓口气:对不起俊生,你听我说,上午去汽车站的路上遇到一起车祸,伤者是一位无助的老人,我只好把他送到医院,目前正手术,而他的家属还没来到,我只能再等一等。

如今已过十二点,看来第二班车也得错过,咱们只好等到明天相见了。

手机里响起梁俊生拉长了的噪音:哦——昨天是突发事件,今天又遇到车祸救人,道德风尚,模范民警,好名誉让你占全了。

刘芸心里一激灵,她已明确无误地感觉到,俊生的话里是带着三成忧愤六成气,直觉让她意识到,俊生产生了误解,要糟。她只好竭力压下心中的焦虑和担忧,让声调更温柔更和缓:俊生啊,你怎么阴阳怪气的,我说得都是真的呀。

梁俊生的回答更让刘芸震惊:既然是真的,刚才为何不接我的电话?

刘芸说:刚才?你说个具体时间。那边俊生立即回道:一个小时前吧。

刘芸看看未接电话,果然存有俊生的手机号码。她略略回顾并计算了一下时间,恍然明白。刘芸赶紧和俊生解释:对不起俊生,你打电话时我正在医院门口和送人的车主应付电视台采访,乱糟糟的,没听到。真的俊生,请相信我。

那边梁俊生说话已经带了八分气,他用近乎刻薄的语调说:行了刘芸,别找借口了,这年代,结新欢甩旧知司空见惯,你也不必歉疚,我梁俊生拾得起放得下,你和新男友快快乐乐过五一吧,下午我就回江城了。

刘芸大惊失色,连忙说:俊生,俊生你听我说……听到手机里梁俊生口气绝决:不必遮掩,更不必故作多情,你我相交一场也算缘分,谢谢你曾经给予我的精神慰藉,谢谢你曾经引领我走进过甜美的梦乡,虽然不愿醒来,但也事出无奈。

刘芸的声音几乎变了调:梁俊生,梁俊生……

梁俊生关了手机不再回答,刘芸眼泪汪汪地看着手机上不停闪动的亮点,心毛耳乱不知所措。这时,走廊那边传来林嫂的声音:刘警官,刘警官!

刘芸循声望去,林大嫂急匆匆地赶过来。

31

望着惊慌失措的林嫂,刘芸擦擦眼泪站起身问:林嫂,别慌,林大爷已经进了手术室,是我表哥王冶文亲自主刀,不会有事的。哎,你怎么才来?

林大嫂说:我在给人当保姆,接到小赵的电话时正给主家做午饭,以为只是一般的碰伤跌伤,没想到这么严重,于是做熟午饭才赶过来。林嫂的两只手在胸前曲曲伸伸,想抱刘芸不敢抱,想握手不好意思握,末了竟哭起来:刘警官,这次又多亏了你抢救俺公爹,你是……俺家大恩人啊!

刘芸自己心里难过焦急,此时还得安慰林嫂。好不容易劝得林嫂不哭了,这才叮嘱说:林嫂,待会儿做完手术,你得到病房守着。

林大嫂忙说:知道,知道,所以来时就把小成托付给了邻居李大妈,同时也和家政公司请了假。林嫂说着说着忽然问:哎,刘警官,你的眼睛怎么红了?

刘芸说:昨夜没睡好,熬的。

两个人坐在手术室外的椅子上,刘芸对林嫂详细讲述了林在庆老人的受伤经过。但对自己如何当场抢救,如何招呼了三轮车送来医院的经过却只字未提,只是口气沉重地说:林大爷之所以能及时抢救,多亏了那位三轮车师傅!

林嫂刚要说什么,手术室的外门打开,一位护士探出头:病人的家属来了吗?

林大嫂站起身:来了,我就是。

护士拿着手术协议走出来:签字吧。

林大嫂哆哆嗦嗦在家属栏里签上字。又过了好一会儿,手术室大门敞开,林老头躺在手术床上被推出来。王冶文跟在手术床后边叮嘱着护士应该注意的护理问题,看到刘芸,他惊奇地问:小芸,你怎么还没走啊?

刘芸说:林嫂来不到,我能走吗!王冶文看看走廊窗外的天色,说:完了,第二趟车差不多已开走。你怎么办,是明天去还是给梁俊生去个电话?

刘芸眼圈一红,摇摇头走到旁边去了。

林在庆被推进骨外病房区,巧的是也安排在 106 室,病床号 16,左边就是刚刚从内科转回来的老邱,两个人是邻床。

林在庆躺在病床上继续输液,刘芸和林大嫂在病床旁边守着。老邱恢复良好,精神头也很足,回来后和同室病友们聊着在内科住院时的见闻,口气既凝重又夸张,说:内科刘主任和外科王主任的技术可以说是绝代双雄,天下没有比他俩更厉害的了。病友们不时地发出会心的笑声,病室里的气氛变得更温馨,更融洽。

此刻老邱靠在床头上看着正在输液的老林问:这位老弟,也是腿折了?

刘芸说:是啊,大爷您哪里不好?老邱指指自己的腿,说他和这位老弟同病相怜,也是腿骨骨折。老邱的话现在特别多,他看看刘芸:你是他的闺女?

刘芸摇摇头。林大嫂连忙解释:大爷,这是刘警官,多亏她把俺爹送到医院。

老邱伸出大拇指:警官,行善积德,必有好报。

刘芸笑笑没再说话。老邱转而指指林大嫂:那你肯定就是闺女了。

林大嫂摇头。刘芸又替林嫂解释:她是病人的儿媳妇。

老邱"啊"了一声,问:他儿子呢?刘芸说:他儿子有事没在家,儿媳妇只好来伺候。老邱"哦哦"着,是啊是啊,人老遭难时,指不定沾上谁的光呢。这话让林大嫂受感动,她笑问道:看您老这光景,快出院了吧?

老邱说:能下床活动了,大夫说还得巩固治疗一段时间。哎,这位老弟是咋弄伤的?刘芸说:是让一个小伙子骑自行车撞了。老邱忽地坐起来:也是自行车!

刘芸说:是啊,您老人家……老邱截下刘芸的话:一样的情况,不过我是让……不,我是和一个小姑娘撞上了。哎,那撞人的自行车呢?

刘芸说:跑了。老邱说你看你看,这自行车也没个牌照,不好找啊。

小桦走上来:爸,你说话太多了,歇歇吧。

老邱重新倚到床头上:嗯,歇歇,歇歇,怎么回事……也是自行车!

王冶文和姜玲走进病房,走到林在庆床前。王冶文俯下身子看了看林在庆,摸了下他的脉,听了听他的心脏后问他感觉如何。林在庆勉强扭过头来,声音微弱:还好大夫,谢谢啊。我拜托的事,你可要转告刘警官啊。

王冶文说:大爷请放心,定会不负所托。王冶文转向林嫂:大嫂,病人是硬脑膜外麻醉,头脑清醒下肢暂不能动,所以插了导尿管,你是他儿媳,排尿时有诸多不便,还请谅解。

林嫂说:大夫放心,一个女婿半个儿;一个儿媳同样也是半个闺女,有什么不方便的?一旁姜玲连声称赞,说:大嫂真豁达。王冶文见刘芸神色倦怠心事重重的样子,临走时说:小芸,你跟我到办公室,有件事得当面和你说。

刘芸答应着,跟王冶文走出病房。

有着特殊天赋的人总有他的特殊之处,王冶文真可谓目光如炬,世事洞明。自从在手术室前见到刘芸起,他就观察猜测到自己的小表妹遇上了爱情生活中的难题。所以,当手术病人安置好并做了术后检查确认正常时,这位天才表哥就开始考虑如何援助自己的小表妹。不过,此时的王冶文必须把援助表妹一事暂置一旁,他有更重要更紧迫的事情要对刘芸说。

刘芸虽然猜测不到表哥叫她去办公室目的何在,但仍是什么也不多问就径直跟他走进外科办公室。王冶文坐在写字台后,刘芸坐在对面沙发上,王冶文笑眯眯地看着精神萎靡的刘芸说:急得累得还是哭得?眼睛都红了。

刘芸毫不隐瞒:哭的,俊生无情,和我掰了!

王冶文说:意料之中,先不谈你们的事,先向你转达一个紧急信息。刘芸打起精神问是哪方面的。王冶文说:手术前,林老头问谁是科里的负责人,我走过去问他有何吩咐。林老头看看身边低声对我说了个天大的秘密。

王冶文压低声音向刘芸说着什么,刘芸脸色时而忧虑时而喜悦,她连连点

293

着头说:大哥,谢谢你,这对我们来说太重要了。

王冶文抬高声音:小芸,情况就是这样,侦缉是你的专长,快想个办法。

就在王冶文和刘芸进行"秘密"谈话的当儿,106病室里一直守在公爹身边的林嫂低声问林在庆:爹,感觉好些了吧?

林在庆说:下身麻木,没感觉,至少是不疼了。林嫂叹口气,说:这次要不是刘警官,还不知道会发生什么事呢。林在庆说:是啊,现在的人都怕惹麻烦,碰到事赶紧躲着,要不是刘警官,我就是死在那里,怕也没人敢管啊。

林大嫂:你认识刘警官?

林在庆说:她是管咱们那片的警官,我当然认识,可她不认识我。林大嫂点头说:真是少有的好人啊,昨天小成也是她叫上好几位民警帮着找回来的。林在庆立时泪流满面:好人啊,咱要是再对不住人家,就不在人伦了。

林大嫂掏出纸巾赶紧给公爹擦去脸上的泪。林在庆喘了口气说:成他妈呀,我实话告诉你,如志他回到菊城了。

林大嫂一惊:啊? 什么时候回来的?

林在庆说:如志他是暗暗溜回来的,早晨给我打了个电话,让我去和他见个面,说是惦着家,所以我才借了邻居李大妈家的自行车急匆匆赶去,没想到路上遭了这个灾。林大嫂急忙问林如志躲在哪里,林在庆说:就躲在减河边上那个平房区里。林大嫂喘息变粗,眼泪都淌下来了:爹,详细地点呢,快说,快说!

林在庆压低声音向林嫂述说着……

林嫂同样压低声音说:咱应该赶紧报告刘警官。林在庆告诉儿媳,说:我害怕自己手术后醒不过来,已提前告诉王主任了。刚才王主任把刘警官叫走,大概就是为了这事。林嫂说:爹,我去找他,逼他投案。他要是不听,我就当场死给他看。

林在庆说:孩子,沉住气,不能这么性急,刘警官会有办法的。

正如林在庆所言,刘芸从王冶文处得到这一消息后,已经想出了办法。她明白这案子非同小可,必须首先报告李所长,于是马上抓起电话拨号。电话拨通,话筒里传来李所长刚硬的声音:您好! 哪一位?

刘芸说:李所长,是我,刘芸。

那边李所长明显迟疑了一下,说:刘芸? 这是本地号码,你不是去度假村了吗? 刘芸说:情况有变,以后再详细和你说。现在有个紧急情况是关于林如志案子的……刘芸用手捂着话筒,如此这般说了一遍。那边李所长让他沉住气,千万不要擅自行动,说是报告张局长后他马上带人过来,但是……

刘芸放下电话:大哥,李所长马上带人过来,他说这事得林大嫂配合。

王冶文说:那好,把林大嫂叫过来谈谈吧? 刘芸说:我看可以。王冶文立即走到门口朝治疗室那边喊:哎哎,小黄你过来一下。

护士小黄很快走进来。王冶文说:小黄你去106暂时照顾一下那个骨折手术病人,让他的儿媳到办公室来一趟,有要事商量。小黄答应着走了,不大会儿,门口脚步声,王冶文和刘芸以为是林嫂来了,一抬头,李所长带着三个便衣走进来。

李所长和王冶文握手:谢谢王主任,治人疾病,还帮我们破案。

王冶文:巧合。

正说着话,林大嫂走进来。林大嫂见到李所长,双腿一软跪下:李所长,我去劝他投案,求你们不要开枪,留他一命,行吗? 求求你了!

李所长赶紧扶起林大嫂:大嫂你说哪里话呀,只要他自首投案,一切从宽。

刘芸扶林嫂坐下说:林嫂你别急,也别害怕,咱们商量一下怎么结案吧。

几个人坐下来。

李所长思维机敏处事果断,他马上布置任务说:这样林嫂,我们几个包围那所房子,你进去做林如志的工作。要是他自首投案呢,啥话没有,如果执迷不悟或者继续潜逃,我们就只能强行抓捕了。

林嫂连连点头,说一切按李所长的布置办。刚才过来时,公爹叮嘱她了,这次就是死,也要把林如志带回来。

刘芸说:太好了,那就赶紧行动。

李所长说:刘芸,你不必参加了,度假村没去成,好好向人家俊生解释一下。

刘芸抻了一抻,点头应允。

……

李所长和民警带着林嫂走了,外科病房办公室里,王冶文和刘芸依然对面而坐。刘芸不说话,只在表哥面前静静地流泪。王冶文起身倒了一杯水递给她说:条条大道通罗马,别急,会有办法的,先喝杯水稳定一下情绪。

刘芸用纸巾擦拭眼泪,王冶文走到刘芸背后给她轻轻揉动一个穴位。几分钟后,刘芸的情绪就稳定多了,心里也不再那么苦涩。刘芸说:表哥你真神,一个穴位就能控制别人的情绪,效果真好。王冶文重又回到座位上,重又恢复了以往总是笑嘻嘻的模样,他说:小芸你别开口,让我来给你说说事情的经过。

刘芸说:表哥你也忒神了吧,我不说你会知道事情的经过?

王冶文说:不信你听着,是这样,昨天呢,因为帮助林嫂找孩子而耽误了乘车时间;今天呢,因为救助林老汉又耽误了乘车时间。于是,俊生怀疑了,生气了,认为你已有新友故意推托。小伙子的自尊心受了打击,于是乎,要和你分

295

手、决裂、不再理你了。对吧？

刘芸吃惊地张大了嘴：表哥如同亲历，半点不错，你是怎么推算出来的？

王冶文说：你们警察不光要掌握犯罪心理学，也应该懂得情绪心理学、行为心理学以及趣味心理学等等，等等，我就是从这些"学"里推算出来的。刘芸佩服得直咂嘴：哥，当初你要是考警察大学有多好。

王冶文没有回答刘芸的话，却继续问她：想没想出重归于好的办法？

刘芸说：我光顾着急了，哪还有心思想啊。王冶文呵呵笑着，说：山人自有妙计，不过小芸你必须按我说的做。刘芸说：表哥思维缜密，天生计谋，我听你的就是了。王冶文想想说：好，现在就给俊生打电话。

刘芸说：他关机了。

王冶文说：你没拨号怎知关机？

刘芸拨打俊生的手机，果然拨通了。刘芸喜上眉梢：喂，俊生，俊生，俊生你说话……你说话呀！

俊生的手机传出忙音，刘芸沮丧地放下手机：挂断了。

王冶文：五分钟后再拨打。

刘芸看着表，过了五分钟，她再次拨打俊生的手机。对方手机再次拨通，可是对方仍不接电话。王冶文说：五分钟后再拨打。这样时拨时通，通了接着就挂断，刘芸眼神黯淡，真得彻底失望了。

王冶文：这小子横下心来不接是吧？

刘芸：王八吃秤砣！

王冶文手指敲着桌面沉思，刘芸泪眼蒙眬地看着表哥。

李所长和三位民警悄悄包围了减河平房区的一处小院，李所长叫过林嫂说：林嫂，你进去，不要说我们在外边，只把这两天发生的事情原原本本告诉林如志。如果他能醒悟，你就陪他到派出所自首，我们不露面；如果他仍旧执迷不悟，你出来后摸摸头顶走开就行。

林嫂答应着，从容地走进那所小院，隐在暗处的李所长等人在外边紧张地注视着小院的动静。时间肯定不长，但外边的人却感觉过得很慢很慢。忽然间，小院的板门全部拉开，林嫂走出来，在她身后，罪犯林如志低着头，垂着手，以极快的脚步朝市区走去……

李所长长长地松了口气，马上拨通刘芸的手机：刘芸，案结！

……

刘芸关上手机对王冶文说：哥，案犯投案自首了，我得马上回派出所。

不料王冶文所答非所问地一笑:有了。

刘芸说:什么有了? 王冶文说:你把俊生的手机号码告诉我。

刘芸疑惑地看着王冶文,但还是把俊生的手机号码告诉了表哥。王冶文把俊生的号码输进自己手机里,当即拨通了俊生的手机。不太遥远的海边传来俊生遥远的声音:您好! 请问是哪一位?

王冶文:你是梁俊生吧?

俊生:我是梁俊生,请问你是哪一位?

王冶文:俊生你是不是男子汉?

俊生:你到底是谁?

王冶文说:我是谁并不重要,重要的是你的所作所为根本不像个男子汉。你和刘芸相隔千山万水,近了香远了囊,你不寂寞人家一个女孩能不寂寞吗?刘芸不就是交了个男友吗你就不依不饶的,连她的电话也不接了,惹得一个女孩泪流满面,像话吗? 说白了吧,她不能去海滨度假村,就是我拦下的,你爱怎么就怎么吧。你心胸狭窄小肚鸡肠,根本就不配和刘芸交往。

刘芸的脸煞白:哥,哥哥……

王冶文摆摆手继续着他的讨伐:你梁俊生貌不惊人,才不压众,和我比,根本没有可比性;和刘芸相爱,根本没有可能。你就死了这份心吧。

王冶文的手机里传出俊生粗重的喘气声,喘气声渐渐轻缓,梁俊生终于回击:我知道你是谁了,我和刘芸相爱数年,难怪她说变就变啊,原来遇上你这么个不要脸的流氓。我不配,你以为你就配吗? 你是个不折不扣的坏蛋加浑蛋!刘芸是个不可多得的好女孩,她上了你的当,早晚要后悔的。浑蛋,流氓!

王冶文:咦咦,还是个粗口才子骂人专家呀,就凭这一点,你就配不上刘芸这样的清纯姑娘。告诉你,菊城追刘芸的青年才俊多了去了,你根本算不得一盘菜。另外教你点常识,流氓也分文流氓武流氓,嬉皮士中也有雅皮士,至于坏蛋加浑蛋嘛,实话相告,本人既非坏蛋,也不是浑蛋,而是你从未见过的双黄蛋!

梁俊生大吼:你敢和我见面吗?

王冶文嘻嘻一乐:有什么不敢的,怕你脖子上的皱呀!

梁俊生:我揍扁了你!

王冶文:就凭你?

俊生:小子,我学生时期就是拳击队的。

王冶文:我还是特警队的哪。

俊生:你就是特警队长我也不放在眼里。

王冶文:只要你敢来。

297

梁俊生:大话好说,我怎么找到你?

王冶文:你先找到刘芸,让她把我介绍给你。

梁俊生:我们在刘芸面前决斗。

王冶文:一个窝囊废,还配套用骑士语言!

梁俊生:看来,你多少还有点文化。

王冶文:至少比你认字多。

梁俊生:呸,不要脸的,明天见! 我就是死在菊城,也不能让刘芸这样的好姑娘跟着你这样的流氓浑蛋。

王冶文:怕你没这胆量来,更没这能力阻止我们。

梁俊生:到时你就知道了。

王冶文:孺子可教。告诉你,来菊城有两班车,上午八点和下午两点。如果你没长着公鸡毛,可以借口误了车次而溜之乎也。

梁俊生:我起誓! 你敢吗?

王冶文:我也起誓!

梁俊生:不许做缩头乌龟。

王冶文:我还正想提醒你呢。

梁俊生:再见,菊城流氓!

王冶文:再见,江城胆小鬼!

王冶文关上手机,笑嘻嘻地看着刘芸。

刘芸脸都急得煞白了。

王冶文说:你紧张?

刘芸:急死我了!

王冶文:待会儿他会给你电话。

刘芸:会吗?

王冶文:百分之百。

刘芸说:你在用激将法? 王冶文说:欲擒故纵嘛,他要是给你来电话问起我是哪一个,你就说是位认识不久的好朋友,总之要真真假假虚虚实实。

刘芸:哥,你快赶上诸葛亮了。

王冶文说:还刘伯温呢。谈正事,明天俊生来到后,你先把他带到一个比较清闲的地方聊聊,他不透露和我的通话,你也跟着装糊涂。记着,时刻留意李所长的电话。刘芸疑惑地看着王冶文。王冶文说:听哥的话,没错。

刘芸说:那好,我回所里了。

王冶文送走刘芸坐回到写字台后,仔细整理林在庆的手术记录。门外响起轻轻的脚步声,抬头看,郎婷婷进来了。王冶文说:郎主任你来得正是时候,早半个小时我还在手术台上呢。

郎婷婷沉下脸:又主任主任的是吧!知道,你今天忙了半下午。

王冶文问郎婷婷听谁说的,郎婷婷说她已来过两次了。王冶文语气戏谑,说:你在跟踪侦察啊。郎婷婷倒也直率:算是吧。

王冶文说:你找我有事吗,郎婷婷也幽默起来,说:没事找你干吗,用你自己的话说你又不是蘑菇,可以找来炒菜。

王冶文说:行行,快毕业了。

郎婷婷说:今天已经是"五二"了,早上说好今晚包饺子的,咱们单独吃顿饭吧。王冶文想了想:两个人吃饭多没意思,聚餐如何?

郎婷婷:去饭店?

王冶文说:咱们昨晚刚刚在饭店吃过,让肠胃消化消化,明晚聚餐,找个清静地方,你看医院食堂怎么样?郎婷婷噘起嘴说:还清静呢,有比医院食堂更乱的吗?王冶文说:喊!老外了不是,逢到过节,医护员工晚上多是举行家宴,这时的医院食堂最清闲,最是单身朋友们聚会的好场所。郎婷婷说:不是还有病人吗?王冶文道:你是真不知道还是装糊涂,病人食堂设在南区,这是员工食堂。

郎婷婷点头同意:你看我,你看我,都来了两三个月了还迷糊着呢。

王冶文征求郎婷婷的意见,聚餐都是请谁参加。郎婷婷说:这么着吧,叫上鲁院长两口子,再找上大梅……王冶文摆手:得得得,鲁院长今晚偕妻去看丈母娘,大梅不会舍下老公孩子来陪咱们。

郎婷婷:那……找谁?

王冶文:叫上小曹,再叫上姜玲,还有小林、小马。

郎婷婷扭扭头:为什么叫他们几个?

王冶文说:他们晚上没有班,又都是单身。郎婷婷沉吟不语,王冶文说:要不你提议,条件最好是单身。郎婷婷说:我才认识几个人啊,就依你吧。

王冶文抓起电话拨号,电话拨通,王冶文大声喇气地说:小曹吗?晚上给我准备一席,设在食堂小餐厅里。嗯,要上档次啊,记住,郎主任今晚可是主宾。

王冶文放下电话:郎主任,满意吗?

郎婷婷耷拉下眼皮:我是个二傻子。

第二天上午十点多,梁俊生如约来到菊城,电话联系后,刘芸把他接到文化

299

街一间清静幽雅的茶室单间里。刘芸点好茶水后坐在俊生对面,她双目微红泪眼婆娑。梁俊生不屑地看着她说:没必要故作姿态了吧。

刘芸擦擦眼泪:俊生,希望你能相信,我说得都是实话。

梁俊生轻蔑地一笑:关门挤住鼻子的事兴许会有,但两次突发事件发生在同一个人身上,未免也太离奇了。我现在才明白,江城那么好的条件你一直执意不去,原来是脚踩两只船啊。我本来不应该怀疑你,可事实摆在这里,我强迫自己不信都办不到了。

刘芸问他有什么事实,俊生口气依旧轻蔑,说:第一天爽约,我没多想;第二天又托辞,分明就是故技重演,我还能相信你吗? 刘芸从手袋里取出汽车票摆在他面前:你看看车票、车次、时间。

梁俊生看也不看,说:你是干公安的,弄两张汽车票岂不是易如反掌。刘芸的口气变得焦急了,说:梁俊生,你从来没这么不讲理过,现在怎么变得像两个人了! 到底是哪根筋别扭着,让我都不敢相信面前坐着的是我深深爱着的梁俊生了。

梁俊生此时却不着急,他缓了缓口气说:我的为人你清楚,谋而忠,交而信,特别是对爱情,不许掺杂半点虚假。

刘芸气愤地说:你爱咋想咋想,相爱这几年,我没有对不起你的地方。

俊生说:也许吧,这让我想起一位哲人的话——世界是由骗子和傻瓜组成的。

刘芸说:你蛮不讲理,气死我了。

梁俊生像在背课文:刘芸,你我都是现代青年,对感情问题应该看得开,想得开,情结情断皆随缘。我这次改变主意来菊城呢,一是看在相恋数载的情分上,善始善终和你见最后一面。二是要见一个……说什么好呢,算是朋友吧。

刘芸说:我怎么从来没听说你在菊城有朋友?

梁俊生:你不知道的事多了。

刘芸说:你还有什么秘密瞒着我?

俊生:待会儿就会水落石出尘埃落定。

刘芸说:你的朋友叫什么名字?

俊生:这是个人隐私,我只能告诉你他的手机号码最后四位是3366。

刘芸一怔。俊生眯起眼睛看刘芸:是不是很吃惊?

刘芸问:你什么时候和他结识的?

俊生说:此事不必多问,今天下午由你给他电话,就说梁俊生到了菊城,请他到郊外一见。刘芸故作紧张:为何非要到郊外?

俊生说:还用我多说吗,你应该清楚。刘芸喘气变粗,俊生口气忽然变得有些调侃意味了:别紧张,不方便的话我给他打电话。

梁俊生掏出手机刚要拨号,刘芸的手机响了。

梁俊生定定地望着刘芸接听电话,听到刘芸说:李所长啊,找我有事?

那边传来一副刚硬的男音:你马上来派出所。

刘芸问:有急事吗? 李所长口气很急:有个与你关系非同一般的人在等着,他说自己给你电话有些不便,这才托我给打的。

刘芸看看梁俊生:你是不是在这里等一下,我去去就来。

梁俊生说:不必,我跟你一块儿去。

刘芸:你在这里等一会儿不行吗?

梁俊生声调达到高八度:到了这时候,还想掩耳盗铃?

刘芸:你这个人哪!

梁俊生说:我就是这样的人。

刘芸只好答应他:唉! 我忽然想起你曾经发给我的一则短信。

梁俊生:发给你的短信多了,如今都变得无所谓。

刘芸:不过我还是想背给你听。

梁俊生:那是你的权利。

刘芸:你总是传递给我一种温柔的思想力量,淡定的清明的理念,它鼓励我们对内心的关照,有理由相信自己的爱情和事业有根。

梁俊生:青山遮不住,毕竟东流去。这一切都成了昔日的话题。

刘芸:孺子可教,竖子不可训。

32

刘芸领着梁俊生走进派出所值班室时,值班民警小杨正在写材料。小杨见过梁俊生的照片,知道这是刘芸的男友,当然更了解二人来此的目的,因为李所长刚才已经知会了她。她见梁俊生一脸怒容目露怨恨,想到应该化解气氛,便故作不知地开起了玩笑:刘姐好厉害,又抓了一个,是寻衅滋事还是扒手盗窃?

梁俊生一下子就给置于窘境,蒙了好一阵儿才看看刘芸又瞧瞧小杨,一时搞不清应该抗议还是赶紧辩解。刘芸知道小杨是个碎嘴子,怕她继续说出更让俊生难堪的话来,立即解释说:小杨,这是江城俊生,来看我的。

小杨欢笑着跳起来:咦咦,是未来的姐夫啊,对不起,对不起,我还以为是刘姐假日巡查顺手抓来的小偷呢!

梁俊生可不是省油的灯,当即反击,他斜视着刘芸说:你们菊城小偷真多,上街巡查顺手就能抓一个。你们这里的小偷不光偷东西,还偷人。对吧刘芸?

刘芸恨恨地瞪了梁俊生一眼没回答,他问小杨李所长在哪里,小杨说:所长在办公室里,告诉我你来了就在这里等他。小杨领教了俊生的厉害,当即锋芒收敛,柔声如绵:早听刘姐说起过,未来的姐夫果然一表人才啊,坐,快请坐。

俊生的脸色和缓下来,连说:谢谢,谢谢,您太客气了。小杨把梁俊生让在沙发上,给他沏了一杯茶送到面前,梁俊生接过杯子,脸上眼中的怨恨之色早已烟消云散。小杨收起桌上的材料,拿起电话拨了号。电话拨通,小杨莺声燕语如同唱歌:报告所长,我是小杨,刘姐回来了。嗯嗯,成双成对,好的好的。

小杨放下电话看看梁俊生才对刘芸说:刘姐,所长说找你的人马上就过来,让我叮嘱你必须要有个思想准备,到时别弄得手忙脚乱不好收拾。

梁俊生正侧身浏览墙上的宣传画,听到小杨这话马上转过身子幸灾乐祸地盯着刘芸看,好像要从刘芸的脸上眼中看出什么意料之中的话题。刘芸当然明白俊生眼光的含义,不紧张,不着急,反以相当平缓的口气说:好吧。

等了一会儿仍无动静,梁俊生有些沉不住气,他盯着刘芸问:那个人为何还不出现,是不是听说我真的来了便取三舍之避?刘芸佯装不解,说:你来与不来和人家有什么关系,真是毫无道理。梁俊生冷笑:哼,待会儿你就知道了!

刘芸说:小杨,你再催催李所长。小杨答应着刚要打电话,值班室的门开了,李所长闲庭信步走进来,第一眼看到的是梁俊生,怔一下问道:这位是……

刘芸说:这是江城梁俊生,五一假期来菊城……

李所长立即晃着脑袋说"知道了知道了",跨上一步和俊生握手:好帅的小伙,难怪我们刘芸爱得死去活来。等处理完这件事,我请你们吃饭。

梁俊生当然明白这就是李所长,也强作笑颜地连声道谢。李所长继续要和梁俊生寒暄,梁俊生却不停地朝门口张望。李所长抿嘴想笑,他朝刘芸点点头,转脸朝门外说:小金小孙,让他们进来吧。

李所长话音落处,一对三十多岁的男女带着个小孩儿走进来,身后跟着两名警察。走进室内的女人怔了一怔,指指刘芸,对身边的男人说:这就是刘警官!

男人、女人和小孩儿当着好几个人的面一齐给刘芸跪下。刘芸慌了,连忙搀扶那女人,口中一连串地说:林嫂林嫂,别这样,快,快起来。而此时,那个男人已经放声痛哭并朝刘芸磕下头去:谢谢刘警官,谢谢刘警官救了我们一家。

李所长发话了:林如志,起来说,人民公安,不兴这个。

男人站起身来连哭带说：刘警官，我父亲从四十多岁就成了鳏夫，靠拉地排车和捡破烂把我拉巴成人。可是，我不争气，作了案，闯了祸，让他老人家一直提心吊胆。这次潜回菊城，就是想见见老父亲，没想到父亲也是想儿心切，匆忙中骑着车子撞了人，摔折了腿，要不是刘警官恰好路过，我这辈子怕是再也见不到老人家了。我不是人，不是人啊！

林如志拼命抽打自己的嘴巴。

李所长口气严厉，他命令林如志安静一些，同时转身对梁俊生述说着这两天刘芸接连救他们爷孙二人的经过。梁俊生先是吃惊，后是悔恨，听到末后已经是满脸愧疚了。他满是歉意地朝刘芸望去，而刘芸此刻正在安慰林嫂，抚摸孩子，好像早已忘记了他的存在似的。林如志从地上爬起来，站在室内一直不停地抽咽，林嫂也正紧靠在他身边述说着：如志，昨天小成让骗子拐了去，要不是刘警官及时帮助，要不是李所长带人寻找，恐怕你连儿子也见不到了。

林如志一把搂过儿子，泪流满面。

两位民警走上前，林嫂把小成从丈夫怀里领过来。林如志伸出双手，警官看了看刘芸又看了看所长，取出手铐给林如志戴上。

李所长挥挥手，民警带着林如志往外走。小成哭叫：爸爸——！

林如志回头看看儿子泪流如柱，欲行不忍，欲止不能，因为这一切太晚了！

梁俊生呆呆地看着面前的一幕，茫然不知所措。这时李所长又说话了：刘芸，你先陪俊生坐一会儿，我处理完另一宗案子就过来。小杨，订家饭店，我们派出所全体成员除了值班的，今天中午都去陪客。

李所长走到门口转过身想了想，说：小杨，你也来吧。小杨知趣地跟着李所长走出去，值班室里只剩下刘芸和梁俊生。梁俊生看着刘芸张张嘴似要道歉，但一时想不起合适的话。满脸是泪的刘芸恨恨地盯了他一眼，转身冲墙放声哭了。

……

李所长和小杨走进所长办公室时，王冶文正坐在沙发上看报纸。王冶文没有抬头却目的明确地问道：二位，预期如何？

李所长笑笑说：你神机妙算，非常圆满。王冶文放下报纸朗声笑道：央视《焦点访谈》上讲得清楚——用事实说话。

李所长说：多亏你这位好导演。王冶文说：高抬了，另外我还有个想法，也算不情之请吧。他侧着身子和坐在自己旁边的李所长讲着什么，李所长脸上现出为难的神色：这个嘛，恐怕，恐怕办不到，万一出了纰漏怎么办。

王冶文：人性化管理嘛，对此我还多少了解一些。

李所长:我请示一下局长再定。

王冶文:当然,这么重要的事,你难以承担责任。

李所长:即使局长同意了,也得派人跟着。

王冶文:这个自然。

李所长:一对小恋人交流得也差不多了,该你出场了吧。

王冶文站起来:光顾想人性化管理,差点把这要紧事给忘了。

……

派出所值班室里,此时梁俊生和刘芸已经坐在沙发上,梁俊生紧靠刘芸身边。刘芸往旁边挪了挪,似乎在有意躲他。

梁俊生:芸,对不起,我真得错怪了你。

刘芸:你不是说过我在故作姿态吗?你不是说世界是由骗子和傻瓜组成的吗?你不说这次之所以改变主意来菊城是要和我善始善终吗?你不是……

梁俊生搂住刘芸的肩膀:全怪我,全怪我,我心胸狭窄鸡肚小肠还不行吗?

刘芸倒在梁俊生怀里哭起来。

梁俊生赶紧给刘芸擦泪。

刘芸坐直身子整理一下头发,擦干脸上的泪痕倒了杯水喝下去。情绪稳定之后,她告诉梁俊生,即使他这次不来菊城,自己也会去江城找他以辨是非。纵然避免不了分手,还她清白还是必须的。她说:梁俊生你不是还要找你的朋友吗,快去吧,不要因为耽搁时间久了让朋友着急。梁俊生不好意思地笑了,他说:刘芸啊,我在菊城的所谓朋友其实并不认识,起因仍在你的身上,既然已经证明了不是你刘芸的新友,那家伙肯定就是有意出面为你打抱不平的。刘芸明知所以然却佯装糊涂,她问梁俊生手机号码是怎么回事,俊生说:那个电话号码也是昨天刚刚知道的。于是,梁俊生把昨天他和王冶文通话、争吵、相互攻讦的经过说了个仔细,声称今天是一喜一悔,喜的是和刘芸解除误会重归于好,悔的是当时自己对那个人蛮横无理乱加指责,他一定要找到他,当面道歉。梁俊生忽然问她:哎,芸芸,你和这个人到底什么关系,他为什么要为你出面?

刘芸说:是亲人关系。梁俊生说:别开玩笑,我是认真的。刘芸说:我也是认真的呀,不信你亲自问他。梁俊生说:这个人和我通上电话就泥牛入海了,我到哪里找他。昨天还说我们要到郊外决斗。哦,对了,他说通过你能找到他。是吗?

刘芸说:不用找,我想他也快来了。梁俊生疑惑地看着刘芸,弄不明白她怎么口气如此肯定。正疑惑,门外有人轻松地唱着京剧走过来:

我正在城楼观山景,

耳听得城外乱纷纷。

旌旗招展空翻影,

原来是司马发来的兵。

……

这个人词调准确,字正腔圆,听那唱腔,颇有几分京剧大师马连良的风范。

刘芸说:你的朋友来了。

梁俊生问:就是这个唱京剧的人吗? 刘芸说:是他是他就是他。话音落处,王冶文笑嘻嘻地推门走进来:俊生早到了吧?

梁俊生一惊:您是……

刘芸说:这是我表哥王冶文,你说是不是亲人?

梁俊生连忙抢上去和王冶文握手:一听口音就知道,昨天是你打的电话。

王冶文笑容依旧:这世上有阴招、狠招、损招,我用得是损招,对吧?

梁俊生说:你可真够逗的,不过幸亏你这损招,否则我还真不来了呢。

王冶文拍拍俊生的肩头:有句话说得好,这世上男女中,有谁能忘记第一个闯入心灵的异性呢! 真要不来,你可真要悔恨终生想她一辈子哪。

梁俊生的脸红了一阵呵呵笑起来:表哥,你可真会作弄人。

王冶文一本正经地说:老弟,本人说话随便,有时有意,有时无意,所以人们送给一个雅号——促狭儿。

梁俊生笑声更响:哈哈,表哥,你可真能自嘲。

刘芸朝俊生胸上捶了一下说:你个不要脸的,不是还发狠要和人家决斗吧,这会儿怎么就喊上表哥了!

梁俊生自我解嘲:此一时,彼一时嘛,你说是吧表哥。

王冶文点点头,说:俊生啊,你和小芸凑到一块儿不容易,马上给你们单位领导去电话续假。梁俊生说:我也正在这么想,可找什么理由呢?

王冶文:世界上最聪明的办法就是实事求是。

梁俊生:听表哥的,我马上打电话。

电话拨通,梁俊生的领导一口江南话。这位领导人在和自己的下属开足了玩笑后答应给他续上五天假,但同时又声明,这五天的续假必须从今后的带薪休假中扣除。俊生说:头头你可真抠啊。头头哈哈大笑着说:俊生,在你们年轻人身上就得抠,否则一年给你们半年假在一块儿也亲不够。

这倒是个蛮有情趣的人。王冶文点头称许。接着他说自己已经功德圆满,得马上回医院,下午可能得有两台手术。刘芸留他吃午饭,王冶文说:改日吧,干我们这行的,有时真顾不了吃饭。他让刘芸代自己向李所长表示歉意,便急匆匆地出门去。刘芸和梁俊生把王冶文送到门口,看着他乘上出租车才返回派出所办公室。梁俊生问刘芸她的表哥是什么学历,刘芸说:你猜猜看。梁俊生说:起码是本科,刘芸微笑摇头。梁俊生说:莫非还是研究生不成?刘芸抢白他:就你我这点学历,给他当学生都不够格!我告诉你,他是中国科学院院士——著名外科专家叶先生的爱徒,倘若不是他执意返回菊城行医,现在就是不折不扣的博士后。

梁俊生惊得张大了嘴说不出话,半天才喃喃道:难怪他在电话里说起码比我多认几个字呀,我还以为他是胡吹海谤吓唬我呢。哎,小芸,这就怪了,表哥这么高的学历这么大的学问,怎么执意回这小城从医啊?

刘芸说:这也是我和所有认识他的人所纳闷儿的事情。

梁俊生说:你没问问他?刘芸说:问过多次了。梁俊生说:他怎么回答的。刘芸无奈地一笑:回答非常到位,说是看中了这小城的风水。

梁俊生笑笑:真乃奇人也!不过,菊城能留住这样的高人,肯定风水不错。

刘芸听他话有余韵,乐了:你是不是有新的想法?

梁俊生朝刘芸的脸上亲了一口:不说!

……

林在庆老人躺在病床上呻吟,受林嫂之托暂时照顾他的小桦问他感觉哪里不舒服,林在庆叹口气说:心里,闷得难受!

小桦给林在庆略略抬高了枕头,林在庆说:感觉好多了。他问小桦儿媳走了有多长时间了,小桦说:时间不长,也就一个钟头。林在庆口中喃喃着说:也快回来了吧,孩子,快回来,爹这心里着急呀。小桦安慰他:大叔别着急,嫂子回来之前,我保证照应好你。有什么事或需要什么,你尽管说话。

林在庆晃晃脖子闭上眼睛:孩子——少有的好人!

林在庆似乎累了也困了,闭上眼睛不大会儿,就响起了轻轻的鼾声,小桦把被头给他往上拽了拽,坐在床沿上和老邱低声闲聊。老邱是个好奇心挺重的老人,他问女儿林嫂干吗去了,小桦说林嫂没说,她也不知道。老邱有点失望地看着邻床病友消瘦得近似干瘪的面孔说:论面相,这位老弟命不算好!

小桦刚要嗔怪爸爸说话没有分寸,林嫂推门走进病房。其实林在庆并没睡着,是人们常说的那种假寐,这不林嫂一进门他就睁开了眼睛,看也没看就十分确定地说:成他妈呀,你回来了?

林嫂先向邱小桦致谢,然后走到公爹跟前问:爹,感觉好些了吗?

林在庆侧脸朝小桦看看,说:多亏你这位妹妹照应,我感觉挺好。成他妈呀,实话告诉爹,小成他爸表现怎么样,没给人家添麻烦吧?

林嫂连说:挺好挺好,爹你就放心吧。林大嫂深思了一会儿,又凑到公爹耳边悄声说:爹,有件事得告诉你,这情况,恐怕他不能来看你。

林在庆眼里满是泪水:孩子,我明白,但愿他好好做人,争取政府宽大处理。

林大嫂擦了下眼睛上的泪,坐在床沿上和小桦闲聊。老邱耐不得寂寞,他让小桦把自己搀下床来,扶着床沿在地上慢慢行走。林在庆躺在床上出神地看着老邱,一脸的希望,一脸的羡慕。小桦站起身来走到老邱跟前说:爸,你自己多加小心,我去给马护士家做保洁了。

老邱说:去吧去吧,我自己能行动,甭惦着。一旁林嫂忙插话,她让小桦尽管去忙,病房里的事由她照应。小桦笑着点点头,一边往外走一边告诉老邱,说自己午饭前准时赶回来。老邱咧着缺了三颗牙的嘴说:没事,饭菜送到床前,我还不知道张嘴吃饭吗。

躺在床上的林在庆笑起来,他侧脸看着走出病房门的小桦说:邱老哥你真是大福之人,看看这儿子闺女们多么孝顺呀。

老邱点头:林老弟你算说对了,什么叫福气,到老了有人伺候就叫福气。

林在庆点点头,刚才还一脸喜悦的脸上此时却突然神色黯然,连说:对对对,人到老了有人伺候就叫福气。说着慢慢眯上眼睛,眉头一耸一耸的,显然是触景生情想到了如今的自己。他没有女儿,只有林如志一个儿子,可是,如今的儿子不仅不能伺候自己,反倒整天让他牵肠挂肚。想到儿子,自然就联想到儿媳,自从儿子外逃后,家中的生活就全仗儿媳支撑了,这是个好孩子,也是个苦命的女人,在外打工,在家培养孩子还得照顾他这位公爹,不易,太不易了!他微微睁开眼来,儿媳正俯身面前问他:爹,你感觉哪里不舒服吗?

老林赶紧说:没事没事,孩子,你快歇歇吧,这一天一夜,可把你累坏了。

老林话刚说完,老邱便坐在他的病床沿上。老林勉强地往旁边挪了挪上半截身子让老邱坐得舒服些。老邱也不客气,又往里挪了挪屁股,用那次和精神病老张头聊天时一样的同情口气说:兄弟,听说骑自行车撞你的是个年轻人?

老林:嗯,还带着个女孩子。

老邱:你的医药费怎么办?

老林:听儿媳说,我吃低保的有些照顾,能报销六成。

老邱摇摇头,一副内行的口气:这你就不懂了,还得扣下五百元的底金呢。另外,光这四成的住院医疗费也不是个小数,你得赶紧给儿子打电话送钱来,要不住院部来催你交差额费,一天两三趟,多没面子啊。

老林还是真得不懂,他问:为什么要补交差额费,不是出院时一总结账吗?

老邱于是做起了辅导:我说你外行了吧,这是医院的新规定,除了报销的那部分,每天所差的医药费必须按时补交。

老林眼光失神,无助地看老邱又看看儿媳。林嫂安慰他:爹,别担心,这位邱大伯说得没错,关于补交差额的问题,听王主任说医院领导正在给想办法。

老邱想说什么,可话到嘴边却停住,他转了话题:嗯嗯,看来对你是有照顾,这不入院两天了还没见住院处的人来催你补交差额费。哎,我说老林,那个骑自行车撞你的年轻人,你怎么不拽住他,他是肇事者呀。

老林苦着脸:说真话老哥,是我撞上了人家,撞在人家后车轮上自己跌倒的。

老邱说:那也不能当时就放他走啊。老林说:是咱撞了人家,凭吗不放人家走,咱没理啊。老邱唏嘘不已:这下倒好,光医药费就够你负担的。

老林口气沉重,说话也郑重:邱大哥,为人在世,得讲个良心,自己做事自己当,干吗硬赖人家。你说是吧老哥。

老邱慌乱了一会儿稳住神:对,对,是是,自己做事自己当……

老邱坐在老林的病床沿上悠达腿,他不再说话,明显是陷入沉思中了。

……

五月三日下午,王冶文下了手术台已经六点多了。他洗刷完毕换上衣服,回家取了两瓶红酒直奔职工食堂小餐厅。这时,郎婷婷、姜玲、小林、小马、小曹等人已经围坐在餐桌周围等他。今晚的菜肴是小曹利用职权吩咐厨师们特意加工的,不但数量充足,并且色香味俱全。菜肴上齐后,小曹给聚餐者每人斟上一杯红葡萄酒,红葡萄酒在杯子里晃来晃去,闪着莹莹光波。

聚餐很成功,大家喝得很高兴。没有人强行劝酒,也没有如今酒场上风行的碰杯同干然后再接着碰……大家随便饮酒吃菜,相互通报着近日听到的奇闻轶事,场面活泼而不疯狂,随意而又不失礼仪。不知是居意安排还是事有凑巧,王冶文身旁坐着姜玲,郎婷婷身边却是小曹傍邻。酒至半酣,王冶文和姜玲在低声交谈,郎婷婷的眼睛马上盯向那里,她用筷子敲敲杯沿:冶文,来,咱俩碰一个。

王冶文说声:好好好,我正想找你碰杯呢。他离开姜玲站起身,举着酒杯走过来,郎婷婷很振奋,也起身举着酒杯迎上去,两个人在餐桌一侧举杯同饮。郎婷婷醉眼蒙眬,王冶文双颊飞红。郎婷婷压低声音:冶文,咱们赶紧办了吧,想你!

王冶文口齿不清地问办什么,郎婷婷说:傻呀,领证办婚礼呀。王冶文看看其他人压低声音说:婷婷,我不是跟你说了吗,我暂时不想结婚。

郎婷婷:你能抻,我却不能。

308

王冶文:那就赶紧找个如意郎君嫁了呗。

郎婷婷脸都紫了:胡说,我和你都那个那个了,还不应该结婚吗?

王冶文忽闪着眼皮傻笑,说要是那个那个了就结婚,这世间还不知有多少人要犯重婚罪呢! 郎婷婷的口气软下来,说:冶文啊,我对你可是认真的,你不能辜负我呀! 王冶文说:郎主任,我也是认真的,咱们谁也不要强人所难,好吗?

郎婷婷有些怒:你……

王冶文说:我不轻易喜欢一个人,喜欢上了就不会三心二意 。 所以我得对我所喜欢的人负责。你好好考察我两年,认定我是真实可靠的人后再正式结婚。

这时,姜玲的眼光像锥子一样射过来:哎哎,你俩,嘀咕什么哪!

王冶文吓了一跳:婷婷,别人在看我们呢,快回到位上去。

王冶文转身走向自己的座位,郎婷婷也怏怏而回。

酒宴继续。

郎婷婷提不起情绪,她低头撕拽着自己的衣角。身旁的小曹低下头来和她交谈:郎主任,酒入美人腹,桃花胭脂亦千秋。你今天特别漂亮。

郎婷婷苦笑:是吗?

小曹说:这是我的心里话。郎婷婷酒力上涌,身子不由自主向小曹一边倾斜。小曹扶了郎婷婷一把,郎婷婷不好意思地笑笑:喝醉了,失态了。

小曹嬉笑着说:这是依附,不是失态。郎婷婷说:小曹你可真是善解人意。

小曹口气悲伤:就这样,老婆还甩了我呢。

郎婷婷:人之常情,没什么大不了的,牛奶会有的,面包会有的。

小曹:哈,没想到郎主任还这么幽默。

郎婷婷看着小曹的脸,小曹盯着郎婷婷的眼。郎婷婷说:小曹你盯着我干吗? 小曹醉酒胆壮,说话也直爽:郎主任,我有些痴迷。

郎婷婷说:不会吧。

小曹说:是真的。

小曹抬起头,其余的人都带了酒,相互低头私语着。小曹右手一抖,变戏法一样把一件东西递到郎婷婷面前,郎婷婷慌忙往外推。小曹的声音低得只有他二人能听到:郎主任如果不要,就是看不起我。

郎婷婷慌乱了一阵,只好接过礼物攥在手里。

小曹送给郎婷婷的是一个玉石发夹,郎婷婷看着手里的玉石发夹轻声长叹:要是冶文像小曹似的喜欢我有多好;要是小曹是王冶文又该多好! 人无完美,事无齐全,往最好处争取吧。

33

王冶文走进病房时,看到老邱在小桦的关照下扶着床沿在地上来回溜达,手术后的老林还不能动,他躺在床上,双腿伸直,一床白条薄被松松地在腿上搭着。林嫂站在床边,正用毛巾给爹擦脸,见王冶文走进来,放下毛巾搬过一只凳子搁在床的一侧:王主任,您请坐!

王冶文向林嫂摆摆手,示意自己有事找她。林嫂走到他跟前,听王冶文如此这般说了几句,一边点头一边说:太好了太好了。王冶文又朝正在遛腿的老邱打个招呼,问了问其他几位病人的情况便走了出去。大约半晌时分,王冶文、李晓宇一块儿走进病室,两人背后是三个工人打扮的青年人跟进来。走在前边的一位戴着帽子,戴帽子的人和林嫂对视了一下并没说话。林嫂也是张了张嘴但没叫出来,连忙俯身林在庆跟前说:爹,如志回来看你了!

戴帽子的人走到老林床前,老林歪头看了一眼:啊!如志。

林如志俯身老林面前:爹!

后边两个人将一包礼物放在床柜上,也走上前向林在庆问好。老林的眼泪刹那间溢出眶外,顺着脸颊流下来,他哽咽着问如志怎么有空回来了。林如志虽然竭力控制自己的情绪,终究忍不住哭出声来:爹,我们油田要购买部分零件,特地派我们三人来菊城的。我回到家才听邻居说你遭了车祸,可工作需要,儿子不能守在床前尽孝,见个面还得赶紧回去。爹,您自己保重啊!

老林只是流泪,攥着儿子的手说不出话。林如志一下子跪在床前,说有机会时还会回来看望父亲。他将父亲的老手捧到自己面前,抚摸着,亲吻着,泪水把父亲的手心手背沾满了。王冶文拍拍林如志的肩膀,告诉他要克制一下自己,因为老人手术后正在恢复期。林如志放开父亲的手站起来俯下身:爹,儿子对不起您,只能看您一眼就走,任务紧急,等过年时我再回来,行吗?啊!爹。

老林抚摸着儿子的头:爹明白,明白,你放心,小成他妈很孝顺,有她在,你不用惦着。好好工作。好好学习,报答领导对你的信任,对你的培养。

林如志哽咽着说:都是孩儿不好,整天让您惦着,我一定按您说的做。

老邱听着父子对话,脸上露出疑惑的神色。另外两位同室病友说话了:我说这孩子,你父亲刚刚动了手术,怎么也得守着他待几天呀。

和林如志同行的两个人连忙解释,说油井正处于最要紧的关头,零件必须马上送回去。两位病友啧啧连声,任务再紧,老爹伤成这样,也得向领导请假

310

啊。病床上的林在庆赶紧为儿子解释,说儿子所在的井队正勘探一种稀有的石油,任务很紧,特别是他这样技术型的人,根本不能离开。这不,连零件也得亲自来买呢。病友们听了似乎恍然大悟:哦,原来是这样啊。

另两个同伴也解释,说他们抓紧时间来此地买零件,如志抽了点空回家看看呢,听邻居说他爸跌伤住院,这才急忙赶过来,车还在外边等着呢。林嫂唯恐时间长了有所疏漏,忙说:如志,既然工作这么紧,你还是赶紧走吧,这里有我。

林如志站起来,转过身望着妻子,竭力控制着自己才没让泪水流出来:成他妈,我在外工作多有不便,咱爹这里你多操心吧。

外边楼下有汽车鸣笛声,同来的两个人说:催咱们呢。林如志趴在床前朝父亲磕了个头,站起身和两位同伴一块儿走了。王冶文、李晓宇相继走出病房,背后老邱连连唏嘘:林老弟,你也真是的,出了这么大的事,连儿子也不告诉一声。

老林:离着远啊,我怕他在油井上分心。

老邱侧侧头:一个是好儿,一个是好爹!

病友们笑起来,小桦朝父亲扬扬头:爸,你看你,哪来这么多话呀。

林如志等人走后,老邱一如既往,扶着床沿勉强行走。老林羡慕地看着他说:老哥,什么时候我也能像你这样走几步就好了。老邱说:沉住气,你心气平和,血压不高,肯定比我恢复快。老林叹了口气:盼着吧。

病友们正闲话古今,内科主任刘少清和王冶文忽然走进来。小桦怔了一怔,老邱也连忙停下脚步:咦,刘主任,你怎么来了?

刘少清说:来看看你啊,恢复后的情况怎么样,还需不需要调治。老邱感动异常,他一手扶着床,腾出另一只和刘少清握手,说:刘主任您真是佛家善心,菩萨心肠,我只是在你们内科住了不长时间,您还特地过来复查。刘少清笑笑:大叔,这是医院的规定,凡是经手过的病人,都要尽量回访。

老邱拍拍床沿:坐下,快请坐。

王冶文说:我们站一会儿吧,你老人家坐下。老邱很听话地坐在床沿上,小桦守在他的身旁。刘少清详细询问老邱从内科转回来后的恢复情况,老邱摇摇头说:不瞒刘主任,再怎么努力,就是恢复不到最初痊愈时的情况了。刘少清说:这是必然的,如果没有上次的病情反复,你早就出院了。可是,血压的突然升高造成脑子小面积出血,再恢复就非常难。大叔你得有个思想准备,这以后啊,短距离扶着东西可以走几步,远距离活动就得坐轮椅了。我说这话,你可别难过呀。

老邱:刘主任,我心里敞亮得很,如果不是你和王主任,我现在恐怕"五七"

311

也早过了。能从灾难里捡回一条命就已知足,不再要求什么。

刘少清:高血压这病嘛,往往是情绪变化病发突然,谁也没把握控制自己。

老邱低下头。

王冶文:邱大叔,刘主任是给解释这种病,不是说你的。

老邱抬起头,眼里汪着泪水。

小林走进来,说刚才鲁院长来电话,让王冶文抽空到他办公室去一趟。王冶文问说没说什么事。小林回答说:没有,他只是说请你去。王冶文眨眨眼睛说:好的,我知道了,小林你给鲁院长回个电话,说我现在正忙着,下班前半个小时去他办公室,如果他没空,就推到晚上。

小林答应着退出病房,王冶文看着刘少清:邪了,动不动就让我去他办公室。

……

其实,这次让王冶文去他办公室并非鲁侃之意,是郎婷婷催他这么办的。王冶文和刘少清来病房之前,郎婷婷就在鲁侃办公室坐着呢。昨晚聚餐之后,郎婷婷产生了不祥之感,她看出王冶文对自己是在曲意应付,之所以还没到断然拒绝那一步,一是看在鲁侃的面子上,二是对自己的痴心相爱不忍伤害。所以,上班后看看并无什么要紧事处理,她便找到鲁侃办公室,请鲁侃为自己拿主意。

郎婷婷坐在鲁侃对面低着头:鲁哥,我看王冶文没有水中鸳鸯成双对的意思。

鲁侃说:不能吧,那晚和你哥聚会,他表现得相当中肯啊。郎婷婷说:那只是面上的,这家伙很会做文章,心里恐怕根本就没我有的位置。鲁侃想了想:你说他心中没有你的位置,那么会不会是姜玲从中作梗?郎婷婷说:这事我虽然不敢肯定,但多少已看出些迹象,他再三向我表明,现在不想成家,还说不要互相勉强,就是在有意敷衍我。鲁哥,我就这么飘着也不是个事,能不能……鲁侃摆手打断郎婷婷的话:这家伙是很油,可是向来好吃的菜不好做,我们得尽力做成他。

郎婷婷说:我有点灰心了。鲁侃鼓励她别灰心,他说:王冶文年轻,是个大才,前途无量。女人一生中得这么个优秀男人不容易。郎婷婷笑笑,说:鲁哥看你说的,他再前途无量也是个医生啊。鲁侃摇摇头:婷婷,实话说给你,再有两年王副院长就退下去了,这个业务副院长除了王冶文谁能胜任?紧接着就是齐院长退休,而市里的领导人又非常欣赏他。

郎婷婷说:他当不当官我不在乎,说实话只是喜欢他这个人。不怕大哥笑话了,见到他我就有点身不由己的感觉。鲁侃听郎婷婷说出这话,心想好痴情的妹子,真得帮她把婚事办成才行。他思忖再三,说:下定决心,不怕牺牲,排除万难去争取胜利!

郎婷婷听得一愣一愣的,说:鲁哥好厉害,真是出口成章啊。不过,决心可以下定,万难也能排除,最好不要牺牲。

鲁侃为郎婷婷的天真而哈哈大笑,他说:婷婷啊,事情到了这份儿上,我看你就豁出去呗——如此这般……鲁侃面授机宜。郎婷婷低下头:太损了吧。

鲁侃说:做都做了,还有什么损不损的。你不能又想吃鱼,又嫌汤腥,得敢作敢为才成。我想你不希望这事半途而废吧?郎婷婷犹豫半天终于下了决心:那好,我就老下脸皮吓他一吓。

鲁侃说:实在不行还有更厉害的杀手锏。郎婷婷问是什么杀手锏,鲁侃走到她面前,一番低语把郎婷婷惊得脸都变了色:了不得,那可闹大了。

鲁侃:假戏真做,有我在,出不了什么意外,放心吧。

郎婷婷说:这不行,太过了,太过了。鲁侃说:这叫孤注一掷,能收到出乎意料的效果。郎婷婷低头沉思,犹豫不决。鲁侃说:别多想了,就这么办。

郎婷婷抻了一会儿,问鲁侃还和王冶文聊聊这事吗,鲁侃说:既然已经拿定了主意,今天已无必要再啰唆。不过,聊还是要聊的,尽管不起决定作用,起码还是催化剂。说着便拿起电话拨通了外科办公室,仍是小林接的电话。鲁侃撒了个谎,说马上去齐院长那里开会,让王冶文明天抽空来吧。

……

王冶文下午四点下班后,就到父母那里接回了冬冬。姜玲今天大夜班,得到十二点才去病房,所以六点多就到王冶文宿舍帮着做饭炒菜。晚饭后,三个人都在客厅里活动,王冶文坐在沙发上看一份手术补充方案,姜玲坐在一边看电视上的外科讲座,冬冬则在旁边玩儿他的熊娃娃。冬冬和熊娃娃碰鼻子、亲嘴、拥抱,看完讲座的姜玲看着直乐:冬冬,小熊好玩儿吗?

冬冬说:好玩儿极了,谢谢姜阿姨给我买玩具。姜玲说:小小年纪就知道说客气话了,以后喜欢什么就和我说。冬冬仰着小脸:阿姨真好。

王冶文看完补充方案也瞧着冬冬直乐:看看,都上小学了还喜欢玩具。

姜玲说:小孩儿的天性嘛,你小时不喜欢玩具吗?王冶文说也喜欢,看到别的孩子玩儿,心里也是痒痒的。姜玲问他小时候都买过什么玩具。王冶文说:小时我只买文具,不买玩具。姜玲大笑:从小就是个书呆子呀。

王冶文说:我呆吗?姜玲想了想:你可不呆,只比山里的猴儿少身毛。

王冶文说:比喻挺恰当的,毕竟它们也是与人类接近的,否则我们为何总拿

313

猴子做医学实验呢。说着说着想起一件事:哎哎,冬冬,你的作业。

冬冬回答干脆:马上去做。

冬冬抱着熊娃娃走进书房,接着书房里传来作业本和铅笔相撞的哗啦声。姜玲说:冬冬和你小时候差不多吧?王冶文说差一些。姜玲问差在哪里,王冶文说:我小时上着一年级,就开始找二年级的课本了。

姜玲说:你有超前意识。王冶文说:也不是,当时只是感觉脑子里填不满。这种感觉一直到念博士生。姜玲感叹:王冶文,天才也!

王冶文转了话题:哎,姜玲,那晚应夏雨柔之邀赴宴,你看我表现如何?

姜玲:你也带了酒了,说话刺人。

王冶文问刺谁了,姜玲说:刺了雨柔,还有柳田禾。王冶文说:刺柳田禾我是有意的,因为这先生那么做,无异于当面扇我耳刮子。人不犯我,我不犯人,人若犯我,绝不留情!可是,对雨柔,我可是口下留情了。

姜玲:你想想对柳田禾说得那句话——只要你好生对待夏雨柔,我不在乎什么,哪年哪月雨柔厌烦了你又跑回来,就像冯巩说的段子,权当自行车被人盗走骑了一圈又找回来了。

王冶文说:当时我的确是这么想的,没什么不妥之处。姜玲嗔道:你知道这话有多损吗?两个人的脸色都变了,特别是雨柔,要不是有意矜持,非哭了不可。

王冶文说:俩人同时上阵示威,说明志已坚,心已铁。她要哭,就哭吧!

姜玲审慎地看着王冶文:话是可以这么说。哎,你打算怎么安排自己的将来?

王冶文说:还没从郁闷和颓丧中解脱,暂时不想成家。姜玲半点没犹豫,就像说相声捧哏般干脆利索:好,那我等你。

王冶文说:小姜,自从那晚一番表白,我知道你是个直爽率真的女孩,可是,我年龄比你大着七八岁,又是二婚,不配你呀。姜玲低头沉思,嘴却没闲着:王冶文,八十二岁的杨振宁可以娶二十八岁的女研究生,你三十多岁的医学博士就不配本科毕业的姜玲吗?

王冶文一时语塞,过了一会儿忽然说:可是,郎婷婷在介入。

姜玲说:你俩没有可能。王冶文盯着姜玲:你这么肯定,有根据吗?姜玲说:因为你们根本就不是一路人嘛,你对她产生不了感觉。王冶文吃惊地看着姜玲,慢慢点头:知我者,小姜也!

姜玲说:那晚表白之前,你没看出我对你的心思?王冶文说:似有所觉,但没深想。可是,你从来也没明确表示过,我当然更不敢有非分之想,只是隐隐约

314

约感觉你这女孩挺值得喜爱。姜玲说:门诊值班的那天晚上我告诉过你,从我来这里实习就对你一见钟情了。后来得知你已娶妻生子,我当然再不能明确表示。人格与节操同在,承诺与责任并存,这就是你我交往多日我从未想到要主动给你的原因。我有办法主动给你,但如果给的是痛苦而非幸福,最好就不要往前迈那一步。但是,现在不同了,我要争取。

灯光下,王冶文望着姜玲俊俏漂亮的眉眼发呆——可爱的姑娘啊,自从你上次在办公室吟诵那首歌词,我就明白了你的心。我知道自己当时的态度伤害了你,事后自己也挺后悔,但考虑到年龄差距,又看到你一心要把我和雨柔撮合,就认为你是为了冬冬又收起了这份心。现在……可是,我已经干了对不起你的事,感觉再没脸面对你……

王冶文终于鼓起勇气说:小姜,我真对不起你!

姜玲问:你哪里对不起我了? 王冶文低下头:你慢慢就会明白。

姜玲盯着王冶文的眼睛:唉! 看来有些难言之隐,不说也罢。

……

翌日上午,王冶文走进鲁侃办公室。鲁侃连忙从写字台后的座位上站起来走到沙发前让冶文入座。王冶文说:你忙什么呢鲁院长,整天打呀写的。鲁侃正色道:冶文记住了,我是副院长,背后里可以叫院长,公开场合千万别忘了那个副字。

王冶文说:早晚不得成为院长吗。鲁侃叹口气:年龄不饶人啊,恐怕是晚了。最近怎么样,外科工作还顺利吧。

王冶文说:多亏鲁院长相助没扣奖金,否则可能就搅不动麻将了。鲁侃摆摆手说:你同时也得谢谢婷婷,不是她多次提醒,我还不一定放在心上呢。哎,你和婷婷的事,是不是该提到议事日程上了。

王冶文说:上次我就和你说过,刚离婚不久,孩子又经常哭闹,我现在不想考虑这件事。鲁侃说:别呀冶文,婷婷可是个好女人,若非她那个男人闹得太出格,说不定她现在还是原双原配呢。王冶文连连点头:正因如此,我才不能对不起人家。孩子是个累赘,对吧。

鲁侃说:婷婷喜欢你家小冬,她和我说过。王冶文说:可小冬不喜欢她,这就是矛盾点,一时半会儿怕是难以解决。鲁侃说:冶文啊,孩子的事可以慢慢适应嘛,总不能因为孩子喜欢和不喜欢就光棍下半生吧。王冶文摇头叹气:鲁院长,还是不谈这事了吧,一提就心里乱。

鲁侃:我也是好心啊,你们这情况,应该是水中鸳鸯成双对了。

王冶文说:您叫我来就为这事吗,如果鲁院长没别的吩咐,我得赶紧回去准备一下,下午有台大手术。鲁侃说:不忙,不忙,再大的手术,对你王冶文来说还不是小菜一碟,咱们再聊几句。

王冶文欠起的身子重又坐下。

鲁侃将手搭在王冶文的手背上说:你我相处几年,彼此都很了解,我说一个从别人那里荛来的道理吧。见面后怒目而视的是仇人,互不搭话的是生人,相互提防着的是熟人,话到嘴边留半句的是朋友,知无不言的才是知己。对吧?

王冶文:鲁院长真有学问。

鲁侃:笑话我。

王冶文:真心话。

鲁侃笑笑:冶文啊,你也清楚,明后年王副院长就要退下去,这个业务副院长的位子……

王冶文马上接过话来:应该由刘少清主任担当。

鲁侃摇摇头。

王冶文说:那么是妇产科主任。

鲁侃拍拍王冶文的肩:天才有时也糊涂,应该是你呀。

王冶文摇头:嗯?我资历浅,不够格,再说我也不愿当官,只想钻研业务。

鲁侃说:这事可由不得你哟,上级定下来,一张聘书就解决了嘛。我们接着往下说,往下说,再过三两年呢,这齐院长也要退居二线,这院长的位子……

王冶文又马上接过话来:你接呀。

鲁侃拍拍王冶文的肩膀:傻,现在提倡干部年轻化,到时我五十好几了,上级能让我接吗,当然又是你。

王冶文:这么说,本人飞黄腾达指日可待呀。

鲁侃呵呵笑道:这只是第一要素,还要有辅助条件。比如你和郎婷婷成了婚,她的哥哥也就是你的大舅子是本市乃至本省有名的大企业家,看在你的面上每年帮个三百万二百万的,到时你不就出政绩了吗。这样持之以恒,你自然前途无量。

王冶文笑起来:你说过来倒过去,就是让我娶郎婷婷呗。

鲁侃:对对对,糊涂人难缠,聪明人好说。

王冶文作沉思状。

鲁侃:像你这么聪明的人,天下没有几个,好好想想,啊?好好想想。

王冶文抬起头:鲁院长,我真得不能答复你,让我好好想想吧。

鲁侃摇头长叹:唉——冶文啊!

……

晚上,王冶文到门诊值班室临时值班,小城的医院比不得大医院,晚上病人相对较少,王冶文处理好几个病人后,就坐在桌后喝水看书。

郎婷婷端着茶杯款款走进来:喂,三十大几的人了,还跟个学生似的夜以继日挑灯夜读啊。

王冶文从书中拔出脑子抬起头:哟,你也值夜班?

郎婷婷笑呵呵地坐在他对面,说:是啊,晚上也没有大事,陪你坐坐。王冶文起身给郎婷婷的茶杯里续上开水。郎婷婷道:不错,知道疼人了。

王冶文说:你喝着水,我看完这几页。郎婷婷伸手把王冶文面前的书挪开,说:你都这水平了还用得着看书。王冶文说:即使学富五车书通二酉,也不能坐揽八极穷尽天下。郎婷婷迷糊了一阵儿:净说文化话,俺不懂。

王冶文说:有些东西我也不懂,就因不懂才学嘛。郎婷婷转而以哀求的口气,说:你先别看了,咱们说说话吧,说说知心话。王冶文说:我每天看多少书是固定的,早晚都得补上,借着现在没病人,你让我看完这几页。王冶文说着把书重新挪回到面前,郎婷婷想阻止,可能感到有些不妥,只好陪王冶文坐着。王冶文看书十分专注,郎婷婷却不时地引他说话,他只好有一搭没一搭地应付。王冶文最终看完计划内的内容抬起头来,郎婷婷看看表:咦,十点多了。

走廊西头急诊室里响起病人的喊疼声和医生小赵的吼叫声。王冶文仔细听了听,说:小赵是个急性子,病人一痛苦他先着急发火。郎婷婷说:准是缝伤口呢。

夜渐深,除此之外,各科门诊大都清闲下来。郎婷婷给王冶文倒了杯白开水放到桌上,口气情深意长:累了吧,快歇歇。

王冶文喝了口水,学着小品演员的口气说:谢谢啊。

郎婷婷的脸凑到王冶文面前,欲言又止。听到王冶文这话不由一乐,她蛾眉轻蹙,柔声细语:谁和谁呀,和我也说这个?

郎婷婷又往前凑了凑:冶文,报告你个好消息,我有了。

郎婷婷指指自己的肚子,一脸幸福和神秘。王冶文端起杯来呷了口开水,同样一脸幸福和神秘,他笑嘻嘻地问:有了?

郎婷婷:嗯。

王冶文:谁的?

郎婷婷大惊失色:什么? 你傻啊,还能是谁的,你的呗。

王冶文依然嘻嘻地乐:哦? 做了吧!

郎婷婷脸色由晴变阴,口气变得严厉:说得轻巧,你舍得我还舍不得呢。

王冶文口气认真:劝你还是做了。

婷婷板起脸:说这话?没门!快办结婚证吧,晚了,人家会说这孩子没爹。

王冶文说:有爹没爹都是人,怕什么,如果真有了的话,我劝你还是快做了。灯光下,郎婷婷的脸变得更白,白得近似王冶文身上隔离服的颜色。她的小眼睛一会儿睁开一会儿闭上,很明显是在竭力忍受极大的痛苦与愤怒。看到王冶文仍是漫不经心的神态,郎婷婷的嘴唇似颤又抖,抖了足有五分钟,紧紧咬着的嘴唇又蓦地张开:我说王冶文,你虽然出名的促狭儿,为人的口碑还是不错的。话说明白了,你可不能沾了我便宜不认账,我可是有身份也有资本的人!

王冶文笑嘻嘻的:认账,但我明白。

郎婷婷口气放松下来:那,你说个时间,咱们去把结婚证办了。

王冶文淡淡一笑:不忙,不忙,还是赶紧把孩子做了吧。

郎婷婷开始变貌失色,白脸变得几乎是惨白了。她虽然努力压抑着却仍像是在咆哮:姓王的,你要再说半个不字,让你吃不了兜着走!

正在这时,门忽然被推开,姜玲轻轻地走进来。郎婷婷有些愤怒又有些意外,一向和善的脸上此刻几乎是横眉冷对了。她看着姜玲不停地喘粗气,姜玲神色平静,口气和缓:姨姨,一位老人曾经教导我们,要团结不要分裂。要光明正大不要搞阴谋诡计。夜深人静的,你们是不是准备发动战争?

郎婷婷脸色阴沉:你来搅和什么?

姜玲说:我路过这里,听到室内有咆哮声,以为医生和患者打起来了,所以进来看看,原来是你们二位呀。

姜玲看着王冶文和郎婷婷,一脸从未有过的坏笑。王冶文咬着嘴唇,冲她做个无可奈何的手势。郎婷婷像突然遭受了沉重打击,冲姜玲"呸"了一口,转身趑出门去,愤愤地走了。姜玲坐到王冶文的对面:你惹下了。

王冶文:什么?

姜玲说:没看到郎婷婷的架势吗,她恨上你了。王冶文说:看到了,恨就恨呗。姜玲说:你没听出郎婷婷的口气?王冶文点头说:听出来了,"黎叔很生气,后果很严重"。姜玲呵呵笑起来:郎婷婷为何敢于气壮如牛?

王冶文说:有撑腰的呗,人家是鲁院长调进来的人啊。姜玲突然说:你把话挑明不好吗?王冶文一脸苦笑没回答。姜玲沉思了一会儿,声音很低:是不是那种事?

王冶文点头。

姜玲说:我早就知道。王冶文大吃一惊:怎么可能?

姜玲说:是小马小林告诉我的,还让我听了给你和她录的音。

王冶文更吃惊:啊?她们怎么知道的?

姜玲说:有句话叫作隔墙有耳,你记得那晚我曾对你说过一句话吧——有些难言之隐,不说也罢。王冶文说:记得记得,小姜,你也明白那晚我为何说对不起你了吧?姜玲说:我不怪你,你是出于无奈。王冶文说:你可真大度,这话让我不敢相信自己的耳朵。能说说理由吗?姜玲说:理由有三:第一你与我不是初恋,第二你并非处男,第三此事你是情非得已。

王冶文满脸涨红:小姜,我……我无地自容。

姜玲:都是现代人,不能太计较了。

王冶文说:小姜,谢谢你,我虽然口齿伶俐,但在男女感情上却不擅表达,原谅我。姜玲抓着王冶文的手轻轻摇摆,双眼深情地看着对方却不说一句话。时间静止,人生永恒,"别有幽愁暗恨生,此时无声胜有声"。

王冶文说:虽然我和郎婷婷不是一路人,但她还算痴心,我不想过于伤害她。

姜玲说:慢从宽来,我等你就是了。王冶文隔着桌子握紧了姜玲的手。姜玲笑笑打破这难堪的气氛:这是第一次握手吧?

王冶文说:还会有第二次、第三次……无数次。

姜玲吟诵道:去年秋,今年秋,黄花开依旧。不与桃李争芳尘,无意瘦骨傲雪红。霜欺雪辱经寒风,苦乐自在想象中。

王冶文:有诗才。

姜玲:我从网络上摘下来的。

两个人在门诊值班室隔着一张桌子幸福地对望着。

34

郎婷婷和王冶文正面"交锋"之后并没有取得预期的效果,她有些懊悔更有些沮丧。因为这样一来几乎是和王冶文摊了牌,即使再想继续"处"下去,将来的希望恐怕也不大。她后悔不该听从鲁侃的安排,不该对王冶文采取咄咄逼人的方式。她分明看出,王冶文是个主意很正的人,不受诱惑也不惧威胁。再说,郎婷婷自己也心虚,事情一旦闹大了就很难收场。如果真得收不住了,她也只好铤而走险,那样的结果王冶文可能不怕,但她郎婷婷的确害怕。

第二天中午郎婷直接找到了鲁侃家里,把昨晚和王冶文的语言冲突如实汇报。鲁侃听了也觉此举有失考虑,思来想去只好把大梅找来,请大梅和自己的夫人一同前去王冶文家做说客。说得动呢你好我好大家好,实在说不动就得最

319

后一搏了。虽然那样一定会伤害他和王冶文之间的感情,闹不好还会断送他们之间的彼此信任和情谊,然而自己已经在郎总夫妇面前拍了胸脯,他别无选择。

晚饭后,打听到王冶文既不值班也无手术任务,于大梅和陈小琳也没打招呼就直接奔了王冶文家。对于这两位女性的突然造访,王冶文当时有点惊讶,但当大梅直通通地说明来意之后,这位促狭儿成性的外科名医差点乐糊涂了。怎么回事,社会发展到现代,男女婚姻竟然还有诱惑逼迫加媒妁的?瞧啊,鲁侃说罢大梅说,大梅说罢郎婷婷亲自出马,这不,连院长夫人也搬出来了。王冶文脑子转得快,对付这两个女人可以说驾轻就熟信手拈来。他把两位大姐让在沙发上沏了茶水摆上瓜子,身子一仰坐在她们对面说:二位姐,是奉鲁院长之命来讨伐我?

陈小琳:哪里呀,我俩自愿成人之美。冶文,听姐一句话,和郎婷婷成了吧。

王冶文:理由呢?

陈小琳:郎婷婷已经离过一次婚,成家后她会对你不离不弃。

王冶文:不离不弃是部电视剧,我刚看过不久。

于大梅说:我也看过,这部电视剧真不错。王冶文笑笑:这部剧的主题很明确,就是说男女之间可以胡搞,但千万别弄出孩子来,否则遗患无穷。

陈小琳和于大梅先是琢磨王冶文这句话,随之便笑得前仰后合:促狭儿,真是个促狭儿。促狭儿的思维就是与众不同,说出话来就是耐人寻味。

陈小琳说:冶文,你是大文化人,应该知道爱神丘比特吧。

王冶文说:当然知道,维纳斯之子,时时磨箭。陈小琳说:这就对了,他的箭射上谁,谁就会得到爱情,你现在中箭了。王冶文马上做出解释:姐,你知道不,丘比特磨箭时,他的磨石上有时涂血,有时涂油。他的箭也分两种,一种是金箭,射上后带来爱情;一种箭是铅箭,射上后带来的是转瞬即逝的激情,也就是情欲和感官的刺激。你大概是被金箭射中的,所以每天都感到幸福。

陈小琳:臭嘴,说话带钩,你应该感受一下和郎婷婷相处的幸福。

王冶文说:两位姐姐请原谅,有个演员曾说,幸福就是,我饿了,看见别人手里拿个肉包子,他就比我幸福;我冷了,看见别人穿了件厚棉袄,他就比我幸福;我想上茅房,就一个坑,你蹲那儿了,你就比我幸福。

于大梅说:那是台词,搁现实生活中就是歪理邪说。陈小琳插话道:多少也有些道理,不过这种解释是狭义上的。冶文啊,姐说句让你生气的话,你不大懂女人,否则夏雨柔也不会离你而去了。

王冶文说:我太懂女人了,女人是花园里的月季花,而男人就是园丁,他把花儿管理好了,花儿开得就灿烂。就因我是个好园丁,老婆开得太灿烂了,才让人勾走的。大梅说:算了算了,这世上就没有辩过王冶文的,哎,我说促狭儿,你是不是在乎婷婷的历史啊?人生在世,谁没有个花花世界呀,还是别在乎的好。

王冶文大笑:大梅姐,婷婷的历史最清白了,这点你比我清楚。她一不作奸犯科,二不暗地里偷男人,哪来的在乎不在乎呢?

于大梅一时拐不过弯来,竟然顺着王冶文的话往下说起来:我说促狭儿,女人不像你们男人从历史上就传下来的三妻四妾习惯势力,大多数女人遵从的还是封建礼教中的三从四德,所以对男人们干的事总是睁一只眼闭一只眼。婷婷这人真没说的,要不是她那个男人搞得实在让人看不下眼去,我想她未必会提出离婚。不过,依我看婷婷还是没耐性,再忍一忍,过两年男人老成老成兴许就收敛了。

王冶文先是笑嘻嘻地听大梅讲,忽然板起脸来一本正经地说:大梅姐,你果然豁达,听说刘哥前几天和一个地瓜贩子偷情,恰巧被你撞见,刘哥一时慌乱,摸起那女人的胸罩当裤头穿上,那女人把你老公的裤衩当成背心穿了。见此情景,你顾不得捉奸,笑傻了。那女人趁你笑得流眼泪时撒腿逃掉。对吧?

大梅摸起沙发上的靠背向王冶文掷去。

大梅边笑边骂:我打你个臭促狭儿!

王冶文侧头躲过:你不在乎,人家婷婷可是在乎,对不对,梅姐,快说啊!

陈小琳大笑不止。

陈小琳忽然咬住牙根止住笑,双腿夹紧,表情痛苦万分。

王冶文赶紧问:咋了陈姐?

陈小琳喘着气:尿裤子了!

一个女人尿了裤子是件很尴尬的事,更何况是鲁副院长的夫人药房主任呢。陈小琳再不能继续坐下去,她必须马上回家换裤子。所幸两家相隔不远,下了这栋楼就进那栋楼,在于大梅的搀扶下,陈小琳夹紧双腿顺着楼梯往下跑,于是,楼梯上便淋淋拉拉的很有些地方给弄湿了。

陈小琳回到家直接进了洗澡间,一边放水冲洗一边吆喝鲁侃送这送那,待洗净晾干换好衣服走出来时,鲁侃已把削好的苹果给她准备好了。陈小琳咬了一口苹果涮了鲁侃一眼:如此殷勤,是想知道结果吧?

鲁侃说:夫人神算,是想听听结果。陈小琳说:大梅没告诉你结果吗?鲁侃说:大梅把你送进屋就走了,像让狼撵着似的留都留不住,哪里还顾得问啊。陈小琳梗着脖子咽下一口苹果:让你失望了,王冶文不松口,还把大梅作弄了一通。

鲁侃一惊:理由呢?

321

陈小琳说:这促狭儿说话云山雾罩,听口气好像是不愿意再成家。鲁侃说:不对吧,他对姜玲可是很在乎。陈小琳问他听谁说的,鲁侃回说:郎婷婷呗。陈小琳说:郎婷婷是不是醋意?鲁侃口气认真起来:不是郎婷婷吃醋,我就发现有这趋向。

陈小琳说:真要是那俩人凑到一起,倒是天生一对,无论长相气质还是为人学识,再般配不过了。鲁侃着急了:姑奶奶,都啥时候了还说风凉话。

陈小琳说:真的,小姜那孩子让人看着顺眼。

鲁侃:郎婷婷就让人看着不顺眼?

陈小琳:得分谁,你看着肯定顺眼。

鲁侃说:又来了,又来了,就怕和你议论这种事。

陈小琳:脚正不怕鞋子歪,心虚啊。

鲁侃知道再说下去没有好结果,干脆缄默。他在客厅里转来转去,不时地拍拍头又抠抠耳朵。陈小琳问他干吗像个热锅里的耗子,鲁侃说:我在苦思冥索想办法。陈小琳有点奇怪:哎,你干吗如此煞费苦心?

鲁侃叹口气:我已和婷婷她哥哥说了大话,搞不成丢面子不说,还关系到百万赞助费啊。不在其位不谋其政,你当然是体会不到这心情了。

陈小琳:我说呢,要不是这百万赞助,说不定你还舍不得把郎婷婷送出去呢。

鲁侃没反驳,他忽然停下脚步立在客厅里定定地盯着墙壁很长时间,突然右手朝下一劈说:看来,只能孤注一掷喽!

陈小琳吓了一跳:怎么,耍疯呢还是魔怔了!

上午的查房一如既往,王冶文带着外科的医生护士查完骨外又查普外,从走廊里可以看到,他们从各个病房里出来进去,进去又出来。不时有病人家属从病房里跟出来询问着自己亲属的病情变化,医生们也是各尽所能尽量回答。王冶文他们从王学东病房里走出来后,走进焦成俊的病房里复查。焦成俊胃癌合并幽门梗阻手术后一直躺在病床上,王冶文走上前去问他术后感觉怎么样。焦成俊费力地欠欠身子:上下通顺了之后,进流食不再吐了。

王冶文叮嘱他要循序渐进,由稀到稠再到米饭馒头,慢慢就会好起来的。焦成俊感动得眼圈发红,他声音低微地说:王主任真是妙手回春华佗再世,如果不是你亲自动手,此时的我恐怕早就化成骨灰了。王冶文呵呵一笑:谢谢你的夸奖,只是言过其实,说真的,当今治不好的疾病仍比能够治好的疾病多。

焦成俊:当医生的,都谦虚。

王冶文说:好好养着,半月十天就能正常进食,一个多月就能出院。焦成俊连说:太好了,太好了。王冶文转身又走向另一病床,一转脸,却见肺癌患者王学东的儿子王世伦站在他的面前。王冶文说:小王啊,不在病房里守着你父亲,跑这里干吗?王世伦说:我过来看看,不行吗?

王冶文说:当然行,看吧,你很有心计,当初应该学医。王世伦说:现在再学行吗,王冶文摇摇头:晚点了。

王冶文继续巡视病房,王世伦继续在后边跟着,一直跟到查完房。

王冶文回到外科病房办公室后给父母打了个电话,正通着电话,王世伦走进来,王冶文指着椅子让王世伦坐下。坐下后的王世伦听着王冶文在电话里跟母亲说:妈,这个礼拜天还是让冬冬跟我过吧,你们年纪大了,孩子又调皮,太累了。不不,今天周五,明天晚上我去接他,就这样,好好,就这样。

王冶文放下电话:小王,找我有事?

王世伦答非所问:王主任你还挺孝顺呀。

王冶文说:一辈传一辈,马莲结棒槌儿,这不是咱乡下的俗话吗。你不孝顺吗,整天守在父亲床前,好些天了也没睡个囫囵觉。王世伦说:人人都想尽孝,为何就不让我尽尽孝呢?王冶文坐到他对面:小王,你天天守在父亲床前,够孝顺的。

王世伦板着脸说:王主任你讲实话,是不是嫌我送的红包不够分量你才拒绝给我父亲动手术的?王冶文一怔:小王,这话可说走板了。

王世伦说:没走板,你看那个姓焦的,同样是癌症,他瘦得成了一把骨头你都给他治好了,我父亲为何就不能开刀?是不是因为我是农民,他儿是化肥厂的老总啊?王冶文把椅子往前挪了挪:小老弟,我跟你解释多少次了,你父亲的病不开刀还可多活些日子,如果开刀,很可能连手术台也下不来。

王世伦摇头不信,因为他带着父亲去省医院治疗时,省医院的大夫告诉他,菊城有位医学博士王冶文,可以说是全省一把刀,有些省院可动可不动的病,这个人只要敢插手肯定能行。因此,王世伦对王冶文很有意见,他认为对方不给自己这个行孝的机会,横竖就不给,他总考虑此事与红包有关。百善孝为先,这是咱们中国人的传统,你王冶文是名医,自然更懂得这个道理呀!为什么,到底为什么?实话讲,王世伦对他父亲感情一般,因为父亲作为一村之长,把村周围的上好庄稼地都卖给了上边,上边把一些大城市淘汰了的污染性很厉害的厂子建在村周围,那味道那空气,弄得人们天天像患了鼻炎。现在他们那里得病的人越来越多,近年连续出现癌症,王世伦认为环境污染就是罪魁祸首。对此,王世伦对父亲看法极差,千真万确,他父亲虽然也给每亩地挣来麦七秋八的补偿,

323

可损失的是农民的命根子啊。他也明白父亲的病是完了,一切都晚了。他认为父亲患这癌症兴许就是报应。不过,朋友可以有好多,兄弟可以不止一个,老婆离了还能再娶,这爹一个人一生就只能有一个呀。不管他当初是有意还是无意生了我,我都得尽人子之道,这就是人和畜类的区别吧。

王世伦把自己的真实想法告诉了王冶文,王冶文听得很认真,很投入,也很受感动。虽然癌症与遗传因素、精神因素和饮食习惯也有关系,但王世伦所言环境污染是罪魁祸首也有相当道理。王冶文的老家在农村,这情况他们那里也有,有的甚至有过之而无不及。他们那里的地方政府为了政绩,把好端端的土地荒成草地,再以高价卖给投资商赚钱。浪费了土地,又荒废了资源,并且很多地到现在仍旧闲着。那些勉强利用起来的土地,建成的也为了改善大城市的环境而弄到乡下来的化工、医药厂等大小企业。加之他们那里紧靠一条河,这些企业排泄出来的有毒物质不经处理就流进河里,严重污染了那地方的水系。王冶文做过调查,他们那里近几年的癌症患者确实越来越多了。他在本市认识很多领导人,还打算找机会把这情况向市里领导汇报一下呢,至于能否起作用或者起了反作用,那就是他王冶文所难以控制的了。

两个都有对老人的孝心,对环境有共同的看法,排除文化水平的差异,所能解释的只能是意识的统一。王冶文在孝心与观察判断这方面很佩服王世伦,他起身走到王世伦跟前,握住王世伦的手说:老弟,你的孝心,你的诚意,你的良知,人神共知,天地可鉴。可是,出于一个医生的职责和良心,我真的不能让老人家再受这一刀了。

王世伦说:我让父亲住进外科病房,为的就是让你拉这一刀的。

王冶文说:谢谢你对我的信任。如你所说,这本应是住内科的,由于你的坚持,勉强留在了外科。如果适合手术,我不会置病人的死活于不顾。实话说,像这种肺癌晚期,也没有什么可以治疗的,就是保守治疗,减轻其痛苦,能够让病人安静地走就是最佳选择。刚才还让王冶文佩服的王世伦此刻忽然又让他厌恶了。王世伦说:这里没有第二个人,你开个价吧,我有钱,实在不够还可找朋友借。

王冶文几乎愤怒了:老弟,你糊涂啊!

王世伦见王冶文脸色骤变,冷笑一声起身走了出去。

王冶文望着消失在门口的背影叹口气:唉!有见识,也不可理喻!

王冶文下午四点下班回到宿舍,稍事休息后,把昨天换下的袜子洗出来晾在凉台衣架上。正要回到客厅,忽听楼下有人唱歌:再过五十年,我们来相会,送到火葬场,全部烧成灰,东一堆,西一堆,谁也不看谁。来了个清洁工,一车拉到乡下做化肥……

王冶文笑起来,他听着嗓音很熟,探头往外看时,却见护士小马正一闯一闯地朝他这栋楼走来。心想这丫头真能跟着眼下流行的街头厘语胡诌。在王冶文听来,歌词虽然幽默滑稽,内容难免过于颓废,让人听了好笑之余又感觉生活毫无希望和意义。王冶文回到客厅刚坐到沙发上休息,楼下李晓宇家养的爱犬贝贝不知对谁发出呜呜的恐吓。接着,楼梯上传来脚步声,脚步声并未在李晓宇门口停住继续向上,最终来到他的门口。片刻之后,王冶文家防盗门的铁皮被人擂得砰砰响,他赶紧跑到门口从猫眼里望出去,只见小马立在门外,正左一下右一下地捋着头发。王冶文打开屋门让小马进来,说:你的歌喉不错嘛。小马并未回应王冶文的话,她朝屋内迈了一步又停下:什么味,怪怪的。

王冶文说:我刚洗了袜子。

小马仍旧习惯性地捋着头发:我说呢,报告好消息,你给人告上法庭了。

王冶文撇撇嘴:又无医疗事故,谁告我?

小马说:郎婷婷郎主任啊。

王冶文:你是怎么知道的?

小马说:近水楼台先得月,我叔就在法院旁边的长河律师事务所。

王冶文口气淡淡的:理由呢?

小马说:很简单也很直接,以婚娶为诱饵,多次对她进行骗奸,致使怀孕……

王冶文:还有吗?

小马:一条就够你受了!

王冶文:暂时保密啊。

小马点点头,转身出门扬场而去。走到楼下又回来,照例敲开王冶文的门说:不过你甭担心,官司肯定要打的,你肯定也不会输。

王冶文侧了侧头一乐,刚要问个为什么,小马头发一甩下楼走了。

第二天王冶文值白班。

中午下班后,王冶文走进医院职工食堂餐厅里,几个吃饭的医护和王冶文打招呼。王冶文买好饭菜端着饭盒走到餐桌前刚坐下,只见郎婷婷走进来了。郎婷婷买了饭菜转过身,朝王冶文这边看了看,不知是没发觉王冶文还是有意的,端着饭盒快步走出去。王冶文侧头苦笑:看来,小马的话是真的。

曹瑞成从餐厅侧门走出来,端着饭盒凑到王冶文桌前。王冶文问他为何不吃小灶,小曹说:现在人们的生活水平还有必要吃小灶吗? 王冶文说:记得咱们小时候吧,那时有身份有条件的机关领导经常吃小灶,你们当司务长的更是近水楼台。如今社会前进,时代变迁,连人们的生活习性和生活观念都改变了。

小曹:用你们医生的话说,那都是过去史了,问你个现在史。

王冶文:什么?

小曹:郎主任是不是总黏着你?

王冶文:是有这么回事。

小曹:她人长得漂亮,职务地位都不错,你为什么拒之门外? 傻啊?

王冶文说:我没感觉。小曹问他什么叫感觉。王冶文想了想说:嗯,就是看着心里高兴,身上舒服,总喜欢和对方接触。

小曹大喜:妈呀我有这感觉,自从见了她一面,就有这感觉。

王冶文也大喜:老弟,果如此,追呀!

小曹皱皱眉说:这年头撑死的撑死,饿死的饿死。她喜欢你,你不要;我喜欢她,她还懒得搭理我呢。王冶文鼓励他,说:有志者事竟成,猛追,我在后边帮你一把。小曹用拳头捅了王冶文一下:够哥们儿,事成后,送你十斤大对虾。

王冶文说:大对虾还是用在你们婚礼上吧。小曹边吃饭边向王冶文讨教追女人的窍门,王冶文说:轮到这活儿,最好还是到鲁副院长那里取取经。小曹像鱼刺卡了嗓子似的呕呕儿两声:呀呀,我可不敢,陈小琳不得把我骂死呀。

王冶文说:那我们只好自力更生了。

王冶文抬起手,小曹迷糊了一下也抬起手。两个人击掌鼓劲:你我哥们儿齐努力,万水千山只等闲!

他二人击掌之时听到身边脚步声,抬起头,餐桌周围站了好几个端着饭菜的。几个人用奇怪的眼光看着他俩,其中一人诘问:你俩嘀嘀咕咕的搞什么鬼?
……

七楼院长办公室里,齐院长和一位穿警服的年轻人相对而坐。齐院长的口气显得有些沉重:小林同志,你说这事怎么解决好?

小林是位二十多岁的民事警察,从部队转业过来的。他腰板挺直说话干脆,声音响亮地说:齐院长,私了比公了强,毕竟是民事诉讼,可以协商解决。

齐院长点头说:我也这么认为,不知你们院长什么想法。按事说呢,情节是够严重的。按理说呢,里面的水分也很多。你想想,如果是强奸,郎婷婷为何当时不揭发不报案,一直等到怀孕才把这事胡铺派,明显里面是存在许多疑点嘛。

小林笑了:我们也是这样认为,可能这里边另有隐情。你和我们院长是老熟人,所以我们院长派我来先和您商量一下,具体怎么安排,再定吧。

齐院长说:我已打发人去外科叫王冶文了,咱们当面征求他的意见,行吗?

话刚落地,有人敲门。齐院长说:说着说着来了,请进!

王冶文推门走进来。齐院长客气地让道:来小王,先坐下。

王冶文坐下后问老院长何事相召,一转脸看到了小林:这位是……

齐院长:哦,法院民事厅的小林。

王冶文起身和小林握手:欢迎,欢迎。

小林说:王主任,您不认识我,我认识您。王冶文问在哪里见过面,小林说:我们彭厅长的膈下肿块就是您给切除的,当时我们几个人来探视,见过您。王冶文连说:抱歉,忘了,请坐请坐。王冶文给齐院长和小林的杯子里添上水坐回沙发上,以他一贯的笑嘻嘻面容说:看来我是犯事了,否则小林同志不会驾临本院。

小林:王主任果然风趣。

小林递给王冶文一本法院的诉讼副本:王主任你先看看这个。

王冶文接过副本仔细看了一遍:咦,这事啊,意料之内,情理之外。

齐院长说:小王,也不是什么大不了的事,沉住气,听说你下午还有台大手术,别乱了方寸弄出事故来。王冶文说:放心吧老院长,山人早已运筹帷幄。

齐院长笑:都三十来岁的人了,还这么淘。

小林说:原告说如果你应了她的条件,可以撤诉。

王冶文说:不必。

小林:那么,根据谁主张谁举证的法律原则,王主任还是做些准备的好。

王冶文说:谢谢关照,我会的。

小林:彭厅长的意思,因为这是一桩普通的民事诉讼案,要尽量缩小范围,减少影响,拟以双方协商的形式解决。

齐院长说:你们已经有意见了,那就说说具体章程吧。小林目光如炬却又温和地说:双方当事人、双方单位负责人、双方亲属聚到一块儿,共同商讨解决办法。

齐院长问还请不请律师,小林摇摇头:没必要。

齐院长说:法庭的人也不参加?

小林笑了:法庭当然要介入,不过只派一名法官以调解员的身份参加。

王冶文问:何时开庭?

小林:王主任言重了,谈不到开庭,只是协商。

王冶文说:我等候传票吧。

小林呵呵一笑:等通知就行了。

35

在王冶文的指导下，吕成经过反复检查和对手术方案的多次修改，终于能够对这例乳房癌做大面积切除了。幸亏遇上吕成，幸亏他不耻下问，幸亏王冶文对科室同人认真负责，否则，这例乳房癌患者如果按当初那种一般肿块切除，后果将是灾难性的。这就是医生与医生间的差别，这就是对技术要求的精度和细致，这就是人们常说不常见的医德。

因为手术复杂，请了妇科黄大夫协助，王冶文指导，吕成主刀。

无影灯下，吕成在做乳房大面积切除术前的核查工作。王冶文告诉黄大夫，幸亏小吕及时发现，如果当作一般乳房肿块切除的话，癌细胞一旦转移就麻烦了。到那时，二次手术恐怕也切不干净。黄大夫说：自从小吕一进院，我就感觉这是块好材料，假以时日，必是第二个王冶文。

吕成不好意思地笑笑：老师们夸奖了。

护士小马朝吕成瞟了一眼：瞧，人家一夸，满脸是花。

吕成用胳膊肘轻轻捣了小马一下：干活儿！

核查无误，吕成下刀切开皮肤，小马及时递过一块无菌纱布，吕成接过来蘸去刀口上的血。小马走马灯一样相继递过止血钳、扩口器、分离撑等器械，吕成看也不看接在手里，迅速把几个血管切口处钳住。吕成的手稍稍哆嗦了一下，一个血管切口没钳好，王冶文连忙重新止血。王冶文接过吕成的手术刀，麻利地切除着各个病灶，手术虽然时间很长，但进行得顺利、干净而快捷。吕成和小马对视了一眼，小马点点头。吕成重新接过手术刀说：王主任，你休息一下，接下来的活儿我完成。

王冶文让护士给他擦拭了额头上的汗珠，打起精神说：手术既大又复杂，千万仔细探查，勿留遗患。

吕成点点头，手术继续中。

王冶文喘口气说：时间不短了，抓紧，麻醉可是有时间限制的。

吕成一边做着手术一边回答：王主任你只管放心，我跟你也不是三台五台了。

王冶文转身朝一旁嘘了口气：小心无大过！

手术从下午四点一直进行到傍晚，待到一切核查无误病人安返病房后，王冶文等人才回到术前准备室换衣服。

出了准备室，王冶文照例要到病房查看一番。吕成和小马没再回病房，他们感觉有点累，需要放松一下，便出了医院后门在东边小花园里来回溜达。一对人影从不远处闪过，小马乐了：你瞧，小黄又和她男朋友钻到那堆灌木丛里去了。

吕成说：几乎已是约定俗成，那李子树成了他俩的定情树。小马说：咱们是不是也找个地方小憩片刻？吕成嘻嘻一笑：也找个方便去处搂搂抱抱小憩片刻？

小马呸了一口：屁，美得你。

不过，两个人还是走进一簇花丛里，坐在花纵深处的椅子上搂到一起了。吕成和小马脸贴着脸说：今天手术台上王主任有点分心，这可是从未有过的意外。

小马说：有心事呗。

吕成松开小马说：听你口气，好像了解点剧情，是不是他和郎婷婷……

小马拢拢头发，说：现在结论为时尚早，过两天就知道了。

吕成：你在给王主任保密？

小马点头。

吕成：多少透露点信息呗。

小马：不能。

吕成：好真诚的姑娘。

吕成搂住小马"叭儿"地亲了一口。

小马借机搂住吕成的脖子再不放开……

这个手术三天后，王冶文收到了法院的诉讼副本，内容和小马说得几乎一样。王冶文看完后就扔在了茶几上，嘴里嘟念着说：怎么和小孩儿过家家似的。又过了两天，王冶文果然接到了"通知"而非传票。按照通知上的要求，王冶文于上午八点半赶到市人民法院合议厅。合议厅不大，一条椭圆长桌横贯东西，案端和两侧都有座椅。被告王冶文一人在左，原告郎婷婷在亲属郎总的委托人——鲁侃和陈小琳的陪同下坐在右侧。一位法庭委派的女法官坐在案端，看看两边的阵势想笑，嘴唇抿了几抿还是忍住了。

王冶文笑嘻嘻地把手中小包放在案上问法官：怎么还没开厅就合议了？

女法官笑笑说：这是内部调解，没那么严肃，大家放松一些。哎，你是被告吧？

王冶文看看郎婷婷说：那当然了，诉状副本我看了，说是强……强强……

女法官摆摆手打断王冶文的话：被告，你的亲属和单位负责人呢？

329

王冶文指指鲁侃说：亲属没必要参加，负责人就是他嘛。女法官欠欠身子朝鲁侃客气一番：哦，鲁院长，你同时代表两家。

鲁侃有点不知所措，迷糊了一阵儿讪笑着说：是的，两个人都是我的员工。

女法官说：这就更好办了，现在开始吧。

众人端坐。

女法官宣布了有关纪律之后说：控告方的诉状我也不念了，总之，诉状中内容措辞并不激烈，所提条件也不苛刻，只是将自己和被告相好的过程大体说了一遍，同时提出要求，让被告必须接受这一既成事实。否则，就要赔偿精神损失费二十万元并承担孩子出生后的抚养费用等等，等等。民事诉讼首先是调解，我现在正式履行程序，给双方以调解：被告王冶文是否同意接受调解？

王冶文说：我同意，一切听法官的。女法官又问原告郎婷婷是否同意调解。郎婷婷看看鲁侃，又涮了王冶文一眼点点头：当然同意。

……

小林和小马拿着处方顺着外科走廊去门诊药房，小林抖抖手中的处方说：看了没，李主任现在开药也是少而精了。

小马说：即使铁人，和王主任相处时间长了也能熔化，就别说怕婆子怕到抽风地步的李主任了。小林咯咯咯笑起来，说：有你这么损人的吗，怕婆子也不能怕到抽风啊，何况咱们李主任也是有技术有位置的专家。小马：这不是损他，听大梅姐说李主任当年新婚后，确实让老婆喊了一嗓子吓抽风了。

小林止住笑：我也听说过，那次还问李主任了呢，人家李主任并不遮掩，说的确是有这么回事。不过事实不附，李主任说那次他感冒发烧，新婚之妻一摸他身上热得烫手，急得大叫一声，他一惊就抽过去了。

小马摇摇头：话越传越玄，我还信以为真了呢。哎，今天王主任去打官司了。

小林：别说，王主任真有这种超常的人格魄力，不光影响到自己科里的人跟着他看病下药，连郎婷婷这样的美人也要黏上他不放哪。

小林：今天官司开庭，但愿王主任不要败诉，否则就太不公平了。

小马：难以预料，郎婷婷有鲁院长撑腰。

小林：咱俩的证词起作用吗？

小马：作用大了，这是第一证人的证词啊。

小林：你那么肯定？

小马：当然，我叔叔告诉我的。再说，咱俩录下的现场纪实我早托叔叔交给法官了。

小林:哦,干得好,忘了你叔叔是律师了。

有两位住院的病人从外边相扶相携地走进来,一齐和小林小马打招呼。小林和小马赶紧侧身让路。

……

法院合议厅里的调解继续进行,女法官询问被告王冶文是否答应郎婷婷的第一项要求,成为正式夫妻。王冶文口气肯定:不!

法官的脸和声音都没有表情:这么说,你准备接受原告的第二项要求了?

王冶文仍旧摇摇头:不!

法官好像怔了怔:那你为何要勾搭被告?

王冶文所答非所问:法官,你说一个寡妇整天黏糊一个男人会是什么结果?

法官声音有点变调:这个问题与本案无关,我不予回答。请你回答我的问题。

王冶文没说话,他从自己的小包里取出一份写满字的 A4 纸张递给法官。鲁侃、陈小琳、郎婷婷紧盯着法官手里那张纸,明显是在猜测上面写的什么。法官接过那张纸皱起了眉,非常认真地看那份东西。法官的嘴在抽动,法官的嘴撇了撇,法官咬着嘴唇轻轻笑了。法官在那份东西上写了几个字放进自己的文件夹。然后转向郎婷婷:原告,关于诱奸一事就不要再提了,好吗?

郎婷婷看看鲁侃,白脸更白。鲁侃站起来:请问法官,为什么?

法官说:鲁院长,你是双方的负责人,也是个明白人,这件事没必要过于追究,否则于被告无利,也有损医院的声誉。鲁侃看看郎婷婷,郎婷婷已经低下了头。

法官见状重又转向王冶文:请问被告,你和原告发生过性关系是否属实?

王冶文点点头说自己从不否认。法官点点头:这就好说了,被告你知不知道发生这种关系会造成女方受孕?

王冶文笑起来:别说我是医生啊,就是蛤蟆兔子也明白这个道理。

法官让王冶文逗笑了:请问被告,原告腹内的胎儿是不是你的?

王冶文看着郎婷婷说:先问问原告是否真得怀了孕,有无怀孕证明。

郎婷婷的脸抽搐了几下,变得神色慌乱了。

法官说:谁主张谁举证,原告请出示你的受孕证明。

郎婷婷嗫嚅道:我……忘记带来了。

法官转向鲁院长,请他打个电话,让医院妇科负责人来一趟。鲁侃也有些慌乱:这……这不要吧,说好是减少影响的,如此一闹,全院都得知道了。

王冶文说:我看也没必要。

法官说:被告解释一下你的话。

王冶文从小包里取出一份类似证明的东西递给法官。法官接过来看了一遍,又看了一遍,法官的脸上显出怒气,法官终于给气笑了:乱弹琴!

郎婷婷、鲁侃、陈小琳同时发出惊呼:啊!

沉稳的女法官在座位上接连晃了几下屁股说:现在我宣布,原告不是因为被告而怀孕的,如果原告确实怀了孕,这里面的故事就复杂了。

鲁侃一急,说话有些结巴:什……什么?

法官把手里的一份盖着公章和私章的文件向郎婷婷一方展示了一下接着说:被告所提供的已于四年前做了输精管结扎手术并一直享受独生子女待遇的证明文件属实。调解结果,原告是否怀孕值得怀疑。原告方还有无异议?

合议厅里杳无声息。

鲁侃咳嗽了一声:这本来就是医院内部员工间的争执,闹到法庭也是情非得已,我看还是回单位内部调解吧。好吗?

法官:这得原告表态。

郎婷婷抬起头,她没看法官,也没看鲁侃,而眼泪汪汪地看着王冶文,说了声"我对不起你",便提前起身走出调解厅。法官喊她站住,她就像没听到似的一口气跑出门。鲁侃向法官说了声"对不起"随后就追,边追边喊郎婷婷。郎婷婷没有止步,也没有回头。在他身后,王冶文脸上表情复杂,看不出是忧还是乐。陈小琳走过来:冶文,你算是促狭儿到家了。

王冶文脸上重又现出坏笑:我知道始作俑者是谁了。

陈小琳说:你又在想什么坏主意? 法官走过来问道:你们到底演得哪出戏?

王冶文说:再见法官,让您费心了。

女法官昂起头:这是我的职责。

郎婷婷跑出法院大门后,站在靠法院的路边等出租车。她身着淡蓝风衣立在路边,显得特别风流潇洒。然而,一辆辆汽车电动车自行车从郎婷婷身边驶过,就是没有出租车。郎婷婷擦擦眼睛苦笑:怪了,今天的出租车怎么这么少!

王冶文从法院走出来时,看到郎婷婷正站在路旁注视着从远处驶来的车辆。法院门前是个小小的停车场,王冶文在存车处推出电动车时,鲁侃和陈小琳也刚好走出法院门来到空地上。医院的小车司机走向鲁侃乘坐的汽车,三个人同时从王冶文身边经过。陈小琳身穿浅褐色风衣站在王冶文跟前,半嘲讽半佩服地冲王冶文竖起大拇指:真不愧促狭儿的称号!

王冶文说:陈姐高抬了。

鲁侃白了王冶文一眼:冶文,看不出啊,你还暗藏杀机留有狠招呢。

王冶文依旧嘻嘻哈哈:鲁院长,我想起个笑话,说是驴子无意中踢了黄牛一下,黄牛大怒,说你个畜生,胆敢无礼! 驴子一怔,随之哈哈大笑:大哥,你我同属一类,只不过我没像你一样头上长角,偶尔冒犯,何必如此计较?

鲁侃一跺脚:得得,扶不起来的天子,我算看走眼了。

王冶文瞥了不远处路边上的郎婷婷一眼,忽然吃惊地张大了嘴,他朝陈小琳喊道:哎哎,陈姐,你好福气呀,上个月鲁院长刚在百货大楼给你买了身淡蓝风衣,现在又增加了一身浅褐色的!

陈小琳下意识地朝着那边看了看郎婷婷,脸色唰地变了。陈小琳不犹豫,一转身薅住鲁院长的衣领:你个没人肺的花心大萝卜,给别人买衣服一身接一身,给我买就舍不得……

正准备开车门的司机赶忙跑上来劝架,而鲁院长脖子上的纽扣已经给扯掉了两颗。鲁侃看到王冶文骑车远去,又看到路边郎婷婷身上穿着淡蓝风衣,他恍然大悟。顾不得面子顾不得身份,气急败坏地吆喝:促狭儿,该死的促狭儿!

外科治疗室里,小林和小马在配制输液药物。小林将配好的液体瓶、输液器、胶皮管、针管等放在治疗车上说:小马,你判断一下王主任能胜诉吗?

小马说:我估计王主任能胜,因为你我的证词会起大作用。小林说:但愿吧,否则王主任可要受大委屈了。小马不以为然地说:即使败诉,王主任也吃不了亏,因为郎婷婷不是想告倒他,而是在要挟他。

小林连说:对,对,这个郎婷婷也真是的,明明人家看不上你,何必这么犯邪。

小马问小林看没看过《北京爱情故事》。小林说:不是前些日子才演过吗,看了,不错。小马说:里边一个女主人公的名言你还记得吧——我爱你和你没关系。

两个人推着治疗车往外走,王冶文恰好提着包从门前经过。小林欢叫着:"哎哎,王主任,王主任!"王冶文转身走进来。小马连忙问:胜了还是败了?

王冶文:胜不骄,败不馁。

小林说:我们正为你着急呢,那郎婷婷……王冶文打了个手势,小林慌忙把话卡住。王冶文说:此事到此为止,再不许提。谢谢你俩帮了我的大忙,晚上请你们吃饭。小马:乌拉! 胜了!

小林:晚上真请我们吃饭?

王冶文说:当然,上次在食堂聚餐时的原班人马,再加上于大姐。小林压低声音说:还叫姓郎的? 王冶文:人人都有尊严,尊重别人就是尊重自己。

小马说:这话我好像在哪里见过或听过。

王冶文道:一位哲人说的。

小马问:哲人是谁?

王冶文指指自己:在这里。

小马:喊!

小林说:她都把你告上法庭了你还请她吃饭?王冶文说:两位小朋友啊,总不能因为一个人刚刚和你交了朋友,却在下一分钟突然从背后捅上一刀而从此就拒绝和对方来往了。郎婷婷她不是告我,是逼我。可惜我对她就是没感觉,否则……小马接上:否则就把姜姐甩到脑后去了是不?

王冶文说:这与你姜姐什么关系。小林说:关系大了去了,哼,当我们什么都不知道啊。小马插进话来:我俩和姜姐是闺密。

王冶文咧咧嘴:了不得,防不胜防啊。

王冶文似乎又想起了什么,他让小林和小马下班后去找大梅,就说晚上聚餐请她参加,随之如此这般对二人吩咐了一番。小林撇着嘴说:还真如孔老夫子说得成人之美啊。小马"呸"了一口:什么成人之美,就是促狭儿!

王冶文朝外走着,走到门口又返回来,他走进办公室抓起电话拨通住院部的电话,一个柔和的声音问道:你好!找谁?

接电话的正是郎婷婷。郎婷婷此刻正百无聊赖地坐在椅子上,手中摆弄着小曹送她的那件精致的玉石发夹。当她抓起电话听到是王冶文的声音时,心中禁不住拨楞了几下,毕竟在两个多小时前他们还在打"官司"啊。此时电话忽至,对方是不是要怨恨她、斥责她甚至辱骂她?说真的郎婷婷出了法院门便已悔愧无地,因为那个什么事是她逼人就范,之后又对人家横加无妄之罪,这本身就是下流,就是卑贱,就是没有起码的人味了。她做好了思想准备,即使王冶文破口大骂自己也绝不还嘴,对方在法院内外早就给自己留足了面子,现在电话里发泄发泄是很正常的。然而,完全出乎郎婷婷的意外,王冶文仍是以往温和中带有戏谑成分的语调:郎主任吗,晚上食堂小餐厅聚餐,原班人马,我请客。

郎婷婷拿着话筒的手开始哆嗦,凑在话筒上的嘴唇也随之哆嗦,哆嗦着的嘴唇中冒出的当然也是带着哆嗦音调的话:冶文,我,我……还是不去了吧!

电话里传来王冶文爽朗的笑声:为什么不去,一定要去,今晚光棍们都没值班任务,聚到一起乐和乐和。说准了,一定,我再通知他们。

王冶文说完这话就挂了,郎婷婷对着话筒发了好长时间的呆,鼻子一酸流下了泪。她难过,也感激。难过的是此生与王冶文这样的才俊无缘,感激的是王冶文遭此诬陷仍对自己以德报怨。与君子相处得君子之惠,即便不成夫妻,也应该成为知己朋友嘛。

郎婷婷放下话筒擦去脸上的泪,很麻利地戴上小曹送给她的玉石发夹。

……

当天晚上有两件事值得一提。第一件是陈小琳十分罕见地给鲁侃赔礼,第二件当然就是王冶文请原班人马在食堂小餐厅聚餐了。

上午鲁侃回到家里后,换下被陈小琳撕掉纽扣的衬衣躺在卧室里生闷气。他生王冶文的气,更生陈小琳的气,王冶文令他尴尬,陈小琳让他难堪,因为当时陈小琳扯住他衣领时,好几个过路人曾经驻足观看。

鲁侃虽然生气却不敢发作,他害怕事情闹大让医院上上下下看笑话,所以从来都是妇唱夫随,竭力忍着。今天不能忍了,也忍不住了,他只好采取措施,独自躺在卧室床上赌气。半天以来不吃不喝也不说话,属于静坐示威一类的无声抗议。陈小琳在法院门前发作后立刻就意识到,自己是又中了王冶文的招儿,后悔不及却又补天无术,所以就相当罕见地不时走进卧室给鲁侃送点温柔。或说几句好话,或送一杯水进去。鲁侃何曾受过这样的抚慰,怒气渐逝,坚冰融化,到下午四点左右到底从床上起来,三几步跑进洗手间,洋洋洒洒痛痛快快来了一泡尿。随后坐在沙发上,喝了几口陈小琳亲自沏好的茶水,既怨恨又深情地和已经坐在自己身边的妻子说:小琳,以后心里有气收着点,不要让我当场下不了台行吗?

陈小琳说:行,我尽力控制吧。

晚上,鲁侃坐在餐桌前,陈小琳把一盘又一盘的菜肴端到桌上。她端一盘看一眼鲁侃,鲁侃好像闭目养神,仍旧一声不吭。最后一盘菜端上来后,陈小琳搂着他的肩头说:给你赔罪还不行吗,我一时心焦,又上了促狭儿的当。

鲁侃脸色和缓:你以后不要听到风就是雨行不行,今天我丢人丢大发了。

陈小琳:谁让你给郎婷婷出那馊主意了呢。

鲁侃:这小子,年纪轻轻老谋深算,我是百密一疏。

陈小琳:活该,以后少算计人家吧。

鲁侃:唉,不是受人之托嘛,郎总那几十万……

陈小琳说:几十万又不归你,搞得自己连下水都快沤烂了,图个吗。鲁侃说:不行,王冶文这小子拂我面子,我也不能只顾念及和他的交情,得想法子作弄作弄他。陈小琳给他揉着肩说:你怎么跟个孩子似的,逮着谁跟谁怄气。

鲁侃说:这不是怄气,是出气。

其实,鲁侃说这话并无底气,他明白自己有信心没能力。在他看来,这个既可爱又可恶的促狭儿心眼儿多得只比山上的猴子少根尾巴,遇上他,只有被捉弄的份儿，别人根本捉弄不了他？当然，领导治部下不可能一点办法也没有，可是治轻了不解气，治重了又舍不得，因为他的确和王冶文私交不错。以往这几年，只要他鲁侃交代给王冶文的事，无论是门诊看病还是入院手术，对方都会竭尽全力为他撑起面子。别的不讲，光红包就给他的亲戚朋友省下不少。这些，鲁侃心中能没数吗，所以尽管王冶文屡屡"犯上作乱"，他总也下不了手。

陈小琳见他仍在琢磨，就从旁劝解：我说老鲁，凭良心说，王冶文虽然促狭儿，可人真的不错。你想想今天这情况吧，要是换了其他人，不反告你个诬陷才怪。彼时，不光郎婷婷颜面无存，连你也得陷进去。

鲁侃眨巴着眼：也是，这叫拔出萝卜带出泥。不过，我就是不甘心。

陈小琳：行了行了，吃饭吧。

陈小琳倒上两杯红酒。

鲁侃：不，我今晚喝点烈的，那瓶虫草酒呢？

陈小琳：和其他酒一并放在地下室里。

鲁侃起身：等着，我去拿。

陈小琳：地下室进不去了。

鲁侃：怎么？

陈小琳：不知谁家的坏孩子，把锁眼里插了铅丝，还灌了502。

鲁侃犹豫了一会儿：不行，今晚我特别想这酒，把锁砸了，明天换新的。

陈小琳说：看看，上来那个拧劲了。去吧，今天我欠你，依着你。

鲁侃找了把锤子开门走出去。

鲁侃拎着锤子走到自家地下室门前之际，王冶文正提着两瓶红酒往职工食堂走。经过鲁侃楼道时听到里边传出乒乓声，他很好奇，便轻轻走进楼道里。灯光下，王冶文看到鲁侃正在砸锁，他眨眨眼睛抿嘴一笑，心中便有了主意。本来他并不怨恨鲁侃，因为鲁侃撮合他和郎婷婷也是一片好心，然而无论怎么说，看在个人交情的分儿上，你也不该给郎婷婷出那馊主意呀，幸亏我王冶文有贵人暗中相助，否则后果如何谁也不敢预测。半天来他就一直琢磨如何捉弄鲁侃以解心中闷气，上天眷顾有心人，这不，眼下正是个机会……

王冶文轻手轻脚退出楼道，取出手机拨通110，他压低声音：同志，紧急情况，市立医院宿舍5号楼3单元有人砸业主地下室的锁。对，对，明目张胆，别人都不敢管，我也是躲在一旁打这电话的。好的好的，快点啊。

王冶文打完电话快步离开。

楼道里乒乒乓乓的砸锁声依然响着，鲁侃手中的铁锤敲一下砸一下，铁锁好像有意和他较劲，半天砸不开。鲁侃犟劲上来了，都说好锁经不住三鞋底，这会儿连锤子也不顶用了,姥姥的,不信砸不了你! 刹那间,乒乒乓乓的砸锁声伴随着鲁侃愤怒无奈的气喘和咒骂一阵紧似一阵。就在鲁侃信心坚定手上用力时,楼道外停下一辆警车,随之楼门外响起急促的脚步声。鲁侃回过头,人影闪动,三个巡警饿虎捕食冲上来把他擒住。鲁侃又惊又怕,拼命挣扎但不知该说什么。一个娃娃脸的巡警大怒:妈的,还治不了你个毛贼!

“娃娃脸”手上用力,将鲁侃的胳膊扭过去。鲁侃号叫着瘫倒在地,剧疼激活了鲁院长的神经,他对眼前发生的情况忽然想明白了,一边挣扎一边大声解释:民警同志,我是这医院的副院长,你们弄错了!

正要给他戴手铐的大个子停下手:副院长? 副院长还砸人家的锁?

鲁侃忍着剧疼喘口气:这储藏室……是我家的!

陈小琳及各家住户的人听到楼下警笛声已经纷纷跑下楼。陈小琳见丈夫被扭住,忽地一下子扑上去:你们干吗,干吗? 这是我老公,他砸的是我们自家的锁。

一位邻居证实,说:这是我们医院的鲁副院长,你们当警察的怎么能随便抓他。“娃娃脸”吸了口凉气,一时不知说什么好,那位大个子警察将手铐掖进腰里行个礼:对不起副院长,我们是接到报警电话赶来的,处置不当,请您原谅!

鲁侃头上冒着虚汗,一边朝巡警们挥挥手让他们快走,一边搂住陈小琳的肩膀说:扶着我,马上……去正骨科!

36

晚上,职工食堂小餐厅灯光明亮,餐桌周围坐了一圈人,大家谈笑风生,一派欢乐气氛。大梅、小曹分别坐在郎婷婷两侧,郎婷婷头上戴着曹瑞成送她的玉石发夹,脸色白中透红,看上去精神头好了许多,似乎也和小曹近乎了许多。

大梅望望小曹又看看郎婷婷,接着把眼光投向王冶文。王冶文向大梅丢了个眼色,大梅睒睒眼皮会意一笑,那意思告诉王冶文,小林小马已将你的“阴谋”告诉了我,我会相机行事,你促狭儿就尽管放心吧。

照例是王冶文致祝酒词,他端起酒杯:梅姐,五月三号那天我们就是在这里聚的,一帮光棍,所以没请你参加。今晚请你到场,算是补上那晚的礼吧。

大梅说:我还没闹清今晚这饭是谁请的呢。王冶文说:我呀! 小曹当即要争过来,说:算我的吧。王冶文说:不行,那晚的账算在了你身上,今晚无论如何也得我请客。大梅笑问这伙人中谁的工资最高,小马说:梅姐,我和小林加起

337

来,工资刚刚赶上王主任,这还不算奖金。

大梅说:就是嘛,记着,以后只要咱们在一块儿吃饭,就专宰工资高的。小曹连说:好好好,我赞成,来,为王冶文的高工资干杯。大伙说着笑着,各自举起酒杯一饮而尽。郎婷婷正和小曹说什么,没有及时举杯。大梅马上发话:郎婷婷,你和小曹行动滞后,罚三个。

郎婷婷要求罚一个,小曹立即接上说:三个,我陪着。

王冶文说:还是小曹识相,不让女士孤单对酒。小林说:是啊,光罚一位女士有点宣示男权,小曹陪着,扯平了。小马向来心直口快:中国女性被压抑几千年了,到了现代,应该宣示一下,把男权思想压一压。

姜玲说:听了没有,王冶文和小曹,以后得注意着,我们女人开始占上风了。

小马说:那当然,我在网上看到这么一段有关女人的言论——聪明女人可激励男人,秀美女人可迷惑男人,有才华女人可吸引男人,有地位的女人可以玩转男人,什么都有的女人可以搞惨一批男人。大梅举杯:来,为新理论鼓掌,做一个什么都有的女人,把这些自以为是的男人统统搞惨。

几位女士同时举起酒杯:来,为搞惨一批男人而干杯!

酒场上一片笑声。

酒场上的笑声持续不断,热烈而欢快,率性而不荒诞,大伙各尽酒性,一直喝到很晚很晚。大梅看看表说:天不早了,散吧?

王冶文说:好好,听梅姐的,刘哥还眼巴巴在家候着呢。大梅隔着桌子掷过一块餐巾纸去:你个促狭儿! 你刘哥他今天值夜班。哎哎,这里边就我和婷婷住得远,散场后你们两个男人谁去送我们?

王冶文:我自告奋勇。

小曹说:我去吧,我有部夏力车,是那位甩我时发善心留下的。大梅说:对,对,让小曹去吧,省得我们再找出租车。王冶文笑了:小曹肯定得去送你们,但还就得肯定要找出租车。小曹喝得醉乎乎的,想让他弄个醉驾拘留十五天再罚款吗?

大梅:咦,还真是,完了,喝迷糊了。

小曹:打出租我也愿意送她们,我们走吧。

大梅、小曹立起身,郎婷婷起身时晃了晃,小曹连忙扶了一把。三个人说笑着走出小餐厅,说笑声渐渐远去。小马说:注意了没,有新情况要发生。

小林:打住,既然有导演,一切尽在不言中。

姜玲说:看出来没有,今晚郎主任特别淡定。王冶文说:这当然了,当一个人跳出某个圈子时,他的心情就如同一个戒了烟的人,周围即使烟雾腾腾也引不起他的兴趣。看来,她已经跳出这个圈子了。

姜玲吐吐舌头:也许吧。

聚餐回到家里,王冶文一时尚无睡意,他洗了个澡歪在沙发上看电视,忽然姜玲打来了电话,说是鲁院长肩膀脱臼,正骨科费了好大劲才给他复位。王冶文很吃惊,问是怎么搞的。姜玲告诉他,鲁院长正在撬自家地下室的门,让警察当成了贼。因为反抗挣扎,被警察一个反臂擒拿拧得脱了臼。王冶文一下子从沙发上跳起来,心中暗暗后悔——唉!全怨自己那个电话!他问小姜听谁说的,姜玲说陈主任打电话告诉了大梅,大梅刚才又给她打了电话。王冶文顺口问是不是伤得挺重,姜玲说:除肩关节脱臼,肘关节也扭伤了。王冶文后悔不迭,连说:你看这事弄的,明天我得去看看鲁院长。

王冶文放下电话仰躺在沙发上,心中几分懊悔几分歉意,本是要开个玩笑呢却弄成了事故,与自己的初衷南辕北辙了。报复心,还是自己存有报复心,否则鲁院长怎会遭此无妄之祸……

王冶文和姜玲通话时,鲁侃早已从正骨科回到家里,他侧歪在客厅沙发上,胳膊用绷带吊着。陈小琳紧坐在他身边:相当温柔地问道:没事吧?

鲁侃说:没事,肩关节脱臼,肘关节只是被扭了一下,没事。陈小琳说:这些巡警下手也真够狠的。鲁侃很达观,说:巡警也是认真负责嘛,万一我们的地下室真被砸呢!陈小琳:可也是,公务人员,恪尽职守,无可厚非。

鲁侃皱着眉头说:奇怪,这个报警电话是谁打的呢?

陈小琳说:反正不是这楼道里的人,谁不知道这地下室是咱家的。鲁侃说:会不会是促狭儿,只有这小子才能想如此馊主意。陈小琳笑了:只要有孬事你马上想到他,你可着实冤枉人家了。鲁侃问她何以如此肯定,陈小琳告诉他,王冶文今天胜诉,晚上在职工食堂请客呢。

鲁侃从沙发上坐起来:你听谁说的?

陈小琳说:大梅呀,刚才通电话时跟我说的,还叫上了郎婷婷。鲁侃的脑袋往前探出很远,十分惊奇地问:怎么,还叫上了郎婷婷?

陈小琳:你不信?

鲁侃说:要是别人,我兴许不信,促狭儿所为,我就得信,因为他总是办些出人意料的事情。这小子,太让人无可奈何了,总是他涮了你,还让你无话可说。想想吧,今晚的电话即使弄清是他打的你又能怎样?巴不准他还说自己是见义勇为要求奖励呢。没办法,说不出就忍着吧。

陈小琳:我敢说,保证不是促狭儿。

鲁侃斜了妻子一眼:看来你也喜欢他。

陈小琳说：老没正经啊，我大他好几岁呢。

鲁侃重新侧歪在沙发上，眯起眼睛像是思考什么。

鲁侃是个工作欲望很强的人，尽管肩膀脱臼肘部扭伤，第二天仍旧照常上班。他来在办公室里喝了一会儿茶，然后坐到电脑桌前打一份文件。因为昨晚考虑后已经成竹在胸，这文件不大会儿就打出来了。鲁侃反复地看了文件内容，最后满意地咂咂嘴自言自语：促狭儿，再一再二不再三，既然你不把我当朋友对待，我老鲁也不能继续给你撑面子了。

鲁侃打印文件，文件纸随着打印机的呼呼声被送出。鲁侃看看文件书眉：市立医院关于改季度奖为月结算的决定……

鲁侃把打印好的文件放进文件包后说：我想齐老头会同意这个决定的。

……

聚餐后的第二天上午，外科全体人员在办公室研究安排新一拨病人的手术问题。遵照齐院长的指示，外科三楼病房高间腾出六个，总务处虽然未予购置相应的设备，为了急病人之所急，需医疗之所需，外科还是从他们的"基金"里抽出部分钱来认真装备了这六个房间。六个房间新安二十四个床位，昨天已将第一拨等待入院的病人收进来，连同一般病房腾出来的床位共计有三十多人，其中二十多个需要手术。这样，本礼拜没有休班时间了，王冶文立下"指令"，大家该准备的生活用品比如卫生纸一类的可要提前买好，免得到时埋怨科里不人道。他们仍旧按照轻重缓急的原则安排时间顺序，老规矩，开场白说完，王冶文朝李副主任扬扬下巴颏说：晓宇，按照事先计划，你分配任务吧。

李晓宇刚要开口，吕成插话问：有了急诊怎么办？王冶文说：问得好，目前情况看，这两天就有几个病人相继出院，科里已经有了预案，到时有急诊收进来就是了。另外还得交代一下，因为人手有限，咱们手术之余还得轮流到门诊值班。

李晓宇见吕成点头不再说话，开始安排任务了：这几天五个手术室全部启动，我说说各自的任务，因为时间紧任务重，不讨论不争论，我独裁一回。姜玲负责你最拿手的甲状腺手术，这中间包括两例甲状腺肿块切除、两例甲状腺腺叶切除、一例甲亢手术、一例右甲状腺腺叶切除术＋右侧颈部淋巴结清扫。

姜玲问：还有吗？李晓宇说：这几个手术就够你忙一阵子了，还没够啊？姜玲笑笑说：明白了，终于有了连续作战的机会。李晓宇扬扬脸说：时间就是生命，明白了就去查病人查病历写方案做准备。

姜玲答应着起身走出去。

340

李晓宇继续布置:吕成负责的有两例乳房区段落切除、两例腺瘤切除、一例乳腺单切＋术中冰冻＋改良根治切除、一例左乳癌改良根治＋腹部皮瓣转移手术。

吕成说:慢着慢着,怎么光是乳房啊? 李晓宇说:冶文不是讲过吗,让你开开眼界,免得娶了媳妇以后……一旁小马立即插话:打住打住!

小林呵呵直乐:李主任小心着,爱屋及乌。

李晓宇也笑了,转面就一本正经地说:不是开玩笑的时候,快去准备吧。

吕成也应声走出办公室。

李晓宇指指坐在桌前的妇科黄大夫说:这次连妇科专家也给请来了,没说的,黄大夫,你就负责那两例子宫颈癌和两例子宫肌瘤呗。

黄大夫说:李主任怎么安排我怎么执行就是了,反正是你和冶文计划好了的。王冶文说:对,对,遵纪守规听话,用日本鬼子的话说是良民大大的。李晓宇说:那当然,她家大哥是我高中时的学兄,高大威猛颇负盛名,对黄大夫总是赞誉有加。

黄大夫哼了一声:他不骂我就烧高香了,还赞誉!

李晓宇说:是真的,说你床上床下都是好样的。

黄大夫:呸! 没正经,外科出产促狭儿。

办公室里一片笑声,黄大夫在笑声中起身走出去做准备。李晓宇看看王冶文:没说的,剩下的活儿就是咱俩的了。

王冶文说:那咱俩也抓紧去准备。两个人一块儿起身,说笑着走出办公室。

这一个星期内,外科全体医护歇人不歇马,各手术室的无影灯几乎是昼夜亮着。各有专长的各位外科医生按照李晓宇分派的任务,都在全神贯注精益求精地工作着。就像电影电视里经常出现的有关医院手术室的镜头那样,手术车出出进进,手术室外是等待亲人情况的家属,手术台上有主刀、有助手、有护士、有麻醉师……大家相互配合,携手并进,每个人的形象都在手术台前交替呈现。如果有哪里的剧组拍摄有关医院题材的电影电视,不必去搭景,也不必花成千上百万元去请著名演员,在适合的角度装上一部摄影机及时拍下这感人的场景,再配上合适的音乐,就是一部上乘的艺术品了。

这是一个平静的晚上,姜玲在做右甲状腺腺叶切除术＋右侧颈部淋巴结清扫术。患者仰卧在手术台上,肩部垫高,颈部过伸位。一系列常规核查无误后,姜玲举着双手走到手术台前轻声叫道:麻醉?

麻醉师:麻醉成功。

姜玲:消毒?

护士:常规消毒铺巾完成。

姜玲:手术开始。

姜玲在胸骨切迹上约一横指处顺皮纹方向做弧形领式切口,然后依次切开皮肤、皮下组织和颈阔肌。助手用组织钳牵开颈阔肌,用盐水巾保护皮肤,并在颈阔肌深面用电刀分离皮瓣。分离之前助手问道:姜大夫,范围?

姜玲:上至甲状软骨切迹,下至胸骨切迹,两侧越过胸锁乳突肌前缘。

助手牵开上下皮瓣,用止血钳提起颈白线两侧组织。姜玲切开颈白线直达甲状腺固有被膜,然后上下切开。姜玲用器械探查后对助手说:看见没有,右侧及峡部甲状腺内有数枚结节,暗红色,质硬,最大约2.5厘米,整个包绕气管,局部侵犯气管,并与双侧喉返神经粘连,部分甲状腺延伸致胸骨后方,周围可见十数枚肿大淋巴结;质硬,最大约1.5厘米,有些肿大的淋巴结已与右侧颈总动脉及右侧颈内静脉粘连致密了。

助手:幸亏及时手术。

姜玲:再看看左侧。

姜玲器械探查左侧,助手也俯身细看。但是左侧探查未见结节,这样,就可以按原手术方案切除右侧甲状腺上极部分肿块了。

姜玲开始切除术,她首先取一块标本,吩咐护士马上送去冰检。护士接过标本转身离去,姜玲和助手继续手术……不大会儿,送检护士回到手术室,把冰检结果递给助手。助手看了看冰检结果说:姜大夫,冰检结果显示,右侧甲状腺乳头状癌伴淋巴结转移。

姜玲停下来,侧身看看冰检结果。姜玲思忖了一会儿吩咐护士给王冶文打电话,请他马上过来指导一下。助手说:王主任正在三号做手术呢,此时肯定来不了。

姜玲说:没问题,他上手术台早,手头子又快,现在可能下了手术台了。

护士走到外边打电话,姜玲站在手术台前犹豫着,她不时地朝手术室门口张望,当然是盼着王冶文快点到来了。王冶文真是及时雨,他还真是早就下了手术台,已经洗涮换衣了。接到姜玲这边的电话,他重新做了术前准备便急匆匆赶来。

王冶文走进来时穿着手术服,姜玲说:你还没下手术台呀?王冶文咧嘴苦笑:刚脱下手术服又让我重茬。

姜玲:不就是脱脱换换吗?

王冶文:说得轻巧,那一系列消毒程序呢。

姜玲:轻车熟路了。

王冶文：出了什么情况，急急如律令的。

姜玲让助手把冰检结果呈给王冶文看，王冶文看过冰检结果走到手术台前，他仔细探查患者左颈的各部分组织后口气坚决地说：改变手术方案，为防止漫延，加做左侧甲状腺次全切除。

姜玲说：今天接连两台手术，真有点累了。

王冶文说：让开，给我，女人身体条件差，就不应该搞外科。

姜玲站在手术台前不动：就凭你这句话，我也要善始善终。

姜玲俯身继续手术……

时间在慢慢延伸，手术一步步走向成功，不时有护士给姜玲擦拭额头上的汗。姜玲做完最末一道手术程序——置一颈部引流管后仔细止血。

姜玲抬起头：清点器械！

护士清点器械后汇报：器械数量类别无误。

姜玲：缝合！

姜玲与助手缝合皮下及皮肤层。姜玲一边缝合一边问：术中出血量？

助手：不到300毫升。

缝合完毕，助手剪断最后的线头。

姜玲声音依然爽朗：术程顺利，病人进监护室，标本再送病理。

王冶文凑上前：手术成功，快歇歇吧。

姜玲昂首道：不累！

护士：姜大夫，你都站了四个小时了。

姜玲盯着王冶文一笑：女人身体条件差？

王冶文：女人心细，天生适合做外科。

姜玲：哼……

手术完成后，姜玲、王冶文、助手等人回到术前准备室换衣服。姜玲在隔扇那边换上衣服走出来问王冶文：哎，王主任，你看到院办的通知了吗？

王冶文问是不是关于奖金的，姜玲说：这么说你是看到了。王冶文扎着腰带走出隔断：都发到各科办公室了，能看不到吗。

姜玲说：按月兑现各科的奖金，鲁副院长这一招够绝的。王冶文笑笑：不绝，这叫鞭打快驴，越能张罗的越要逼你。

姜玲说：不就是逼着各科加快创收速度吗，否则干吗一个文件接一个文件的。

今天早晨听说小儿科已经开会，动员医护们发挥自已的优势。王冶文说：那不叫优势，叫缺，缺……姜玲笑起来：就你不缺，作弄人家鲁院长差点断了

343

胳膊。

王冶文一怔,问姜玲是怎么知道的。姜玲说:用脚后跟想想,办这事也是非你莫属。

王冶文并不抵赖,他叹口气:嗨,这事是办得是有点缺,当时只为泄愤,事后想想的确太过了。那晚我买了几百块钱的礼物去看望他,你猜怎么着?

姜玲说:鲁副院长猜到是你,一定骂你了。

王冶文:非也,非也。

姜玲:那他说什么?

王冶文说:他根本没提这件事,反而给我做了一晚上的思想工作。仍然是动员我多收病人多开药,加大创收力度。姜玲忖度道:这人是不是中邪了!

王冶文说:未必,我看这人是真有事业心。你想,他这么办的目的并非为了自己,而是一心想扩建医院,治病救人。姜玲说:可也是,听说为了争取几十万的赞助资金,他挖空心思给你和郎婷婷做大媒。

王冶文穿好衣服:那晚也谈到了这个问题。

姜玲口气紧张:怎么谈的?

王冶文:他说他想开了,无论气质学养还是性格脾气,我和郎婷婷还真得不对路,所以他不再从中作成。他说人就是人,不能像买鸽子那样随便配对。

姜玲松了一口气笑起来:这个鲁院长,亏他能举出这么形象的例子。如此看来,他不会帮着郎婷婷黏糊你了。不过,郎婷婷也够可怜的!

姜玲说完低下头,王冶文听出她口气有点哀伤,于是嘻嘻一乐说:鲁院长还有高论,说找对象谈恋爱结婚就像木匠干活儿。

姜玲抬头问:这话又怎讲?

王冶文一脸坏笑,他指指自己再指指姜玲,然后做个意思明显的手势说:总得恰到好处对上卯隼啊。

姜玲怔了怔,忽有所悟,伸手抄起身边一块毛巾朝王冶文掷过来。

王冶文躲过:看看,想歪了不是,你懂什么叫卯隼啊。

姜玲:就你知道,促狭儿!

两个一边聊着一边往外走。姜玲说:新规定一宣布,我们科里的医护人员奖金肯定会受影响。你我这情况倒无所谓,只是小吕小马他们这些年轻人恐怕有情绪,正在热恋待婚状态,不得花钱准备喜事吗?另外,李主任每月工资奖金一直不少,冷不丁降下来,恐怕老婆那里交不了账。王冶文歪头瞧了下姜玲:看你一脸的忧患意识,别杞人忧天,山人脑子里有部计算器,早就算好了,实行奖金月结算后,我们外科医护人员的奖金不会低于原来的水平。

姜玲似信非信:但愿吧!

一个星期以后,二十多例手术基本顺利完成,至少没有出现大的意外。当然,医护们都瘦了,黄了,特别是李晓宇,本来就瘦,如今瘦中带黄,像新版《隋唐英雄传》里的李元霸。

……

将到月末,副院长办公室里,鲁侃和医院办公室主任老孙对面而坐。鲁侃伏在写字台上审查完各科本月创收情况表后问道:老孙,这个表准确吗?

孙主任说:准确,是我让统计员下到各科室亲自统计的。鲁侃纳闷儿地侧侧头:以往季度奖时,外科总是比别的科落后好几个百分点,现在怎么冲上来了?

孙主任说:可能科里采取了措施吧。鲁侃想了想摸起电话拨通药房:药房吗,我是鲁侃,查一下上个月外科的用药量。什么,基本与前几个月持平?你们早已统计好了,好好,就这样。

鲁侃托着下巴想了半天,又拨通住院处的电话:住院处吗,哦郎主任,你让统计员查一下外科上个月的病人入住率。哦,早就统计好了,明白了,明白了。

鲁侃放下电话:老孙,你说有人是不是能够未卜先知下棋看五步啊?

孙主任一头雾水:鲁院长,是不是我哪里搞错了?

鲁侃连忙摇头连说:不不不,我是比喻一个人,做事总是让人不可思议。那个外科主任王冶文……

孙主任:哦——促狭儿呀,那可不是凡间人。怎么了?

鲁侃说:上个月做季度奖计划时,他好像就料到我要实行月兑奖,当着齐院长的面,他提出压缩高间病房安置一般病床,你看,这步棋又让他走对了。为了督促他的用药积极性,我让总务科暂时不给空出来的病房购置设备,也不知这小子从哪里鼓捣来的钱,科里自己就把病房设备弄齐了。他拿着购物单据又是当着齐院长的面让我签字报销,你说我能不答应吗?这小子到底是妖还是神,是人还是鬼?孙主任长长地"哦"了一声:对,对,病床增加,收治的病人就多。收治病人增多,相应的收入就多。所以,外科的创收就和其他科基本持平了。

鲁侃:可是,这个王冶文在用药方面仍旧循规蹈矩,病人多了,用药量应该相应增加吧,可我刚才和药房核对,也是基本持平。这说明什么呢,说明他们多收了病人少用了药。如果他们的用药量相应增加呢,那么创收比数是不是更大。唉!这个王冶文呀。

孙主任:对,对,是这么个道理。不过我早听其他科室医生说过,王冶文用药虽抠,花钱却很大方,他不断地周济病人,口碑好得不得了。

鲁侃:这么做的结果呢,便宜了别人坑了自己。他要不是在用药上抠,在花钱上大方,奖金、提成加红包,早就有了豪车洋房了。现在怎么样,外出仍旧骑个电动车,住的仍是医院宿舍,连老婆也嫌他土气让人拐跑了。

孙主任:嗯嗯,还不如天庭路上收破烂的李二糨糊呢。二糨糊收了十年破烂,甩了原来的老婆又找了个女大学生,在开发区买了一套别墅,出门开着宝马。

鲁侃若有所思地看着案上的一摞报表出神,他在思谋着一个问题,王冶文是个能招财进宝的主儿,千里驹不能当成毛驴使,得加压。

这期间,夏雨柔所在的剧组也在积极拍戏。因为投资方催得紧,演职员们几乎没有多少休息时间。这天收工后,劳累了一天的夏雨柔和柳田禾在外吃了晚饭后回到雨柔的宿舍,两个人甜甜美美地依偎在沙发上看电视。夏雨柔斜靠在柳田禾怀里,柳田禾左臂揽着雨柔,右手轻轻抚弄梳理雨柔的头发。一集电视看完,柳田禾说:柔柔,天不早了,休息吧。

雨柔坐直身子:好,休息,难得你没有夜戏。

两个人同时站起来,相扶相携走向卧室。

柳田禾的手机响起来,柳田禾松开雨柔打开手机:喂,康导,有何吩咐?

手机里康导的声音:老柳,原定的两场补拍戏取消,剧组决定后天转移。

柳田禾:那雨柔这里……

手机里传出康导演略带沙哑的声音:你和她解释一下,剧组转到无锡之后,我让编剧想法给她加进几个镜头。

柳田禾:她能否和我们一块儿转移?

康导:剧组经费有限,为节约开支,投资人不允许有多余的人紧随参与。你让雨柔在菊城等着,我会尽量给她安排角色。

夏雨柔听着柳田禾与康导的对话,脸色渐渐变了。她站在卧室门口发呆,柳田禾收起手机走向她时,她仍旧站在原地不动。柳田禾一惊:雨柔,你怎么了?

雨柔眼中含泪:这么说,我在你们剧组是可有可无了?

柳田禾:没听康导说吗,只是让你暂时在菊城等,他会想法给你安排角色。

夏雨柔:会不会人一走茶就凉,从此不再需要我了。

柳田禾:不能,不能,有我在,他们好意思吗?

夏雨柔摇摇头,同时发出奇特的笑声。

柳田禾一惊:雨柔,你是不是有顾虑?

夏雨柔擦擦眼睛:没事,只是有点伤感。

37

晚上的时间对于名医来说也不自主,说不定什么时候突然有个疑难病症出现在门诊或病房里,一般医生处理不了或者不敢处理,于是就打电话找名医。救人性命的大事,即便再累再困也得前往,因为只有你到了,值班医生和病人家属才算有了主心骨。所以,像今天晚上王冶文和曹瑞成这样坐在客厅里随意闲聊的机会少之又少。两个人今晚谈论的是全院医护普遍关心的月奖金问题,因为按照创收成果,男性科主任李岷一个人就拿了奖金八千多。有人看不惯但又无法改变既成事实,因为医院办公室的新规定早已发到了各科室,你有意见为何不早提呢!

王冶文对这件事表现得很达观,他说这既是人为,也是社会自然现象。因为地球和社会也有更年期,比如现在的气候反常灾害频仍世态变化就是地球更年期的表现,而鲁院长和李岷现在有可能要提前进入更年期了……

曹瑞成对王冶文的这些论断一般会视为歪理邪说,他是个比较现实的人,不愿意思考更不会说什么愤世嫉俗的话。他有意转移话题,说:昨天从网上看到个网友们热炒的新消息,一位妙龄女郎和一个六旬老翁私奔了。王冶文说:私奔就私奔呗,有啥稀奇的?你情我愿,现实生活中亲朋又容不得,私奔也不失为好办法。再说,这对私奔的肯定是名人,若是普通百姓中发生这种事,就不会有人热炒了!

小曹坐在客厅沙发上,王冶文一边说一边把个削好的苹果递给他。小曹咬了口苹果说:冶文兄,咱们不谈论那些头青蛋肿的事了,有件事你帮我参谋参谋。

王冶文给自己削着苹果道:你说。

小曹说:那晚我去送大梅和郎婷婷,半路上大梅说有事下了车,我就单陪着郎婷婷。郎婷婷路上直念叨,说你要是王冶文该多好;我正一头雾水,下车时她又改口了,说你要是王冶文就不好了。你说,这是醉翁之意不在酒呢还是把我当猴儿耍?王冶文一乐,右手提着苹果把摇来晃去地说:老弟呀,你要走桃花运了。

小曹停止咀嚼:我有那份福?

王冶文说:郎婷婷早想在咱俩之间选一个,思来想去认定,我有孩子,是个

347

累赘,你光棍一个,绝对优势。她以往对你从来没有这么说过吧？小曹说:没有,总是说你要是王冶文有多好。这次终于改口了。王冶文说:这就是了呗,赶紧,加大马力,追。小曹有点犯难:怎么让我能够相信你这话是真的？

王冶文起身拍拍他的头顶:问大梅,大梅告诉我的。

小曹若有所思:难怪大梅中途下车,原来是给我留个向婷婷表白的空儿。你看,我脑子钝,错过了。

王冶文说:没关系,只要缘分到了,随时随地都是机会。

小曹:哎,老兄,我看出她对你比对我有意思,你为何不把她收了？

王冶文:说实话？

小曹:说实话!

王冶文:我和你说过,对她没感觉。

小曹:啥叫感觉？

王冶文说:我不是和你讲过吗,就是,就是见不着总想见她,见面了光想和她说话。小曹说:嗯嗯,有道理,我真有这感觉。

王冶文给小曹解释,说:每个的身上都有一种电磁波,波段对应呢,谁看谁都挺好;波段错位呢,就看谁都别扭。男女相爱,也有这因素。

小曹:有道理,要不说王八看绿豆,对了眼呢。

王冶文说:曹老弟真有水平,正确。小曹:那我就展开攻势了。

王冶文问他:怎么攻？到了这年龄还甜甜蜜蜜卿卿我我往公园树棵子底下钻吗？小曹说:表白呀!王冶文笑笑:表白？哦——亲爱的,你是我的生命,你是我的唯一,你是我生活的全部,自从有了你,我才觉得生命有了意义,我才觉得生活中充满了阳光,我才认识到前途是光明的……这都是糊弄情窦初开的小孩子的,对我们这年龄,特别是二婚头,毫无作用。

小曹:你教教我。

王冶文说:教什么教,亏你还时常和我在一块儿混,间接不如直接,找媒人啊。小曹想了半天,说:恐怕没人敢当这个媒人。王冶文说:找大梅,让大梅找陈小琳。小曹连连摇头:郎婷婷是鲁院长弄进医院的,鲁院长会不会横加阻拦？

王冶文得意地说:这就是拽上陈小琳的目的,有了陈小琳,他敢!

小曹把半块苹果几口吃掉:高见,明天我就找梅姐。不过,你得提前在梅姐那里给我垫个话,我嘴笨,恐怕到时说不好遭她拒绝。

王冶文隔着茶几拍了一下小曹的肩头:没问题。

王冶文立即当着曹瑞成的面给大梅打了电话。曹瑞成听得清楚,电话那头的梅姐回答十分爽快:促狭儿,你转告小曹,没问题,这活儿我包了。

王冶文说:梅姐,这个人情你可卖大了,小曹就在我身边,让他直接和你说。小曹既兴奋又紧张,还捎带着几分羞涩。他接过电话竟然出现了称谓上的错误,说:梅姐,小弟这事就拜托您老人家了。电话那头响起大梅故意调侃的声音:小曹老弟不用拜托,大姐虽老雄风在,你就等着拜花堂吧。大梅说着咯咯笑起来,小曹一慌,话筒差点脱手,他随口道:就这样梅姐,我给您磕头了。

没听清对方再说什么,小曹竟就挂了电话。

王冶文揶揄道:难怪媳妇甩你,说个话都跟吃了半斤辣椒似的。

王冶文重新拨了大梅的电话并提了个建议,说小曹这事成与不成,陈小琳可能是关键人物,让大梅明天去找陈小琳,先要取得院长夫人支持,然后再做下一步的工作。大梅说:毕竟是促狭儿嘛,和我想到一块儿去了。

第二天,大梅就去药房找到陈小琳,大梅人粗心细,她和陈小琳对面坐着,半天没谈有关小曹和郎婷婷的事,只是反复欣赏着陈小琳的指甲花儿。大梅摆弄着陈小琳的指甲花儿说:琳姐,这次做的指甲花真漂亮,鲁院长肯定攥住不放手。

陈小琳撇撇嘴:他呀,哪有这种品位,除了睡觉时亲热点,平常总躲着我。

大梅说:怕你吹毛求疵没事找事呗。陈小琳说:我又不咬他吃他,就是找他点毛病什么的。大梅说:很简单,怕你不让他上床。陈小琳乐了:这倒是真的,反正一个月中,总有那么几天他得睡沙发。

大梅笑起来,笑得直哆嗦。陈小琳马上警告:小心尿了裤子。

大梅笑得更厉害,陈小琳也跟着笑起来。显然,两个人想起那晚在王冶文家的故事了。大梅说:琳姐,你说那促狭儿,编出瞎话来怎么跟真的一样。

陈小琳说:这就叫本事,那晚我笑尿了裤子,要不是你揽着我真回不了家了。

大梅止住笑说:琳姐,看来促狭儿和婷婷不能成双成对了。

陈小琳也止住笑,说:这促狭儿也邪门,那么个白白胖胖的二荏子娘儿们,又是年纪轻轻的,他怎么就相不中呢。大梅说:穿衣选料,各有所好。他相不中,有相中的。陈小琳问是谁,大梅说:小曹啊。陈小琳一怔:你别说,小曹的老婆刚飘走了,房上的檩条,正担着,他俩倒般配。

大梅说:我看也是,俩人都是二婚,谁也别嫌谁。更凑巧的是,小曹长相和促狭儿差不多,婷婷没准会同意,要不咱俩从中撮合撮合?陈小琳连说:好好,成人之美,胜造七级那个什么什么来着?大梅接上:浮屠。

陈小琳说:对,干!

大梅说:是不是先让小曹请咱俩一顿?陈小琳说:更对,兔子腿,媒人嘴,不能干跑干说,先宰他。大梅稍稍皱了下眉:婷婷是鲁院长请进来的,你我不能隔着锅头上炕,先要征得鲁院长同意才好。陈小琳:没问题,这工作我来做。他要阻拦,我就宣布和他离了,自己嫁给小曹。

大梅说:这话太过了,太过了,思想工作是要和风细雨的嘛。陈小琳嘻嘻一乐:发发恨罢了,我比小曹大好几岁呢,真要嫁他,指不定他还不要我呢。

大梅说:我终于明白你我为什么对脾气了,理由很简单,直率,泼辣。

陈小琳:就是就是,你去告诉小曹,明晚让他安排请客。

大梅:就请咱俩?

陈小琳说:要不也叫上婷婷,发面包子,一锅熟。大梅说:婷婷会不会嗔咱俩办事冒失?陈小琳"哧"地一笑:傻妹子,什么年代了还封建,黄花大闺女见上两面就上床,她郎婷婷还在乎这个。

当天晚上,鲁侃和陈小琳躺在床上。鲁侃抚摸着小琳裸露的肩膀眯着眼睛,一副心荡神移的模样。陈小琳说:哎哎,看你一副享用不尽的神色,是不是又吃了李秃子给你的回春胶囊了?鲁侃睁开眼睛看着陈小琳不作声,目光里满是惬意和甜蜜。小琳说:我看出来了,这是发情的前奏。

鲁侃一笑,把小琳揽进怀里,嘴里哼哼着说:一天到晚忙得跟头轱辘,也只有这时才体会到生活的乐趣。

陈小琳在鲁侃怀中打了个滚,鲁侃又紧紧把陈小琳抱住:别动,夫妻相处,贵在配合。陈小琳往鲁侃身上靠了靠。细嫩的手指戳戳鲁侃的下巴:你在迅速变老,瞧,颌肉下垂,成双下巴了。

鲁侃说:日月不饶人,这就是年轮。你不也三十好几了吗。陈小琳:嗯,转眼间跟你十几年了。哎,就是不能要个孩子?

鲁侃:不是我不想要,是你总怀不上啊。

陈小琳爬起身:再说这话我扇你的嘴,怀不上孩子谁之过?

鲁侃连忙告饶:琳琳别生气,怨我怨我,反正咱有小明呢。

陈小琳说:小明再好,毕竟不是我亲生的。鲁侃说:没那么多计较,大不了将来你我都进福利院。陈小琳叹口气:唉!命啊!当年你把我弄到手的时候,我还感觉蛮幸福,现在想想就是一场梦。

鲁侃悄声细语,他说:琳琳,其实人生就是一场大梦,梦醒时分,以为结束;可是接下来睡着,梦仍在继续。陈小琳说:你变得越来越哲学了。这梦,还是不醒为好,继续做下去,只要活着。鲁侃抱紧陈小琳:宝贝,你也越来越哲学了。

陈小琳喘气变粗:可是,有的人还没进入梦境。

鲁侃一惊:谁?

陈小琳说:郎婷婷啊。

鲁侃说:她已经醒过一回了,结束了一场噩梦。陈小琳说:现在又要重入梦境,可是由于失眠,入睡很难,你得帮帮她呀。鲁侃说:一提到郎婷婷这事,心里憋着一股子气。你看,郎婷婷这么好的条件,又是我从中做媒,他王冶文竟然软磨硬推一百个不同意。陈小琳说:婚姻大事,不能强人所难。

鲁侃说:明摆着不给我面子嘛,促狭儿是不是嫌郎婷婷太胖了?陈小琳说:这事我倒听说了,主要是王冶文对婷婷没感觉。鲁侃趴在陈小琳胸脯上,说:感觉,什么叫感觉,我现在感觉就很舒服。陈小琳:就是那种男女间的那种那种什么呀。

鲁侃说:我有点犯迷糊。

陈小琳说:你是装糊涂。

鲁侃:我怎么装了?

陈小琳说:当年你勾引我时,我说你老婆不是挺好的吗,你说什么来着?

鲁侃:忘了。

陈小琳说:真能装,你不是说别看和她睡在一张床上,就是没那种感觉吗。

鲁侃说:哦哦,好像是说过,日子一长,随着稀饭消化了。

陈小琳说:小曹对郎婷婷非常有感觉,郎婷婷对小曹也有意思,你为何不能成人之美?鲁侃想了想说:晚饭时你讲郎婷婷和小曹的事,我心里还真动了动,当时没置可否,是有顾虑。

陈小琳问鲁侃:什么顾虑,不会是惦着将来对我没感觉后再向她表白吧?鲁侃说:看看看看,醋劲又来了。我是怕过不了老郎那一关啊,那夫妻二人争强好胜,非要找个压婷婷前夫一头的妹夫不可。

陈小琳说:小曹条件也不错,特别是长相。鲁侃说:这点倒说得过去,只是……

陈小琳:我替你说了吧,只是小曹仅仅是个司务长。可是,当年你把我弄到手的时候,不也就是个门诊部副主任吗,人是可以进步的。

鲁侃念叨着:人是可以进步的。等等,等等,我似乎想起点什么。对,对,可以这样说嘛,问题解决了,解决了。

鲁侃胸有成竹地亲了下陈小琳的脸,顺势滚在妻子身上。

陈小琳轻轻叫了一声,天地、空气和床开始颤动……

几天之后,小曹和郎婷婷在新湖之畔的公园门先后下了出租车。小曹在门前和一位熟人说了几句什么,两个人携手走进公园里。他们沿着湖边溜达,湖边上方石铺路,垂柳似发,花草相映,游人如织。两个人顺湖边走着说着,像是一对新婚夫妻。湖中碧波荡漾,鱼儿嬉戏,几只小船在水中划来划去,对岸隐约可见人影。郎婷婷不时地收回目光,扭头盯着小曹看看,再看看。小曹纳闷儿地问她:婷婷,我身上或脸上哪里不对劲吗?

郎婷婷说:没有啊。

小曹说:那为啥总盯着我看。

郎婷婷说:你长一张俊脸不就是让人看的吗?

小曹傻愣地问:我俊?

郎婷婷说:我现在看你比王冶文漂亮多了。小曹乐了:你这么说,我很痛快。

郎婷婷咯咯地笑,她问小曹:那晚咱们四个聚餐,你怎么不大敢看我?

小曹说:心慌。

郎婷婷:又不是遇见狼,为什么心慌?

小曹说:实际上是没自信,怕你拒绝,所以大梅和陈小琳把事一挑开,我就坐不住了。郎婷婷说:我当时确实犹豫,后来一想,女人一辈子还是找个知冷知热的男人好。再说,咱俩第一次在剧院看歌舞,我就对你留下了好印象。

小曹说:还真得谢谢促狭儿!

郎婷婷:谢促狭儿?

小曹说:谢谢促狭儿给了我那次机会。

郎婷婷说:你以为他是有意的?

小曹说:不不,我们是好哥儿们,恰好那天他科里出了事,而我又心情不好,所以把票给了我。郎婷婷说:这就是机会,机会也叫缘分。

小曹说:对,对,哪出戏里好像有这么一句唱词,叫有缘千里来相会,无缘对面不相识。两个人走到了两孔桥上,郎婷婷站住:是《新白娘子传奇》吧。

小曹说:想起来了,那出戏在京剧里叫《断桥》。

郎婷婷说:你看我们俩像不像白娘子和许仙?小曹说:婷婷你真逗,你像白娘子,我可不像许仙。郎婷婷白了他一眼:我说像你就像。

小曹说:好好,像,像许仙。

两个继续并行湖边,小曹显得神情郁闷,郎婷婷问他是不是有心事。小曹"嗯"了一声:婷婷,咱俩这事,你哥你嫂会同意吗?我可只是个司务长。

郎婷婷说:我同意就行,哥哥嫂子依着我。小曹说:不保险,别弄个煮熟的兔子再跑了。郎婷婷笑起来:这个比喻好,你放心,跑不了,兔子肉,让你吃个够。不过,你刚才提到的那个问题也是个问题,这个问题呢,我想得让鲁院长去解决。

小曹:那我去求陈小琳。

郎婷婷:哎,咱们也到那边租条小船儿在湖里划划好吗?

小曹:好的,依你。我正想借这一湖清水冲刷一下我这些天的虚烦懊闷呢!

远处湖面上,小船随波荡漾……

郎婷婷和小曹从公园里出来后,天已经黑了。他们乘出租车径直到了一家酒吧。两个人要了一个情侣间,在小沙发上相拥而坐。俩人虽然喝的是再普通不过的桂圆红枣枸杞茶,却不时地相互亲吻着。桌上摆放着鲜花,蜡烛的光焰在轻轻地抖动,透过珠帘,偶尔可见招待小姐的身影。隔壁时有青年男女低低的笑声。

郎婷婷附在小曹耳边说:好像又回到二十来岁了。

小曹说:我也有这感觉。

郎婷婷:要返老还童吗?

小曹说:咱们老吗?

郎婷婷:不老,还年轻着呢。

郎婷婷大方地倚进小曹怀里,小曹哆嗦了一下,紧紧抱住郎婷婷。郎婷婷在小曹怀里娇喘,小曹搂得更紧了。郎婷婷:哎哟,骨头都要碎了。

隔壁传来窃笑,小曹赶紧放松了一些。小曹低头附耳说:婷婷,这些日子总想见你,见了你又不知说什么。

郎婷婷说:看出来了,你不是那种花言巧语的人。小曹说:对,我是不大会说话。郎婷婷问:你经常和王冶文混在一起,就没受点感染?

小曹说:冶文这人真没说的,如同我的亲哥。

郎婷婷说:嗯,你俩长得有点像双胞胎。哎,你没少帮他干坏事吧?

小曹说:没有,我和他只干好事,不干坏事。郎婷婷咯咯笑了。小曹说:婷婷,你一笑身上的肉好软。郎婷婷仰起脸来:看着你挺老实,也够坏的。

小曹说:男人有几个不坏的? 郎婷婷:这倒是实话。你看我长得好看吗?

小曹说:非常漂亮,特别是皮肤,好像是掐一下就出水似的又白又嫩。郎婷婷问他为啥不掐一下试试。小曹好像吓了一跳,连说:不敢不敢。

郎婷婷:这皮肤好,一是天生,二是保养。

小曹:说到保养,我有个方子很有效。

郎婷婷说:你还有方子,一个大男人家,说说看。

小曹掰着指头:用蜂王浆一到两克置于手掌中,再加少量温水调匀好涂抹在皮肤上,可使面部皮肤光泽、增白,消除色斑,减少面部皮肤皱折。

郎婷婷:哦,这方你从哪里得来的?

小曹说:以前我那位经常这么用,所以总是显得年轻。郎婷婷沉下脸:以后不许再提她,再提就不理你了。

小曹:好,保证不再提了。

郎婷婷在小曹怀里动了几下:天不早了,咱们走吧。

小曹问去哪里,郎婷婷意味深长地说:随便你。

小曹用力亲了一下郎婷婷:真幸福,魂都散了!

38

普外病房里,肺癌患者王学东病情加重,患者平躺在病床上,形销骨立,脸色蜡黄。王冶文、吕成和护士小马、小黄站在病床旁。

输液管里的液体在滴答滴答地往外滴着,小黄按时给王学东测量血压、数脉搏,听呼吸。王学东不停地咳嗽,接着吐出一大口血。患者显得精神紧张、恐惧不安。王冶文低声说:镇静剂。

吕成迅速开好处方,吕成将处方送到王冶文面前,王冶文看了一眼点点头。吕成将处方递给小马:快!

小马小跑着出了病房。

王学东咳嗽加剧,又咳出一大口血。王世伦俯身向前:爸,爸爸!

王学东面色惨白,看了一眼儿子,没有说话。

王学东继续咳血,样子十分痛苦,王冶文当即指示:镇咳药。

吕成开出处方递给王冶文,王冶文看了一眼划掉处方上的药名换了一种药,将处方递给刚刚给王学东注射好镇静剂的小马:快!

小马放下注射器又小跑步出了病房。

王学东继续咳血。吕成说:王主任,用止血药吧?

王冶文说:暂时不必。王冶文用听诊器在王学东的胸前仔细听着,听了一会儿拿起听诊低头轻声唤道:王大叔,王大叔。

王学东喘着:王主任,我……是不是……不行了?

王冶文笑笑:没事王大叔,你再轻轻咳嗽。

王学东轻咳,又有少量血液从口中吐出。王冶文说:对,对,就这样,感觉咽喉发痒就轻轻咳嗽,把血液咳出,以免滞留在气管里。

小马取来镇咳药给王学东用上,王学东咳喘渐轻,精神也慢慢放松。

王冶文说:暂时这样,保持呼吸道畅通,保持大便通畅,备好呼吸机。

354

吕成一一记下。

王世伦一直定在旁看着王冶文采取治疗措施但却一声不吭。

王学东病情暂时稳定住了,王冶文等人回到值班室里。王冶文和吕成开始整理病历。吕成问道:王主任,用镇咳药时你干吗把我开得吗啡划掉了?

王冶文说:病人在这情况下尽量不要用吗啡,否则容易过度抑制咳嗽引起窒息。吕成说:教科书上没写呀。王冶文说:这是当年导师特别嘱咐我的,是他长期临床经验所得。吕成点点头:经一事长一智,跟着你学了许多东西。

王冶文把整理好的病历医嘱放在桌上。吕成说:王主任你下吧,李主任这会儿也快来了。王冶文点点头没说话,他继续思考了一会儿说:哎,今夜注意,如果病人疼痛厉害就用杜冷丁,气喘厉害就静脉用激素;呼吸困难加用氨茶碱抗生素呼吸机。闯过这一关,患者还能维持一段时间。

吕成:倘若大咯血呢?

王冶文:目前还不会,至少这两天不会大咯血。刚才只能算是中等程度咯血。大咯血一般一次的咯血量在200ml或24小时内的咯血量在500ml以上,是晚期肺癌患者由于肿瘤的浸润性生长造成肺内血管及其支气管动脉破溃而导致大咯血的发生,加上肿瘤患者经过放疗、化疗、肿瘤坏死并伴有不同程度的骨髓抑制、凝血机制障碍,一旦出血来势凶猛,抢救起来难度是相当大的。

吕成:王主任,了不得,这《临床外科学》就跟你写的一样。

王冶文:我是不是背得挺熟?

吕成:几乎一字不差。

李晓宇走进来:冶文,你还没下?

王冶文:刚才王学东病情加重。

李晓宇坐下来:说起这位患者,我倒想起一件事,他儿子找过我。

王冶文:怨我不给他爸爸开刀?

李晓宇:是啊,说是先通过我这里,免得扣上越级上告的罪名。

王冶文一笑:官二代,惹不起呀。

李晓宇:什么官二代?

王冶文:他爸爸是村主任,他不就是官二代吗?

李晓宇:哈,这称呼不错。

王冶文:我走了,明早见。

李晓宇:明早见。

鲁侃大约和王冶文"摽"上了,医护员工实行季度奖时,因为看在郎婷婷的分儿上，照顾王冶文的工作和威信而没有扣发；王冶文不识抬举拂了鲁院长的面子，并且差一点让他在法院法官面前出丑，他心里别扭，把季度奖改成每月奖。原想采取这样的短期措施可以起到突击作用，至少能给一直用药吝啬的外科带来些惩罚，让王冶文吃个哑巴亏也好反思一下自己的行为过错。岂料王冶文利用腾出来的高间安排收治了更多的病人，正常合理的收入却没有下降，所以也没挨罚。鲁侃是个争强好胜的人，也是个极具双重性格的人，出于公心，他决定再制新规增加创收；出于私怨，他非得要和王冶文较较劲不可。此时的鲁侃似乎忘记了自己几年来和王冶文的私交感情，忘记了一个领导人所不应存在的假公济私，他再次修改了创收规定，并将规定提升为每个医院员工所必须遵守的制度。由于他用词巧妙而且极具隐蔽性，这份修改后的制度也就得到了院长办公会的通过。

于是，医院办公室给各科下了通知，次日即在医院小会议室召开各科室负责人会议，宣布修改后的创收制度以及所附带的某些章程。

照例，正副三位院长坐在主席台上，各科室负责人坐在台下。

齐院长作为会议主持首先念稿：前一段实行合力创收以来，我们医院的扩建资金增长很快，那天财务科和基建科汇报，说再有一千多万元就可以开工了。在鲁副院长的提议下，昨天我们几个负责人碰了碰，决定百尺竿头再进一步，争取明年扩建工程正式启动。今天召集各科室负责人会议只有一个目的，创收，再创收，这方面老鲁制订了详细计划，下面让他给大家传达一下。

鲁侃扫了台下一眼：大家都很忙，我也不多啰唆，很简单，为提高本院的经济效益，院委会研究决定修改以往的章程，制定了新的奖惩制度。以往是完不成任务者扣发奖金，现在是和全科人员的工资挂钩了。这就是说，有的科如果再顶下去，那么你们科的医护人员的工资都会成为大问题。也许有人说工资是受国家法律保护的，这话没错。但你也要明白，现在实行的是双轨制，我们医院属事业单位企业管理，所以决定以后实行绩效工资制，就是收入减去成本再乘以提成的百分比才是科室人员的工资。不需要我多解释了吧，有人要用几元钱的便宜药那是你的自由，不过你不能把自己当成菩萨下凡，让全科室陪你喝西北风吧……

鲁侃滔滔不绝。

台下鸦雀无声。

鲁侃讲完，看看台下。

台下各科室负责人都在用复杂的目光盯着他。

鲁侃歪头看看齐院长，似在征求齐院长对他讲话的意见或看法。

齐院长:大家对这个新东西有什么意见吗?

台下依然无声。

齐院长有点尴尬:要是大家没什么不同意见,暂时按此执行。因为是新方案新举措嘛,大家可能要有个适应过程,要是有什么不同意见或者看法,可以随时找院委会汇报,反对也行,提建议也行。总之,老鲁制订的这个方案虽然有点苛刻,甚至有失偏颇,但目的不坏,就是为了增加咱们医院的经济实力。今天的会至此结束,大家各忙各的去吧。

各科室负责人乱哄哄地走出会议室。

鲁侃竖起耳朵想听听大家说些什么,真遗憾,人多嘴杂,他什么也听不清楚。

王冶文和刘少清一块儿乘电梯下楼,一块儿朝病房区走,走到外科走廊入口处,王冶文说:刘主任,不到我办公室坐坐吗?

刘少清犹豫了一下:坐坐就坐坐,反正我回去也该换班了。

两个人顺着走廊往办公室里走,走到 106 病室门口刘少清站住了:哎,冶文,咱们再看看那位老邱,他的病挺特殊,一直惦着呢。

王冶文说:还要回访啊?

刘少清说:不是回访,是看看,时间一长,和病人有感情了。

王冶文朝 106 病室一伸手,两个人先后走了进去。

106 病室里,老邱仍然扶着床沿练习走路,刘少清和王冶文走进来时,老邱恰好走到床头这边,他眯起眼睛看了看,声音含混不清地说:咦咦,刘……主任……王,你们来了。坐,快请坐。

老邱指指床边的一张凳子又指指床沿,分明是给二人分配座位了。

王冶文连忙让老邱坐在床上说:老邱叔,刘主任又来看你了。

老邱站起身:哎哟主任啊,你们在我身上操了多少心了,让我说什么好呢。

刘少清告诉老邱不要客气,自己是路过这里顺便看看老病号的,他问老邱最近感觉如何。老邱张着嘴哇哈半天说:刘主任、王主任啊,怎么这身子就是不听使唤呢,这不又过去十来天了,还是离了床沿就跌跟头。

刘少清点点头:不过,听你说话可比以往清楚多了。

老邱勉强一笑:说话虽然也常常断流,还能凑合着来,就是这腿脚……

王冶文从旁安慰老邱,说:恢复到这情况已是不幸中的万幸,心里应该宽亮些。

老邱眼睛发直,用力摇头却摇不起来,他嘟嘟哝哝地说:王主任刘主任啊,你们都是好人,好人面前不说假话,这事故全怨我自己,怨我自己啊。这病房里也都是熟人，我也不忌讳，老着一张脸皮把实底交给你们，我是私心杂念害了自己……

老邱时而清楚时而含混地向全病室的人敞开了自己的心扉，他从在路边上悠打腿看到李二㦰怠开始，一直说到如何感觉眼前飞萤乱舞血压上升准备回家，又突然发现一辆自行车擦着身子从面前慢慢驶过时突然心生邪念，右手突然伸出抓住那辆自行车的后衣架而摔倒……

老邱老泪纵横，本来含混不清的口齿更含混了。王冶文唯恐老邱情绪激动引起血压升高，赶紧安慰他，劝说他，并取出纸巾为他擦泪。同室的病友们也纷纷劝解，说：人非圣贤，孰能无过，只要说出来就是解脱了。良心，什么叫良心，就是说实话办实事知错就改呀。

老邱稳定下情绪继续说下去：两位主任，你说要不是我这私心，能出这种事吗？病成那样子，还整天惦着人家赔偿，知道了实情也明白了自己的企图落空，这心里一急，血压就腾地冲上来，要不是王主任和刘主任联系及时把我转到内科，这小命早完了。说到底，我家经济情况不行啊，害怕以后看病看不起啊，就是为了将来有个大病小灾吃药住院时找个垫背的啊……

王冶文劝他说：邱叔不必这样，想开就行了。

老邱说"想开了，想开了"，他指邻床林在庆说：你瞧人家林老弟，腿折了还是明白是非，不是人家撞的就自己承担，连埋怨别人的话也没有。反过来看看我呢，羞死了，愧死了。我也是念过几天书的人，这就是品质，这就是人格呀。

王冶文情绪低沉，声调也有些滞涩，他问刘少清听了邱大叔这些话有什么感受，刘少清长长地叹口气：唉！感慨良多呀。

王冶文说：我甚至有些震惊。

刘少清：是啊，作为医院来说，这种企业化管理的事业单位，经济效益要抓，病人情况更要兼顾。否则，会给社会带来极大的诟病。唉，可惜呀可惜，可惜我们的医院不是社会福利的一部分。

王冶文说：至少得多一点人文关怀才行。

刘少清说：冶文，你对鲁副院长的新方案有何考虑？

王冶文：我行我素。

刘少清：那全科人员都得跟着吃亏，这是工资问题呀，不单单是奖金了。

王冶文：齐院长也说了，要是有什么不同意见或者看法，可以随时找院委会汇报。我准备这两天就去找他，秉公直言，据理力争，你看行吗？

刘少清点点头：这事光你自己不行，独木难成林，咱们得联合，联合各科室的同人一齐向院领导反映。我呢，首先算一个。

王冶文:上万民表吗?

刘少清:叫作群众意见也行。

王冶文:好,我起草。

各科负责人会议召开三天后,全院上下没有动静,似乎制定的新制度新章程顺风顺水,一切都是天下太平。鲁侃很兴奋,甚至有些激动,他终于可以静下心来考虑怎么应付老同学郎总了。郎总对他没能玉成妹妹的婚事颇有微词,言外之意是他鲁侃没有尽力。否则,一个副院长为一个科主任做媒,并且还是为他郎总的妹妹做媒,岂有不成之理。为此,他和陈小琳亲临郎府,好话说了三千六,并声称已经给婷婷找到了如意郎君。郎夫人追问是谁,陈小琳告诉她,就是那晚茉莉花酒店聚餐时陪王冶文到场的曹瑞成。郎夫人说:姓曹的长相可以,只可惜这职务和我妹妹太不般配。郎总是个明白人,说:事已至此,我们考虑一下再说吧。其实他们夫妇哪里知道,郎婷婷早已和曹瑞成生米煮成熟饭了。

昨晚鲁侃特地拜访了齐院长,商量中层人员的选拔问题,对于他提出的人选,齐院长原则上表示同意。只待院务会议召开通过,就可以正式聘任。这中层班子成员中,鲁侃就将曹瑞成加了进去。因为他心中有数,只要曹瑞成郎婷婷迈上婚姻这条路,这中层干部断无不聘之理。鲁侃一时高兴,就给郎总打了个电话。

电话拨通,鲁侃手持电话听筒兴高采烈地把这消息报告给老同学。

听筒里传出郎总的声音:老鲁,多年的同学关系了,我相信你。只要你保证曹瑞成明年能提成财务科长,这事可以考虑。

鲁侃:放心吧老兄,财务科的老李都五十六了,按说去年就该退下去,只因没有合适的人选才拖到现在,有小曹这个现成的人才,我和老齐商量商量就办了。

郎总:那个王……王冶文呢?

鲁侃:还是婷婷考虑得周到,王冶文虽然条件稍好,但他前妻留下一个孩子,将来婷婷能不生不养了吗? 真要有了孩子,这前窝后继的,关系不好处。所以,婷婷还是倾向于小曹。

郎总:既然婷婷的意见是这样,我们两口子也没什么可说的。这样,抽空见见面吧。

鲁侃:可以,还是定在茉莉花,行吗?

郎总:当然。

鲁侃:不过,这次可是小曹请客。

郎总:谁请都一样,不就是花那么几个钱吗?

鲁侃:到底是财大气粗,我就不敢吹这个牛。

鲁侃放下电话,低头在室内踱着。

电话铃响。鲁侃走上前抓起听筒:你好! 哪一位?

对面是齐院长的声音:老鲁啊,你过来一下,出事了,出大事了!

鲁侃一惊,心里莫名其妙怦怦乱跳。他长长地吸了口气压住心跳,小心翼翼地问道:老院长,到底出什么事了,快说!

齐院长:你过来,过来再说吧。

鲁侃听齐院长口气沉重,只好说:好的好的,我马上过去。他定定神,整整衣服,站在办公室中间想了一会儿,歪歪头:八成是研究中层领导的问题吧,这老头儿,可真够性急的。

鲁侃心里七上八下地走进齐院长办公室,齐院长也没多说话,只把一份抗议书似的东西推到他面前说:你看看吧。

鲁侃看着看着,头上冒了虚汗,说是动议书,其实就是抗议书,他所主持制定的新制度新章程犯了众怒了! 各科联合起来给院委会写了一份动议,要求院领导解释清楚,新制订的绩效工资方案有何根据,出自哪里的红头文件。同时质问,有什么理由把治病救人的医院变成以卖货赢利为目的的商场。这份东西措辞强硬不说,光签字的就有七八十人,连妇产科的那个专抽新生儿屁股的什么主任也签上名了。鲁侃看着动议书口眼发呆不知所措。就听齐院长问他:老鲁,你当时起草方案没查查文件吗?

鲁侃说:我是凭想当然,查什么查!

齐院长说:这下可好了,动议书上说了,下周一不答复,他们就群体上访。现在上边再三强调维稳,这不是给医院领导班子屁股眼儿里插棒槌吗? 老鲁啊,你脑子好使,赶紧想法补救,迟了要出大事的。

鲁侃:怎么补救,写检讨吗? 今天都周六了。

齐院长说:事情紧急,你去找办公室老孙想想法,他油滑滑的,这方面心眼子比你我都多。快去,马上去!

鲁侃如梦方醒,马上跑回自己办公室,打电话叫来了孙主任。

孙主任来到鲁侃办公室后坐在他对面,见鲁侃心神不定的样子,问他出了什么事。鲁侃像齐院长一样也没说话,只把那份动议书递给孙主任,自己则起身在室内踱来踱去。孙主任在认真地阅读那份书信,鲁侃走到他跟前想说什么。见孙主任没抬头,抻了抻又走开了。过了一会儿,孙主任看完书信,仰起脸一边思索一边用眼睛的余光追随着鲁侃。鲁侃立住:看明白了吗?

孙主任点点头:阵势不小!

鲁侃的手在空中画了个弧：当初，当初你就该阻拦我。

孙主任一脸委屈：连齐院长都阻止不了你，别说我了。事到如今，还是想办法补救呗。

鲁侃一脸焦躁：补救，怎么补救，瞧瞧，连他妈的妇科老魏都签上字了。

孙主任：这不明明是背叛吗？以往你的决定她是最支持的嘛。奇怪！

鲁侃说：不奇怪，那个人是出名的墙头草随风倒。你行了，金马银铃当，没亲强随上；你若不行了，别人往你头上滋尿，她就朝你头上拉屎。

孙主任：你和齐院长说一下，宽限几天不行吗？

鲁侃：傻了吧，单是齐院长的事吗？这事真要闹到市政府，还不得先把我的顶子摘了，闹不好连齐院长也跟着受牵连。

孙主任也站起身，也在室内来回踱着。孙主任踱了一会儿立在鲁侃面前：鲁院长你看这样行吧，先下个通知，就说考虑到诸多因素，新制订的绩效工资方案暂缓执行，待召开员工代表大会表决后再实施。

鲁侃：表决？表决肯定通不过。

孙主任：通不过就撤掉新方案，你可以有个台阶借坡下驴，不至于现时现报让人家一撅两半截。起码，不会引起群体上访，起码，可以保住你的脸面。

鲁侃沉思。

鲁侃：暂缓执行，员工代表大会表决……无奈之举。行，明天上午打印出来，周一发到各科室，也算对这事有个交代。

孙主任：是不是征求一下齐院长的意见？

鲁侃摇摇头：不用，老头儿好糊弄。

孙主任转身走出办公室，他要赶紧去打印通知书。鲁侃仍在室内来回踱步，一边踱步一边自语：我猜测——不，我肯定，这件事是王冶文带头挑起的。王冶文啊王冶文，你总是让我爱恨交加呀！你驳了我的面子甩了郎婷婷尚可原谅，现在又从根本上打击我的威望，破坏医院的扩建工作，这就有点自作孽不可饶了。长此以往，还了得吗。不行，以后有机会我得杀杀你的嚣张气焰，让你明白锅是铁打的。

39

肺癌患者王学东的病情再次加重，突然大口咳血，气息微弱，面色忽青忽黄不停变化着。值班大夫吕成在紧急抢救，一连串救治措施之后病人病情虽然略

361

显稳定,但仍处在垂危之中。吕成沉不住气了,吩咐小马快请王主任来。

王冶文此时刚好在骨外病房给林在庆复查完毕,听护士小马说王学东病情危急,立刻赶来普外。王冶文身穿隔离服跑进病房,吕成见到王冶文终于松了口气,他直起腰说:王主任,病人咯血不止。

王冶文检查了一遍病人的体征,用药之前先把王世伦叫到一边,低声告诉他说:老弟你爸爸情况不好,得有个思想准备。王世伦情绪平淡:不想抢救了?

王冶文说:当然得尽力抢救,我是向你交个底,免得到时承受不了精神打击。王世伦听王冶文说出这话,知道父亲来日无多,他再也难以控制情绪,霎时间便满眼流泪:行,王主任,事情到了这个地步我也无话可说,你看着办吧。

王冶文感到王世伦话中有话,似乎口气里隐喻着一种情绪,但救人要紧,他顾不得多作考虑便又回到病床前。王冶文根据病人病情认真琢磨,一套完整但终也不能起死回生的医疗方案在脑子里迅速形成。他和吕成商量着,施以垂体后叶素收缩肺小动脉,这样可以使局部血流减少、血栓形成而止血;继之又用酚妥拉明通过直接扩张血管平滑肌,降低肺动静脉压而止血。同时,下决心用上普鲁卡因以扩张血管兼以镇静,王学东的病情终于渐渐稳定了。

吕成看着王冶文连续施药并且极有章法,他发自内心地自叹不如,悄悄凑到王冶文耳边说:王主任,平时和你说说笑笑,真要上了阵,还是离了你这撑杆就倒。除这些药外,还用其他药物吗?

王冶文笑笑:小吕你是技艺已到,经验欠缺,暂时先用这些药,看情况再定。另外,准备开放静脉,备血,必要时补充血容量。

吕成答应着一一记下。

王冶文布置完毕回到外科值班室,虽然换班时间已到,他还是"积习成癖"地整理复查自己值班时段的病人病历。按时来换班的李晓宇走进来和他打个招呼,换上隔离衣的同时朝他腆腆脸说:冶文,有什么重要情况就写在病历上,我会相机处理。你下吧,我和吕成轮换着盯到明早八点。

王冶文说:这段时间都忙,姜玲去盯门诊了,十二点我去换她。李晓宇说:只有这样了,等忙过这一拨儿病人咱们再轮休。季节性的,逢到这时病人就猛增。

王冶文答应着脱下隔离衣,他把隔离衣挂到衣架上准备换衣服。值班室外响起急促的脚步声,只见王世伦张着跟头跑进来:快,我爸不行了。

李晓宇拿起听诊器就往门外走,刚来接班的护士小黄、小云紧紧跟上,王冶文也重新穿上隔离衣快步赶过去。

王冶文随后跟进病房时,李晓宇、吕成等人已在抢救王学东。王冶文走到病床前,见病床上王学东已被调为足高头底位。王学东呼吸困难,面色苍白,意识几乎丧失了。李晓宇和两位护士轮流拍打着王学东的后背,显然是在震动病人的心肺。王世伦见王冶文不计下班时间去而复返,就走到他跟前说:刚才你走后不大一会儿,我爸又开始咯血。可是咯了几口突然不咯了,双手乱抓胸膛,样子像是憋闷得受不了。我赶紧往值班室跑,回来他就不省人事了。

王冶文说:这是大咯血引起的窒息,我们尽全力处理吧。

李晓宇听到王冶文的声音回头看了看:冶文,不好办了。

王冶文走到病人跟前看看情况,立即吩咐先用开口器、环口钳以保持呼吸道通畅。小黄听到这话没犹豫,说了声"我去取"就跑了出去。不大会儿,小黄从治疗室取来开口器和环口钳,吕成用开口器为王学东撑开口腔,李晓宇用环口钳把王学东的舌头拉出口腔,王冶文当即喊道:吸痰器!

小云把吸痰器的吸管递给王冶文,王冶文将吸管置于王学东的口腔和咽喉部,吩咐拍打后胸。李晓宇和小黄继续拍打王学东的后背,吸痰器呼呼响着,不断有血块和痰液流出。王学东呼吸稍稍通畅,渐渐恢复了意识。但病人仍旧烦躁不安,面色也由苍白变为灰黄了。王冶文擦擦额头上的汗:实在不行,就得气管插管或切开吸氧了。

李晓宇说:适当用点呼吸兴奋药吧。

王冶文说:对对。

呼吸兴奋药用上后,王学东呼吸渐顺,烦躁渐轻,病房里的人都松了一口气。李晓宇见王冶文累得脸色发青,拽拽他的胳膊说:冶文,你下班吧,我守着。

王冶文点点头:送特护病房吧,紧急抢救这里条件不允许。

李晓宇马上吩咐:转特护。

……

普外赵医生代替王冶文半夜十二点到急诊室接替了姜玲,所以王冶文才得以第二天早晨按时上班。王冶文走进外科病房值班室时,吕成、小黄和小云已经下班回家,等他接班的李晓宇坐在椅子上两眼无神,面露倦态。接替吕成和小黄、小云的姜玲、小林、小马准备查房的一应用品。大家各忙各的,气氛有点压抑。

王冶文凭直觉感到夜间有事情发生,他冲李晓宇点点头说,你熬了一夜,快下吧。然后就坐在椅子上,手中摆弄一支铅笔。直觉真准,李晓宇告诉他,王学东病逝了。因为是意料之内,王冶文听到此信虽然心中一震,但情绪并没发生大的变化。他用指头磕着桌面问:病情几点开始恶化的?

李晓宇说:夜间两点多,我看他病情稳定,就到休息室歇了一会儿,可是刚倒在床上,小黄就冲了进去,说是王学东病情恶化。

王冶文侧侧头:肺癌大吐血,神仙也没辙。当初导师就常说这句话。

李晓宇说:按你的叮嘱也切口了,也插管了,也吸氧了,该想的办法都想了,该用的措施都用了,实在是无力回天问心有愧呀。王冶文安慰晓宇:作为医生,我们已经竭尽全力,应该是问心无愧了。尸体还停在太平间里吗?

李晓宇说:没有,他儿子当夜就雇车拉着回了老家,临走时还说了句不三不四的话,声言他父亲之死出入甚大,不会就此罢休的。我们不理解他话中含意,是不是因为父亲的去世让他思维混乱了!王冶文站起身:不要考虑计较他说什么了,逝者已逝,对患者来说也算是一种解脱。晓宇你快回家休息吧,熬了一夜,你看脸黄嘴瘪,跟个蜡人似的。姜玲,走,查房。

姜玲等人答应着,几个人一块儿走出值班室。

这天晚上,王冶文和姜玲都没夜班,两个人商量着到外边吃顿饭,也好放松一下。因一连两三个星期,外科医护天天忙得连轴转,一个个神经绷得像弓弦,实在太紧张太僵硬了。听说开张不久的新世纪酒楼饭菜不错,两个人出了医院搭上出租车直奔新世纪,打算饭后再到歌厅去卡拉OK一阵儿回家。

新世纪酒店果然顾客盈门,大厅里是一处处的小隔段。王冶文与姜玲走进北侧一间小隔段里,服务员因为忙,递上菜谱让他们先挑选着又去招呼新来的顾客。

小隔段的门是开放式,姜玲刚坐下,忽然侧脸看到对面小隔段里坐着小曹和郎婷婷,她捅了王冶文一下:哎哎,瞧瞧多亲热!

正在看菜谱的王冶文抬起头:你说谁?

姜玲笑嘻嘻地指指对面,王冶文一侧头,只见对面小隔断里小曹和郎婷婷喝着啤酒,吃着海鲜,两个人不时抵首向前轻声细语着什么悄悄话。王冶文眯眯眼睛乐了:咦咦咦,果然好亲热!

小曹和郎婷婷异常投入,没注意到近在咫尺的王冶文和姜玲,仍旧陶醉在自娱自乐中。王冶文捺不住了,轻轻唱起了黄梅戏《天仙配》选段:你我好比鸳鸯鸟,双双比翼在人间哪啊啊……

小曹听到有人唱戏朝北一侧脸:哟,你俩呀,来来,凑一桌。

王冶文说:你俩唱牛郎织女天河配吧,我们在这边就行。

小曹走过来把王冶文和姜玲拽过去摁在椅子上,叫服务员快快再添菜拿啤酒来。郎婷婷瞅着姜玲小眼睛笑成一条缝,虽然已是名花有主,说话仍然带着些许醋意:瞧了没,夫行妇随,兄长一样呵护着。

姜玲说:还不如你俩呢,亲得跟香油调蜜一样,连我们进来都顾不得看一眼。

郎婷婷抓过姜玲的手揉捏着:彼此,彼此,谁也别说谁了。

王冶文刚坐下又站起来,目不转睛地朝斜对面的一个隔段看。小曹问他看什么,王冶文呵呵笑起来:今晚可真是关门挤住鼻子,巧极了。

姜玲起身问他:什么巧极了?

王冶文指指那边的隔段说:你看那是谁?

姜玲歪着身子看了看:哟哟哟,那不是刘芸和梁俊生吗。

不远处的隔段里,刘芸和梁俊生正在向服务员点菜,灯光下,梁俊生满面生辉,刘芸喜笑颜开。王冶文念叨着,来了也不跟我打个招呼,小伙子小姑娘的光顾了你恩我爱了。他悄悄走过去,站在服务员身后不说话。服务员写完菜单转过身,正和王冶文打个照面,服务员吓了一跳:先生,您想要什么?

王冶文打趣道:什么也不要,就想要他俩。

服务员吃惊地看着王冶文,眼神里满是恐慌、担忧和焦急。显然,她把王冶文误作黑社会派来寻仇的了。她连忙往旁边躲着:你们……可不能在这儿打架呀!

王冶文嘿嘿儿地笑起来。

刘芸和俊生同时发现了王冶文,喊着号子似的一同站起来——呀呀,哥,你咋也在这里? 王冶文右手掌朝梁俊生劈了一下:先说,俊生什么时候到的?

刘芸:下午。

王冶文:为何不首先向哥报到?

俊生说:哥,我这次来是想法解决调动问题的,正准备明天去拜访你呢。

王冶文笑眯眯地看着刘芸和俊生不说话。俊生以为王冶文怀疑他说假话,连忙解释:真的哥,明天就准备去找你商量呢。

王冶文说:一拃没有四指近,小情侣亲不够,哪能想起表哥呀,理解,完全理解。刘芸满脸飞红:哥,你看你说的……

服务员见这三人是熟人,不好意思地"嗨"了一声,立在一边等着。

姜玲、小曹、郎婷婷一起走过来。小曹迟疑地问道:冶文,这两位是……

王冶文说:女孩是我表妹警官刘芸,男的——还介绍吗?

小曹马上接话道:明白,明白,我这么聪明一个人,还用得着多说。

刘芸看看小曹说:这位一定是曹大哥。

小曹一惊:你认识我?

刘芸说:我猜的,都说医院里有个姓曹的长相酷似我表哥,不就你吗?

小曹摇摇头：了不得，警官的眼睛就是毒。

刘芸看着郎婷婷出神，王冶文指着郎婷婷介绍说：这是住院部郎副主任，你将来的曹大嫂。刘芸和郎婷婷握手，仍然目不转睛地看郎婷婷：曹大嫂真漂亮，真正的眼似月牙儿肤如脂，少见的好肤色。

郎婷婷乐了：妹妹真会说话，我都要晕了。

刘芸看着姜玲直笑，小曹以为两个人不认识，当即自告奋勇指指姜玲：这位是外科大夫……嗨，别费周折了，明说吧，刘警官，这是你将来的表嫂。

刘芸咯咯笑起来：小曹大哥，这还用你给我介绍吗，我和姜姐早就是好姊妹了，当初我经常来找表哥，她还以为是什么什么的吃醋呢。

姜玲不好意思地侧过脸去：我……候补的。

郎婷婷凑到姜玲耳边：说得对，要不是有个曹瑞成，你可不就是候补。

姜玲轻轻推了郎婷婷一下：看美得你。

郎婷婷说：小姜，我恋着促狭儿时，怎么看你都不顺眼，自从甩开他和小曹好上后，怎么看你都觉得像姐妹，你说怪不怪。姜玲说：这在情理之中，要不说叫情敌吗，俩女人同时对一个男人生了情，看对方就像看敌人。

郎婷婷说：可我又奇怪，这情怎么说淡就淡了呢？姜玲说：有两个原因，一是又有人勾引你，二是你们本来就是二婚头，没有定盘星。郎婷婷轻轻打了姜玲肩头一下：死丫头，该抽！

服务员呆呆地看着这一幕，好不容易有了插话话的机会：女士们先生们，你们别光顾说话，有事快吩咐，我正忙呢。

王冶文：对不起，对不起，这样，撤掉隔段，给我们找个单间。

服务员说：好的，你们上六楼吧。

几个人说笑着朝电梯走去。

梁俊生：哥，公务员调动的事不好办，你得帮个忙啊。

王冶文：难题，找谁呢？

梁俊生说：这得市领导说句话，组织部门抓抓紧。王冶文沉吟着一时拿不定主意，郎婷婷忽然说：你们别作难了，这事交给我吧。王冶文吃了一惊：什么？

郎婷婷说：这事交给我办吧。

王冶文：你通天啊？

郎婷婷说：我哥哥和管组织的吴书记是好友，我小舅就在组织部。刘芸拽着郎婷婷胳膊直摇晃：啊哟，我说进饭店之前左眼皮跳呢，原来是遇到贵人了。

梁俊生：嫂子……

郎婷婷：还没领结婚证呢！

梁俊生：哦，大姐，真是磕头来不及，打滚弄身泥，我先给你鞠个躬吧。

梁俊生站住，恭恭敬敬给郎婷婷鞠躬。郎婷婷咯咯笑起来：还是跪下磕头吧，我喜欢让人顶礼膜拜的感觉。

小曹：婷婷，别逗了，满大厅的客人，跟要猴儿似的。

郎婷婷：哎，我忽然冒出个想法。

小曹问她什么想法，郎婷婷说：咱们六人三对同时举行婚礼怎么样？

刘芸轻轻鼓掌：我举双手赞成，不同意的掌嘴！

几个人笑着朝电梯前走去。

这晚的聚会，六个人吃完饭又跑进歌厅，一直玩儿到子夜时分才回家。临分手时几个人约定周末去减河湿地玩儿，梁俊生说自己周末前得回江城，等到调动问题解决后，他一定补上。情况特殊，另几人笑一笑就算默许了。

……

周六上午，一辆夏力车停在减河湿地西岸的停车场里，小曹和郎婷婷钻出车门，走到河边，顺着河岸上的台阶往下走。小曹不时地扶一下郎婷婷：慢点慢点，这坡太陡，小心崴了脚。

郎婷婷说：你个乌鸦嘴，不盼好事。小曹很委屈：这不是关心你吗，好坏不分。

郎婷婷眯起眼睛笑了：傻样吧看你。

两个人走到河边湿地，湿地上花草葳蕤游人如织。他们刚到河边，忽听减河里传来汽笛声，紧接着一辆小汽艇从北边驶来。小汽艇劈波斩浪飞驶向南，河心里荡起一串串浪花，一片片涟漪。小曹和郎婷婷驻足观看，他征求婷婷的意见，说这艘游览艇一会儿又得开回来，是否想享受一下畅游河道的快乐。郎婷婷连忙摇头：我晕船，再说……

小曹奇怪地看着婷婷：再说什么？

郎婷婷一笑，没往下说。

小曹说：这个礼拜天，咱们得好好游玩儿游玩儿，待会儿再去大雁岛。郎婷婷抿着嘴说：我是嫁狗随狗，既然已经领了证，一切听你的。小曹很是得意，想想昔日那位夫人总是对自己横眉冷对，心中一股暖流涌上来，不由自主地搂着郎婷婷的肩头，满不在乎地往她脸上亲了一口。一对青年男女从他们身旁经过，男青年看了他们一眼凑到女孩子脸前嘻嘻一乐：这准是在家没亲够。

女孩子：看人家亲热眼红，你也亲呀。

男孩说：待会儿咱们回到家……南边传来汽笛声打断了男孩的话，小曹和郎婷婷回过头，一艘小汽艇劈波驶回，钻过减河大桥桥孔向北而去。郎婷婷说：

这游艇这么快就回来了？小曹说：你仔细看看，是两艘，南北对开的。

这时背后传来一个孩子的声音：郎阿姨，郎阿姨！

两个人站住回头看，是王冶文和姜玲带着冬冬如约到来了。冬冬跑到他们跟前喘着气说：郎阿姨，我离老远就看出是小曹叔叔和你，我爸爸和姜姨还不相信。

郎婷婷俯身亲了冬冬一下：冬冬眼力真好。

王冶文和姜玲走到小曹和郎婷婷跟前，小曹说：你们果然不负所约，真到这里过周末了。王冶文回道：是啊，俗话说，坐久了起来活动下，事半功倍。工作累了出来放松一下，同样的道理。好不容易有这点空儿，出来转转嘛。

小曹说：你们的车呢？

王冶文说：我们只有电动车，放到存车处了，咱们准备去哪里？小曹建议，在这减河湿地游览一番后，再去大雁岛消费一下如何？王冶文和姜玲还没说什么，冬冬已在抗议了：叔叔，不能光依着你们大人的意思来，我想去看大风车。

大风车在桥那边湿地拐弯处，距这里挺远，然而孩子提出来了，作为成年人就不能扫了他的兴。小曹连说：屈服，依你，就依你。这样，咱们先去锦绣川河湾里看荷花儿，顺路也就到了风车台前了。王冶文今天兴致很高，说好的，中午新世纪酒店，我请客。小曹乐了：精神物质双收获，一言为定。

大人孩子说说笑笑，顺着花砖铺成的路在减河湿地边上往北走，王冶文、姜玲和冬冬走得快，小曹和婷婷渐渐落在后头，小曹定定地看着三人的背影说：一家三口，真幸福！

郎婷婷说：你向往这种生活？小曹说：当然了，结婚好几年，我的前妻……郎婷婷拉下脸来说：又前妻是吧！小曹连说：错了错了，该抽！郎婷婷娇嗔一乐，说：我们也快了。小曹吃惊地盯着郎婷婷：你说什么，快了，是不是快有了？

郎婷婷拍拍自己的小腹，十分肯定地点点头。

小曹惊喜异常，嘴里说着"天老子哟会是真的吗"，蹲下身子将耳朵贴在郎婷婷肚子上听。走在前边的冬冬无意中回了下头，吃惊地嚷起来：哎，爸，你快看，曹叔叔要吃郎阿姨肚子上的油！

王冶文和姜玲同时回头看到这情景，一下子笑弯了腰。郎婷婷红着脸一把拽起小曹：现眼的，五更等不到天明。

小曹赶紧站起身，紧走几步追上王冶文他们。姜玲问小曹听到了什么，小曹说：还没听清呢就让冬冬给搅了。王冶文说：没关系，回去后躺在床上用手摸摸，只要摸到有个小球球，就是你的儿子或女儿了。说着笑着，前边到了锦绣川的荷花湾，荷花湾里赏荷花本来是件很有雅兴的事，可惜此时季节不到，只有荷叶没有荷花。几个人驻足观望了一会儿,便直奔大风车去了。

大风车下有塔台,冬冬小跑着上了塔台,王冶文等人便仰脸望着塔台上的风车出神,巨大的风车扇叶静静地停在空中,像是巨型蜻蜓的翅膀。同行的几位游客也站在塔台前仰脸观看,其中一位说,风车停摆不动,实在让人失望。另一游客说风车才建起来时,几乎天天转,后来不知怎么就停摆了。听得塔台管理室里传出一位老人的声音:为了省电呗。

冬冬听到这话从塔台上跑下来:我的同学林薇薇说,想看风车转,你得花钱。

又有游客说:我也听人这么讲,要让风车转就得花钱。对,问问塔台里的师傅,花多少钱才能看到风车转。小曹和那位游客果真走进塔台管理室询问,不大会儿又摇头头跑出来:办不到了,花钱也办不到了。

有人问为什么,小曹说:管理塔台的师傅说,以往是大伙凑足二百元可以开机转动风车十分钟,现在景区管理处有规定,最低起价五百元,还说得有重要外地游客参观。王冶文跟上一句:要是市长来了呢?

管理室的老师傅探出头说:不用市长来,景区管理处主任打个电话就行。

王冶文:那好,我给他们景区主任打电话。

王冶文取出手机,姜玲一把夺过手机拨号。手机拨通,手机里传出一位女士的声音:您好! 这里是新世纪酒店,请问有什么需要帮助您?

姜玲对着手机大声说:中午请安排一个单间,五个人,对对。标准嘛,到时再说吧。好好,谢谢!

姜玲把手机还给王冶文。冬冬眨着眼睛:姜阿姨,不看风车转了?

姜玲指指太阳:你看,快晌午了,咱们下礼拜再来看吧。

王冶文说:不给景区管理处打电话了? 我和他们主任挺熟的。

姜玲说:你充什么大粒子黑豆,小黄的男友就在景区管理处,我早听他说过,现在,风车只有外地参观团来参观或者领导视察时才开动,你打电话,不是给人家出难题吗。郎婷婷眯起眼睛看着王冶文笑,王冶文说:郎婷婷你笑什么笑?

郎婷婷说:看看看看,还没领证就给管住了,这以后肯定是怕婆子的货,让你促狭儿! 姜玲轻轻掐了下郎婷婷的屁股,王冶文苦笑着说:听到了没冬冬,今天是看不成风车转了。冬冬说:没问题,我和林薇薇关系很好,她爸爸是副市长,下礼拜来时,我拉上她和她爸爸,保证能看到风车转。

小曹佯装大惊:妈呀,小小年纪就知道拉关系走门子了,冬冬,跟叔叔坦白,林薇薇是不是你女朋友?

冬冬思索片刻:曹叔叔,朋友还得分男女吗?

小曹说:那当然,含义不同嘛。你和林薇薇发展到哪一步了?冬冬说:不像你和郎阿姨那样亲亲热热,只是她喜欢叫我小名,我也喜欢叫她小名。小曹"哦"了一声:仅仅如此啊,这样的话,你可以拉来林薇薇,却不一定能拎来她爸爸。

郎婷婷说:别跟冬冬逗了,你看你,一个大人家,站着躺着都比孩子长半截。

冬冬看着小曹和郎婷婷嘿嘿直乐。郎婷婷问冬冬笑什么,冬冬说:我看呀,曹叔叔和你站着躺着长短都差不多。周围的人哄一声乱笑。郎婷婷红着脸嘟哝,说:冬冬真是个小鬼头。小曹牵起冬冬的手:走走,酒店房间的门都打开了。

几个人走进新世纪酒店 678 房间围坐在餐桌旁,服务员把一盘盘菜送上餐桌。王冶文左手扶着一瓶红酒,右手扶着一罐啤酒说:冬冬自然是喝饮料,你们三个喝红的还是喝啤的,快说。

郎婷婷说:喝红的吧。小曹连忙阻止,说:婷婷,红的白的啤的你都不能喝,陪冬冬喝饮料吧。姜玲有了反击机会,说:咦咦,刚领证就管住了,说不定将来真得妇为夫纲呢。郎婷婷一笑:姜玲,给你改个名吧,叫报复。

姜玲说:随便,哎,王冶文,人家夫君这么关照,看来是有情况了,那就让郎主任陪咱们冬冬呗。王冶文:明白,明白,十个月后还在这里,满月酒一桌。

小曹:了不得,心有灵犀一点通,妇唱夫随呀。

王冶文让服务员把红酒啤酒全打开,谁愿喝什么喝什么。服务员走上来把酒瓶盖打开,按照每个人的要求分别斟上红酒或啤酒,王冶文举起酒杯:来,为咱们五人……姜玲打断他的话:错了,六人!

王冶文说:对对对,为咱们六人今日聚餐干杯。

冬冬说:爸爸和姜姨都糊涂了,明明五个人嘛。

姜玲说:冬冬,有个数学题你算一下,一减一等于几?

冬冬眨巴着眼睛,说:这也算个数学题?姜玲指指郎婷婷的肚子做了个手势,冬冬嘻嘻笑起来:等于二。

姜玲:天才,好聪明!

几个人相互碰杯,冬冬凑到郎婷婷耳边:郎姨,给我生个妹妹。

郎婷婷一笑:宝贝,我做不了主啊。

40

就在王冶文他们坐在新世纪酒店吃饭时,夏雨柔正坐在宿舍客厅沙发茶几前,茶几上摆满了大小不一的纸片。夏雨柔在纸片上挥笔练字,写满了字的纸片被整齐地叠在一侧。夏雨柔写累了,喝口水喘口气,继续练签字。

夏雨柔一边练字一边不时地瞅电话,有时还停下笔来取过手机查看。每次查看后都是一句话:死鬼,不来电话连个短信也不发!

几番折腾之后,夏雨柔似乎沉不住气,她放下笔抓起电话拨号码,电话拨通。

里面传出一个女性的声音:你拨打的电话暂时无法接通,请稍后再拨。

夏雨柔放下电话:唉,一定是在片场。

夏雨柔望着天花板出神,天花板本来雪白,此刻她看到的却是红绿相间并且不断变化的颜色。夏雨柔眨眨眼睛低下头来,盯着柳田禾挂在她墙上的一幅书法忽然自言自语道:杯中影镜中花花不迷人人自迷,水中月人中杰水不洗人人自清 。这个老柳,开口就是艺术,张嘴便是对联,难怪会成为明星。

夏雨柔学着某女演员翘起左嘴角动了几动,重又低头练字。

电话铃终于响了,夏雨柔连忙抓起话筒:喂,老柳!

电话里传出女人的声音:什么老柳老榆的,我是刘芳。

夏雨柔:哦,团长啊,找我有事吗?

刘芳在电话里说:下礼拜市里要举行一个招商晚会,你出来掺和掺和吧,光闷在家里会出毛病。夏雨柔莺声燕语:团长啊,前天晚上我和老柳通电话,他告诉我说导演正准备把给我安排的角色塞进戏里,可能这两天我就得赶往片场,下礼拜的晚会恐怕是没时间参加了。

刘芳说:光憋在屋里不行,出来放放风。

夏雨柔说:没事团长,我习惯了。

刘芳:晚上我们一块儿去新世纪吃螃蟹,你不参加活动,参加吃饭总可以吧。

夏雨柔笑笑:这个嘛,我倒可以考虑。再说这也是你们的一番心意,否则日后我成了明星,你们想请可能还排不上号呢。哈哈。

刘芳语气揶揄:嗯,你就等着成明星吧。

夏雨柔还想说什么,电话挂断了。夏雨柔看看电话听筒:扫兴!

……

市医院外科手术室里,吕成正给一位急性胃穿孔病人做手术。因为是急诊,病人的既往病史不清楚,手术难度很大但又必须马上做。吕成这两三年来有王冶文和李晓宇带着,与姜玲、赵医生等一帮年轻大夫能独当一面了,所以诊断明确后,他决定立即手术。

无影灯下,手术并不是想象的那么顺利,主刀医生吕成额头上不时冒出虚汗,助手和护士给他擦了一遍又一遍。吕成遇到了始料未及的难题,他只好停下手中的手术刀吩咐护士:打电话问一下,看王主任在不在家。

护士拨通王冶文手机,正在饭店吃饭的王主任一看是手术室的电话,连忙离开餐桌站到旁边接电话。手机里是一位护士急促的声音,她问王冶文现在哪里,说:吕大夫这里有个急诊手术遇到了难题,请他帮助一下。

王冶文听到此情心中一颤,自己正在饭店吃饭,如果情况紧急,现在回去恐怕也是于事无补,他赶紧询问是例什么手术,对方回答说是急性胃穿孔。王冶文问:腹腔打开了吗? 护士说:已经打开,手术正在进行中。

王冶文说:这里距医院挺远,我回去动手也来不及,你让吕成打开电话免提。护士遵照王冶文的吩咐打开电话免提,并且因为情况紧急,违反规定把座机挪进手术室里,放在不远处的一张闲置手术车上。电话里传出王冶文清晰镇定的声音:小吕听着,我是王冶文,简述一下手术过程。

吕成:麻醉消毒后胃肠减压,取上腹部正中切口长约 15 厘米,逐层切开进腹。

王冶文:探查情况?

吕成:探查发现,肝脏外形质地正常,肝胃韧带,肝肾隐窝,肠间隙间见大量脓腋及食物残渣,胃幽门管前可见一穿孔,直径约 0.8 厘米,孔周僵硬,可触及一肿块约 2.5×1.5 厘米块状结节。

王冶文:送冰检了吗?

吕成:冰冻报告,未见癌细胞。

王冶文的声音立时变得轻松了:小吕,没关系,这是弥漫性腹膜炎,胃溃疡穿孔。清洗之后,马上行胃穿孔修补术。

吕成说:穿孔很大。

王冶文回答:无妨,沿垂直于幽门管方向间断缝合八针以上,表面涂以 OB 胶,再以大网膜加强。下边我就不用多说了吧。

吕成:修补后以稀碘伏水冲洗腹腔,于修补处及盆腔各置腹腔引流管一根。

王冶文:呵呵,小吕你轻车熟路嘛。

吕成：主任最后总是留下这句话。

王冶文：不是我鼓励你，当年我像你这年龄时，还不如你放得开呢。

吕成：不是鼓励也是鼓励，谢谢主任。

吕成和王冶文交谈着，手术继续进行……

一辆摩托车慢慢拐进市立医院的停车场，胳膊上戴着黑纱的王世伦下了摩托车摘下头盔，将摩托车推到存车处存好，拎着头盔快步走进医院门诊楼。

王世伦站在门诊前厅里四处观望，目光几经搜寻，终于盯住前厅上方墙上的"科室分布图"。王世伦仔细地看了一会儿，嘴里轻声念道：办公室，七楼。

王世伦走到电梯前，电梯向上的箭头亮着，好些病人和病人家属在电梯前立等。电梯下到一楼，电梯门开了，王世伦和众人急忙走进去。电梯升到七楼，王世伦走出电梯顺着走廊察看，他找到了医院办公室，刚要抬手敲门又停下了。他在办公室门前踟蹰着，好像在考虑进去后说什么或者怎么说。

王冶文在办公室门前犹豫不决时，屋内办公室主任老孙正端坐写字台后看文件。孙主任伸手端起保温杯喝了一口茶水，口中慢慢念道：除国家规定的基本药物之外的其他药品均按正常价格执行。药品价格分三种：政府定价、政府指导价、市场调节价，基本药物的定价属于政府定价与政府指导价的范畴，其他药品为市场调节价……

有人敲门。孙主任将念了一半的文件放下：请进！

王世伦推门走进来，孙主任坐在写字台后没动身。他问王世伦找谁，王世伦站在写字台前迟疑着说：请问先生，你是院长吗？

孙主任说：我不是院长，你是哪里的，找院长干吗？王世伦说：我是城西大柳庄的，姓王，我父亲王学东因为肺癌曾在这里住院，有些问题想找院长反映一下。

孙主任：哦，投诉啊？

王世伦说：算是吧，请你告诉我院长去哪里了？

孙主任说：今天是周末，正副院长都没上班，你周一来吧。王世伦说：既然这样，我就把材料送到市信访办公室去，反正不能白跑一趟。

王世伦返身往外走，孙主任忽然喊道：同志你站住。

王世伦停住脚步回过身：有事吗？

孙主任从写字台后站起来：这么说你是告状？

王世伦说：没去法院，不算告状。

孙主任打了个愣：对对，不算告状，不算告状。你是投诉医院的服务质量？

王世伦想了想说：也是，也不是。

孙主任问王世伦要投诉谁，王世伦说：投诉外科主任王冶文。孙主任三两步从写字台后走出来：哦？你投诉王冶文，问题严重吗？

王世伦抻了抻：说严重不算严重，说不严重呢也够严重的。

孙主任已经走到王世伦跟前，右手朝王世伦伸过去。王世伦怔了怔方才明白孙主任的意思，赶紧和孙主任握手。两个人交谈了几句后，孙主任说：我是办公室主任，今天替一位同事值班，有事你就跟我说吧。

王世伦：您贵姓？

孙主任：免贵，姓孙。

王世伦：哦，孙主任，也算是医院领导了，和你说说也可以。

孙主任指指沙发：坐下，先坐下，慢慢说。

王世伦坐在沙发上，孙主任用纸杯给王世伦沏了杯茶水，放在王世伦面前说：您喝着，慢慢讲。

王世伦喝了口茶水润润嗓子，把他父亲自从入院直到病逝的整个过程详细说了一遍，因为口才好，善于表达，有些地方不免绘声绘色。这让坐在他对面的孙主任颇受感动，这期间甚至给他换了两次茶。王世伦说完，擦擦眼上的泪珠，以让人听了能够立时万分同情的悲哀口气说：孙主任，如果您遇到这样的医生这样的事情，您是不是也会感同身受呢！

孙主任点点头：这么说，你父亲是因为没能及时手术而过早去世的？

王世伦肯定地点点头说：是这原因，当然我也明白，晚期癌症没有几个能活久的，可是，如果他当时能给开刀，以他的技术，起码还能活个一年半载的。

孙主任说：你没问他为什么不给你父亲开刀？

王世伦：他说我父亲是什么弥漫性的，开刀已经没有治疗价值，孙主任你听听，这是医生应该说的话吗。王主任技术高超，凡是进过市立医院外科的没有几个不了解，但就因为自己技术高就端架子，就借故不给病人开刀？

孙主任嗞哈了一下：你说他是端架子？

王世伦摇摇头说：没这么简单，同样是癌症，怎么那个姓焦的进院没几天就上了手术台，不光切除了癌瘤，我父亲去世前一天都能到我们病房溜达了。究其原因，是因我父亲是农民，我也是农民，给他送的红包太小，他看不到眼里。那个姓焦的呢，是干部，儿子又是化肥厂的老总，送的红包肯定不小。拿人钱财，替人消灾。以往江湖上是这样，难道现在连医院里也走这条路了吗？

孙主任来了兴趣：你估计姓焦的会给他多少钱的红包？

王世伦说：姓焦的他儿子是大老总，怎么也得万儿八千的吧。孙主任紧跟

374

着问他：你当时给他送了多少钱？

王世伦：三千。

孙主任：收了？

王世伦：没收。

孙主任：人家没收你的红包……

王世伦打断孙主任的话：孙主任，红包真要收了，说不定手术也早做了，说不定我父亲现在仍旧躺在床上而不是装在骨灰盒里。孙主任，这事我看您也替俺做不了主，还是等周一见到院长再说吧。实在不行，我就投诉上访，如今正在反贪反腐打击不正之风，我看这就是个典型。

王世伦起身要走，孙主任一把拽住他：你会用电脑吗？

王世伦说：我好歹我也是个高中生，咋不会电脑呢，你问这个干吗？

孙主任说：这样吧，你把事情的经过写一写，打印出来，签上字摁上手印，周一院长办公会上我交给领导。行吗？你说得对，如今正在反贪反腐打击不正之风，我看这就是个典型。王世伦朝孙主任鞠了个躬：那我真得谢谢孙主任了。

孙主任笑着说：你也太客气了。来，电脑就在那里，你赶紧去打出来。

……

周一上午，鲁侃坐在办公室电脑前写写停停，在绞尽脑汁想法应对各科室负责人送到齐院长那里的动议书。正在为寻找一个合适的理由上网找证据，外边响起敲门声。鲁侃刚要说请进，忽然想起上了锁，只好起身去打开屋门。屋门开处，孙主任慢悠悠地走进来：鲁院长，忙什么呢？

鲁侃找了个借口，说：下午例行院长办公会，我正起草一份本周工作重点计划，还有上周的综合情况。孙主任说：每天忙这顾那，真够累的。鲁侃说：职责所在嘛，你坐下。孙主任坐到写字台对面，鲁侃问道：有事？

孙主任说：昨天遇到一件意外情况，来向你汇报。鲁侃继续打字：说来听听。

孙主任说：有个叫王世伦的病人家属，来投诉或者说状告王冶文。

鲁侃停止打字：什么什么？

孙主任重复刚才的话：有个叫王世伦的病人家属，来投诉或者说状告王冶文。

鲁侃的眉毛挑了一下探过身子：原因呢？

孙主任说：这个王世伦认为是自己送的红包太小，王冶文借故推托手术。鲁侃显然对这事很有兴致，他从写字台后走出来，坐到沙发前：来老孙，慢慢说。

孙主任只好跟着鲁侃坐到沙发上，鲁侃问他事情是否属实，孙主任回答说自己也是听病人家属一面之词,还没调查落实。鲁侃问:现在病人情况如何?

孙主任说:已经死了,因为死了,家属才来投诉的。鲁侃脸上现出孙主任从未见过的奇怪神色,马上追问有没有病人家属的联系方式。孙主任说:不光有,还有病人家属的投诉信呢。

鲁侃口气急迫:快快,把投诉信拿出来。

孙主任从衣袋里取出两张写满文字的纸递给鲁侃,鲁侃认真地审读投诉信,边看边点头:有理有据,这事还真得认真面对。

孙主任问:鲁院长,这事挺严重吗?

鲁侃说:这个王世伦说得很现实。第一,他父亲初入院时,以王冶文的技术水平,满可以立即手术,可他却故意拖延。第二,王世伦意识到王冶文拖延的原因是在等着他的红包,于是便拿了三千元送给王冶文。王冶文这些年收红包习惯了,三千元当然看不在眼里,于是再度借故推托,说病人已经不适于手术了。第三,同样的癌症病人,一个姓焦的入院几天就进行了手术,现在几乎完全康复。究其原委,是姓焦的财大气粗,红包分量重,所以王冶文才受人大财,消人大灾。第四,当王世伦意识到红包的大小能够挽救父亲性命时,他父亲却因为错过了最佳手术期,真的不适于手术了。

孙主任吸了口气,说:这些根据很连贯,也很有逻辑性。可是,以王冶文的医德人品,他能干出这种事来吗?鲁侃摇摇头:事物都是相对的,不是绝对的。坏人有时也能干好事,可好人有时也能干坏事。什么叫利欲熏心,就是说一颗本来鲜红的心,硬是让利和欲给熏得变了色。

孙主任说:那问题可就严重了。

鲁侃说:这事关系到医院的声誉,老孙你先不要往外传,我和老齐老王商量一下再说。孙主任说:如果王世伦再来讨说法,我怎么答复人家呢?

鲁侃:你就说医院领导非常重视,会给他个交代。

孙主任说:那好,王世伦再来,我就让他直接找你。鲁侃犹豫了一会儿:行行,让他直接找我,有些细节我还得当面让他予以证实呢。

孙主任说:信上有王世伦的电话号码,如果需要,可以和他联系。鲁侃看了一眼信的末尾,点点头。孙主任起身要走。鲁侃叫住他:等一下老孙,你马上到病档室查查这几年王冶文做过的手术,列一份详细名单和通信地址给我。

孙主任:你的意思?

鲁侃:不要多问,午饭前把名单给我。

孙主任虽然纳闷儿,面对顶头上司,也只好点头答应。

孙主任奉命去病档室查阅这几年王冶文做过的手术病人名单,鲁侃继续他手头上的活儿,而此时王冶文正带着医护们查房。

王冶文、姜玲、小马走进骨外病房 106 室时,老邱一如既往地扶着床沿,拖着一条腿绕床转来转去练力气。老邱不时地和病友们说笑着,有病友说:老邱哥脸色越来越好了,比刚入院时年轻了许多。老邱说:讲年轻了那是您安慰我,心情比以前敞亮了倒是真的。又一病友说:住院住出了好心情,这倒新鲜。老邱说:你不信吗,这可是真的,住了这段时间院,交了好几个朋友,还懂得了好些做人的道理。你说,这心情能不好吗?那病友连说:也对也对,心情好,这病就恢复得快。俗话说有病三分治七分养,这养不是单指吃好喝好,主要就是个精神上的。先说话的那位病友马上证实:对,对,我有个亲戚,原来身体壮得跟牛一样,可是因为家务事生了一场气,一两个月后就得了癌症,不到两年就走了。你说说,值得吗! 精神,对,精神是关键。

王冶文走到 15 床前:老邱叔,别转了,躺到床上给你检查检查。

老邱说:每天如此,我已经好了,你们还要费心劳神地做什么。姜玲说:查房嘛,按程序来的,您老就服从呗。

老邱说:服从服从,赶紧躺到病床上去。王冶文望、触、叩、听,小马给老邱测血压量体温,姜玲在病历上记着什么。王冶文直起腰来,举着手中的听诊器说:老邱叔,恢复得很好,也很稳定,下周可以出院了。

老邱:是吗,我在这里待惯了,真舍不得离开呢。

病友们乱笑。

王冶文一乐,说:医院毕竟不是家,再舒服也不能久住不走,还是回你的安乐窝吧。老邱说:好好,听王主任的,下周就出院。你们说这人就是怪,从小到老可以不听爹的,不听娘的,不听亲戚朋友兄弟姐妹儿女的,但就是听医生的。

小马说:邱大爷,知道这是为什么吗?

老邱说:知道,因为医生就像判官,掌握着你的命。姜玲连说:这例子举得好,王主任你听了吗,判官啊! 王冶文一笑:只要不说是黑无常白无常就好。

王冶文一行说笑着走出病房,老邱从病床上挪下来,仍旧沿着病床转。这时,女儿小桦推着辆轮椅走进来。老邱说:小桦你下班了?

小桦把轮椅放在床旁边,说:我这班,随便,紧几步多清洁两家,这时间就腾出来了。老邱盯着轮椅:就这么个东西,好几百块呀?

小桦说:用着的东西就买,管什么价高价低,要是手脚好的,十块钱指不定人家也不要。老邱说:也是也是,谁像我这样没病找病啊。

小桦扶父亲坐到床上:爸,王主任说,再有一个礼拜你就可以出院了。

老邱说:刚才王主任告诉我了。

小桦拍拍轮椅：王主任说回到家后好好静养，再活个三十年二十年的没问题。在家待烦了，就坐着轮椅出来看看街景。

老邱说：王主任是喜欢说说笑笑的人，像我这情况，十年是个坎。

刚才那位病友插话道：老邱哥，有了这轮椅情况就不同了，经常出来逛逛市场赏赏风景什么的，心情一好，精神一旺，这再活三二十年也不是笑话。

老邱说：借您吉言，但愿。只是，给孩子们添麻烦，心里不忍。

小桦：爸，说什么呢，为人一世，谁没有个老啊。

多懂事的年轻人，多么孝顺的闺女，说话如此在情在理又可人心意，老邱激动得几乎要掉泪。他长长地叹了口气说：我这一生啊，多亏两个孩子顺心。

老邱坐在床上，两眼汪着泪。

小桦倒了杯水送到老邱面前：爸，喝口水。

41

孙主任做事敬业，只要是领导吩咐的工作，立马就办。他当即来到病室，因为所有资料基本上是电脑贮存，一个多小时他就查完这几年王冶文做过的手术病人名单并打印出来。当他把这份名单交给鲁侃时，鲁侃竟然有悖常理地对他这位下属说了声谢谢。

这时的鲁侃与王冶文之间的关系已经逐渐起了变化，大体推演起来可以这样判断——由私交甚厚到一般朋友——到一般上下级——到心生怨恨——到想尽办法找机会打击。如今，打击王冶文的机会终于有了，他手上的这份名单就极具运作价值。机不可失，时不再来。鲁侃很是推崇这句话，他决定马上行动，采取措施，杀一下王冶文的嬉气和傲气，挽回自己因为王冶文的屡屡促狭儿而被损伤了的那份声誉。于己，可以出口气；于公，也可警示因为受了王冶文的蛊惑而签名形成动议的那些人，让已经流产了的绩效工资制得以继续实施。这样，抬高了自己的威信，也增加了医院的收益，原定明年开工的扩院计划也可按时启动。

鲁侃看到名单上有些人自己很熟识，有的是本市各部局的领导，有的是近年突然暴发的富商土豪。由于周围气氛的开放，其中有些人可能生活中很难有所检点，这样的人免不了要和本市"性病名医"李岷打交道。想到李岷，鲁侃乐了，李岷很可能掌握某些人的"第一手资料"，这不正是自己搜集证据的好帮手吗，他立即往男科打了个电话，让李岷马上到自己办公室里来，只说有要事想商。

李岷接到鲁侃的电话不到十分钟就来了,他先把一袋"回春胶囊"放进鲁侃办公桌的抽屉里,随之就坐在了鲁侃的对面说:鲁院长,叫我来有事?

鲁侃说:当然有事,你那么忙,没有要紧事也不找你呀。李岷说:鲁院长客气了,有事吩咐就是。鲁侃把那份名单递给李岷:我这里有一份名单,你看一下上面这些人中,有多少是你认识的。

李岷接过名单细细察看了一遍,他没回答鲁侃的话,而是询问这名单是从哪里弄来的。鲁侃告诉李岷,名单从病历档案室统计得到,是外科主任王冶文这几年手术过的病人。李岷疑惑地看着鲁侃:这么多人,哪里认得过来。

鲁侃:你当然认不过来,看看上面有几个熟人就行了。

李岷又看了一遍名单,仔细回忆后说:不瞒您说,上面有些老总老板和局长科长什么的长年找我买春药,我认识。其他人没打过交道,不认识。

鲁侃很满意:这就足够了,交给你个任务,不过这个任务可得暂时保密。

李岷说:鲁院长您请讲就是了,听您的话好像这事与王主任有关?。

鲁侃点点头:昨天院长办公会上决定,为配合上级反贪反腐,我们也要整顿院风,打击收受红包的歪风邪气。凡是有收红包嫌疑的医生,都要派人进行核实调查。核实调查的目的并非处罚他们,而是领导有数,档案留底,比较严重的个别谈谈话。总之就是惩前毖后,治病救人,避免这红包风越刮越大,以致老百姓都吃得起海参做不起手术了。参加这次行动的人呢,必须是忠实可靠、医院领导信得着的。你嘛,就是其中之一。而分配给你的核查对象是王冶文。

李岷犹豫不定,说:这有点不妥,虽然这些官员富翁大多找我治过阳痿,买过春药,但要让他们出面做证怕是不好说话。再者,暗地里调查一个外科专家,也毕竟不是太道德。秃头上的虱子明摆着,现在哪个外科医生不收红包,特别是那些拉开肚子往外抱小孩儿的产科医生也没少收了,单找王冶文的麻烦会让人有种鸡蛋里挑骨头的嫌疑。

鲁侃说:收红包也无妨,关键是自己有好处的同时也不能忘了集体和大伙。他王冶文把好处掖在腰里,但却破坏医院的创收计划,给集体造成很大损失,不杀杀他的傲气,这医院以后的工作怎么做? 你不愿承担也无妨,我再找别人。

李岷有点慌,口气也不再犹豫了:哪里,哪里,鲁院长费劲巴力聘我进医院,我不听谁的也得听你的。不过,怎么和人家解释呢? 这些人拿着万儿八千的不叫钱,既然给了医生,肯定不会轻易透露。

鲁侃说:你动动脑子嘛,比如说这是请他们帮助医院整顿院风,院风转好,病人手术时再也不用惦着送红包。那些连药也买不起的病人,再也不用为送红包发愁。这是好事、善事、正义之举,比到寺里庙里烧香拜佛许愿强多了。总之,你自己想办法,只要弄到他们证明曾给王冶文送过红包的证据就行。

李岷:人家会相信我的话?

鲁侃:医院给你出介绍信。

李岷:让他们写检举材料?

鲁侃:那倒不必,只让他们写个条子,证明一下某年某月某日送给王冶文红包多少即可。当然,为了证明实事求是,得签上自己的名字。

李岷:难度挺大,我试试吧。

鲁侃:不能说试试,得保证完成任务。

李岷咧嘴:我尽全力。

鲁侃:你把认识的人标出来,我给你打印一份名单。

李岷看着名单口述,鲁侃敲击着电脑键盘,不大一会儿,一份王冶文曾经手术过恰好李岷又认识的名单就打印出来了。李岷把名单捧在手里左看看右瞧瞧,说了句自从和鲁侃相识以来最幽默也最不应该说的话:我感觉自己成了克格勃!

李岷接受了鲁侃交代的任务之后,把科里的工作抛到一边,开着自己的上海大众一连几天行驶在菊城街道上。透过汽车前挡风玻璃可以看到,李岷面前摆着一份名单,名单上一溜排着十几个人名。另外还有一封医院的介绍信,可以隐约看到介绍信的题头:尊敬的曾在本院手术的患者朋友……

名单上的人名有的用笔打上了对号,有的打上问号,有的打上惊叹号。李岷的汽车有时在某家大楼前停住,李岷下车走进大楼不久又走出;有时汽车拐进某个小街小巷或者某所住宅小区,李岷站在住宅小区门口向门卫打听着什么;有时李岷把车直接开进某机关,走进人家的办公室,与一位或胖或瘦的中年人解释说笑着;有时在某几家执法单位的院子里也可以看到他的行踪,甚至有表情严肃的中青年官员和他握手告别……

几天的劳顿,几天的奔波,几天的煞费苦心,李岷虽未全部给名单上那些熟人"定案"落实,起码有百分之八十对上号并且取得了对方的信任和帮助医院整顿院风这一口号的认可。当他感觉有辱使命心情忐忑地把落实后的名单连同对方写的证言字条交到鲁侃手里时,鲁侃心花怒放但依旧面无表情。他细细审阅了那些已经承认送了红包所写下的字条时,只是面带微笑地对李岷说了两个字:出色!

外科急诊室里送来一位急诊病人,这位五十岁左右的男性病人仰躺在病床上昏迷不醒,一位二十几岁的男青年站在病床一侧。李晓宇、吕成和两位护士站在病床旁边,先后对病人进行着认真细致的检查。病人病情严重,李晓宇脸上的表情同样凝重,他直起腰来转向青年人:你和病人是什么关系?

男青年说:这是我父亲。李晓宇问病人开始是什么症状,男青年告诉李晓宇,他父亲开始喊叫肚子疼,疼得呼天叫地捂着肚子直呕吐。李晓宇问疼了有多长时间,男青年说:一直就喊疼,我赶紧开了车往咱们医院里赶,半路上就昏迷了。

吕成说:是的,抬进急诊室时就是休克状态,我看病情危急,才打电话叫你过来的。李晓宇想了想说:马上给冶文打个电话,他正在病房呢。电话打通,不大一会儿王冶文匆匆而至。王冶文查看了病情问道:拍片子了吗?

吕成说:已经拍了,待会儿就出来,刘护士在影像室立等。王冶文说:腹胀明显,腹部板结,腹式呼吸几近消失,高烧将近40摄氏度,伴有全身感染中毒症状,听诊时感觉肠鸣音也极度减弱。这情况……

吕成:我看像是急性腹膜炎。

王冶文点点头:什么原因引起的呢?

李晓宇说:目前还难以确诊,待会儿看看片子再说吧。王冶文和李晓宇商量,说:病人病势颇危,最好抓紧确诊以便着手救治。李晓宇摘下听诊器说:如需进一步确诊,只有腹腔穿刺了。

王冶文说:好的,你来吧。

护士递过注射器,李晓宇接过来看了看还给护士:换细针头,无麻醉穿刺。

护士又递过另一注射器,李晓宇将注射针头准确地插入患者腹腔,人们清楚地看到,随着针栓的拔动,一缕浑浊的液体顺着针头细孔倒流进针筒。李晓宇将抽出的液体推入一个试管交给护士:马上送检验室,要求加急结果。

护士小张拿着试管刚刚跑出急诊室,护士小刘跑进来:片子出来了。

吕成接过来看了看,递给王冶文。王冶文在光线下查看X光片:哦,立位卧位都有,很好。你们过来看看,看看。

李晓宇和吕成凑上去察看,王冶文指着X线平片:膈下有许多游离气体,证明我们的诊断有了第一手根据。

送检的护士小刘手持化验单跑回来,吕成接过化验单看了看递给李晓宇说:李主任,你和王主任看看,有脓细胞,白细胞超高。

王冶文说:基本可以确诊。

李晓宇:病因呢?

王冶文:剖腹探查。

李晓宇说:好的,病人家属马上办理入院手续。小刘,取医患手术协议请家属签字,小张电话通知一号手术室紧急准备。小刘和小张同时答应,各忙各的。

吕成说:这个手术我参加吗?李晓宇:你还在急诊室应诊,这活儿交给我和冶文吧,让小刘去手术室帮忙,你要是忙不过来就给姜玲打电话,让她从病房里抽人。

吕成:好的。

王冶文说:晓宇,宜早不宜迟,咱俩马上去术前准备室做准备。

王冶文和李晓宇快步走出急诊室,顺着走廊往西走。姜玲和小马迎面走过来,见二人急匆匆的样子,姜玲站住问:出急诊了?

李晓宇说:是的,病房里如果不忙,必要时你帮帮小吕。

姜玲说声"好的",和小马继续往前走。小马说:姜姐,把那消息告诉王主任吧?

姜玲迟疑着,小马已经返身追上去,追到王冶文前边挡住他说:王主任,我从大梅那里得到消息,鲁院长要整你。

王冶文横了小马一眼:真能闲操心,下一步你该想想天掉下来谁顶着的问题。

小马怔住。

王冶文和李晓宇从她跟前走过去。

小马:王主任今天这么不客气?

姜玲:遇到疑难重症,他的心都在病人身上了。

小马苦笑:这是他的一贯作风,我不识好歹,自找的。

……

手术室里,无影灯下,急性腹膜炎病人仰躺在手术台上。

李晓宇和王冶文站在手术台两侧,助手和护士各就各位。

李晓宇:麻醉?

麻醉师:全麻达成。

小刘:消毒铺巾已全备。

李晓宇:剖腹探查开始。

李晓宇取上腹绕脐正中切口长约十厘米,逐层切开进腹探查。切口过小,探查不便,王冶文说:扩大切口,加长到二十五厘米。

李晓宇加长了切口,两个人和助手同时俯首探查。

李晓宇"呀"了一声,说:有积脓,好臭!幸亏及时切开探查。王冶文边看边说:腹腔内大量积脓,恶臭,全结肠胀大,最大径约八厘米,降结肠及脾曲、升结肠近盲肠部、回肠末端约六十厘米,肠管发黑,温度低,无光泽,失去弹性,肠管失活,坏死肠管系膜血管几无搏动,盆腔呈冰冻状,无法进入小骨盆探查了。

一旁的护士将王冶文的描述一一记录。

李晓宇将手指探进腹腔,在患者腹腔内反复探查了一会儿说:腹腔内未扪及明显肿块,肠系膜未及肿大淋巴结,肝脏未扪及明显结节。

王冶文说:可以确诊了,弥漫性腹膜炎,节段性结肠、回肠坏死。晓宇,你口述个手术方案,让小刘记下来。李晓宇说:还是你来吧。

王冶文说:好吧,小刘你记录。行盲肠、升结肠、横结肠、降结肠及部分回肠切除。然后加回肠、乙状结肠造瘘术。他看看李晓宇问道:还补充吗?

李晓宇说:可以了,我主刀,你配合。李晓宇的手术刀麻利地在病人腹腔内游走着,王冶文不时地提醒着一些关键手术措施。

手术进行得虽然险恶但还算顺利,这种情况,是焦急等待的病人家属所见不到的。此时,患者的儿子和家人心神不定地坐在手术室外的椅子上,看着手术室上方的时间在不断变化。手术时间显示到 5 小时 20 分时,手术室的推拉门终于开了。患者家属忽地站起来,男青年挤在最前边,动作走形,声音变调,因为他们此刻难断吉凶,不知病人是死是活。他们本想看到是自己的亲人被推出来,不料手术室门口竟然探出一位护士小姐的头。青年男子凑上去:怎么样,护士姐姐。

护士摘下口罩:大手术,幸亏两位主任亲自动手,术程基本顺利。

青年男子:谢谢,谢谢!谢谢护士姐姐,谢谢两位主任。

护士:你们稍等一会儿,病人马上就出手术室。

青年男子:您……

护士指指自己手上的玻璃瓶:标本送病理检验。

护士刚走不一会儿,手术室的门开了。两位护士推着手术车走出来,家属连忙上前帮着。王冶文、李晓宇从后边跟出来,边走边议论着这例手术的难度。青年人想凑过来说几句道谢的话,试了几试插不上嘴,却听王冶文吩咐护士:告诉重症监护室,甲级监护。

李晓宇说:好险,晚手术两三个小时,这个病人就不是躺在床上了。

王冶文说:生死系于一线,好歹这线没拉断。哎,咱们刚才在走廊里是不是遇到了小姜和小马了?李晓宇说:你想起来了?

王冶文:小马好像和我说了句关乎前程大计的话。

李晓宇:嗯,好像是,此刻可能都聚在病房办公室里,你去找她们吧。

王冶文说:不行,我累了,得回家休息。

李晓宇:嗯,你昨天值夜班,这一阵忙活,几乎忘了你今天是休班时间。

王世伦再次来市立医院时,径直找到了副院长办公室。这倒不是他有意为之,而是鲁侃直接和他通了电话,让他抽空速来医院,说是有要紧事与他商议。王世伦当然明白这位副院长所谓要紧事的含义,估计孙主任让他写的那份材料已经交到了领导手里。王世伦很激动,认为医院领导确实是不错,还真是站在正义立场上为病患及病患家属说话。这其中自然还要包括另一种顾虑——医院领导如此重视他所反映的情况,是不是害怕他捅到上边去有损他们的领导位置而要从中调解呢?果如此,自己是不会答应不会善罢甘休的。一切意料之内和意料之外的因素他都想到了,就是没想到鲁侃邀他是居心叵测。

王世伦走进鲁侃的办公室里,鲁侃先是对他上上下下打量了一番,接着便起身走上来和他握手,请他入座,给他沏茶。王世伦被这种无端的热情给弄得头脑发蒙,一时间竟然冒出了连自己也感到吃惊的想法——既然人家医院领导把自己待为上宾,老父亲又不能死而复生,不如借坡下驴就此罢手算了。正在手足失措的当儿,鲁侃坐在了他对面,笑嘻嘻地说:王先生一路劳顿,先喝杯水歇息歇息。

王世伦赶紧说:我是晚辈,不能称我先生,就叫我小王吧。

鲁侃:那好,小王先生……呵呵,小王,孙主任把你的投诉或者说是揭发信给我看了,反映的情况很重要,院领导很重视,这才特地打电话请你来。

王世伦从懵懂中醒过神来,因为一时还闹不清院方的真实态度,便顺着鲁侃的话往下说:那份材料是我紧忙写的,不全面,也不详细,院长你可别笑话。

鲁侃说:不不不,材料很有层次,事实清楚,主题明确,分析问题也很到家。医院为此召开了领导会议,对此事非常重视,决定响应当前中央提出的反贪反腐号召,进行一次正院风灭邪气的整顿工作,有你这份揭发材料做炸弹,我们的底气更足,决心更大,希望我们的整顿院风工作开始之后,你能给予配合。

王世伦终于放下心来,他喜上眉梢,低头看着杯子里漂浮的茶叶说:鲁院长,请您说句实话,医院领导有决心有魄力处理吗?

鲁侃说:当然,我们已派专人搜集了这方面的证据,现在已不是你一家一户的问题,医生特别是外科医生收红包的现象已很普遍,这股风必须刹,否则就谈不上救死扶伤了。你反映的这个王治文的问题很具代表性,我们决定把他作为一个楔入点,将整顿院风这把火迅速点燃。

王世伦:多谢医院领导如此重视,这以后穷人开刀治病就再不用担心拿不起红包,也不会因为红包问题而遭到手术拖延以致病死丧命了。

鲁侃：精辟，你的话很精辟，我记下来。

鲁侃在一个小本本上记着。

鲁侃说：是这样，医院整顿院风首先是打击收红包现象的不断加重和漫延，你是第一个敢于直面这个问题的病患家属，所以小王你到时得出来说话。王世伦说：这没问题，我反映这事不就是为了引起重视，遏止歪风邪气的漫延吗。

鲁侃问王世伦的村子距这里有多远，王世伦说：不到二十公里，骑摩托车二十分钟的车程。鲁侃说：那好，下个礼拜医院准备开始整顿院风，待到确定日期后给你电话，接到电话你可无论如何也要来呀。

王世伦说：你放心鲁院长，无论刮风下雨还是白天黑夜，我接到电话一准来。鲁侃点头表示感谢，他告诉王世伦，因为医院白天太忙，会议肯定要定在晚上，他请王世伦有个准备。王世伦当即回答：院长放心，随时听候您的召唤。

鲁侃说：嗬，小伙子还挺逗的。

王世伦说：老人刚去世，没有逗笑的心情，我说的是心里话。

鲁侃说：明白明白，到时呢，你也不必过于激动，口气呢也不用太过剧烈，只是从头到尾把你父亲入院、治疗、王冶文拒绝手术、给他红包嫌小直至错过最佳手术期而致病逝的情况给现场的人员讲一遍。既不要做结论，也不要谴责挞伐，只讲过程。好吗？

王世伦说：好的，记住了，谢谢鲁院长指点。鲁侃站起来说：那就这样吧，我还有许多事情要处理，不能继续陪你，失礼，失礼！鲁侃说着朝王世伦伸出右手，王世伦明白这是要送客，忙起身和鲁侃握了下手：鲁院长，您日理万机，能叫我来给我这么个答复已感激不尽。再见！

……

因为今天是白班，晚上小林和小马都来找姜玲玩儿。三个人坐在客厅沙发上，小马在玩儿手机游戏，姜玲和小林说着悄悄话。小林说：姜姐，你和王主任是绝配，科里人都盼着你们水中鸳鸯成双对，领证吧。

姜玲说：我还得走走形式，征求一下父母的意见，毕竟王冶文是个二婚头啊。小林乐了，说：要是伯父伯母不同意呢？姜玲说：倘若那样，只要王冶文和他父母不介意，我们就带上冬冬私奔。玩儿手机游戏的小马笑起来：这倒是个好办法，你俩在外科治疗上都是好手，无论逃到哪里都不愁没饭吃。

小林：别乱插话，小孩子家家的。

小马关上手机：嘁，你比我还小半岁呢。

小林：姜姐，不理她，咱说正经的，建议你抓紧领证，别看王主任是二婚头，在当今年代可是抢手货。听大梅姐讲，现在医院里打算追他的姑娘就有七八个。

姜玲说:没关系,煮熟的兔子,跑不了他。

小林:这么有把握?

姜玲笑而不答。

小马忽然嚷起来:小林,咱俩来干吗了? 没脑子!

小林说:就你有脑子,刚才是前奏。现在进入正题。姜姐,鲁院长打算整王主任。姜玲笑了:怎么整,整他和郎婷婷的作风问题还是态度问题?

小林摇摇头:都不是,整他收红包的问题。

姜玲说:现在医生收红包已经司空见惯,连我也开始收了,就是现下还没人肯多给我。难道光整他自己? 再说,他收的红包用到了哪里,咱们科里谁不知道啊。

小林说:所以啊,李主任派我们俩找你,大家合计个应对办法。

姜玲说:不理他就是了,脚正还怕鞋子歪? 吓唬鬼呢! 小马说:没那么简单,医院下周就要开整顿院风大会,会上可能王主任就是第一典型。

姜玲直起身子:要造声势?

小林说:关键就在这里,一旦扬出去,报社电视台肯定不会错过这个好新闻。到时,院领导们成了纠谬斗士,王主任做了好事却被扣上一顶屎盆子,这公平吗?

姜玲:消息属实?

小马说:我听大梅姐说的,大梅姐听陈小琳说的。她们俩是铁姐妹,不是空穴来风。姜玲问大梅什么态度,小马说:大梅姐不了解真实情况,好像也对王主任有成见呢。小林插进话来:大梅姐性子直,别看泼泼辣辣的,对歪风邪气也是看不惯。为创收卖药增加医院收入,她几次三番找王主任都碰了壁,如今听说王主任只顾自己利益不管集体和别人的损失,她当然生气了。只要解释清楚,她肯定会反对整王主任。

姜玲想了想说:近两天咱几个都是白班,明晚聚一聚,大伙想想办法。

小马问:在哪里聚?

姜玲:找小曹安排呗。

小马:不可,找小曹安排,郎婷婷肯定也参加,那咱们就不好商量了。

姜玲说:不必担心,郎婷婷可以拼了命地和我争王冶文,但不会帮着别人整王冶文。小林问她有什么依据。姜玲说:因为郎婷婷对王冶文当初是爱,爱不成功变为敬,而不是恨,这点我看得出。你想,只要她了解事实真相,能帮着别人整治一个自己尊敬的人吗?

小马口气仍旧迟疑:多少……好像,有点道理。

42

王冶文和姜玲带着小林、小马例行查房,身后照例跟着好几个实习生。他们走出值班室往右拐,先从紧邻值班室的病房查起,查到病房一端返回来,有时一个半小时,有时两个多小时。走完这个长方形回到值班室,医生再开始整理查房病历,护士核对查房记录,然后由主治医生对各个病人的治疗措施做出相应的调整。作为医生,这是他们每天工作的第一个内容,是给下级医生和实习生一个"授业解惑"的过程,同样也是与患者建立相互信任的过程。

王冶文历来对查房过程一丝不苟,因为知识渊博名气大,一般医生特别是实习医生都愿意跟着他。但王冶文从不以权威自居,他对每天的查房都有充分的准备。对一个已经明确的疾病,他并不一定需要各级医生都要查一遍,对于重症和罕见的疑难病症,除他自己认真检查外,还要求每个跟着他的下级医生经手并说出个子丑寅卯来。他有着扎实的医学功底和固有天赋,加之日常的积淀和平时习惯阅读相关资料,所以对下级医生有问必答,答必正确。因此,凡是跟过他的下级医生和实习生,说起王主任无不佩服有加。

他们从一个病房走出来,走进另一个病房,姜玲以下的医生,都是一边走着一边往自己的本子上快速记下王冶文检查病人时说过的话。护士则认真地做着查房记录,以防回到值班室核对时出现差错。

几个人走进106病房时,看到16床的老邱照旧扶着床沿转来转去。病房里的病人见到王冶文,凡是能动的都挣扎着爬起来,王冶文冲他们摆摆手说:躺着,大家躺着,还得检查呢。

几位病人呵呵笑着重又躺在床上,一个病人说:王主任你们一走进来,我们就觉得应该站起来。你们整天跑进跑出,作为患者,我们得有点起码的礼貌啊。

王冶文笑笑:不在乎形式,你们尽快康复,是医生的愿望。

老邱也躺回到病床上,王冶文走过去略略检查了一下,吩咐小马测量血压。小马很麻利地给老邱测完血压收起血压计:这两天的血压怎么比前几天略高呢。

姜玲看了看病历记录:不会有误吧?

小马说:姜大夫你再量一下,我也有点拿不准。姜玲又给老邱量血压,姜玲测完血压看看病历上的往日病历记录:是比前两天略高了些。

387

姜玲看着王冶文,似乎有点疑惑。王冶文俯身翻开老邱的眼皮看了看,笑嘻嘻地说:邱叔,这两天睡觉不踏实,心里虚烦,是吧?

老邱:呵呵,有点,有点,是的,是的。

王冶文问他这情况是不是自从知道马上就要出院开始的。

老邱喜悦而惊奇:王主任,你简直就跟钻进我心里看了似的。

王冶文说:邱叔放心,咱们已经是朋友了,即使出了院,我们也会抽空去看你,复查你的康复情况,顺便拉拉知心话。想我们了,也可以让小桦或小秋推着你来找我们,好吗?

老邱:真的?

王冶文:一定。

老邱道:说句没出息的话,我还真在这里待恋了,不愿意离开你们,特别是王主任您。后天就要出院,出了院,我怕是要每晚做梦,梦见你们和几位病友。

王冶文说:这在情理之中,在家待上几天就好了。老邱点点头,眼圈又开始发红,王冶文忙安慰他:邱叔,后天出院时,我送你到家。

老邱把脸侧向一边擦擦泪:好的,谢谢,谢谢!

老邱继续擦泪,而医生则不能不离开他。临出病房时,王冶文向老邱也像是在和大伙打招呼:诸位好好休息,我们再到其他病房看看。

王冶文等人走出106病房时,回头对跟在身后的医生护士说:邱老头是反应性睡眠不佳,出院前每晚加服二分之一量的镇静药。

姜玲记在病历上。

查房完毕,医生护士回到值班室里,医生整理病历核对查房记录,护士按照查房时医生下的医嘱医嘱一一准备治疗器械,调配各个病人的用药。而实习医生和实习护士则到办公室去整理自己刚刚学到的东西。

姜玲整理病历后开出处方,小马站在姜玲身边等着拿处方去取药。王冶文在另一边做着同样的工作,小马忽然转过脸去看着王冶文出神。说这话似乎有点虚玄,王冶文是个真有第六感官的人,这点外科医护也都承认。此刻他没看到却已意识到小马在盯着他,头也不回地说:想什么呢丫头,看叔叔我哪里不对劲?

小马侧身看着姜玲:他让我叫他叔叔。

姜玲说:小辈沾光,你叫吧。

小马说:那以后我叫你什么?

姜玲:随便。

小马:呸,做美梦去吧。哎,叔叔……

姜玲说:是你自己改口叫的吧。

小马板起脸:说正事,王主任,知道别人打算整你吗?

王冶文一乐:清蒸(整)还是醋蒸(整)?

小马:红烧!

王冶文:还是清蒸吧,原汁原味。

小马说:你别仍旧嬉笑怒骂的,确实是……

王冶文:仕(是)早让炮打了。

小马说:简直就没办法跟你说正事,现在情况是……小马话说半截,一个实习护士走进来:王主任,齐院长给你的电话,请你马上去接。

王冶文看看小马说:你等着,我去办公室接个电话,回来再听你说正事。

王冶文转身走出值班室。小马对姜玲说:瞧了没,根本不拿这当回事,好像与他无关似的。姜玲:就这德行,没治了!

过了一会儿,王冶文回到值班室,对室内的人说:齐院长让本人马上去他办公室谈话,估计与小马说的"正事"有关系。对不起小马,我只好先听院长的正事,回来再听你的了。

王冶文说着话笑容不改,风度依然,他把一直挂在脖子上的听诊器摘下来放到桌子上,轻声哼着"你是我的玫瑰你是我的花"走出去了。

王冶文走进齐院长办公室,齐院长正戴着王冶文送给他并同时教给他如何用的 MP3 侧歪在沙发上听歌。王冶文走过去坐在他身边,齐院长挪动了一下身子,只是眯缝着眼睛看他。王冶文说:看什么呢老院长,不认得在下了?

齐院长眨了眨眼睛坐起来,端起茶几的茶水呷了一口,然后朝写字台上腆腆脸说:茶叶在那里,要喝你自己沏,我这岁数了,不能光伺候你。

王冶文说自己刚在科里喝足了,此刻一点也不渴。他说科里近来事多,老院长有事快吩咐,他还得赶紧回科里,免得科里的医护着急。齐院长把茶杯放在茶几上,半玩笑半嗔怪的口气说:真看不出你小子是败絮其表锦于其中啊。表面上穷得连部车也买不起,暗地里藏金掖银典型的土财主。

王冶文立时明白了老院长话中含意,性格所使,仍旧不气不急:老院长,别拿在下穷开心了,有什么火就冲我发,别沤在胃里变成有机肥。

齐院长语调平和:那我可直说了?

王冶文说:人贵直,文贵曲,别弯弯绕好不好。齐院长假咳了一声:好,老实对我说,你小子这几年收了多少红包。

王冶文坐起来:就这事呀,我以为犯了什么刑事案了呢。

齐院长说:这事还小吗,你看看,你看看。齐院长说着走到写字台后,从抽屉里取出一份名单又回到沙发前,他把名单递给王冶文,声音变得有点嘶哑:这只是一部分,就有十好几万,了得吗!

王冶文看了看名单:这些老小子,当初塞红包时就跟求着我一样,现在又跳出来揭发,真不江湖。

齐院长说:现在讲江湖的还有几个人,当初你就不该要他们的。现在,中央对反贪反腐工作抓得很紧很严,你正好撞在枪口上。而这些人呢……王冶文一向在齐院长面前很随便,他打断齐院长的话说:老院长,我提个问题。

齐院长:你说。

王冶文:十个人在广场上转圈,内中有九个瘸子,那个不瘸的,人们心里会怎么看他?

齐院长问:这是哲学还是社会学?

王冶文说:甭管什么学,你回答。

齐院长想了想:说真话,人们反倒看这个不瘸的人不正常了。

王冶文竖竖大拇指:当年伪军汤司令说过,高,实在是高!如今医生收红包差不多是约定俗成,不收也不会认为你清白,我为什么不收?

齐院长说:这事跟明镜似的,谁心里都清楚。可是你太出名,收得太多,让人一折腾,影响太差。我本来想保你呢,可纸里终究包不住火。如果强行压下去,又担心有人说我包庇你。

王冶文:收红包是不是犯法?

齐院长说:现在法律上还没有明文规定,我也说不准,可能算是受贿。王冶文嬉笑着:是啊,这年月,收礼的比送礼的多,抓兔子的比兔子多,那些贪腐成性的人犯了事连脸也不红一红,我收个红包有何不可?

齐院长:收红包大概和贪腐不能相提并论,但起码算是受礼。

王冶文:我收得多吗?

齐院长指指名单:光这上面就十几万。

王冶文说:我不管这名单是谁搞的,但可以说他的核对水平太一般化,计算能力也太差了。齐院长脸上闪过一丝难以察觉的疑惑:核对有偏差?

王冶文:偏差还不小呢,大体算一算吧,假设我从五年前开始收红包,每年做二百台手术,按百分之十的红包率算,每年就有二十几个送红包的。而且随着物价上扬,红包的含量也逐年增大,这样的话,每年我至少要收二十几万元,五年下来,这个数是多少?啊?老院长你给算一下。

齐院长摸摸王冶文的额头:你发烧不?

王冶文:所以说啊,你们最好重新核对。

齐院长:冶文啊,别上撵,我叫你来呢,是让你有个思想准备,下周要开整顿院风动员会,会上老鲁可能要提提这件事,不点名地批评你几句。你呢,什么也不要反驳,就当没听到,免得嚷动起来对你更加不利。好不好?

王冶文:行,听老院长的。要是鲁副院长真提我名字呢?

齐院长:不会的,不会的,我提前叮嘱他。

王冶文:话说好了,真要提我名字,我不会让他当场尴尬,但你告诉他,他的娇妻陈主任是个一点就响的小爆竹,最好撺弄了。

齐院长说:你又要促狭儿,是吧?

王冶文站起身:我走吧老院长,待会儿还有台手术呢。

齐院长叮嘱他千万要拢住性子。王冶文说声"好嘞!"起身走出办公室。齐院长还没关上门,走廊里就响起王冶文轻轻的京剧腔:俺本是一心保国的忠良将,却把我当成吃人嚼骨的白眼狼……呀呀——嘿!

齐院长摇摇头:这小子,唉!

……

晚上,医院职工食堂小餐厅里,小曹、吕成、大梅、姜玲、郎婷婷、小林、小马、小云等人围桌而坐。餐桌上几个简单的菜肴,一瓶红酒。坐在正中的姜玲看了看在座的各位说:小吕和小云今晚不是值班吗,怎么也来了?

小云说:是李主任让我们来的,李主任说时间不长,又是夜班,有他和小黄就可以。大梅面无笑意,口气阴沉:各位,今晚的目的不是聚餐吧?

心直口快的小马留不住话,立即回答:梅姐说得对,我们打算商量一下怎么应对下周整顿院风的问题。

大梅问:是不是给王冶文出主意想办法?小马说:是,梅姐是个爽快人,也不瞒你。大梅看看郎婷婷:那我们可就是多余的人了。

姜玲:梅姐你沉住气,听小林给你解释好吗?

大梅:小林解释?

小林点点头说:咱们都是好姐妹,从现在起,什么事也不瞒你们了。她从手袋里取出一本账,双手送到大梅面前:亲爱的姐,你先看看这个。

大梅仔细翻看账本,大梅看完账本疑惑地盯住小林。

小林的唇角动了动:奇怪是吧?

大梅:一些什么呀,又是收进又是支出的,花里胡哨的像是你们科里的小金库。

小林说:叫小金库也行,叫帮扶基金也行,待妹妹给你讲解。那收入一项,是王主任和科里各位医生每次收到的红包记录,当然这里头王主任的最多;那支出一项呢,是帮助某些特困病人支付的住院费医疗费;那些画着圆圈粘着发票的项目呢,是院里不给拨款或者拨款不及,而我们科又急需购置的设备票据。每项收入都有送红包人的名字和日期,每项支出都有受益者的签字。明细账目,没藏没掖。又因立项无名,我们科里就称这本账为"潜规则"。

大梅和郎婷婷听得一愣一愣的。

小林继续说道:梅姐,我们都知道你这个人嫉恶如仇,所以把你请来解释清楚,也帮我们王主任拿个主意,免得他没逮着兔子反让老鹰鹐了眼,弄得好人白当了,好事白做。

大梅疑惑地眨眨眼:这账目上记的都是真的?

小林笑笑:姐姐连妹妹也怀疑的话,我们就没得交往了。你可以一一核对嘛。

郎婷婷:那次我在哥哥家闲聊,哥哥和他一个姓鲍的同学通电话,好像听说有个姓邱的病人家属给老鲍写了封感谢信,说是代付的几千元医药费王主任已经转给了他们。听口气老鲍当时一头雾水,现在想起来,这事是不是与你们的"潜规则"有关系啊?

小马说:病人家属叫邱小桦,邱小秋,对吧?

郎婷婷:叫什么名字不清楚,反正有这么回事。

大梅认真听着,微微点头。

小曹:冶文的为人我知道,他遇到困难病人,连工资都舍得往外拿。

大梅:难怪他到如今还骑着电动车呀。

小吕说:边喝边聊,都想想办法,不能让天下的好人白当了。

小曹说:你带头干一个。小吕说:我和小云待会儿还得回科里值班,不能喝酒,你们来吧。大梅站起身:我带头,来,干!

……

一个阳光和煦的上午,小秋推着轮椅,老邱舒服地坐在轮椅上。王冶文和小桦走在轮椅一侧,两个人兴高采烈地说笑着。媳妇进门,儿子升官,喜得贵子,病人出院……这都是现时人们生活中的喜庆事,老邱半死不活进去,平平安安出院,椅上坐的步下走的这几个人,能不高兴吗。

轮椅顺着街边非机动车道往前走,大街上人流如织,熙来攘往。老邱转动着脖子贪婪地左瞧右看感慨良多:唉,两个多月难见天日,终于又活泛了。

老邱贪婪地看着路上的一切,情不自禁深深地吸了口气,脸上身上泛起些许活意,似乎又回到了一个久违的岁月。

老邱侧过脸:王主任,你真的要送我到家吗?

王冶文说:当然,我得认认你家大门呀,要不以后去看你找不到咋办。老邱说:好找得很,利源小区12号楼2单元102室。王冶文呵呵一笑,邱叔,逗你玩儿呢,小秋早告诉我了。

老邱也笑了,因为一笑嘴就歪到一边去,所以他笑起来很是勉强:我说你咋不问我,原来早就知道了。

老邱的轮椅很快走到中心广场附近了,老邱望着广场里的游人眼睛发热。王冶文一副遗憾的口气:你看,忘了带手机了,在这里给邱叔照个相有多好。

小秋推着轮椅继续朝前走,王冶文和小桦跟在后头。小桦说:王主任,刚才我就想问,林护士长让我写封感谢信,说下周某晚上要开交流会,帮助过我们的鲍总可能也来参加,让我在会上读读信表示感谢。

王冶文:是有这事,你如果倒不出空来,可以不参加。

小桦说:再忙再累我也得来呀,俗话说滴水之恩当涌泉相报,何况人家鲍总一下子帮了我们好几千元,我到现在连面也没见着人家呢。王冶文说:哦,有时间你就参加。哎,咱们紧走几步,你看,被那爷儿俩给落下了。

小桦还想说什么,王冶文已经快步赶上轮椅。小桦也加快脚步赶上去,只见父亲坐在轮椅上专注地朝广场张望。正在张望的老邱忽然听到有人喊他,扭过头,李二懈怠拄着拐棍从后边赶上来。李二懈怠身边跟着老伴、儿子、儿媳、孙子还有一条小哈叭。二懈怠的儿媳挎着小包,儿子提着相机,个头矮小的老伴紧随身边,一只手伸出来似搀似扶。老邱的嘴歪向一边:二懈怠,你不坐轮椅了!

李二懈怠的孙子牵着小狗凑上来,小家伙儿认识老邱,小嘴乖巧地说:爷爷,下来吧,下来跟我们一块到广场照相好吗?老邱费力地摇摇头,又费力地伸出手去抚了抚小家伙儿的脑瓜,小家伙儿牵着狗狗高兴地跑了。老邱的视线再次转向李二懈怠说:二懈怠,你干吗不坐轮椅了?

二懈怠苦笑了一下,说:为了那几个药费,为了年节十五那点礼物,整天赖在轮椅上,不值得!老邱说:你倒是想开了?二懈怠点点头。老邱声音喑哑:我要是早想开,就不是今天这副德行了。

二懈怠:邱哥,慢慢来,啊,慢慢来,你也会像我一样这么撒欢的。

二懈怠全家对老邱寒暄抚慰了一番,兴高采烈地走进广场照相。广场里回旋着悦耳动听的音乐,上空飘浮着片片风筝。风筝下面男女老少往来穿梭,欢声笑语,一片繁华。老邱远远看着正摆好姿势照相的二懈怠一家人,禁不住心头一阵酸楚。老邱的眼睛闭上又睁开时,一溜浑浊的泪水淌了出来。老邱泪眼模糊地看着广场里的游人,小桦走上来问他:爸,怎么了?

老邱:难过!

小桦用一块餐巾纸给老邱擦去眼里的泪水,轻轻松松揉着父亲的肩膀说:爸,每天出来转转,慢慢练习练习也能像憫怠叔一样走路了。

老邱点点头:咱们回家吧。

小秋推着轮椅继续往东走,王冶文、小桦仍在后边跟着。走出很远了,老邱依然频频回头朝广场那里张望。

姜玲、大梅等人聚餐的第二天,这群好朋友的行动就开始了。外科病房办公室里,林大嫂和小云相对而坐,林大嫂紧张地看着小云说:云护士,您叫我来有什么事,是不是我们的欠费……

小云摇摇头:不,你公爹的药费已向院部申请了部分减免,剩下的由我们科里想法解决。今天请你来呢,是有件要紧事情相托。

林大嫂:云护士,王主任你们救了我公爹,也救了我们全家,即便是掉脑袋的事你也尽管吩咐,谈什么相托不相托啊。

小云说:大嫂不必客气,我找你来有件事想麻烦你。我先问你,大嫂你什么文化程度?林嫂低了头:只念过初中。

小云说:这就足够了。林嫂抬起头:云护士,有什么事您就说吧。

小云:是这样,你公爹入院时的费用,是一位姓彭的领导代为垫付的,下周医院要开个交流会,想请你写封感谢信,在会上读一读,对那位领导人表示感谢。

林嫂连说:行行行,我能写,就是写不好,怕人家笑话。小云说:写写过程,表示一下感谢就可以了。林嫂说没问题:我今天就开始写,写完了请您修改。

小云:好,你去准备吧。

……

菊城大街上,小曹开着自己的夏力车,车内坐着郎婷婷。小曹问郎婷婷:咱们先去哪里?郎婷婷说:先去东郊三十里铺吧,我查了小林的出入账,光那个村就有两个"潜规则"。小曹加大油门,汽车向东开去。

与此同时,小林和小马乘坐出租车向南而去,大梅骑着电动车驰往城北;医院办公室里,姜玲和一位患者家属聊着什么,而小林、小马从一个小区走出来后马上换乘出租车……这时,小曹和郎婷婷已经开车进了三十里铺,他们在一家门口停住车,小曹和郎婷婷走进这家门洞,院子里很快传出热情的说话声。小曹和郎婷婷从这家门口走出来时,跟在他们身后的中年人不停地说着什么;大梅的电动车进到城北一个小镇里,她向街旁的行人打听某人的住址,在街旁行人的指点下,大梅的电动车在镇子里快速奔驰着……

43

下午四点,李晓宇上班时走进外科病房办公室,见办公桌上放着一份"关于召开整顿院风动员大会的通知"。李晓宇看了一眼:动真格的了!

刚和他交完班的王冶文说:前几天就听到了消息,齐院长也和我他打了招呼,要他有个思想准备,看来火力目标是很明确的。李晓宇不屑地笑笑,问小马他们的应对工作做得如何了,正在整理病档的小云从档案橱前走过来说:两位头头放心,万事俱备,只等开会。哨探来报,各路诸侯按时驾到。

李晓宇:哼,想在外科顶梁柱上拉大锯,也不怕到时塌了台砸着你。

王冶文说:你们到底想了什么应对办法。李晓宇说:不必多问,保证你不受委屈。王冶文连说:怪哉,有关我的事却瞒着我。李晓宇攥起拳头说:我们就是要"银瓶乍破浆水进,铁骑突出刀枪鸣"。

王冶文说:哟哟,中学时学到的东西还记着呢?李晓宇:当然,没有这点记忆力敢进医学这个关乎人生人死的殿堂吗?记忆、理解、实用、创新……医学殿堂的台阶一节比一节高。你已经踏进了这座殿堂的门槛,我们还在台阶上蹒跚而行。

王冶文:老兄过谦,咱们目前都在爬台阶。

小云说:买只毛驴没缰绳,别都牵(谦)了,安排一下晚上的班吧。李晓宇下令:你和小吕值班,全科人员都去参加会议。

小云说:让小马值班,我也去。李晓宇说:小马今天休班,总不能让人家女孩子上连班啊。小云说:调调嘛,我敢说,只要吕成在,她保证愿意调班。

王冶文呵呵直笑:小云真有体会。

几个人正议论着,护士长小林走进来,她见王冶文和小云交接班后还没走,开玩笑说:你俩想赖在这里呀,走吧走吧,别耽误他人的工作。小云说:同样换班,你怎么不走,光说别人啊。小林坐在电脑桌前:重任在肩,下班暂缓。

小林说着话敲击着键盘,一会儿又歪头看看桌上的记事簿,显然是在核对什么。郎婷婷走进来,李晓宇让座。郎婷婷的形象似在汇报工作:站着说吧,我和小曹查对的几位病患家属有三家决定来参加。

李晓宇说:不错不错,今晚胜券在握。

郎婷婷说:我一直在想,能不能先和鲁院长通融通融,尽量避免刀枪对决。

395

小林从电脑前抬起头说:怕是晚了,鲁副院长已经箭在弦上。

郎婷婷说:我去找他说说看,也许看在我哥哥的面上,他能听我一句忠告,否则较起真来,这脸他可丢大发了。李晓宇说:不要啊,鲁副院长出了名的弯弯绕,他要了解到内情,说不定又想出什么花花点子,到时,我们想应对都来不及。

小林说:我看可以,郎姐是鲁院长调进来的,以人划线,她算鲁家线上的。她去说项,或许能有转机。小林说完低下头,仍在核对什么。一直笑嘻嘻看着郎婷婷不说话的王冶文说话了:嗯,郎主任去试试也未尝不可,虽然本人不了解你们的应对计划,但绝不能把计划内容说给他,只能点到为止。和鲁院长相交数载,这老兄的脾气我算摸透了,他认准的道,拐十八个弯也得想法走过去。

郎婷婷说:促狭儿,你放心,我能相机而定。

王冶文说:郎主任你去说说也许能成,其实呢,鲁院这个人我一直认为蛮优秀的,他或许因寂寞而头脑发烧风流过,但风流从不下流。这从陈小琳身上可以得到证实;他做的事或许有点低级趣味,或许做过错事甚至继续错着,但会真心对待身边每个人;或许这老兄有时会很无聊,但是他一直在努力工作,而且为医院的扩建工作锲而不舍。这些,我们都应看到。所以,你们可以对他的做法采取一些应对措施,但绝对不能让他太难堪了。

郎婷婷点点头:促狭儿说的倒是良心话。

郎婷婷转身朝外走,小林合上记事簿说:不送了郎姐。李晓宇却将郎婷婷一直送到门外,并低声叮嘱了几句话,听那意思,最好还是不要去找鲁院长了。

办公室内,小林打开打印机的开关,点击电脑上的"打印",打印机呼呼响起,一张张文字和一张张表格从打印机里流出来。小林打印完成关上打印机,将文字和表格弄整齐,装订好,将手里的东西朝李晓宇甩动着:回击的炮弹。

李晓宇:大拜二十四拜,最后就看你这账房先生一哆嗦了。

小林:放心,一击致敌。

王冶文说:对方未必是敌,可能真是为了整顿医院的院风。小林说:不排除他的正义和善意,但里边肯定隐藏着他的成见。

李晓宇:不过,来这么一次暴风骤雨也不错,洗刷了冶文的冤屈,也让全院对外科的内环境有所了解。

小林说:有时好事可以变成坏事,有时坏事也可以变成好事。李晓宇拍了下巴掌:了不得,在冶文的熏陶下,我们科里的男女医护都哲学了。

小林说:李主任你这话我相信,王主任的思维就是活跃,那次他做了例被上级医院推出来的手术,很成功,我问他为什么敢于动手,是不是他的导师教给了秘诀。他说思考问题要先整体、再局部、后细微。人体是一个小宇宙,人的各个器官就是一个互相关联又互相对立统一的"天体",人体的一个个小细胞就是组成各种天体的星星。你从这理念出发,困难的事就变得相对容易。他说这原是中医理论,自己不过是中为西用。

李晓宇沉思:呀呀,你为什么不早说?

小林:怎么了?

李晓宇说:我在诊病治病尤其是手术过程中,总感觉有个难解的扣,原来在这里呢。小林:你也受到了启发?

李晓宇说:当然当然,冶文这小子真是才华横溢,总是说少做多,独辟蹊径。

王冶文听着两个人对自己的溢美之词虽然很是得意,但说出来的话仍旧谦虚:二位二位,我这也是愚者千虑偶有一得。

小云在一边笑他:嘴里这么说,听到夸奖心里还指不定多么恣呢。哎,提个与此相关的问题,这次动员会市报社和电视台会不会来采访?

李晓宇说:肯定来,可能还在现场采访,到时我们小林得好好发挥。小林说:不行不行,让他们采你吧,我从来没面对过镜头。

李晓宇:还是采你,你头发长。

小林噘起嘴:不怪嫂子抽屁股,有时你嘴上也挺损的。

李晓宇呵呵笑着,说:近朱者赤,近墨者黑。跟冶文相处久了,传不上也沾上。

诚如小云所言,万事俱备,只等开会。鲁侃掌握了第一手资料后也是这种看法,在绕着办公室内的所有摆设转了一圈之后,他决定马上先给王世伦打电话。电话拨通,那边传过王世伦激动得要哭的声音,说:天天盼,夜夜盼,盼得就是鲁院长您的电话,现在终于接到您的电话,心里终于踏实了。

为了稳定对方的情绪,鲁侃先是抻了一会儿才和王世伦谈到正题:小王啊,那天和你谈的事情,今晚正式启动。对,对,晚上八点开始,人嘛,当然很多了,你最好打个底稿背一背,是啊,人一多,容易把过程给忘了。行行,来到后先到七楼小会议室集合,我给大家布置一下。好,就这样,晚上见!

鲁侃又拨电话:老鲍吗,晚上来吧,凑凑热闹,不不,你误会了,我绝对不是为婷婷的事给老郎出气,真得是为了整顿院风,这是院党委和院长办公会上决定的。来吧来吧,啊?老兄老弟了,还非得八抬大轿去请你吗。好,一言为定。

鲁侃又拨电话:喂,是彭庭长吧,对,对,那天孙主任去找你了?是啊,就为这事。对,对,我们院委会治院无方,他连你的红包都敢收,这风不刹,以后了得吗。呵呵,想想就明白了,你们的职业是专门对付贪污受贿的,这小子安上尾巴就是个猴儿,可他聪明一世糊涂一时,竟然连你的红包也收,不单单是利欲熏心的问题,嗯嗯,恐怕收红包收红了眼了。怎么,你今晚有事,那好,请夫人来吧,对,对,代表你就行。好,告诉夫人,晚饭后到医院七楼小会议室集合。八点钟,对,八点钟开始。好,再见,再见!

鲁侃又拨电话:喂,汪局长吗,我是市院的老鲁,嗯嗯,当初介绍王冶文给令堂大人手术时,以为看在我面子上他不会收你的。对,对,是我让你送的,当时认为向他表示一下就是了,没想到这家伙老和尚不爱财,越多越好,悉数收入自己的腰包。什么,哦,你硬塞给他的? 塞给他也不能接收啊,我们医院每年都得到财政支持,还不是多亏你从中协调吗。是的,是的,老李是我派去找你核实情况,不过医院并无别的意思,因为外科手术收红包,其他科里看着眼红,再不整治就要起内部矛盾。所以呢,请你协助一下,对,对,晚上八点,先在小会议室相聚,人很多,都对我们的行动大力支持,扶正压邪嘛。好的,再见!

鲁侃又拨电话……外边有人敲门,鲁侃只好放下电话去开门。门开处,郎婷婷悻悻地走进来。鲁侃心中一喜,他想郎婷婷肯定是听到了消息,专门来找自己商量怎么报复王冶文的。所以,当郎婷婷落座之后,鲁侃问的第一句话就显出了别有用心:婷婷,近来和曹瑞成处得挺好吧?

岂料郎婷婷的口气不疼不痒:不好能领结婚证吗。

鲁侃:这我就放心了,总算对得起我的老同学。

郎婷婷:谢鲁大哥关心,只是感觉心里有股难言的滋味。

鲁侃说:你还恋着王冶文?

郎婷婷:说实话,有时还会想一会儿,总拿小曹和王冶文做比较,比来比去,感觉还是小曹好。小曹很单纯,也很真诚,知道怎么呵护自己的女人。

鲁侃说:小曹这个司务长也是我提拔起来的,我当然了解他。要不是他为人真诚单纯,媳妇还不至于让那个大款给拐跑呢。

郎婷婷:听说他前妻很漂亮,比他小好几岁。

鲁侃说:不错,他的前妻是医院一枝花,原是内科的护理。郎婷婷说:我和小曹遭遇相同,所以感觉我们的结合是天赐良缘。鲁侃笑了,说:早知如此,我就不该给王冶文操那份心。出乎鲁侃的意料,接下来郎婷婷的话却对王冶文毫无贬义:王冶文有王冶文的长处,虽然促狭儿成性,可为人很厚道。

鲁侃眯起眼来:婷婷,这么说你还恋着他?

郎婷婷:这和恋不恋没关系,我是说就人格而言。

鲁侃说:可王冶文到底还是辜负了你。

郎婷婷:我在网上聊天时,有位朋友给我作了首诗,很能说明我此时的心境。

鲁侃:哦? 念出来听听。

郎婷婷想了想,十分流利地念道:浮生如茶茶愈淡,有滋无味怨苍天。此情可待我不待,只求真诚在人间。

鲁侃问:这个诗人叫什么名字?

郎婷婷说:叫杜甫。

鲁侃撇嘴:还李白哪!

郎婷婷说:那就叫李白。

鲁侃哈哈地笑起来:你说到王冶文的人格,如果他人格好的话,还能和你……

郎婷婷说:鲁大哥,不要提那一段了行不行,我愧对人家王冶文。

鲁侃说:那小子占了便宜,你反倒感觉愧对他? 郎婷婷说:当时我真的一心喜欢他,后来看到他确实对我不感兴趣,加之小曹很可人,也就把那份心收起来了。鲁哥,不是我说你,亏你想得出得那个馊主意,把人家告上法庭,要不是齐院长和彭庭长把事做得圆满,我这人丢大发了。

鲁侃满脸通红:婷婷,我也是一心成全你嘛。

郎婷婷说:鲁哥,你的好心我理解,我哥哥经常对我说,这世上,坏人并不可怕,最可怕的是假好人;龇着牙咬人的狗不可怕,可怕的是悄没声地跑到你身后,猛然朝你腿肚子上来一口!

鲁侃有点急:婷婷,你把鲁哥比成狗?

郎婷婷说:不是的,不是的,我是说,你出的那个主意,其实就是假好人所为。

鲁侃咧着嘴,一副哭笑面容。稍沉才说:婷婷,这个王冶文的行为不正常,你想想,他作弄过多少人啊。我和他的私交算是相当不错了,可他连我也不放过。你想想,这种人值得你同情吗?

郎婷婷说:那得看你从什么角度上讲,无论作弄多少人,他从没害过谁吧? 这是他的性格,嬉笑怒骂皆成文章的那种性格。如果你走进精神病院,那些疯子看你的行为也不正常。鲁侃朝婷婷涮了一眼,没想到你学问还挺大的。

郎婷婷:鲁哥,我把人家告上法庭,结果呢,反倒闹了个没趣。做人与做狗不同,做狗咬人不负法律责任,做人咬人那是犯伤害罪的。我其实是犯了伤害罪,至少是诬陷罪,要是王冶文当场反诉,丢人不说,你我可能都得吃不了兜着走。

鲁侃说:婷婷,你今天下午来找我,是不是另有他意?

郎婷婷说:你感觉到了?

鲁侃:你是不是听到了什么消息?

郎婷婷说:还让我捅开吗?

鲁侃说:婷婷,捅开也好,别遮遮掩掩的,有什么话只管说出来。

郎婷婷:你猜。

鲁侃:那我猜猜看,是想调调工作位置吧?

郎婷婷摇头。

鲁侃:是和我商量举行婚礼的事情?

郎婷婷:不是。

鲁侃:那我就无处可猜了。

郎婷婷:难道除了个人问题,别的就不能找你聊聊吗?

鲁侃说:你是我同学的妹妹,我只考虑你自身的问题。郎婷婷的嘴紧闭着,好长时间才突然开口:那我就直说了吧,是为王冶文。

鲁侃故作惊讶状:冶文,冶文回心转意了?

郎婷婷说:鲁哥你怎么胡搅蛮缠,这不像你的为人啊。

鲁侃:这正是我的为人。说吧,出了什么事?

郎婷婷说:今晚的会议……鲁侃立即打断郎婷婷的话:哦?我说吞吞吐吐的呢,会议晚八点开,是本院医护和病患家属的交流会。

郎婷婷:不这么简单。

鲁侃说:你听到了什么?

郎婷婷:你们要整王冶文。

鲁侃:整?整什么整!

郎婷婷说:你也不用遮遮掩掩了,不就是要整王冶文收红包的问题吗。鲁侃佯装恍然大悟:会上顺便提一提,啊,提一提,为了整顿院风,治病救人。

郎婷婷说:只是提一提的话,怎么还派人去专门调查他?

鲁侃吃惊:你听谁说的?

郎婷婷说:城墙那么厚,也有透风处。要想人不知,除非己莫为。鲁侃板起了脸:婷婷,你既然已经清楚这件事,我也没必要再瞒你,这是院长办公会决定的。

郎婷婷说:是根据你的提议才决定的吧?

鲁侃:不,是根据病患家属的投诉或者说是状纸决定的。

郎婷婷一怔。鲁侃从抽屉里取出王世伦的信递给郎婷婷:看看吧。

郎婷婷认真地看着王世伦的信。

郎婷婷看完信抬起头笑了:就凭这一纸投诉信?

鲁侃说:难道还不够?更何况,医院派人调查的结果令人吃惊。

郎婷婷声调平和:收受红包数量巨大?

鲁侃说:对了,你我一辈子也挣不到这么多钱。郎婷婷说:鲁哥,你怎么不想想,王冶文有如此收入,为何不买房子不买车,为什么到现在还和一般医生同样骑着电动车上大街呢?

鲁侃:听没听说过大智若愚大巧若拙,他这是深藏不露。

郎婷婷:你这么认为,可能要犯决定性的错误。

鲁侃说:你放心婷婷,我们不会犯整人的错误,院领导给他留有余地,会上只批评一下这种情况这种现象,也就起个杀鸡儆猴的作用。因为如果容忍这种撑死的撑死,饿死的饿死之现象继续下去或漫延开来,医院里的歪风邪气会无限度扩张,到那时,我们作为医院领导犯的错误更大。

郎婷婷说:收红包现象可不是只有咱们这一家医院。鲁侃说:这我明白,是个普遍的社会现象。我问你婷婷,拿着工资又收红包,对吗?

郎婷婷说:当然不对。

鲁侃:不对为什么不能抵制、纠正、打击呢?

郎婷婷说:王冶文收红包与众不同。

鲁侃说:这就对了,那肯定,他收的红包要比别的医生多得多。

郎婷婷想说什么,但抻了抻终于把话嗯下去。鲁侃说:怎么着妹妹,我说得不是没有道理吧?

郎婷婷说:会议通知已经下了,不开也不行了。如果你听我的劝告,最好在会上不要提有关王冶文收红包的事。鲁侃说:红包的事要提,但是不点名。

郎婷婷:调查你都调查了,不点名大伙也知道你们说的是王冶文。

鲁侃的脸再次板起来:王冶文是蝎子尾巴,戳不得?

郎婷婷说:话我只能讲到这份儿上,你要是不听,到时可能下不了台。鲁侃笑道:我知道王冶文促狭儿,但不至于当场作弄我吧。

郎婷婷说:不是他作弄你,是,是……

鲁侃追问:是什么?

郎婷婷说:是怕大家看不下去。鲁侃:怎么,这是要干什么呀!

郎婷婷:鲁哥,有时我感觉和你很难沟通,我看出来了,你心里有个死结。

鲁侃定定地看了一会儿郎婷婷:这是院长办公会的决定,无可更改。

郎婷婷:我不能再多说了,你好好动脑子想想,免得有进无退处境尴尬。

鲁侃一笑:身上还带着奶腥气呢,就想教训大哥!

郎婷婷叹了口气，站起身：话不投机半句多，我还忙着，走了！

郎婷婷转身走出办公室。

鲁侃关上屋门回到写字台后：你不就是仍旧惦着王冶文吗？唉，女人啊！

姜玲在外科值班室里整理病历，小云整理治疗器械和药品。傍晚时分，王冶文仍旧一脸快活地走进来。姜玲问道：手术做完了？

王冶文说：一个普通的阑尾炎切除，小手术，前后不过一小时。

姜玲说：我在门诊上收这个病人时，曾想到继续保守治疗，可她说以前曾经被你收治入院，可是治愈出院不到三个月，又复发了。王冶文说：这个患者已经遗有慢性炎症，检查时管腔狭小，所以易于复发。去年结的婚，现在怀有身孕，妊娠期盆腔易充血，阑尾炎症状发展会更快，既已诊断明确，还是将病变的阑尾切除为最佳选择。

姜玲很高兴：这么说，我的选择是正确的？

王冶文说：完全正确。只是，这个病患刚结婚一年，家在城边农村，田地给征用了，小两口靠打工过日子，挺不容易，上次让她保守治疗，也为了让她省下这几千元的手术费。没想到好心变坏事，负担没减轻，反而加重了。你看这事弄的。

姜玲问：王冶文用的是常规开腹术还是腹腔镜阑尾切除？

王冶文回答说：是常规。

姜玲想了想掐着指头计算：手术费加住院费，再省也得八千元，如果药费、术前术后营养费也包括在内，那就不准了。刨去新农合报销的百分数，估计小两口至少还得负担五六千元。

王冶文说：你问问小林，我们的库存情况如何。姜玲说：你是想潜规则？

王冶文点点头。

姜玲：问问她的家属，现在的"新农合"能给报多少，不足的我们给她补上。

王冶文说：这事还真说不准，有的地方只能报百分之五十，有的地方报销百分之七十，并不是一刀切。先不管那些，我们做准备就是了。

姜玲说：可以，小云，你到办公室问问小林，看账上还有多少。

小云说声"好的"，放下手里的活儿，走出值班室。

姜玲继续整理病历，王冶文坐在椅子上沉思。不大会儿，小林跟着小云走进来。小林直接走到王冶文面前说：报告主任，库存尚可，有何用途？

王冶文说：估计还有多少？

小林说：你讲明是大用途还是小用途吧。王冶文说：五千以上，一万以下。

小林一乐：小意思。

姜玲说：进的那批外科病房设备不是用掉了一大宗吗？小林说：看来王主任连你也瞒着，那部分钱王主任已经找到院领导报了，当然借口是我们大伙临时凑起来的。再说，我们的库存是澡堂子里的水，随出随进。前天刘主任发了笔小财，入进四千，上个礼拜王主任发了个大财，入进一万六，加上以往的，还不少呢。

王冶文：出人意料，这就好了，刚手术的那位患者，潜规则。

小林：潜多少？

王冶文：你和姜玲小云商量，告诉李主任个数就行了。

王冶文说着往外走，姜玲问他干吗去。王冶文揶揄道：光陪着你们闲扯，我都憋得快尿裤子了。

姜玲低头一笑。

小云说：把不准是到休息睡一觉，晚上好攒足精神做检查呢。已经走到门口的王冶文又站住：你不提我差点把这事忘了，是晚上八点吧。

小云：都说王主任人有着惊人的记忆力，可在这事上，他忘得比谁都快。

王冶文说：这当然，得看记什么，看书我肯定比你们记得快。小云紧跟一句：和姜姐约会呢？

姜玲插话了：在这事上他记性特别好，连一分钟也没忘记过。

王冶文边说边往外走：开涮，这是拿人开涮！

44

晚饭后，以往逢到这时就清静的医院门前忽然开始热闹，病人和病人家属进进出出医院门诊楼，间或有熟人停下来相互说着什么。路灯和医院门厅前的灯光把医院门前的空地照得很亮。小桦和林嫂先后来到这里，小桦走到林嫂跟前说：几天不见，林嫂你瘦多了，是来参加会的吗？

林嫂说：照顾公爹还得照顾家里的孩子，身累心也累，瘦是正常的。她说自己是来参加会的，问小桦来这里是不是也参加晚上的会。小桦说：是的，看来你我参加同一个会。小桦又问道：林嫂，是林护士长告诉你在这里集合的吧？

林嫂：不是林护士长，是云护士。

小桦说：无论谁告诉的，反正是一回事。咱俩就在这里等着，待会儿还有人来。林嫂说：互不认识，怎么碰面啊。小桦说：看到走过来的人，上去打个招呼一试就知道。林嫂说：我胆小，你先来。

小桦说：好的，你在旁边看着就行。

又有三三两两的人走过来，小桦凑上去打招呼。有的和小桦握手低声交谈几句站在原地不动了，有的只是点点头径直走进门诊楼里。

林嫂忽然看见刘芸从南边走过来，她赶紧跑上去：刘警官，你来找王主任吗？

刘芸说：我是来参加会的。林嫂愣了片刻：是那个……那个什么交流会吗？

刘芸点点头：我是来和你做伴的。

林嫂说：太好了，我这心里正敲鼓呢，有你在，我胆子就壮了。哎，我来介绍一下，这位是邱小桦，他爸爸的伤腿是王主任给接上的。

刘芸走过来和小桦握手，另外几人也走过来和刘芸握手。

刘芸：咱们什么时候进会议室？

小桦：林护士长说到时她会来招呼咱们。

这时，医院门前的空地上渐渐聚了十几个年龄不一的男人和女人，那边停车场的管理员奇怪地注视着这些人，不明白今天晚上为何情况异常。

此时，医院小会议室里，鲁侃坐在会议桌的顶端注视着已经落座的各位来客，不时又有人走进来，鲁侃连忙客气：大家随便坐，时间很紧，也没准备茶水。

孙主任和一个办公室工作人员走进来，向鲁侃低语了几句。听到鲁侃问：准备得怎么样了？孙主任说：除了留在科里当班的，大部分员工都到了。

鲁侃叮嘱孙主任，说：今晚来的多是各单位领导人和集团老总，座位要安排在前边，准备茶水。孙主任说：已经安排了。又一位中年男人走进来，鲁侃赶紧站起身：哟，彭庭长也来了，我以为夫人代劳呢，没想到你亲自驾临。

彭庭长走上去和鲁侃握手：鲁院长别客气，现在这样的会议不多见，所以我推开其他事情，特意来参加。

鲁侃说：好好好，请坐，我到会议室看看，如果齐院长到了，我来请各位。鲁侃和小会议室里的人打着招呼走出去，室内，相识和不相识的人们在相互交谈。

来参加会议的医护员工中，王冶文和几位医护跟随大伙顺着走廊往东走，电梯刚刚升上去，王冶文等人走到电梯前只好站住等候。王冶文和同事们随便聊着，忽听走廊那边传来呼喊声：大夫，大夫，快救命！

喊声和脚步声直奔急诊室，不大会儿，一个实习护士慌慌张张跑过来。实习护士跑到电梯前站住，焦急地看着电梯下行的楼层数字。王冶文问出了什么事，护士说：打架的，头打破了，满身满脸都是血，值急诊的李主任去了会议室，我得赶紧上楼叫他下来。王冶文说：不用叫他了，我去处理。

护士说:今晚不该你值班。王冶文甩了一下手:什么值班不值班的,快走。

王冶文小跑步奔向急诊室,护士在后边紧紧跟上他。

此时,七楼会议室里已经坐满了人。主席台上坐着齐院长、王副院长和鲁侃。前排一溜坐着汪局长、彭庭长和几位集团老总。鲁侃正用手机和谁通话:你怎么还没到,会议已经开始了。快一点,否则就误了。

主席台上,齐院长对着麦克风轻轻咳了一声。孙主任走上去把院长面前的麦克风调了下位置,齐院长开始讲话:各位来宾,各位员工,晚上好!

会议室里照例响起掌声。

齐院长照例对着讲话稿念道:今晚,咱们要搞一个活动,什么活动呢,就是医院员工和已经痊愈出院的病患或病患家属的情况交流会,以帮助医院整顿院风,打击歪风邪气滋生漫延的势头,树立和发扬救死扶伤全心全意为病患着想的良好风气。在此强调,我们对医护中存在不良倾向只是本着治病救人的原则进行帮助,一不打棍子,二不戴帽子,更不装袋子,请医护人员放心。所以,无论病患或病患家属的帮助涉及谁,也不要多心,不要介意,更不要产生抵触情绪。下面,由鲁副院长首先讲话,大家鼓掌欢迎。

就在鲁侃开始讲话的同时,小林从七楼乘电梯下到一楼。小林走到门诊楼门口朝门前等候的众人招招手,小桦等人迎上去。小林走到大伙跟前说了些什么,就听刘芸说:放心小林,我带头进去。

尽管有刘芸带领,小林仍旧不放心,就在大伙走进门诊大厅里时,小林再次叮嘱:记着,都要争先恐后,但一定要按事先商量好的顺序上台发言。

身后的人七嘴八舌地说:记住了,记住了,尽管放心吧。

会议按时开始,小林也把门外等候的人叫了进去。然而,鲁侃一心盼望的"重磅炸弹"王世伦先生此时却遇到了麻烦……

王世伦骑着摩托车在城东公路上飞驰向前,路旁的树林像幻灯片一样倒向两侧。公路上不时有来往的车辆,相向而行的并不存在问题,有相对而行的可就添上麻烦了。王世伦刚刚放慢车速让过一辆大卡车,又一辆货车迎面开来,货车的大灯忽地亮起,强光耀眼,王世伦面前立时一片昏花。王世伦赶紧刹车躲向右边,摩托车一扭头,差点冲出公路。大货车呼啸而过,王世伦回头喝骂:真他娘的,你开大灯干吗!

王世伦加大油门,摩托车继续向前飞奔。可是没行多远,又一辆大货车开过来,王世伦下意识地刹车躲向一旁,摩托车吐吐两声熄火停住。货车擦着他的摩托车开过去,王世伦"呸"了一口,重新启动摩托车。可是,摩托车"噗噗"响着就是发动不起来了。王世伦左脚狠命地往下蹬着,连急加累,满头满脸都是汗。王世伦最后朝摩托车后轮上狠狠踹了一脚:完了!

王世伦推着摩托车沿公路往前走,眼睛不停地朝两边撒拉。公路两边漆黑一片,间有零星村庄出现,才能看到几星亮光。王世伦用力推着摩托车,连走边骂:他娘的,邪门了,记得这路边有个修车铺啊!

……

七楼会议室里掌声停止,鲁侃把麦克风往面前挪了挪,开场白简单而直接:既然是交流会,咱们也不必拐弯抹角了,我就打开天窗说亮话吧……

会议室门口有喧闹声,刚要进入正题的鲁侃停下来:孙主任,门口怎么回事?

孙主任起身往门口走,刘芸带着十多个人走进会议室。

孙主任拦在门口:请问,你们……

刘芸说:我们是曾经在这里住院的病患和病患家属,听说医院要召开整顿院风交流会,便自动聚在一起来参加。可以吗?

孙主任犹豫着,说:等一下,我请示请示领导。孙主任走到齐院长跟前,和齐院长附耳低言。只听齐院长说:可以,完全可以啊,这是好事嘛。

鲁侃侧过头问是怎么回事,孙主任说:有十多个在这里住过院的病患和病患家属也要求参加会,院长说让他们进来。鲁侃犹豫着,旁边齐院长开口了:让他们进来吧,免得在门口吵吵嚷嚷。

鲁侃说:那好,让他们进来吧。瞅这机会,鲁侃又打了一次电话:小王,来到了吗? 怎么,车坏了? 抓紧找地方修修!

鲁侃打着电话,刘芸等人已经走进会议室,在一侧找座位坐下。

齐院长见鲁侃情绪焦躁地给谁打电话,唯恐会议中断,就催促鲁侃继续下去。鲁侃关上手机,朝进来的这伙人看了几眼,下意识地嘟哝:蹊跷!

鲁侃接着刚才的开场白讲下去:……医生吃药品回扣,最主要原因在于行业特征——医疗行业是个特殊行业,医患信息高度不对称,患者该用什么药、用多少药,一般只能由医生说了算。对于医生而言,开药是自己"点菜"别人"埋单",这便导致医生乱"点菜",专点"贵价菜",以获取药厂药商给予的高额回扣。这种现象在私立医院很普遍,而在我们公立医院,特别是在我们医院,其药品采购环节也属于自己"点菜"别人"埋单",这导致医院管理者也会吃回扣。由于我们抓得紧,用人得当,这种情况至少暂时还没有出现。不出现吃回扣不等于没问题,最突出的表现是拿红包。说到红包嘛,不言自明,主要是在外科,外科医生手里那把刀子水平高低,就是红包大小的标价……

坐在中间的李晓宇想站起来说什么,犹豫了一下重新入座。

鲁侃从桌上拿起一张表:我这里有一份医生收红包的清单,因为只是为了整顿院风抑制歪风邪气的蔓延,我们也没做详细调查,但就是这样一份并不完全的清单,也足以让人触目惊心了。这小小的一部分,足够我们一般医生半辈子所挣得工资。大家听着,我念一下其中几个红包的数目,至于给了谁,谁收了这几个人的红包,俗话说放屁的脸红,做贼的心惊,大家明白,收红包的人心里也自己清楚⋯⋯

鲁侃口齿清楚地念着清单,医护员工们惊讶地听着。有人东瞧西看,有人低声私语,隐隐地听到一个含意明确的问话——怎么王冶文没来啊?有位医生当即接话——我们一块儿上楼时,遇到个急诊病人,他去急诊室了。那个提名道姓的声音又响了:应该叫他上来听听,都知道外科收红包,没想到手这么黑,收这么多,再有几年就成大土豪了。

会议室里议论纷纷,只有外科的医护员工保持沉默。

此时,王冶文正在急诊室里忙着——刚才当王冶文走进急诊室时,急诊室里已经站着好几个人。伤者满头满脸的血,护士正在用一块消毒纱布给伤者压迫止血。王冶文问他们和伤者是什么关系,其中一个男子说都是和他一块儿在工地上干活的同事、朋友。王冶文检查缝合器械问他们是怎么打起来的,那位男子说:我们正在大排档喝啤酒,邻座两个人掐起来,他是个息事宁人的脾气,就跑过去劝架,结果呢,一拉二拽,那两个人不打了,却把他摁住一顿好揍。我们赶过去说理,那其中的一个抢起一把车子锁就砸,还正好砸在我这个伙伴的头上,就砸破了。

王冶文:那两个呢?

男子说:一块儿跑了,转眼就跑没影了。另一个说:跑得真快,谁也撵不上他们。王冶文说:这样看来,应该给这哥们儿颁发见义勇为奖。男子呸了一口:狗屁的见义勇为奖,这医药费还得他自己出呢。

护士说:王主任,血止住了,刮吧?

王冶文说:剪短了再刮。于是,护士用剪子剪掉伤口周围的头发,再用电剃刀剃去伤口周围的发楂儿。王冶文走过去看了看:咦,这么长的口子,得打麻药。

王冶文用注射器吸了一支普鲁卡因,推出针管内的气泡往伤者跟前走。伤者斜着眼睛往上看,看到尖尖的针头蹿起来:我晕针!

王冶文说:你晕馒头吧?伤者说不晕馒头。不晕馒头就不晕针。王冶文边说话边打麻药针,伤者惊恐地说:大夫你行行好,我真的晕针。

王冶文抽出针头:我都注射完了,怎么没看到你晕针?

旁边的人齐声笑起来,伤者歪头朝上看了一眼:是吗,我怎么没感觉?

护士说:算你有福,遇上王主任,他的手轻得跟羽毛一样。

王冶文吩咐护士把器械盘端到伤者跟前,告诉伤者闭上眼睛。伤者不解地问他:缝合头皮还闭上眼睛干吗? 王冶文说:你不是晕针吗,看到我拿着缝合针不得更晕? 伤者嘻嘻笑起来:你这么好的技术,我不晕了。

室内又起笑声,王冶文在笑声中给伤者迅速缝合完毕。护士走上来给伤者包扎好,王冶文拍拍他的肩膀说:没事了。伤者的同伙问是否需要住院,王冶文一笑:让蚊子踢一脚就住院,算什么男子汉! 光打个破伤风针算了。

同伴们笑着扶了伤者走出急诊室前往注射室,王冶文洗完手告诉护士,再有病人来时打我手机。护士说:是李主任值班。王冶文说:李主任没带手机,好孩子,听话。护士笑了:是,叔叔。

王冶文乘电梯上了七楼进入会议室时,恰逢有个人喊着"应该叫他上来听听"。门口立时有人接上说:甭去叫,他来了。

人们纷纷回头张望,王冶文果然笑嘻嘻地走进会议室。会议室里人们的眼光齐刷刷地投向他,已经念完清单的鲁侃口气阴沉地说:王主任,你姗姗来迟啊,这会都进行了一半了。

王冶文坐在了一个僻静处,听鲁侃这么说话,马上站起身:对不起鲁院长,一个小手术,临时碰上的,处理完了才上来,让您惦念了。我可以听听下半截,至于在此之前的嘛,不行散了会到你家给补补课。不过,我还没吃晚饭,你让嫂子给下面条吧。

会议室里响起笑声。鲁侃的脸皮紧了紧,朝王冶文做个手势:坐下,坐下!

有人私议:不愧是促狭儿,三言两语就把尴尬气氛化解了。

……

外科病房区里,病人情况稳定,病房及走廊里很是安宁。值班的吕成和小马松下心来,坐在值班室里聊天。聊天的话题自然是今晚的会议,惦着,念着但又不能到现场去,心里难免疑虑和焦急。吕成说:也不知这会议开得怎么样了。小马说:我也正思虑这件事,不会开炸了吧。吕成说:齐院长坐镇,没问题。

小马说:就怕有人节外生枝,那样的话,咱们外科兄弟姐妹可不是好欺负的。

吕成分析情况,他认为鲁副院长虽然因为近来发生的某些事对王主任有些成见,但不至于把事做得太绝。即使他想做绝也办不到,因为这几天外科上上下下准备得已经够充分了。特别是李主任,别看他瘦了吧唧,还真能运筹帷幄。

小马说:李主任除了怕婆子,找不到别的弱点。

吕成笑了:怕婆子是弱点,那将来我得硬气着点。

小马:你敢!

值班室外脚步声,小林急匆匆地走进值班室。小马问她:不是去参加会了吗,怎么又跑回来当灯泡了?小林说:你俩尽管亲你们的,我只装作没看到还不行吗。吕成站起身来:说正事小林,你不去参加会?

小林说:我是从会上跑回来的。吕成问她出了什么事,小林说:有一项"潜规则"光有支出没有证人,我怕不妥当,特地回来找你们签个字做证。小马看了看小林递过来的表:哦,李主任、小黄小马都签了,我俩是得签上。

吕成和小马在表格证明人一栏签上字。

小马:快去吧,别耽搁了。

小林收起表格:那你俩继续亲。

小马:瞒谁呢,你和眼科的小聂亲了多少次了,以为别人不知道?

小林说:是吗,我自己怎么不知道?小马笑着戏谑她:天下人都知道,就你自己不知道。那次在小花园篱笆门后,是谁亲得嘴不离腮呀。

小林说:扯吧你就,那次是小聂的眼睛让风眯了,我给他吹吹。

小马和小吕同时笑起来,因为眼科大夫让风眯了眼,还得让外科护士给吹吹。这事说给鬼,恐怕连鬼也不会相信。两个人继续和小林打哈哈,小林一张嘴斗不过两张嘴,见势不好,起身就走。小马:这就对了,快去吧,误了事全科批斗你。

小林走到门口又站住,小马问她怎么了。小林说:不忙,李主任有话,让我先在眼科门诊室等着,火候到了他给我电话。

小马:火候?

小林:就是到了一定机会再让我出场。

小马:计谋?

小林:战术。

小吕:连孙子兵法也搬出来了,我敢判定,今晚眼科小聂值班。

小林盯着吕成的脸,朝着面前的空气扇了一巴掌才转身走出去。在她的背后响起小吕轻轻的口号声:爱情、友情、善良与正义万岁!

……

会议室里会议继续,鲁侃见王冶文已经入座,人们的议论声也渐渐平息,便吹了吹麦克风说:哎哎,同志们坐好了,会议才刚刚开始嘛。本来还想再说几句呢,既然大家都心知肚明了,就不再多赘。下面,开始发言,按顺序来,先请汪局长谈谈对这个问题的看法吧。

汪局长起身回头朝大伙致意后，抬腿往发言席上走。这位汪局长刚刚迈出一步或者说刚刚抬腿，一声令人吃惊的女高音令他蓦地立住：我说院领导，发言总得有个先来后到吧，我先说。

　　说话的是小桦，她是按小林的预先吩咐行动的。也不管鲁侃答应还是拒绝，小桦径直起身奔着发言席去了。汪局长怔了怔，重新入座。鲁侃似乎傻了好长时间才想起应该顺水推舟的道理：好好，让这位女士先发言。请请！

　　小桦走到前边先给主席台上的几位院长鞠了个躬，转过身来又给听众鞠了个躬，会议室里响起掌声。孙主任不失时机地走过去，把麦克风挪到发言席上。小桦站到发言席上看了看与会的人们，眼光投向王冶文、李晓宇等外科的医护。

　　她看到外科医护人员的眼光注视着自己，便定定心神开始念自己的感谢信：尊敬的市立医院的各位领导，首先感谢你们给了我这个感恩的机会。我要表示感谢的是水泥集团总经理鲍玉龙先生，在我父亲骨折入院，全家面临巨大困难的关键时刻，你通过王冶文主任捐赠的八千元钱及时交到了我的手里……

　　会议室里一下子静下来。

　　鲁侃站起身：等等，等等，你说什么？

　　小桦自顾自地念下去：这八千元不只是解决了我们的燃眉之急，同时也向病患家属传递了一个充满关爱的信息——世间虽坎坷，到底好人多！

　　会议室里掌声雷动。

　　鲁侃的脸色由红变白，身子软软地坐了下去。

　　坐在前排的鲍玉龙一头雾水，鲍玉龙站起来又坐下，想说什么。这时，李晓宇从听众中走出来，走到鲍玉龙跟前，低声向他解释。鲍玉龙先是一愣，继之频频点头，此时仍旧处于站立状态的鲁侃疑惑地看着李晓宇。会议室里有点乱，齐院长站起来朝大家摆摆手，会议室里这才渐渐安静下来。

　　邱小桦继续读着感谢信，手足失措的鲁侃愣了一会儿神，也只好坐下来继续听。会议室里时而有人轻声咳嗽，时而有窃窃私语，时而有人唏嘘不止，时而有人轻声叹息……

　　邱小桦读感谢信的当儿，公路上的王世伦推着摩托车正努力往城里方向走，万幸，前边路边是个村落，村落前靠近公路的地方一处二层小楼，小楼前亮着灯，灯光下有人蹲在地上干活。王世伦长出了一口气：娘哎，可找到这个修车铺了。

　　王世伦推着摩托车拐下公路走到修车铺前，将摩托车停下。蹲在灯光下补车胎的师傅头也不抬只管忙自己的。王世伦凑上去：师傅，麻烦你看看这辆摩托车。

修车师傅问:怎么了?

王世伦:急刹车后,就是再也发动不起来了。

修车师傅:什么动静?

王世伦:启动时噗噗的。

修车师傅说:这证明汽缸坏了。王世伦请求赶紧给他修修。修车师傅闷声闷气地说:修什么修,换汽缸啊。

王世伦说:那就赶紧换吧,我急着赶路。修车师傅说:我这里没有备件,你得到市里去买。王世伦"啊"了一声说:跑到市里再跑回来,得两个多小时呢。修车师傅给刚刚补好的车胎打上气,用锤子敲了敲扔到一边站起来说:路上坏的?

王世伦说:是的,我得急着走路,师傅您给想想办法吧。修车师傅望着城里方向,说:还有十里地呢,你打的去买汽缸吧。王世伦大失所望:师傅,天这么晚了,路上哪里找出租车去呀!

修车师傅说:我们村里小疤瘌是个开出租的,刚从城里回来,我给他打个电话。王世伦连说:好的好的,谢谢! 修车师傅打开手机拨号,手机拨通,只听修车师傅口齿不清地说:喂,疤瘌,有活儿了。

修车师傅说完这话就关上手机,王世伦狐疑地看着修车师傅,说:就这么一句话,他能来? 修车师傅口气肯定:他是吃这碗饭的嘛。

王世伦望着村里的方向,通往村里的小路黑乎乎的。王世伦问出租车什么时候来,修车师傅说:正吃饭呢,你等一会儿吧。

王世伦一屁股坐在地上:要了命啊!

……

医院七楼会议室里,邱小桦继续读着感谢信。听着感谢信的内容,加之李晓宇的解释,坐在前排的鲍玉龙不禁喜形于色。主席台上,齐院长凝神细听,王副院长神色淡然,鲁侃在焦急地打电话;会议室里的人们仍在交头接耳相互低语,有人点头,有人摇头,有人叹息着流泪。王冶文仍是一副笑模样,李晓宇斜眼瞧着主席台上低头打电话的鲁侃,刘芸抓紧时间悄悄地和林嫂说着什么,林嫂不停地点头,擦眼泪。这时,小桦发言结束。接着是一位中年男性病患家属,一位老太太和一位女性青年相继走上发言席……

帮助"整顿院风"的病患家属一个接着一个,坐在前排的汪局长和邻座的法院民事厅彭厅长咬着耳朵:看来,今晚用不着我们这些人谈看法了。

45

城东公路上,一辆出租车在夜色中不停地鸣着喇叭。出租车风驰电掣,越过一辆又一辆行驶在前边的汽车。王世伦坐在副驾座上,时不时和司机争执着什么。出租车驶过长河大桥进入市区时已是晚上九点以后了,这个时间段里,正是市区行人车辆拥堵最厉害的时候,司机不停地鸣着喇叭,有时还探出身子朝前边的车辆吆喝几句,意思是嫌他们启动太慢了。出租车拐向一条街时擦着一个行人的身边驶过,行人吓了一跳。出租车继续前进,那位被吓了一跳的行人在车后挥舞手臂高声叫骂。出租车虽然灵巧而快速,但在拐向天庭路时遇到了红灯,它只好停下来。这时透过车窗,可以看到王世伦用手指敲着自己的脑袋。

出租车好不容易来到市立医院门诊楼前,王世伦付车费时司机问他还去买摩托车零件吗,王世伦说:要去买我再打出租,你先去找活儿吧。司机答应着开车走了,王世伦急匆匆乘电梯上到七楼,进到会议室里。此时,会议已经进行到一半了。

王世伦走进会议室时看到了主席台上的鲁侃,鲁侃也看到了他,但只是看了一眼,既没打招呼也没说话。王世伦踌躇着,站在前边寻找空位,有个熟悉的声音悄悄喊他:小王,过来,这里有座。

王世伦见是王冶文喊他,回头看看鲁侃没注意,犹豫了一下走过去。王冶文说:你怎么才来?王世伦说:天有不测风云,路上摩托车坏了。王冶文站起身说:你坐我这里。王世伦说:那你呢?王冶文指指手里的手机:急诊室来电话,有个重症患者,让我去帮忙,这位子不正好空下吗。

王世伦:哦哦,去吧,你去吧。

王冶文急匆匆地走出会议室,王世伦坐在王冶文腾出来的位子上喘了口气。他定了定心神,等候鲁侃让他上台发言。

这时,一位发言的男性青年走下发言席,刘芸把林嫂从座位上扶起来,说:林嫂该你了。刘芸和林嫂简短交谈了几句,林嫂低着头走上去。

林嫂走到主席台前,还未上台先已哽咽,她回过头来冲着大伙说:各位领导,各位医生,我为我犯罪的丈夫向大家赔罪了!

林嫂说完这句话,朝着会议室里所有的人跪了下去。刘芸和几位护士赶紧跑上去搀扶。刘芸说:林嫂,这是医院召开的医患交流会,别激动,有什么说什么。

林嫂擦了下眼泪镇定情绪,刘芸等人把她扶上发言席。林嫂从衣袋里取出发言稿念道:各位领导,各位来宾,尊敬的法院彭庭长,前几天,当王冶文主任将您捐在外科办公室里留作困难病患资助费的五千元现金转到我手里时……

林嫂念到这里,彭庭长忽地站起来:等一等,这位女士,你是哪里的?

李晓宇走过来站在彭庭长身旁,一边说一边摆划。彭庭长张着嘴发怔、点头、叹气终于脸上渐渐现出笑模样。林嫂并没有停下来:尊敬的彭庭长,我当时的心情难以用语言表达,我只是想哭,想喊,感激不尽。我是一个罪犯的家属,但罪犯的家属同样也受到了司法干部的资助,受到了国家的帮助,受到了白衣天使们无微不至的呵护。如果我再不竭尽全力让我犯罪的亲人知恩必报重新做人,那真是天地难容啊……

林嫂过于激动,林嫂泣不成声。

彭庭长热泪盈眶,彭庭长和大伙不时地鼓掌。

林嫂泪眼模糊看不清纸上的字,她再也念不下去了。

下面群众席上,王世伦看着发言席上林嫂的一系列举动,张皇失措,坐立不安,他问身旁的一位医生:不是开医患交流会吗,这是怎么了!

那位医生笑笑说:你继续往下听。

刘芸和几位医护把林嫂扶回到座位上,会议室里几乎所有人的眼光全部投向林嫂和外科医护坐着的位置。刘芸朝发言席前走了几步被鲁侃拦住,鲁侃问她也是病患家属吗,刘芸取出警察证递给鲁侃:我是民警刘芸,这位大嫂是我的帮扶对象,有几句话我想和大家说一说,可以吗?

鲁侃看到警察证连连点头:可以可以,当然可以。

刘芸走上发言席:各位领导,各位医护,各位来宾,刚才发言的这位妇女,是我们市里逃亡在外多年的罪犯林如志的太太,也是我的帮扶对象。事情发生在今年五月二日,那天,林如志潜回菊城后,电话约他父亲去见面……

刘芸从林在庆出车祸被发现讲到三轮车主无偿送伤者到医院讲到路上拥堵无奈请求交警队开通绿色生命通道;从林在庆老人被送进医院骨外科经王冶文主任亲自手术讲到从他们外科的基金里为伤者提供经费办理住院手续;又从逃犯林如志因民警和医院携手救了他父亲和儿子受感动投案自首,讲到从而破获了一起更大的作案团伙而使公安部门荣立集体二等功……与会的领导、医护员工和特意前来参加会议的企业老总一个个听得目瞪口呆热泪涌流。末了,刘芸同样流着眼泪,以她特有的女高音说:就这样,市立医院外科的白衣天使们不但救了老人的命,还用他们平时收的红包钱替林在庆老人付了入院费,并且向

413

医院申请了医药费减免。真情暖人心啊,就是块铁也得化了。林如志在这种救死扶伤的精神感召下,在难以用语言描述的人文关怀下,幡然悔过,于当天下午就向公安机关投案自首了。林如志的投案不但结了一个几年来悬而不决的案子,同时也帮助公安机关破获了另一起大案,从而避免了一场即将发生在某金融单位的血案。大家说,这样的医院是不是应该宣传,这样的医护是不是应该值得学习啊?

会议室里掌声雷动。

……

四楼眼科门诊室里,小林和小聂对面而坐。两个人正亲热地聊着,小林的手机响起来,小林抓好起手机:李主任,叫我吗?

手机里李主任的声音:小林,你马上到会议室,是时候了。

小林说:好的,我马上就到。小林关上手机朝小聂摆摆手起身往外走,小聂赶上来朝小林的脸蛋亲了一下。小林涮了小聂一眼:没眼色,忙着呢。

小林快步走出眼科门诊,没也乘电梯就咚咚地顺着楼梯跑上去了。

……

小林走进会议室时,主席台上鲁侃正和齐院长低声商量着什么,齐院长点点头,鲁侃站起身说:发言暂时停一停,之前这些病患和病患家属提到的捐赠人中,可否有某位领导或企业负责人站出来证实一下?因为我们这次活动联系了电视台和日报社,这些模范事迹的报道需要实事求是。

前排站起一溜人来,这些人相互商议了一会儿,听得鲍玉龙说:汪局长,你代表吧,你的话有说服力。

汪局长说:可以可以,他走到前面,背对主席台先朝会议室里的人们鞠个躬,然后回过身冲三位院长点点头:各位院领导,各位医护,各位在此发言的受惠者,我代表所谓的捐赠人说几句话。刚才鲁院长说了,需要实事求是。实事求是地讲,这些钱我们是给王冶文主任和李晓宇主任的红包,是对他们救治疾病的报答。王主任和李主任公心忘私,却又把这份钱替我们帮助了困难病患,替我们扬了名,行了善。在此,我们向市医院所有医护员工表示诚挚的感谢。

前排的人齐步走到汪局长两边列成一排,向参加会议的医院员工深鞠一躬,顿时,会议室里爆发出雷鸣一样的掌声。齐院长走下主席台,和前排诸人一一握手说:谢谢诸位,诸位请坐回原处,会议继续。

小林走上前:齐院长,这几年外科的扶助基金一直是我管着,我想借此机会向与会者汇报一下总的开支情况,可以吗?

齐院长大喜:当然可以,您请。

小林走上发言席,她看了一眼鲁侃。鲁侃目光呆滞,神态茫然。小林转过脸来面向大伙:我特别说明一下,今天上台发言的病患或病患家属,只是捐赠资金中受惠的一部分,由于时间关系,我们不能一一请来,在此,我代表外科把捐赠人和受惠人的名单念一念……

小林站在发言席上念着,与会者静静地听着。

王世伦坐在椅子上静静地听着小林念着"捐赠人与受惠人"名单,不禁看了一眼主席台上的鲁侃。鲁侃微眯双眼,似在闭目养神。王世伦心里开始嘀咕了。

天,现在这年月,竟还真有这样的好医生啊!王世伦抬眼再瞧小林,小林已经把名单的收入支出情况念完。小林款款走下发言席,可刚走下发言席的小林又走回去。小林望着大伙疑惑的眼光说:刚才有一项支出忘记给大家汇报了。前几天,普外病房的肺癌患者王学东不幸病逝,鉴于这位病患花费较大,家庭又不太富裕,王主任提议给予潜规则。据此,我们将患者的护理费、床位费、抢救手术费共计一万四千四百九十元从基金里支付。因为考虑病患家属的悲痛心情,当时我们没有找他签字,由科内各医护签字做证。我这里有一份患者医药费支出和医生护士签名做证的清单,请大家传阅。

小林走下发言席,把清单递给前排的人:请往下传阅。

清单在人们手里迅速传递着,清单传到王世伦手里,王世伦看了一眼就泪流满面。他起身走到前面向大伙鞠个躬:谢谢外科的医生护士,谢谢王冶文主任!我,我错怪了王主任,我要当面向他道歉。

齐院长:王冶文呢,王冶文到前边来。

王世伦:刚才王主任说急诊室有病人,他悄悄地走了。

李晓宇从座位上猛地立起身:我去找他。

……

外科急诊治疗室门外站着几个人,两位实习大夫和护士进进出出。病人躺在治疗床上,王冶文和吕成在病床前操作着。这是一例因为外伤引起的出血性休克,实习医生开始打王冶文的手机,因为开会,王冶文把手机打在静音上了,于是,实习医生只好电话求助吕成。所幸王冶文因为看时间瞧了一眼手机,这才发现有急诊室的未接电话,他赶来时,吕成和实习医生正努力抢救患者。

伤者大腿受刀伤,因失血过多已经昏迷,面颊、口唇和皮肤色泽青紫,气息也稍有微弱。输液瓶吊在上边,药液有规律地往下滴着。经过王冶文和吕成的抢救,情况虽然好转但并未脱离危险。王冶文摸了摸脉搏,询问血压情况如何,吕成说:收缩压下降,但还不是过低。王冶文又摸了摸伤者的四肢再查看伤口,伤口两端已用止血带止血。这时,护士从影像室取来 X 光片,王冶文看看 X 光片说:动脉没事,是静脉断了,待休克初步纠正后,再进行根本性的止血。

吕成说:我就是按这程序来的,已经快速滴注平衡盐溶液。王冶文看看输液速度说:再加快一些,争取 45 分钟内输入 1000 ~ 2000ml。

护士走上来调整了输液速度。王冶文对吕成说:你回病房吧,那里同样不能离人,这病人交给我。

吕成:好的,那我回病房了。

吕成走后,王冶文守在伤者床前,不时地吩咐实习大夫和护士调整治疗药品。渐渐地,伤者开始恢复知觉。恢复知觉的伤者嚷着闹着喊疼,王冶文说:那就注射镇痛剂吧。王冶文开了处方,伤者家属拿着处方去交款取药。王冶文俯身到伤者面前问:怎么搞的,谁捅了你一刀,够狠的,再往里扎一点就戳着动脉了。

一位同来的老乡叹口气:唉,近邻,为了争宅基地,两个人晚饭后在门口说着说着就打起来。对方吃了点亏,跑回家取了刀子往他肚子上捅,他一躲,捅到腿上了。要不是庄乡爷们拉着劝着,非出人命不可。

王冶文:那捅人的呢?

候位乡亲说:有人打了110,警察来到后把他带走了。

王冶文说:你们就把这个人送来医院。那人说:是啊,路上开始他还暴躁不停,进到市里没了动静,大伙都以为完了呢。王冶文问谁是伤者的家属,一位中年妇女走上来:我是,大夫,俺当家的没事吧?

王冶文说:没事了,不用担心,这个人平日胆子并不大,对不对?

家属:是啊,宰只鸡杀个羊他都不敢看,大夫你咋知道的?

王冶文说:其实这种伤并不至于使人休克,他胆子小,一半是伤,一半是吓的。伤者完全恢复知觉后,要做静脉吻合术,就是说把断了的静脉接上。

家属一惊:要开刀,大手术?

王冶文说:不开刀怎么接上啊,不算大手术,也不算小手术,不过你放心,不会再让他昏过去了。正在这时,李晓宇慌慌张张跑进治疗室,王冶文站起来问怎么了。李晓宇急得满脸通红:出事了,出大事了! 会上争论起来,你得赶紧出面,否则有可能掐架。

王冶文:怎么可能?

李晓宇:快去,你快去,全乱套了。

王冶文说:这个伤者马上要做静脉吻合术,我……

李晓宇:这个患者交给我,救场要紧,你快去吧。

王冶文脱掉隔离服往外走,边走边说:通知小手术室做准备,我去了。

王冶文的脚步声消失在走廊里,李晓宇偷笑:促狭儿,也让我捉弄你一次!

王冶文走进会议室时,会议室里人声鼎沸。走进会议室的王冶文一时间怔住,因为人们的目光不约而同盯向了他。接着就是掌声,王冶文有点蒙:这是⋯⋯

就在王冶文摸不着头脑的时候,王世伦走到他跟前深深鞠了个躬:王主任,对不起,是我不识深浅,错怪了你。

王冶文茫然。

鲁侃走过来:冶文,对不起,这事⋯⋯我也有错。

会议室里一片喊声:请王主任即席发言,请王主任即席发言⋯⋯

鲁侃:冶文,你看这形势,讲讲吧,讲讲这几年的工作、体会和你们外科独创的"潜规则",让其他各科也学习学习。

王冶文:哦——明白了,我说李晓宇这小子⋯⋯得,我让他耍了。

齐院长在接一个电话,老头儿接完电话关上手机冲王冶文嚷嚷:哎哎,你让谁耍了? 能耍了促狭儿的人,这个人肯定更促狭儿。

会议室里一片笑声。

齐院长:冶文,众情难却,你就讲讲呗。

王冶文:还有个手术等着呢。

齐院长说:我刚接到晓宇的电话,说手术有他做,你尽管满足大家的意愿。

王冶文:这个李晓宇。

鲁侃和汪局长把王冶文推上发言席。

⋯⋯

吕成回到病房后继续和小马闲聊,两个人都惦着今晚的会议情况,吕成说:也不知这会开得怎么样了。小马说:你想了解了解情况吗? 吕成说:能不想吗,想啊,可是值着班,不能去看看听听。小马:我有办法。

吕成:快说。

小马嘻嘻一笑,从手袋里取出手机。吕成说:小马你贼大胆,又不是不知道,王主任禁止上班时间带手机。小马说:我今天原该休班,放在袋里忘了,现在正好用上。吕成探过头:有情可原,下不为例。

小马吐了下舌头开始拨号。

小马拨通小林的手机:喂,哥们儿,打开你的手机,让我们也听听会议情况。

那边传来小林的声音:哥们儿,你在哪里?

小马说在病房里。小林轻轻怒喝:贼大胆,敢带手机!

小马说:吕成刚刚训了我,下不为例。说着,吕成和小马的耳朵凑到手机前,脸几乎贴到一起。手机里传来鲁侃的声音:现在,请王冶文主任发言。

小马一怔:怎么,鲁副院长他……

吕成:别说话,听听,听听。

……

王冶文站在发言席上,他一改往常嬉笑怒骂皆成文章的模样,表情严肃而庄重。因为看惯了他平日嘻嘻哈哈的样子,冷不丁见他十分罕见地板起脸来,有人想笑,齐院长大手朝下压了压,这刚刚发出的笑声就给压下去了。王冶文看看会议室里的医护员工和来宾,声音微微发颤:各位,你们知道吗,当年我王冶文的命,就是菊城市立医院的医生护士救的……

会议室里一下子静下来。

大家惊奇地看着发言席上的王冶文。

王冶文说:那年,我四岁,因为病重,母亲抱着我坐汽车来到菊城。在汽车站下车后,当时交通不便,母亲便抱着我一路步行到了医院门前。其实,母亲也正患病,又因为过度紧张和疲劳,她昏倒在医院门前,就在这紧急关头,一位救命恩人出现了……

在王冶文的描述中,人们似乎看到了这样一种情景——青年妇女抱着孩子昏倒在菊城市立医院门前,一位正站在门外与人交谈的青年人看到这情况,没犹豫就跳下台阶,抱起孩子冲进了医院。年轻人返回来时肩上扛着担架,身边多了一位医生,年轻人和那位医生将青年女人抬进医院门诊急诊室。急诊室里,医护人员给这母子二人肌肉注射、静脉输液。母子二人渐渐苏醒,脱险……

王冶文擦了下脸上的泪说:我那时年龄小,只记得情景,记不住救命恩人的面孔,至今无法认定是哪些人救了我们母子二人。也就从那时起,我立志将来学习医学,立誓学成后要回到这所医院治病救人。所以,当我医学博士毕业后,坚辞北京某大医院的优厚条件,执意回本地医院工作。科技在进步,医院也在发展,现在的市立医院当然远非昔日,所以我更不知从哪里寻觅当年的恩人了……

鲁侃这时忽然走到王冶文跟前:冶文,你一点细节也不记得了吗?

王冶文说:只记得那位给我扎针的阿姨眼眉里有颗大大的黑痣。鲁侃说:给你诊治的医生头顶上有绺白头发?王冶文一惊:怎么,鲁院长,你是说……

鲁侃说:眼眉里有颗大大的黑痣的阿姨是齐院长的老伴焦玫,早在十年前过世了;头顶上有绺白发的是刘相禹医生,二十年前调到青岛去了。王冶文大

418

惊:鲁院长,你咋知道?

齐院长从主席台上走到发言席上,拍拍王冶文的肩头说:冶文,当初那个抱你跑进门诊的年轻人就是老鲁,他当时在门诊部工作。

王冶文"啊"了一声,他连忙走上前,朝鲁侃深深一躬,然后紧紧握住鲁侃的手:鲁院长,谢谢,谢谢您救了我母子二人。尽管是迟到的致谢!

鲁侃已是泪流满面。

就在会议室东南和西北的斜对角处,两名青年人扛着录像机记录了今晚发生的一切……

……

外科值班室里,吕成和小马仍然凑在手机前。

小马:听了没,我们的促狭儿主任和这所医院还有渊源呢。

吕成:鲁院长好像在哽咽。

小马:被感动了呗。

吕成:其实他也是为了医院的扩建工作。

小马:这谁都明白,只是这次的行为夹杂了个人成见。

吕成:可能是王主任多次撺掇陈小琳和他闹别扭生气了。

小马说:光为这事不至于,我猜想是与王主任带头否了他的绩效工资方案有关系。吕成说:打住打住,王主任又开始讲话了。

手机里传出王冶文的声音:鲁副院长为医院的扩建工作兢兢业业,我打心里很佩服。谁都明白,扩建医院需要资金,但我仍要建议,融资或创收的前提首先是不要损害病人的利益,只有这样,才能保证医生的人品、医生的医德,才能彰显社会的和谐。因为目前我国的医疗卫生还不具备全民福利的条件,要想让医院成为人文关怀的一部分尚需时日。为了更快更好地扩建我们的医院,我们每个医护都要先从自己做起。在这里我郑重地告诉大家,外科的"潜规则"并非始自我王冶文,而是继承了外科老主任的衣钵,也就是说,从打社会上收红包的现象一开始,王老主任就这么做了……

掌声如潮。

王冶文:我们一定会积极努力,在不损害病患利益,不增加病患负担的同时,给医院创收更多的资金,争取医院的扩建工作早日展开。我曾听几位院长说过,医院扩建之后,各科都要进行拓展,特别是外科,不能再像现在这样大一统的外科形式了,不但分门别类建立各个专门外科,还要上心脏外科、神经外科等大手术设备。由于我们医院条件不具备,以往这类手术都要去上级医院施治,其实,我们的医生具有这种水平,只是因为条件所限得不到发挥,我们外科

419

医护就盼着这一天的到来……

吕成关上手机说:我终于明白,外科的医护为何这么齐心合力,为何如此团结,为何在各自岗位上那么尽职尽责。

小马说:这是一种道德的传承、榜样的带动,换了李主任当外科正主任,他也会这么做。吕成刮了一下小马的鼻子:你说得对极了。

小马说:长江后浪推前浪,有朝一日你能接班主任时,不会偏辙吧?

吕成一把将小马搂在怀里:我发誓!

小马把脸贴在吕成的胸膛上,静听吕成的心跳。

46

齐院长宣布散会已经十点多了,王冶文、李晓宇、姜玲、小林、小云等走进外科值班室时,吕成和小马偎依着闲聊。小林看着眼热:一晚上了,还没亲够啊?

对于小林的讽刺吕成和小马并没反击,只说:今晚的会议开得真好,真好!王冶文问他们怎么知道的会议情况,小马刚说了句"我们……"就被小林打断了。小林说:你们值班也惦着会议情况是吧?小马迟疑了一下:对,对,吕成去办公室给你打电话,你开了手机让他听了一会儿嘛,所以他知道会议开得很好。

王冶文看看小林,瞧瞧小马的手袋,小马赶紧把手袋放到身后,王冶文脸上透出狡黠的笑意:难怪小林的手机一直开着。小林,进了病房,把手机关了吧。

李晓宇转过脸去偷笑。小林说:一出会议室我就把手机关了。她从饮水机里给每个人倒了一杯水,几个人端着水杯坐在椅子上闲聊。

李晓宇说:今晚的会,明天可能得见报,上电视。王冶文说:我看到了电视台扛着摄像机的记者,报社的人就不认识了。李晓宇说:你出来得早,我最后走出会议室时,两位报社记者正采访齐院长和鲁副院长。

王冶文:藏得够严实的,不知窝在哪个角落里。这下可麻烦了。

吕成说:正面报道,麻烦什么?王冶文说:正因为是正面报道,这才惹来麻烦呢。

李晓宇:这话我就弄不懂了。

王冶文笑一笑,没再说话。他喝着水,低头沉思,其他几人说说笑笑。

小马不时地注视一下王冶文,见王冶文一直低着头,就朝姜玲努努嘴说:看了没,某人好像不太高兴,已是大获全胜,这是干吗呀。

姜玲说:或许另有心事。

王冶文抬起头来问道:你俩在嘀咕我?

小马说:没错,你情绪反常,这不是你平日的表现。王冶文说:不简单,小小年轻懂得观察了。小马说:什么心事,说出来大家听听。

王冶文叹了口气说:真没想到,我经常捉弄而平日又经常找我麻烦的人竟是我幼时的救命恩人。李晓宇说:鲁副院长这个人是个工作狂,院里人都知道,他除了有点好色外,抓工作那倒真是一把好手。小林说:你们男人有几个不是好色的。

李晓宇说:天老爷哟,好色也得有那个条件,像我这模样身架,色得成吗?小林说:你家大嫂不也让你耗到手了吗?李晓宇说:快别说了,正因为当初我主动得有点过,才有把柄捏在人家手里,动不动就嚷嚷她是鲜花插在了牛粪上。

姜玲:不是你这摊牛粪做营养基,她那鲜花能长得越来越旺吗。

李晓宇高兴了:对,对,还是小姜高,以后她再抢白我,我就拿这话噎她。

姜玲:算了吧老大哥,闹不好屁股上又要挨巴掌。小林歪着头问:真怪,李大嫂为何不抽脸蛋偏偏打屁股呢?

几个人一时不知如何解释,室内出现短暂的寂静。王冶文咬着嘴唇一乐,说:你们想知道底蕴吗?小林说:当然想知道。王冶文解释道:这是女人鼓励男人性冲动的办法,一打屁股,男人就不由自主地向前向前。

姜玲:呸呸,刚稳重了一小会儿,就又促狭儿。

王冶文:不信你问问李主任。

李晓宇嘿嘿儿直乐。

小马说:看来是真的,你看李主任这德行,分明是承认了。王冶文嘻嘻笑着说:你们这些女士呀,以后得到李大嫂那里取取经,免得将来闹情绪。

小马说:看看,看看,王主任终于又活了尸包儿了。李晓宇停住笑:冶文,玩笑归玩笑,你得找鲁副院长谈谈心,今晚他很激动。

王冶文说:对,是得找他好好拉拉,一表谢意,二表歉意,三表诚意。

李晓宇:特别是歉意。

王冶文:明白,他不断找我的碴儿,是为了工作;我不断捉弄他,是为了报复。不管咋说,鲁副院长长我十几岁,在这点上,是我不对。

李晓宇:今天就到这里呗,该值班的值班,该回家的回家。撤吧。

第二天,王冶文到外科门诊室值班,一个接一个的病人相继处理完毕后,王冶文伸了个懒腰,顺手取过一旁的《疑难外科》翻阅。刚看了几页,李岷悄悄地走进来,王冶文抬起头:哟,李医生啊,请坐。

李岷满面笑容坐在王冶文对面。王冶文说:不忙了?

李岷说:接近中午,告一段落。王冶文说:您找我有事?李岷谦和地笑着:闲聊,闲聊。王主任,昨晚会上几位病患家属发言后我才知道,你是真正的苍生大医菩萨心肠啊,竟然救治捐助了那么多病人。难怪你的威望这么高,我算明白了,明白了,光医道高不行,还得心肠好。

王冶文仍是笑呵呵的:是吗,不是我心肠好,而是全外科医护的心肠好。怎么,李医生,你以后也打算向我们学习吗?

李岷说:我哪能和您比呀,您是菊城名医,在省里也是挂了号的,我只是一个土得掉渣的性病医生,勉强混碗饭吃,咱们没有可比性。王冶文摇摇头:我是说,你是不是也想捐助困难病人。

李岷:光想有什么用,没人给我红包啊。

王冶文说:在用药上不给病人增加负担,就算捐助了,这点你满可以做到的。李岷压低声音:知道吗王主任,找我看病的都是富豪和官场的人,富豪有的是钱,官员们的灰色收入也不低,用药多少价格贵贱他们根本不在乎,所以嘛……

王冶文笑了:所以你就逮住秃子狠薅毛,专拣贵药用。

李岷笑起来,连说:对对对,真人面前不说假话,就是这么办的,反正收入多了也不全归我,医院得拿去大部分,我只得奖金。

王冶文:李医生你得了实惠,鲁副院长还经常表扬你,让我们向你学习,李医生现在真是春风得意马蹄疾。现在,其他科的医生对你佩服得真是五体投地。

李岷说:王主任高抬了,那也是院领导高看我,高看我,我还得继续努力。王冶文朝椅背上仰了下身子:李医生,不过我有句话不知当讲不当讲。

李岷连忙说:王主任是医界高人,怎还这么客气,只管说。王冶文像小学生背课文似的说:我想起了一位朋友曾对我说过的话,说是"骄傲不能自满,登高莫忘止步。得意不可忘形,贪财不可无度"。

李岷一愣怔。

王冶文:我的话是不是说得过了?

李岷尴尬一笑:没有,没有,完全正确,完全正确。这话高,太高了!

一个护士走进来:王主任,前些日子有个病人切了个纤维瘤,本来封口拆线了,刀口处又流血水,你看……

王冶文问在哪里,护士说:就在那边治疗室里。王冶文说:对不起李医生,我得去看看,咱们闲时再聊。李岷连忙起身:好好,王主任你忙,咱们抽时间

422

再叙。

……

外科病房办公室里,小林在整理医档。坐在旁边看电视的小马忽然咯咯咯笑起来。小林说:哎,你下班都一个多小时了怎么还不走?

小马说:我想陪你玩儿一会儿呗。小林说:嗽,快别耍嘴皮子了,不就是等着吕成下手术台后一块儿去吃螃蟹吗?

小马侧过身子:你咋知道?

小林说:猜的。小马说:既然让你猜对了,我也不瞒你,是去海鲜馆吃螃蟹,要不要让姐给你捎两只来。小林说:谢了,我见了螃蟹爪子就害怕。哎小马,你说这辩证法还真有道道,坏事有时能变成好事,可好事有时也能变成坏事。

小马说:你讲清楚好不好?

小林说:那晚的会议,是坏事变成了好事。对吧? 小马说:对呀,怎么了? 小林抖抖手里的账本:可自从电视台和报纸报道了那晚的情况后,最近的十几台手术,只有两三个给王主任和李主任送红包的,吕成和姜姐根本就没人搭理这个茬了。这样下去,以后咱们还怎么潜规则?

小马一下傻住:可也是啊!

小林把账本锁进柜子里,有点忧心忡忡。小马看出了她的心思,想安慰没合适的话,便也口气怏怏地说:小林,这以后再有特困病患,咱们还真没辙了呢。

小林回到写字台前坐下说:走一步算一步,车到山前再找路。王主任和李主任昨天在值班室里也嘀咕这件事,听他俩讲好像有了新办法。

小马赶紧问:是吗,什么新办法,快说说。

小林说:当时我正准备去给一个手术病人输液,没腾出空来问。小马沉思片刻道:你这一说我倒想起来了,交班时听到李主任说了一句话,似乎与这事有关。李主任说,冶文,你今天不是要去鲁副院长那里吗,可别忘了提提咱们的想法。

小林皱皱眉:想法,他们能有什么好想法。

……

就在这天下午,王冶文兑现了那晚对李晓宇的承诺——去找鲁侃谈心了。当他敲门他走进鲁侃办公室时,鲁侃正双手托腮坐在写字台后的椅子上,两眼盯着墙上挂的一幅讽刺画出神。画面上一个青年人口叼香烟手持笔,正往一堵墙上写"禁止吸烟",鲁侃摇头苦笑了一下:冶文,我估计你要来的。

王冶文:料事如神?

鲁侃:差不多。

王冶文:根据呢?

鲁侃说:自从电视台和日报报道了那晚的会议情况之后,你更加声名鹊起誉满菊城。而我呢,院里的医护员工虽然面上客气,背后肯定说三道四。听到这些话后,以你的个性和为人,至少会来安慰安慰我的。

王冶文说:鲁院长,这次你可猜错了,我是为了向你表示昔日的救命之恩,兼为以往的不敬行为真诚道歉而来的。鲁侃说:我现在相信了齐院长的话,你小子是行为怪诞,难以琢磨,介于天使与魔鬼之间的不可多得的怪才和将才。

王冶文说:鲁院长,还为那晚会议上发生的意外而耿耿于怀?

鲁侃说:那晚所发生的情况的确出乎我的意料,你们事先都安排好了对不对?王冶文说:我真的不知情,是科里他们胡折腾的。鲁侃哈哈大笑:行了,甭管是谁安排,毕竟是有所预谋嘛。

鲁侃拉着王冶文坐在沙发上,对着这个眉清目秀的年轻才子看个不够,他真没料到,当年抱在怀里都嫌轻的小孩子,如今竟是名医了。王冶文说:自从来到医院这几年,我没少打听当年那位眉毛里有黑痣的阿姨,可是,问谁都说不知道,我也开始怀疑自己,是不是当时年龄太小记错了。鲁侃告诉他:你焦玟阿姨十年前患了胰腺癌,动了两次手术仍没救过来,现在每每想起心里还难过呢。当初医院里要是有你这样一把手,兴许还能有救。鲁侃说到这里,脸上的悲凄神情一览无余。王冶文安慰他:胰腺癌至今仍是世界性的难题,莫说是我,即使全国最高明的医生,面对此症恐也无可奈何。只是,没见到当年救治我的好阿姨,心里确实不是个滋味。幸好,你还在这所医院里。

鲁侃说:不谈以往了,说说现在吧。以往我对你是有些成见,你坦白讲,上次那个绩效工资的方案,是不是你带头搅黄了的?

王冶文说:不瞒鲁院长,我算是主力或者说是组织者。我知道你对那件事至今耿耿于怀,可是,医院的医护们考虑到病患的情况,也是不得已而为之呀。

鲁侃沉默片刻点点头:冶文,实话讲,那个绩效工资方案是有些过,如果真的实行了,倒霉的还是病患。因为医生要想保住工资或者多拿工资,就得拼命把负担往病患身上转嫁。可是,如果实行了呢,一年之内咱们的扩院计划就可实施。现在,只能抻着了。

王冶文问道:鲁院长,你真的一点私心也没有?

鲁侃站起来在室内踱着步:冶文,什么事也瞒不了你,我有私心,也可以说是贪欲。因为再有三两年一二把手就得退下去,如果我不及时拿出点政绩,上边肯定会再派人来,这个一把手我是接不上的。可话又说回来,上边派到医院里的领导者有没有这个能力,有没有这个事业心,实在没有把握。所以,我要竭力争取,用事实证明我的能力和魄力。

王冶文听鲁侃说出这话,很受感动:鲁院长,我相信你说的是真心话。如果明年医院扩建能开工,你的政绩就有所凸现,也许将来这个一把手就是你的。

鲁侃说:我确实是这么想的。

王冶文摇摇头:不一定啊,在错综复杂的关系网没有得到根治之前,谁能保证你的向往就能实现?谁敢保证你凸现政绩就能坐上医院的头把交椅?或许,你的做法只是一厢情愿。

鲁侃说:虽然一半公心一半私欲,但无论如何我得争取。现在的奖金制度多多少少也能给医护员工们带来一些动力,对医院的创收总是有所裨益。另外我再跑跑各大企业大单位,说好话拉赞助,即使明年春天扩院开不了工,年底总能办到。

王冶文:鲁院长真是诚心可嘉。这样吧,再遇到找我动手术的土豪老总或者有权力支持咱们扩建的官员,我也尽量争取让他们拉咱一把。

鲁侃走过来拍拍王冶文的肩头:小子,说了半天就这句话说到我心眼儿里了。

两个人几乎聊了半下午,鲁侃终于理解了王冶文为何近来事事与他唱反调的曲衷,也醒悟到自己一心创收所造成的病人痛苦;王冶文也原谅了鲁侃的褊狭和意图整治自己的想法,也谅解了本质很好的鲁侃因为迫切扩院才不择手段,才弄得自己一半明白一半糊涂。一个认为对方毕竟是自己的下级并且是不可多得的人才;一个意识到对方毕竟是自己的上级和有着几年私交的朋友。王冶文说:早知鲁院长您就是我苦苦寻觅的恩人,我会以长辈对待,平日里也不会没大没小捉弄你了。最后鲁侃半认真半半玩笑地说:该捉弄你还捉弄,我已经习惯了被你捉弄。你就是这性格,是个极具个性特色的医生,如果不让你充分展示自己的个性特色,就会憋出毛病来的。

相互理解的一对朋友哈哈大笑,一天云彩全散了……

王冶文答应帮忙拉赞助的话让鲁侃高兴,他起身走到写字台前,从抽屉里找出一小袋茶叶。鲁侃给自己和王冶文各沏了一杯,把茶杯端到王冶文跟前说.茶,好茶,上好茶!

王冶文笑起来:你也这么势利?

鲁侃说:和尚与俗人一样,都是肉体凡胎。

王冶文端起杯子吹吹热气:嗯,清香诱人。

鲁侃说:也就是你吧,老齐来了我都舍不得给他喝。王冶文说:如此礼仪,让我何以为报。鲁侃说:你刚才不是说了吗,帮我拉赞助。

王冶文说:这件事我一定会尽心竭力,不过,你是否也能帮我们外科一个忙。鲁侃的手挥了一下:尽管说。

王冶文说:自从媒体报道了那晚的会议情况之后,几乎没大有人给我们外科医生送红包了。这样下去,再有特困病患怎么办? 好像只能向医院申请减免。

鲁侃一乐,说:开那么一个会,本想报复你一下,不料却连你们的财路也给断了。你看这事弄的,呵呵。王冶文说:咱们能不能另谋出路? 鲁侃说:你鬼点子多,想出办法来尽管说。王冶文嘻嘻一笑:这么说,你批准了?

鲁侃说:我还不知你想的什么鬼点子就批准了,要是你促狭儿起来每月从我工资里抠,我还照批不误吗? 王冶文说:你工资和我差不多,捐出点来也未尝不可。鲁侃说:看看,说什么来着,果然又想促狭儿。王冶文说:看把你吓的,好,不逗了。我和晓宇商量,打算成立个"帮扶基金会",无论是红包还是社会捐助,统一由该会收入和支出。财务由医院掌管,扶助对象和金额由基金会集体研究决定。

鲁侃:咦,这倒是个不错的想法,怎么运作,找谁捐助,你们考虑过没有?

王冶文说:关键是医院先得批准啊。

鲁侃说:好事嘛,怎能不批。我这里准了,回头再和老齐老王打个招呼,事就定了。只是,你们通过什么方式运筹呢?

王冶文说:媒体给我砸的锅,我再找媒体帮忙。

鲁侃一拍桌子:妙! 去搞吧,需要医院出面的,你只管说。

王冶文说:这么痛快,原以为你得难为难为我们呢。

鲁侃横他一眼:我为什么要难为你们?

王冶文:还用我细说吗?

鲁侃嘴唇一翘:好像有这么句话,在同一个地方跌倒两次的人,不是白痴也是傻瓜。上次那个晚上的所谓交流会已经跌了大跟头,即使缺心眼儿,我也不会继续报复你们了。更何况,这次出头的还是你这个促狭儿,我不想再自找难堪。

王冶文笑道:鲁院长,我从不故意捉弄人,以后别叫我促狭儿了。

鲁侃说:你这桂冠是摘不掉了,在咱医院里,说王冶文可能有人不知是谁,一提促狭儿,几乎没有不知道是你王冶文的。

王冶文:冤乎哉?

鲁侃:不冤也!

......

王冶文和姜玲带着冬冬在锦绣川公园河边由北向南走,冬冬被公园里那些大理石做成的棋子所吸引,走走停停,王冶文和姜玲只得不时停下来等着冬冬。姜玲说:郎婷婷和小曹下个月要结婚,听说在茉莉花大酒店举行婚礼。

王冶文怔一怔,说:不是讲好咱们三对同时举行婚礼吗? 姜玲说:你傻啊,看不出郎婷婷的肚子一天大似一天吗,推上几个月生下来,人家会说这孩子没爹。王冶文愣怔间忽然放声大笑,因为他记起郎婷婷也曾说过这样的话。姜玲不解地看着王冶文笑个不停,说:还笑,周围的人都看你呢。王冶文勉强止住笑说:唉,这俩人,都是二婚,还去什么茉莉花大酒店,何必折腾这么大场合。

姜玲娇嗔地盯着王冶文:话说好了,我可不是二婚。

王冶文笑:当然,你我举行婚礼时,肯定要办得隆重,毕竟你是第一次嘛。

姜玲说:这还差不多。姜玲看看冬冬仍在石棋跟前流连,只好招呼他:冬冬,快回来,往前走了。下礼拜再来看,行吗?

冬冬恋恋不舍地在棋子前打了会儿踅摸,终于跑回到他们跟前:真可惜,这些棋子都是固定的,要是能搬动,非找个人下两盘。

姜玲:你会下象棋?

冬冬:年级冠军。姜姨你看不起我?

姜玲抚摸着冬冬的头,说:小家伙是个数学天才,那次我出了道数学题,他三几下就答出来了。冬冬听姜玲夸他,骄傲地看着爸爸。三个人继续往南走,姜玲说:冶文,你听说了吗,李岷前天把一个会阴疱疹的病人当成梅毒治,一下子要了五千元。同时还叮嘱病人,要想好得快,下次得多带钱来。

王冶文说:谁告诉你的?

姜玲说:昨晚从内科冯杏儿那里知道的,那个病人是冯杏儿的亲戚,碍着男女不便,才去找李岷诊治。冯杏儿的亲戚拿着药去找冯杏儿看,是些药膏药面,冯杏看不明白什么成分,正好在内科病房门口遇见我。她让我看,神仙难断膏丹丸散,我看着也是一头雾水呀。王冶文说:李岷,就是靠这一手坑崩蒙骗。

姜玲说:尽管如此,可他却是鲁院长眼里的红人。王冶文说:那天我和鲁副院长聊天谈心,听出他对几个科创收仍是信心满满。没办法,积极扩院的目标已经钻进他心里,放不下了。

姜玲说:就这么听凭李岷在病人身上割肉吗? 王冶文说:孙悟空之所以大闹天宫,是因嫌弼马温这个官位太小才闹起来的,结果让如来压到五指山下五百年。他李秃子好大喜功因贪欲成性,早晚也要惹祸上身。

姜玲说:防患于未然,抽时间给鲁院长从侧面点化一下吧。

王冶文:你以为呢,鲁院长现在仍是半睡半醒。

冬冬仰起脸:姜姨,快晌午了,去哪里吃饭?

姜玲:饿了?

冬冬:嗯。

姜玲:去燕归来吧,那饭店里有武大郎的炊饼,潘金莲的小菜,孟婆的汤。

冬冬说:姜姨,武大郎伯伯和潘金莲阿姨我都认识,孟婆奶奶是谁啊?

姜玲咯咯笑起来:快走吧,以后让爸爸给你说,他喝过孟婆汤。

47

这天晚上,轮到吕成和小林在外科急诊室值班了。急诊上暂无病患,吕成和小林一边清理器械和急用药品,一边天南地北地闲聊。吕成和小林都听王冶文说过,他已和李主任联名提议,请医院成立"帮扶基金会"。这样既可省去许多不合规定的例如"潜规则"的麻烦,也能解决红包日渐减少给他们外科带来的帮扶负担。吕成和小林打趣道:那样的话,外科搞了好几年的小基金帮扶撤销,财务由医院管理,以后你账房先生的差事就寿终正寝了。

小林说:我早盼着封金挂印呢,这小小闲差却很耽误事,自己不懂会计业务,还得时时小心出了差错对不起大家。吕成笑着说:这些话都是托辞借口,其实是脱掉账房先生的差事,可以倒出更多时间和小聂谈情说爱,接吻也不必匆匆忙忙。小林点头微笑:完全正确,比如在海鲜店吃够了螃蟹,找一个姜玲她家那样的隐秘地方,时间充裕,心情坦荡,轰轰烈烈淋漓尽致地亲热一场。

吕成直了眼睛:天! 这是我和小马的事,你怎么知道的?

小林:知道什么叫闺密吗?

吕成:完了,现在这年头,感情之事绝无秘密可言。

小林咂咂嘴:今晚挺清闲,给我讲讲你们当时的感受吧。

吕成:这感受,你以后……

两个人正谈天说地闲聊,走廊里响起沉重的脚步声。吕成说:刚说清闲,这不来活儿了。他探出头朝走廊那头张望,不大会儿就见灯光下一个男人背着另一个男人小跑步往他这里奔。医院里值夜班的保安在后边帮忙托着那人的屁股,男人背上的人不时叫喊:疼死我了!

保安帮着把两个人跟头拉唧地送进急诊室放在病床上,看看那人的情况说:这是又动了刀子了。背人的男子喘着粗气:救人要紧,先不说这个。医生,快救救他,晚了怕是来不及了。

病床上的伤者不停地呻吟，吕成赶紧剪开他受伤处的衣服，同时询问他的受伤过程。背他进来的男子说：肋岔子上挨了一刀，血窟窿跟鸡蛋似的。

吕成见伤势不轻，就让那人帮着把伤者的衣服脱掉仔细检查。伤者左侧软肋下受刀伤，但没有背人者说的血窟窿，因为大网膜已把窟窿堵住。大网膜突出在软肋下，像一朵将开未开的雪莲花。吕成转身对小林说：内脏受伤，准备手术。

小林说：李主任刚下了手术台，王主任和姜玲休班，你自己顾得过来吗？吕成说：情况紧急，顾不得了，向王主任或姜玲求救吧。

小林说：嗯，没办法，只好搅人好梦了。小林拿起电话给王冶文拨号，吕成一边清理伤者的伤口周围，一边告诉背人的男子赶紧去办手续，吕成说了两遍没人回应，扭头找人，背人的男子不见了。这时，小林也放下了电话，他告诉吕成说：王主任一会儿就到。小林也发现那个男人突然失踪，惊异地说：哎，闹鬼吗，刚才那个人呢？

吕成说：甭找，明白是咋回事了。吕成抓起电话拨号，电话拨通，吕成大声说：派出所吗，这里出了件案子，嗯，算是凶杀吧。怎么，你们也刚接到报案，嗯，说不定其中有所关联。好好，我们先救人。

吕成放下电话，卷卷隔离衣的袖子，学着《渡江侦察记》里国民党情报处长的腔调说：果然不出我之所料！

小林问他料到什么了，吕成摆摆手说：闲话少叙，先给他输液，拍个 X 光片，通知三号手术室准备。

小林说：还没办手续呢。吕成说：这情况谁来办手续？待会儿刑警队的人来到，你让他们替这人办手续吗？小林皱着眉：那咋办？

吕成说：咋办？凉拌！说不定你这管外科基金的账房先生还得继续行使权力。

吕成迅速开好处方，吕成和小林联合在处方上签了字，治疗室的护士很快取来液体和药品给伤者输上。吕成对此人的伤口进行了暂时性的保护性包扎，然后开好 X 光申请单，让小林和另一护士推着伤者去影像室拍片。吕成抓起电话：喂，二号手术室吗，准备好了没有？对，再有一刻钟吧，好，找挂了。

吕成放下电话，王冶文和姜玲同时走进急诊室。王冶文询问是什么情况，吕成说：刀伤，可能牵扯到凶杀，我已报警，刑警可能很快就来到，他们也是刚刚接到一起案子，估计与这个受刀伤的人有牵扯。王冶文点点头：伤情如何？

吕成说：左侧软肋下开放性刀伤，大网膜裹住了伤口。吕成边说边用手在自己肋下比画着，王冶文哦了一声说：没关系，最多也就是伤着了脾，姜玲你回去休息吧,我和小吕就办了。

吕成说:要是这样的话,你也不必动手,我自己满可以。王冶文说:也行,叫上在病房里实习的小满做助手。几个人正议论着,伤者被推了回来。吕成问情况如何,小林说:影像师看了看湿片,说只是伤着了脾,问题不大。这是 X 光片报告,看看吧。吕成接过报告单看了看,冲王冶文竖了竖大拇指:判断准确,真绝了。王主任,你们都回去休息吧,明天还要值白班呢。

吕成当天晚上很快给伤者做了手术,因为只是脾脏受伤,手术不复杂。尽管不是情况严重,术后病人仍要入院继续治疗。所以,第二天王冶文上班后,首先检查的就是这个新入院的伤者。

王冶文检查完这个伤者的伤势情况后,才带着科内医护查房。查房完毕,他回到值班室,重新取出那个伤者的病历资料审阅。小马从办公室那边走过来,说:办公室来电话问王主任在不在,派出所的警察有事要找他。王冶文说:告诉他们,王主任不在,早退休了。王冶文在,让他们来吧。小马哂道:一样的话从你嘴里出来就不一样的味道,都快娶媳妇了还是促狭儿。

坐在王冶文对面的姜玲涮了小马一眼:掌嘴!

小马走后不长时间,派出所李所长和一位大个子着便衣走进来。王冶文放下手中资料起身相迎,李所长把大个子介绍给王冶文,说:这是刑警队的贺队副。转身又给贺队副介绍王冶文说:这是外科主任王冶文先生。王冶文走上去和贺队副握手。贺队副躬身道:久仰大名,有两件事是我不曾想到的。

王冶文笑了:见面就有两件事想不到,哪两件,请讲。

贺队副说:一是没想到你这么年轻,二是没想到你长得这么帅气。

王冶文一笑:这话我是第二次听到了。

贺队副:哦,以前也有人这么说?

王冶文说:是啊,不过那次说这话的是位女士,真怀疑贺队长是跟她学的。

贺队副:我是心里话,你既年轻又帅气,咱们男人的优势项目全让你占了。

王冶文一边请二位入座,一边解释:嗯,年龄嘛,可能不算太老,说帅气嘛,比二师兄强不到哪里去。

贺队副问:谁是他的二师兄?姜玲插话道:呵呵,猪八戒啊!

贺队副:王主任果然风趣幽默。

王冶文说:二位今天来到科里,有事要办吧?

李所长说:昨夜我已来过,当时因为这名犯人手术之后是在监护室里,我们也没多问,只是了解了一下大体情况就走了。因为破案纪律,询问结果呢,也没敢向你们医院的人透露。

王冶文说:我可是好奇心大。

李所长说:现在真相大白,可以先告诉你了。这是团伙犯罪,这名伤者是罪犯之一。那夜他们抢了一家金店,因为这名犯人偷藏了两块金砖,被他们头头发现捅了一刀。本来是想教训一下他的弟兄呢,结果劲用大了,捅着内脏,只好让人把他背到医院救治。王冶文摇摇头:有人因为没钱而自杀,有人却因为抢钱而杀人。那个犯罪团伙抓获了吗?

李所长说:还没抓获。当天夜里,我们就在各路口进行了严密布控,直到今天也没发现这伙人的踪影。为了进一步掌握这伙人的行动规律,今天特地到医院再找那个罪犯调查一下。王冶文说:哦,二位是来调查案情的,去问好了,这个人现在已经恢复了大半,住在单人病房,两名刑警轮流看守。

李所长说:他现在仍是你的病人,我们得先征得你同意啊。

王冶文说:啊,我同意了,还写个批条吗?

李所长与贺队副同时笑了。

李所长与贺队副告别王冶文走出去,王冶文继续审阅病人资料。

大约一刻钟后,李所长与贺队副回到值班室。王冶文问:情况查明了吗?贺队副说:得到了一个重要情况,王主任是自己人,说也无妨。这个团伙多在附近的城镇作案,但在菊城有相对固定的藏身窝点,估计他们仍在菊城城内,并未负案逃离。这是他们一贯的做法,想弄灯下黑。

王冶文说:这就简单了吧,审审这个犯人,弄清他们的藏身窝点就行了呗。李所长连连摇头:他们不会坐以待毙,这个犯人一暴露,早就转移了。

王冶文说:那就查呀。李所长一笑:查?说得容易,全市上百处住宅小区都有出租屋,就是把刑警队全部派出,排查下来至少也得一个月。

王冶文摇摇头,不屑地一笑。李所长说:王主任不相信?王冶文说:不是不相信,是你们思维有问题。贺队副和李所长相互望了一眼:王主任话中有话?

王冶文拽拽自己的手指说:为什么要大规模排查,只找各小区的用水收费处就是了。现在正是夏季,人住在室内得喝水、得吃饭、得洗澡,派查水表的到各个有出租记录的房子里查一下水表,再和前几天的用水量做一比较,然后以你们的专业特长从中筛选,不就大大缩小排查量了吗?

贺队副盯着王冶文看了半晌:王主任,你不当警察,是刑侦事业的一大损失!

李所长说:他若当了警察,也是医疗事业的一大损失。

王冶文:高抬了,我只是套用了系统工程学和优选法而已。

李所长与贺队副起身告辞,临走时贺队副说:感谢王主任妙手点拨,如此一来这案子就好破了。李所长说:等案结后咱们请王主任喝酒,王冶文来了兴趣,问他们请自己喝什么酒。李所长说:请你这样的名医,除了茅台就是五粮液呗。王冶文说:这两样酒太普通,我想喝"人头马"。贺队副大惊:王主任,那酒我们可请不起,七八千元一瓶子呀!

王冶文笑起来:既然请不起,那就免了吧。

两个警察笑着走出值班室,姜玲盯着王冶文说:喂,我说姓王的,这天下你还有不促狭儿的人吗?

中午王冶文和姜玲去医院职工食堂吃饭,见内科主任刘少清和几个医护坐在角落的餐桌旁,一边吃饭一边悄悄议论着什么。王冶文走过去把饭盒放到餐桌的一个空位上问他们:能入伙吗?

刘少清说:你都坐下了还问能不能入伙呀。王冶文吃了一口饭问他们嘀咕什么,刘少清回头看看餐厅内其他用餐的医护,然后附过身说:冶文,前天上午,李四秃子出事了,出大事了!

王冶文口气很淡,说:出事早在意料之中,不过很想知道出了什么事。刘少清低声:你猜怎的,他把人家的会阴疱疹当成梅毒治,可能用了青黛升汞一类的剧药,疱疹溃破发炎,大面积继发感染。

王冶文说:这很简单,控制感染就行了呗。

刘少清:问题就出在这儿,老李他为了避免丑事外传,不让患者去注射室,而自己也不做皮肤试验就偷偷给病人注射青霉素。结果呢,病人出现严重过敏反应,导致剥脱性皮炎,要不是他反应快打电话找我过去抢救,患者恐怕得丧命。你看这事,了得吗?

餐桌上几个人唏嘘不已:这人的医疗水平太差了!

王冶文说:像李岷这种医生,我认为提高技术的最好途径是让他把世上所有的病挨个儿患上一遍后又自己治好。当然不是癌症。

刘少清:哈,你这话也够缺的,咒人家。不过,这个人也该咒,品行太坏了。

王冶文:前后两种口气,怎么回事?

刘少清告诉他:昨天病人家属告到卫生局,卫生局派人来医院调查,你猜怎么着,姓李的把责任全推到鲁副院长身上了,说为了创收,鲁副院长指示他这么干的。王冶文咬着一口馒头忘了咽:麻烦,这下鲁副院长是脱不了干系了。

刘少清点点头:让你说对了,上午办公室孙主任送了个熟人找我诊治,谈起了这件事,说卫生局已和齐院长商议,一是辞退李岷,二是鲁副院长察人不详,用人不当,还要给他一个处分。

王冶文说：姓李的真是个小人，无赖，你有可利用之处，他就拼命巴结你，也不怕在你面前低三下四，让他喊大哥他甚至喊你爸爸；如果你一旦损伤到他的利益，失去可利用的价值，这种人最拿手的办法就是马上把全部责任甩给你，以免拖累了自己。这时的他，你让他称你为孙子他还嫌你辈大呢。要命啊！

刘少清：精辟！

王冶文：不是屁精吧？

餐桌上的人都笑起来。

昨天接连三台手术，王冶文和姜玲都感到身心有点疲惫，今天周日，俩人决定找个地方散散心放松一下。他们出了宿舍大门顺街往东走，到底去哪个游览点一时拿不定主意。姜玲说：要不去古建筑一条街吧。王冶文说：行，咱先到前边商场前的世纪广场转一转，然后再往东走不远就是古建筑一条街。姜玲点头说：听你的，嫁狗随狗嘛。王冶文说：你还没嫁呢。

姜玲：形式上的没嫁。

王冶文一笑：这话要搁在几十年前，是要犯错误的。

姜玲问有多大错误可犯。王冶文告诉她，自己的导师当年和师母因为未婚先孕被开除党籍，工资还降了两级。姜玲说：你导师真不幸。哎，说到这里了，当初你舍了北京那么好的条件坚决回到菊城，现在感觉是不是太亏了？

王冶文歪头瞧着姜玲，脸上的笑也怪怪的，他拍拍姜玲柔软的肩背说：亏什么呀，想想我的小学同学中，至今还有没能讨上媳妇的，我都要娶两个了，而且现在这个还是极品，有什么亏的？

姜玲打了王冶文一下：促狭儿，你就没有正儿八经说个话。

两个人说说笑笑一路向东，不大会儿就到了商城前的世纪广场。

广场上有散步的，打羽毛球的，练太极拳的，跳老年舞的。有几个老人和孩子在放风筝，孩子在前边跑，老人在后边费力地跟，一老一少一快一慢，欢乐与情趣相融，时尚和古旧互补，远远望去，感觉别致，新颖，朴实而热闹。

过街桥以南有几个戏迷在唱戏，京剧腔调抑扬顿挫高亢柔和，与广场上的人声和临街上的汽车喇叭声搅在一起，显得特别韵味绵长。广场那边的欣湖水面上慢慢漂浮着好几艘游船，远远望去，像一只只巨大的天鹅在水中游荡。

王冶文和姜玲走到喷水池边停下来，水柱随着音乐声喷出又落下、落下又喷出，在阳光下光华闪烁。周围有摄影爱好者在拍照，这些人不时地变换着位置，调整着镜头，随着闪光灯的一熄一亮，叫好与喝彩声在周围不断传来。王冶文饶有兴味地看着喷水池和喷水池周围的摄影爱好者，像在欣赏鲁副院长办公室里挂着的那些水彩画。姜玲拽他一下,已经入迷的王冶文扭过头:怎么了?

姜玲指指过街桥那边。

王冶文顺着姜玲指的方向望去,只见过街桥那里挺乱,广场上有些闲玩儿的人也开始往那边跑。王冶文问姜玲出什么事了。姜玲摇摇头说:不知道。这时,过街桥那边的乱局开始往这个方向移动。有人在奔跑,有人边跑边自动形成半圆围观着什么。一个手拿风筝的孩子气喘吁吁跑过来。姜玲问:小朋友,出什么事了?

小朋友说:有个疯娘儿们,拿着一支记号笔,非要给我风筝上签字不可。姜玲的脸部肌肉抽动了一下,拽起王冶文快步朝那边走去。他俩走到离那群人不远处蓦地站住,听到王冶文一声惊呼:夏雨柔!

果然就是夏雨柔。

夏雨柔蓬头垢面在过街桥附近的花池附近到处乱跑,手里举着支记号笔追赶身边的人,边追边嚷:跑什么跑,我还没给你签好字呢!

夏雨柔可能累了,她跑到花池边上坐下,从袋里取出一摞迭好的纸片左看右瞧,纸片上满是她签好了自己名的字迹,得意地抖动着,嬉笑着,忽然拿起纸片朝围观她的人们跑过来。围观的人们迅速闪躲,有位中年人跑得慢了些被捉住,夏雨柔把纸片塞给中年人说:拿着吧,我的亲笔签名,这样的机会不多。要不要,数量有限,等发放完了再要也没有了。

中年人似接非接但终于还是接过去,像研究《易经八卦图》似的冲太阳看了好一会儿说:字是写得不错,可你不是名人啊。

夏雨柔说:我马上就要成为明星,到时,你想要还得请人求我呢。中年人哈哈笑起来,围观的人也哈哈笑起来。王冶文和姜玲走到夏雨柔身边,夏雨柔看着他俩嘻嘻地笑起来:瞧了没,到底有识货的,主动来找我签字了。

王冶文和姜玲一边一个架起夏雨柔的胳膊,姜玲连声叫着雨柔姐,问她还记得自己吗。夏雨柔说:怎么不记得,你不是医院的小郎吗,和王冶文好上了?王冶文眼圈发红,声音颤抖:雨柔,雨柔,咱们回家。

夏雨柔形同陌路地看着王冶文,看了好一会儿好像认出了昔日的丈夫,忽然撇撇嘴说:回家,想得美,我就要成为大明星了,你配吗?

王冶文说:不配,不配,这里人太多,我们找个僻静地方聊聊,行吗?

夏雨柔挣开二人往广场边上跑,王冶文和姜玲随后追上去。夏雨柔跑到广场边上跌倒了,王冶文和姜玲及时赶到把她扶起来,雨柔的膝盖和额头都给磕破了。王冶文朝临街一辆出租车招招手,出租车停在他们跟前。王冶文和姜玲把夏雨柔架上出租车,两个人把她夹在中间,她不再挣扎,可能是再也没有力气挣扎了。王冶文掏出手机拨通后说着什么,随后听到他说了句"好的芳姐,我们马上就到",便对司机说:歌舞团!

出租车驶离广场附近奔向北去,然后拐上东去的大街。

在王冶文的提议下,歌舞团领导班子商量决定把夏雨柔送本市精神病院治疗。王冶文和姜玲陪同前往,直接找到精神病专家老谭。老谭问了情况,做了检查,说是心反应性精神病,也叫失心疯,对症治疗,很快会恢复,只是反复性大。王冶文心中稍安,夏雨柔入院后,王冶文给邱小桦打了个电话,问她有无可能去照顾一下夏雨柔。小桦知道夏雨柔是王冶文的前妻,没犹豫,当即暂辞家政服务去精神病院做夏雨柔的陪护。

几天后,王冶文去精神病院探视夏雨柔回到家,坐在沙发上和姜玲聊夏雨柔的病情。姜玲问他情况如何,王冶文说:听老谭讲,再有三五天便可出院了。姜玲问他需不需要自己去看看顺便安慰一下病人,王冶文说:有小桦在你还不放心吗?姜玲忽然变得很沉默,她抻了好一会儿问王冶文:刘芳姐给你电话了吗?

王冶文说:给电话了,问了问雨柔病情好转情况。姜玲说:芳姐和你说其他的什么?王冶文呵呵笑起来:能说什么,我又不是小孩子,需要姐姐教给做什么。

姜玲抬起头但却目光转向一边,她轻声说:冶文,芳姐不说那我自己说了吧。我想雨柔恢复后,如果你不介意,我可以退出,你们复婚。

王冶文吃惊地张着嘴:为什么?

姜玲声调真挚而温柔:为了雨柔姐,也为了冬冬。

王冶文呆呆地看着姜玲一言不发。

姜玲追问:冶文,这件事,你能接受吗?

王冶文的脸迅速涨红起来,姜玲从未见过他如此情绪激动得几乎失控,正想解释几句,却见王冶文起身跑进卧室,随着卧室门的关闭,从里边传出王冶文压抑着的抽泣和埋怨声:姜玲啊姜玲,你,你这是何必!

姜玲忽地站起来,泪流满面地跑进卧室里。

……

十天后的一个上午,一辆出租车停在歌舞团门前,康复后的夏雨柔背着旅行袋走出歌舞团大门,刘芳、王冶文、姜玲、小桦等人陪在她身边。

还没到出租车前,刘芳站住:雨柔,我和你说的那些话,希望你认真考虑。

雨柔轻轻摇头:刘姐,我可不是朝三暮四的人,谢谢姜玲妹妹的一片好意和付出。对冶文,我是喜欢但不是真爱;对老柳呢,是不太喜欢却是真爱。这是性质不同的两类爱情,你们不懂。我决心已定,这就去无锡影视基地找他,你不要再劝,各位也不要再送我了。

姜玲说:雨柔姐,这明星不是任谁都能做成的,你知道要付出多少吗?

夏雨柔说:妹妹,天生我才必有用,每个人都有自己的梦。再见!

夏雨柔一头钻进出租车,又从出租车窗里伸出手来朝几个人摆了摆,出租车鸣了声喇叭嗖地开走了。门前的几个人望着渐渐远去的出租车,有的摇头,有的叹气,有的说夏雨柔是着魔中邪了。王冶文此时倒显得比较镇静,他说:也许她说得对,每个人都有自己的梦!

姜玲确有文采,信口吟出《卜算子·夜梦》:圆月挂疏桐,华光白如昼。世间男女双往来,为赴鹊桥路。风起惊回首,旧路又重走,可有真心候?

尾 声

一个月后,在电视台和日报社的参与下,市立医院成立了帮扶基金会,鲁侃任会长;又一个月后,市政府追加财政,拨给市立医院扩建资金五千万元。加之市医院各科医护的努力创收,医院扩建工程于第二年春天正式启动。扩建后的市医院设备将更全,技术含量更高,分科更细,医护人员的数量和水平也将达到或超越同级医院,为从二甲医院转向三甲医院迈进了一大步……

图书在版编目(CIP)数据

外科主任 / 杨英国著. — 北京：中国文史出版社，
2020.1

（中国专业作家小说典藏文库·杨英国卷）

ISBN 978 - 7 - 5205 - 1288 - 6

Ⅰ. ①外… Ⅱ. ①杨… Ⅲ. ①长篇小说 - 中国 - 当代
Ⅳ. ①I247.5

中国版本图书馆 CIP 数据核字(2019)第 189558 号

责任编辑：卢祥秋

出版发行：**中国文史出版社**

社　　址：北京市海淀区西八里庄 69 号院　邮编：100142

电　　话：010 - 81136606　81136602　81136603（发行部）

传　　真：010 - 81136655

印　　装：北京新华印刷有限公司

经　　销：全国新华书店

开　　本：720×1020　1/16

印　　张：27.75　　字数：484 千字

版　　次：2020 年 1 月第 1 版

印　　次：2020 年 1 月第 1 次印刷

定　　价：69.80 元